ILKKA REMES

EWIGE NACHT

Thriller

Aus dem Finnischen
von Stefan Moster

Deutscher Taschenbuch Verlag

Deutsche Erstausgabe
Oktober 2005
Deutscher Taschenbuch Verlag GmbH & Co. KG,
München
www.dtv.de
© 2003 Ilkka Remes
Titel der finnischen Originalausgabe:
›Ikiyö‹ (Werner Söderström, Helsinki 2003)
© 2005 der deutschsprachigen Ausgabe:
Deutscher Taschenbuch Verlag GmbH & Co. KG,
München
Umschlagkonzept: Balk & Brumshagen
Umschlagbild: © F. B. Regös
Satz: Fotosatz Reinhard Amann, Aichstetten
Gesetzt aus der Aldus 10,75/13
Druck und Bindung: Kösel, Krugzell
Gedruckt auf säurefreiem, chlorfrei gebleichtem Papier
Printed in Germany · ISBN 3-423-24498-4

Prolog

Noora sah die Waffe direkt auf sich gerichtet und ging unbeirrt weiter.

»*Giù*«, rief der italienische Bereitschaftspolizist über den Lärm hinweg.

In der Hitze hörte man ein rhythmisches, dumpfes Dröhnen. Demonstranten schlugen gegen die leeren Container, die zum Schutz der Staatsmänner herangeschafft worden waren. Um Anschläge vom Meer zu verhindern, hatte man Fährschiffe, die normalerweise zwischen Genua und Korsika, Tunesien oder Sardinien verkehrten, als Hafensperren vor Anker gehen lassen.

»*Die Erde ist nicht zu verkaufen! Die Erde ist nicht zu verkaufen! Die Erde ist nicht zu verkaufen*...«

Noora wischte sich den Schweiß vom Gesicht. Die Aknenarben waren unter der Bräune fast unsichtbar geworden. Oft kam sich Noora wegen ihrer Größe schwerfällig vor, jetzt aber sah sie nur die Vorteile ihrer Länge. Der Anblick der wogenden, bunten Menschenmenge verstärkte ihren Kampfeswillen. Sie sah all die Arbeiter, Studenten und Anarchisten, die gewaltlosen katholischen Gruppierungen, Aktivisten aus sozialistischen Parteien, Gewerkschaftsleute und ganz normale Bürger, über deren Leben die supranationalen Ausbeuter nicht mehr lange bestimmen würden. Auf Schildern und Transparenten leuchteten die bekannten Zeichen: Drop the Debt, World Wildlife Fund, ATTAC. Rote Fahnen, Prozentsymbole, Che-Guevara-T-Shirts, rote Stirnbänder.

Sie waren Tausende, Zehntausende, niemand konnte eine solche Macht übersehen, heute in Genua, morgen in ganz Europa, übermorgen weltweit. Sie waren Sieger, und die Feiglinge, die sich hinter Zäunen verbarrikadiert hatten, würden ihnen schon bald zuhören.

Noch aber war die italienische Regierung nicht bereit, mit ihnen zu verhandeln, die Demonstration war illegal. Die Polizei hatte die historische Innenstadt mit Zäunen und leeren Containern abgesperrt. In diese von 9000 Polizisten bewachte Rote Zone kam man nur an den Kontrollstellen und mit Passierschein hinein. Genua befand sich nahezu im Kriegszustand: Flughafen und Bahnhöfe waren geschlossen, alle Krankenhäuser in Alarmbereitschaft, die Schaufenster mit Brettern vernagelt.

Noora richtete den Blick wieder auf die Reihen der Bereitschaftspolizisten. Ein paar Anarchisten waren auf die Container geklettert und schwenkten ihre schwarzen Fahnen. Mit ihren Parolen zerschnitten sie die schwüle, stehende Luft.

»*Geld und Polizei – dieselbe Schweinerei! Geld und Polizei – dieselbe Schweinerei...*« – »*One Solution: Revolution! One...*«

Etwas weiter weg erscholl ›Bandiera Rossa‹, das alte Lied der italienischen Kommunisten, das aber schon bald im Lärm der Polizeihubschrauber unterging.

Carlo gab ein Handzeichen, und Noora schob sich mit den anderen weiter voran. Wie üblich hatten sie sich in Gruppen von zehn Leuten aufgeteilt, in denen sich alle dem Namen nach oder zumindest vom Sehen her kannten. Die Organisation in Gruppen war wichtig, denn dadurch wusste jeder, wo er bei Gefahr Zuflucht finden konnte. Am Abend zuvor hatten sie alle sich auf der stillen Piazza Ancona in die Augen geschaut, sich umarmt und auf die Aufgabe vorbereitet.

In Prag hatten sie Erfolg gehabt: Weltbank und IMF hatten den dritten Versammlungstag absagen müssen, weil sich die Banker nicht getraut hatten, ihre Hotels zu verlassen.

Heute sah es nicht so gut aus. Die Atmosphäre war gespannter, als Noora es je erlebt hatte. Gerüchten zufolge bewegten sich im Schatten der etablierten Protestgruppen auch gewaltbereite professionelle Hooligans. Außerdem waren im Vorfeld bereits vier Briefbomben gefunden worden. Die italienische Regierung hatte eine unmissverständliche Warnung ausgesprochen: Gewalt würde mit Gewalt beantwortet werden.

Carlo hob die Hand, und zu Nooras Enttäuschung blieb die Gruppe stehen. Noora wäre gern ihre Anführerin gewesen. Dieser Carlo aus Bologna sah schon aus wie ein Muttersöhnchen. Er taugte nichts. Die Anführer hatten sich im Vorfeld über die Nachrichtenwege und ihre Taktik verständigt. Wenn sie befahlen, vorwärts zu gehen, wurde vorwärts gegangen; wenn sie zum Anhalten aufforderten, wurde angehalten. Die Anführer standen über Funkgeräte oder Handys in Verbindung. Dadurch behielten sie ständig den Überblick. Die anderen mussten strikt gehorchen, denn mitten im Chaos war es unmöglich, sich ein Gesamtbild der Situation zu verschaffen. Das Wichtigste war, in der eigenen Gruppe zu bleiben, egal was passierte. In Göteborg und Nizza waren nur jene verletzt worden, die aus irgendeinem Grund plötzlich isoliert worden waren.

Noora drängte sich in die vorderste Reihe: »Was ist los?«, rief sie.

Niemand antwortete. Die Stimmung war gespannt, keine Lieder oder Parolen waren mehr zu hören. Die Luft stand, es kam nicht einmal etwas Wind vom Meer – von jenem Meer, über das schon vor vielen hundert Jahren Handelsschiffe aus Indien, Amerika und Arabien nach Genua gekommen waren. Genua gehörte zu den Hauptstädten der frühen Globalisierung, insofern eignete sie sich gut als Gastgeberin des G8-Gipfeltreffens und noch besser als Bühne, auf der die Massenbewegung der Globalisierungsgegner ihre Macht demonstrieren konnte.

Ein gepanzertes Fahrzeug näherte sich der Absperrung, die Wasserkanone auf dem Dach auf die Demonstranten gerichtet. Oder war es eine Tränengaskanone? Jemand schrie.

»Das ist nur Wasser«, rief Noora und drängte sich an Carlo vorbei nach vorn, bis sie gegen den Plexiglasschild eines Bereitschaftspolizisten gedrückt wurde.

Unter dessen Helm ragten dunkle, verschwitzte Locken hervor. Noora blickte dem Mann direkt in die Augen. An irgendeinem anderen Ort, in einem anderen Moment hätte er der blonden finnischen Frau vielleicht hinterhergepfiffen. Jetzt waren sie Gegner, beide hatten Angst, beide waren aufgepeitscht vom Adrenalin.

»Auf den Boden!«, brüllte der Polizist.

Noora spuckte gegen das Plexiglas. Hinter diesen Schildern standen Experten der Gewalt. Mit Waffen, Gas, Wasserwerfern und Panzerfahrzeugen, mit Disziplin und Erfahrung. In deren Schutz hockten acht Staatsoberhäupter im Palazzo Ducale und beschlossen mit ihren Entscheidungen die Zerstörung der Erde. Mit welchem Recht verfügten diese wenigen Reichen über Dinge, die die Massen von Armen angingen? Mit welchem Recht entschieden acht Männer für sechseinhalb Milliarden Menschen?

In einiger Entfernung krachte es dumpf.

»Gas!«, schrie jemand.

Noora griff nach dem zusammengerollten roten Tuch mit der gelben Faust, das sie sich um den Kopf gebunden hatte. »Nicht die Augen berühren!«, rief sie.

Die Menschen um sie herum wurden unruhig, auch Carlo, der per Telefon versuchte, Kontakt mit jemandem aufzunehmen.

»An Tränengas ist noch keiner gestorben«, rief Noora und band sich das Tuch um Mund und Nase, dass nur noch die Augen sichtbar blieben. Aus der Tasche zog sie eine in Folie eingewickelte halbe Zitrone und rieb den Saft auf das Tuch, damit er das Gas neutralisierte. Essig funktionierte auch, aber Noora konnte den Geruch nicht ausstehen.

Ein Teil der Menschen um sie herum tat es ihr nach, aber kaum jemand hatte Tücher oder Zitronen dabei. So wichen sie zurück; mit ihnen auch Carlo, der an seinem Telefon herumfummelte.

»Bleibt auf eurem Platz!«, rief Noora. Am Himmel erschienen unterdessen immer mehr Helikopter. »Das wollen sie doch nur, dass wir auseinander laufen!«

Da ertönte ein Schuss.

Noora fuhr zusammen, genau wie der Polizist vor ihr. Beide

blickten auf einen orangefarbenen Container, vor dem die Menschenmenge in heftige Bewegung geraten war.

»Enzo!«, schrie jemand hysterisch.

»*Chiamate un' ambulanza!*«, rief ein lockenköpfiger Vertreter einer sozialistischen Kulturorganisation.

Noora hielt nach Mitgliedern ihrer Gruppe Ausschau, aber vergebens. Auch von den Leuten aus Helsinki war niemand zu sehen. Die gehörten zu einer anderen Gruppe, und sie hatte keine Zeit damit vergeudet, sich mit Finnen abzugeben, schon gar nicht, nachdem sie Ralf kennen gelernt hatte. Ralf war viel gebildeter und erfahrener als die jungen finnischen Aktivisten.

»*Via, via*«, schallte es metallisch aus einem Megaphon. Das Heulen eines Krankenwagens drang immer lauter in das Durcheinander. Noora rannte ein paar Schritte, um zu sehen, was passiert war. Eine blonde junge Frau kam ihr weinend entgegen. Noora kannte sie, es war die neue Schwedin aus ihrer Gruppe, und Noora legte ihr den Arm um die Schulter.

»Da liegt einer auf der Straße«, schluchzte das Mädchen aus Stockholm auf Englisch, »er blutet und blutet!«

»Diese Schweine«, keuchte Noora. »Sind Fotografen da? Wir müssen einen Fotografen und einen Journalisten finden...«

»Da sind welche. Aber ich will hier weg!«

»Nimm dich zusammen! Was ist los mit dir?«

Noora ließ die Schwedin stehen und drängte sich zu dem Krankenwagen durch, der mitten in der Menschenmenge stand. Sie hatte das Gefühl, sich unter Kontrolle zu haben, und genoss ihre Gelassenheit.

Am Rande des Platzes stießen Bereitschaftspolizisten heftig mit den weiß gekleideten Profis von Ya Basta zusammen. Diese radikale Linksgruppierung gehörte zu den Autonomen, den Tutti Bianchi, wie sie von den Leuten hier genannt wurden. Eine Woche zuvor hatte Berlusconi beschlossen, Genua für Demonstranten zu sperren, aber Ya Basta hatte dem Gipfeltreffen den Krieg erklärt.

Schon in Prag hatte Noora die Entschlossenheit von Ya Basta

bewundert. Ihre Mitglieder trugen Schulterpolster wie amerikanische Footballspieler, ihre Knie und Ellbogen waren geschützt wie die von Eishockeyspielern, und sie trugen Helme. Weiße Overalls, wie sie bei der Arbeit mit Asbest verwendet wurden, vollendeten ihr Outfit, und jedem hing eine Gasmaske vor der Brust. So waren sie einigermaßen gegen Schlagstöcke und Tränengas geschützt. Ihr größter Vorsprung aber waren Erfahrung und Disziplin. Sie kannten die Taktik der Gegenseite: Die Polizei war nicht in der Lage, eine große Menschenmenge aufzuhalten, das hätte zu viele ihrer Männer gebunden.

»Mörder! Mörder!«, hallte es in der Hitze wider. Das Jaulen der Sirenen mischte sich mit dem Knattern der Hubschrauber. Der Schuss hatte die Gemüter erregt, viele weinten. Noora verachtete diese Leute. Sie sah sich ruhig nach einem Fotografen um. Die Situation musste genutzt werden.

»*Siamo tutti clandestini*«, rief eine Gruppe im Chor, wir sind alle illegale Einwanderer, Freiwild, missbraucht von den Kapitalisten.

Ein starkes Gefühl von Solidarität durchfuhr Noora. Sie war keine illegale Migrantin, aber sie fühlte sich ihnen plötzlich ganz nah – als sei sie eine von ihnen, eine von den Unglücklichen, die mit allen Mitteln versuchten, übers Mittelmeer in die Festung Europa hineinzukommen.

Nooras Telefon piepte. Rasch öffnete sie die Mitteilung. Was sie da las, brachte sie vollkommen durcheinander.

Hol deine Sachen und verschwinde aus Genua. Sofort. In dieser Sekunde. Ruf mich jetzt nicht an. R.

Sie schob das Handy in die Tasche. War Ralf verrückt geworden? Obwohl sie zögerte, trugen ihre Beine sie bereits zielstrebig zur Piazza Corvetto. Sie wurde hier gebraucht, diese heulenden Jammerlappen hatten eine Anführerin nötig, aber Ralf schickte ihr eine solche SMS nicht zum Scherz.

Instinktiv beschleunigte sie ihre Schritte und bog rechts in die Via Sibari ab. Sie lief Richtung Autobahn Antonio Gramsci, die – auf Pfeilern gebaut – den Hafen von der Altstadt trennte.

Im Laufen nahm Noora das Halstuch ab und stopfte es in ihren kleinen Rucksack.

Der Einsatz bewaffneter Polizei war erbärmlich. Noora hasste Berlusconi, der mit falschen Karten spielte. Er hatte erklärt, neun Vertreter der Dritten Welt einzuladen, als Vermittler zwischen den Protestgruppen und der G8, darunter Nelson Mandela, den Präsidenten von Nigeria und den Premierminister Südafrikas.

Doch diese Männer hatten den Mund erst gar nicht aufgemacht! Am liebsten wäre Noora der G8 selbst entgegengetreten.

Die Straßen wurden jetzt zu schmalen Gassen, die Häuser schäbiger. Noora dachte an Ralfs Nachricht. Seltsam – was hatte das zu bedeuten? Seine Nachricht war so geheimnisvoll wie er selbst. Trotz der Situation durchströmte Noora eine Welle warmen Gefühls. Sie war berauscht von diesem Mann, von der Hitze und von Genua, von den steilen Erhebungen, den alten Treppen, den engen Gassen, von den Häusern mit den schiefen Fensterläden, von denen die Farbe abblätterte.

Sie ließ das Chaos hinter sich zurück. Das Sonnenlicht reichte nicht bis auf die Straße, brachte aber die Wäsche zwischen den oberen Fensterreihen zum Leuchten. Aus den Wohnungen drang das Klappern von Geschirr, man hörte Wortwechsel und den gepressten Gesang von Shakira.

Ende Juli war Ferienzeit in Genua, und viele Einwohner hatten die Stadt verlassen. Nur die Armen waren geblieben. Sie hatten Angst, dass die Demonstranten ihnen die Fenster einwarfen und ihre kleinen verbeulten Fiats ansteckten, ohne zu verstehen, dass es bei den Protesten gerade um sie ging. Die Grenze verlief hier nicht zwischen dem reichen Norden und dem armen Süden, sondern zwischen denen, die ausbeuteten, und denen, die ausgebeutet wurden.

Von den jungen, schönen afrikanischen Prostituierten in ihren bunten Tops war keine zu sehen, auch von den Bettlern keine Spur – die Polizei hatte sie für drei Tage entfernt. Zumindest die meisten. An der Ecke zur Via Saluzzo saß wieder der

Mann ohne Beine, dem Noora immer ein paar Münzen gab. Jetzt war sie zu aufgeregt, um ihn zu beachten. Schüsse auf Demonstranten – das würde gute Schlagzeilen bringen, aber ob die Heulsusen am Tatort wussten, wie man mit Journalisten umging?

»*Come stai?*«, fragte der Mann und lächelte sein zahnloses Lächeln.

»*Benissimo*«, entgegnete Noora, ohne sich ihrerseits zu einem Lächeln zwingen zu können.

Der Mann wurde ernst. »Was macht dich so unfreundlich?«

»Die Ungerechtigkeit«, sagte Noora in ihrem holprigen Italienisch. »Und die Bosheit.«

»Du willst Bosheit gesehen haben?«, fragte der Mann so undeutlich, dass Noora ihn nur mit Mühe verstand. Sie setzte ihren Weg durch die Viale Giustiniana fort, wo es aus einem Müllsack stank, den die Katzen aufgerissen hatten. Warum drängte Ralf in seiner SMS so auf Eile?

Obwohl sie den Lärm hinter sich gelassen hatte, lag noch immer eine unerklärliche Bedrohung in der Luft. Gewalt deprimierte Noora, aber wenn es nötig war, wusste sie, wie man sie einzusetzen hatte.

Die schwere Haustür knarrte in den Scharnieren, als Noora in das kühle Halbdunkel trat. Die Treppenstufen waren abgetreten, und auf der Jungfrau Maria in der Mauernische lag eine graue Staubschicht. Normalerweise genoss Noora die Atmosphäre dieses Treppenhauses, aber jetzt achtete sie nicht darauf, sondern eilte mit großen Schritten nach oben. Ihre bösen Vorahnungen verdichteten sich.

Das rhythmische, scharfe Klopfen gegen die alte Tür wurde nicht beantwortet. Noora versuchte es noch einmal und drückte das Ohr gegen das Holz. Drinnen war nichts zu hören.

Diese Stille war beklemmend. Ralf hatte versprochen, den ganzen Tag in der Wohnung zu bleiben, und er hatte Noora trotz ihrer Bitten keinen Schlüssel gegeben.

Noora wollte schon gehen, da öffnete sich die Tür, und ein unbekannter Mann flüsterte ihr auf Deutsch zu: »Lies das und zerreiß es anschließend! Verschwinde! Schnell!« Während er sprach, hielt er ihr einen Zettel hin, dann zog er die Tür wieder zu.

Irritiert stand Noora auf dem Treppenabsatz.

»Und meine Tasche?«, fragte sie verdutzt, aber nicht laut genug, als dass es durch die Tür zu hören gewesen wäre.

Die Stille verdichtete sich. In dem hellen Lichtstrahl, der durch das schmale Oberfenster fiel, tanzten die Staubpartikel.

Noora blickte auf den Zettel: nichts als eine Telefonnummer. Die Anbietervorwahl war die gleiche, wie sie Ralf zurzeit hatte. Er kaufte stets Prepaid-Karten und wechselte alle paar Tage die Nummer.

Noora ging auf die Straße hinunter, durch die in diesem Moment eine Vespa knatterte. Sie nahm ihr Handy und tippte die Nummer vom Zettel ein.

Das Geräusch eines stärkeren Motors ließ sie zusammenfahren. Sie blickte sich um. Mit hohem Tempo kam ein dunkelblauer Lieferwagen die Gasse entlang und hielt mit einer Vollbremsung. Am anderen Ende bog eine große Fiat-Limousine in die Gasse ein. Im selben Moment flogen die Hecktüren des Lieferwagens auf, und paarweise sprangen schwer bewaffnete Männer in schwarzen Overalls mit maskierten Gesichtern auf die Straße. Zwei, vier, sechs...

Instinktiv trat Noora ein paar Schritte zurück. Die Männer liefen zu der Tür hinein, aus der Noora gerade gekommen war.

Zielstrebig entfernte sie sich, ohne sich umzudrehen. Aber würde nicht gerade das Aufmerksamkeit erregen? Sie blieb kurz stehen und blickte zurück, wie es jeder neugierige Passant getan hätte. Jetzt bog ein Mannschaftswagen der Carabinieri in die Gasse ein.

Noora versuchte weiterzugehen, aber sie konnte nicht. Das Blut pulsierte in ihren Schläfen, sie drückte sich in einen Hauseingang, da zersplitterte oben ein Fenster, es regnete Glasscherben, und der hübsche alte Küchenstuhl mit dem Rosenmuster auf der Sitzfläche fiel auf die Straße.

Wenige Stunden zuvor hatte Noora noch auf diesem Stuhl gesessen und gefrühstückt.

Sie blickte nach oben und sah einen Mann auf der Fensterbank im dritten Stock stehen. Es war der Mann, der ihr den Zettel gegeben hatte.

Noora zerknüllte den Zettel in der Faust und starrte dem Mann ins Gesicht, sie sah es scharf und klar wie durch ein Fernglas, ein Gesicht, in dem eine faszinierende Mischung aus Fanatismus, Bedingungslosigkeit und tiefem Frieden lag.

Dann stieß er sich ab und sprang kopfüber in die Tiefe.

Wie unter Hypnose verfolgte Noora den Fall, sie schloss nicht einmal die Augen, als der Körper mit dem Kopf voran auf der Straße aufschlug.

Ein Polizist erschien in der Fensteröffnung. Nooras Beine setzten sich in Bewegung, zuerst langsam, dann immer schneller.

Der Bettler an der Via Saluzzo lächelte ihr zu. »*Ciao*. Du schon wieder...«

Noora antwortete nicht, sie lief zielstrebig weiter. Auf der belebten Via Rodin blieb sie vor einem Tabaccaio-Laden stehen und wählte erneut die Nummer auf dem Zettel.

»*Ihr gewünschter Gesprächspartner ist zurzeit nicht erreichbar...*«, erklärte eine überdeutliche Frauenstimme.

Noora überlegte, welche Sachen sie in der Wohnung zurückgelassen hatte. Hauptsächlich Kleider – nichts, worüber man ihre Identität oder ihren Aufenthaltsort hätte ausfindig machen können.

Der Gedanke erschreckte sie. Warum sollte man sie suchen? Sie hatte nichts zu verheimlichen. Andere jedoch schienen ein Geheimnis zu haben – ein Geheimnis von solcher Tragweite, dass sie lieber den Tod wählten, als festgenommen zu werden.

Von dieser Vorstellung bekam sie eine Gänsehaut, und sie sah das beinahe heitere Gesicht des fallenden Mannes vor sich. Er war sich seiner Sache sicher gewesen. War sie es auch?

Was waren das für Dinge, in die Ralf verstrickt war? Noora

war ihm erst eine Woche zuvor zum ersten Mal begegnet, und obwohl sie so gut wie nichts über ihn wusste, kam es ihr vor, als würden sie sich schon ihr ganzes Leben lang kennen.

Ralf Denk nahm die Felder neben der Autobahn und die Berge dahinter in den Blick. Man sah ihm die in der Sonne und im Freien verbrachten Jahre an. Für seine 42 Jahre hatte er schon relativ viele kleine Furchen im Gesicht, und die Bräune war auch im Nacken und auf dem Kopf durchgehend tief.

Die nördlichen Vororte von Genua waren längst hinter dem verbeulten Peugeot zurückgeblieben, allmählich ließ die Panik nach. Bis zur französischen Grenze war es nicht mehr weit. Sie waren noch einmal davongekommen – wenn auch nur knapp.

Wie hatte ihnen die Polizei nur auf die Spur kommen können? An welchem Punkt hatten sie einen Fehler gemacht?

Bittere Enttäuschung schnürte Ralf die Kehle zu. Zwei Jahre Arbeit waren umsonst gewesen, sämtliche Vorbereitungen, der Einsatz von elf Leuten und mehr als 320 000 Euro.

Auf dem Rücksitz neben ihm lagen die Taschen, die nicht mehr in den Kofferraum gepasst hatten. Ralf trommelte mit den Fingern auf den Knien. Die weiche und gepflegte Haut dieser Finger stand in völligem Widerspruch zu der übrigen Erscheinung eines Mannes, der sich viel im Freien aufhält. Ganz in Gedanken schob er seine Hand in Nooras Tasche und befühlte die Jeans, das T-Shirt, die Unterwäsche.

Ralf spürte, dass Sakombi vorn am Steuer durch den Rückspiegel einen Blick auf ihn warf.

»Vergiss die Frau!«, sagte Sakombi.

Ralf schaute aus dem Fenster.

»Sie ist nicht stark genug«, fügte Sakombi hinzu.

»Sie ist stärker als du.«

Sakombi Ladawas schmale Lippen verzogen sich zu einem schiefen Lächeln. Die Hautfarbe des 58-jährigen Mannes war weder schwarz noch weiß, sondern irgendetwas dazwischen. Er hatte graues, gelocktes Haar, das sich von der Stirn und vom

Scheitel schon weit zurückgezogen hatte, eine aristokratische Nase und einen scharfen Blick.

»Wir brauchen sie«, fuhr Ralf fort. »Was kann weniger Aufmerksamkeit erregen als eine junge Finnin?«

Während er sprach, schaltete er sein Handy ein. Er überlegte, was er sagen sollte, wenn Noora anrief. Was konnte er in einer solchen Situation schon sagen? Nichts kam ihm glaubwürdig vor, am wenigsten die Wahrheit.

Kaum war das Telefon eingeschaltet, klingelte es.

»Wo bist du?« Nooras Stimme war heiser und kraftlos. »Was ist passiert?«

Ralf drückte das Telefon ans Ohr und wich Sakombis Blick im Rückspiegel aus.

»Das erkläre ich dir später. Steig in den Zug und kauf dir eine Fahrkarte nach Nizza. Und steig gleich nach der Grenze in Menton wieder aus. Wir treffen uns dort um sechs im Bahnhofslokal.«

Ralf legte auf, felsenfest davon überzeugt, dass Noora kommen würde. Noora, die nicht die geringste Ahnung hatte, worum es ging und was man noch von ihr verlangen würde.

Dieses Mal waren sie gescheitert, aber sie würden es wieder versuchen – mit noch mehr Nachdruck, mit mehr Erfahrung und noch entschlossener als zuvor.

Diesmal waren sie von acht Staatsoberhäuptern, acht Männern, die die Zukunft des Planeten bedrohten, bezwungen worden. Diesmal waren sie an deren perfiden Maschinerien gescheitert.

Acht hatten wieder einmal über sechseinhalb Milliarden gesiegt.

Die Macht des Bösen, die Macht des alles durchsetzenden Geldes war ihnen auf die Spur gekommen und hatte die Erfüllung ihres Plans verhindert. Aber sie würden zurückschlagen, auf eine Art, die sich kein Mensch vorstellen konnte. Sie würden retten, was zu retten war. Die Natur würde den Egoismus der Menschen besiegen. Das Gute das Böse überwinden. Ein für allemal.

ERSTER TEIL

ZWEI JAHRE SPÄTER

1

Der Mitarbeiter der Sicherheitsfirma trug einen Geldbehälter, der aussah wie ein schwarzer, flacher Plastikkanister. Mit seinem Kollegen kam er aus dem Personaleingang des Kaufhofs in der Bremer Innenstadt. Eine spätsommerliche, tief stehende Morgensonne warf die langen Schatten der Männer auf den schmutzigen Asphalt.

Sie gingen auf den Mercedes-Geldtransporter zu, der zehn Meter entfernt mit dem Fahrer am Steuer wartete. Die Männer trugen blaue Kleidung und Helme mit hochgeklappten Visieren. Die Geldkassette war mit einer kunststoffüberzogenen Kette am Handgelenk des einen Mannes befestigt.

Als die beiden Mitarbeiter der Sicherheitsfirma an dem kastenförmigen Renault Kangoo am Straßenrand vorbeigingen, wurden in einer abrupten Bewegung die Türen aufgerissen. Zwei Männer sprangen heraus, sprühten dem Träger der Geldkassette und seinem Kollegen Gas ins Gesicht, und im Bruchteil einer Sekunde sanken diese zu Boden.

Fünf Meter weiter begannen an dem Geldtransporter die Lichter zu blinken.

Die Sirene sprang an, auch im Führerhaus war Bewegung zu erkennen, aber dem Fahrer war es nicht erlaubt, bei einem Überfall seinen Platz zu verlassen.

Einer der Angreifer trug eine Zange, beugte sich über den Geldträger und trennte die Kette am Handgelenk auf. Die Sirene des Mercedes jaulte. Gleichzeitig griff der andere Mann nach dem Transportbehälter und stellte ihn in den Renault. Dann stiegen die beiden ein und rasten davon. Das Ganze hatte keine zehn Sekunden gedauert.

In Panik entfernte der Fahrer des Geldtransports sich nun doch von seinem Fahrzeug, während noch immer die Sirene heulte. Gleichzeitig war bei der Polizei und bei der Ambulanz Alarm ausgelöst worden.

Der Fahrer tastete nach dem Puls seiner Kollegen. Er spürte nichts.

Die Männer mit den ernsten Gesichtern gingen die Räumlichkeiten systematisch durch. Sie hatten Messapparate bei sich, ihre Aufgabe war es, sicherzustellen, dass weder im Mobiliar noch in Wänden, Decken und Fußboden Abhörgeräte oder Sender versteckt waren. In unregelmäßigen Abständen nahm die Gruppe Kontrollen bei sämtlichen TERA-Mitarbeitern vor.

Timo Nortamo gefiel die Wichtigtuerei der Männer nicht, aber er versuchte, darüber hinwegzusehen. Er pfiff vor sich hin, während er das finnische Kaffeepulver in den Filter schaufelte. In Brüssel gab es keinen Kaffee, der ihm schmeckte, darum brachte er ihn regelmäßig aus Finnland mit. Nortamo war eine eindrucksvolle Erscheinung. Dank des Funkelns in seinen Augen, des kräftigen Kinns und des muskulösen Körpers hatten sich noch vor fünf Jahren die Frauen nach ihm umgedreht. Seither hatte der Alltag ihm zusehends den Stempel aufgedrückt...

Mit einem Auge beobachtete er die Arbeit der dreiköpfigen Gruppe.

»Hey, nicht verrücken!«, rief er auf Englisch und so scharf, dass die drei sofort innehielten.

Der unangenehme Franzose mit den Flaschenbodengläsern in der Brille nahm die Finger von der empfindlichen Kommode aus der Zarenzeit, die er gerade von der Wand rücken wollte.

Timo Nortamo deutete auf den Riss, der jetzt am Fuß der Kommode klaffte. »*Merde*«, fluchte er, ohne sich die Mühe zu machen, das »r« richtig auszusprechen, er ließ es auf finnische Art kräftig rollen. Die Kommode hatte er in Sankt Petersburg gekauft und unter großen Mühen aus dem Land geschafft. Der russische Zoll hatte durchaus ein Auge auf Antiquitäten. Bei Schmuggelversuchen war mit ihm nicht zu spaßen.

Der Franzose warf dem Finnen einen unfreundlichen Blick ohne das geringste Anzeichen des Bedauerns zu.

»Vorsichtig«, sagte Timo wieder auf Englisch. »Oder ich schicke eurem Boss die Rechnung.«

Die Wohnung nahm den gesamten ersten Stock des kurz vor der Jahrhundertwende erbauten Stadthauses in dem Brüsseler Stadtteil Ixelle ein. Sie war komplett mit alten Möbeln und zahllosen antiken Gegenständen gefüllt. Der größte Teil war alles andere als echt antik, denn für Timo war das einzige Kriterium bei der Auswahl eines Einrichtungsstücks, dass es ihm gefiel.

Das galt auch für die Poster an den Wänden. Warum echte, aber höchstens mittelmäßige Ölbilder aufhängen, wenn man in Museumsshops Plakate von Meisterwerken bekam? Am liebsten mochte Timo die Bilder von Bruegel und van Eyck.

Hätte man von der Wohnung ein Schwarzweißfoto mit Sepiatönung gemacht, wäre nur schwer zu entscheiden gewesen, ob die Aufnahme 1903 oder hundert Jahre später entstanden war. Die Wahrheit offenbarten die wenigen Haushaltsgeräte, der tragbare Fernseher und die Reihen mit VHS-Kassetten in dem Bücherregal, das eine ganze Wand einnahm. Auf dem Videorecorder lag ›Blondinen bevorzugt‹, den sich der Hausherr am Wochenende ungefähr zum dreißigsten Mal angesehen hatte – nicht wegen Marilyn Monroe, sondern wegen Jane Russell.

Der Franzose mit der dicken Brille spähte in das winzige Zimmer, das als Kleiderkammer diente. Dort hing eine Kletterausrüstung an der Wand: Karabinerhaken, Gurte, Seile, Helm, Eispickel. Instinktiv blickte der Mann zu Timo, der für seinen Geschmack besser auf das Sofa als an eine Kletterwand passte.

Ein anderer aus der Gruppe sah sich verwundert den Computer an, der in das Gehäuse eines uralten Röhrenradios eingebaut war. Timo hatte die Apparatur im Frühling von seinem Sohn zum 38. Geburtstag bekommen. Auf der Rückseite war ein moderner Anschluss angebracht, von dem die Kabel zum Bildschirm und zur Tastatur ausgingen.

»*Regardez ça!*«, rief der Belgier mit der Lederjacke und dem Vokuhila-Schnitt seinen Kollegen zu. »Jetzt ist die Kacke am Dampfen.«

Timo verstand den schnell gesprochenen Satz nicht, sah aber gleich, was los war. Der Belgier nahm Einweghandschuhe aus seinem Hartschalenkoffer, zog sie sich mit wichtiger Miene an und beugte sich über den Computer. Seine Kollegen traten zu ihm und warfen Timo misstrauische Blicke zu.

Der Typ mit dem Vokuhila-Schnitt zog das Kabel für die Tastatur aus der Rückwand und richtete sich auf. Er hielt das Ende des Kabels zwischen den Fingern wie eine Sprengladung, die jeden Moment hochgehen konnte.

Demonstrativ hielt er Timo den Stecker vor die Nase: »Wissen Sie, was das ist, Monsieur Nortamo?«

Timo wusste es.

Lieber hätte er es nicht gewusst, aber ihm war klar, worum es sich bei dem steckerähnlichen Teil, etwas dicker als das Kabel, handelte: Es registrierte die Anschläge auf der Tastatur in Form von Zeichenketten, denen man entnehmen konnte, was auf dem Computer geschrieben wurde, Passwörter inklusive.

Der Vokuhila-Kollege hielt eine Plastikhülle auf, und die anderen beiden schoben gemeinsam das Kabel hinein, als handelte es sich um einen kostbaren Schatz.

Timo ging ans Telefon, aber einer der Männer hob wichtigtuerisch die Hand. »Keine Telefongespräche mehr aus dieser Wohnung. Gehen wir.«

»Macht keine Witze. Ich muss telefonieren.«

Timo spürte einen brennenden Schmerz, als man ihm den Arm auf den Rücken drehte.

»Was soll das?«, schnauzte er den Chef der Gruppe an, versuchte sich dann aber zu beherrschen. Leicht fiel ihm das nicht.

»Begreifen Sie denn nicht, Monsieur Nortamo?«, zischte der

Mann mit der dicken Brille so dicht vor Timos Gesicht, dass Timo den Speichelspritzern ausweichen musste.

»Das ist nicht das, wonach es aussieht ...«

»Nein. Bestimmt nicht«, fauchte der mit der Brille.

Im selben Augenblick wurde Timo auf den schmalen Gang hinausgestoßen. Er stolperte und fiel zu Boden.

Das war der Tropfen, der für ihn das Fass zum Überlaufen brachte.

Scheinbar ruhig stand er auf, und Vokuhila streckte die Hand aus. Als Timo sie ergriff, riss er den Mann mit einem plötzlichen, kräftigen Ruck zu Boden.

»Oh, verzeihen Sie«, murmelte er.

»Jetzt tun Sie doch nicht so«, brüllte der Belgier wütend und schimpfte noch, als sie schon die Treppe mit dem abgetretenen Teppichboden hinuntergingen. Timo atmete tief durch. Er war sauer, dass er sich nicht unter Kontrolle gehabt hatte. Selbstbeherrschung war für ihn alles – er wollte auf keinen Fall so ein Hitzkopf wie sein Vater sein. Leider wusste er, dass er genau das war, und irgendwie deprimierte ihn das.

Der mit der Brille ging hinter ihm die Treppe hinunter, er nuschelte leise etwas in sein Telefon, was sich Unheil verkündend anhörte.

Zwanzig Minuten später stieg Timo im Hof des Hauptquartiers in der Avenue Adolphe Buy aus dem Wagen. Er pfiff leise vor sich hin. ›Put the Blame on Mame‹ folgte nicht ganz den Noten, beruhigte ihn aber. Er schrieb eine SMS an Aaro zu Ende. Das hatten sie ihm immerhin nicht verboten. Auf der Mailbox hatte er bereits zwei Nachrichten hinterlassen.

Der bleigraue Himmel über den nichts sagenden Bürogebäuden verhieß Regen. Die Gebäude unterschieden sich kein bisschen voneinander. Auch Nummer 327 machte keine Ausnahme. Durch dessen Hintertür trat Timo hinter dem Franzosen ein. Erdgeschoss und vier Stockwerke, Beton, der in den 70er Jahren als »modern« galt, rote Klinker zur Verzierung. Nichts an der Fassade gab einen Hinweis auf die Bewohner dieses Hauses.

Nach dem 11. September hatten die Mitgliedsstaaten der EU den Kampf gegen den Terrorismus durch die Gründung einer operativen Ermittlungseinheit gegen Terrorismus, organisiertes Verbrechen und radikale Organisationen intensiviert. So war TERA entstanden, die *Agence pour la lutte contre le Terrorisme, Extremisme et Radicalisme.*

Als Einheit war TERA so stark wie ihr Name. Kilo, mega, giga, tera... Europol war als Organisation der Megaklasse vorgesehen, deren Zuständigkeit aber nur bis zur Koordination der Ermittlungen reichte. Die als Einheit der Gigaklasse geplante, halb geheime Trevi hatte die selbst gesteckten Ziele nie erreicht.

Als dann TERA geschaffen wurde, vermied man die Fehler von früher. TERA war auf der Grundlage von Regierungsverträgen gegründet worden, wodurch sie unabhängig von den anderen Institutionen der EU fungierte – geheim, flexibel, den jeweiligen Aufgaben gemäß. Diese Einheit konnte es sich nicht leisten, die langsamen Kompromisse der Mitgliedsstaaten abzuwarten, denn ihr standen die dreistesten und fanatischsten Männer der Welt gegenüber. Für die Gründung von TERA hatte man deshalb ausschließlich Profis der höchsten Kategorie ausgesucht: Alain Lefebvre vom französischen Geheimdienst DGSE, Helmut Körpen vom deutschen Verfassungsschutz und Tony Wilson vom britischen Geheimdienst MI5.

»Ich werde jetzt mit meiner Vorgesetzten reden«, sagte Timo in der Eingangshalle und zog sich die Hosen hoch. »*Allein.*«

Der mit dem Vokuhila-Schnitt nickte säuerlich. Er ging auf die Glaskabine zu, in der ein Wachmann saß, und läutete. Der Wächter öffnete für Timo das elektronische Schloss am Aufzug. Schon hier in der Eingangshalle erkannte man die Einstellung und Prinzipien der alten Hasen, die TERA zusammengestellt hatten: keine Fingerabdruck-, Augenhintergrund- oder Iriserkennung, auch keine Chipkarten, sondern ein Mensch, der jeden einzelnen Mitarbeiter der kleinen Einheit kannte.

Leute, die gegen die IRA und Baader-Meinhof, gegen die Roten Brigaden und die ETA gekämpft hatten, brauchten kein elektronisches Spielzeug. Ihnen genügte es, dass ihnen Spitzentechnologie und junge Computerfreaks dann zur Verfügung standen, wenn es nötig war. Für die Zerstörung von Organisationen wie al-Qaida waren sie unerlässlich. TERA hatte relativ wenige Mitarbeiter, aber alle standen in direktem Kontakt mit der Führung ihrer jeweiligen nationalen Organisationen. Jeder Mitgliedsstaat war in der Einheit vertreten, und aus der EU-Kommission war ein hoher Beamter der Kategorie A1 dabei.

Finnland verfügte über keine speziellen Erfahrungen mit der Terrorismusabwehr, dafür umso mehr im Bereich der nachrichtendienstlichen Tätigkeit. Der entsprechende Ruf gründete sich auf die Funkaufklärung während des Krieges, als das kleine Land mit seinen geringen Ressourcen legendäre Erfolge erzielt hatte. Das Ansehen als Russland-Expertin, das sich die finnische Sicherheitspolizei in den Jahren des Kalten Krieges erworben hatte, stand außerhalb jeder Diskussion. Außerdem hatte sie in den 90er Jahren zusammen mit der Nationalen Kriminalpolizei KRP sehr früh Tuchfühlung mit der Ostmafia aufgenommen.

Als Repräsentant dieser Kompetenz war Timo bei TERA. Die kriminellen Organisationen Russlands hatten sich nach Westeuropa ausgebreitet, und zwar mit einer in der Geschichte der Kriminalität einzigartigen Geschwindigkeit und Massivität. Timo war bei Einsätzen der Miliz in Sankt Petersburg und Moskau dabei gewesen und wusste, wozu Banden wie die Tambover, Malusever, Kasaner oder Permer imstande waren.

Im zweiten Stock begrüßte Timos Vorgesetzte Sophia Halberthal ihn mit einem knappen Nicken. Vor der runden Frau mit mütterlicher Ausstrahlung lag inmitten des überfüllten Schreibtischs die Plastikhülle mit dem Tastaturkabel von Timos Computer, einschließlich des Key Stroke Recorders.

»Du hast deinen Computer doch nicht etwa für etwas benutzt, aus dem man ...«

»Natürlich nicht.«

»Unterbrich mich nicht!«

Timo schaute der knapp 50-jährigen Frau direkt in die Augen. Vom Aussehen her hätte man sie für eine Spitzenklöpplerin halten können, tatsächlich hatte die Halberthal zehn Jahre lang als Abteilungsleiterin des spanischen Geheimdienstes CESID an der Zerschlagung der Baskischen Befreiungsarmee ETA mitgewirkt. Zu ihren Erfolgen bei TERA zählte das Aufspüren des als Finanzexperte von Bin Laden bekannten Ahmed Brahim im April 2002 in Barcelona.

»Du weißt, was das im schlimmsten Fall bedeuten kann.« Halberthals Miene war so ernst wie ihre Stimme. Dass Telefone der EU-Kommission abgehört worden waren, hatte niemanden überrascht. Wenn nun aber bekannt würde, dass es gelungen war, den PC eines TERA-Mitarbeiters auf so primitive Weise anzuzapfen, würde das die Glaubwürdigkeit der gesamten Institution zumindest in Fachkreisen auf eine schwere Probe stellen.

»Keine Panik«, sagte Timo. »Ich weiß, wer das Ding installiert hat.«

Sophia Halberthal sah ihn überrascht an.

2

Der 14-jährige, schmächtige Junge hörte sich die telefonische Nachricht seines Vaters übers Internet an. Zwar hätte Aaro Nortamo auch direkt die Mailbox seines Telefons abhören können, aber er wollte die kostenlose Software testen, die er sich heruntergeladen hatte.

»*Ruf mich an, Aaro!*«

Die Stimme seines Vaters klang zornig. Die zweite Nachricht war noch unmissverständlicher: »*Aaro, ruf mich sofort an!*«

Im Hintergrund waren Verkehrsgeräusche zu hören. Aaro tippte mit seinen dünnen Fingern etwas ein und schloss das Programm. Es lief auf einem Computer, der aus drei alten Desktops zusammengebastelt und in ein supermodernes, Star-Wars-artiges Kunststoffgehäuse eingebaut worden war.

Die moderne Linie setzte sich in der Zimmereinrichtung fort: reduzierte Formen von Ikea, technische Apparate, an der Wand ein Poster mit einem Kohlenstoffatom, das Aaro von seiner Mutter bekommen hatte. Im Regal standen ein paar Romane, vor allem aber liebte er knallharte Fakten: ein FrontPage-Leitfaden, die vier letzten Jahrgänge vom ›Guinnessbuch der Rekorde‹, das ›Intelligence Yearbook‹, ›CIA – der Staat im Staat‹, wissenschaftliche Zeitschriften, ›Das große Buch der Fledermäuse‹ sowie jede Menge Bücher über das Weltall. Auf den Buchreihen lagen ältere Werke, ein bisschen kindisch vielleicht, aber noch füllten sie das Regal: ›Handbuch für Spione‹, ›Der Detektiv von heute‹.

Schon vor Jahren hatte Aaro beschlossen, als Erwachsener Privatdetektiv oder Beamter der CIA zu werden, und je mehr er sich mit zunehmendem Alter mit den einschlägigen Dingen beschäftigt hatte, umso sicherer war er sich seiner Berufung geworden. Sein Vater unterstützte ihn dabei nicht gerade, aber das schien ihn nicht zu stören.

Im mittleren Regalfach befanden sich das Schachspiel, das seiner Mutter als Kind gehört hatte, eine chemische Experimentierreihe und ein Detektivset, das ihm seine Großmutter zwei Jahre zuvor – garantiert gegen den Widerstand seines Vaters – zum Geburtstag geschenkt hatte. Es enthielt echtes Fingerabdruckpulver, Schemata zur Gesichtsidentifikation und natürlich eine Lupe und ein Morsegerät, Dinge, die in alle Kindersets gepackt wurden, um die Kästen zu füllen. Im untersten Regalfach wurden die Brettspiele aufbewahrt, die er geschenkt bekommen hatte und von denen der Großteil nur einmal gespielt worden war, nämlich an dem Tag, an dem er das Geschenk bekommen hatte. Mit wem hätte er sie auch spielen sollen? Niko lachte nur über solche Antiquitäten. Der sah sich lieber Filme an und machte sich nicht einmal etwas aus Videospielen.

Das moderne Mobiliar passte nicht so recht zur ursprünglichen Atmosphäre des Raums: In der Ecke stand ein Kachelofen, der Dielenboden war über hundert Jahre alt, und die Tapeten stammten aus den 70er Jahren, aus der Zeit, in der Aaros Vater so alt war wie Aaro jetzt und in diesem Zimmer hauste. Zwischen den gelben Blättern der Ahornbäume vor dem Sprossenfenster blitzte der Porvoonjoki auf, der durch die mittelalterliche Kleinstadt Porvoo, östlich von Helsinki, floss.

Aaro rief seinen Vater vom Flur aus an. Das Haus war leer, seine Großmutter war noch in ihrem Laden.

»Hallo«, meldete sich sein Vater in Brüssel.

»Hi. Du hast angerufen«, sagte Aaro in munterem Tonfall, in dem er selbst die künstliche Nuance wahrnahm.

»Es geht um das kleine Gerät am Tastaturkabel.«

Stille.

»Hast du gehört?«

»Welches kleine Gerät?«, fragte Aaro so unschuldig, wie er nur konnte.

»Lass den Unsinn!«

In der Stimme seines Vaters lag ein Unterton, der klarmachte, dass jetzt nicht der Zeitpunkt für Scherze war.

Timo telefonierte auf dem Flur im zweiten Stock, vor dem Büro seiner Chefin. Aaro kannte den wahren Charakter seiner Arbeit nicht, auch sonst wusste so gut wie niemand darüber Bescheid.

»Wann hast du das Ding installiert?«

»Wieso regst du dich wegen diesem KeyKatch so auf...«

»Begreifst du nicht, was du da getan hast? Du kannst doch nicht einfach die Computer anderer Leute anzapfen, und schon gar nicht meinen. Wann hast du das Ding installiert?«

Am anderen Ende war ein ungeduldiger Seufzer zu hören.

»Als ich zuletzt bei dir war. Anfang Juli. Am sechsten, um vierzehn Uhr fünfunddreißig. Musst du es noch genauer wissen?«

»Wo hast du es her?«

»Bestellt.«

»Wo?«

»In England.«

»Hast du die Quittung noch?«

»Na klar. Da ist ein Jahr Garantie drauf. Das heißt, Moment mal ... Ich hab sie wahrscheinlich doch nicht mehr.«
»Fax mir die Quittung hierher.«
»Hä?«
»Geh zu Oma in den Laden und fax sie mir an die Nummer, die ich dir jetzt gebe ...«
»Ich habe doch gerade gesagt, dass ich sie wahrscheinlich nicht mehr habe.«
Timo hörte, dass sein Sohn log. »Hast du was zu schreiben?«
»Ich kann sie dir nicht faxen. Oma hat was zu erledigen, der Laden ist zu. Was für Informationen von der Quittung brauchst du denn? Die kann ich dir so geben, geht auch ohne Fax ...«
»Du machst jetzt genau, was ich dir sage.«

Aaro kroch unters Bett, hob ein Stück vom Dielenboden an und schob die Hand in den Spalt. Er nahm ein Briefkuvert aus dem Versteck und zog die Quittung heraus. Dann schlüpfte er in seine Schuhe, zog sich das Kapuzen-Sweatshirt über und verließ das Haus. Am Himmel versuchte die Sonne, hinter den Wolken hervorzukommen. Der Ahorn im Hof war zu früh gelb geworden, und seine Großmutter fürchtete schon, dass man ihn womöglich würde fällen müssen. Unter dem Baum stand das in Belgien zugelassene Auto seines Vaters, ein großer alter Benz der S-Klasse, mit dem sie nächste Woche gemeinsam nach Brüssel zurückfahren würden. Der Gedanke an den Schulanfang deprimierte Aaro.

Jemand hatte vor dem Tor eine leere Coladose stehen lassen. Die kickte Aaro nun vor sich her. Dabei betastete er die Quittung in seiner Hosentasche. Warum regte sich sein Vater eigentlich so auf?

Und vor allem: Wie sehr würde er sich erst aufregen, wenn er auf der Quittung sah, dass Aaro den KeyKatch mit Omas Visa-Karte im Internet gekauft hatte?

Aaro blieb stehen und sah sich die Quittung an. Er könnte die

Angaben des Bestellers abdecken und eine Kopie machen, aber das würde nichts helfen. Seinem Vater fielen solche Dinge auf. Aaro seufzte und ging weiter.

Der Laden seiner Oma befand sich in einem senfgelben Holzhaus in der Jokikatu, nur wenige Meter vom Rathausplatz entfernt. Es war die erste Woche im September, und für Aaros finnische Freunde hatte die Schule schon zwei Wochen zuvor begonnen. Die finnischen Touristen waren aus Porvoo verschwunden, aber auf dem Rathausplatz stiegen braun gebrannte amerikanische Touristen in weißen Kleidern und mit Kameras um den Hals aus einem Luxusreisebus. Hinter dessen Windschutzscheibe steckten ein Nummernschild und ein Zettel mit der Aufschrift: »Sea Princess«. Die Pensionäre waren von einem Luxusliner, der in Helsinki festgemacht hatte, hierher gebracht worden. Sie blickten sich staunend um und verschwanden in den verschiedenen Souvenirläden.

Aaro hoffte, einige von ihnen würden sich auch in den Laden seiner Oma verirren, aber das war eine vergebliche Hoffnung. Sie trauten sich nicht in dieses heruntergekommene Gebäude hinein, das innen schlecht beleuchtet war und in dem es nach Zigaretten roch. Spätestens der Anblick seiner Oma brächte sie dazu, kehrtzumachen und einen halogenbeleuchteten Design-Shop aufzusuchen.

Die Türglocke klingelte vertraut. »Geschäft« war Aaros Meinung nach ein leicht übertriebenes Wort, um das Etablissement zu beschreiben. »Lager« hätte besser gepasst. Oder noch besser »Schrottlager«, denn nach Schrott sah das Zeug in Aaros Augen aus: eine Kiste mit der verschnörkelten Aufschrift »1832«, ein Röhrenradio, eine Nähmaschine mit Fußbetrieb, Kupferpfannen, ein Sofa aus gustavianischer Zeit, das darauf wartete, neu bezogen zu werden, eine Bauernkommode, eine Fronthelferinnen-Tracht, ein ausgestopfter Adler.

Seine Oma trug einen ausgeleierten Strickpullover mit Rentiermuster und abgewetzte Jeans. Sie las die Lokalzeitung, die sie auf der Singer-Nähmaschine ausgebreitet hatte.

»Hi. Ich müsste Papa mal ein Fax schicken.«

»Was?«

Aaro marschierte ins Hinterzimmer. »Bloß ein Blatt.«

Aaro legte die Quittung ein und tippte die Nummer, die ihm sein Vater gegeben hatte. »Donnerwetter, hier ist es ja ganz schön schmutzig... Ich könnte vielleicht mal staubsaugen, wenn ich das hier weggeschickt habe«, sagte er.

Die Großmutter trat zu ihm, und Aaro stellte sich als Sichtblende vor das Faxgerät.

»Staubsaugen?« Die Stimme seiner Großmutter war vom Rauchen ganz tief und heiser. Wie Marlene Dietrich, sagte sie selbst, wenn sie deren Platten auf dem Grammofon im Laden spielte. »Was hast du denn ausgefressen, dass du so dein Gewissen beruhigen musst?«

Fünfzig Kilometer entfernt, in der Satulakuja, einer kleinen Straße in Vantaas Stadtteil Hakunila, herrschte die übliche Donnerstagnachmittagsruhe. Auf dem geschützten Innenhof zwischen vier flachen Mietshäusern spielten drei Kinder am Grillhäuschen und im Sandkasten. Eine Mutter mit Kinderwagen kam hinzu.

Niemand nahm Notiz von dem Mann, der ohne Eile die Zufahrt entlangschlenderte, die hinter einer Kiefernreihe zum Parkplatz führte.

Nachdem die Frau kurz mit den Kindern geplaudert hatte, ging sie mit dem Kinderwagen weiter. Sie schlug denselben Weg zum Parkplatz ein. In dem Wagen schlief ihr sechs Monate altes Baby.

Als die Mutter auf der Höhe eines alten Mitsubishi-Vans angelangt war, öffneten sich die Türen. Die Frau kam nicht einmal mehr dazu, um Hilfe zu rufen, als sie in das Auto gestoßen wurde. Ein Mann reichte das Baby hinein, warf die Tür zu und verstaute den Kinderwagen im Kofferraum.

Dann setzte sich das Fahrzeug gemächlich in Bewegung. Auf der Höhe des Supermarkts fuhr es über die Kreuzung und bog dann zum Autobahnring ab.

3

Noora blickte besorgt auf die strumpfartige Kommandomütze und die Gasmaske.

»Niemand kommt zu Schaden«, sagte Ralf leicht gereizt.

Sie standen an einem Feuer in einem feuchten Nadelwald östlich von Loviisa, einen Kilometer von der Fernstraße Helsinki–Sankt Petersburg entfernt, in einem Gelände, das jeden Pilzsammler in Begeisterung versetzt hätte. Sakombi strich sich nachdenklich über die kurzen, grauen Locken. In dem finnischen Wald sah er aus, als hätte er sich in die falsche Gegend verirrt.

Ralf legte die Gasmaske in eine Tasche, aus der er Unterlagen entnahm, die er in die Flammen warf. In dem faustgroßen Kurzwellenradio, das sie auf einem bemoosten Baumstumpf aufgestellt hatten, wurde Deutsch gesprochen.

Noora stopfte sich eine halbrohe Banane in den Mund und starrte auf ein Foto, das sie einige Wochen zuvor selbst gemacht hatte und das jetzt im Feuer verbrannte. Es zeigte ein Fahrzeug mit VW-Chassis, das auf den ersten Blick wie ein gewöhnlicher Lieferwagen aussah. Erst bei näherer Betrachtung erkannte man mehr: die breiteren Reifen, den anderen Kühlergrill, die getönten Scheiben. Es war ein Panzerwagen. Ein Geld- und Werttransporter.

In Finnland wurden Werttransporte traditionell unauffällig mit Lieferwagen durchgeführt, erst im Zusammenhang mit der Einführung des Euro hatte sich der Staat auch zum Kauf von schwererem Gerät entschlossen. Allerdings sahen selbst die massivsten Modelle nicht gepanzert aus, anders als diejenigen, die nach Großbritannien, Frankreich und Italien verkauft wurden. In diesen Ländern wollte man, dass das Aussehen der Werttransporter bereits auf ihre Fracht verwies.

Noora warf die Bananenschale ins Feuer, wo feuchte Zweige knisterten. Plötzlich kam im Radio eine Meldung aus Bremen, die sie zusammenfahren ließ.

»*Laut Mitteilung der Polizei starb der mit Gas betäubte Wachmann im Krankenhaus an den Folgen des Überfalls...*«

Nooras Herz setzte einen Schlag aus. Sie blickte auf Ralf, der beruhigend den Arm um sie legte.

»Niemand wird hier zu Schaden kommen«, versicherte er noch einmal, diesmal mit ruhigerer Stimme.

Sakombi sah weg. Noora glaubte Ralf, denn sie wollte ihm glauben. Während der letzten zwei Jahre war sie ihm treu gefolgt, hatte gelernt, ihm zu vertrauen und selbst seines Vertrauens würdig zu sein. Mit der Zeit hatte sie auch akzeptiert, dass Ralf ihr nicht alles erzählen konnte.

»*Der Überfall von Bremen ist der jüngste in einer Serie von Raubüberfällen auf Geldtransporter in Deutschland...*«

Timo Nortamo tat alles, um seine Stimme ruhig zu halten, aber das war nicht leicht. Er saß in seinem Büro und hielt in der einen Hand das Telefon, in der anderen die Quittung, die ihm Aaro gefaxt hatte.

Prima.

Der Sohn eines Experten für Verbrechensaufklärung begeht Bestellungsbetrug. Und bricht das Gesetz, indem er Abhörgeräte an Computer anschließt.

Aaros Telefon klingelte, aber er ging nicht ran. Er hatte schon auf dem Display gesehen, wer es war.

Timo seufzte, legte ein Bein auf den Schreibtisch und ließ das Telefon klingeln. Neben ihm an der Wand hing eine große Karte von Europa, dem Kontinent, für dessen innere und äußere Sicherheit die TERA verantwortlich sein sollte. Dabei war einer ihrer Mitarbeiter nicht einmal in der Lage, für die Sicherheit seines eigenen Heim-PCs zu sorgen.

Der Schreibtisch quoll über vor Ordnern, Kopien und ausgedruckten E-Mails. Die jüngsten hatten mit einer Serie von Überfällen auf Geldtransporter zu tun. Mitarbeiter des deutschen Nachrichtendienstes hatten herausgefunden, dass es da im Hintergrund irgendwelche Verbindungen zu radikalisierten Globalisierungsgegnern und ökomilitanten Kreisen gab.

Timo ließ hartnäckig das Telefon klingeln. Er wusste, Aaro hatte nicht aus Bosheit gehandelt, sondern aus Gedankenlosigkeit. Timos Mutter und seine Frau Soile hielten ihm schon seit Jahren Predigten darüber, dass Aaro zu früh in die Welt der Erwachsenen hineingerate. Und Timo hatte jedes Mal wieder seine Machtlosigkeit beteuert: Er konnte den Jungen doch nicht zwingen, mit Holzkühen zu spielen, wenn er sich mehr für HTML-Programmierungen interessierte.

Schließlich meldete sich Aaro. »Hi.«

»Was treibst du?«, fragte Timo scharf.

»Ich sauge den Laden. Hab das Telefon nicht gehört.«

»Saugen hilft jetzt auch nichts mehr.«

Stille.

»Dann eben nicht.«

Aaros kleinlaute Stimme sorgte dafür, dass Timo sich selbst hasste. Solche Dinge erledigte man nicht am Telefon, sondern unter vier Augen. Er hatte seinen Sohn zuletzt vor drei Wochen gesehen, auch im Sommer verbrachte er viel zu wenig Zeit mit ihm, das wusste er.

Er ließ die Stille noch etwas wirken, dann fragte er: »Warst du beim Angeln?«

»Beim Angeln?«

»Am Wochenende fahren wir aufs Meer. Wir leihen uns Ekis Boot.«

»Das gibt der uns nie.« Aaros Stimme hatte wieder Farbe bekommen.

»Doch, das wird er«, sagte Timo und schwieg dann eine Weile. »Was das Abhören betrifft. Du weißt, dass das nicht in Ordnung war.«

»Ich war ein bisschen zu ... Wird nicht wieder vorkommen.«

»Wir sprechen am Wochenende darüber. Ich rede auch mit Oma. Du wirst ihr jeden einzelnen Euro zurückzahlen. Und dann rufe ich Eki wegen des Bootes an.«

»Im Bootsgeschäft in der Jokikatu gibt es den neuen Navi von Garmin. Da kann man Seekarten aus dem Internet draufladen«, sagte Aaro. »Ob man den mal ausleihen oder zwei Tage testen kann?«

»Karte und Kompass genügen völlig. Und die Sterne.«

»Okay. Die Steinzeitgeräte muss man auch beherrschen, falls der Navi mal abkackt.«

Timo steckte das Telefon in die Tasche und verließ sein schäbiges Büro. War er zu lax gewesen? Woher sollte ein Kind lernen, was richtig und was falsch war, wenn nicht von seinen Eltern und wenn nicht in genau so einer Situation wie dieser? Aber am Telefon konnte man keine Abreibungen erteilen. Und Aaro war sich ja seiner Schuld bewusst.

Timo überlegte, was er Soile sagen sollte. Müsste nicht auch die Mutter mehr Zeit mit ihrem Kind verbringen, statt in den Tiefen ihrer Forschungsarbeit zu versinken?

Mit knurrendem Magen ging Timo in die Kantine im Keller und stellte sich in die Schlange. Er schob das Tablett auf der Ablage vor sich her und pflückte sich hinter den Baguettes eine Scheibe halbwegs dunkles Brot heraus, das dunkelste, das es gab.

»Wie man hört, strebt dein Sohn eine Karriere in der Gegenspionage an«, sagte ein Brite hinter ihm.

Timo verzichtete auf die Butter und tat so, als hätte er es nicht gehört. Das wirkte immer am besten. Finnische Knorrigkeit veranlasste die anderen am ehesten zur Vorsicht und provozierte im besten Fall Unsicherheit.

Er stellte eine Schale mit grünem Salat auf sein Tablett und wählte als Hauptgericht den Hähnchentopf, der schien ihm noch am leichtesten zu sein. Wenn bloß keine Sahne an der Soße war. Er beugte sich nach vorn, um den Teller in Augenschein zu nehmen.

»*Tenez*«, sagte die geschminkte junge Frau an der Theke und zwinkerte ihm zu. »Ist mit guter Sahne.«

»Sie schwindeln«, knurrte Timo dem Mädchen zu und nahm eine Flasche Evian aus der Vitrine.

An den nur halb besetzten Tischen unterhielten sich hauptsächlich Nordeuropäer – den Italienern, Franzosen, Spaniern und Portugiesen war das Kantinenessen nicht gut genug, sie gingen zu einem ordentlichen Lunch in die umliegenden Restaurants. Katholiken konnten mit protestantischer Askese einfach nichts anfangen. Lieber nahmen sie in Kauf, dass sich ihr Arbeitstag zum Abend hin in die Länge zog. Das wiederum mochte Timo nicht.

Er trug sein Tablett an einen freien Tisch. Er wollte jetzt mit niemandem reden. Überhaupt war er nicht sonderlich gesellig. Mit zunehmendem Alter fiel es ihm immer schwerer, neue Leute kennen zu lernen, und bei Einladungen suchte er meist die Gesellschaft der Person, die ihm am wenigsten fremd war. Allerdings pulsierte hinter den nordischen Genen des Vaters das muntere karelische Erbe der Mutter. Das kam immer dann zum Vorschein, wenn er mit Flohmarkt- oder Antiquitätenhändlern zu tun hatte.

Timo schaufelte sich das Essen in den Mund. In dem Hähnchentopf war Sahne. Überraschend setzte sich Heidi Klötz an seinen Tisch. Die gertenschlanke Beamtin des Bundesamtes für Verfassungsschutz war im Frühling aus Köln gekommen. Diese extrem pragmatische, unverheiratete 36-Jährige mit dem schwarzen Retro-Brillengestell hatte eine Vorliebe für minimalen Smalltalk. Dass die gefriergetrocknete Deutsche jetzt an seinem Tisch auftauchte, weckte Timos Neugier.

»Wie geht's?«, fragte sie, wobei sie den voll geladenen Teller mit einem fettigen Fleischgericht vom Tablett auf den Tisch stellte. »Erziehungsprobleme?«

Oh, Scheiße, weiß das jetzt schon das ganze Haus?, dachte Timo, lächelte aber freundlich. »Dir sind solche Probleme ja fremd.«

»Gott sei Dank.«

Das hat wohl nicht nur mit Gott zu tun, dachte Timo, hielt aber seine Zunge im Zaum und schob sich eine Gabel voll Salat in den Mund.

Heidi Klötz konzentrierte sich auf ihr Spanferkel, so dass sich Stille über den Tisch legte.

»Ich habe gerade aus Köln gehört, dass hinter dem Bremer Überfall eine ökomilitante Gruppe von Globalisierungsgegnern namens G1 steckt«, sagte Heidi Klötz nach einer Weile.

Bei G1 fiel Timo eine ganz andere Gruppierung ein: Während des Krieges hatten einige Technikstudenten aus der belgischen Widerstandsbewegung die so genannte G-Gruppe gebildet, die Sabotageakte in Einrichtungen der Nazi-Rüstungsindustrie vornahm.

»Die Analytiker aus der Abteilung für radikale Organisationen sagen, die G1 beschaffe sich Geld für irgendeine größere Aktion. Außerdem stehe sie in Verbindung mit Veteranen der RAF.«

Timo sagte noch immer nichts, sondern wartete erst mal ab, was die Deutsche von ihm wollte. Der Link zwischen den radikalen Aktivisten und der Roten Armee Fraktion erschien ihm an sich logisch, schließlich hatte auch die RAF in den 70er Jahren für die Dritte Welt gekämpft und dabei Banken und Kaufhäuser überfallen und Banker und Wirtschaftsbosse umgebracht. Das heterogene Spektrum der Globalisierungsgegner erstreckte sich von Öko-Freaks über Eine-Welt-Aktivisten bis hin zu Tierschützern. Und aus dem Blickwinkel der Nachrichtendienste war jeder frustrierte Atomkraftgegner oder Pelzmantelbesprüher ein potenzieller Terrorist. Nach dem Motto: Einige Demonstranten begreifen die Hoffnungslosigkeit ihres Widerstandes und fangen an, sich terroristischer Methoden zu bedienen. Timo war hin- und hergerissen: Er konnte den Zorn besonders junger Menschen auf diese Global Player ja gut verstehen. Andererseits heiligte schließlich nicht jeder Zweck die Mittel. Und unter diesen selbst ernannten »Globalisierungsgegnern« gab es offenbar tatsächlich einige Gruppierungen, die man im Auge behalten sollte. Das Ärgerliche an ihnen war, dass von denen leider nur allzu gern auf andere Gruppen geschlossen wurde, die durchaus für nachvollziehbare Ziele eintraten.

»Es interessiert dich vielleicht, dass die G1 Kontakte nach Finnland hat.«

Timo blickte von seiner Salatschüssel auf.

»Bei einer Hausdurchsuchung des BfV sind gefälschte Papiere und Tickets gefunden worden. Mindestens ein Mitglied aus dem harten Kern der G1 ist letzte Woche nach Helsinki geflogen. Ralf Denk. Er hat falsche Papiere benutzt, von denen zu dem Zeitpunkt noch niemand wusste.«

Timo schluckte den letzten Bissen hinunter, bevor er sprach. »Warum nach Finnland?«

»Genauere Informationen gibt es nicht. Der BfV hat die Finnen schon informiert und einen Haftbefehl gegen Denk erlassen. Wann geht's zurück nach Helsinki?«

»Morgen Abend. Nächste Woche kommen mein Sohn und ich mit dem Wagen zurück.«

»Könntest du schon eher fahren? Morgen früh vielleicht? Und dir mit deinen ehemaligen Kollegen die Finnland-Connection der G1 mal näher anschauen?«

»Ist das so wichtig?«

Heidi Klötz schob ihre Brille hoch und senkte die Stimme. »Diese G1 ist keine Bürgerinitiative. Die organisieren Raubüberfälle und sind sogar bereit, zu töten. Die Mutter von Ralf Denk war Renata Kohler.«

Timo brauchte einen Moment, bis er den Namen zuordnen konnte. Dann fiel es ihm wieder ein: Renata Kohler hatte Anfang der 70er Jahre der RAF angehört und war zum näheren Umkreis von Ulrike Meinhof und Andreas Baader gezählt worden.

»Falls die G1 Kontakt zur RAF hat, ist bald der Teufel los«, fuhr Heidi Klötz fort.

Timo wusste, was sie meinte. Die Italien-Abteilung war bereits in Alarmbereitschaft, seit die wiedergeborenen Roten Brigaden, eine linksradikale Terrororganisation, im März 2002 in Bologna Marco Biagi, den Berater des italienischen Arbeitsministers, erschossen hatten. Die Mordwaffe war dieselbe gewesen, die drei Jahre zuvor beim Mord an Biagis Vorgänger Massimo D'Antona benutzt worden war. In der Nähe des Tatorts hatte die Polizei einen mit Sprühfarbe auf den Bürgersteig gemalten roten Stern gefunden.

Bei einer Routinekontrolle im Zug von Rom nach Florenz hatten die Mörder einen Polizisten erschossen, daher nahm man an, dass sie einen größeren Schlag geplant hatten. Dieser Fall hatte auch Finnland gestreift, denn die Terroristen hatten mit einem italienischen Linksaktivisten verkehrt, der in Helsinki lebte. Timo hatte damals die Ermittlungen zwischen Finnischer Sicherheitspolizei, Zentralkriminalpolizei und den italienischen Behörden koordiniert.

Das Wiedererstarken der Roten Brigaden war keine Bagatelle. In den ersten zehn Jahren ihres Bestehens hatten die Terroristen 14000 Anschläge durchgeführt und damit das italienische Rechtssystem in den 70er Jahren an den Rand der Lähmung gebracht. Dann fanden die Richter eine effizientere Vorgehensweise, und 1982 hatten 1400 Linksterroristen in italienischen Gefängnissen gesessen.

Wenn die Roten Brigaden in Italien wieder aktiv wurden, warum sollte dann das Gleiche nicht auch mit der RAF in Deutschland passieren? Offiziell hatte die sich zwar aufgelöst – aber wer wusste schon, ob das nicht vielleicht nur ein öffentlichkeitswirksames Ablenkungsmanöver gewesen war?

»Ich glaube, ich habe für morgen keine Termine vereinbart«, sagte Timo und bemühte sich, möglichst neutral zu klingen. In Wahrheit interessierte ihn das Ganze plötzlich sehr. Was hatten deutsche Extremisten in Finnland verloren?

»Aber diese Sorte von Vollstreckern gibt es in Finnland nicht«, fuhr er fort. »Und wenn, dann erfahren wir das sofort. Die SiPo hat schon vor Jahren in alle nennenswerten Gruppierungen ihre Leute eingeschleust. Finnland ist ein kleines Land. Und die betreffenden Kreise dort sind noch kleiner.«

»Setz dich mit deinen Kollegen in Helsinki in Verbindung. Der Fall ist als ›orange‹ eingestuft.«

Im Slang von TERA bedeutete ›orange‹ die zweithöchste Priorität nach ›rot‹. Wenn radikale Gruppen der Globalisierungsgegner der neuen Generation Bündnisse eingingen mit alten Euroterroristen, die ihnen ideologisch nahe standen, waren ernsthafte Probleme zu erwarten.

Nach dem Mittagessen rief Timo bei *Finnair* an. Er wollte die Gelegenheit nutzen und Soile und Aaro überraschen. Warum erst am nächsten Morgen fliegen, wenn er ebenso gut gleich zum Flughafen fahren konnte?

Anschließend nahm er eine geschützte E-Mail-Verbindung zu einem alten Bekannten auf: Oberinspektor der operativen Linie bei der Sicherheitspolizei, zu dessen Aufgaben es gehörte, Extremisten in Finnland zu beobachten.

4

Die junge Frau hielt das Lenkrad fest umklammert. Unter der Bräune waren Aknenarben zu erkennen, aber ihre schönen, tiefblauen Augen zogen alle Aufmerksamkeit auf sich. Ihr blondes Haar hatte sie zu einem straffen Pferdeschwanz zusammengebunden. Sie war schlecht gelaunt, und daran konnten auch der herbstliche finnische Wald entlang der Straße und schon gar nicht die darüber hängenden grauen Wolken etwas ändern.

»Fahr nicht so schnell«, forderte Ralf sie auf. Er saß auf dem Beifahrersitz.

Gehorsam nahm Noora den Fuß vom Gas. Die multinationalen kapitalistischen Konzerne setzten rücksichtslos alle Mittel ein, um ihre Macht zu steigern, weshalb sollte man sich noch damit begnügen, Pamphlete zu schreiben? Über all diese Dinge hatte sie schon nachgedacht, als sie als junge Tierschützerin Pelztiere aus ihren Käfigen befreit hatte und auf dem Gymnasium von Seinäjoki als Querdenkerin aufgefallen war. Vor ihrem ersten Anschlag auf eine Pelztierfarm war sie genauso nervös gewesen wie jetzt.

Das hier war allerdings etwas ganz Anderes als der Überfall auf das Grundstück eines Nerzzüchters. Noora hatte sich heute Morgen noch mit Hanna getroffen, die mittlerweile als Tierärztin in Kotka arbeitete. Damals hatte sie bei ihren Aktionen radikaler Tierschützer mitgemacht. Hanna hatte sich nach Ralf erkundigt, und Noora hätte ihr gern mehr von ihm erzählt, aber sie hatte es nicht gewagt, sich seinen strikten Anweisungen zu widersetzen. Bei Hanna hatte Noora auch Tatu getroffen, der nach wie vor bei Pelztieraktionen mitmachte.

Jetzt bereitete Noora allein der Gedanke an das, was ihr bevorstand, Magenkrämpfe. Aber sie konnte sich auf Ralf verlassen. Mehr als auf Sakombi, der den zweiten Wagen holte. Niemand würde physischen Schaden erleiden. Die Kapitalisten würden Geld verlieren, aber das war nur recht und billig. Gegen Geld konnte man nur mit Geld kämpfen.

»Du hast Angst«, sagte Ralf.

Noora schüttelte den Kopf.

»Angst ist normal«, sagte Ralf und schwieg. Kurz darauf fügte er hinzu: »Ich bin nicht fähig, Angst zu haben.«

»Das hieße, du bist nicht normal«, sagte Noora mit einem vorsichtigen Lächeln.

»Wahrscheinlich nicht.«

Noora blickte zur Seite, aber Ralf starrte mit versteinertem Gesicht vor sich hin. Ralf verfügte über alles, was Noora sich von einem Mann wünschte: Erfahrung, Intelligenz, Kraft, Idealismus. Er wirkte wie jemand von einem anderen Planeten, verglichen mit Nooras männlichen Altersgenossen, die die Welt allein mit ihrem jugendlichen Trotz und ihrer Aggression verbessern wollten. Ralf predigte nicht, er handelte: professionell, ohne zu zögern, hochgradig analytisch. In allem erkannte man seine wissenschaftliche Ausbildung.

Privat war er genauso. Am Anfang hatte Noora das fasziniert, aber mit der Zeit hätte sie sich für ihre Beziehung ein bisschen mehr Wärme und Empathie gewünscht. Etwas von dem, was sie zwei Jahre zuvor unter der sengenden Sonne Genuas erfahren hatte, als sie sich kennen gelernt hatten. Vieles hatte sich seither verändert. Der graue finnische Wald um sie herum erinnerte Noora daran, wie weit entfernt sie waren von den warmen italienischen Tagen.

»Hast du nicht auch manchmal Angst, dass wir erwischt werden?«, fragte sie.

»Wir werden nicht erwischt.«

In Ralfs ruhiger Stimme lag keine Spur von Trotz. Er konstatierte das lediglich.

»Und wie schaffen wir das Geld aus Finnland hinaus?«

»Mach dir darüber keine Sorgen.«

»Du vertraust mir nicht.«

»Das ist keine Frage des Vertrauens. Wir schützen dich. Je weniger du weißt, desto weniger kannst du aus Versehen preisgeben. Und umso weniger kann man dich zwingen, etwas zu verraten.«

»Die finnische Polizei zwingt niemanden.«

Ralfs Telefon klingelte. Er antwortete zustimmend auf Deutsch und reichte Noora das Telefon. »Sag auf Finnisch ins Telefon, was ich dir diktiere...«

Noora hörte den Satz, den Ralf emotionslos aussprach.

»Warum soll ich das sagen?«, flüsterte sie schockiert.

»Hallo. Rate mal, von wo ich anrufe.« Timo war auf dem Weg zur Gepäckausgabe.

»Vom Flughafen Helsinki-Vantaa.«

»Wie hast du das erraten?«

»Durch die Fragestellung«, sagte Aaro. »Und durch die Hintergrundgeräusche.«

»Ich habe beruflich was zu erledigen, darum bin ich schon früher da.«

»Hast du Eki angerufen?«

»Noch nicht.« Timo bereute sofort, dass er es noch nicht getan hatte. Nichts würde ihn davon abhalten können, die versprochene Angeltour mit Aaro zu unternehmen, das hatte er sich fest vorgenommen. Er trat auf die Rolltreppe, die nach unten führte. »Ich rufe ihn heute Abend an.«

»Wann bist du hier?«

»Heute Nacht. Ich muss zuerst noch ein bisschen arbeiten. Geh ruhig schlafen.«

Jussi Välimäki von der Sicherheitspolizei hatte versprochen, ihn vom Flughafen abzuholen. Timo verließ die Ankunftshalle und sah hinter der Reihe der Taxis einen kleinen, grauen Toyota, an dessen Steuer ein großer Mann saß und winkte.

Timo bugsierte den eilig gepackten Koffer in den Kofferraum und setzte sich auf den Beifahrersitz. Välimäki war fast so groß wie er, aber dünn und schmalschultrig. Sein Gesicht erinnerte ein bisschen an Cary Grant. Timo mochte Grant als Schauspieler nicht sonderlich. James Stewart gefiel ihm besser.

»Du fährst ja noch immer diese Sardinenbüchse«, brummte Timo, während er ächzend den Gurt anlegte. »Dein Kopf scheuert sogar am Dach... Ist das nicht ein miserabler Grund für eine Glatze?«

Välimäki blickte in den Seitenspiegel und fuhr los. »Bei meinem Gehalt wechselt man nicht so leicht den Wagen.«

»Irgendwas vom Außendienst gehört?«

»Wenig. Außer dass ein V-Mann in Kotka behauptet, es könnte sich ein Deutscher in der Gegend aufhalten. Der Freund einer finnischen Aktivistin.«

»Name?« Timo zog sein Notizbuch aus der Tasche.

»Tatu.«

»Ich meine nicht den V-Mann, sondern den Deutschen.«

»Ralf. Nachname nicht bekannt.«

Timo sah Välimäki scharf an.

»Und dieser Ralf ist in Kotka?«

»Möglicherweise.«

»Wie kann ich deinen V-Mann erreichen?«

»Überhaupt nicht. Nur ich erreiche ihn. Wenn ich es für klug halte.« Välimäki bog in die Straße ein, die zum Autobahnring führte und schaltete in einen höheren Gang.

Timo begriff, dass er sich um die Einzelheiten wohl selbst kümmern musste. Wer von außen kam, die Dinge im größeren Zusammenhang sah und Befehle erteilte, stieß schnell gegen eine Backsteinwand und verlor den Rückhalt seiner alten Kollegen. Diese Lektion hatte Timo schon gelernt, als er im Generalkonsulat in Sankt Petersburg als Sonderexperte der Polizei gearbeitet hatte.

»Hinter den Überfällen auf Geldtransporte in Deutschland steckt laut BfV eine militante Aktivistengruppe namens G1«, sagte Timo, während er das Handy aus der Innentasche seiner Jacke zog. »Sie haben Kontakt zur RAF und eventuell auch zu anderen alten Terroristen. Ein Mitglied der Gruppe hält sich derzeit in Finnland auf, und das könnte dieser Ralf sein, den dein V-Mann erwähnt hat.«

Timo holte sein Telefon aus der Tasche. »Gib mir die Nummer. Ich will mit dem V-Mann reden.«

»Wird dieser Ralf in Deutschland gesucht?«

»Ja. Ein schwerer Brocken.«

Välimäki zog sein eigenes Handy heraus und suchte nach der gespeicherten Nummer.

»Was ist dein V-Mann für ein Typ?«, fragte Timo.

»Arbeitet bei der Post.« Välimäki hielt Timo das Telefon hin. Sie näherten sich der Autobahn nach Tuusula. »Tatu, wie gesagt. Abitur, abgebrochenes Forstwirtschaftsstudium.«

Timo drückte auf die Taste mit dem grünen Hörer und legte das Handy ans Ohr.

»Tatu«, meldete sich eine scharfe Stimme.

»Hier ist Timo Nortamo, hallo. Neben mir sitzt Välimäki. Du hast etwas über einen Deutschen namens Ralf gehört.«

»Stimmt. Ich kenn hier eine Tierärztin, die hat eine Bekannte aus Deutschland ...«

»Namen und Adressen.«

»Hanna Kanerva. Die Praxis ist in der Olavinkatu, die Nummer weiß ich nicht. War früher ein Lebensmittelladen drin. Noora Uusitalo lebt in Deutschland. Hanna behauptet, Noora habe einen deutschen Freund namens Ralf.«

»Kannst du noch einmal mit Hanna reden, ohne dass es auffällt?«
»Ich weiß nicht... Ist ziemlich schwierig.«
Timo überlegte kurz. Der V-Mann war Amateur, und man wusste nicht viel über seine Fähigkeiten und Motive. »Ich komm später noch mal darauf zurück.«
Timo unterbrach die Verbindung. »Ich fahre morgen nach Kotka.«
Välimäki sah ihn überrascht an.

Das blaugraue Fahrzeug, das aussah wie ein Lieferwagen, rollte die schmale, unbefestigte Straße entlang, die das nordöstliche Gewerbegebiet von Kotka mit der Straße nach Hamina und der Fernstraße Helsinki–St. Petersburg verband. Am Steuer saß Jani Vakkuri. Er fuhr vorsichtig und in gemächlichem Tempo.

Das Fahrzeug mit dem Volkswagen-Chassis war gut zu fahren, denn das größere Gewicht wurde durch strammere Federung und einen effektiveren Motor kompensiert. Aber die Straße war kurvenreich, und Vakkuri wollte auf Nummer sicher gehen. Schließlich war er mit Hilfe eines psychologischen Tests für diesen Job gerade deshalb ausgesucht worden, weil er Risiken mied.

»Hast du schon von dem Subwoofer gehört, den sich Panu eingebaut hat?«, fragte Sami, der neben Vakkuri saß. Der 24-jährige Mann aus Kerava war vor einem halben Jahr vom Wachmann zum Beifahrer gemacht worden.

»Bloß, dass er sich einen kaufen wollte.«
»Jetzt hat er ihn... Fährt einen winzigen Mazda und holt sich am Zahltag eine echte Auto-Hifi-Anlage. Der Verkäufer listet auf, was es an Lautsprechern gibt: acht Zoll, zehn Zoll... Nein, mehr Power, sagt Panu, und der Verkäufer geht zu größeren Kalibern über...«

Vakkuri hatte nichts dagegen, dass sich das Führerhaus mit Samis Geplauder füllte, aber er konzentrierte sich aufs Fahren. Leichter Regen hielt die Scheibenwischer auf Trab. Beide Männer trugen blaugraue Einheitspullover mit kleinen Schlaufen an der Brust für Stifte. Am Gürtel hingen ein Lederhalfter mit Gaspistole und eine Kette mit Schlüsseln.

Im hinteren Teil des Wagens war niemand, nur die Fracht, über deren Inhalt weder Vakkuri noch Sami etwas wussten. Aus Sicherheitsgründen war nur der Fahrtenkontrolleur im Büro von SecuriGuard in Vantaa informiert. Der Kontrolleur wurde mittels eines am Armaturenbrett angeschlossenen Navigationstelefons permanent darüber informiert, wo sich das Auto gerade befand.

Der Wagen war der beste von SecuriGuard, etwas ganz Anderes als die gewöhnlichen Lieferwagen, mit denen Vakkuri früher die Geldsäcke eingesammelt und die Geldautomaten gefüllt hatte. Der Ostverkehr war die Visitenkarte der Firma, damit versuchte sie auch Kunden in Russland zu erreichen, wo es für Werttransporte einen immer größeren Markt gab.

Vakkuri war ein erprobter Ost-Fahrer. Andere wollten auf keinen Fall nach Russland hinüber, obwohl es dort bislang noch nie größere Schwierigkeiten gegeben hatte.

»Rate mal, was passiert ist!«, sagte Sami und plapperte weiter, ohne die Antwort abzuwarten: »Der Typ kauft sich einen 15-Zoll-Sub, trägt ihn zu seinem Auto und stellt fest, dass der nicht mal in den Kofferraum passt!«

Die Scheinwerfer leckten über den feuchten Kiefernwald. Es waren keine anderen Fahrzeuge unterwegs, rechts und links der Abkürzung standen nicht einmal Häuser.

»Aber unser Panu ist ja clever«, erzählte Sami weiter. »Baut die Rückbank aus und setzt dort den Subwoofer ein. Der Verstärker hat mehr Leistung als der Motor vorne im Mazda, und die Bässe dröhnen, dass im Umkreis von hundert Metern an allen Häusern die Scheiben zittern...«

In Vakkuris Brusttasche klingelte das Privathandy. Das Autotelefon war am Armaturenbrett befestigt, es lief im Freihandbetrieb, und man konnte auf Knopfdruck die Verbindung herstellen.

Vakkuri drosselte das Tempo. Im beleuchteten Display sah er Riikkas Nummer. Das erleichterte ihn, denn er hatte den Abend über mehrfach versucht, seine Frau zu erreichen.

»Hallo, mein Schatz«, fing Vakkuri an, aber eine weinerliche Stimme unterbrach ihn.

»Jani, hör genau zu... Lös keinen Alarm aus...!« Riikka schluchzte und konnte kaum weitersprechen, aber dann fasste sie sich und sagte mit zitternder Stimme: »Wenn du Alarm auslöst, werden Laura und ich...« Sie schluchzte heftiger. »...umgebracht.«

5

Noora sah die Scheinwerfer hinter der Kurve im leichten Regen entgegenkommen. Der blaugraue Werttransporter verlangsamte die Geschwindigkeit, und der Fahrer setzte den Blinker.

Noora warf Ralf einen Blick zu. Der zog sich die Sturmhaube über, die nur die Augen frei ließ. Sie saßen im Ford, auf einem kleinen Waldweg, fünfzig Meter von der Hauptstraße entfernt.

Ralf legte die Hand auf den Türgriff.

»Mach dir keine Sorgen«, sagte er leise. »Alles wird gut gehen.«

Noora schaute Ralf ängstlich an und griff nach seiner Hand.

Der Geldtransporter bog in den Seitenweg ein und kam langsam näher.

Ralf löste sich sanft aus Nooras Griff, nahm die Waffe aus der Tasche und öffnete die Tür.

Noora sah vom Steuer aus zu, wie Ralf ruhig auf das näher kommende Auto zuging. Weil sie die Einzige war, die Finnisch konnte, hatte sie die schrecklichen Worte auf Band sprechen müssen: »Wenn dein Mann Alarm auslöst, bringen wir dich und dein Baby um.« Als sie gebeten wurde, den Satz für die Aufnahme noch einmal zu wiederholen, hatte sie immer stärkere Zweifel bekommen. Jetzt war sie geradezu erleichtert, dass die

Aktion in Gang kam. Schließlich handelten sie für eine gerechte Sache.

Der Lieferwagen fuhr auf Ralf zu, bis der dem Fahrer mit einem Handzeichen signalisierte, anzuhalten.

»Tu jetzt nichts!«, flüsterte Jani Vakkuri seinem Beifahrer Sami zu. Der bewaffnete Mann mit der Sturmhaube kam im Scheinwerferkegel auf sie zu, dessen Licht bis zu dem kleinen Ford reichte, der in einiger Entfernung geparkt war.

Vakkuri blickte in den Rückspiegel und sah, dass sich von hinten die Lichter eines weiteren Fahrzeugs näherten. Ein Teil der Gangster war ihnen also gefolgt.

Vakkuri war sich über die Situation sofort im Klaren. Es lohnte sich nicht, ein Risiko einzugehen. So sahen es auch die Anweisungen seines Arbeitgebers bei Überfällen vor. Geld war bloß Geld.

»Russen«, flüsterte Sami heiser. »Glaub mir.«

Der Mann im Scheinwerferlicht gab mit einem Handzeichen den Befehl auszusteigen.

»Lass uns drinbleiben«, flüsterte Sami panisch. »Hier kommen die nicht mal mit dem Vorschlaghammer rein.«

»Willst du Riikka und Laura umbringen?« Vakkuris Stimme wurde heftig, während er nach dem Türöffner griff. Im Rückspiegel sah er, dass der Verfolger unmittelbar hinter ihnen stehen geblieben war. Zwischen ihre Stoßstangen passte kein Haar mehr.

Die Türen des Werttransporters gingen auf, und zwei junge, blonde Finnen kamen heraus. In dem Moment, in dem Ralf ihre Gesichter sah, wusste er, dass es keine Probleme geben würde, jedenfalls nicht mit diesen beiden.

Sakombi stieg aus dem Renault, den er dicht hinter dem Geldtransporter geparkt hatte, und rieb sich die Nase. Das war ein sicheres – und zugleich das einzige – Zeichen dafür, dass er nervös war.

»Stehen bleiben!«, sagte Ralf auf Finnisch, mit starkem Akzent, aber verständlich.

Anschließend setzte er sich mit pochendem Herzen hinter das Steuer des Geldtransporters und blickte sich in dem schwach beleuchteten Innenraum um. Er machte das Handschuhfach auf und entnahm ihm eine schwarze Plastikmappe. Sie enthielt die Fahrzeugpapiere und zwei finnische Pässe, in die Dauervisa eingeklebt waren. Am Armaturenbrett leuchtete das Display eines Navigationstelefons.

Das war der Schlüssel zum Erfolg.

Ralf stieg aus und nickte dem Fahrer zu. »Setz dich wieder ans Steuer!«

Im Laderaum des geparkten Lieferwagens wiegte Riikka Vakkuri ihr Baby im Arm. Laura war längst eingeschlafen, aber Riikka wiegte sie immer weiter.

Ihr ging der Satz dieser Frau nicht mehr aus dem Kopf: *Wenn dein Mann Alarm auslöst, bringen wir dich und dein Baby um.*

Jemand wollte das Auto überfallen, das Jani fuhr, so viel war klar. Sie war sicher, Jani würde vernünftig reagieren und sie und das Baby nicht in Gefahr bringen, indem er den Helden spielte. Oder könnte ihm doch irgendeine Dummheit unterlaufen?

Um Riikka herum waren Teppiche und Wolldecken aufgestapelt. Die Fenster in den Hintertüren hatten sie mit Pappe und grauem Isolierband abgeklebt. An der Decke brannte eine schwache Lampe.

In Plastiktüten neben ihr standen ein Vorrat an Babygläschen, Brottüten, Orangensaft, vakuumverpackten Käsescheiben, Keksen und eine riesige Menge Wasserflaschen. Der Menge an Essen und Wasser nach zu urteilen, wollte man sie hier offenbar länger festhalten.

Riikka spürte, wie die Angst in ihr hochstieg. In der Ecke gegenüber stand ein Eimer für die Bedürfnisse, dort lagen auch Klopapier, Windeln und schwarze Müllbeutel, von denen einer schon halb voll war und einen stechenden Geruch absonderte.

Sie hatte keine Ahnung, wohin sie gebracht worden waren.

Auf jeden Fall an einen Ort, wo es weit und breit keine Menschen gab, denn die Kidnapper schienen überhaupt nicht zu befürchten, dass jemand Geräusche aus dem Innern des Wagens hörte.

Man hatte sie kühl, aber korrekt behandelt. Machten sie es mit Jani ebenso? Riikka versuchte, eine bessere Sitzposition zu finden, vorsichtig, damit sie Laura nicht weckte.

In der Välikatu in Porvoo schnappte Timo seinen Sohn und drückte ihn fest an sich. Eine einzelne Lampe erleuchtete die Bäume hinter dem Haus. Aaro kam sich gleichzeitig groß und klein vor.

»Weißt du eigentlich, wer der Sumoringer mit den meisten Siegen ist? Ishimo Kugosaki aus Tokio«, sagte er aus der Umarmung heraus. »Er hat 146-mal hintereinander gewonnen...«

»Und weißt du, wer der anstrengendste Besserwisser der Welt ist?«, entgegnete Timo und entließ den Jungen aus seinen Armen. In den Fenstern des niedrigen Holzhauses brannte Licht, und das Laub duftete herbstlich. Timo verspürte eine Riesenlust, hier zu bleiben, Urlaub zu machen, ein paar Wochen lang nicht zu arbeiten und nichts zu denken, nur mit Aaro zu angeln und Fußball zu spielen. Auch Soile war für einige Tage beruflich in Finnland.

»Ist deine Mutter schon da?«

»Vor einer Stunde angekommen. Wem gehört denn das Auto da?« Aaro nickte in Richtung des Zivil-Toyota der Zentralkripo.

»Einem Kollegen.«

Timos Mutter zündete sich auf ihrem Stammplatz, der Holztreppe vor der Haustür, eine Zigarette an. »Willst du in die Sauna?«

»Heute nicht. Ich denke, ich werde direkt schlafen gehen. Wo ist Soile?«

»Im Internet«, sagte Aaro. »Antwortet auf Au-pair-Anzeigen.«

Aaro sprang ins Haus, und Timo folgte ihm mit seiner Reisetasche. Im Flur empfing ihn der vertraute, leicht muffige Geruch des alten Hauses.

»Schon was Passendes gefunden?«, fragte er Soile, die in Aaros kleinem Zimmer am Computer saß.

Soile lachte und fuhr herum, ihr dunkler Pferdeschwanz wippte dabei. »Ja, mehrere sogar. Aber die eine aus Joensuu ist unschlagbar. Sie hat gerade bestätigt, dass sie morgen zu mir in die TH kommt.«

»Gut.«

Sie unterbrach die Modemverbindung und stand auf. »Magst du auch einen Tee?«

»Lieber Kaffee.«

Soile ging in die Küche, und Timo schloss die Tür hinter sich.

»Sagt dir der Name William Hill etwas?«, fragte er Aaro, der sich auf die Bettkante setzte.

»William Hill?«

»Du hast mich schon verstanden.«

»Ist das nicht diese englische Spielinvestmentfirma?«

»Ein Wettbüro«, korrigierte Timo. »Ein Unternehmen für Glücksspiele.«

»In Spiele zu investieren ist kein Glücksspiel. Im Gegensatz zu Lotto oder Roulette. Hier geht es um Spielinvestment...«

»Jemand hat mit Omas Kreditkarte bei William Hill gewettet.«

Aaro seufzte. »Das war eine Ausnahmesituation. Bei New York Rangers gegen Detroit war klar, wer gewinnt. Zwei Büros haben Überquoten geboten. Nur ein totaler Idiot hätte da nicht gespielt. Für einen Zehner hab ich fast zwanzig Euro gekriegt... Bald hab ich das MMS-Telefon zusammen!«, sagte er mit leuchtenden Augen.

»Ich bestreite nicht, dass Wetten interessant ist. Und manchmal auch ertragreich...«

»Vor allem lernt man dabei mathematisches und logisches Denken«, beeilte sich Aaro mit roten Wangen hinzuzufügen.

»Bestimmt auch das. Aber es ist erstens nichts für Kinder. Verstehst du? Und schon gar nicht mit der Kreditkarte einer anderen Person. Das ist eine gesetzeswidrige Handlung. Ein Strafdelikt.«

Aaro betrachtete seine Schuhspitzen. »Weißt du eigentlich, wer den größten Wettgewinn aller Zeiten gemacht hat? Der US-Bürger George ...«

»Versprichst du mir, dass sich das nicht wiederholt?«

Aaro nickte.

»Versprichst du es oder nicht?«

»Ich verspreche es. Und der Gewinn?«

»Muss abgegeben werden, da illegal erworben.«

»An den Staat?«

»An Oma.«

Aaro hockte kleinlaut auf dem Bettrand. »Entschuldigung.«

Timo setzte sich zu ihm und legte ihm den Arm um die Schultern. »Du musst Oma um Entschuldigung bitten.«

Timos Blick fiel auf die DVD-Hülle auf dem Schreibtisch. Er nahm sie in die Hand: ›Matrix‹.

»Woher hast du die?«

»Hat Mama mitgebracht«, sagte Aaro. »Siehst du das nicht? Hat einen französischen Umschlag. *Version française.*«

»Die hat auch eine Altersgrenze. 15 Jahre, wenn ich mich nicht irre.«

»Alle meine Freunde haben den gesehen.«

Timo sagte nichts mehr. Es war nicht Aaros Fehler, wenn seine Mutter sich nicht an die Vereinbarungen hielt. Dabei sorgte sie sich doch sonst so um den Schutz seiner Kindheit. Mühsam riss er sich von dem Thema los. »Hast du schon deine Schulbücher besorgt?«

»Mama hat versprochen, sie morgen aus Helsinki mitzubringen.«

Der Nachtdiensthabende in der Zentrale von SecuriGuard im Vantaer Stadtteil Tikkurila schaufelte Kaffeepulver in die Maschine. Es war ein ruhiger Abend. Insgesamt 74 Wachleute waren draußen unterwegs, dazu ein halbes Dutzend Werttransporter.

Bislang hatte lediglich im Gewerbegebiet Herttoniemi ein Wachmann wegen eines Einbruchsalarms die Polizei rufen müssen.

Der Wachhabende ließ den Kaffee durchlaufen und ging zu seinem Tisch voller Monitore zurück. Auf einem der Bildschirme war ein angefangenes Patience-Spiel zu sehen. Der Diensthabende ging die Liste mit den Uhrzeiten und den Telefonnummern durch.

Er hatte den üblichen Kontrollanruf bei dem Wagen nach Sankt Petersburg gemacht. Nach der Grenze müsste Vakkuri zurückrufen, aber bis jetzt hatte der nichts von sich hören lassen, also war er wahrscheinlich noch vor der Grenze.

Ein Flachbildschirm zeigte einen Kartenausschnitt, auf dem sich das Fahrzeug in Form eines Punktes bewegte. Es befand sich kurz hinter dem Grenzübergang Vaalimaa. Wenn sich der Fahrer nicht bald meldete, musste er angerufen werden. Der Sinn der Kontaktaufnahme bestand darin, der Besatzung im Fahrzeug das Gefühl zu vermitteln, dass die Firma auf sie aufpasste.

Der blaugraue VW-Lieferwagen stand im hellen Licht der Scheinwerfer am Grenzübergang Vaalimaa. Nach dem Regen waren überall große Pfützen auf dem Asphalt.

Vakkuri reichte dem russischen Beamten seinen und Ralfs Pass sowie die Papiere, die sicherstellten, dass die versiegelte Fracht nicht kontrolliert wurde. Kurz zuvor hatte auf der anderen Seite der finnische Zoll dieselben Papiere angeschaut.

Ralf hatte die Fracht nicht angerührt. Sie interessierte ihn auch nicht.

Er beobachtete die Fahrzeuge hinter ihnen, unter denen auch das von Noora und Sakombi sein musste. Sie hatten den finnischen Beifahrer gefesselt und in Virojoki zurückgelassen, am selben Ort wie Vakkuris Frau und Kind. Ralf hatte den Platz und die Rolle des Beifahrers eingenommen. Noch immer spürte er keine Erleichterung, obwohl bislang alles nach Plan lief. Die eigentliche Prüfung stand erst bevor.

Er beobachtete Vakkuri genau. Sein Verhalten erschien ihm den Umständen entsprechend einigermaßen natürlich. Innerhalb weniger Minuten war der Routinevorgang erledigt.

Sie fuhren weiter. Nach den hellen Scheinwerfern der Zollstation legte sich nun die Dunkelheit über die Straße. Während der ganzen Fahrt hatten sie kein Wort gesprochen, abgesehen von Ralfs wenigen unvermeidlichen Anweisungen. Der Fahrer durfte nicht wissen, wie es um Ralfs Finnischkenntnisse bestellt war. Auch das Radio blieb aus.

Kurz vor der Grenze war Vakkuri gezwungen worden, mit seiner Frau zu sprechen, zur Erinnerung. Dabei war klar, dass der Finne keine Heldentaten versuchen würde.

»Halt!«, sagte Ralf und deutete auf den Straßenrand.

Vakkuri setzte den Blinker und fuhr rechts ran.

Ralf sah in den Spiegel. Man hörte nur den Motor im Leerlauf, sonst nichts.

Bald tauchten hinter ihnen die Lichter eines Autos auf, das von der Grenze her kam.

»Fahr!«, sagte Ralf. Bei kurzen Wörtern fiel sein Akzent weniger auf.

Noora und Sakombi verringerten die Geschwindigkeit, sie warteten, bis der VW wieder losgefahren war.

Da klingelte vor Vakkuri das Navigationstelefon am Armaturenbrett, zum ersten Mal.

Ralf fuhr zusammen. Vakkuri warf ihm einen ängstlichen Blick zu.

»Sprich kurz«, sagte Ralf auf Finnisch. »Alles okay.« Genau wegen solcher Situationen war es notwendig, dass Vakkuri von Ralfs Finnischkenntnissen überzeugt war.

Der Fahrer drückte auf einen Knopf am Telefon und sprach in sein Freisprech-Mikrofon: »Vakkuri.«

Der entspannt klingende Anrufer sagte etwas, von dem Ralf kein Wort verstand.

Vakkuri antwortete folgsam und natürlich.

Ralf beeilte sich, ihm durch Handzeichen zu signalisieren,

er solle das Gespräch beenden. Jede Sekunde in einer ihm unbekannten Sprache war zu viel, jedes gesprochene Wort war ein Risiko, auch wenn er nicht im Ernst glaubte, dass der Fahrer versuchen würde, eine SOS-Nachricht zu übermitteln und damit die Sicherheit seiner Familie zu riskieren.

Vakkuri beendete das Gespräch. Ralf schwieg. Er wollte durch nichts verraten, dass er kein Wort verstanden hatte.

Hinter ihnen leuchteten die Lichter von Nooras und Sakombis Wagen. Die Luft war kälter als auf der finnischen Seite. Über dem Nadelwald entlang der Straße riss die Wolkendecke auf und gab einen sternenklaren Herbsthimmel frei.

Als Ralf auf die Uhr schaute, schnürte es ihm vor Anspannung die Kehle zu. Der inständig erwartete und sorgfältig geplante Augenblick war verdammt nahe.

6

»Du hast Aaro einen Film mitgebracht«, sagte Timo im Schlafzimmer, das von einer alten Stehlampe mit gelbem Schirm erleuchtet wurde.

»Jetzt fang bitte nicht damit an«, erwiderte Soile und legte ihre Uhr auf den Nachttisch. »Er ist französisch synchronisiert. Wenn das hilft, Aaros Sprachkenntnisse zu verbessern, ist das doch ein feine Sache, oder nicht?«

»Oh! Wird da sogar gesprochen? Der Hülle nach werden in dem Film bloß Menschen abgeknallt.«

»Ich bitte dich: alle seine Freunde...«

»Das habe ich schon gehört. Millionen Fliegen können nicht irren. Aber unsere Fliege hier geht nicht an diesen Haufen!«

Soile legte Timo versöhnlich die Hand auf die Schulter. »Wir können den Jungen nicht in Watte packen.«

»Der Film hat eine Altersgrenze, und zwar nicht zufällig. Aaro versteht das auch. Nur du scheinst es nicht zu verstehen.«

»Er hat mir selbst eine SMS geschickt und mich gebeten ...«
»Er hat es probiert. Mit einem Nein hätte er sich abgefunden. Du versuchst nur auszugleichen, dass du so viel weg bist.«

Dieser Satz war das rote Tuch für den Stier, und Timo setzte ihn nie unnötig ein, aber jetzt war es an der Zeit.

Soile nahm die Hand von Timos Schulter. »Aha, jetzt sind wir also beim Thema.«

Timo hätte am liebsten weitergeredet: So wie dein Vater dir immer nachgegeben hat, weil er von Kongress zu Kongress zog und nie zu Hause war. Soiles Vater war Forscher im Kältelabor der Technischen Hochschule gewesen.

»Ich meine bloß, dass Aaro auf *dich* wartet und nicht auf deine Mitbringsel«, sagte Timo.

»O Gott, was für ein Gequatsche! Wenn du ein Trauma hast und wegen deines Vaters kein Blut sehen kannst, dann musst du den Arbeitsplatz wechseln.«

Timo erstarrte.

»Entschuldige«, sagte Soile schnell. »Vergiss es. Ich war wütend.«

Timo holte tief Luft und zählte innerlich bis zehn. Soile musste sich sehr schwach fühlen, wenn sie sich zu einer Anspielung auf seinen Vater Paavo Nortamo verleiten ließ.

»Alle verantwortungsbewussten Eltern versuchen, ihrem Kind so etwas wie eine *Kindheit* zu gönnen«, sagte Timo betont ruhig. »Das sagst du doch selbst immer. Hast du etwa in Aaros Alter in der Glotze gesehen, wie Menschen getötet werden?«

»Ich wäre heute kaum anders, wenn ich es gesehen hätte.«

Timo begann sich auszuziehen. Es ärgerte ihn, dass sie nach zwei Wochen Trennung streiten mussten, aber hier ging es ums Prinzip.

»Du darfst deine Linie dann dem Au-pair-Mädchen beibringen«, sagte Soile. »Rate mal, ob es Aaro auch bei ihr probiert.«

»Ich finde, du hättest mehr als eine zum Vorstellungsgespräch bitten sollen. Bei dem engen Zeitrahmen ist es später nicht mehr möglich, die Kandidatin zu wechseln.«

»Die hier ist perfekt. Die Mails sagen alles.«

Timo zog sich das Hemd aus. Im kommenden Winter war ein Au-pair-Mädchen in Brüssel unentbehrlich. Er hatte unregelmäßige Arbeitszeiten und immer wieder Dienstreisen. Soile konnte ihre Wochenendbesuche manchmal verlängern, indem sie online arbeitete, aber das genügte nicht, und es war nicht gut, wenn Aaro zu lange allein war.

»Wann trefft ihr euch morgen?«, fragte Timo.

»Um eins. In meinem Arbeitszimmer.« Soile zog ihre Bluse und die Jeans aus. »Du kannst ja kommen, wenn du Zeit hast.«

»Das wird kaum gehen. Ich wäre aber gern dabei.«

»Das glaube ich. Um dir die Hübscheste auszusuchen. Ich werde aber die Hässlichste nehmen. Sicherheitshalber... Obwohl das auch keine Garantie ist. Welche junge Frau kann schon die Finger von so einem Mann lassen.«

Timo zog den Bauch ein, was die weiße Speckmasse aber nur unwesentlich veränderte. Er hatte erwartet, dass Soile auffiel, wie viel er abgenommen hatte: zwei Kilo. Aber sie sagte nichts in diese Richtung.

»Ist dir nichts an meinem Adonis-Körper aufgefallen?«

»Ahaa...« Sie klatschte ihm prüfend auf den Po wie ein Pferdehändler. »Zugenommen hast du jedenfalls nicht.«

»Siehst du nicht, dass ich zwei Kilo weniger habe?«

»Natürlich, jetzt, wo du es sagst...« Soile spielte die Bewundernde und öffnete die Häkchen ihres BHs. »Deswegen wirkst du so rank und schlank. Hast du Riittas Punktediät befolgt?«

»Nein, den gesunden Menschenverstand.«

Soile warf den BH auf den Stuhl, nahm Timos Speckfalte zwischen die Finger und kniff zu. »Ein paar Punkte könnten schon noch runter... Aber übertreib's nicht. Schließlich muss noch so viel von dir übrig bleiben, dass die Gangster Angst vor dir haben.«

Timo lachte und zog Soile an sich.

Der Werttransporter fuhr auf der nächtlichen Straße in Richtung Sankt Petersburg, gefolgt von einem PKW. Ralf gab dem Fahrer das Zeichen, die Geschwindigkeit zu senken. Gleichzeitig hielt er nach einem passenden Halteplatz am Straßenrand Ausschau.

Auf einer kurzen Gerade, die durch einen Fichtenwald führte, sagte er zu dem Fahrer: »Halt! Zentralverriegelung auf!«

Ralf blickte in den Spiegel und sah den PKW hinter ihnen anhalten. Er öffnete die Tür auf seiner Seite, stieg aber nicht aus, sondern wartete, bis Noora zu ihm gelaufen kam. Sie hielt ihr Gesicht hinter einem Tuch verborgen. Sakombi folgte ihr und stieg ohne ein Wort durch die Seitentür in den Laderaum.

Ralf griff nach dem Navigationstelefon am Armaturenbrett. Konzentriert löste er es aus der Halterung. Danach entfernte er das Freisprech-Mikrofon und das Ladekabel. Er tippte sorgfältig eine Nummernfolge ein, die sämtliche Anrufe auf das Telefon umleitete, das er aus seiner Tasche zog und in die Ablage der Mittelkonsole legte.

Das Navigationstelefon überreichte er Noora wie einen zerbrechlichen Gegenstand. Ohne ein Wort kehrte Noora mitsamt dem Telefon zu ihrem Wagen zurück. Die Anrufe wurden nun auf Ralfs Telefon im Werttransporter umgeleitet, aber das Navigationstelefon sandte von Nooras Auto weiter Ortungssignale aus.

Ralf sah im Spiegel, wie Noora mit ihrem Wagen auf der Route des Werttransporters weiterfuhr.

»Los!«, sagte Ralf zum Fahrer. Er musste husten, um den Kloß im Hals loszuwerden, der sich vor Anspannung gebildet hatte.

Noora schlug beim Fahren mit der Faust aufs Lenkrad. Sie war wütend, und sie hatte Angst, aber sie würde ihren Part erfüllen. Ralf wusste das, und genau das brachte Nooras Blut zum Kochen. Früher hatte sie immer nur nach ihren eigenen Vorstellungen gehandelt, jetzt aber machte sie alles, worum Ralf sie bat. Oder besser: was er ihr befahl.

Na und, dachte sie, wie um sich gegen einen unsichtbaren Kontrahenten zu verteidigen. Genau deswegen hatte Ralf ja gemerkt, dass man sich auf sie in jeder Situation verlassen konnte. Und dieser Gedanke hatte etwas Faszinierendes. Sie waren ein starkes Paar.

Noora fuhr die Route des Werttransporters genau nach Fahrplan ab. Das hatte sie in der Woche zuvor schon einmal getan. Instinktiv blickte sie auf das Handschuhfach, in dem das Navigationstelefon lag.

Der Werttransporter stand in einem kümmerlichen, dunklen Wäldchen in einem unbewohnten Gebiet östlich von Pravdino. Am klaren Sternenhimmel leuchtete eine scharfe Mondsichel. Jani Vakkuri, der das Auto gefahren hatte, lag gefesselt und mit verbundenen Augen unter einem Baum. Aus den Kopfhörern, die man ihm aufgesetzt hatte, klang das gedämpfte Gemurmel der Gruppe HIM.

Ralf stand im engen Laderaum des Wagens. Dessen Boden bestand aus einer geprägten Stahlplatte, auf der eine Gummimatte ausgebreitet war. Mit schnellen Griffen setzte Ralf einen schweren Transportbehälter vor die Tür, wo Sakombi ihn in Empfang nahm und in den Wald warf. Der Kasten konnte Geld oder Wertgegenstände bis zu hunderttausend Euro beinhalten, aber das war zweitrangig. Sie mussten Platz schaffen für eine noch wertvollere Ladung.

Trotzdem versuchte Ralf, so viele Behälter wie möglich mitzunehmen, denn Geld brauchten sie auch. Er stellte einen der Kunststoffbehälter auf drei Kisten. Zum Transport gehörten noch normale Aktenmappen und dicke, gepolsterte Briefumschläge mit großen Adressaufklebern und roten Klebebändern.

»Ist jetzt Platz genug?«, fragte Ralf außer Atem. Im Schein der Deckenlampe glänzte der Schweiß auf seinem Gesicht.

Sakombi stieg in den Laderaum und maß mit einem Rollband Länge, Breite und Höhe. Wegen seines Alters bewegte er sich nicht so geschmeidig, aber er war mindestens ebenso gut in Form wie der fast zwanzig Jahre jüngere Ralf.

»Noch zwanzig Zentimeter. Wir lassen die großen Kisten unten und stellen einen Behälter...«

»Keine Zeit. Wir schmeißen den hier raus.« Ralf griff nach einer Kiste und versuchte, sie zur Tür zu schieben, aber sie bewegte sich nicht auf der Gummimatte.

Sakombi stieg wieder aus, packte die Kiste an den Ecken und zerrte sie nach draußen. »Ist da Gold drin?«, keuchte er. »Das können wir nicht im Wald lassen.«

»Die nächsten paar Tage findet das hier keiner.« Ralf sprang aus dem Wagen. »Wenn überhaupt jemals.«

Er half Sakombi, die Kiste in den Wald zu tragen. Plötzlich blieb er stehen und horchte. Auf der Straße näherte sich ein Lastwagen.

Wie auf wortlosen Befehl machte Ralf einen Satz hinter einen Baum, und Sakombi schloss die Autotüren. Ein kleiner russischer Lastwagen mit Kofferaufbau schaukelte auf der unebenen Straße auf sie zu. Ralf umklammerte seine Waffe.

Der Lastwagen hielt neben dem Lieferwagen an. Die Türen blieben geschlossen, bis Sakombi hervortrat. Dann stieg auf der Fahrerseite eine gut fünfzigjährige Frau mit Dauerwelle und großer Brille aus. Swetlana Orlowa war promovierte Biologin, sie lehrte an der Universität von Sankt Petersburg, sah aber aus wie eine hinter der Zeit zurückgebliebene Friseurin.

»Swetlana...«, sagte Sakombi und breitete die Arme aus. Sie umarmten sich ruhig und ungekünstelt.

Unterdessen stieg auf der Beifahrerseite ein etwa dreißigjähriger Mann mit Maschinenpistole aus. Er wirkte angespannt. Andrej Orlow trug eine braune Lederjacke und klassisch geschnittene Hosen, aber etwas an seinem Aussehen und seiner Art, die Waffe zu halten, verriet den Soldaten.

»Schnell«, zischte er, ohne Sakombi und Ralf zu begrüßen. Dieser war inzwischen zur Sicherung der Situation hinzugetreten.

Andrej riss die Hecktür auf. Als einzige Fracht stand im Laderaum eine Kiste aus ungehobeltem Holz. Ralf leuchtete sie mit seiner hellen Handlampe an.

»Wo ist eure Kamera?«, fragte Andrej.

»Hier.« Ralf hob die Videokamera auf, die er zuvor an einem Baum abgelegt hatte.

Sakombi und Swetlana traten hinter sie und sahen zu, wie Andrej die verschraubte Holzkiste öffnete. Eine zweite Kiste steckte darin wie in einer Matrioschka-Puppe.

Andrejs Bewegungen wirkten routiniert. Trotzdem vergingen nahezu zehn Minuten, bis er den Inhalt der Kiste, der in eine Decke aus Kevlarfaser gewickelt war, freigelegt hatte.

Ralf starrte auf den Gegenstand, der im Schein der Lampe glänzte.

»Schnell«, flüsterte Andrej.

Ralf nahm die Kamera und filmte ein paar Details, die Andrej ihm zeigte. Danach setzte Andrej die Kiste sofort wieder zusammen.

Nach der letzten Schraube sagte Sakombi von hinten: »Hände hoch.«

Andrej erstarrte. Ralf trat neben Sakombi zurück und zog seine Waffe. Swetlana war vollkommen weiß geworden.

»In den Wald!«, kommandierte Sakombi.

Ralf hörte die Anspannung in der Stimme.

Andrej wollte etwas sagen, aber Sakombi stieß ihn mit der Waffe an, damit er sich in Bewegung setzte.

»*Tempo!*«

Ralf ging forsch auf den Werttransporter zu, die Kamera mit zitternder Hand umklammert. Er hörte Swetlanas Stimme, die auf Sakombis Befehl abbrach. Ralf machte die hintere Tür des Wagens auf.

In der Dunkelheit fiel ein Schuss. Ralf drückte sich die Hände auf die Ohren und kniff die Augen zusammen. Ihm war plötzlich speiübel.

Ein zweiter Schuss.

Ralf zitterte am ganzen Leib. Er ließ die Hände sinken, atmete tief durch und trat hinter den Lastwagen. Sakombi kam aus dem Wald. Sein Gesicht war jetzt so grau wie sein Haar.

Ohne ein Wort packten sie die schwere Kiste. Ächzend trugen sie sie zum Werttransporter und schoben sie hinein. Dann stellten sie möglichst viele Kisten und Behälter der ursprünglichen Fracht darauf. Was nicht hineinpasste, ließen sie im Wald liegen.

Ralf befreite Vakkuri, nahm ihm die Augenbinde und die Kopfhörer ab. Mit der Waffe in der Hand setzte sich Sakombi auf den Platz im Laderaum. Er sollte bis Krasnoselskoe mitfahren, wo ihn Noora auf dem Rückweg auflesen würde.

Vakkuri wirkte ängstlich und folgte ohne zu zögern dem Befehl, sich hinters Steuer zu setzen. Ralf saß auf dem Beifahrersitz.

Vakkuri ließ den Motor an und legte den ersten Gang ein. Die Rückfahrt nach Finnland begann.

Ralf wischte sich den Schweiß vom Gesicht. Er schwitzte nicht allein wegen der körperlichen Anstrengung. Im Laderaum hinter seinem Rücken befand sich einer von zwanzigtausend taktischen Atomsprengsätzen der Russischen Armee, die aufgrund ihres Gewichts und ihrer Effektivität alles andere als »Aktentaschenbomben« waren.

7

Der Diensthabende im Kontrollraum von SecuriGuard in Vantaa gähnte. Die frühen Morgenstunden unmittelbar vor Schichtende waren die schlimmsten. Er trank bereits die vierte Kanne Kaffee und blätterte in seiner Autozeitschrift. Keine besonderen Vorkommnisse in der Nacht. Bei der Vier, die die Bankautomaten abklapperte, stimmte etwas mit der Zentralverriegelung nicht, das musste heute gleich repariert werden.

Der Diensthabende blickte auf die Uhr. 6.49 Uhr. Den üblichen Kontrollanruf bei der Sechs auf der Petersburg-Tour hatte er gemacht. Vakkuri hätte zurückrufen sollen, wenn er wieder auf der finnischen Seite war, aber bis jetzt hatte er das nicht getan.

Auf dem Bildschirm bewegte sich Vakkuri dem Zeitplan entsprechend auf Helsinki zu. Gerade eben befand er sich westlich von Vaalimaa. Alles in Ordnung. Aber Vorschriften waren Vorschriften, weshalb der Diensthabende beschloss anzurufen, wenn Vakkuri sich nicht von selbst meldete.

Kalte Tropfen schlugen Noora ins Gesicht, als sie in Virojoki, knapp zehn Kilometer hinter dem Grenzübergang Vaalimaa, aus dem Wagen stieg. Es ging auf sieben Uhr zu, es war noch dunkel. Ohne sich vom Regen beirren zu lassen, dehnte sie ihren Nacken, der vom langen Sitzen ganz steif geworden war.

»Wo wartest du auf sie?«, fragte sie Sakombi, der auf der Fahrerseite ausstieg.

»Hier.«

»Im Regen?«

Sakombi lächelte, dass die weißen Zähne leuchteten. »Ich mag Regen. Als Kind in Nsele habe ich Tag und Nacht vom Regen geträumt, wenn die Trockenzeit kein Ende nahm.«

Es war das erste Mal, dass Noora hörte, wie Sakombi von sich selbst sprach. »Ich habe geglaubt, du wärst in Europa aufgewachsen.«

»Mit 16 habe ich den Kongo verlassen und bin nach Belgien gegangen. In den 50er Jahren sind dort viele Leute hin, man brauchte billige Arbeitskräfte. Sobald ich alt genug war, selbst über mich zu entscheiden, ging ich nach London.«

»War dein Vater... ein Weißer?«, fragte Noora vorsichtig.

»Ich will nicht über ihn reden.«

Noora verkniff sich weitere Fragen, obwohl es sie interessiert hätte, mehr von Sakombi zu erfahren. Man merkte an seiner Art, seinen Worten, seinem Verhalten, dass er eine Ausbildung genossen hatte, aber es war schwer zu sagen, in welchem Maß und auf welchem Sektor. Körperliche Arbeit war er jedenfalls nicht gewohnt, das sah man an seinen Händen.

Noora hatte ihn auf dem Rückweg von Sankt Petersburg in Krasnoselskoe aufgegabelt und versucht, aus ihm herauszubekommen, worum es bei der Operation tatsächlich ging. Aber Sakombi hatte behauptet, ebenso wenig zu wissen wie sie.

Noora glaubte ihm nicht. Aber sie konnte ihn auch nicht zum Reden zwingen. So hatten sie sich eher allgemein über die Verantwortungslosigkeit multinationaler Konzerne und über aktuelle Probleme der Weltwirtschaft unterhalten. Auch dabei hatten sie nicht über Afrika und die speziellen Probleme des Kontinents gesprochen, Sakombi mied jedes persönliche Thema. Er war ein Mann voller Geheimnisse, irgendwie faszinierte er Noora.

»Der finnische Regen dürfte kälter sein als der afrikanische«, sagte sie, als sie um den Wagen herum zur Fahrerseite ging.

Nachdem sie sich ans Steuer gesetzt hatte, nahm Sakombi das Navigationstelefon aus dem Handschuhfach. Er prüfte, ob es noch genügend Strom hatte, und legte es wieder zurück.

»Fahr den Rest der Strecke im üblichen Tempo«, sagte er. »Siebzig. Warte ab, bis wir dich anrufen.«

Sakombi wollte gehen, aber Noora hielt ihn am Ärmel fest.

»Was wird hier gespielt?«, fragte sie mit ängstlicher, müder Stimme. Sie hatte sich auf eine kriminelle Aktion eingelassen und die Risiken, die damit verbunden waren, akzeptiert. Trotzdem, oder gerade deswegen, glaubte sie das Recht zu haben, den ganzen Plan zu kennen und nicht nur die allernötigsten Bruchstücke.

»Ach, Noora. Bist du wirklich so ahnungslos? Warum fährt man nach Russland, wenn man das Geld schon in Finnland hat? Warum fährt man durch die Gegend und haut nicht einfach mit der Beute ab?«

Sakombi löste behutsam ihren Griff. »Du wirst bald mehr als genug wissen. Aber Ralf entscheidet, wann du wie viel erfährst. Du hast doch sicher bemerkt, dass wir einen Werttransporter beraubt haben? Oder besser *geraubt*.«

Sakombi schlug die Beifahrertür zu, und Noora legte verwirrt den ersten Gang ein. Plötzlich begriff sie, was Sakombi meinte.

Sie hatten das Auto geraubt, nicht den Inhalt.

Das beigefarbene Dethleffs-Wohnmobil auf Fiat-Ducato-Basis zeichnete sich im nassgrauen Schein des Morgens ab. Neben ihm stand der Werttransporter und etwas abseits ein PKW der Marke Renault.

Ralf und Sakombi hatten die ursprüngliche Ladung des Werttransporters – jene Kisten und Mappen, die mit dem Sprengsatz hineingepasst hatten – in das Wohnmobil umgeladen.

Sakombi lag unter dem Fahrzeug, und Ralf reichte ihm eine Gasschweißpistole, aus der eine scharfe blaue Flamme zischte. Die Gasflaschen und das Werkzeug standen im offenen Laderaum des Werttransporters. In der Ecke lag der gefesselte Fahrer, nun wieder mit verbundenen Augen und Kopfhörer.

»Den Dreizehner«, sagte Sakombi und gab die Schweißpistole zurück.

Ralf suchte im Werkzeugkasten nach dem Schraubenschlüssel.

»Halt die Abdeckung fest«, sagte Sakombi unter dem Wagen.

Ralf griff nach der schweren kunststofflaminierten Blechplatte, die den septischen Tank und den Wasserbehälter abgedeckt hatte und sich nun teilweise nach unten bog, denn beide Tanks waren entfernt worden.

Dort hatten sie jetzt die Kernladung von vier Kilotonnen versteckt. Sie sicher aus Russland herauszubringen, war eine Herausforderung gewesen. Es hatte nicht das geringste Risiko einer Grenzkontrolle bestehen dürfen. Und sie hatten keinen Moment vergessen dürfen, wie begehrt so eine Kernladung war – immerhin konnte man damit Städte wie New York, London oder Paris zerstören. Mit ihrer Hilfe konnte man jeden Staat der Welt erpressen.

Grund genug, den Sprengsatz in einem gepanzerten Werttransporter zu befördern, vor allem in Russland. Die Idee dazu war ihnen nach den erfolgreichen Überfällen auf Geldtransporter in Deutschland gekommen.

Aber von nun an mussten sie konventionelleren, privater wirkenden Fahrzeugen vertrauen.

Ralf hielt die Platte, damit Sakombi sie anschrauben konnte. Nachdem der Sprengsatz versteckt war, setzte sich Ralf ins Führerhaus des Wohnmobils. Plötzlich sprang er aus dem Wagen.

»Brennt hier etwas?«

»Nichts«, sagte Sakombi, der vom Werttransporter auf ihn zukam. »Fahren wir.«

Er wirkte eigentümlich ruhig.

Der Geruch wurde stärker. »Du lügst. Was brennt hier, Mann?«

»Die Risiken brennen. Los jetzt.«

Flammen schlugen aus dem Laderaum des Werttransporters, und Ralf sah, dass die Gasschweißpistole noch an war. »Was machst du da! Der Fahrer ist da noch drin ...«

»Wir können uns nicht darauf verlassen, dass er nichts gemerkt hat. Es besteht das Risiko, dass er sich trotz der Injektion an etwas erinnert. Das wäre zu gefährlich.«

Ralf wollte zu dem lodernden Fahrzeug rennen, aber Sakombi packte ihn gewaltsam am Arm. »Sei nicht verrückt!«

»Ich akzeptiere nicht ...«

»Wir fahren jetzt.« Sakombi stieß Ralf in Richtung Wohnmobil und ging selbst zu dem Renault.

Wie ferngesteuert stieg Ralf in das Wohnmobil. Ohne sich umzublicken, stieß er zurück, wendete und fuhr los. Dann erst warf er einen Blick in den Seitenspiegel. Der Werttransporter brannte lichterloh. Ein eiskalter Schauer durchfuhr Ralf.

Im selben Moment klingelte das Telefon. Ralf sah auf das Display. Das Gespräch wurde von dem Navigationstelefon in Nooras Handschuhfach umgeleitet.

Vakkuri hätte sich melden müssen: der Fahrer des Werttransporters.

8

Der Diensthabende bei SecuriGuard ließ das Telefon so lange klingeln, bis die Mailbox ansprang. Er hinterließ allerdings keine Nachricht, sondern legte auf. Der elektronischen Karte zufolge befand sich das Auto auf der Höhe der Shell-Tankstelle Liljendal.

Der Diensthabende rief noch einmal an.

Keine Antwort.

Unter den alten Zeitschriften auf dem Tisch zog er die Liste mit den privaten Telefonnummern aller Mitarbeiter heraus. Unterwegs hatten alle immer auch ihr eigenes Handy dabei.

Er rief Vakkuris Nummer an, aber auch da meldete sich niemand. Daraufhin suchte der Diensthabende Samis Nummer heraus und wählte.

Nichts.

Trotzdem bewegte sich der Punkt, der die Position des Fahrzeugs anzeigte, auf Vantaa und Helsinki zu, wenn auch mit leichter Verspätung gegenüber dem vorgesehenen Zeitplan. Gleich war Schichtwechsel, der Vorgesetzte des Diensthabenden musste jeden Augenblick ins Büro kommen. Sollte der entscheiden.

ZWEI ANRUFE IN ABWESENHEIT, stand auf dem Display.

Ralf richtete den Blick wieder auf die Straße. Jemand versuchte, Vakkuri zu erreichen. Wer auch immer es sein mochte, er würde sich auf jeden Fall fragen, warum sich niemand meldete.

Das lodernde Auto und der Finne, der darin in der Falle saß, ließen Ralf keine Ruhe. Das überraschte ihn: Er, der sich auf einen unvorstellbaren, gewaltigen Plan vorbereitet hatte, zerbrach sich den Kopf über das Schicksal eines einzelnen Menschen?

Sakombi, der im Renault vor dem Wohnmobil herfuhr, setzte den Blinker. Das wäre nicht nötig gewesen, denn die Straße führte durch einen Wald, und weit und breit war kein Haus und keine Menschenseele zu sehen, aber wahrscheinlich wollte Sakombi, dass Ralf hinter ihm anhielt. Als Ralf bei laufendem Motor ausstieg, stand Sakombi bereits neben dem Wohnmobil und machte die Seitentür auf.

»Jemand hat versucht, den Fahrer anzurufen ...«

»Schnell.« Sakombi schob ihm einen der Behälter aus dem Werttransporter hin. »Die müssen wir loswerden.«

Ralf nahm den schweren Behälter entgegen und trug ihn in den Wald. Vielleicht hatte Sakombi Recht. Das Risiko, dass der Fahrer etwas gesehen oder gehört hatte und sich an etwas erinnern konnte, durften sie nicht eingehen. Die Risiken mussten in Grenzen gehalten, alle Verbindungen zu dem ausgebrannten Fahrzeug gekappt, die Spuren vernichtet werden. Das Wichtigste war in der Karosserie des Wohnmobils versteckt, und *das* musste mit allen verfügbaren Mitteln geschützt werden.

Sakombi lud die übrige Fracht aus, und Ralf trug alles in den Wald, außer Sichtweite.

Noora nahm von Porvoo her die Auffahrt auf den Ring III, als das Telefon klingelte. Sie tastete mit einer Hand danach. Der Morgenverkehr war lebhaft, und sie musste sich aufs Fahren konzentrieren.

»Wo bist du?«, fragte Ralf.

»Ich fahre gerade auf den Ring, Richtung Tikkurila.«

»Halt an der nächstmöglichen Stelle an, wo dich niemand sieht.« In Ralfs übertrieben ruhiger Stimme lag ein aufgeregter Unterton. Noora wurde schwindlig.

Etwas war schief gegangen. Und zwar gewaltig.

»Hörst du?«

»Was ist ...«

»Sieh zu, dass du das Navigationstelefon loswirst. Sofort. So, dass es niemand sieht. Vergiss die Handschuhe nicht. Dann fährst du weiter zur vereinbarten Stelle. Ich ruf dich später wieder an.«

Nooras Herz fing an zu hämmern. Sie blickte sich um. Auf der Autobahn konnte sie nicht anhalten. Sie trat aufs Gas und schaute in den Rückspiegel. Auf einmal hatte sie das Gefühl, als könnte sie jeden Moment von der Polizei angehalten werden. Und das war nicht bloß ein Gefühl: Sie hatte ein Gerät bei sich, das die Staatsgewalt, wenn nötig, direkt zu ihr lotsen würde.

Und dieser Moment schien, so wie Ralf klang, nicht sehr fern zu sein.

Der Diensthabende von SecuriGuard schaute auf den stehen gebliebenen Punkt auf der Karte.

»Auf der Porvooer Autobahn, kurz vor der Auffahrt auf den Ring III«, sagte er zu dem Polizisten am anderen Ende der Leitung. Er hatte zu keinem der beiden Männer auf der Sechs Kontakt herstellen können, also hatte sein Vorgesetzter entschieden, der Polizei eine Meldung zu machen.

»Die Streife sagt, da ist nichts. Besteht die Möglichkeit eines technischen Fehlers?«

»Das glaube ich nicht. Das Auto steht schon eine halbe Stunde auf derselben Stelle. Sie sollen auch auf kleineren Nebenwegen und in Waldstücken nachsehen.«

Noora musterte Ralf, der Kleider aus Sakombis Tasche in den Schränken des Wohnmobils verstaute. Nachdem es bei Tagesanbruch bewölkt gewesen war, klarte der Himmel jetzt am späten Vormittag auf. Das Auto war in Hirvihaara bei Mäntsälä, 50 Kilometer nördlich von Helsinki, geparkt. Noora war sofort hergefahren, nachdem sie das Navigationstelefon aus dem Wagen geworfen hatte.

»Wozu habt ihr einen Werttransporter gebraucht?«, fragte sie tonlos. »Und wo ist er überhaupt?«

Ralf machte eine weitere Schranktür auf und legte Jeans in die Fächer. Das Innere des Wohnmobils war blitzsauber, Küchenzeile und Sitzkissen eingeschlossen. Auf dem Boden lag ein Filzteppich.

»Und wo ist das Geld?«

Noora packte Ralf am Arm. Er riss sich los.

»Was ist passiert?« Nun brach Nooras Stimme. »Sprich mit mir!«

Ralf hielt inne und sah ihr in die Augen. »Wir hatten ein paar... Schwierigkeiten. Ein Unfall. Dabei ist der Fahrer ums Leben gekommen.«

Noora starrte Ralf entsetzt an. »Ein Unfall? Erzähl mir doch nicht so eine Scheiße!«

»Du wirst bald in den Nachrichten hören, dass der Wagen ausgebrannt ist. Die Flamme von Sakombis... Schneidbrenner hat ihn in Brand gesetzt.«

» Schneidbrenner? Wofür habt ihr den denn gebraucht?«

»Um in den Laderaum hineinzukommen.«

»Aber dafür hätte man doch...«

»Wir haben die Verriegelung nicht öffnen können.«

Noora holte tief Luft. Sie gab sich Mühe, ihre Wut zu beherrschen. »Es hätte niemand ums Leben kommen dürfen.«

»Es war ein Unfall.«

»Erzähl das der Polizei und dem Richter! Was ist mit dem Geld?«

»Wir haben es verloren.«

»Ihr verdammten Idioten!« Noora konnte es nicht fassen. Plötzlich fiel ihr etwas ein. »Wofür habt ihr den Geldtransporter gebraucht? Sakombi hat gesagt, ihr wolltet das Auto rauben.«

»Das hast du falsch verstanden. Natürlich haben wir versucht, an das Geld zu kommen.«

»Wir werden jetzt wegen Raubmord gesucht. Was sollen wir tun?«

»Um sechs legt das Schiff von Helsinki nach Travemünde ab.«

Noora seufzte vor Enttäuschung und Zorn. Die wochenlange Arbeit war umsonst gewesen. Und ein Mensch war ums Leben gekommen... Noora war über sich selbst, über ihre Art, mit den Ereignissen der Nacht umzugehen, schockiert. War der Verlust der Beute für sie schlimmer als der Tod eines unschuldigen Menschen?

In der Välikatu in Porvoo ging Timo die halb morschen Stufen zum Garten hinunter. Er hatte versprochen, Aaro und Soile nach Helsinki mitzunehmen. Von dort würde Soile den Bus zur TH in Espoo nehmen. Aaro würde sich die noch fehlenden Schulbücher kaufen und dann ebenfalls zur TH fahren, um das Au-pair-Mädchen zu treffen. Es war wichtig, dass sie gut miteinander auskamen. Anschließend konnte Aaro mit seinem Freund Niko wieder zurück nach Porvoo. Niko war schon 18 und arbeitslos, er pendelte fast täglich nach Helsinki.

Draußen roch es nach feuchter Erde und Zigarettenrauch. Seine Mutter Sirkka lehnte am Geländer und rauchte konzentriert. Eine gleichmäßige Wolkenschicht bedeckte den Himmel, aber es war warm.

»In den Straßen mit den vielen Antiquitätenläden hinter dem Justizpalast habe ich ein Geschäft entdeckt, das Stoffe aus einer großen Konkursmasse verkauft«, sagte Timo zu seiner Mutter. Dabei wanderte sein Blick zu dem Ein-Liter-Eisbehälter aus Plastik, in dem eine dicke Schicht von Zigarettenkippen im Regenwasser der vergangenen Nacht schwamm. »Italienische und belgische Stoffe und Gobelins, beste Qualität. Klassische Muster. Ab sechs Euro der Meter. Aber ich glaube, bei größeren Posten kann man über den Preis reden. In Helsinki kostet die gleiche Ware mindestens zehnmal so viel.«

»Aber nicht in Porvoo.« Timos Mutter blies den Rauch aus dem Mundwinkel und blickte mit geneigtem Kopf zum Himmel. In Timos Augen sah sie immer gleich leidend aus. »Mit Textilien fange ich nicht mehr an. Wann hast du das letzte Mal hinter der Theke gestanden? Du hast keinen Kontakt zu den Kunden mehr.«

Timo schwieg. Seine Mutter hatte Recht. Es war nur schade um die Stoffe aus Belgien. Timo war kein besonderer Anhänger der Globalisierung, aber er hätte sich gewünscht, dass ihre Gegner das Ganze aus etwas größerem Abstand betrachteten. Die Globalisierung war kein neues Phänomen. Einst hatten Stoffe den Brüsseler Bürgern großen Reichtum gebracht, dann war der Absatz wegen der Konkurrenz der Engländer zurückgegangen, und Anfang des 15. Jahrhunderts waren die Belgier fast vom Markt verschwunden. Zum Ausgleich ging Brüssel zur Produktion von Wandbehängen über. Auch der Einsatz von Billiglohnkräften war keine neue Erscheinung. Außerhalb von Brüssel hatte man damals mehrere Nonnenklöster gegründet, die den Stoffherstellern als billige Produktionsstätten dienten.

Timo blickte mit einem Auge auf seine Mutter. »Wie viel rauchst du am Tag?«

Sie zog in aller Ruhe an ihrer Zigarette. »Fang nicht schon wieder damit an.«

»Du könntest es wenigstens reduzieren.«

Sie schwieg eine Weile, dann sagte sie: »Dein Vater hat letzte Woche angerufen.«

Timo erschrak. Er wusste nicht, was er sagen sollte. »Warum?«

Seine Mutter zuckte mit den Schultern.

»Was hat er gesagt? Wo ist er?«

»Er wollte mit dir sprechen.«

»Was hast du geantwortet?«

»Ich habe ihm gesagt, wenn er bisher keinen Grund dazu gehabt hat, wird es auch jetzt wohl nichts Dringendes sein.«

Timos Vater Paavo Nortamo war in den 60er und 70er Jahren bei der Sicherheitspolizei gewesen, bis Alkoholmissbrauch und Gewalttätigkeit Konsequenzen nach sich zogen: Scheidung, Rauswurf, Arbeitslosigkeit, Abrutschen ins Säufermilieu. Für einen Totschlag in obskurer Gesellschaft und unter ungeklärten Umständen hatte er vier Jahre im Gefängnis gesessen. Seit der Scheidung hatte Timo nicht mit ihm gesprochen. Damals war er mit seiner Mutter von Helsinki nach Porvoo gezogen. In den Jahren, die er später selbst bei der SiPo verbracht hatte, war ihm ein bestimmtes Verhalten der älteren Mitarbeiter ihm gegenüber aufgefallen, aber über Paavo Nortamo wurde nie direkt gesprochen.

In Timos Jackentasche klingelte das Telefon. Er wollte nicht antworten, sah aber, dass es Välimäki von der SiPo war.

»Hallo.«

»Es wird dich vielleicht interessieren, dass in der Nähe von Hamina ein ausgebrannter Werttransporter von SecuriGuard gefunden worden ist. Mit einer verbrannten Leiche. Möglicherweise der Fahrer.«

Timo ging auf den Toyota zu, den er sich bei der Zentralkripo geliehen hatte, und räusperte sich. »Wer kümmert sich darum?«

»Mattila stellt eine Truppe zusammen. Der Beifahrer des Geldtransporters sowie Frau und Kind des Fahrers werden vermisst.«

»Ich fahre nach Hamina. Das ist nicht so weit von hier. Ich rufe dich gleich noch mal an.«

Aaro erschien in seinem Kapuzenpulli in der Tür. Er war blass, und seine Haare standen in alle Himmelsrichtungen ab. »Fahren wir?«

»Ich muss zuerst noch mal in die andere Richtung.«

»Warum?«

»Arbeit.«

»Hat es mit dem Überfall auf den Geldtransporter zu tun?«

Timo hielt neben dem Wagen inne. »Woher weißt du davon?«

»Hab ich gerade im Netz gelesen.«

»Und wo dort?«

»Bei STT.«

Timo drehte sich um und ging ins Haus zurück. »Zeig es mir.«

Aaro flitzte hinter ihm ins kleine Zimmer.

»Was ist denn jetzt?«, rief Soile aus dem Schlafzimmer. »Ich bin gleich fertig...«

»Keine Eile«, sagte Timo ruhig. »Programmänderung.«

Aaros dünne Finger tanzten eifrig über die Tastatur. Auf dem Bildschirm tauchten die Seiten der Boulevardzeitung ›Ilta-Sanomat‹ auf, wo Aaro die neuesten Mitteilungen der finnischen Nachrichtenagentur STT anklickte.

GELDTRANSPORTER BEI HAMINA ÜBERFALLEN. *Ein Werttransporter von SecuriGuard, der im Ostverkehr eingesetzt wurde, ist ausgebrannt in der Nähe von Hamina gefunden worden...*

»Fährst du zum Tatort?«, wollte Aaro wissen.

»Ich muss ein bisschen arbeiten, wie gesagt. Heute Abend gehen wir angeln.«

»Er ist ausgeraubt und angesteckt worden... Ziemlich selten in Finnland, oder?«

Timo ging in den Flur und rief Soile zu: »Es ist vielleicht besser, wenn ihr mit dem eigenen Auto fahrt. Ich rufe euch später an.«

Aaro lief hinter seinem Vater nach draußen.

»Was glaubst du, wie viel sie erbeutet haben? Meinst du, die Räuber sind Finnen?«, fragte er, ohne eine Antwort zu erwarten. »Es ist genau nach dem deutschen Vorbild gemacht worden, oder? In der Zeitung stand, in Deutschland würden die jetzt reihenweise überfallen...«

Timo schloss die Wagentür auf. »Hilf der Oma heute Nachmittag im Laden, ein paar Möbel umzustellen.«

»Bist du bei den Tatortermittlungen dabei? Nehmt ihr DNA-Proben?«

Timo zwängte sich in das enge Auto. Er wäre lieber mit seinem eigenen gefahren, aber der Toyota musste zurückgebracht werden. Dass es den Neid seiner ehemaligen Arbeitskollegen weckte und nach Größenwahnsinn aussah, wenn er mit einem Benz aufkreuzte, hätte ihn völlig kalt gelassen.

»Das sind Erwachsenenangelegenheiten«, sagte Timo mit gesenkter Stimme, während er den Motor anließ. »Wir sind hier nicht im Film. Verstehst du?«

»Mal gespannt, wie sich das entwickelt.« Aaro hing an der offenen Fahrertür. »Weißt du übrigens, was die größte Beute war, die je bei einem Raubüberfall...«

»Wir sehen uns heute Abend.« Timo schlug Aaro die Autotür vor der Nase zu.

9

Riikka Vakkuri lag auf den Wolldecken und spielte mit Laura. Sie gab sich Mühe, fröhlich zu wirken und ihre Panik zu verbergen, damit das Kind ruhig blieb.

Der Eimer und die Windeln in den Müllbeuteln stanken. Ringsum lagen leere Kekspackungen, Babygläschen und Einwegbecher.

Niemand war bei ihnen gewesen. Die Uhr war Riikka gleich am Anfang abgenommen worden, und da sie nicht hinausschauen konnte, hatte sie keine Ahnung, wie spät es war. Der kurze Schlaf, der in unregelmäßigen Abständen kam, hatte ihr den letzten Rest von Zeitgefühl geraubt.

Je lauter das Baby lachte, umso stärker musste Riikka gegen ihre Tränen ankämpfen.

Plötzlich klopfte jemand an die Hecktür des Lieferwagens. Riikka fuhr zusammen.

Das Straßenpflaster ließ die Reifen hüpfen, als Timo durch die Altstadt von Porvoo fuhr. Er rief Heidi Klötz auf dem Handy an und erzählte ihr kurz, was geschehen war. Im Gegenzug erhielt er Anweisungen, auf die er gern verzichtet hätte. Er bestätigte sie mit lakonischem Gemurmel.

Als er nach der Brücke auf glatten Asphalt kam, rief er Välimäki bei der SiPo an.

»Es wird das Beste sein, wenn wir Noora Uusitalo und ihren deutschen Freund zur Fahndung ausschreiben«, sagte Timo. Über dem Fluss lag dünner Nebel, durch den das Rot der alten Bootshäuser schimmerte.

»Ich weiß nicht. Das sieht nicht nach dem Manifest von Globalisierungsgegnern aus. Eher nach dem Raubüberfall von Berufsverbrechern. Oder weißt du irgendwas...

»Nein. Aber wir müssen mit ihnen reden.«

Timo fuhr am Friedhof vorbei zur Autobahnauffahrt. Er ließ sich von Välimäki die Namen von Nooras Eltern nennen. Auf der

Autobahn rief er zunächst die Auskunft und dann bei Noora zu Hause an. Kalevi Uusitalo meldete sich.

»Guten Morgen. Könnte ich bitte Ihre Tochter sprechen?«, fragte Timo freundlich.

»Wer ist da?«, brummte der Mann. »Ich habe keine Tochter.«
»Entschuldigung. Ich suche eine Noora Uusitalo.«
»Wer ist das?«, fragte eine Frauenstimme im Hintergrund. »Gib mir den Hörer...«
»Misch du dich da nicht ein«, zischte der Mann.

Man hörte ein undefinierbares Geraschel, als der Hörer übergeben wurde. »Hallo?«, fragte eine entschlossene Frauenstimme.

»Ich möchte mit Noora Uusitalo sprechen«, wiederholte Timo möglichst gelassen.

»Noora ist in Deutschland. Ich kann Ihnen ihre Handynummer geben...«

Sie diktierte die Nummer, und Timo tippte sie beim Fahren direkt in sein Telefon ein. Warum hatte der Vater behauptet, keine Tochter zu haben?

»Wann wird Noora denn wieder in Finnland sein?«
»Ich hoffe, zu Weihnachten. Sie kommt ziemlich selten. Von wem soll ich sie grüßen, falls sie anruft?«
»Es ist nicht so wichtig, ich versuche es auf ihrem Handy. Danke.«

Timo rief erneut Välimäki an und berichtete von der seltsamen Aussage des Vaters über seine Tochter.

»Weißt du nicht, was der alte Uusitalo von Beruf ist?«, fragte Välimäki.

»Was denn?«

»Pelztierzüchter. Erklärt das nicht einiges?«

»Allerdings«, sagte Timo leise. Er hätte natürlich längst Nooras Hintergrund abklären müssen. »Die Mutter scheint Kontakt zu ihrer Tochter zu haben. Aber sie wusste auch nicht, ob sie sich in Finnland aufhält. Ich will, dass Nooras deutscher Anschluss abgehört wird.«

»Das ist ein höllischer bürokratischer Aufwand.«

»Wir besorgen uns einen Gerichtsbeschluss im Eilverfahren. Lass Kalle das machen.«

»Du kannst doch nicht einfach so loslegen, ohne dass der Ermittlungsleiter...«

»Ich rufe Eriksson an. Die TERA und vor allem die Deutschen werden an dieser Geschichte starkes Interesse haben. Sehr starkes sogar.«

Timo schaute auf den endlosen Wald entlang der Strecke und auf die Straßenschilder, die vor Elchen warnten – Gruppierungen wie die Roten Brigaden oder die G1 schienen in einer völlig anderen Welt zu operieren, auf keinen Fall hier. Es war nur zu verständlich, dass finnische Polizisten die Sache nicht so ernst nahmen wie ihre Amtsbrüder anderswo in Europa.

Den größten Teil der Strecke nach Hamina unterhielt sich Timo mit Kommissar Eriksson. Der war kühl, sträubte sich aber nicht lange. Die TERA war nicht bekannt genug, daher begegnete man Timos Auslandskontakten mit Vorbehalt. Trotzdem konnte Eriksson Timos Bitte nicht abschlagen, das Abhören eines ausländischen Telefons einzuleiten, obwohl das einen gewaltigen Papierkrieg bedeutete.

Nach einem halben Dutzend weiterer Anrufe und einer Stunde Fahrzeit blickte Timo östlich von Hamina auf den Rumpf des ausgebrannten Lieferwagens. Rund um das Gelände war ein Kunststoffband mit der Aufschrift POLIZEI gezogen worden, und die Spurensicherer gingen akribisch ihrer Arbeit nach.

»Der Tathergang ist einigermaßen klar«, sagte Kommissar Hyppönen. Er hielt eine Karte in den Händen, auf der mit rotem Filzstift die Route des Autos gekennzeichnet und die überprüfbaren Uhrzeiten eingetragen waren.

»Sie haben den Fahrer zur Zusammenarbeit gezwungen, indem sie seine Frau und sein Kind entführten. Du hast wahrscheinlich schon gehört, dass die beiden und der andere Wachmann in der Nähe von Virojoki gefunden wurden...«

»Nein, hab ich nicht. Sind sie in Ordnung?«

»Äußerlich ja. Man hatte sie in einen Lieferwagen gesperrt. Die Täter haben das Navigationsgerät aus dem Werttransporter entfernt und es mit einem anderen Auto die normale Route abfahren lassen, während sie die Ladung plünderten. Bis dahin ist das ja noch einleuchtend. Aber dann wird alles ziemlich schräg... Das Auto hat ganz normal die Grenze in beide Richtungen überquert und war auch in Sankt Petersburg, wie vorgesehen. Aber in Wirklichkeit hatten sie das Auto samt Fahrer schon vor dem Grenzübertritt nach Russland in ihrer Gewalt. Warum sind die rüber, wenn sie doch sowieso wieder zurückkommen wollten?«

Timo sah sich die Karte an. Hinter der Plastikabsperrung flammten die Blitzlichter der Spurensicherung auf.

Dem Vorgehen der Verbrecher fehlte es tatsächlich an Logik. »Woraus bestand denn die Ladung?«

»Aus reichlich Bargeld. Euros für Banken in Sankt Petersburg. Dazu Bankunterlagen und Wertgüter von Firmen.«

»Wie viel Geld?«

»Wird gerade geklärt. Mehrere hunderttausend Euro vermutlich. Wir bekommen die Liste, sobald von den Kunden die Informationen eingegangen sind, was sie dem Transport mitgegeben haben. Warum, zum Teufel, sind sie mit dem Auto in Russland gewesen? Warum haben sie es nicht auf der Stelle ausgeräumt und den Trick mit dem Navigationstelefon bloß so lange durchgezogen, bis sie genug Vorsprung hatten?«

»Was sagt denn der Wachmann?«

»Kann sich an die letzten beiden Tage nicht erinnern. Die Ärzte meinen, er hätte was gekriegt, was das Kurzzeitgedächtnis beeinträchtigt hat.«

»Und die Frau des Fahrers?«

»Noch nicht vernehmbar. Steht unter Schock: Ihr Mann ist tot.«

Timo legte die Karte aus der Hand und blickte auf das ausgebrannte Auto, aus dem man die Überreste der Leiche schon herausgeholt hatte. »Wann sind die technischen Daten über den Brand da?«

»Die ersten ungefähren Angaben bekommen wir in zwei Stunden. Aber die Laborberichte dauern.«

Timo ging nachdenklich auf das Fahrzeug zu, das immer wieder von den Blitzlichtern der technischen Ermittler erleuchtet wurde. Sein Telefon klingelte.

»Noora Uusitalo hat einen Platz auf der *Finnhansa* gebucht, die heute Abend um sieben von Helsinki nach Travemünde abfährt«, sagte Välimäki.

»Und ihr deutscher Freund?«

»Die Uusitalo hat eine Zweierkabine reserviert. Der andere Passagier heißt Benjamin Weibl.«

»Ich rufe dich gleich an.«

Timo wählte eilig die Nummer von Heidi Klötz in Brüssel. Sie meldete sich barsch. Der steife Stil seiner deutschen Kollegin ging ihm auf die Nerven. Es hatte Monate gedauert, bis sie das Siezen aufgegeben hatte, dabei war man bei der TERA um zwanglose Umgangsformen bemüht.

»Noora Uusitalo hat zusammen mit einem Mann namens Benjamin Weibl eine Kabine für das Schiff nach Deutschland gebucht. Heute Abend.«

»Was hast du vor?«

»Wir nehmen sie im Hafen fest.«

»Das würde ich auf keinen Fall empfehlen. Dann verlieren wir die Chance, dem Netzwerk auf die Spur zu kommen. Ich setze mich mit dem BfV Köln in Verbindung und bitte um eine Stellungnahme. Morgen früh fahre ich hin. Vorläufig kennen wir nur eine Person, die etwas über den Raubüberfall wissen könnte.«

»Und wer ist das?«

»Denks jüngerer Bruder Theo. Er lebt in einem Heim für psychisch Kranke in der Nähe von Wetzlar. Ich sage dir sobald wie möglich Bescheid, was die Kölner meinen.«

10

Die 22-jährige Frau trug schwarze Hosen mit Schlag, die auf der Hüfte hingen, und einen engen, fliederfarbenen Rollkragenpulli. Ihre Augen waren dick geschminkt.

Reija Suhonen war ein anderer Typ, ein total anderer Typ, als Soile es sich nach drei Telefonaten und zahlreichen E-Mails vorgestellt hatte.

Soile räusperte sich unsicher. Am liebsten hätte sie das Mädchen auf der Stelle dorthin zurückgeschickt, wo es hergekommen war, und erst gar keine Zeit mit ihm vergeudet. »Magst du einen Kaffee?«

»Lieber nicht. Hab einen tierischen Hangover.«

Soile verkniff sich eine Bemerkung, und Reija fügte hinzu: »War nur ein Scherz.«

Soile lächelte immer unsicherer und goss Kaffee aus der Thermoskanne in zwei Tassen. Vielleicht war das Mädchen bloß nervös und wollte die Atmosphäre etwas entkrampfen.

»Du hast also die Handelsschule besucht...« Soile nahm die ausgedruckten Mails vom Tisch. »Und versuchst, auf die Wirtschaftshochschule zu kommen.«

»Genauer gesagt hab ich die Handelsschule nicht ganz bis zum Schluss gemacht. Ich hab einen guten Job angeboten bekommen und zugesagt. In unserer Gegend ist Arbeit ja eher Mangelware.«

Soile sah sich das Blatt an, auf dem Reija ihre Ausbildung und Berufserfahrung aufgelistet hatte. Nach der Handelsschule stand da: »Verschiedene Tätigkeiten bei *Safari-Tours*, Joensuu.«

»Was genau hast du bei *Safari-Tours* denn gemacht?«

»Der Name ist ein bisschen irreführend. Wir haben für Mitarbeiter und Kunden von Firmen im Winter Motorschlittentouren und im Sommer Raftings und so was veranstaltet. Und dann halt alle möglichen speziellen Sachen... so abenteuermäßig. Wir sind mit den Leuten zum Beispiel nach Russland rüber und haben uns verschiedene Überraschungen für sie ausgedacht. War vor allem für Engländer und Franzosen ein Riesending.«

»Aha. Ähm..., du hattest Französisch im Gymnasium. Kommst du damit einigermaßen klar?«

»*Oui, ça va. Mais la prononciation laisse à désirer un peu.*«

»*Très bien*«, sagte Soile. Vielleicht trog der Schein ja doch. Außerdem war für ein zweites Bewerbungsgespräch ohnehin keine Zeit mehr. »Hast du ein Zeugnis von deinem Arbeitgeber dabei?«

»Nein. Mein Abgang war... nicht ganz konfliktfrei.«

»Was meinst du damit?«

»Ich hab, ehrlich gesagt, keine Lust, darüber zu reden.«

»Ich möchte aber gern alles wissen, was mit deiner beruflichen Laufbahn zu tun hat. Und auch mit deinem persönlichen Werdegang. Du begreifst doch, was für eine große Verantwortung ein Au-pair-Mädchen trägt?«

»Klar schnall ich das, ey... tschuldigung, natürlich habe ich dafür Verständnis. Also es war so, dass mich die Frau von meinem Boss auf dem Kieker hatte.«

»Auf dem Kieker?«

»Hat immer geguckt, was ich anhabe und was nicht. Die Frau war tierisch eifersüchtig. Weil wir halt über Nacht draußen und auch noch auf der russischen Seite waren.«

Soile ertappte sich dabei, wie sie nervös mit dem Kugelschreiber spielte, und legte ihn auf den Tisch. Dieses Gespräch war die reine Zeitverschwendung.

»Aber es gab dafür natürlich absolut keinen Grund«, fuhr Reija fort. »Mein Boss war so ein mittelaltes fettes Kerlchen, den hätte ich nicht mal mit der Kneifzange angerührt, das können Sie mir glauben.«

Soile nickte stumm.

»Da steht die Nummer von *Safari-Tours*, die erinnern sich bestimmt noch an mich und können es Ihnen bestätigen. Rufen Sie ruhig an. Aber fragen Sie bloß nicht die Frau vom Boss nach ihrer Meinung.«

Es klopfte an der Tür, und Aaro trat ein. »Niko hat angerufen, wir gehen zum GSM-Store.« Beim Sprechen warf Aaro einen Blick auf Reija, die lässig die Hand hob. Aaro erwiderte die Geste unsicher.

»Jetzt wart doch mal...«

»Geht nicht, weil Niko um drei wieder nach Porvoo muss.«

Soile seufzte. »Reija, das hier ist Aaro. Wie du siehst, ein viel beschäftigter und eigensinniger junger Mann.«

»Ist doch okay«, sagte Reija. »Leute, die ihr Fähnchen in den Wind hängen, gibt's mehr als genug. Kaufst du dir ein Telefon?«

»Eigentlich nicht...«, sagte Aaro, »Finanzierungsprobleme. Wir gucken nur mal.«

Reija zog ein kleines blaues Handy aus der Tasche. »Hab ich letzte Woche beim Preisausschreiben von *Sonera* gewonnen. Ich wusste nicht mal, dass ich teilgenommen hatte.«

Aaro streckte mit Stielaugen die Hand aus. »Alle, die einen neuen Vertrag unterschrieben haben, haben automatisch teilgenommen. Aber man konnte auch bloß per Postkarte mitmachen. Ich hab 36 Karten hingeschickt, aber du hattest mehr Glück.«

Aaro machte den durchsichtigen Deckel auf, unter dem sich ein hell erleuchtetes Display befand. »Wow... Hast du da eine GPRS-Verbindung?«

»Ja. Man kommt total gut ins Netz.«

Aaro löste den flachen, spitzen Plastikstift von der Seite des Geräts und berührte damit das Display. »Hast du Videoclips geladen?«

»Noch nicht. Aber ein Demoband ist drauf, kannst du anklicken.«

»Und Spiele?«

»Das Schach ist geil...« Reija warf einen Blick auf Soile. »Tschuldigung.«

»Hast du gehört«, sagte Aaro zu seiner Mutter, »Schach.«

Soile spielte mit Aaro Schach, seit er fünf war.

»Schach ist kein Geballer«, meinte Aaro weiter, »das würde sogar Papa gefallen.«

Jetzt kam rhythmische Musik aus dem Gerät. Aaro hielt seiner Mutter das Display hin. »Könntest du nicht noch mal mit ihm über den Gewinn von William Hill reden?«

»Das hat vermutlich keinen Zweck. Aber du kannst jetzt gehen, wenn Niko auf dich wartet.«

Aaro schaute Reija an. »Hast du dich schon erkundigt, ob das GPRS in Brüssel mit der SIM-Karte von *Sonera* funktioniert?«

»Noch nicht«, lachte Reija. »Eins nach dem anderen ...«

»Ich kann das klären. Mit *Mobistar* könnte es gehen, das ist weiter entwickelt als *Proximus*. Wann kommst du nach Brüssel?«

»Aaro, nun geh schon. Ich muss noch mit den anderen Mädchen reden.«

»Du hast doch gesagt, das lohnt sich nicht ...«

»Misch dich nicht in die Angelegenheiten von Erwachsenen ein«, sagte Soile und wurde rot.

»Darf ich mir das mal kurz ausleihen?«, wollte Aaro von Reija wissen. »Ich will es nur Niko zeigen. Ich bring es gleich zurück.«

»Nein. Du machst jetzt, was deine Mutter sagt, und ziehst Leine«, sagte Reija energisch und nahm ihm das Telefon aus der Hand.

Aaro ging gehorsam zur Tür.

»Sag Niko, er soll langsam fahren«, sagte Soile.

»Was soll man mit einem 1,2-Liter-Corsa auch sonst tun? Außer von Strafzetteln wegen überhöhter Geschwindigkeit träumen.«

»Genau wie mein kleiner Bruder«, sagte Reija. »Denen muss man klipp und klar sagen, was Sache ist, sonst stressen sie.«

Soile nickte.

Timo eilte über den nur zu vertrauten Gang der Zentralkripo zum Kriminalinformationsdienst, wo der Kontakt zu den entsprechenden Organisationen im Ausland gepflegt wurde. Im Gehen rief er Soile an und hörte, dass sie ein Au-pair-Mädchen engagiert habe, das gut mit Aaro auskomme, dabei aber streng genug sei.

Timo blieb vorm Wasserautomaten stehen und nahm sich mit der freien Hand einen Becher. »Ich werde schon heute Abend nach Brüssel fahren. Mit der *Finnhansa* über Travemünde.«

»Was redest du da? Warum das denn?«

»Arbeit.«

»Und Aaro?«

»Kommt natürlich mit.« Timo ließ Wasser in den Becher laufen.

»Du willst ihn in Brüssel doch nicht allein ...«

»Gib mir mal die Nummer von dem Au-pair-Mädchen, ich frage sie, ob sie übermorgen mit der Abendmaschine kommen kann.«

11

Über dem Frachthafen schrien die Möwen am grauen Himmel. Aus dem Schornstein der grün-weißen *Finnhansa* von *Finncarriers* quoll schwarzer Rauch, der vom kräftigen Wind auseinander gewirbelt wurde. Auf dem Warteplatz für die PKWs stand ein Renault. Am Steuer saß Noora, neben ihr Ralf. Aus dem Radio drang eine monotone Stimme: »*... heute Nacht in Hamina. Die Polizei bittet um Hinweise auf Fahrzeuge, die in der Nähe des Tatorts gesehen wurden ...*«

Noora fiel auf, wie ruhig sie war. Die Polizei würde ihnen nicht auf die Spur kommen, jedenfalls nicht so schnell, und in Deutschland waren sie praktisch in Sicherheit.

Was uns nicht umbringt, härtet ab, dachte sie. Sie wusste, mit diesem Gastspiel in Finnland hatte sie ihre Position in der G1 wesentlich gefestigt. Sie hatte ihren Part einwandfrei absolviert, selbst wenn die Operation letztlich doch noch scheiterte.

Noora folgte Ralfs Blick. Neben den PKWs stand eine Reihe von Wohnmobilen und Autos mit Wohnwagen, mittendrin ein in Finnland zugelassener Dethleffs, in dem ein dunkelhäutiger Mann mit grauen Locken am Steuer saß.

»Weiß Sakombi mehr als ich?«, fragte Noora leise.

Ralf reagierte nicht. Es wurde still im Auto, man hörte nur die Terminal-Zugmaschinen, die mit den LKW-Anhängern rangierten. Auf ihren Dächern blinkten orangefarbene Lichter. Die *Finnhansa* war ein Frachtschiff, das zusätzlich Kabinen für hundert Reisende bot.

»Wo habt ihr euch kennen gelernt?«, wollte Noora wissen.

»In London. Sakombi hat damals die Kampagne gegen Mobutu organisiert.«

»Was ist er eigentlich von Beruf?«

»Er ist Hydrologe in einer Organisation, die gegen die Privatisierung des Wasserbesitzes operiert. Bald werden die multinationalen Konzerne den größten Teil der Wasservorkommen auf der Erde unter Kontrolle haben. Zuvor hat Sakombi viele Jahre im Kongo gearbeitet.«

»Du sagst, er lebt in England. Ich dachte, Kongolesen gäbe es in Europa vor allem in Belgien.«

»Bei Sakombi ist das anders.«

»Warum?«

»Wie viele Juden, die die Konzentrationslager überlebt hatten, lebten nach dem Krieg in Deutschland? Wie viele ihrer Nachfahren? In der gesamten Kolonialgeschichte gibt es kein anderes Kapitel, das so deprimierend ist wie das Verhältnis zwischen Belgien und dem Kongo.«

Noora schwieg und sah ihn fragend an. Sie wollte nicht nur mehr über Sakombi erfahren, es war auch eine Erleichterung für sie, Ralf endlich wieder reden zu hören.

»König Leopold II. eroberte Ende des 19. Jahrhunderts den Kongo und betrachtete ihn als sein persönliches Eigentum. 1908 ging das Land an den belgischen Staat über. Die Belgier unterwarfen die Kongolesen, machten sie zu Sklaven, brachten Millionen von ihnen um und verdienten mit den Bodenschätzen des Landes und der gewaltsamen Ausbeutung der Bevölkerung astronomische Summen. Was damals mit Blut verdient wurde, floss – bis heute sichtbar – in die Brüsseler Paläste.«

Nooras Blick lag auf dem dunklen Profil im Seitenfenster des Wohnmobils. Sakombi faszinierte sie immer mehr.

»Hast du ›Herz der Finsternis‹ von Joseph Conrad gelesen?«, fragte Ralf.

»Irgendwann im Gymnasium.«

»Das ist nicht bloß eine ›Allegorie‹ oder eine ›mythische Reise ins Innere des Menschen‹, sondern dokumentiert das, was Conrad 1890 im Kongo sah. Alles, was in dem Buch beschrieben wird, stammt aus dem wirklichen Leben. Erinnerst du dich an die Stelle, wo von den Speeren rund ums Haus von Kurtz die Rede ist, auf denen man die Köpfe von Kongolesen aufgespießt hat?«

Noora nickte.

»Conrad beschreibt da, was er rund um die Behausung des belgischen Kapitäns Léon Rom tatsächlich gesehen hat. Wenn du mehr Beispiele für die ruhmreiche Herrschaft Belgiens im Kongo hören willst, frag Sakombi.«

»Er redet nicht mit mir.«

»Das wird er schon noch, wenn ihr euch erst besser kennt.«

Wieder wurde es still im Wagen. Noora beschloss, Ralfs Gesprächigkeit zu nutzen, und fragte nun ganz direkt: »Machen wir in Deutschland weiter? Versuchen wir es noch einmal?«

Ralf schüttelte den Kopf. »Vor uns liegt etwas ... Größeres.«

Noora sah ihn scharf an. »Was meinst du damit?«

»Das wirst du noch erfahren.«

»Was soll das sein, dieses ›Größere‹?«

Ralf schwieg.

»Wohin fahren wir in Deutschland?«, fragte Noora hartnäckig weiter.

»Zu Theo.«

»Ist das nicht riskant? Wenn sie Theo ausfindig machen...«

»Ich werde ihn in Sicherheit bringen. Er wird mit uns kommen.«

Ein junger Mann in gelber, reflektierender Weste fuhr mit dem Fahrrad an die Spitze der Schlange und gab dem Fahrer des ersten

Wagens ein Handzeichen. Noora ließ den Motor an und glitt in der Schlange vorwärts. Ralf sah angespannt aus dem Fenster.

Autos und Papiere waren genauer als sonst kontrolliert worden. Das war nach Verbrechen wie dem Überfall auf einen Geldtransporter wahrscheinlich normal. Oder war die finnische Polizei bereits auf die Idee gekommen, diesen Überfall mit denen in Deutschland in Verbindung zu bringen? Wurden die Verbindungswege nach Deutschland deshalb besonders intensiv kontrolliert?

Soile strich sich instinktiv durch die Haare, als ihr der attraktive blonde Mann auf dem Gang des Institutes für Teilchenphysik der TU entgegenkam.

»Soile! Ich wusste gar nicht, dass du in der Gegend bist...«, sagte Patrick Lång und blieb stehen, um mit ihr mitteleuropäische Wangenküsse zu tauschen. Der Mann in Soiles Alter war Professor und sah aus wie der Prototyp eines finnlandschwedischen Kosmopoliten: tiefe Seglerbräune, bleibende Lachfältchen in den Augenwinkeln und kräftige Schenkel vom Fahrradfahren. Dabei war er ein Junge vom Land, das Nesthäkchen einer Bauernfamilie aus Kemiö.

»Am Wochenende fahre ich nach Genf zurück«, sagte Soile.

»Ich dachte, du bist in Stockholm, darum habe ich dir nicht Hallo gesagt.«

»Ich hatte zu tun. Du hast bestimmt gehört, dass Karin und ich in getrennte Wohnungen ziehen.«

Soile gab sich Mühe, ihre Überraschung zu verbergen. Sie wusste nicht, was sie sagen sollte. »Das tut mir leid... Das heißt, vielleicht ist es gar nichts, was einem leid zu tun braucht...«, stotterte sie.

Patrick lachte sein unbeschwertes Jungenlachen. »Es ist besser so. Gehen wir einen Kaffee trinken?«

»Ich muss kurz telefonieren. Ich komme nach.«

»Gut. Bis gleich.«

Als sie wieder in ihrem Büro war, merkte Soile, dass sie sofort besserer Laune war. Patricks positive Energie war ansteckend. Soile wurde unwillig, als sie daran dachte, was Timo über Patrick sagen würde. Timo war allergisch gegen alles, was er für snobistisch und gekünstelt hielt, ohne zu kapieren, dass es bei Patrick überhaupt nicht zutraf.

Sie setzte sich an den Schreibtisch und wählte die Nummer, die sie sich auf einem Zettel notiert hatte. Bis jetzt hatte sie den Geschäftsführer von *Safari-Tours* noch nicht erreicht, nun nahm er ab. Sie stellte sich vor und sagte, worum es ging.

»Als Au-pair würde ich sie vielleicht nicht unbedingt nehmen«, sagte der Mann.

»Was wollen Sie damit sagen?«

»Nichts Bestimmtes, eigentlich... Reija ist einfach nicht so ein Haushaltsmensch. Aber natürlich wird sie auch als Au-pair klarkommen.«

»Sie haben gerade gesagt...«

»Vergessen Sie es.«

»Warum haben Sie sie gefeuert?«

»Das ist eine firmeninterne Angelegenheit.«

»Der dunkelblaue Laguna«, sagte die Stimme in Timos Telefon. Er saß mit Aaro in seinem S-Klasse-Mercedes mit der alten Karosserie. Sie warteten im Frachthafen, nur zwanzig Meter von dem Renault entfernt, darauf, dass sie aufs Schiff gelassen wurden.

»Okay.«

Erleichtert legte Timo das Handy in der Mittelkonsole ab. Wäre Noora nicht an Bord gekommen, wäre er unnötigerweise drei Tage zu früh nach Brüssel zurückgekehrt. Schon jetzt wurmte es ihn, dass er die Angeltour absagen musste, obwohl er sie Aaro hoch und heilig versprochen hatte. War der Sommer wirklich schon vorbei? Er hatte nicht mal gemerkt, dass er angefangen hatte.

Aaros Telefon klingelte. Timo hatte ihm erlaubt, nach dem Check-in vorne zu sitzen.

»Hallo. Ich habe es gerade auf Papas Nummer versucht, aber da war besetzt«, sagte Soiles Stimme. »Wo seid ihr?«

»Wir warten, dass wir aufs Schiff kommen.«

»Gibst du mir mal deinen Vater?«

Aaro reichte Timo das Telefon. Der ließ den blauen Renault nicht aus den Augen. »Ja?«

»Du hast das Au-pair-Mädchen doch noch nicht angerufen?«, fragte Soile kühl.

»Doch, hab ich. Macht einen guten Eindruck. Sie kommt übermorgen mit der Abendmaschine nach Brüssel.«

»Das wird sie nicht.«

»Was?«

»Rate mal, was der Chef von *Safari-Tours* gesagt hat?«

Vor der Schlange war ein junger Mann mit gelber Weste aufgetaucht, der wie ein Student aussah. Timo ließ den Motor an.

»Wir fahren gerade aufs Schiff...«

»Er hat gesagt, er würde Reija nicht als Au-pair-Mädchen nehmen.«

»Weiß ein Unternehmer aus Joensuu, dass ein Au-pair-Mädchen Geschirr spülen und staubsaugen muss?«

»Dann ist er zurückgerudert und meinte, Reija wäre sicher auch als Au-pair okay. Aber er wollte mir nicht sagen, warum er sie gefeuert hat.«

»Ach, wer weiß, was der so redet. Reija kommt zu uns, und Punkt.«

Die Schlange bewegte sich zügig auf das Schiff zu.

»Das kann nicht dein Ernst sein«, sagte Soile. Wir reden hier über den Menschen, mit dem Aaro seine Zeit verbringt...«

»Aaro und ich. Es wird mir schon nicht verborgen bleiben, wenn Probleme auftauchen. Und du hast selbst gesagt, dass Aaro sich gut mit ihr versteht.«

»Mit ihrem tollen Telefon.«

»Warten wir doch erst mal ab, wie es läuft.«

»Woher sollen wir wissen, was sie womöglich auf dem Kerbholz hat? Du kannst ja mal in deinem Computer nachschauen, ob sie vielleicht vorbestraft ist.«

»Jetzt mach mal halblang.«

»In Joensuu gibt es Drogen und ...«

»Die gibt es überall. Hör auf mit dem Theater. Wir telefonieren später. Tschüs.«

»So eins wär klasse«, sagte Aaro und machte eine Kopfbewegung in Richtung der Wohnmobile, die etwas weiter weg in einer Reihe standen.

Timo strich sich nachdenklich über seinen Ansatz zum Doppelkinn. »Ich weiß nicht. Die sind innen ziemlich eng. Und sie fahren sich schlecht. Wenn man das hier gewohnt ist, mag man sich nicht mehr ans Steuer eines Wohnmobils setzen.«

Timo tippte leicht auf das solide Lenkrad. Er hatte gerade dieses ältere S-Klasse-Modell gewollt, die Krönung einer Ära, ein Dinosaurier, der in historische Vergessenheit geraten war. Nicht modern, aber solide – so wie er selbst.

»Sagst du mir, warum wir so plötzlich losfahren?«

Timo hatte Aaro in Nikos Auto angerufen und ihn aufgefordert, schnell seine Sachen zu packen.

»Aus dienstlichen Gründen. Das habe ich dir doch schon gesagt.«

»Was sind das denn für dienstliche Gründe? Ich dachte, du ermittelst in dem Überfall auf den Geldtransporter. Wieso musst du dann so plötzlich nach Brüssel?«

»Und die fehlenden Schulbücher müssen wir noch bestellen. Bei irgendeinem Online-Versand wird das doch möglich sein?«, versuchte Timo abzulenken.

Aaro zuckte gleichgültig mit den Schultern.

»Komisch«, meinte Timo. »KeyKatches, Wetttipps und was weiß ich alles kann man online bestellen, aber Schulbücher nicht?«

»Auch die moderne Technik hat ihre Grenzen.«

Bei der Fahrt aufs Autodeck der *Finnhansa* ratterte die Rampe unter dem Wagen. Die meisten PKWs wurden in einen gangartigen Pferch gelotst, aber der Teil der Schlange, in dem sich Timo und Aaro befanden, kam hinter LKWs und Sattelanhängern aufs Mitteldeck. Timo hielt auf dem Platz, den ihm ein Reedereiarbeiter mit Funkgerät in der Hand zugewiesen hatte, und klappte die Außenspiegel ein.

»Nimm du die schwarze Tasche.« Timo stieg aus und machte den Kofferraum auf. »Ich nehme die blaue und meine eigene.«

Der Kofferraum und die Hälfte der Rückbank waren in aller Eile mit Taschen, Kartons und Tüten voll gestopft worden. Während er nach den Sachen suchte, die sie auf dem Schiff brauchten, blickte sich Timo auf dem Autodeck um, das sich lautstark füllte. Ziemlich viele Autos waren in Deutschland zugelassen.

Aaro nahm seine Tasche und Timo die anderen beiden. Sie schlängelten sich zwischen den Fahrzeugen zur Tür, durch die gerade eine junge Frau und ein Mann in Timos Alter gingen.

Timo hatte nur ein zwei Jahre altes Foto von Noora Uusitalo gesehen, doch er erkannte sie sofort.

12

Ralf drückte auf den Knopf am Aufzug, aber Noora ging an ihm vorbei zur Treppe.

»Es dauert eine Ewigkeit, bis der Aufzug kommt.«

Sie stiegen die schmale Treppe hinauf zum Deck mit der Information, wo sie mit den anderen Passagieren für die Kabinenschlüssel anstehen mussten.

»Wo ist Sakombi?«, fragte Noora.

»Er ist nicht hier«, antwortete Ralf leise.

»Wieso das? Er ist doch gerade auf...«

»Er ist nicht hier«, flüsterte Ralf scharf. »Er ist Luft für uns.«

Noora verstummte. Warum durften sie Sakombi keine Beachtung schenken? Hatten sie etwa doch Geld erbeutet, das Sakombi jetzt mit dem Wohnmobil nach Deutschland transportierte? Wieder überkam sie Wut: Warum hatten sie ihr nichts gesagt?

»Die Reservierung ist auf den Namen Uusitalo gemacht worden«, sagte sie zu dem Purser hinter der Theke. Der tippte etwas in seinen Computer und reichte ihr die Magnetkarten, die als Kabinenschlüssel dienten.

»5021. Eine Etage höher. Angenehme Reise!«

»Danke.« Noora drehte sich um und wäre fast mit dem großen Mann hinter ihr zusammengestoßen. Er lächelte freundlich, als er ihr Platz machte.

»Diese Magnetkarten sind nicht besonders sicher«, hörte Noora den Jungen referieren, den der Mann dabeihatte. »Die kann man ganz einfach fälschen...«

Ralf nahm seine Karte von Noora in Empfang, dann gingen sie stumm die Treppe hinauf und durch den Gang zu ihrer Kabine. Sie war groß, hatte ein Fenster und war sogar ganz ordentlich eingerichtet, wie ein Hotelzimmer der besseren Kategorie.

Kaum hatten sie die Tür hinter sich geschlossen, baute sich Noora vor Ralf auf: »Jetzt rede ordentlich! Oder ich tue, was ich schon längst hätte tun sollen.« Sie konnte das Zittern in ihrer Stimme nicht mehr unterdrücken.

»Was meinst du damit?«

»Das wirst du schon sehen. Zuerst erzählst du mir, was ihr hinter meinem Rücken geplant habt.«

»Willst du mir drohen?«

»Nein. Ich habe meinen Part einwandfrei erledigt. Ich habe keine Fragen gestellt. Ich habe mich an einem Verbrechen beteiligt, für das ich eine lange Gefängnisstrafe bekomme, falls ich erwischt werde. Und du spielst jetzt an auf etwas ›Größeres‹. Ich will...«

»Pst!«, flüsterte Ralf und machte eine heftige Kopfbewegung zur Tür hin. Er legte Noora die Hände auf die Schultern und ließ sie langsam auf ihren Hals zugleiten. Noora wusste Ralfs Gesichtsausdruck nicht zu deuten, das machte ihr Angst. Nie zuvor hatte sie Angst vor Ralf gehabt.

Sie wollte sich aus seinem Griff lösen, aber er zog sie an sich und küsste sie heftig.

»Lass mich los«, sagte Noora mit erstickter Stimme.

Auf einmal ekelte sie sich vor Ralfs Berührung. Sie riss sich los, machte einen Satz zur Tür und ging auf den Gang hinaus. Dort sah sie sich demselben großen Mann gegenüber, mit dem sie schon an der Rezeption fast zusammengestoßen wäre.

Der Mann stocherte mit seiner Magnetkarte im Lesegerät an der Kabinentür nebenan herum und warf Noora einen Blick zu, der um Entschuldigung bat. Offenbar hatte er die Auseinandersetzung mitbekommen.

»Gib her«, seufzte der Junge neben ihm. »Die muss man bloß reinschieben und wieder rausziehen...«

Ralf erschien an der Tür, und Noora ging in ihre Kabine zurück, bevor er etwas sagen konnte.

Timo fummelte mit der Magnetkarte herum, doch die Tür öffnete sich nicht. Neben ihm fiel Nooras Kabinentür ins Schloss.

»O Mann, gib her!«, verlangte Aaro.

Timo machte eine scharfe Handbewegung, die Aaro zum Schweigen brachte. Er versuchte, etwas zu hören, aber es drang nur gedämpftes Murmeln aus der Nachbarkabine. Einzelne Wörter waren nicht zu verstehen. Vorsichtig ging er näher heran, wagte sich aber nicht unmittelbar an die Tür, denn womöglich hatte das Paar einen Komplizen an Bord.

In dem Moment regnete es bunte Smarties vor Nooras Kabinentür. Überrascht blickte Timo zur Seite und sah, dass sie aus der Tüte in Aaros Hand stammten.

»Was...«

»O nein!«, sagte Aaro zwinkernd und bückte sich, um die Bonbons aufzuheben. »Hilf mir mal.«

Erst da begriff Timo Aaros Absicht. Innerlich verfluchte er das Risiko, das der Junge provozierte, aber er konnte nicht abstreiten, dass die Idee gut war. Während er die Smarties aufsammelte, konnte er das Ohr fast an die Tür legen. Allerdings half das nichts. Die beiden da drinnen hatten ihre Stimmen gedämpft.

Heidi Klötz hatte vorgeschlagen, zwei Ermittler mit Abhöranlagen aufs Schiff zu schicken. Sie hatte keine Ahnung, welche Heiterkeit dieser Vorschlag bei der Zentralkripo ausgelöst hatte. Wo hätte man innerhalb von wenigen Stunden zwei Männer für anderthalb Tage abziehen sollen? Nach welchem Schlüssel hätte man die Abrechnung vornehmen müssen? Zumal sie wegen der späten Buchung für den Rückflug von Hamburg nach Helsinki Tickets für die Business-Class hätten kaufen müssen, das Stück für 720 Euro.

Nach Verhandlungen mit Wiesbaden war man zu dem Entschluss gekommen, dass eine Gruppe des BKA am Hafen in Travemünde die Überwachung der Verdächtigen übernahm. Bis dahin würde Timo die Lage im Auge behalten.

Er durfte also nicht das geringste Risiko eingehen. Auf keinen Fall durften die Verdächtigen ahnen, dass sie observiert wurden. Darum hob Timo die Smarties mit flinken Fingern und so leise wie möglich auf.

»Ich krieg die auch nicht auf«, sagte Aaro und schob die Magnetkarte ins Schloss, wieder mit einem Zwinkern.

»Jetzt mach schon!«, knurrte Timo.

Aaro öffnete die Tür, und sein Vater schob ihn übertrieben unsanft in die Kabine.

»Misch dich nicht in die Angelegenheiten von Erwachsenen ein«, flüsterte er. »Merk dir das! Das ist das letzte Mal. Verstanden?« Am liebsten hätte er Aaro eine Kopfnuss verpasst, aber er beherrschte sich.

»Ich wollte dir nur helfen ...«

»Das weiß ich, aber wenn ich Hilfe brauche, bitte ich dich darum.«

Aaro wirkte plötzlich ganz bedrückt. Fast tat er Timo leid. Er strich ihm mit seiner großen Hand übers Haar. Der kleine Kopf fühlte sich so zerbrechlich an. »Einverstanden?«

»Einverstanden«, sagte Aaro.

»Nichtsdestotrotz: Du hast das clever gemacht.«

Timo sah, wie sehr sich Aaro über das Lob freute, und fügte gleich wieder mäßigend hinzu: »Aber du darfst dich in diese

Dinge nicht einmischen, auch wenn du es noch so gern möchtest. Solche Sachen können wegen Kleinigkeiten schief gehen.«

Kaum hatte er den Satz ausgesprochen, begriff Timo, dass er zu viel gesagt hatte.

»Was denn für Sachen?«

»Hör auf...«

»Werden die wegen irgendwas verdächtigt?«, flüsterte Aaro und nickte in Richtung Nachbarkabine. »Hat es mit dem Überfall auf den Geldtransporter zu tun? Fahren wir deswegen schon heute zurück? Und du hast absichtlich die Kabine neben ihnen genommen...«

»Sei jetzt endlich still!«, flüsterte Timo gereizt. »Wenn du die Angelegenheit auch nur mit einem einzigen Wort anschneidest, bekommst du einen Monat Internet-Verbot. Kapiert?«

Aaro nickte.

Im selben Moment hörten sie, dass die Kabinentür nebenan aufging.

Timo erstarrte. Aaro wollte etwas sagen, blieb aber stumm.

Das Schiff legte so ruhig vom Kai ab, dass man es mit geschlossenen Augen nicht bemerkt hätte. Noora war Ralf aufs Deck hinaus gefolgt. Der Herbsthimmel über Helsinki wurde dunkel, ein Teil der Lichter brannte bereits. Noora war etwas zerstreut, wie immer, wenn sie zu einer Reise aufbrach. Als bedeutete das Ablegen vom Festland auch den Abschied von allem, was in den vorangegangenen Tagen geschehen war.

Sie stützten sich auf die Reling. Ralf wollte in der Kabine über nichts reden, was mit der Operation zu tun hatte. Noora hatte sich von seiner Paranoia anstecken lassen und ihre Wut herunter geschluckt. Wieder einmal akzeptierte sie, dass Ralf besser wusste, was klug war.

Jetzt blickte Ralf sie an und sagte mit gesenkter Stimme, obwohl niemand in ihrer Nähe war: »Verzeih mir.«

Noora starrte auf das von den Schiffsschrauben aufgewühlte Wasser.

»Du hast ein Recht darauf, es zu wissen.« Endlich lag wieder Wärme in Ralfs Stimme, als würde es ihn beruhigen, dass das Schiff ohne Probleme aus dem Hafen auslief.

»Aber ich kann dir nur verraten, dass wir große Dinge vorhaben. Größer, als wir es selbst fassen können.«

Der Gegensatz zwischen Ralfs schlichtem Tonfall und den pathetischen Worten bereitete Noora eine Gänsehaut. Sie hatte Tränen in den Augen, als sie ihn ansah.

»Wir glauben an das Gleiche«, sagte Ralf. »Wir wissen, was passieren müsste, aber es passiert nicht ohne uns. Bist du bereit, den Weg zu Ende zu gehen, den wir in Genua gemeinsam betreten haben?«

Noora nickte bewegt.

»Bist du bereit, mir bei zwei Aktionen zu helfen: im Vatikan und im Kongo?«

Noora nickte. Jetzt begriff sie, warum Ralf ihr einen Monat zuvor befohlen hatte, sich die nötigen Impfungen für Zentralafrika zu besorgen. Als Grund hatte er einen Kongress genannt, der im Oktober in Tansania stattfinden sollte, aber jetzt war Noora klar: Das war nur ein Vorwand gewesen.

»Alles, was wir bisher getan haben, diente der Vorbereitung. Die eigentliche Arbeit beginnt jetzt«, fuhr Ralf mit heiserer Stimme fort, die in Nooras Ohren pulsierte. »Unser Plan erfordert mehr, als ein Mensch allein leisten kann.«

Mit fiebrigen Augen sah er Noora aus nächster Nähe an. Über ihnen schrien die Möwen im Licht der Schiffsscheinwerfer.

13

Timo und Aaro standen an der Rezeption der *Finnhansa* und studierten die Essenszeiten. Timo hatte den ganzen Tag noch nichts Richtiges gegessen.

»Erst um acht«, brummte er.

»O nein«, seufzte Aaro.

»Hast du solchen Hunger?«
»Nein, mir ist gerade eingefallen, dass ich das Ladegerät im Auto gelassen habe. Ich muss mein Handy aufladen.«
»Wofür brauchst du während der Fahrt dein Telefon?«
»Das fragst du mich?«, entgegnete Aaro unwillig. »Ist das Autodeck noch offen?«
»Ich denke schon. Bis eine halbe Stunde nach Abfahrt.«
Aaro streckte die Hand aus, und Timo legte die Autoschlüssel hinein.

Nachdem Aaro gegangen war, sah Timo sich um und überlegte, wo Noora mit ihrem Komplizen hingegangen sein konnte. Er wollte jedes Risiko vermeiden, es hatte keinen Sinn, durch zu offensichtliche Neugier alles zu verderben. Das Schiff fuhr quer über die Ostsee, ohne Zwischenhalt, die Verdächtigen konnten also nicht entkommen. Von Travemünde aus konnte sich dann das BKA mit seinen Leuten und seiner eigenen Methode um die Observation kümmern. Er selbst würde irgendwann während der Überfahrt mit Noora sprechen und über dieses Gespräch einen Bericht schreiben, das musste genügen. Timo hatte kein Interesse mehr an der Rolle des heldenhaften Polizisten, die ihn früher so fasziniert hatte. Es gab wichtigere Dinge im Leben als die Arbeit.

Auf dem Autodeck wühlte Aaro im Kofferraum des Mercedes, bis er endlich das Ladegerät für sein uraltes 3110er fand. Das MMS-Teil musste unbedingt her. Durch die Beschlagnahmung seines Wettgewinns war dieses Ziel wieder in weite Ferne gerückt. Das ärgerte ihn einerseits, andererseits entlastete das sein Gewissen.
Aaro schloss den Wagen sorgfältig ab und ging im Zickzack zwischen den Autos hindurch zur Tür. Weder von der Schiffsbesatzung noch von anderen Passagieren war etwas zu sehen. Wegen des Wendemanövers neigte sich das Schiff leicht zur Seite. Aaro blieb neben einem in Deutschland zugelassenen schwarzen Porsche stehen und versuchte, die Höchstgeschwindigkeit auf dem Tacho zu erkennen, aber es war nicht hell genug.

Besonders interessierten ihn die Wohnmobile. Alle hatten kleine Fernsehantennen auf dem Dach und wirkten in jeder Hinsicht gut ausgestattet. Mit Hilfe von GPRS könnte man von so einem Fahrzeug aus sogar ins Internet kommen. Platz für einen ordentlichen Computer war darin genug, und beim Halten konnte man Netzstrom benutzen. Vor seinem inneren Auge sah Aaro am Rand eines Waldes in den Ardennen ein Wohnmobil stehen, in dessen Fenstern der warme Schein eines Computerbildschirms leuchtete.

Ein Fahrzeug mit der Aufschrift Dethleffs sah er sich genauer an. Es wirkte nicht sonderlich neu. Mussten gebrauchte Wohnmobile in Belgien nicht günstig zu bekommen sein, wenn das auch für andere Autos galt? Davon hatte ihm sein Vater vorgeschwärmt. So ein Wohnmobil hatte eine Toilette, eine Dusche, einen Kühlschrank, einen Fernseher. Einen DVD-Player konnte man auch mitnehmen. Aber ob seine Eltern ihn im Schoß der Natur Filme anschauen lassen würden? Wahrscheinlich eher nicht.

Aaro versuchte, ins Innere des Fahrzeugs zu blicken, aber es war darin noch dunkler als in den PKWs.

Auf einmal erstarrte er. In dem Auto bewegte sich etwas. Ein Mensch richtete sich auf.

Das musste er sich einbilden. Oder es holte jemand noch etwas, bevor das Autodeck schloss, so wie er selbst. Aber warum brannte dann kein Licht im Fahrzeug? Wie sollte man im Dunkeln etwas finden?

Aaro ging weiter und stellte fest, dass das Wohnmobil in Finnland zugelassen war. JCG 897.

Oder war hier ein Dieb am Werk? Müsste er das dem Personal mitteilen? Bis er aber jemanden gefunden hätte, wäre der Dieb längst verschwunden. Außerdem: Falls doch der Eigentümer im Wagen war, wäre der bestimmt nicht erfreut, wenn man ihm das Personal auf den Hals hetzen würde.

Aaro ging zur Tür des Autodecks und drückte auf den faustgroßen Knopf. Die mit Pressluft betriebene Schiebetür ging zischend auf, aber Aaro verließ das Deck nicht, sondern huschte geduckt zwischen den Autos auf die andere Seite und näherte sich den Wohnmobilen von dort.

Zwei Fahrzeuge vor dem Dethleffs blieb er stehen, leicht außer Atem. Das Wohnmobil machte einen verlassenen Eindruck. Aaro beobachtete es eine Weile, dann beschloss er zu gehen.

Gerade als er sich umdrehen wollte, ging die Seitentür des Dethleffs auf, und ein älterer Mann, dessen Hautfarbe Aaro nicht genau bestimmen konnte, kam heraus.

Aaro versteckte sich hinter einem PKW, konnte den Mann mit den grauen Locken aber durch die Fenster hindurch sehen. Der blickte sich um, schloss das Fahrzeug sorgfältig ab und ging zum Ausgang.

Falscher Alarm, dachte Aaro halb erleichtert, halb enttäuscht. Das war nur der Besitzer.

Langsam bewegte sich Timo in der Schlange am Buffet voran und lud sich den Teller voll, ohne an Kilojoule zu denken. Die LKW-Fahrer hinter ihm taten es ihm gleich.

»Nimm dir eine anständige Portion. Du bist schließlich ein Mann und kein Spatz«, sagte er zu Aaro, der ein bisschen Lachs, zwei daumengroße Kartoffeln und zwei, drei Erbsen auf seinem Teller arrangiert hatte.

Aaro antwortete nicht, sondern schielte schon zu dem Desserttisch nebenan.

Vorsichtig trug Timo sein voll beladenes Tablett an einen Tisch. Das Schiff schaukelte leicht.

»Hoffentlich kommt kein Herbststurm«, sagte er zu Aaro, der sich zu ihm setzte.

»Sollen wir mal nachsehen, wie die Wetteraussichten sind?«, fragte der und streckte die Hand nach Timos Telefon aus, das neben dem Tablett lag.

Timo legte die Hand auf sein Handy. »Schon gut. Es kommt, wie es kommt. Die paar Euro können wir sparen.«

»Per SMS geht das schnell.«

»Trotzdem.«

Timo schnitt sein Fleisch und tunkte ein Stück in die Sahnesoße. »Zwischen uns gibt es einen grundsätzlichen Unterschied. Du bist ein digitaler Mensch, und ich bin ein analoger.«

»Nicht mal das. Du bist ein mechanischer.«

»Und Mama?«, fragte Timo lächelnd.

»Hyperdigital. Weißt du, was in Belgien ein gebrauchtes Wohnmobil kostet?«

»Vergiss es. Iss jetzt.«

»Als ich vorhin unten war, hab ich geglaubt, in einem Wohnmobil wäre ein Einbrecher. Aber dann hat er die Tür abgeschlossen, kann also kein Dieb gewesen sein ... Da, der Mann mit den grauen Locken am Fenstertisch«, sagte Aaro mit einer Kopfbewegung in die entsprechende Richtung.

»Du hast eine viel zu lebhafte Fantasie. Hol dir noch Fisch, wie willst du bei solchen Portionen wachsen?«

»Wieso? Schließlich stammt die Hälfte meiner Gene von dir. Mama sagt, wenn man so einen Stoffwechsel hat ...«

»*Iss!*«

Mit der Gabel entfernte Aaro die dunkleren, etwas fetteren Bestandteile des Fischs und beförderte sie an den Tellerrand. Timo seufzte und schwieg.

»Weißt du, dass die Raupe eines nordamerikanischen Nachtfalters an ihren ersten 56 Lebenstagen das Sechsundachtzigtausendfache ihres eigenen Körpergewichts verzehrt? Auf den Menschen übertragen hieße das ...«

Aaros Blick ging in die Ferne und hielt inne.

»Da sind sie«, sagte er mit gesenkter Stimme.

Timo blickte in dieselbe Richtung und sah, wie sich das Paar aus der Nachbarkabine am Buffet anstellte.

»Ja?«, flüsterte Timo, als würde ihn das Paar kein bisschen interessieren. »Das hieße was?«

»Wie was?«

»Die Nahrungsmenge der Raupe auf den Menschen übertragen.«

»Das hieße, dass ein Baby von drei Kilo Körpergewicht in derselben Zeit 273 Tonnen Nahrung verschlingen würde«, sagte Aaro leise und leicht beleidigt.
»Du konzentrierst dich auf deine eigenen Angelegenheiten. Was auf dem Schiff passiert, hat dich nicht zu interessieren. Hast du vergessen, was wir vereinbart haben? Eine Bemerkung über unsere Kabinennachbarn, und der Herr darf den Herbst ohne Internet auskommen.«

Noora nahm sich einen Teller vom Stapel. Dabei bemerkte sie, dass Ralf auf etwas aufmerksam geworden war. Sie gingen langsam weiter und stellten sich ihre Mahlzeit zusammen.
»Der Mann und der Junge aus der Kabine neben uns…«, sagte Ralf leise, während er sich Salat nahm. »Hast du die schon mal gesehen?«
»Wieso?«
Ralf antwortete nicht. Er sah, dass der Salat schmale Schinkenstreifen enthielt, ließ den Teller neben der Salatschüssel stehen und nahm sich einen neuen.
Am Tisch angelangt, sagte Ralf: »Sie haben über uns geredet.«
»Wer?«
»Der Mann und der Junge. Als wir uns angestellt haben. Der Junge hat uns bemerkt und etwas zu seinem Vater gesagt. Warum interessieren die sich für uns?«
»Weil sie wissen, dass wir ihre Kabinennachbarn sind.«
Ohne etwas zu erwidern, aß Ralf seine Karottenrohkost. Als der Teller leer war, ging er zum Buffet zurück, um sich etwas von dem warmen Gemüse zu holen. Sakombi tauchte neben ihm auf und schaufelte sich den Teller mit Brokkoli voll.
Ralf machte keine Kopfbewegung, er riskierte nicht einmal einen Blick, sondern sagte nur zu Sakombi: »Verschwinde.«
»Jemand hat durch die Scheibe geguckt, als ich im Wohnmobil war. Der Junge am Fenstertisch.«

Danach ging Sakombi zum Salat, und Ralf kehrte an seinen Tisch zurück. Er ließ seinen wachsamen Blick zum Fenstertisch gleiten. Jetzt saß nur noch der Vater dort.

Aaro drückte das Glas gegen den Sperrhebel des Getränkeautomaten und ließ Milch einlaufen. Noch bevor das Glas voll war, ging er um die Ecke, um zu sehen, ob die Männer noch immer miteinander redeten.

Nein. Der aus dem Wohnmobil saß allein an seinem Tisch, der andere etwas weiter weg neben der finnischen Frau.

Aaro fing an zu spekulieren. Sein Vater interessierte sich für das Paar in der Nachbarkabine – sie hatten irgendwas mit einem schweren Verbrechen zu tun, möglicherweise mit dem Überfall auf den Geldtransporter. Und jetzt hatte der Mann heimlich mit dem Fahrer des Wohnmobils getuschelt, obwohl sie so taten, als würden sie sich nicht kennen. Und derselbe Fahrer hatte sich noch nach Abfahrt des Schiffes auf dem Autodeck herumgetrieben.

Sicherheitshalber rief sich Aaro noch einmal das Autokennzeichen in Erinnerung. JCG 897.

Er setzte sich an den Tisch, trank von der Milch und dachte fieberhaft nach. Sollte er es seinem Vater sagen, oder meinte der es ernst mit der Internet-Quarantäne?

Er musste es sagen. Aber noch nicht. Zuerst wäre es sinnvoll, noch ein paar Dinge zu klären.

»Was ist jetzt los?«, fragte sein Vater, der einen Anstandsrest auf seinem Teller liegen gelassen hatte. Wenn Aaro das tat, hieß es, man dürfe sich immer nur so viel nehmen, wie man auch schaffe. Aber in der Welt der Erwachsenen galten nun mal die Regeln der Erwachsenen.

Und genau an diese Regeln gedachte sich Aaro jetzt zu halten.

»Was soll denn los sein?«

»Du siehst nachdenklich aus«, sagte Timo.

»Ich hab versucht, mir vorzustellen, wie es wäre, zwei Monate ohne Internet auskommen zu müssen.«

»Du solltest es mal probieren«, meinte Timo. »Würde dir gut tun. Zwei Monate ohne PC auch.«

»Einer in England durchgeführten Studie zufolge verfügt die Computerspiele-Generation über einen 20 Prozent höheren Intelligenzquotienten als ihre Eltern.« Aaro blickte zum Tisch der Kabinennachbarn und merkte, dass ihn der Mann anschaute. Sofort wandte der Mann den Blick ab. Hatte er etwas gemerkt? Natürlich nicht. Sie konnten von seinem Interesse nichts wissen. »Wer mit Technik umgeht, entwickelt sein logisches...«

»Danke für die Information. Aber iss jetzt mal auf, damit wir zum Nachtisch übergehen können.«

»Du hast doch selber nicht aufgegessen.«

Timo tätschelte seinen Bauch. »Ich habe Reserven. Du nicht.«

»Bald schon, wenn ich mich an deine Essvorschriften halte.«

Der Typ aus der Nachbarkabine stand vom Tisch auf und verließ den Speisesaal. Aaro mochte den Mann nicht.

14

Ralf wartete an der Ecke des Kabinengangs auf Sakombi. Von dieser Stelle aus konnte man beide Gänge im Auge behalten. Die Männer wechselten flüsternd einige Sätze, anschließend ging Ralf zum Büro des Pursers.

Das Interesse der Kabinennachbarn konnte ein harmloser Zufall sein, aber er musste auf Nummer sicher gehen, auch wenn damit ein kleines Risiko verbunden war. Mit einem kleinen Risiko konnte man unter Umständen ein großes vermeiden.

»Entschuldigung«, sagte er zu dem braun gebrannten Purser hinter der Informationstheke. »Ich hätte eine Nachricht für den finnischen Passagier aus Kabine 5020. Das ist meine Nachbarkabine. Der Herr hat dies hier im Speisesaal vergessen.« Ralf legte Sakombis Handy auf den Tisch. »Könnten Sie ihn vielleicht ausrufen...«

»Selbstverständlich.« Der Purser sah in seinem Computer

nach und sagte halblaut: »Timo und Aaro Nortamo.« Anschließend drehte er sich zum Mikrofon um, das hinter ihm an der Wand angebracht war.

Im selben Moment kam Sakombi hinzu. »Da ist es ja! Ich habe nämlich mein Handy im Restaurant liegen lassen.«

»Ach, Ihnen gehört das?«, fragte Ralf.

Der Purser kehrte dem Mikrofon wieder den Rücken zu.

»Ich dachte, es gehört... Entschuldigen Sie den Irrtum«, sagte Ralf.

»Durchschnittlich drei Passagiere verlieren pro Fahrt ihr Telefon«, sagte der Purser lächelnd.

»Danke«, sagte Sakombi und verschwand mit dem Handy in eine andere Richtung als Ralf.

Ralf ging in seine Kabine und holte den Kommunikator aus der Tasche. Das Signal war schwach, darum stellte er sich mit dem Gerät in die große Halle ans Panoramafenster.

Die Internetverbindung war hoffnungslos langsam, aber schließlich hatte er die Startseite von Google auf dem Display. Er schrieb den Namen »Timo Nortamo« und klickte auf SEARCH.

Nach und nach erschienen die Suchergebnisse. Der Name war zu häufig.

Er fügte das Wort »Aaro« im Suchfeld hinzu. Auch diesmal wurde jede Menge Müll angespült, aber an vierter Stelle erschien ein interessanter Link: »*Homepage von Aaro Nortamo... meine Lieblingsspiele... mein Computer... meine Hobbys...*«

Unter »Meine Familie« stand fett gedruckt ein weiteres Wort: »Timo«.

Ralf klickte den Link an, und Aaros Homepage wurde geladen. Ein witziges, fast bis zur Unkenntlichkeit manipuliertes Bild des Jungen zierte die Startseite. Aber der Junge war derselbe, da bestand kein Zweifel.

Die Seiten waren unaufwändig und schnell geladen. Den Text gab es auf Finnisch und Englisch. Ralf ging auf die englischsprachige »Meine Familie«-Rubrik.

Was er dort las, verursachte einen metallischen Geschmack in seinem Mund.

»*Mein Vater heißt Timo. Ein guter Typ, aber geheimnisvoll. Kann nicht über seine Arbeit reden. Er ist irgendein Polizist. Meine Mutter Soile ist Wissenschaftlerin, eine echte Forscherin...*«

Ralf unterbrach die Verbindung und klappte den Kommunikator abrupt zu.

Nach dem Essen ging Timo aufs Deck hinaus, um frische Luft zu schnappen. Aaro hatte gesagt, er wolle in der Kabine lesen. Hier und da waren Schaumkronen in der Dunkelheit zu erkennen. Timo stützte sich auf die Reling, er versuchte sich vorzustellen, wie der kommende Herbst in Brüssel sein würde. Die Arbeitstage würden sich in die Länge ziehen, obwohl er zu denen gehörte, die keinen Augenblick länger als nötig an ihrem Arbeitsplatz verbrachten – im Gegensatz zu vielen anderen TERA-Beamten, denen die Tätigkeit in der Eliteeinheit alles bedeutete.

Timo fühlte sich in Brüssel wohl, und sein Job gefiel ihm, aber er hätte sich mehr Zeit für sich und natürlich auch für Aaro gewünscht. Er war immer zu streng mit sich gewesen, außer in der Schule, und das hatte er schon oft bereut.

Daher war seine Berufswahl auch eher von den Umständen als von einer Berufung diktiert gewesen. Nach der Armee hatte er sich für die Polizeischule beworben, obwohl er sich hoch und heilig geschworen hatte, nicht in die Fußstapfen seines Vaters zu treten. Aber vielleicht hatte er unbewusst gerade wegen des Schicksals seines Vaters eine Arbeit gewollt, bei der man zwangsläufig mit moralischen Fragen zu tun hat, damit, was richtig und falsch war.

Als Bester des Anwärterkurses war er zunächst in der Passkontrolle am Flughafen eingesetzt worden. Und dort fing es an, ihn in den Fußsohlen zu kribbeln. Seine Abenteuerlust war geweckt, er begriff, dass er auf die andere Seite des Schalters wollte, zu den Reisenden. Wenn all seine schmerbäuchigen

Kollegen in ihren Anzügen reisen durften, warum dann nicht er?

An diesem Punkt hatte Timo angefangen, sich ernsthaft auf seine Karriere zu konzentrieren. Zusammen mit ein paar Kollegen war es ihm dank enormer Ausdauer gelungen, Jura zu studieren und gleichzeitig zur Schutzpolizei zu wechseln, wo es ihm der Schichtdienst erlaubte, die Pflichtkurse an der Universität zu besuchen. Zwölf Stunden Tagschicht, anschließend nochmal zwölf Stunden Nachtbereitschaft, und danach zweieinhalb Tage frei, um in Vorlesungen sitzen zu können. Im Bereitschaftsdienst hatte er für die Prüfungen gelernt. Für das traditionelle Studentenleben war wenig Zeit geblieben, aber er hatte immerhin so viel in den entsprechenden Kreisen verkehrt, um Soile kennen zu lernen.

Nach dem Examen hatte er an einem Qualifikationskurs teilgenommen und war als Ermittler zur Zentralkriminalpolizei KRP gegangen. Schon bald hatte er es dort zum Ermittlungsleiter und Hauptkommissar gebracht. Zu der Zeit hatte er mit Soile ein relativ unabhängiges Leben geführt. Sie waren so viel wie möglich gereist, Timo hatte Sprachen gelernt, aus Interesse, aber auch weil er beim Kriminalinformationsdienst arbeitete und viel mit dem Ausland zu tun hatte. Soile hatte an ihrer Dissertation geschrieben, als sich überraschend Aaro ankündigte. Das hatte Timo keineswegs aus der Fassung gebracht. Er hatte sich beim Interpol-Hauptquartier in Lyon beworben, wo die KRP zwei Vertreter hatte, wurde zu seinem großen Verdruss aber nicht genommen.

Als ihm später die Sicherheitspolizei eine Stelle anbot, wechselte er, ohne lange zu überlegen, als Kommissar in das Dienstgebäude in der Ratakatu. Er war nicht der Einzige im Haus, der auf den Spuren seines Vaters dorthin gekommen war. Der Unterschied bestand aber darin, dass die anderen wegen ihres Vaters dort gelandet waren, Timo hingegen trotz seines Vaters. Er wusste, dass mindestens einige der älteren Kollegen das Schicksal von Paavo Nortamo kannten, aber niemand brachte es Timo gegenüber zur Sprache. Das war ihr Glück.

Aaro kam inmitten der hektischen Jahre zur Welt, in denen Timo zum Hauptkommissar in der Anti-Terror-Einheit aufstieg. Von dort ging er als Experte von SiPo und KRP nach Sankt Petersburg. In dieser Zeit hatte er wegen Soile und Aaro permanent ein schlechtes Gewissen. Jetzt hatte Soile diese Rolle übernommen.

Die Schiffsmotoren brummten monoton, andere Passagiere waren nicht auf dem Deck.

Schweren Herzens drückte Aaro die Tasten seines Telefons. Der SMS-Service kostete 1,12 Euro, aber er hatte beschlossen, das Geld zu opfern.

Er schrieb AUTO JCG 897 und wartete. In der Kabine hatte er kein gutes Netz gehabt, darum war er zu dem Getränkeautomaten in der Zwischenhalle gegangen, wo sich die Aufzüge befanden. Er hatte sich einen Stuhl ans Fenster gezogen und einen Fuß lässig aufs Fensterbrett gelegt. Draußen herrschte tiefe Dunkelheit.

Das Telefon piepste. Aaro öffnete ungeduldig die Mitteilung von der Zulassungsstelle: JCG 897 WOHNMOBIL FIAT DETHLEFFS, EIG. SOLJANDER, MARKKU...

»Hat man bis hierher noch Netz?«, fragte jemand hinter ihm auf Finnisch.

Aaro erschrak und drehte das Display seines Handys nach unten. Die Finnin aus der Nachbarkabine stand vor dem Getränkeautomaten und grub in ihrer Hosentasche nach Münzen.

»Auf dem Meer gibt's ja keine Hindernisse«, sagte Aaro und räusperte sich. Er fragte sich, ob die Frau und der Mann sein Interesse ahnen konnten, aber das war unmöglich. Er musste sich natürlich geben, denn jetzt hatte er die unschlagbare Gelegenheit, Informationen zu sammeln.

»Sind Sie nach Deutschland unterwegs?«, fragte er wie beiläufig.

»Fährt dieses Schiff nicht dorthin?«, fragte die Frau grinsend zurück und steckte Münzen in den Automaten.

Ich bin so blöd, dachte Aaro. Ich versaue alles. Was wird Papa dann sagen?

»Und du? Bist du auf Urlaubsreise?«, wollte die Frau wissen. Eine Getränkedose rumpelte in den Trog. »Müsstest du nicht in der Schule sein?«

»Nein ... das heißt, eigentlich doch. Ich fahr nach Brüssel. Die Schule fängt dort erst nächste Woche wieder an.«

Die Frau nahm die Cola-Dose heraus und riss sie auf. »Arbeiten deine Eltern dort?«

»Mein Vater. Meine Mutter ist in Genf. Beim CERN.« Aaro war stolz auf den Arbeitsplatz seiner Mutter in der renommierten Forschungseinrichtung für Teilchenphysik und ließ keine Gelegenheit aus, damit anzugeben.

»Forscherin?«

Aaro nickte zufrieden. »Physikerin. Hat über Elementarteilchen promoviert. Ziemlich haariges Thema.«

»Gelinde gesagt. Und was macht dein Vater?«

»Der ist Beamter.«

Auf einmal spürte Aaro einen Stich im Oberschenkel. Er fuhr herum und sah den Freund der Frau mit ausgestrecktem Arm direkt neben sich stehen. Aaro wurde seltsam schwindlig, Müdigkeit überfiel ihn, von Sekunde zu Sekunde wurde es schlimmer, bis die Welt um ihn herum erlosch.

15

Timo verließ das Deck in Richtung Bar. Während er an den Tischen mit den LKW-Fahrern vorüberging, blickte er sich verstohlen um. »*Und ratet mal, was der Franzose gemacht hat, mitten auf dem Rastplatz vor Lyon ...*«

Timo ging weiter in die Halle mit dem Schalter des Pursers, um dort die große Seekarte an der Wand zu studieren. Ein paar Reisende schlenderten an ihm vorbei.

Von den Bewohnern der Nachbarkabine war jedoch weit und breit nichts zu sehen. Timo hatte sich eine sichere Taktik zurechtgelegt, um mit dem Paar ins Gespräch zu kommen, aber er musste sich eingestehen, dass er nervös war. Er musste möglichst viel aus ihnen herausbekommen, aber sie durften auf keinen Fall irgendetwas ahnen.

Er betrat den kleinen Laden und nahm sich eine Flasche Mineralwasser aus dem Regal. Er hatte Sodbrennen vom vielen Essen. Im Laden lagen beide finnischen Boulevardzeitungen aus. Der Überfall auf den Werttransport hatte es noch nicht bis in die Schlagzeilen geschafft, aber zum Zeitvertreib nahm Timo eines der beiden Blätter. Dazu kaufte er Aaro eine kleine Tafel Schokolade, weil sein Sohn in der Kabine ohnehin danach fragen würde. Zum Glück hatte der Kerl den Körperbau seiner Mutter geerbt.

Auf dem Kabinengang war es noch stiller. Timo zog die Magnetkarte aus der Tasche und verlangsamte ein gutes Stück vor der Nachbarkabine den Schritt. Von dort drang kein Laut auf den Gang. Er öffnete die Tür zu seiner Kabine und sah, dass sie leer war. Offenbar vertrat sich Aaro die Beine. Timo legte sich aufs Bett und las die Zeitung. Nachdem er damit durch war, stand er auf und fragte sich, wo Aaro blieb.

Zuerst suchte er ihn bei dem Getränkeautomaten in der Halle. Von dort ging er zu dem Laden weiter, der inzwischen geschlossen hatte.

Allmählich machte Timo sich Sorgen. Er warf einen Blick ins Restaurant, wo das Stimmengewirr im dichten Zigarettenqualm zugenommen hatte. Das Purserbüro war geschlossen. Timo ging wieder aufs Deck hinaus, um nachzusehen, ob Aaro womöglich frische Luft schnappte. Aber das war unwahrscheinlich.

Der Südwind war warm. Im fahlen Licht der Deckscheinwerfer sah man nur einen Menschen, eine Frau, die ihren Hund zum Pinkeln in den eigens dafür vorgesehenen Sandkasten führte. Timo steuerte an der Frau vorbei zum Heck, um auf der anderen Seite ins Innere des Schiffs zurückzukehren.

Die Schiffsschrauben schlugen das Wasser zu glänzendem Schaum auf. Timo spürte eine Angst aufsteigen, wie er sie noch nie erlebt hatte: Wenn Aaro auf dieser Überfahrt etwas zustoßen würde, wäre das einzig und allein seine Schuld.

Plötzlich blieb er stehen. Jemand folgte ihm. Eine dunkle Gestalt verschwand hinter den Rettungsbooten.

Hatte sich Aaro wieder einen seiner blöden Späße ausgedacht? Der Gedanke war verführerisch, aber die Gestalt war die eines Erwachsenen gewesen. Warum folgte ihm jemand? Es musste Einbildung sein.

Mit forscherem Schritt ging Timo um das Heck herum auf die andere Seite des Schiffes und sah sich um. Die Gestalt verschwand in einer Nische.

Timos Herz klopfte. Was sollte das? War dem Deutschen Timos Interesse klar geworden? Nein, das schien unmöglich.

Er riss die Tür auf und trat in die Halle, in der ein Teppichboden alle Geräusche schluckte. Ohne zu zögern, ging er die Treppe hinunter und in den Kabinengang. Falls Aaro noch immer nicht zurück war, würde er es dem Personal melden.

Er schob die Schlüsselkarte ins Schloss und sah, wie die Tür nebenan sich öffnete. Aus dem Augenwinkel heraus bemerkte er auch, dass sich die gegenüberliegende Kabinentür öffnete.

»Entschuldigung«, sagte der Deutsche.

Im selben Moment bewegte sich etwas hinter Timo. Noch bevor er reagieren konnte, spürte er einen Stich im Oberschenkel. Er fuhr herum und sah vor sich einen dunkelhäutigen, 50- bis 60-jährigen Mann mit grauen Locken, der ihn am Arm packte und in die Kabine des Paares führte.

Dann verlor er das Bewusstsein.

Ralf und Sakombi schleiften den schweren Finnen in die Kabine hinein. Noora schloss die Tür. Sie versuchte, ihre Erschütterung zu verbergen, sah aber, wie ihre Hände zitterten.

Der Junge lag auf dem einen Bett, seinen Vater legten die beiden Männer auf dem anderen ab. Aaro und Timo Nortamo, hatte Ralf gesagt. Außer sich sah sie zu, wie Ralf die Spritze an sich nahm.

»Was ist das?«, flüsterte sie mit zitternder Stimme. »Ist das dieselbe Substanz wie...«

»Hör auf zu jammern«, zischte Ralf und half Sakombi, Timo mit einer Nylonschnur zu fesseln.

Anschließend beugte sich Ralf zu Aaro hinab und fühlte erneut nach dem Puls an dessen dünnem Hals. Seine Gesten wirkten professionell, und das weckte in Noora Vertrauen und schürte zugleich die Angst.

»Wenn das Zeug nicht gefährlich ist, warum ...«

»Halt den Mund!«, fuhr Ralf sie an und öffnete die Augenlider des Jungen.

Noora war mit Aaros Betäubung nicht einverstanden gewesen, bevor Ralf ihr gesagt hatte, welche Substanz sie verwenden würden. Anophol war eine Verbindung, die wie K.-o.-Tropfen wirkte. Sie löschte im Kurzzeitgedächtnis die Ereignisse der letzten 24 Stunden aus. Dieselbe Substanz hatten sie auch bei dem Beifahrer des Werttransports benutzt, und sie war auch für den Fahrer vorgesehen gewesen, aber dann war der Brand ausgebrochen.

Und wenn die Dosis zu hoch war? Der Junge, der da blass auf dem Bett lag, war klein und schmächtig. Für Noora sah er aus wie tot. Sie ging zu ihm und ergriff sein Handgelenk.

Ralf erschrak, er zog Noora grob zur Seite und fühlte erneut den Puls.

»Dem Jungen fehlt nichts«, sagte er, aber das klang nicht überzeugend.

Auf einmal verkrampfte sich der schmächtige Körper, und der Junge erbrach auf das Kissen. Ralf schnappte sich den Abfalleimer und hob den Kopf des Jungen an, damit er nicht an dem Erbrochenen erstickte.

»Wir brauchen einen Arzt ...«

»Bist du verrückt!«, zischte Ralf. »Hör auf zu schreien ... Die Wände hier sind aus Papier. Das Erbrechen ist normal. Die Wirkung der Substanz lässt nach.« Ralf sah sich in der Kabine um. »Gib mir ein Handtuch. Wir verbinden ihm die Augen.«

»Es gibt Schwierigkeiten mit dem Storage Tank«, sagte Soile im Restaurant Raffaello im Zentrum von Helsinki und nahm einen

Schluck aus ihrem Rotweinglas. »An der Grid-Software sind zu viele Stellen beteiligt. Und IBM tobt, weil die Organisation von CERN nicht kompakt genug ist.«

Patrick Lång lächelte. »Du findest dich wirklich überall zurecht.«

Soile war in ein großes Projekt involviert, das vom CERN initiiert wurde. Es ging darum, den Charakter der Materie zu erforschen sowie den Urknall, und damit die Entstehung des Universums auf neue Weise zu verstehen. Dafür wurde das gigantische Grid-Computernetz aufgebaut, das die an verschiedenen Orten vorhandenen Anlagen und Informationen zu einem Gesamtkomplex zusammenfügte. Die riesige Informationsflut, die mit Hilfe von Grid erzeugt wurde, wollten sie mit dem Storage Tank-Dateisystem von IBM in den Griff bekommen.

»Und wie ist Genf als Stadt?«

»Steif. Aber ich fühle mich wohl. Die französische Seite ist lockerer. Und Lausanne ist spitze.«

»Ich habe immer davon geträumt, mit dem Rad durch die Alpen zu fahren.«

»Zwei Kollegen von mir sind im Sommer um den Genfer See geradelt. Aber für einen Halbprofi wie dich ist das natürlich gar nichts.«

Patrick sah Soile mit einem merkwürdigen Gesichtsausdruck in die Augen. »Weißt du, warum ich mit dir über das CERN reden möchte?«

Soile zuckte mit den Schultern, obwohl sie es allmählich ahnte. »Du hast doch nicht vor...«

Patrick lächelte und nickte. »Ab Anfang November. Auf ein Jahr befristet, kann aber verlängert werden.«

Auf Soiles Gesicht machte sich ein Grinsen breit. »Warum hast du das nicht gleich gesagt?«

»Ich wollte sehen, ob du auch ohne besonderen Grund mit mir ausgehst.«

Soile wurde ernst. Sie spürte, wie wohl sie sich in Patricks Gesellschaft fühlte. Vielleicht sogar zu wohl.

16

In gleichmäßigem Tempo, ohne die Geschwindigkeitsbeschränkung zu überschreiten, fuhr Heidi Klötz in ihrem C-Klasse-Mercedes östlich von Brüssel auf die deutsche Grenze zu. Es war dunkel, und es nieselte.

Beim Fahren wählte sie Timo Nortamos Handynummer, aber es meldete sich noch immer niemand. Müsste das Schiff nicht längst im Empfangsbereich sein? Und müsste nicht eine Mitteilung erscheinen, wenn keine Verbindung zustande kam?

Heidi blickte auf die Uhr am Armaturenbrett. 6.30 Uhr. In einer halben Stunde sollte das Schiff im Hafen sein. Vielleicht funktionierte das Telefon tatsächlich erst dann.

Heidi Klötz vertraute Nortamo. Das würde sie nie laut sagen, auch nicht anderen gegenüber. Der Finne gehörte zu den TERA-Mitarbeitern, von denen sie wusste, dass sie im Ernstfall taten, was notwendig war. Sie ertappte sich dabei, wie sie sich vorstellte, was Nortamos Frau für ein Mensch sein mochte. Er selbst ließ über sein Privatleben nichts heraus, aber Heidi hatte in den Unterlagen gelesen, dass Soile Nortamo beim CERN arbeitete. Das steigerte Heidis Interesse für Timo, denn eine Frau mit dem Intellekt einer Teilchenphysikerin würde wohl kaum einen dummen Mann ertragen.

Sie rief die Leute vom BKA an, die im Hafen von Travemünde warteten. »Nortamo meldet sich immer noch nicht. Müsste das Telefon nicht funktionieren, auch wenn das Schiff noch nicht angelegt hat?«

»Doch. Aber egal ob es funktioniert oder nicht, wir sind bereit.«

»Gut. Hoffen wir, dass auf dem Schiff alles in Ordnung ist.«

Heidi legte auf. Bei den Fahrzeugen, die vom Schiff kamen, würden mehr Stichproben-Kontrollen als üblich vorgenommen werden, auch bei dem Wagen von Noora Uusitalo und Ralf Denk. Bei der Gelegenheit würde ein Sender installiert werden, für den Fall, dass die BKA-Gruppe den Kontakt verlieren würde.

Der Telefonanschluss von Noora Uusitalo wurde bereits abgehört, und bei Ralf Denk würde die gleiche Maßnahme greifen, sobald man die Nummer herausgefunden hätte, die der Mann zurzeit benutzte. Wahrscheinlich würde er aber eine Prepaid-Karte kaufen.

Heidi war auf dem Weg nach Köln zum BfV, zur Lagebesprechung. Bei der Gelegenheit wollte sie Ralf Denks Bruder Theo im Pflegeheim bei Wetzlar besuchen.

Mit zufriedener Miene ließ Ralf auf dem Autodeck der *Finnhansa* den Renault an. Noora saß neben ihm und band sich die Haare mit einem Gummiband zum Pferdeschwanz zusammen.

»Weiß Theo, dass wir kommen?«

»Natürlich nicht. Die Polizei wird ihn aber bald ausfindig machen. Falls sie es noch nicht getan hat.«

»Ist es nicht zu riskant, zu ihm zu fahren?«

»Doch. Aber Theo kommt mit uns, egal wie hoch das Risiko ist.«

Noora warf einen Blick auf Ralf, stellte aber keine weiteren Fragen. Der bedauernswerte kleine Bruder mit dem tragischen Schicksal war für Ralf der wichtigste Mensch auf der Welt.

Die Autokolonne, die vor ihnen aus dem Schiff kroch, machte einen Bogen um einen schmutzigen, in Belgien zugelassenen Mercedes. Der Wagen stand ohne Fahrer da, der Innenraum war voller Gepäck.

»Gehört der ihnen?«, fragte Noora mit gesenkter Stimme. Ihre Aufmerksamkeit richtete sich auf den rechteckigen Aufkleber neben dem Nummernschild.

Ralf blickte bei der Fahrt vom Autodeck stur nach vorn. Auf der Rampe bogen sie scharf nach links ab auf die asphaltierte Fläche, die von niedrigen Lagerhallen, Baracken und Sattelanhängern umgeben war. Der Morgen im Hafen von Travemünde war neblig und warm. Eine Zugmaschine, mit der die Sattelanhänger rangiert wurden, huschte leer an ihnen vorbei.

Am Ende der Fahrspur war eine Kurve mit einem Schild auf

der rechten Seite: Ausfahrt, Zoll, 800 Meter. Die Autoschlange bewegte sich in die vorgeschriebene Richtung. Ralf blickte in den Rückspiegel und sah Sakombi mit dem Dethleffs in der Schlange.

Nach der Biegung schlängelte sich die Fahrspur über das Hafengelände. Links standen Container und Anhänger in Reihen, hinter den flachen Gebäuden zur Rechten lag die *Nils Holgersson* der schwedischen Reederei *TT-Linien*.

Ralf drückte während der Fahrt eine Kurzwahltaste und sagte: »Containerreihe links, Pausenbaracke rechts.«

Gleichzeitig scherte er aus und hielt vor der Baracke neben zwei Lieferwagen.

Ohne ein Wort stiegen Ralf und Noora aus und gingen auf die Rückseite der Baracke. Als sie den Schutz eines rostigen Containers erreichten, beschleunigten sie ihre Schritte, rannten aber nicht. Ralf hielt das Telefon fest umklammert und wäre fast im Matsch ausgerutscht.

Nach den Containern kamen niedriges Gebüsch und eine schmale grasbewachsene Zone, hinter der ein hoher Maschendrahtzaun aufragte, der das gesamte Hafengebiet einfasste.

Ralf sah auf der anderen Seite des Zauns in einem lichten, windgepeitschten Wäldchen einen Mann herbeieilen. Er steckte das Handy in die Tasche und wartete auf Noora, die zurückgeblieben war. Sie war außer Atem, wirkte aber ruhig.

Ralf hatte von Tag zu Tag mehr Respekt vor ihr: Je prekärer die Lage wurde, umso bessere Nerven bewies die junge Finnin.

Der Mann auf der anderen Seite des Zauns blieb vor einer rostigen Tür im Zaun stehen, holte eine hydraulische Zange aus seiner Umhängetasche und begann, das Vorhängeschloss aufzubrechen.

»Schneller«, zischte Ralf nervös.

Die Autoschlange stand vor den drei Zollhäuschen am westlichen Rand des Hafengeländes. Die Beamten in den grünen Uniformen arbeiteten zielstrebig und ohne Hast.

Ein schnurrbärtiger Mann in Lederjacke ging an der Schlange

entlang und blickte verstohlen auf die Nummernschilder, besonders auf die von Renaults. Der größte Teil der Autos kam von der *Finnhansa* und war in Finnland oder Deutschland zugelassen, aber es waren auch Fahrzeuge aus Holland, Belgien, Österreich und der Schweiz dabei. An den Rückspiegeln hinter den Windschutzscheiben hingen Zettel mit den Symbolen der Schiffsgesellschaften. Der Mann ging an einem in Finnland registrierten Dethleffs-Wohnmobil vorbei, ohne ihm Beachtung zu schenken.

Der grauhaarige Fahrer des Wohnmobils gähnte hinter der Scheibe und starrte gelangweilt vor sich hin.

An der zweiten Schlange ging ein Mann in Jeans und Windjacke entlang. Als er das Ende erreicht hatte, unterhielt er sich mit seinem Kollegen von der ersten Schlange, der jetzt ebenfalls dort war.

»Nichts«, sagte der Schnurrbärtige leise.

Beide sahen in die Richtung, aus der die Autos gekommen waren. Von dort näherten sich weitere Fahrzeuge, doch die stammten von einem anderen Schiff.

»Ich werde eine Runde um das Hafengelände drehen«, sagte der mit dem Schnurrbart.

Er ging eilig zu den Zollhäuschen zurück, wo die übrige BKA-Gruppe wartete. Einer von ihnen trug die Zolluniform und hatte den Peilsender in der Tasche, den er an dem dunkelblauen Renault befestigen sollte, sobald der Wagen zur »Stichprobe« angehalten wurde.

Der schnurrbärtige BKA-Beamte wechselte ein paar Worte mit dem Leiter der Gruppe, sprang anschließend in einen eckigen Mercedes-Geländewagen und fuhr los.

Die Männer vom BKA behielten alle Autos in der Schlange samt Insassen im Auge und warteten darauf, dass ihnen die Zollbeamten ein Zeichen gaben. Die prüften Pässe und Fahrzeugpapiere und winkten einige Fahrzeuge zur Kontrolle heraus.

Das Dethleffs-Wohnmobil kam näher. Der Wagen vor ihm wurde zur Stichprobe herausgewunken.

Der Fahrer des Dethleffs ließ rechtzeitig das Fenster herunter und reichte seinen Pass hinaus.

Der Beamte schaute den Pass an und verglich das Bild sorgfältig mit dem Gesicht des Fahrers. Das Dokument war auf den Namen Sakombi Ladawa in Kinshasa, Kongo, ausgestellt, und enthielt ein Dauervisum für Großbritannien.

»Fahren Sie bitte zur Seite«, sagte der Beamte und wies mit der Hand in die Richtung.

Der Zöllner, der die vorige Stichprobe gemacht hatte, kam mit einem Drogenhund an der Leine zu dem Wohnmobil. Der Fahrer machte einen gelassenen Eindruck, als er ausstieg.

»Öffnen Sie bitte die hintere Tür«, sagte der Zöllner.

Der Fahrer ging um das Wohnmobil herum und machte die Tür auf. Der Hund sprang hinein, gefolgt von dem Zöllner.

Der Fahrer verfolgte von der offenen Tür aus, wie der Beamte im Wohnmobil die Schränke öffnete. Kurz darauf kam er mit dem Hund wieder heraus.

»Sie können weiterfahren«, sagte er.

Der schnurrbärtige BKA-Ermittler in Zivil folgte dem Weg, der am Zaun des Hafengeländes entlangführte, und stieg dann aus seinem Mercedes-Geländewagen. Er sah sich die im Zaun eingelassene Tür an. Auf der feuchten Erde davor waren frische Fußspuren zu erkennen. Er prüfte die rostige Klinke und merkte im selben Moment, dass das Schloss aufgebrochen war.

Rasch zog er das Funkgerät aus der Tasche und teilte dem Leiter der Einsatzgruppe seine Beobachtung mit.

Zur gleichen Zeit schloss im Kabinengang der *Finnhansa* eine Reinigungskraft die Tür zur Kabine 5020 auf. Mit dem Saubermachen wurde immer erst begonnen, nachdem alle Passagiere von Bord waren, denn das Schiff lag den ganzen Tag im Hafen.

Die Reinigungskraft betrat die Kabine und schrie auf.

Auf dem Bett lag ein Mann mit gefesselten Händen und Füßen und verhülltem Kopf. Er lebte, denn er bewegte sich wütend.

Erst da bemerkte die Reinigungskraft auf dem anderen Bett den Jungen, der ebenfalls zum Paket verschnürt war.
»Was ist los, warum schreist du so?«, fragte eine Kollegin. Dann sah sie es selbst. »Großer Gott...«
Wenige Minuten später wimmelte es in der Kabine von Schiffspersonal. Der Purser nahm dem Mann die Kapuze vom Kopf und löste vorsichtig das Klebeband von seinem Mund.
»Mein Sohn... helft meinem Sohn...«, keuchte der Finne. »Und gebt mir ein Telefon!«
Der Mann schloss die Augen und versuchte, sich zu beruhigen. Auf seinem Gesicht standen Erschütterung, Wut und Entschlossenheit.

17

Soile fuhr mit der Rolltreppe im Genfer Flughafen hinunter zu den Bahnsteigen und sah auf die Uhr. 8.56 Uhr.

Der Flug von Helsinki war für sie Routine. Seit langem schon war sie in ihrer Kleidung vom Business-Stil zu Jeans, Lederjacke und bequemen Clarks übergegangen. In dieselbe Richtung hatte sie sich in Sachen Gepäck entwickelt: von der Reisetasche zum Hartschalenkoffer auf Rollen, bis sie schließlich bei Rucksack und kleiner Umhängetasche angekommen war. Die Rucksäcke heute waren teurer, sauberer und leichter als damals bei den Interrail-Touren, aber das Gefühl, das von ihnen ausging, war das gleiche: Freiheit.

Anfangs hatte sie deswegen ein schlechtes Gewissen gehabt – die Mutter lässt ihren kleinen Jungen bei Vater und Großmutter und genießt schon im *Finnair*-Bus zum Flughafen ihre Freiheit. Doch als Aaro größer wurde, hörte sie allmählich auf, sich Vorwürfe zu machen. Aber noch immer überging sie lieber die Zeitungsartikel, die den Begriff der Quality Time in Frage stellten und betonten, wie wichtig es war, viel Zeit für Kinder zu haben.

Das Resultat ihres familiären Lackmustests bekämen sie ohnehin in wenigen Jahren: Würde aus Aaro ein anständiger Weltbürger werden oder ein Problembündel, das darunter litt, aus dem Koffer leben zu müssen? Es gab Anzeichen in beide Richtungen.

Als sie den Bahnsteig erreicht hatte, wählte Soile Timos Nummer. Sie hatte es schon früh am Morgen auf dem Flughafen Helsinki-Vantaa versucht, aber es hatte sich niemand gemeldet.

»Hallo«, sagte jetzt eine heisere Stimme.

Soile erschrak über Timos seltsamen Ton. »Was ist denn mit dir los? Bist du krank?«

»Wie kommst du darauf?«

»Du klingst so komisch... Wie war die Fahrt? Hat's geschaukelt?«

»Nein. Alles in Ordnung.«

Soile kniff die Augen zusammen. »Musstest du eine Reisetablette nehmen? Du solltest nicht fahren, wenn...«

»Ich habe keine Reisetablette genommen. War nicht nötig.«

»Wo seid ihr?«

»In der Nähe von Lübeck.«

»Gibst du mir mal Aaro?«

»Aaro ist... auf der Toilette. Wir wollen gerade weiterfahren. Ich rufe dich später an.«

Soile legte nachdenklich auf und ging zum Nahverkehrszug.

Da klingelte ihr Telefon. PATRICK, stand auf dem Display. Soile spürte einen warmen Schauder, als sie sich im Zug hinsetzte und den Anruf entgegennahm.

»Warum hast du mich nicht mit Mama reden lassen?«, meldete sich Aaro von hinten.

Timo blickte in den Spiegel. »Wir erklären ihr alles, wenn sie nach Brüssel kommt. Wir sollten sie nicht unnötig beunruhigen.«

Aaro saß blass, aber munter auf dem Rücksitz. Zu munter. Überdreht. Bei ihm äußerte sich der Schock in Form endlosen Geplappers.

»Gibt es denn kein Gegenmittel?«, wollte Aaro wissen. »Eine Substanz, die einem die Erinnerung genau so effektiv zurückbringt, wie die K.-o.-Tropfen sie einem nehmen? So schwer kann das doch nicht sein, so ein Mittel zu entwickeln ...«

Timo verließ das Krankenhausgelände in Lübeck und fuhr in Richtung A1. Wenigstens hatten sie keine physischen Schäden davongetragen, allerdings war die Dosis, den Ärzten zufolge, an der kritischen Grenze gewesen. Sie vermuteten, dass es sich um Anophol oder eine ähnliche, auf das zentrale Nervensystem wirkende Verbindung gehandelt hatte.

»Bestimmt wird dauernd versucht, so ein Gegenmittel zu entwickeln. Denk nur an Onkel Olli. Sein ...«

»Das hat doch nichts mit Demenz zu tun, oder? Onkel Olli kann sich seit zehn Jahren an nichts mehr erinnern, aber mir fehlen ein oder zwei Tage.«

Timo beschleunigte auf der Autobahnauffahrt. Er war außer sich, tat wegen Aaro aber so, als wäre er ganz ruhig. Anophol erinnerte stark an die Killerdroge Rohypnol, die bei einer europaweiten Razzia in der Fabrik einer finnisch-estnischen Bande in Helsinki gefunden worden war.

Menschen, die zu einem skrupellosen Raubmord fähig waren, hatten ein wehrloses Kind angegriffen und in Lebensgefahr gebracht. Die Killer wussten, wer Timo und Aaro waren. Was garantierte, dass sie Aaro nicht noch einmal in die Mangel nahmen, wenn ihnen Timo auf der Spur blieb? Wer garantierte, dass sie ihn nicht mit Aaro erpressten, so wie sie den Fahrer des Werttransportes erpresst hatten?

Timo hatte am Telefon mit Heidi Klötz gesprochen, nachdem der Arzt ihn untersucht hatte. Die Klötz war auf dem Weg von Köln zu Ralf Denks Bruder in Wetzlar. Der Arzt hatte Timo geraten, nicht Auto zu fahren, aber Timo sah keinen Grund, den Rat zu befolgen.

Sowohl Heidi Klötz als auch dem Polizisten zufolge, der sie vom Hafen ins Krankenhaus gebracht hatte, hatten sich Ralf Denk und Noora in Travemünde vor den BKA-Leuten in Luft aufgelöst. Obwohl niemand Timo für die Situation verantwortlich machte, wusste er, dass er es war, der alles vergeigt hatte.

Aber er war auch derjenige, der den Fall aufklären würde. Timo lächelte bitter, während er auf der Autobahn Gas gab. Nie zuvor hatte er bei seiner Arbeit eine so große Motivation verspürt, er war geradezu zum Erfolg gezwungen, wenn er Aaro beschützen wollte.

Er versuchte, sich die Ereignisse auf dem Schiff in Erinnerung zu rufen, aber es war unmöglich. Das letzte Erinnerungsbild stammte aus Helsinki, vom Tag vor der Abreise. Dann erinnerte er sich erst wieder an die Kabine von Ralf und Noora, in der er gefesselt aufgewacht war.

»Papa, was ist auf dem Schiff passiert?«

Timo blickte in den Rückspiegel und sah Aaro auf die Felder neben der Autobahn starren. Auf seinem Gesicht lag eine Miene, bei deren Anblick sich Timos Herz zusammenzog.

»Das habe ich dir doch schon gesagt. Man hat uns K.-o.-Tropfen gegeben...«

»Ich meine, was wirklich passiert ist.«

Timo wusste, dass Aaro etwas ahnte, aber er konnte ihm nichts sagen. Das war das Schlimmste an der Situation. Es war das Schlimmste an seinem ganzen Job.

18

Das Hotel Albion in der Via Gollia in Rom war ein Hotel der mittleren Kategorie für Geschäftsleute. Der Betrieb im Frühstücksraum hatte sich bereits gelegt. Unter den Gästen, die den Morgen etwas ruhiger angehen ließen, saßen ein Mann mittleren Alters und eine Frau. Sie unterhielten sich leise an einem Tisch für zwei und aßen ihre Croissants.

Sebastian Kline und Hannelore Fuchs hatten in einem Zimmer übernachtet, obwohl die Abteilungssekretärin der in München ansässigen, einflussreichen ökumenischen Umweltbewegung CEM zwei Einzelzimmer gebucht hatte. Kline und Fuchs waren der Meinung, dass das Privatleben zweier erwachsener Menschen ihren Arbeitgeber nichts anging. Und an diesem Tag würde ihre Arbeit ohnehin erst später beginnen.

Drei Etagen weiter oben waren inzwischen zwei junge Männer mit gefälschter Magnetkarte in ihr Zimmer eingedrungen. Einer stand am Türspion Wache, der andere durchwühlte die Koffer und die beiden Aktentaschen.

»Sie kommen«, sagte der Mann, der Wache hielt, und zog sich hinter den Kleiderschrank zurück. Sein Kollege verschwand im Bad.

Die Tür ging auf, und das lebhaft plaudernde Paar trat ein. Sobald die beiden die Tür hinter sich geschlossen hatten, kamen die Männer mit gezogenen Waffen zum Vorschein.

»Leise!«, sagte einer von ihnen auf Deutsch. »Aufs Bett!«

Fünf Minuten später lagen Kline und Fuchs gefesselt auf dem Bett, die Münder mit Isolierband verklebt. Ein Angreifer nahm ihnen die Papiere und einige Dokumente ab und verstaute sie in seiner Aktentasche, dann hängte er das Schild BITTE NICHT STÖREN an die Tür und verschwand.

Sein Kollege nahm im Sessel vor dem Fernseher Platz und versorgte sich mit Saft und einem Mars-Riegel aus der Minibar. Weiteren Proviant hatte er in seiner Umhängetasche, denn bis zum Abend würde er Hunger bekommen.

Das private Pflegeheim Graubach lag östlich von Wetzlar an der Lahn, umschlossen von den Höhenzügen des Taunus. Das hundert Jahre alte Gebäude gehörte nicht gerade zu den anmutigsten, die Heidi Klötz bislang gesehen hatte, und sie hatte im Rahmen ihrer Arbeit schon alle möglichen Orte zu Gesicht bekommen.

Obwohl das parkartige Grundstück zu einem Hotel der Spitzenklasse gepasst hätte und an dem dreistöckigen, aus Ziegel und Naturstein gemauerten Haupthaus an sich nichts auszusetzen war, ließ die Atmosphäre im Inneren des Gebäudes Heidi auf der Hut sein.

Sie ging einen langen, kahlen Korridor entlang, der stark nach Reinigungsmittel roch. Das graue Tageslicht, das durch die hohen Fenster fiel, unterstrich die beklemmende Atmosphäre. Mit ihrer steinernen Miene erinnerte die 60-jährige Schwester, die Heidi begleitete, eher an eine Gefängniswärterin. Die Gitter an den Fenstern verstärkten den Eindruck.

»Herr Denk bekommt starke Medikamente«, sagte die Schwester mit misstrauischem Seitenblick auf Heidi Klötz.

Heidi rückte ihre Brille zurecht. Nur der Oberarzt wusste, dass sie Polizistin war, die Schwester war nicht informiert. »Ist er gewalttätig?«

»Nein. Aber er leidet unter starken Halluzinationen. Er ist unberechenbar.«

Sie blieben vor einer grauen Tür stehen. Die Schwester klopfte energisch an und öffnete, ohne eine Antwort abzuwarten. Die Einrichtung des großen Zimmers überraschte Heidi: Kreuze, Kruzifixe, Marienstatuen, Plakate und Bilder mit Darstellungen unterschiedlichster religiöser Figuren. All das wurde von einem fast die gesamte Wand einnehmenden, an ein Altarbild erinnernden Poster mit dem gekreuzigten Jesus beherrscht.

Vom Bett fuhr ein Mann auf, der mit seinem Bart und seinem lodernden Blick der Jesusdarstellung so ähnlich war, dass es einen schauderte.

»Wer sind Sie?«, fragte Theo Denk. Sein ganzes Wesen strahlte Rastlosigkeit und Unsicherheit aus.

»Ich bin Claudia Meyer«, sagte Heidi und sah Theo in die Augen, obwohl es ihr wegen seines stechenden Blickes schwer fiel. »Ich schreibe an einer Doktorarbeit über Schizophrenie und suche nach passenden Interviewpartnern für meine Studie. Dürfte ich Sie ein paar Minuten belästigen?«

»Jetzt?« Theo blickte sich verwirrt um und nahm dann das Kleiderbündel vom Stuhl. Seine Arglosigkeit war herzzerreißend.

Die Schwester ging und machte die Tür hinter sich zu. Heidi setzte sich und nahm Notizblock und Stift aus ihrer Handtasche.

In der Tasche befand sich auch ihre Dienstwaffe, aber wenn sie Theo so vor sich sah, kam es ihr sinnlos vor, sie mitgeschleppt zu haben.

»Ein beeindruckendes Bild«, sagte sie mit einer Kopfbewegung zum dem Jesus-Poster.

»Das ist die Kreuzabnahme Jesu von van der Weyden«, sagte Theo und begann mit einem Monolog über die Geschichte des Werkes.

Heidis Blick wanderte im Zimmer umher und traf auf eine seltsame Puppe, die in eine Kutte gehüllt schlaff auf dem Fußboden an der Wand lag. Als Kopf war ihr ein ausgeschnittenes Porträt des Papstes angeklebt worden. Erst nachdem sie die Puppe einige Sekunden lang betrachtet hatte, bemerkte Heidi, dass deren Brust mit nadelähnlichen Hölzchen durchbohrt war.

Der Voodoo-Papst wirkte so widernatürlich, dass Heidi, was Theo betraf, auf alles gefasst war.

WETZLAR 9, las Noora auf dem Schild. Sie war aufgeregt, Theo zu begegnen. Beim letzten Mal war er zu unruhig gewesen, um sich zu unterhalten. Ralfs Verhalten gegenüber seinem jüngeren Bruder war von eigentümlichem Eifer geprägt – eine Mischung aus übertriebenem Schutz, Bevormundung und Hochachtung.

»Warum willst du ihn von dort wegholen?«, fragte Noora.

»Sie werden ihn nicht in Ruhe lassen, wenn das hier vorbei ist«, sagte Ralf leise.

Die Straße schlängelte sich durch ein Tal, ringsum ragten die Buchen und Eichen des Taunus auf. Sie waren die gut fünfhundert Kilometer von Lübeck in knapp fünf Stunden gefahren. Jetzt führte die Straße durch ein Dorf.

»Halt am Marktplatz an und kauf im ProMarkt eine neue SIM-Karte«, sagte Ralf zu dem Fahrer des Wagens, den Noora zum ersten Mal hinter dem Zaun des Hafengeländes von Travemünde gesehen hatte. »Wir warten im Wagen.«

Ralf hatte Nooras finnische SIM-Karte in der Mitte durchgebrochen und die Teile bei Hannover aus dem Autofenster geworfen.

Es war 10.50 Uhr. Noora bemerkte, wie jemand aus dem Auto neben ihnen in ihre Richtung blickte.

Sie wurden gesucht.

Zu ihrer Überraschung empfand sie das nicht mehr als beängstigend, vielmehr stärkte es ihre Entschlossenheit. Was ihr mehr zu schaffen machte, war, dass ihr Ralf noch immer nicht alles erzählt hatte. Was musste sie tun, um sein hundertprozentiges Vertrauen zu genießen? Oder musste sie die Frage anders stellen: Was stand noch bevor, wenn er nach allem, was bislang passiert war, noch immer nicht über alles mit ihr reden konnte?

Anfangs hatte sich Noora noch wegen des finnischen Jungen Sorgen gemacht, aber schließlich hatte sie Ralf geglaubt, weil das am einfachsten war: Der Junge würde ohne Schaden davonkommen. Wahrscheinlich war er längst in Lübeck untersucht worden.

Der Fahrer hielt am Rand des wenig belebten Marktplatzes und ging in das Geschäft, um die SIM-Karte zu kaufen.

»Der Fahrer des Opels da drüben hat uns merkwürdig lang angesehen«, sagte Noora.

Ralf lächelte, zum ersten Mal seit langer Zeit. »Ich muss dich enttäuschen. Wir sind nur zwei Namen unter Tausenden von Gesuchten im Informationssystem der deutschen Polizei und im SIS.«

Noora wusste, dass Ralf Recht hatte, wieder einmal. Im Schengen Information System, dem gemeinsamen Verbrechensinformationssystem der EU-Staaten, gab es Millionen Namen. Solange niemand ihre Passnummern in den Computer eingab, hatten sie kein Problem.

»Unsere Fotos werden nicht die Wände von Banken und Postämtern zieren, wie einst die der alten Bärte«, sagte Ralf. »Sie haben die Wohnung in Göttingen auf den Kopf gestellt, aber sie werden uns nicht jagen. Solange wir uns der Polizei nicht aufdrängen, können wir leben wie zuvor. Vor allem wenn wir in ein paar Stunden aus Deutschland verschwinden.«

Noora merkte, wie Ralfs Gesprächigkeit sie beruhigte.

»Wohin fahren wir denn?«, fragte sie.

»Nach Rom. Die Maschine geht um halb vier von Frankfurt.«

»In den Vatikan?«

»Wie kommst du darauf?«, fragte Ralf scharf.

»Du hast vom Vatikan und vom Kongo gesprochen.«

Ralf sah nachdenklich vor sich hin, erwiderte aber nichts.

Heidi machte sich in Schnellschrift Notizen. Theo Denk diktierte ihr gehorsam sein Geburtsdatum und antwortete auch auf andere persönliche Fragen. Heidi hatte das Gefühl, dass er selten Besuch bekam und schon deshalb gern redete. Sie hatten angefangen, sich zu duzen, und bisweilen erschien sogar ein leichtes Lächeln auf Theos dünnen Lippen.

»Hast du Geschwister?«

»Einen Bruder.«

Heidi bemühte sich um einen möglichst natürlichen Tonfall.

»Habt ihr Kontakt?«

»Selbstverständlich.«

»Kommt er oft hierher?«

Heidi sah das Misstrauen in Theos Augen und bereute ihre Frage.

»Warum fragst du nach meinem Bruder? Wer bist du?«

Bevor Heidi reagieren konnte, riss Theo ihre Handtasche an sich. Sie sprang auf, aber Theo sprang flink hinter den Tisch und wühlte dabei in der Tasche.

Nach wenigen Sekunden hatte er Heidis Dienstwaffe in der Hand.

»Wissenschaftlerin?«, flüsterte Theo heiser. »Ralf hat mich gewarnt...«

»Gib sie mir!«

Theo entsicherte die Waffe und richtete sie direkt auf Heidis Gesicht. Sie starrte in seine funkelnden Augen hinter dem schwarzen Loch des Laufs.

»Ihr habt Ralf geschnappt«, zischte Theo. »Du bist gekommen, damit ihr auch mich bekommt... Das Haus ist umzingelt, was?«

»Wir wissen überhaupt nichts von deinem Bruder...«

»Alles ist aus«, keuchte Theo. Die Hand, mit der er die Waffe umklammerte, zitterte. Der Zeigefinger lag auf dem Abzug. Heidi spannte die Muskeln an, um zur Seite zu springen.

Auf einmal führte Theo den Lauf unter sein Kinn und drückte ab.

19

Noora sah ungeduldig auf das Geschäft, in das der Fahrer verschwunden war, um die SIM-Karte zu kaufen. Die alten verzierten Häuser ringsum waren gepflegt, die ordentlichen Vorgärten sorgten für das passende Grün.

Ralf nahm seinen verkratzten und mit Klebeband geflickten Kommunikator aus der Tasche, klappte ihn auf und begann, die kleinen Tasten zu drücken. Noora hätte gern mit ihm gesprochen, aber sie sah ihm an, dass er sich konzentrieren wollte.

Noora dachte über das nach, was Ralf gerade gesagt hatte. In vertraulichem und warmem Ton hatte er von den »alten Bärten« gesprochen. Normalerweise rührte er extrem selten an der Vergangenheit. Noora konnte sich nicht beherrschen, sie musste ihn danach fragen:

»Was hast du gerade mit den ›alten Bärten‹ gemeint?«

»Die Kämpfer der Roten Armee Fraktion, die als Vorhut den Massen den Weg gebahnt haben.«

»Ich würde die Terroristen von damals nicht mit den Aktivisten von heute gleichsetzen.«

Ralf lächelte. »Man braucht sie nicht gleichzusetzen. Hauptsache, sie kämpfen gegen die gleichen Dinge. Nur die Namen haben sich geändert. Damals war vom Großkapital die Rede, heute sprechen wir von multinationalen Konzernen...«

»Hast du eine... persönliche Connection zu ihnen?«

Ralf starrte aus dem Fenster und sagte nach langem Schweigen: »Andreas hat sich seinen Namen in den Geschichtsbüchern verdient, Ulrike nicht.«

Noora brauchte eine Weile, bis sie begriff, von wem Ralf sprach.

»Man müsste eigentlich von der Baader-Ensslin-Bande sprechen«, fuhr Ralf leise fort, den Blick noch immer in die Ferne gerichtet. »Gudrun Ensslin war die eigentliche Partnerin von Andreas. Die wahre Visionärin der Gruppe.«

Noora schluckte. »Hast du ... Kennst du Leute aus diesen Kreisen?«

Ralfs Blick verhärtete sich. »Ich war dreizehn, als ein großer Teil der Gruppe befreit wurde. Meine Mutter war unter den Befreiern: Renata Kohler. Sie wäre gefasst worden, aber sie beging Selbstmord. Am 5. Juni 1972. Mein Leben teilt sich in die Zeit davor und danach. Innerhalb eines Augenblicks hat sich alles verändert.«

Noora wartete darauf, dass Ralf weitersprach.

»Mein Vater wusste nicht, dass meine Mutter zur RAF gehörte. Es war ein entsetzlicher Schock für ihn. Eine Schande. Wir zogen nach Südafrika zu meinem Onkel.«

Ralf hatte schon früher von seiner Kindheit in Deutschland und Afrika erzählt, aber sehr wenig von seinen Eltern und nie vom Tod seiner Mutter.

Gerade als Noora nachfragen wollte, tauchte der Fahrer auf und setzte sich ans Steuer. Er reichte Ralf zwei Prepaid-Packungen. Eine davon öffnete Ralf sofort.

Plötzlich stellte sich alles in Nooras Augen ganz anders dar. Die Zielstrebigkeit und Skrupellosigkeit der G1, ihre Professionalität und Systematik.

Die Geschichte von Baader-Meinhof hatte Noora schon in der Schule fasziniert, aber erst in Deutschland hatte sie begriffen, was für eine tiefe Spur diese Vereinigung in der deutschen Gesellschaft hinterlassen hatte. Die Extremisten hatten gegen die »Auschwitz-Generation«, die es durch den industriellen Aufschwung nach dem Krieg zu Wohlstand gebracht hatte, rebelliert und hatten dadurch selbst unter weniger radikalen Deutschen Sympathisanten gehabt, obwohl sie ihre Ziele nicht gewaltfrei durchsetzten. Der soziale Frieden war gefährdet gewesen, die RAF hatte Anhänger aus vielen Bereichen der Gesellschaft.

Eine Erklärung hatte Noora gehört, und an der konnte sogar etwas dran sein: Viele Deutsche, die damals mittleren Alters waren, hatten in jungen Jahren nicht gegen den Nationalsozialismus aufbegehrt. Diejenigen, die sich der Roten Armee Fraktion anschlossen oder sie insgeheim billigten, sahen in der radikalen Organisation vielleicht unbewusst eine Möglichkeit, sich selbst zu beweisen, dass sie im Kampf gegen den Nationalsozialismus ihr Leben riskiert hätten – sie kämpften gewissermaßen eine Generation zu spät gegen Hitler. Hätten die Ideologen der Roten Armee Fraktion eine etwas gemäßigtere Gangart gewählt und ihre Taktik modifiziert, hätten sie viel erreichen können.

Über vergleichbare Differenzen in der politischen und taktischen Ausrichtung wurde auch am äußersten Rand der heutigen Aktivistenbewegungen diskutiert. Viele von Nooras Bekannten waren mit der Geschichte der RAF vertraut, und ständig kursierten Gerüchte über Kontakte von Mitgliedern militanter Gruppierungen zu Veteranen des Links-Terrorismus. Allerdings schwieg man darüber lieber, denn der Kern der Protestbewegung bestand aus harmlosen Bürgerorganisationen, deren Stigmatisierung fatal für das Ansehen und die Zukunft der Bewegung gewesen wäre.

Für Noora waren diese Gerüchte jetzt Tatsachen geworden. Widersprüchliche Gedanken schossen ihr durch den Kopf, es schien unmöglich, sie zu ordnen. Denn auch wenn das blutige Handeln der RAF zu verurteilen war, so hatte sie immerhin *gehandelt* und ihre Spuren in der Geschichte hinterlassen. Die damaligen Aktivisten waren fanatisch, skrupellos und professionell gewesen – eine Kombination, die Noora faszinierte.

Konnte es sein, fragte sie sich, dass sie von den Ideen der Globalisierungsgegner aus den gleichen Gründen fasziniert war wie die Menschen damals von der RAF? Wussten nicht sogar die dickhäutigsten Mitglieder der Konsumgesellschaft, dass sie die Natur schädigten und die Armen in der Dritten Welt ausbeuteten? Waren sie deshalb bereit, auch Aktivisten zu unterstützen oder die zu verstehen, die zu radikaleren Maßnahmen griffen?

Ralf setzte eine der neuen SIM-Karten in seinen Kommunikator ein und begann Nachrichten zu verschicken, während der Fahrer wieder den Weg nach Wetzlar einschlug.

Renata Kohlers Schicksal ging Noora nicht aus dem Sinn. Sie betrachtete den konzentriert arbeitenden Ralf plötzlich noch einmal mit ganz anderen Augen: mit noch mehr Respekt, noch mehr Mitleid, noch mehr Vertrauen. Was hat er in seinem Leben wohl schon alles durchgemacht?, dachte sie neidisch. Immer heftiger brannte in ihr die Neugier auf Ralf, auf Theo und auf das laufende Vorhaben.

Sie fuhren über die Lahn und bogen in die Zufahrtsstraße zum Pflegeheim ein. Ralf schaltete den Kommunikator aus.

Heidi sah sofort den Zorn und die Erschütterung auf dem Gesicht des Oberarztes. Sie standen in dessen hohem, eichenholzgetäfeltem Zimmer zwischen schweren, alten Möbeln.

»Was ist passiert?«, fragte der Oberarzt.

Heidi war noch immer nicht in der Lage, das Zittern ihrer Hände zu kaschieren. »Ich konnte nichts tun ...«

Plötzlich heftete sich ihr Blick auf den Mann, der draußen aus einem Wagen stieg. Sie hatte ein einziges Bild von Ralf Denk gesehen, und das genügte.

»Den Kittel«, sagte sie zum Oberarzt und streckte die Hand aus, wobei sie den Blick auf den Mann im Hof gerichtet hielt.

»Was ...«

»Geben Sie mir Ihren Kittel!« Heidi griff nach dem weißen Kittel und riss ihn dem Oberarzt förmlich vom Leib. »Niemand darf uns stören.«

Heidi ging auf den Gang und zog sich dabei den Arztkittel über. Sie knöpfte ihn zur Hälfte zu und beschleunigte ihre

Schritte. Sie hatte sich einigermaßen gefangen, und ihre Aufmerksamkeit war zu hundert Prozent auf die neue Situation gerichtet.

Die Eingangshalle war leer, hinter dem Empfangsschalter stand keine Schwester. Ralf kam zur Eingangstür herein.

»Herr Denk«, sagte Heidi und musste ihre ernste Miene nicht spielen. »Es tut mir sehr leid, aber ich habe eine traurige Nachricht für Sie.« Sie wies mit der Hand auf ein leeres Zimmer. »Unterhalten wir uns dort.«

Noora stieg aus dem Wagen, um sich die Beine zu vertreten. Sie wollte sich Ralf nicht aufdrängen und gleich mit hineingehen, denn es war klar, dass er zunächst unter vier Augen mit seinem Bruder reden wollte.

Ein Großteil der Fassade des Hauptgebäudes von Graubach war mit Efeu bewachsen. Noora bemerkte, dass der neben ihnen geparkte kleine Mercedes in Belgien zugelassen war. Der kleine Aufkleber rechts neben dem Nummernschild fesselte ihre Aufmerksamkeit. An irgendetwas erinnerte er sie.

Sie trat näher heran. Der rechteckige Aufkleber war der gleiche wie am Auto von Timo Nortamo auf dem Schiff.

Noora warf einen Blick auf die dunklen Fenster und setzte sich wieder in den Wagen. »Schau dir mal den Aufkleber neben dem Nummernschild des belgischen Autos dort an«, sagte sie zu dem Fahrer. »Weißt du, was das ist? Haben alle belgischen Autos so was?«

»Ich habe so ein Zeichen noch nie gesehen. Was ist damit?«

Noora stieg erneut aus. Jemand war aus Belgien gekommen, um einen Bewohner des Pflegeheims zu sehen, überlegte sie. Jemand, der das gleiche Zeichen am Auto hatte wie dieser Timo Nortamo auf dem Schiff. Natürlich konnte das der pure Zufall sein, womöglich war sie genauso paranoid wie Theo im Innern des Gebäudes, aber Ralf sollte Bescheid wissen.

Sie ging zum Haupteingang und betrat die kühle, halbdunkle Eingangshalle. Links war ein Schalter, hinter dem eine Schwester hektisch auf dem Computer schrieb. Rechts befand sich ein Zimmer, dessen Tür einen Spalt weit offen stand. Noora ging ein Stück weiter und sah, dass Ralf darin mit einer Ärztin saß.

Noora trat an den Empfangsschalter. »Entschuldigung«, sagte sie zu der Schwester. »Draußen steht ein belgisches Auto, bei dem das Licht brennt. Können Sie mir sagen, wem es gehört?«

Die Schwester nahm eine Liste zur Hand. »Wir haben heute Morgen nur zwei Besucher. Beide sind Deutsche ... Aber bei der einen Person ist als Adresse Brüssel angegeben. Wahrscheinlich gehört ihr das Auto.«

»Könnten Sie die Person bitte ausrufen und ihr mitteilen, dass an ihrem Wagen ...«

»Sie ist gerade beschäftigt«, sagte die Schwester mit seltsamem Gesichtsausdruck. »Sie ist Wissenschaftlerin und interviewt einen unserer Patienten ...«

Noora verließ den Schalter und ging auf den Raum zu, in dem Ralf mit der Ärztin im weißen Kittel saß. Sie klopfte an die angelehnte Tür. »Entschuldigung, Ralf. Es ist wichtig.«

»Sie müssen sich zuerst als Besucherin eintragen«, rief die Schwester hinter dem Schalter streng.

Ralf wandte Noora das Gesicht zu. Der Ausdruck darin erschreckte Noora. Ralf war vollkommen aus der Fassung.

»Komm her.«

Ralf gehorchte mechanisch. Auch die Ärztin stand auf, eine schlanke Frau mit dunklem Brillengestell.

Mit energischen Schritten trat die Schwester von hinten auf Noora zu. »Sie können hier nicht herein, ohne sich eingeschrieben ...«

Die Schwester sah die Frau im weißen Kittel an der Tür erscheinen. »Sie?«

Noora bemerkte den irritierten Gesichtsausdruck der Schwester.

»Warum tragen Sie einen Arztkittel? Was ...«

»Alles in Ordnung«, sagte Noora mit schärfer werdender Stimme zu der Schwester, den Blick auf die Frau gerichtet, die nicht in den Arztkittel gehörte. »Wir sollten mal kurz nach draußen gehen, oder?«, sagte sie zu ihr.

Die Frau musste weg hier, sofort.

Noora führte sie zur Tür und bemerkte, dass Ralf wie gelähmt war und ihr nur mit Mühe folgte. Die Frau im weißen Kittel sah Noora intensiv an.

Beim Gehen fixierte Heidi Klötz die Frau, die sie sofort für Noora Uusitalo hielt, obwohl sie von ihr noch kein Foto gesehen hatte. Sie versuchte, sich einen Plan zurechtzulegen, doch das war unmöglich. Sie musste der Situation entsprechend handeln, die sich von Sekunde zu Sekunde ändern konnte. Der Satz der Krankenschwester hatte verraten, dass sie keine Ärztin war, aber noch war vielleicht etwas zu retten.

Sie traten durch die Eingangstür und gingen die Treppe hinunter. Am liebsten wäre Heidi dem Impuls gefolgt, umzukehren und sich im Gebäude in Sicherheit zu bringen, aber das hätte die Ermittlungen nicht vorangebracht. Darum beschloss sie, noch einen Moment abzuwarten.

»Wo gehen wir hin?«, fragte sie.

»Uns unterhalten«, antwortete Noora.

»Und worüber?«

Weder die Frau noch der Mann antworteten ihr. Ralf Denk befand sich offensichtlich in einem schockähnlichen Zustand. Jetzt hielt Noora die Zügel in der Hand, und zwar fest. Sie forderte Heidi auf, mit zum Parkplatz zu kommen. Das ging Heidi zu weit, sie fasste den Entschluss, nicht länger zu warten, sondern um Hilfe zu rufen.

Im selben Moment bemerkte sie, dass Ralf hinter seinem Rücken der Finnin etwas gab.

»Geh zu deinem Wagen!«, sagte Noora und richtete unauffällig die Pistole auf Heidi. Da ihre eigene Waffe noch in Theos Zimmer war, hatte Heidi keine andere Wahl, als zu tun, was man ihr befahl.

»Ihr fahrt hinter uns her«, sagte Noora zu dem Fahrer, der im

Auto gewartet hatte. Dann wandte sie sich an Heidi: »Setz dich ans Steuer!«

Heidi gehorchte. Sie begriff, dass sie ein Risiko einging, aber es gab wenig Alternativen. Sie warf einen Blick auf das Gebäude und sah, dass der Oberarzt aus dem Fenster schaute. Gut.

»Ich weiß nicht, ob...«, begann Heidi.

»Fahr!«, befahl Noora ihr vom Beifahrersitz aus und richtete die Pistole auf sie.

Heidi startete und fuhr los.

»Wer bist du?«, fragte Noora aggressiv.

»Ich forsche über Schizophrenie...«

»Red keinen Scheiß!«, zischte Noora. »Du bist Polizistin.«

20

Der schmutzige Mercedes raste bei Venlo, nahe der deutsch-holländischen Grenze, auf der linken Spur über die Autobahn. Der stahlgraue Himmel spiegelte sich in der Windschutzscheibe, hinter der ein Mann mit ernstem Gesichtsausdruck den Verkehr im Auge behielt. Sie würden es gerade rechtzeitig zur Ankunft von Reijas Maschine aus Helsinki zum Brüsseler Flughafen Zaventem schaffen.

Timo versuchte, Heidi Klötz zu erreichen, aber sie meldete sich noch immer nicht. Das war sonderbar.

»Wen versuchst du die ganze Zeit anzurufen?«, wollte Aaro wissen. Hat das mit dem zu tun, was auf dem Schiff passiert ist?«

»Nein.«

Timo fragte sich, wie viel Aaro über die Hintergründe des Schiffsattentates ahnen konnte. An welche Ereignisse der letzten Tage konnte er sich überhaupt noch erinnern?

»Erinnerst du dich daran, wie wir mit Mama darüber gesprochen haben, Ekis Boot auszuleihen?« Kaum hatte er den Satz ausgesprochen, bereute ihn Timo auch schon. Die ausgefallene

Bootstour wäre besser in Vergessenheit geraten. So wurde die Liste der ausgefallenen Dinge wieder ein Stück länger. Irgendwo im Schuppen lagen immer noch die inzwischen grau gewordenen Bretter, aus denen Timo ursprünglich einen Sandkasten für Aaro machen wollte. Inzwischen brauchte Aaro keinen Sandkasten mehr. Timo kam ein lebendiges Bild des vierjährigen Jungen im Schnee- und Schmutzanzug in den Sinn, dessen ständiges An- und Ausziehen ihn schon die wenigen Male, die er an den Wochenenden dazu kam, mit ihm ins Freie zu gehen, genervt hatte. Soile hatte an ihrer Doktorarbeit geschrieben und hatte mindestens ebenso viel zu tun wie er bei der SiPo. All jene Jahre lagen in tiefem Nebel.

»Ich kann mich erinnern«, sagte Aaro. »Auch daran, dass der Geldtransporter ausgeraubt wurde. Und dass du mir verboten hast, danach zu fragen.«

Timo schwieg und wartete. Der Porsche, der hinter ihm aufgetaucht war, ließ die Lichthupe aufflammen, und Timo wechselte auf die rechte Spur.

»Hat die Sache auf dem Schiff ... damit zu tun?«, fragte Aaro vorsichtig.

Timo überlegte sich die Antwort genau. Er wollte nicht lügen. Aber eine zustimmende Antwort würde Aaro noch mehr in Zusammenhänge hineinziehen, aus denen er das Kind heraushalten wollte, was immer auch geschah.

Andererseits: Hatte Aaro nicht das Recht, wenigstens in groben Zügen zu erfahren, was passiert war? Würde die Wahrheit nicht den psychischen Schaden etwas verringern, den ein solches Erlebnis bewirken konnte?

Natürlich nicht. Er hatte die Pflicht, Aaro von der kranken Welt der Erwachsenen fern zu halten und dafür zu sorgen, dass der Junge trotz des Berufs seines Vaters eine Kindheit leben durfte, die nicht von Verbrechen und Gewalt geprägt war. Oder konstruierte man so eine verlogene Kulisse? Konnte man ein Kind in einer isolierten heilen Welt großziehen, wie Soile oft fragte?

Timo räusperte sich und setzte den Blinker, um in Richtung Eindhoven abzufahren. »Die Vorfälle auf dem Schiff waren sehr außergewöhnlich. Meine deutschen Kollegen klären die Sache gerade auf...«

»Bei dem Überfall auf den Geldtransporter ist der Fahrer ums Leben gekommen«, fügte Aaro ernst und blass hinzu. »Die sind ziemlich skrupellos...«

»Die Sache wird aufgeklärt. Die Täter kommen vor Gericht und werden verurteilt. Punkt«, sagte Timo in einem Ton, der keinen Spielraum für weitere Diskussionen ließ. Aaro hatte seinen Eigensinn und seine Halsstarrigkeit geerbt. Solange nicht alles vollständig erklärt war, insistierte der Junge bis zum Überdruss.

Timo versuchte wieder, Heidi Klötz anzurufen, aber die ging noch immer nicht dran. Er tippte die Nummer von TERA ein und fragte den Belgier Picard aus seiner Abteilung nach der Kollegin.

»Hast du es noch nicht gehört?«, sagte Picard. »Die Klötz ist zu Theo Denk gefahren. Dabei ist etwas passiert... Es gab einen Schuss, und Theo Denk wurde tot in seinem Zimmer gefunden.«

Timo drückte das Telefon ans Ohr und sah im Rückspiegel Aaros neugieriges Gesicht. Rasch richtete Timo den Blick wieder auf die Straße.

»Ralf und die finnische Frau sind aufgetaucht, und die Klötz ist zusammen mit ihnen verschwunden.«

»Was meinst du damit?«

»Das Personal des Pflegeheims sagt, die Klötz ist mit den beiden weggefahren. Wir haben sofort angefangen, nach Denk zu suchen, nachdem wir von dem Vorfall gehört hatten, aber sie haben mindestens eine Stunde Vorsprung. Die Information ging über die örtliche Polizei und über Wiesbaden. Wann wirst du hier sein?«

Timo sah auf die Uhr und versuchte, dabei so zu wirken, als wäre nichts geschehen.

»Gegen sechs.«

»Wie geht es deinem Sohn?«

Die aufrichtige Sorge des Belgiers verursachte einen Kloß in Timos Hals. »Er ist okay«, antwortete er heiser. »Ist in der Wohnung von Denk und Uusitalo etwas Interessantes gefunden worden?«

»Uns ist jedenfalls aus Göttingen nichts mitgeteilt worden.«

»Ich komme, sobald ich kann«, begnügte sich Timo in Aaros Anwesenheit zu sagen und legte auf. Er beschleunigte und wechselte auf die linke Spur.

Was war bei Theo Denk geschehen? Dass Heidi Klötz »zusammen mit ihnen verschwunden« war, machte Timo ernsthafte Sorgen, und er rief sich die Ereignisse auf dem Schiff in Erinnerung. War Aaro noch immer in Gefahr? Sollte er ihn nicht besser irgendwo in Sicherheit bringen, zurück nach Finnland oder zu seiner Tante nach London?

Timo hielt das lederummantelte Lenkrad fest umklammert. Er war äußerst besorgt um Heidi Klötz. Und nach den Neuigkeiten aus dem Pflegeheim noch erschrockener über die Ereignisse auf dem Schiff.

Warum hatten sie auch Aaro betäubt und gefesselt? War es nur aus dem Grund, weil es sonst nicht möglich gewesen wäre, Timo handlungsunfähig zu machen? Oder hatte Aaro etwas gesehen?

Timo selbst hatte während der zurückliegenden Stunden versucht, sich an den Beginn der Reise zu erinnern, aber es war hoffnungslos. Er erinnerte sich an die Fahrt aufs Autodeck und an den Weg zur Kabine, aber danach an nichts mehr. Bei Aaro hatte das Anophol noch stärker gewirkt, hatte der Arzt gemeint.

Wieder kochte die Wut in Timo hoch. Die Dosis war auf gut Glück gewählt worden, sie hätten Aaro damit töten können.

»Erinnerst du dich, dass ich dich bat, die Quittung nach Brüssel zu faxen?«, fragte Timo.

Im Auto machte sich Stille breit.

»Welche Quittung?«

Timo wurde aus Aaros Tonfall nicht schlau. Die Geschichte mit dem Abhörgerät stellte sich jetzt ganz anders dar. Was, wenn der KeyKatch nach all dem gefunden worden wäre? Der Gedanke, dass jemand in sein Zuhause, in sein Privatleben eindrang, war unerträglich.

»Wo bekommt man dieses Mittel eigentlich her?«, fragte Aaro. »Doch bestimmt nicht aus der Apotheke?«

Timo fixierte ihn im Rückspiegel mit einem scharfen Blick. Versuchte Aaro, seine Nervosität durch Witzeleien zu überspielen?

»Da muss ich mal ein bisschen im Netz kramen«, fuhr Aaro fort. »Manchmal könnte so ein Mittelchen ganz nützlich sein ...«

Timo blickte erneut in den Spiegel. Er war sich überhaupt nicht sicher, ob Aaro Scherze machte.

Aaro erwiderte den Blick und grinste. Timo grinste etwas gequält zurück. Erst jetzt begriff er, dass Aaro Angst hatte.

Aaro freute sich, seinen Vater zum Grinsen gebracht zu haben. Der hatte die Ereignisse auf dem Schiff ziemlich ernst genommen. War ja auch kein Wunder.

Wohlweislich verdrängte Aaro die Erinnerung an den Moment, in dem er gefesselt in der Kabine zu sich gekommen war. Jetzt versuchte er, den Tapferen zu spielen, hatte aber immer noch Angst, und sein Vater merkte das. Und wenn sein Vater sich Sorgen um ihn machte, wollte er es erst recht vor ihm verbergen.

Ungeduldig nahm Aaro das Telefon von einer Hand in die andere. Anrufe aus dem Ausland kosteten ein Vermögen, aber er musste unbedingt Niko alles erzählen. Oder sollte er ihm lieber eine SMS schicken?

Sein Vater fuhr wieder auf die mittlere Spur, und Aaro öffnete das Menü seines Handys. Er hatte eine Mitteilung von einer unbekannten Nummer erhalten und konnte sich nicht erinnern, sie gelesen zu haben.

Er öffnete sie und registrierte verwundert den Text: JCG 897 WOHNMOBIL FIAT DETHLEFFS, EIG. SOLJANDER, MARKKU.

Warum hatte ihm die Zulassungsstelle das geschickt? Das musste ein Versehen sein.

Oder etwa doch nicht?

»Was machst du da?«, fragte sein Vater und warf ihm durch den Spiegel einen Blick zu.

»Nichts.«

»Denk dran, was wir vereinbart haben. Wir sagen niemandem etwas, nicht einmal deiner Mutter. Erst wenn wir sie sehen.«

»Jaa.«

Nachdenklich starrte Aaro auf sein Telefon.

Auf einem abgelegenen Waldweg befestigte Noora mit zitternden Händen den Staubsaugerschlauch am Auspuff von Heidi Klötzens Wagen. Der Staubsauger hatte mit einem verrosteten Kühlschrank, einer Matratze und anderem Müll neben einem Autobahnrastplatz gelegen.

Heidi Klötz saß bewusstlos am Steuer, neben sich eine Nachricht, die Ralf sie zu schreiben gezwungen hatte. Darin gestand sie, durch ihr unvorsichtiges und unangemessenes Verhalten den Selbstmord von Theo Denk verursacht zu haben.

Noora schob das andere Ende des Schlauchs durch das hintere Seitenfenster und schloss das Fenster so weit, wie es ging. Sie fand die Selbstmordinszenierung übertrieben. Natürlich würde die Polizei die Wahrheit herausfinden. Ralf schien nicht klar zu denken. Er wollte kein Mörder sein, sondern an die Berechtigung seiner Tat glauben. Vielleicht war es das Beste, ihn einfach tun zu lassen, was er für richtig hielt. Trotzdem hatte Noora Angst, Theos Tod könnte Ralf völlig aus der Bahn werfen.

Mit einem Papiertaschentuch zwischen Fingern und Zündschlüssel ließ Ralf den Motor an. Abgase quollen ins Auto. Er redete sich ein, dass es keine andere Möglichkeit gab. Sie hatten bei der Frau eindeutige Beweise gefunden: Sie war Polizistin. Und sie brauchten jetzt jede Minute Vorsprung.

Ralf wusste, dass er auch aus Rache für Theos Tod handelte. Er agierte wie eine Maschine. Er hatte das Recht dazu.

Noch einmal hob er ein Augenlid der Frau an, um sich zu versichern, dass sie bewusstlos war. Er hatte das Barbiturat genau dosiert, denn nur eine minimale Menge wäre später bei der Obduktion nicht nachweisbar.

Dann stieg Ralf aus dem Wagen und schlug entschlossen die Tür hinter sich zu.

Das in Finnland zugelassene Dethleffs-Wohnmobil fuhr von Norden her über die A5 auf Frankfurt zu. Am Steuer saß ein dunkelhäutiger Mann um die sechzig. Er behielt den Verkehrsstrom fest im Auge.

Sakombi Ladawa war im Begriff, die größte Entscheidung seines Lebens zu treffen, aber das fiel ihm nicht schwer. Es kam ihm vor, als wäre seine ganze bisherige Existenz die Vorbereitung auf die Prüfung gewesen, die ihm nun bevorstand: die materiell arme, aber in geistiger Hinsicht reiche Kindheit im Kongo, der Umzug nach Brüssel und dann nach London, die Plackerei im Großmarkt und bei den Verkehrsbetrieben, die Suche nach der eigenen Identität in einer multikulturellen Umgebung, das späte Studium an der offenen Universität und später in der hydrologischen Abteilung des Instituts für Biologie an der Universität London, die freiwilligen Tätigkeiten für Umweltorganisationen – und immer wieder die zwanghaften Reisen an den Ort seiner Kindheit, in die eigene Vergangenheit und in die Vergangenheit eines Volkes, das viel erlitten hatte.

Sakombi warf sich den Samen eines Madawe-Strauchs in den Mund. Von seiner letzten Reise in den Kongo hatte er eine große Tüte davon mitgebracht. Der bittersüße, ölige Geschmack versetzte ihn im Nu in seine Heimat zurück.

Aus weiter Ferne drang das tiefe Geräusch eines Motors im Leerlauf in das Bewusstsein von Heidi Klötz. Sie hatte eine Tür zufallen gehört, war danach aber wieder in die Bewusstlosigkeit gefallen.

Die kleinste Bewegung ließ ihren Kopf schmerzen, aber etwas in ihrem Innern zwang sie dazu, sich zu bewegen. Der Kopf und die Gliedmaßen waren wie in Beton gegossen. Je mehr sie versuchte, die Hand zu bewegen, umso unmöglicher kam es ihr vor und umso bewusster wurde sie sich ihrer Umgebung.

Mit letzter Willenskraft gelang es ihr, die Hand zum Türgriff zu bewegen und daran zu ziehen. Sie lehnte ihr gesamtes Körpergewicht gegen die Tür und fiel neben dem Wagen auf die Erde.

21

Der Lancia stand in einem schattigen Innenhof in der Via Cicerone in Rom. Aus einem uralten Springbrunnen sprudelte Wasser, drum herum scharten sich Pfadfinder und füllten ihre Trinkflaschen. Die Sonne schien durch die Blätter eines Trompetenbaums. Es herrschte eine gelassene, gedämpfte Stimmung.

Ralf und Noora saßen in gedeckter Kleidung auf der Rückbank. Sie hätten ein Paar vor der Hochzeit sein können, aber die Atmosphäre im Wagen erinnerte eher an eine Beerdigung.

Ein Fahrer hatte sie vom Flughafen Fiumicino abgeholt und direkt zum Vatikan gebracht. Im römischen Verkehrsgewühl war die Hitze unerträglich geworden. Die Pfadfinder lärmten, die ausgelassensten von ihnen hängten die nackten Füße in den Brunnen.

Ralf nahm einen Gegenstand, der an einen Füller erinnerte, aus einem kleinen Metalletui und steckte ihn in die Brusttasche. Er blickte auf die Uhr, dann zu Noora und gab sich Mühe, aufmunternd zu lächeln, aber es gelang ihm nicht.

Theos Tod steckte ihm tief in den Knochen. Zwar überraschte

ihn dessen Tat nicht, aber gerade jetzt war sie für ihn besonders schockierend. Die Polizei war ihnen auf den Fersen, viel dichter, als Ralf sich das vorgestellt hatte.

Er nahm das Telefon zur Hand und rief Tobias an. Sie mussten Gegenmaßnahmen ergreifen, für den Fall, dass sich der Ring zu eng um sie schloss. Tobias würde die Adresse des finnischen Polizisten vom Schiff herausfinden. Dort gab es mindestens ein Mittel, mit dem man ihn erpressen konnte: den Jungen.

»Fahren wir«, sagte Ralf, nachdem er kurz mit Tobias gesprochen hatte.

Der Fahrer trat aufs Gas, der Wagen glitt über das Kopfsteinpflaster zum Tor und auf die verkehrsreiche Straße. In der Via della Conciliazione flimmerte die warme Luft. Autos hupten. Steinerne Heilige segneten die Passanten. Der Lancia hielt im Licht der Laternen hinter einem Touristenbus an.

Ralf stieg nach Noora aus dem Wagen. Inmitten von Touristen schoben sie sich bis zum Rand des Platzes vor dem Petersdom vor. Ein polnischer Fremdenführer mit Lech-Wałensa-Bart schwenkte mit kräftigen Zügen eine rotweiße Fahne in Richtung Kuppel, und die dunkel gekleidete Reisegruppe lauschte mucksmäuschenstill seinem Vortrag. Ralf blickte erneut auf die Uhr. Noch fünfundfünfzig lange Minuten waren totzuschlagen.

»Wir treffen uns in exakt fünfundvierzig Minuten vor dem Bronzetor«, sagte er leise zu Noora.

Sie mussten die Wartezeit in den Diensträumen des Papstes auf ein Minimum beschränken.

Noora nickte. Blass, aber entschlossen betrachtete sie die Menschenmassen.

Der Petersdom, das geistige Zentrum der katholischen Kirche, erhob sich vor Ralf wie ein majestätischer Berg. Am Rand des Platzes sammelten Busse Reisende ein, große Gruppen Südamerikaner, Asiaten, Europäer, Afrikaner, Nordamerikaner. Papst Clemens XV. war auf allen Kontinenten beliebt.

Ralf ging langsam, setzte mechanisch einen Fuß vor den anderen. Zwischen den Reisenden mit ihrer grellen Kleidung und ihren Kameras fielen die Bediensteten des Vatikans mit ihren schwarzen Gewändern, ihren Baskenmützen und ihren Schuhen mit dicken Sohlen auf. Die Stimmung auf dem Platz erinnerte an einen Karneval, bei dem sich das Irdische mit dem Himmlischen mischte. Eine zerlumpte Zigeunerin schob sich aus dem Gedränge vor Ralf und breitete eine lange Postkartenziehharmonika vor ihm aus.

»*Cinque Euro, per favore!*«

Ralf sah sich die Bilder an, die ihm da aufgedrängt wurden: Clemens XV. grüßte mit Hirtenstab und Kreuz eine Schar von hunderttausend Menschen. Eine Zeichnung des segnenden Papstes: *Urbi et Orbi.*

Der geistige Führer von über einer Milliarde Katholiken. Der größte Fundamentalist der Christenheit.

Ralf warf einen Blick auf die Gemächer des Papstes, auf die hohen, dunklen Fenster in der hellen Fassade. Die Menschenmenge um ihn herum lärmte, aber drinnen bei ihm war es still.

»*Per favore!*«, sagte die Zigeunerin in schärferem Ton und drohte mit den Postkarten. Ralf ging auf den von Touristen umgebenen Obelisken zu. Er registrierte ein Carabinieri-Gespann in Uniform. Die Mauern des Vatikans, die hinter den beiden aufragten, erinnerten an eine Festung.

Plötzlich spürte Ralf, dass ihn jemand anstarrte. Ein Mann mit Cherubimgesicht stand einen halben Meter vor ihm und leierte ein monotones Gebet herunter. Mit erhobenem Arm kam er näher. »*Jesu Christe, cum Sancto Spiritu in gloria Dei Patris...*«

Mit versteinertem Gesicht machte Ralf einen Schritt zur Seite und ging auf den Petersdom zu. Er ließ sich vom Menschenstrom zum rechten Ende der Kolonnaden von Bernini treiben, wo Carabinieri die Eintretenden mit einem Metalldetektor kontrollierten. Trotz seines Handys wurde Ralf der Zutritt nicht verweigert, auch wenn ein Carabiniere die Stirn runzelte. Nach der Kontrolle war der Weg frei, und Ralf ging auf eine hohe Treppe zu.

Wie im Traum schritt er durch die gewaltige Tür und machte das Kreuzzeichen. Die Kirche war erdrückend groß, beinahe zu gewaltig, um real zu sein. Wie Goethe hatte er das Gefühl, die Ewigkeit zu betreten. Das menschliche Spektakel blieb außerhalb der kühlen, halbdunklen Kathedrale. Ralf spürte die Stille in sich anschwellen. Alles geschah wie in Zeitlupe, und den Schritten schien jeder Laut genommen.

Wie groß musste einem erst die genaue Nachbildung des Petersdoms vorkommen, die Félix Houphouët-Boigny, der Diktator der Elfenbeinküste, für 350 Millionen Euro in seinem Heimatdorf Yamassoukro hatte errichten lassen?, dachte Ralf. Dort konnte man die entsetzlichen Hegemoniebestrebungen der katholischen Kirche im Kampf um die immer zahlreicher werdenden Seelen der bevölkerungsreichen Kontinente besichtigen. Auf Bitte des Papstes hatte man die Kuppel immerhin etwas niedriger als die des Originals gelassen.

Ralf ging an Michelangelos Pietà vorbei, die durch Glas geschützt war. Er trat unter die Kuppel, neigte den Kopf, um die goldene Inschrift lesen zu können: *Tu es Petrus et super hanc petram...*

Ralf spürte, wie es ihm den Atem nahm. Er betastete seine Brusttasche mit dem metallenen Stift. Die Stille in seinem Innern hatte sich in ein Rauschen verwandelt. Er streckte den Rücken durch und schloss die Augen.

Der Papst. Der Nachfolger Petri. Gottes Stellvertreter auf Erden.

Ja. Der größte Fundamentalist der Christenheit.

Ralf hörte die Stimme seines Vaters, der ihm und Theo im Licht der Öllampe aus der Bibel vorlas. Die kleinen Jungen lagen in ihrem Bett, draußen, hinter dem Fliegengitter, hörte man die Geräusche der afrikanischen Nacht. Ralf hatte sich nach seiner Mutter gesehnt, obwohl er wusste, dass sie etwas Böses getan hatte. Er hätte gern darüber gesprochen, aber über die Mutter konnte man mit dem Vater nicht reden, auch nicht mit Onkel Eugen, mit niemandem. Die Erinnerung an die Mutter war in den

Augen der Erwachsenen zur Schande geworden, zur Last, über die man schweigen musste. Nur Ralf weigerte sich. Je intensiver sein Vater und Eugen die Mutter verleugneten, umso tieferes Interesse fasste Ralf an ihrer totgeschwiegenen Geschichte.

Ralf hatte Noora von seiner Mutter erzählt, das war der größte Vertrauensbeweis, den er jemandem geben konnte. Seine Mutter war fünfzehn Jahre jünger gewesen als sein Vater. Genauso viele Jahre war Noora jünger als Ralf.

Ralf hoffte, Noora besser zu kennen, als sein Vater seine Mutter gekannt hatte. Wie hatte sich der fromme Katholik und Stützpfeiler des deutschen Konservatismus gefühlt, als die junge Journalistin, mit der er verheiratet war, sich nach ihrem Tod als Mitglied einer radikalen Bewegung entpuppte? Was hatte die Mutter auf diesen Weg getrieben?

Obwohl Ralf die Haltung seines Vaters bezüglich der Erinnerungen an seine Frau nicht gut fand, hatte er doch Verständnis dafür gehabt. Am schwierigsten musste es für seinen Vater gewesen sein, nie die Motive seiner Frau erfahren zu haben. Sie hatte keinerlei Papiere oder Tagebücher zurückgelassen, die nach ihrem Tod Aufschluss über ihr Tun hätten geben können. Kurz nachdem sie nach Südafrika gegangen waren, starb der Vater, und Ralf war mit Theo und Onkel Eugen zurückgeblieben.

Erst als Ralf sieben Jahre nach dem Tod seiner Mutter, als achtzehnjähriger Student, nach Deutschland kam und die ehemaligen Genossen der Mutter aufsuchte, wurde das Bild von ihr allmählich vollständig. Damals ging gerade eine heiße Welle von Gewalt durch Deutschland. Hanns-Martin Schleyer war entführt worden, und die ganze Welt hatte verfolgt, wie die entzündeten Schmerzpunkte der westdeutschen Gesellschaft pulsierten.

Ralf war zum schlimmsten und gleichzeitig besten Zeitpunkt auf der Bildfläche erschienen. Die Genossen seiner Mutter reagierten hochgradig nervös auf ihn, erkannten aber bald seine ehrlichen Absichten.

Aufgrund der explosiven Lage konnte Ralf nicht den Leuten begegnen, mit denen seine Mutter am meisten zu tun gehabt hatte, aber er traf immerhin jemanden, der ihm ein lebendiges Bild von Renata Kohler zeichnen konnte.

Die Schleyer-Entführung endete in einer Katastrophe, und Baader und Ensslin begingen in ihren Gefängniszellen Selbstmord. Damit waren die letzten Genossen der Mutter tot. Ohne den Verwandten väterlicherseits einen Besuch abgestattet zu haben, kehrte Ralf zum Studium nach Kapstadt zurück, von wo aus er fortan das langsame Dahinsiechen der RAF verfolgte. Im Jahr 1981 hatte sie noch einmal ihre letzten Kräfte gesammelt und den hessischen Wirtschaftsminister Karry hingerichtet, weil der Belohnungen ausgesetzt hatte für Informationen, die zur Festnahme von RAF-Mitgliedern führten.

Nach und nach versiegten die Aktivitäten der Organisation, und 1988 schickte sie ein Kommuniqué an Reuters, in dem sie die Einstellung aller Aktionen ankündigte. Ralf mochte symbolische Gesten, und obwohl die G1 schon ein Jahr zuvor ihre Tätigkeit aufgenommen hatte, wurde als Gründungstag fortan der Tag der Aufhebung der RAF genannt.

In der Gründungsurkunde der G1-Gruppe hatte Ralf seine Mutter Renata Kohler als Mitglied aufgeführt.

Ralf verließ die Kirche und trat wieder in das Gewimmel auf dem Petersplatz hinaus. Eine Gruppe spanischer Touristen strömte langsam auf den Viale Vaticano und das Vatikanmuseum zu. Ralf überholte die Gruppe, die willenlos ihrem Anführer zu folgen schien, und ging durch die Kolonnaden von Bernini hindurch zur Via di Porta Angelica. Er suchte den Schatten der links hoch aufragenden Mauer, ging mit raschen Schritten weiter und wich nur hier und da einzelnen Touristen aus. Nachdem die Straße einige Biegungen gemacht hatte, musste er sich in eine Schlange reihen. Junge Studenten drängten sich als persönliche Guides auf.

»*Aiuto! Aiuto in nome del Signore!*«, klagte mit herzzerreißender Stimme eine schwarz gekleidete alte Bettlerin, auf einen Stock gestützt.

Ralf ging hinter einer stark parfümierten spanischen Touristengruppe hinein und durchschritt die Sicherheitsschleuse. Den

Alarm erklärte er, indem er sein Handy vorzeigte, worauf der Beamte mit dem tragbaren Metalldetektor winkte.

Der Gegenstand in seiner Brusttasche löste keinen Alarm aus. Und selbst wenn, wäre ihm nicht mehr Beachtung geschenkt worden als einem Füller.

Ralf passierte den Museumsladen, fuhr über mehrere Rolltreppen zum Kartenschalter hinauf und zahlte den Eintritt mit einem Zehn-Euro-Schein. Er folgte nicht der farbig markierten Route, sondern ging zielstrebig in den heißen Innenhof, um von dort in die Bibliothek zu gelangen. Das Plätschern der Wasserfontäne kühlte seine Gedanken. Ein riesiger Pinienzapfen aus Bronze war auf dem majestätischen Platz oben auf dem Springbrunnen zwischen zwei Pfauenskulpturen aufgestellt worden.

Ralf betrat die Bibliothek des Vatikans und blickte sich erwartungsvoll um. Ein Fresko bedeckte die eine Wand des Lesesaals: ›Die Aldobrandinische Hochzeit‹. Hinter dem Schalter saß ein kahlköpfiger Monsignor in Soutane.

»*Buona sera*«, sagte Ralf. »Sprechen Sie Englisch?«

Der Monsignore nickte kaum wahrnehmbar.

»Haben Sie die Protokolle vom Prozess gegen Giordano Bruno?«

»Verzeihung?« Der Monsignore legte die Hand hinter das Ohr. »Gegen wen?«

»Giordano Bruno. Ihr habt ihn am 17. Februar des Jahres 1600 auf dem Campo dei Fiori verbrannt.«

Ralfs ruhige Stimme hallte in dem Raum wider. Giordano Bruno war stets sein großes Vorbild gewesen. Mutig hatte der außergewöhnliche und umstrittene Philosoph neue Gedanken vorgetragen und war darum von der katholischen Kirche für einen Ketzer gehalten worden. Die letzten acht Lebensjahre hatte Bruno im päpstlichen Kerker verbracht, wo er immer wieder verhört und gefoltert wurde. Als man ihn schließlich zum Verbrennen auf dem Scheiterhaufen verurteilte, erwiderte er: »Vielleicht habt Ihr, die Ihr mein Urteil verkündet, mehr Angst als ich, der es entgegennimmt.«

Ralf sah den Zorn in den Augen des Monsignores aufblitzen.
»Die Protokolle über Bruno haben wir nicht.«

Ralf wusste das. Die Kirche hatte sämtliches Material über Bruno vernichtet.

»Wir schließen in fünf Minuten.«

Ohne ein Wort wandte sich Ralf ab. Immer noch lauerte die rauschende Stille in ihm, bereit, jeden Moment hervorzubrechen. Er ging zur Sixtinischen Kapelle, wo sich nur noch eine Hand voll Touristen aufhielt.

Draußen begannen die Glocken zu läuten. Er neigte den Kopf, um die Schöpfungsgeschichte auf Michelangelos Fresko zu suchen. Das Licht wurde von der Dunkelheit geschieden, Sonne, Mond und Sterne geschaffen. Ralfs Augen verengten sich zu schmalen Schlitzen.

Die Erschaffung des Menschen.

Sein Puls ging schneller. Die Glocken dröhnten jetzt in seinem Kopf.

Er senkte den Blick, von der Decke zur Wand.

Das Jüngste Gericht.

Langsam, wie hypnotisiert, trat er näher. Das Wandgemälde war auf eine schräge Oberfläche gemalt worden, damit der Staub nicht auf den Figuren haften blieb. Ralfs Pupillen weiteten sich. Der düster dreinblickende Fährmann über den Styx leitete die Toten auf sein Schiff. Die Verdammten wurden in unermessliche Finsternis geführt, ins Verderben.

Der Lohn der Sünde. Die Hölle.

Die ewige Nacht.

Die leidenden Menschenleiber, die sich in den Tiefen des Hades wanden, ließen Ralf erschauern. Er hob den Blick zum Mittelpunkt des riesigen Freskos, wo mit erhobener Hand und von einem Lichtkranz umgeben eine stolze Gestalt stand. Zu Füßen des muskulösen Jesus trug mühsam der Märtyrer Bartholomäus an einer Haut ohne Muskeln und Knochen: die leere Hülle eines Menschen. Das war ein Selbstporträt des Michelangelo, aber Ralf sah darin sich selbst.

Er tastete nach dem Stift in seiner Brusttasche.

»*Avanti, prego!*«, sagte ein Aufseher in blauer Uniform an der Tür und klimperte mit seinen Schlüsseln. Sie wollten absperren.

Ohne einen Gedanken fassen zu können, ging Ralf nach draußen und folgte der Mauer zum Petersplatz zurück, den die Strahlen der untergehenden Sonne vergoldeten. Er blickte auf die Uhr und holte tief Atem. Dann nahm er sein Telefon zur Hand, stellte den Klingelton auf lautlos, ließ aber das Signal für Textmitteilungen an. Das war aus Sicherheitsgründen wichtig.

Er riss sich zusammen, drückte den Rücken durch und ging auf das Bronzetor zu, auf den Eingang zum heiligsten Bezirk des Vatikan. Wie aus dem Nichts tauchte Noora neben ihm auf. In ihren schwarzen Kleidern sah sie etwas blass aus, aber auch schön und gefasst.

Er hatte ihr nur einen Bruchteil von dem erzählt, was kommen würde, und er war sicher, dass sie auch den Rest würde ertragen können.

Zwei Soldaten der Schweizer Garde in ihren albernen, bunten Uniformen aus dem 16. Jahrhundert, Kreationen von Michelangelo, standen neben der Tür.

»Wir haben in zehn Minuten eine Audienz«, sagte Ralf.

»Das Papstsekretariat. Den Gang nach rechts«, sagte der pfirsichhäutige Wächter mit einer Kopfbewegung in die entsprechende Richtung.

In der nächsten Nische standen zwei moderner gekleidete Wachleute, die sie durch einen Metalldetektor gehen ließen.

Sie folgten dem Gang in einen kühlen Raum mit Marmorboden, wo zwei Bedienstete hinter einem Holzschalter saßen.

»Mein Name ist Sebastian Kline«, sagte Ralf und legte eine Hand auf die glatt gewetzte Holzfläche. »Das hier ist Mia Fuchs. Wir haben ...«

»Sie sind spät dran. Die Papiere.«

Ralf und Noora legten ihre Pässe sowie zwei rosa Formulare vor. Der sauertöpfisch wirkende Beamte sah sich alles genau an und nickte dann seinem Kollegen zu, der den Hörer von einem altmodischen Telefon nahm und einige Worte auf Italienisch sagte. Der erste Beamte trug etwas auf den rosa Formularen ein, stempelte sie und gab sie ihnen zurück.

»Zurück zum Bronzetor. Den Gang hinunter.«

Ohne einander anzublicken, befolgten Ralf und Noora schweigend die Anweisung. Am Ende des Ganges saß ein Soldat der Schweizer Garde, der sie mit einer kleinen Kopfbewegung passieren ließ. Nach der Scala Regia stiegen sie eine breite Marmortreppe hinauf. Oben wurden sie von einem Bediensteten in Empfang genommen. Er machte ein Kreuzchen auf seinem Clipboard, um ihre Ankunft zu verzeichnen, und führte sie in einen Vorraum, der mit elektrischen Kerzen erleuchtet war und in dem zwei weitere Diener warteten.

Aus dem Zimmer der Papst-Sekretäre kam ein Mann im Trägergewand heraus, den das Gewicht des Kruzifixes um seinen Hals zu beugen schien.

»Bitte warten Sie ein paar Minuten, Herr Kline und Fräulein Fuchs«, sagte der Sekretär und wies auf die Lehnstühle an der Wand. Daraufhin zog er sich wieder in sein Zimmer zurück.

Ralf nahm Platz. Es pochte in seinem Kopf. Er betrachtete das simple Besucherformular, das den Zugang zum einflussreichsten religiösen Führer der Welt eröffnete. Am oberen Rand stand *Stato della Città del Vaticano – Governatorato*. Am unteren Rand befand sich das dreiteilige Wappen, das die Macht des Papstes im Himmel, auf der Erde und in der Hölle darstellte.

Ralf merkte, dass sich die Bediensteten entfernt hatten. Er war mit Noora allein im Raum. Noch immer sahen sie sich nicht an. Es wäre natürlicher gewesen, sich zu unterhalten, aber das schien unmöglich. Andererseits gab es wohl keinen Besucher, der nicht aufgeregt in diesem Raum saß.

Ralfs Telefon piepste gedämpft, zum Zeichen, dass eine SMS angekommen war. Mit schnellen, beunruhigten Bewegungen nahm er das Gerät aus der Tasche und las die Mitteilung von Tobias: »A. Nortamo, Rue Washington 81.«

Ralf antwortete nicht, sondern steckte das Telefon zufrieden wieder ein. Die Adresse des Jungen hatten sie. Sollte die Lage bedrohlich werden, würde er Tobias den Befehl zum Handeln erteilen.

Die Tür zum Zimmer des Sekretärs war nur angelehnt, aber es war kein Laut zu hören. Der Marmorboden glänzte matt. Auf einem kleinen Tisch standen frische Blumen, daneben lagen die neuesten Ausgaben von ›Osservatore Romano‹ und ›Radio Vaticana‹. In der Luft lag der starke Duft von Bienenwachs. Ralf schloss die Augen.

Alles erinnerte ihn an seine Kindheit: die Atmosphäre, die Gerüche, die Bilder. Er schob einen Finger in den Kragen und lockerte ihn. Dann musste er an Giordano Bruno denken, der mit gefesselten Händen auf die Flammen des Scheiterhaufens warten musste. Die Kirche hatte ihm die Gelegenheit gegeben, seine Ansichten zu ändern, aber Bruno ließ sich lieber verbrennen.

Nur Asche war von dem Mann übrig geblieben, seine Bücher und Gedanken jedoch hatten Bestand. Ralfs größter Schatz war ein Faksimile aus dem Jahr 1902 von ›De la causa, principo et uno‹, das Bruno nach 1580 verfasst hatte.

Ein Satz aus diesem Werk bildete das Fundament für Ralfs Mission. Ein Satz, der in all seiner Entsetzlichkeit und all seiner Schönheit die Wahrheit enthielt, die Ralf zu verwirklichen beschlossen hatte.

Die hohe Tür öffnete sich.

»Herr Kline, Fräulein Fuchs«, sagte der Sekretär mit dem Kruzifix um den Hals. »Folgen Sie mir bitte.«

Sie folgten dem Mann in einen ungeheuer hohen, gut erleuchteten Gang, dessen Deckengewölbe Fresken in hellen Farben zierten. Die Besucher des Papstes begegneten nie ihren Vorbesuchern, denn diese wurden durch den gegenüberliegenden Gang zum Cortile di Sisto Quinto geleitet. In der Mitte des Ganges öffnete der junge Priester die eine Hälfte einer Flügeltür, ließ die Besucher eintreten und kehrte in sein Büro zurück.

Der spärlich möblierte Raum mit dem Marmorboden war von gewaltiger Größe. An der gegenüberliegenden Wand stand ein

Schreibtisch. Dahinter saß ein bejahrter Mann mit weißen Haaren und schrieb.

»Guten Abend«, sagte Papst Clemens XV., ohne von dem Dokument aufzublicken, das er gerade unterzeichnete. Seine samtene Stimme wurde weit in den hohen Raum hinaufgetragen.

Ralf räusperte sich. »Guten Abend, Heiliger Vater.«

»Guten Abend«, sagte Noora mit gedämpfter, aber fester Stimme.

Ralf durchquerte langsam den Raum, den Blick auf den Papst geheftet. Noora folgte ihm. Clemens XV. – Francisco Ronaldo Nogueira – war mit seinen 71 Jahren in guter Verfassung. Den Feinschliff hatte ihm ein behütetes Leben in Kirchen, Bibliotheken und Konferenzräumen gegeben. Er legte ein Schreiben zur Seite, das im Briefkopf das Symbol des CEM trug. Dessen einflussreiche Vertreter wurden im Weißen Haus ebenso vorgelassen wie im Vatikan und im Kreml.

Mit seinen dunklen Augen begegnete der Papst Ralfs Blick. »Setzen Sie sich bitte. Sind Sie zum ersten Mal in Rom?«

»Nein«, antwortete Ralf, worauf er seine Lippen befeuchten musste.

Die kurze Antwort brachte den Papst nicht in Verlegenheit. Er war nervöse Besucher gewohnt. Auf dem Tisch stand eine Porzellantasse, aus der es nach Kamillentee roch. »Kommen Sie direkt aus München?«

»Wir sind nicht aus München.«

»Verzeihung? Ich hatte die Vorstellung...«

»Ihre Vorstellung ist falsch. Ich bin nicht Sebastian Kline. Mein Name ist Ralf Denk.«

Der Papst wirkte irritiert.

»Ich bin der Neffe von Pater Eugen.«

Nun runzelte der Papst die Stirn. Ein wachsamer Blick war in seine Augen getreten. »Da ist dem Governatorato wohl ein Fehler unterlaufen. Der Neffe von Pater Eugen?«

»Erinnern Sie sich an Eugen Denk?«

»Ich war eine Zeit lang als Bischof in Lüderitz. Aber...«

»Mein Onkel hat mich großgezogen, nachdem mein Vater starb. Dann starb er selbst.«

»Ist Pater Eugen tot?«

»Er hat sich erhängt.«

Der Papst richtete sich auf. Vollkommene Stille breitete sich im Raum aus. Die Sünde des Selbstmords. Katholische Priester begingen keinen Selbstmord – jedenfalls nicht offiziell.

»Er zog die richtige Konsequenz«, sagte Ralf leise.

»Sie sind unter falschen Personenangaben hierher gekommen. Entfernen Sie sich, oder ich rufe die Wachen.« Die Hand des Papstes bewegte sich auf das Telefon zu.

»*Ignem veni mittere in terram*«, sagte Ralf langsam und schob die Hand in die Brusttasche. Er zog einen Brief des Papstes hervor, der aus wenigen Zeilen bestand. »Sehen Sie sich das an, Heiliger Vater.«

Clemens XV. streckte unsicher die Hand aus. Dann fuhr sein Blick scharf über die Zeilen. Das Papier fing an zu zittern.

Plötzlich beugte sich Ralf über den Schreibtisch. Bevor der Papst reagieren konnte, ergriff Ralf dessen Arm und stach die Nadel der füllerähnlichen Injektionsspritze hinein.

»Schreien Sie nicht!«, zischte Ralf und zog sich wieder auf seinen Platz zurück. »Unternehmen Sie nichts. Wir gehen jetzt. Falls man uns aufhalten sollte, gehen dieser Brief und ein Text, den ich über die Angelegenheit verfasst habe, an die Nachrichtenagenturen.«

Der Papst hielt sich den Arm. »Was war in der Spritze?«, fragte er mit vor Panik brüchiger, heiserer Stimme. »Antworten Sie...«

Ralf ging neben Noora auf die Tür zu.

»Ein Gruß aus Afrika.«

Der alte Mann rappelte sich hinter seinem Tisch hoch. »Warten Sie! Lassen Sie uns reden!«

»Bleiben Sie, wo Sie sind, und vergessen Sie nicht, was ich gesagt habe. Bitten Sie Ihren Sekretär, uns hinauszugeleiten, und verhalten Sie sich normal, sonst wird schon morgen die ganze Welt diesen Brief lesen können.«

ZWEITER TEIL

22

Die orangefarbenen Lampen entlang der Autobahn leuchteten vor dem immer dunkler werdenden Himmel. Timo blickte auf die Uhr am Armaturenbrett, erhöhte die Geschwindigkeit und überholte den Geländewagen vor sich. Angeblich konnte man die Lichter der belgischen Autobahnen sogar vom Mond aus sehen. Sparte man nur deshalb nicht an Strom, weil das Land wegen der ertragreichen Uranproduktion im Kongo schon früh auf die Kernenergie gesetzt hatte?

Von hinten hängte sich ein Volvo direkt an seine Stoßstange. Timo brummte einen leisen Fluch und gab noch mehr Gas.

»Haben wir es so eilig?«, tönte es von der Rückbank.

Timo nahm den Fuß vom Pedal. »Nein. Ich habe mich bloß über den Stoßstangenküsser geärgert.«

Endlich kamen die ersten Hinweisschilder auf den Brüsseler Autobahnring.

»Wenn die Maschine landet, bevor wir am Flughafen sind, wird sie trotzdem auf uns warten«, sagte Aaro.

Timo hatte keine Lust einzuwenden, dass er sich nicht beeilte, um das Au-pair-Mädchen rechtzeitig abzuholen, sondern um bei TERA die aktuellen Neuigkeiten zu erfahren. Heidi Klötz war in Glauburg gefunden worden: Sie war haarscharf einer Kohlenmonoxidvergiftung entgangen und würde in Kürze nach Brüssel zurückkehren. Theo Denks Zimmer im Pflegeheim war durchsucht worden, und Timo wartete auf die Liste der darin enthaltenen Sachen. In ganz Deutschland war die Fahndung nach Ralf Denk und Noora Uusitalo intensiviert worden.

Timo setzte den Blinker, um in östlicher Richtung auf den Ring zu fahren, wo ein endloses Band roter Rücklichter auf drei Spuren vorankroch. In Richtung Antwerpen stand der Verkehr fast vollständig still.

»Musst du heute noch arbeiten?«, wollte Aaro wissen.

Timo wurde ganz kalt bei der Scharfsinnigkeit des Jungen. Er schien ihm die ganze Zeit einen Schritt voraus zu sein. Und dennoch war Aaro in vielerlei Hinsicht noch durch und durch ein Kind. Zum Glück. Kinder mussten kindlich sein dürfen. Das war heutzutage nicht leicht. Als Timo selbst noch ein Kind gewesen war, hatten die allwissenden Erwachsenen in ihrer eigenen Welt gelebt, in die Kinder nur selten einen Blick hineinwerfen durften. Jetzt lernten die Kinder auch durch das Fernsehen frühzeitig, wie Erwachsene miteinander umgingen, und sahen Menschen, die oft alles andere als vertrauenswürdig handelten. Sie waren umgeben von Männern und Frauen, die kaum fähig waren, für sich selbst zu sorgen, geschweige denn für ihre Kinder, die wiederum ständig mit den Problemen ihrer Eltern konfrontiert waren.

Kinder lebten heute in einem seltsamen Zwischenzustand. Dazu trug auch etwas ganz Banales bei, das die Autorität der Eltern untergrub: die moderne Technik. Vor dem digitalen Zeitalter hatten sich Väter den Respekt ihrer Söhne erworben, indem sie das Auto und die Haushaltsgeräte reparierten. Jetzt installierten die Söhne die Computer, regelten Zeittaktsteuerungen und beherrschten im Nu die neuesten Mobiltelefone. Den berufstätigen, dauergestressten Eltern fehlte die Energie, der lawinenartigen Entwicklung der Knöpfchentechnologie etwas entgegenzusetzen, und wenn sie die Hilfe der Kinder in Anspruch nahmen, litt darunter eben ihre Autorität. Der ein oder andere Vater konnte wenigstens noch beim Fußball oder Eishockey mithalten, Timo gehörte jedoch nicht dazu. Höchstens im Klettern hätte er Punkte machen können, aber dafür interessierte sich Aaro nun wieder überhaupt nicht.

»Du bist doch ... vorsichtig?«, sprach Aaro auf der Rückbank leise weiter.

Die Frage und der Tonfall überraschten Timo. Er lachte auf, ohne seiner Stimme einen natürlichen Klang verleihen zu können. »Ich bin eher zu vorsichtig. Ziemlich großer Unterschied zu Mister Bond, was? Mach dir keine unnötigen Gedanken über solche Dinge.«

Er bog in Richtung Flughafen ab und biss sich auf die Lippe. Hinter dem gläsernen Gebäude von Sony stiegen die Lichter der startenden Maschinen auf. Timo begriff, dass ihm eine neue Situation bevorstand: Aaro kam in ein Alter, in dem er vieles besser verstand. Man konnte ihm nicht mehr alles Mögliche weismachen. Er musste bei Aaro einen klaren Kurs einschlagen: Er musste genau auswählen, worüber er mit ihm sprach, dies aber dann wahrheitsgemäß tun.

Plötzlich ein scharfer Ton, kurz und durchdringend, dabei sehr dünn. Timo kramte den Piepser aus der Tasche und warf einen kurzen Blick auf den Code der roten LED-Anzeige.

Die Nummer veranlasste ihn, noch einmal hinzuschauen. Er hatte richtig gesehen. 001.

001 bedeutete kritisch.

Nicht wichtig, nicht eilig, sondern kritisch.

»Was ist los?«, fragte Aaro.

Mit klopfendem Herzen drückte Timo zur Bestätigung den Knopf an der Seite des Geräts. »Nichts Besonderes. Ich soll ins Büro kommen.«

Er erhöhte das Tempo und schaltete das Radio ein. Noch nie zuvor hatte er dieses Kommando erhalten. Am 11. September 2001 wäre es vermutlich erteilt worden.

Die Straße gabelte sich in Richtung ankommende und abfliegende Maschinen. Timo hätte am liebsten angerufen und gefragt, was passiert war, aber das war absolut verboten – man musste am Arbeitsplatz erscheinen, und zwar umgehend.

Aus dem Radio ergoss sich der träge französische Wortstrom eines Journalisten. Timo begann unter den Achseln zu schwitzen. Er wählte Reijas Nummer, aber sie meldete sich nicht.

»Wen wolltest du anrufen?«, fragte Aaro wachsam.

»Reija. Die Maschine hat wahrscheinlich Verspätung.«

»Jetzt könnte man es schon wieder gebrauchen.«

»Was?«

»Ein Telefon, mit dem man ins Netz kann. Die ankommenden Flüge direkt aufs Handy. In Echtzeit.«

»Wir können mal darüber nachdenken«, antwortet Timo ausweichend. Er hatte das Gefühl, Aaros Erlebnisse auf dem Schiff irgendwie wieder gutmachen zu müssen, auch wenn es fragwürdig war, das ausgerechnet durch den Kauf irgendwelcher Geräte zu tun. Wenn das hier vorbei war, würde er seinen Freizeitausgleich nehmen und die Zeit mit Aaro verbringen.

Sie fuhren an einem schreiend roten Reklameplakat von Virgin Express entlang auf die Terminals zu. Unten bei den ankommenden Flügen war abends immer viel Betrieb, weshalb Timo auf die obere Ebene des Parkdecks zum Abflugbereich fuhr. Wenn er morgens zum Flughafen kam, machte er es umgekehrt.

Er schlug die Tür zu, drückte am Schlüsselbund den Knopf für die Zentralverriegelung und ging mit großen Schritten auf den Eingang des Terminals zu.

»Was rennst du so?«, fragte Aaro, der Mühe hatte, mit seinem Vater Schritt zu halten. Als sie die automatische Tür passierten, versuchte Timo wieder, Reija zu erreichen. Noch immer keine Antwort. Sie gingen unter dem Doppeldecker hindurch, der zur Zierde an der Decke hing, und steuerten die gläsernen Aufzüge in der modernen Abflughalle an.

»Ich verstehe nicht, wieso wir ein Au-pair-Mädchen brauchen«, sagte Aaro außer Atem und drückte auf den Knopf im rostfreien Stahl. »Ich bin doch kein Baby mehr.«

»Sie kommt ja nicht bloß deinetwegen. Deine Mutter hat Angst, unser Männerhaushalt könnte dazu führen, dass sie an den Wochenenden ausschließlich mit Wäschebergen und Chaosbeseitigung befasst ist.«

Aaro schnaubte. Aber vermutlich hatte seine Mutter Recht.

Der Aufzug brachte sie in die niedrige, heiße Ankunftshalle, wo sie schnell zu den Monitoren liefen.

»AY 817. Vorzeitig gelandet. 18.03«, las Aaro und sah auf die Uhr. »Vor einer Viertelstunde.«

Noch einmal versuchte es Timo auf Reijas Nummer. Keine Antwort.

Sie mischten sich unter die Abholer und blickten hinter die

Absperrung, wo Reisende mit ihren Gepäckwagen aus dem Terminal strömten. Ein Teil von ihnen hielt nach Abholern Ausschau, andere eilten zielstrebig auf die Taxischlange oder die Bushaltestellen zu. An der Zusammensetzung der Reisenden sah man die engen Verbindungen Belgiens nach Afrika. Aaro beobachtete einen bunt gekleideten Schwarzen, der auf seinem Gepäckwagen voller Kartons und Koffer seinen gesamten Hausrat zu transportieren schien. Der Gepäckberg war wesentlich höher als der Mann selbst.

»Hoffentlich hat Reija nicht so viel Gepäck dabei«, sagte Aaro.

»Zuerst müssen wir sie mal finden.« Allmählich wurde Timo ernsthaft nervös. Er müsste längst bei TERA sein. »Schau dich um. Ich habe keine Ahnung, wie sie aussieht.«

»Ich auch nicht.«

»Du hast sie doch gesehen!«

»Auf ihr Gesicht hab ich nicht so geachtet. Ich hab mir ihr Telefon angeschaut.«

Timo seufzte und sah sich im Gewimmel um.

»Sie war ein bisschen so geschminkt wie Ville Valo von HIM. Schwarz um die Augen.«

Timo hatte nicht die geringste Ahnung, wer Ville Valo von HIM war oder wie der Herr aussah, aber Aaros Beschreibung klang nicht gerade viel versprechend.

Da zog ihn Aaro am Ärmel.

»Auf der Bank da drüben«, sagte der Junge mit einer Kopfbewegung in Richtung Tür. »Die Frau sieht Reija ähnlich ...«

Timo starrte kurz in die Richtung, in die Aaro deutete. Er sah auf der Bank keinen Menschen, der nach Au-pair aussah. »Welche von denen?«

»Die ganz außen.«

»Mach keine Witze. Mir steht jetzt nicht der Sinn danach.«

Aaro antwortete nicht.

Langsam näherte sich Timo der jungen Frau mit den orange gefärbten Haaren, deren Kleider sogar in der bunten Menge der Reisenden auffielen: eine tief auf den Hüften sitzende helllila

Hose mit Schlag, eine noch grellere Bluse. Die Nieten an ihrem Gürtel korrespondierten perfekt mit dem Lederarmband.

Die Frau fuhr zusammen, als Timo vor ihr stehen blieb und sich gequält räusperte. »Reija?«

»Ja...« In dem Moment bemerkte sie Aaro, der hinter Timo stand. »Hallo, Aaro, ich hab dich gar nicht gesehen...«

Timo registrierte ihre schwere Zunge. Hatte Reija dem Getränkeangebot im Flugzeug nicht widerstehen können?

»Gehen wir.« Er konnte seinen Missmut nicht verbergen. »Wo ist dein Gepäck?«

»Hier.« Reija drückte die beiden kleinen Stofftaschen, die sie auf dem Schoß hielt.

Timo nahm sie ihr ab und ging mit energischen Schritten auf die automatische Tür zu. Ein paar Reisende wichen ihm aus. Draußen blieb er an der Absperrung vor der Taxischlange stehen und zog einen Zettel und einen Stift aus der Tasche. »Ich muss noch mal ganz schnell zur Arbeit... Ihr fahrt mit dem Taxi nach Hause.« Während er sprach, schrieb er die Adresse auf den Zettel.

»Sei vorsichtig mit dem Boiler«, sagte er zu Aaro, als er ihm die Wohnungsschlüssel gab. »Wenn das Sicherheitsschloss nicht aufgeht...«

»Dann trete ich die Tür ein«, fuhr Aaro fort, hellwach durch die neueste Entwicklung. »Mach dir keine Sorgen, wir kommen schon klar. Sieh zu, dass *du* klarkommst.«

Timo gab Aaro den Zettel.

»Ich *kenne* die Adresse.«

»Ich weiß, aber den gibst du dem Fahrer.«

Timo nahm einen 50-Euro-Schein aus dem Portemonnaie, den letzten, den er hatte, und gab ihn Reija.

»Das Taxi kostet ungefähr 25 Euro. Nehmt euch Bettwäsche aus dem Schrank. Im Gefrierfach ist Brot und in der Kammer H-Milch. Was ihr im Kühlschrank findet, ist alt.« Er sprach mit ernster, gesenkter Stimme, als würde er Befehle für eine sehr wichtige Operation erteilen. Unter den fahlen Neonlampen des Betondachs hingen die Abgase der Taxis. »Sieh zu, dass das Sicherheitsschloss auch dann zu ist, wenn ihr in der Wohnung seid. Macht niemandem auf. Ich habe im Büro noch einen Schlüssel.«

Timo schrieb zwei Telefonnummern auf einen anderen Zettel, den er Reija gab. »Falls etwas ist, erreicht ihr mich unter diesen Nummern.«

Aaro stieß ihn in die Seite. »Nun geh schon. Wir kommen zurecht.«

»Und vorläufig keinen Blödsinn«, sagte Timo zu Aaro ohne den Anflug eines Lächelns. »Verstanden?«

Aaro nickte, ernster als sonst. »Wann kommst du?«

»Ich weiß es nicht.«

Timo eilte im Laufschritt zum Parkhaus. Er blickte sich um und sah, wie sich eine merkwürdig gekleidete junge Frau und ein dünner, kleiner Junge bei den Taxis anstellten.

Mit dem Parkhauslift fuhr er zur Abflugebene hinauf, lief zu den Parkplätzen im Freien hinaus und zu seinem Wagen. Er war sauer auf Reija wegen ihrer gedankenlosen Trinkerei auf dem Weg zur Arbeit. Andererseits verstand er, dass der Service im Flugzeug einer unerfahrenen Reisenden schon mal einen Streich spielen konnte.

Aber gerade jetzt hätte er sich gewünscht, sie hätte sich als etwas besonnener erwiesen. Hätte er ihr mit noch mehr Nachdruck sagen müssen, dass sie niemand in die Wohnung lassen durfte?

Wieder kam Timo ein Gedanke, den er sofort abzuwehren versuchte: Wer einem Kind wie Aaro so etwas antat wie auf der Fähre, nahm auch ernstere Konsequenzen billigend in Kauf. Der Junge hätte sterben können. Und wenn man bedachte, was sie mit Heidi Klötz getan hatten, bedeutete ihnen die Unversehrtheit eines Menschen nicht viel.

Die Tatsache, Aaro durch eine Fehleinschätzung in Lebensgefahr gebracht zu haben, quälte Timo zusehends. Belastend war auch, dass eine Gruppe wie die G1 seine Identität kannte und ihm jederzeit wieder gefährlich werden konnte.

Schon allein darum wollte er Ralf Denk und seine Komplizen hinter Gittern sehen. Punkt.

Timo öffnete die Zentralverriegelung seines Wagens. Im selben Moment klingelte sein Telefon. Auf dem Display stand SOILE.

»Hallo«, sagte eine muntere Stimme. »Wie geht's?«

»Bestens«, antwortete Timo farblos. »Wir sind am Flughafen. Reija ist angekommen. Macht doch einen ganz guten Eindruck. Wir sind gerade unterwegs und werden bald ins Bett gehen. Wir können morgen telefonieren. Gute Nacht.«

Timo legte schnell auf und fuhr die Parkplatzrampe hinunter. Er beschleunigte bei der Ausfahrt und sah im Rückspiegel nach den Leuchtschildern der Taxis, die in die gleiche Richtung losschossen.

Eine hartnäckige Befürchtung machte ihm zu schaffen. Wenn sie wollte und es aus irgendeinem Grund für nützlich erachtete, würde die G1 seine Adresse herausfinden. Dadurch hatte seine berufliche Aufgabe eine persönliche Note bekommen, die ihm überhaupt nicht gefiel. Er suchte nicht nur nach einem Paar, das an einem Raubmord beteiligt war, sondern nach Leuten, die nicht davor zurückschreckten, seinen Sohn umzubringen.

23

Der Abend war warm in der Via Gollia in Rom, wo die Lichter des Hotel Albion leuchteten. An der Tür von Zimmer 421 hing das rote Schild mit der Aufschrift BITTE NICHT STÖREN.

Im Zimmer roch es nach Urin, denn der Bewacher hatte Sebastian Kline und Mia Fuchs nicht erlaubt, das WC zu benutzen. Für die beiden war aus dem Besuch beim Papst ein demütigender und beängstigender Alptraum geworden.

Das Telefon des Bewachers klingelte. Vor ihm auf dem Tisch standen leere Getränkedosen und Essensreste.

»Hallo...«

Der Mann hörte eine Weile zu, steckte das Telefon in die Tasche und ging zur Tür. Im Vatikan war alles klar.

Er verließ das Zimmer ohne ein Wort.

Das Taxi fuhr davon, und Stille legte sich auf die schwach beleuchtete Straße. Dünner Nebel hing in der Rue Washington im Brüsseler Stadtteil Ixelle und brachte die Straßenlampen zum Leuchten wie in einem alten Schwarzweißfilm.

»Irre Häuser«, sagte Reija.

Aaro sah die vertrauten Fassaden, die ihm allerdings in den zwei Monaten Sommerferien ein wenig fremd geworden waren. In den Fenstern der schönen dreistöckigen Jahrhundertwende-Häuser brannte kaum ein Licht. Die Häuserreihe stand ein wenig zurückversetzt, und zu jeder Haustür führte der Weg durch einen kleinen Vorgarten. Aaro nahm die wenigen Stufen zur Tür, schloss auf und entriegelte auch das Sicherheitsschloss, das diesmal auf Anhieb nachgab. Dann öffnete er die Tür.

»Wieso geht die denn nach innen auf?«, flüsterte Reija.

»Damit die Kripo sie leichter eintreten und die Leute in einer nebligen Nacht wie dieser herausholen kann«, flüsterte Aaro zurück.

»Mach mir bloß keine Angst.«

In der breiten, schweren Tür waren drei Briefschlitze mit hölzernen Kästen dahinter eingelassen.

»Wohnen hier drei Familien?«, fragte Reija.

»Zwei. Der oberste Stock steht leer. Zum Glück«, sagte Aaro und nahm einen dicken Stoß Reklamesendungen und Briefe aus dem Kasten.

»Wieso zum Glück?«

»Miese Schallisolierung. Die Häuser sind nicht für mehrere Familien gebaut worden.«

Aaro schloss die Haustür und verriegelte sorgfältig das Sicherheitsschloss. Er hatte am Verhalten seines Vaters gemerkt, dass es gute Gründe gab, dessen Anweisungen zu befolgen.

Sie gingen am Fahrrad des Nachbarn im Hausgang vorbei und stiegen die Treppe zum Zwischengeschoss hinauf. Aaro öffnete die gleiche Schlösserfolge wie unten.

»Gibt es hier so viele Einbrecher?«, wollte Reija wissen.

»Die gibt's überall.«

Aaro schaltete das Licht an, bevor er in den Flur trat. Dann sperrte er die Wohnungstür ebenso sorgfältig ab wie die Haustür. »Denk dran: nicht aufmachen, wenn jemand klopft!«

»Huh, du schaffst es wirklich noch, mir Angst einzujagen«, sagte Reija.

»Hier braucht man keine Angst zu haben. Außer dass Homejacking ziemlich verbreitet ist.«

»Was?«

»Der Einbrecher kommt, obwohl jemand in der Wohnung ist. Droht mit der Knarre und nimmt mit, was er will. Am liebsten die Autoschlüssel. Heutzutage sind die Wegfahrsperren so effektiv, dass man ein Auto am besten mit dem Schlüssel knackt. Oder man zwingt den Fahrer an einer Ampel auszusteigen und springt selbst hinters Steuer. Das nennt man dann Carjacking. Dicke Mercedes sind am meisten gefragt.«

»Was fahrt ihr?«

»Einen dicken Mercedes.« Aaro grinste. »Aber mit alter Karosserie. So einen will keiner mehr, außer meinem Vater.«

Er machte Licht in den Zimmern und schaltete den gasbetriebenen Warmwasserboiler ein, der in einem Schrank neben dem Bad untergebracht war. Reija schaute sich die alten Möbel und Gegenstände an, die in der ganzen Wohnung verteilt waren.

»Können wir uns das Telefon noch mal ansehen?«, fragte Aaro. »Ich hab mich erkundigt. Das GPRS von *Sonera* müsste hier im *Mobistar*-Netz funktionieren.«

Reija ließ sich im Wohnzimmer auf die Couch fallen, die mit einem altmodischen braunen Stoff bezogen war. »Ist das hier ein Heimatmuseum, oder was?«, sagte sie und kramte in ihrer Tasche.

Aaro hatte keine Lust zu antworten. Er schämte sich für die

komische Einrichtung. Bei seinen Schulkameraden zu Hause war es moderner: Ikea, PlayStation 2, Breitbildfernseher. Sein Vater dagegen guckte sich vollkommen zufrieden uralte Filme in einem erbärmlichen tragbaren Fernseher an, der nicht mal Stereoton hatte. Wie sollte man einem Menschen den Effekt von Dolby Digital 5.1 erklären, der nicht mal ein Farbbild vermisste?

Es wurmte Aaro, dass er so selten zu seinen Freunden kam, am ehesten noch mittwochs, wenn sie einen kurzen Schultag hatten. Trotz allem gefiel es ihm gut in Brüssel. Es war eine spannende und geheimnisvolle Stadt. Und sogar die Schule hatte eine gute Seite: Es gab wenig Sport. Aaro mochte Sport, aber nur als Objekt für Wetten und wenn er nicht selbst mitmachen musste.

Seine Mutter und sein Vater versuchten sich zum Ausgleich für ihren stressigen Alltag schöne gemeinsame Unternehmungen an den Wochenenden auszudenken. Für seinen Vater war es das Größte, über den Flohmarkt unterhalb des Justizpalasts und durch die Straßen mit den Antiquitätenläden zu wandern. Das war auch Aaro nicht immer unangenehm, denn sein Vater konnte wunderbar über Straßen und Häuser und die Herkunft von Gegenständen erzählen, und manchmal waren seine Geschichten echt interessant. Einmal hatte er erzählt, dass in ihrem Haus während der Besatzung durch die Nazis ein Versteck der Widerstandsbewegung, die Juden geholfen hatte, gewesen sei. Allerdings hatte Aaro den Verdacht, dass sich sein Vater das nur ausgedacht hatte, um unter diesem Vorwand über die Ereignisse von damals zu sprechen.

Die Kriegszeit war aber nicht so spannend wie das Mittelalter. Sein Vater hatte ihm die Steinmetzarbeiten an den Kapitellen des Rathauses auf der Grand' Place gezeigt: zechende Mönche und eine Art Wippe, ein Folterinstrument, an dem das Opfer an einem Strick hing und in Schlamm getaucht wurde. Die Gewalt in Filmen, die sein Vater so verabscheute, war nicht mehr als das Gerangel von Sonntagsschülern im Vergleich zu dem, was im

Mittelalter an der Tagesordnung gewesen war. Die Geschichte, die sein Vater über die Hinrichtung von Graf Egmont auf der Grand' Place erzählte, hätte seiner eigenen Logik nach erst ab sechzehn sein dürfen. Noch schlimmer waren alte Gemälde. Auf Rubens' ›Der Märtyrertod des heiligen Livinius‹ hätte ein Zettel mit der Aufschrift »ab zwölf« stehen müssen, weil auf dem Bild der Schächer mit dem Kardinalshut dem Bischof die Zunge mit einer Zange herausreißt.

Sein Vater wusste schrecklich viel über die sonderbarsten Dinge, aber über das, was Aaro am allermeisten hören wollte, ließ er kein Wort verlauten: über seine Arbeit. Das war seltsam und irgendwie auch beängstigend. Sogar seine Mutter wusste darüber so gut wie nichts, oder aber sie war eine glänzende Schauspielerin. Aber nein, das war sie ganz und gar nicht. Bei ihr brauchte man keinen Lügendetektor, sie wurde sofort rot, wenn sie versuchte, einem etwas vorzumachen. Deshalb funktionierte das auch nie. Aaro war zufrieden, dass er in dieser Hinsicht nicht wie seine Mutter war. Er konnte lügen, ohne mit der Wimper zu zucken. Trotzdem sagte er komischerweise hinterher immer, oder wenigstens fast immer, die Wahrheit. Auf das Lügen folgte nämlich – so viel hatte er inzwischen kapiert – jedes Mal eine Form der Strafe: ein Schnupfen, verlorenes Geld beim Wetten oder eine Blamage vor der Klasse. Bisher hatte er einfach keine gute Erfahrungen damit gemacht.

»Schrecklich viele Bücher«, sagte Reija angesichts des Regals, das eine ganze Wand einnahm. Davor stand eine Stehleiter aus Aluminium, weil der Raum hoch war und das Regal bis zur Decke ging. Aus irgendeinem Grund standen die interessantesten Bücher immer ganz oben.

»Hey, da sind ja echt gute Filme dabei«, sagte Reija beim Blick auf die Museums-VHS-Bänder seines Vaters. ›To Have and Have not‹, ›Rio Bravo‹ und was nicht noch alles ...«

Verdutzt registrierte Aaro Reijas Begeisterung. Wie konnte eine so junge Frau einen dermaßen kalkhaltigen Filmgeschmack haben?

Da klingelte das Festnetztelefon auf dem Beistelltisch. Aaro zuckte bei dem antiken Läuten zusammen, er stand auf und nahm den Hörer ab.

»Mama hier. Seid ihr angekommen? Ich hab mir schon Sorgen gemacht. Ist alles in Ordnung in der Wohnung?«

»Ja, ja. Außer in der Küche. Ungespültes Geschirr, teilweise verschimmelt.«

»Gib mir mal deinen Vater.«

»Der arbeitet.«

»Arbeitet? Jetzt?«

»Reija und ich sind mit dem Taxi vom Flughafen gekommen. Aber bei uns ist alles okay. Du brauchst Papa nicht zu stören.«

»Das würde mir auch gar nicht einfallen«, sagte seine Mutter giftig.

24

Timo fuhr mit überhöhter Geschwindigkeit über Brüssels kleinen Ring. Normalerweise hatte er immer ein Auge für seine Umgebung, vor allem für Geschäfte, die alte Sachen verkauften, aber jetzt fehlte ihm dafür die Zeit.

Er kam an dem mit Glas und Granit verkleideten EU-Viertel vorbei, das ihm fremd war, obwohl es letzten Endes sein Gehalt bezahlte. Dort sah man im Straßenbild täglich die Armee der Beamten, Politiker, Eurokraten und Lobbyisten, aber in Brüssel war man Besucher aus allen Himmelsrichtungen gewohnt: an die Legionen Roms, die Inquisitoren Spaniens, an Jesuiten, an die Soldaten Napoleons und Hitlers.

Erst weiter westlich, ab dem Stadtviertel Sablon, fühlte sich Timo zu Hause. Dort bildeteten Gebäude aus dem 17. und 18. Jahrhundert das Zentrum von Brüssels österreichisch-spanischer Epoche und erinnerten daran, wie sich die Machtverhältnisse geändert hatten und immer wieder ändern würden.

Als historischer Komplex war Timo Burgund am liebsten, diese frühere Binnenmarktzone, die sich aus verschiedenen Grafschaften und Herzogtümern zusammengesetzt hatte, die mit lockerer Hand regiert worden und trotzdem einig gewesen waren. Genau so müsste die EU seiner Meinung nach aussehen. Hätte er Mitspracherecht, würde er als Zeichen der EU das Goldene Vlies wählen, das Symbol Burgunds. In Burgund hatte es eine einheitliche Währung, gemeinsame Gesetze und ein harmonisiertes Steuerwesen gegeben. Die Macht war in Gebiete aufgeteilt gewesen, kein Volk hatte dominiert, alle waren gleichberechtigt gewesen. Das breite Spektrum unterschiedlicher Kulturen hatte in Burgund als ausgeglichenes Gemeinwesen funktioniert.

In Timos Hosentasche klingelte das Telefon. Er zog es heraus, auf dem Display stand SOILE.

»Hallo«, sagte Timo.

»Was treibst du eigentlich?«, fragte eine kühle Stimme.

»Ich fahre Auto und kann nicht reden. Reija ist okay, wir unterhalten uns später.« Timo legte auf und gab Gas. Manchmal konnte Soile anstrengend sein. Vielleicht war er auch ungerecht. Aber da Müdigkeit und Sorgen ihn gerade fest im Griff hatten, war es besser, die Gedanken an Soile zur Seite zu schieben.

Vor ihm erhob sich der Justizpalast, den Leopold II. von seinen Kongo-Reichtümern hatte errichten lassen: ein über hundert Meter hoch aufragender, extrem protziger, eklektizistischer Koloss, der bei seiner Fertigstellung Ende des 19. Jahrhunderts das größte Gebäude der Welt gewesen war. Timo hatte viel über Leopold gelesen. Unter Bescheidenheit hatte der nicht gelitten. Nicht weit weg von Brüssel, in Koekelberg, hatte er eine Basilika bauen lassen – die viertgrößte Kirche der Christenheit.

In der Unterstadt nördlich des Justizpalastes begann Timos Reich, das Handwerkerviertel mit seinen gewundenen Gassen und seiner farbigen Geschichte. Silber- und Goldschmiede, Küfner, Schneider und Waffenschmiede hatten hier ihre Arbeit verrichtet.

Heutzutage florierte dort der Handel mit gebrauchten Sachen, mit Kunst und Antiquitäten. Mit zunehmender Geschwindigkeit tauchten auch Trendlokale, Galerien und Restaurants in dem Viertel auf, aber Timo ließ sich davon nicht stören. In diesen Straßen war Pieter Bruegel zu Hause gewesen, einer seiner Lieblingsmaler.

Timo bog nach Süden in die Avenue Louise ein und fluchte über den Verkehr, der nach dem Kreisel langsamer wurde. Für ihn war die Louise nur eine Durchgangsstraße, anders als für die Damen im Pelz mit den selbsttönenden Brillen, die mit mehrfach geliftetem Gesicht durch die Boutiquen patrouillierten.

Nach einigen hundert Metern wurde der Verkehr dünner, und Timo beschleunigte in den Tunnel hinein. Zehn Minuten später verließ er außer Atem im TERA-Hauptquartier in der Adolphe Buy den Aufzug im zweiten Stock. Schon im Gang empfing ihn eine mit Händen zu greifende Spannung. Beamte mit ernsten Gesichtern eilten vorüber, darunter auch der Chef der gesamten Einheit, Tony Wilson.

Timos Telefon klingelte: SOILE. Sofort drückte er auf den Knopf, der Anrufe ablehnte. Zu seiner Überraschung winkte ihn Wilson zu sich. Während er auf den Chef zuging, versuchte Timo, die Gewissensbisse zu unterdrücken, die er wegen des abgelehnten Anrufs hatte. Er nahm sich vor, Soile bei der nächsten Gelegenheit anzurufen.

»Bist du auf dem Laufenden?«, fragte Wilson und sah Timo mit durchdringendem Blick an. Der ehemalige Leiter der Anti-Terror-Einheit bei der britischen Sicherheitspolizei war äußerlich das Gegenteil von Timo: ein kleiner, knochiger Schotte.

»Ich weiß gar nichts. Ich wurde alarmiert, als ich in Zaventem war.«

»Komm mit.« Wilson drehte sich um und ging zu seinem Büro am Ende des Flurs.

Timo folgte seinem Vorgesetzten mit wachsendem Erstaunen. Selten begegnete man Menschen, die eine so natürliche Autorität ausstrahlten wie Wilson. Er war ungekünstelt, gerecht und verlässlich – ein Mann, der in den schlimmsten IRA-Zeiten ein paar Dinge gesehen hatte, von denen in den Geschichtsbüchern nie die Rede war.

Wilson ließ Timo eintreten und schloss die Tür.

»Eine russische Kernladung ist verschwunden«, sagte er, während er sich hinter seinen Schreibtisch setzte. »Und diesmal stimmt es tatsächlich.«

Timo sank auf einen Stuhl. Die größte Befürchtung aller Sicherheitsbehörden, besonders seit dem 11. September, war Wirklichkeit geworden. Es war nur eine Frage der Zeit gewesen, und jetzt war es also so weit.

Wenn Terroristen in irgendeiner Stadt eine Kernladung explodieren ließen, bedeutete das nicht nur die Zerstörung von Gebäuden und im schlimmsten Fall die Vernichtung von Menschenleben. Es bedeutete auch das Ende der Demokratie.

»GUMO bestätigt, dass ein Offizier namens Andrej Orlow einen Sprengsatz an Unbekannte weitergegeben hat. Die Leichen von Orlow und seiner Mutter sind in einem Wald nordwestlich von Sankt Petersburg gefunden worden.«

Das zwölfte Direktorat des russischen Verteidigungsministeriums – *Glawnoye Uprawleniye Ministerstwo Oborony*, kurz GUMO – war zuständig für die Sicherheit und Lagerung von Atomwaffen. Und der Fundort der Leichen erklärte, warum Wilson bei aller Eile ausgerechnet mit Timo sprechen wollte.

Timo räusperte sich. »Um was für einen Sprengsatz handelt es sich?«

»Wir fürchten, es ist eine SADM.«

Timo erschrak. Innerhalb der Sicherheitsdienste war kein berüchtigteres Kürzel bekannt als SADM. Die *Special Atomic Demolition Munition* bezeichnete eine kleine taktische Kernladung, die für den Einsatz von Spezialeinheiten hergestellt worden war.

»FSB und GUMO untersuchen die Angelegenheit gemeinsam, aber Informationen sind schwer zu bekommen.« Wilson sprach leise, aber sein Blick tanzte unruhiger als sonst von Timos Gesicht zur Wanduhr, von dort auf den Ordner, der auf dem

Schreibtisch lag, und schließlich auf das Telefon, aus dem sich jeden Moment der Druck der EU-Führung und aus Washington mit aller Kraft entladen würden.

Für genau solche Situationen war TERA gegründet worden. Und sie sollte in der Lage sein, eine solche Katastrophe zusammen mit den Sicherheitsdiensten der Mitgliedsstaaten zu verhindern.

»Du hast doch Beziehungen zur FSB in Sankt Petersburg«, fuhr Wilson fort. »Nimm Kontakt mit ihnen auf und versuch, etwas herauszubekommen. Falls nötig, fährst du hin.«

Timo nickte, obwohl er am liebsten heftig den Kopf geschüttelt hätte. Vor dreieinhalb Jahren war er aus Sankt Petersburg weggegangen. Seitdem hatten die Männer dort gewechselt. Die Wirklichkeit entsprach in diesem Fall nicht den Hoffnungen, in keiner Hinsicht.

»Was wissen wir?«, fragte Timo. »Wie hat die FSB davon erfahren?«

»Laut GUMO hat Major Andrej Orlow die Ladung weitergegeben, aber die zentrale Figur war seine Mutter. Swetlana Orlowa arbeitete aktiv in einer Umweltorganisation, die sich dafür einsetzt, die Halbinsel Kola von Atommaterial zu reinigen. Die Frau hat einem anderen Mitglied der Organisation verraten, dass zwei Vertreter einer deutschen Schwesterorganisation eine echte Kernladung mit der Videokamera aufnehmen wollten. Mit diesem Mediencoup sollte der Westen darauf aufmerksam gemacht werden, wie nachlässig Russland bei der Lagerung seiner Atomwaffen verfährt. Aber wie es aussieht, haben die Deutschen die Ladung an sich genommen, anstatt sie zu filmen, und die Russen umgebracht. Möglicherweise ist der SADM-Sprengsatz aus Russland herausgeschafft und über Finnland irgendwohin transportiert worden. Die finnische Grenze liegt am nächsten.«

»Aber die Grenze wird wesentlich genauer kontrolliert als die Grenzen zu Russlands südlichen Nachbarn«, sagte Timo.

»Setz dich mit den finnischen Stellen in Verbindung, die in der Lage sind, die Sache zu klären. Die Amerikaner gehen die

Wände hoch, die NSWG hat schon eine Krisensitzung einberufen. Sie werden ihre eigenen Leute herschicken, zu unserer Unterstützung.«

Timo nickte und stand auf. Normalerweise vertrat Wilson gegenüber den Amerikanern die Rolle des kleinen Bruders gegenüber seinem oberschlauen, überbesorgten großen Bruder, aber jetzt lag echte Dankbarkeit in seiner Stimme. Die *Nuclear Smuggling Working Group* war eigens zur Verhinderung von Atomschmuggel gegründet worden und direkt dem Sicherheitsrat des Weißen Hauses unterstellt. Sie bestand aus einschlägigen Spezialisten, die unter anderem aus dem Zentralnachrichtendienst, aus dem Nachrichtendienst der Armee, von der Polizei der Bundesstaaten, vom Außen- und vom Energieministerium gestellt wurden.

Aufgeregt und angespannt verließ Timo den Raum. Die Lage schien ganz und gar einem Szenario aus den Berichten der Sicherheitsdienste zu entsprechen. Offenbar war die Kernladung nicht aus einem Bunker in der taktischen Zone gestohlen worden, vielmehr waren Mitglieder des innersten Zirkels am Werk gewesen. Genau das hatte man immer für die größte Gefahr gehalten. Zumal es so gut wie keine Mittel gab, das zu verhindern.

Für Timo und die TERA war es allerdings nicht entscheidend, wie das Zeug in falsche Hände geraten war. Vielmehr kam es jetzt darauf an, den Sprengsatz zu finden und zu entschärfen, bevor er eingesetzt wurde. Jahrelang hatte man sich auf diese Situation vorbereitet, man hatte gewusst, dass sie früher oder später eintreten würde, dennoch verspürte Timo jetzt lähmende Ratlosigkeit und Angst.

25

Über dem Vatikan glänzte eine scharfe Mondsichel. In dem fahlen Licht sah die Kuppel des Petersdomes überirdisch aus, schön und in ihrer Massivität zugleich bedrohlich.

Papst Clemens XV. lag im asketischen Schlafzimmer seiner Dienstwohnung im Bett. Er wirkte blass, aber Doktor Montanelli hatte den Eindruck, als sei sein Patient eher erschüttert als krank.

Der grauhaarige Gianluca Montanelli, der aussah wie ein Ex-Gigolo, nahm die Manschette des Blutdruckmessgerätes ab und sah sich wieder die Einstichstelle am Arm des Papstes an.

»Ich muss noch einmal fragen, ob Ihr eine Vorstellung davon habt...«

»Nein.«

Das Wort kam mit leiser, eisiger Absolutheit über die halb geöffneten Lippen.

Montanelli strich sich über sein gewelltes Haar und verstaute das Blutdruckmessgerät in seiner Tasche.

»Wir werden ein paar Proben nehmen müssen.«

Er war auf Widerstand vorbereitet, aber der Heilige Vater lag nur still da und starrte an die Decke. Montanelli beschloss, die Situation zu nutzen, und fragte: »Seid Ihr sicher, dass Ihr keine Nachforschungen bei den Besuchern...«

»Das bin ich. Bitte nehmen Sie Ihre Proben. Ich möchte ruhen.«

Clemens XV. schloss die Augen. Montanelli nahm seine Tasche und ging ins Nebenzimmer, wo drei Sekretäre des Papstes in schwarzer Kleidung schockiert und unendlich neugierig warteten, auch wenn sie es hinter ihren ausdruckslosen Gesichtern zu verbergen suchten.

»Doktor Montanelli«, begann der älteste von ihnen.

»Nicht jetzt, Pater Allessandro«, sagte Montanelli unwirsch und ging weiter ins nächste Zimmer, zu einer Gruppe von sechs Krankenpflegern.

»Blut- und Urinproben«, befahl Montanelli und setzte seinen Weg zum Zimmer des päpstlichen Privatsekretärs fort. Dort saßen drei Männer. Nervös und erwartungsvoll drehten sie sich zu Montanelli um.

»Er lehnt es ab, den Vorfall untersuchen zu lassen«, sagte der Arzt.

Kardinal Ruggiero, der Chef des päpstlichen Beamtenapparats, schüttelte leise den Kopf. Nach dem Papst war er der einflussreichste Mann im Vatikan.

»Wir sind gezwungen zu handeln«, sagte der aus Amerika stammende Kardinal D'Azeglio, der das Vigilanza-Komitee leitete. Der Vatikan hatte zum Millennium ein Aufleben von terroristischen und kultischen Aktivitäten befürchtet und sich dagegen mit der Gründung eines Komitees namens Vigilanza gewappnet, das die Sicherheitsoperationen des Vatikans koordinierte.

Auf dem Tisch vor den Männern lag Asche von verbranntem Papier. Man hatte sie in dem Raum gefunden, in dem der Papst seine Gäste empfangen hatte. Clemens XV. hatte Schriftstücke verbrannt. Warum?

»Dieser Fall ist außergewöhnlich«, fuhr D'Azeglio fort. »Wir sollten in den Ermittlungen mutig voranschreiten. Die Besucher müssen gefasst werden, dazu sollten wir umgehend Kontakt zur Lanza aufnehmen.«

In der Via Lanza befand sich der *Servizio per le Informazioni e la Sicurezza Democratica*, der italienische Geheim- und Sicherheitsdienst SISD, der mit dem Vatikan zusammenarbeitete.

»Dann besteht die Gefahr, dass Informationen über den Vorfall durchsickern«, sagte Luciano Pecorelli, Chef der vatikanischen Polizei. Die vatikaneigene Polizeiorganisation bestand aus über 120 Mitarbeitern, die für die Sicherheit des Zwergstaats verantwortlich waren. Der Schutz des Papstes und der apostolischen Paläste hingegen war der Schweizer Garde überlassen. Die Tauglichkeit beider Organisationen wurde in regelmäßigen Abständen in Frage gestellt, weil es immer wieder vorkam, dass Touristen auch in geschlossenen Bereichen herumirrten, selbst dort, wo sich die Privatgemächer des Papstes befanden.

»Ist es möglich, dass der Heilige Vater in irgendeiner Form unter Drogen gesetzt wurde?«, fragte der Chef der Schweizer Garde.

»Er ist nicht unter Drogen gesetzt worden«, entgegnete Montanello. »Aber es gibt einen Einstich in seinem Arm, und er hat Fieber. Ich bin besorgt.«

Es klopfte an der Tür.

»*Avanti*«, sagte Kardinal Ruggiero deutlich.

Ein Mitarbeiter der Vatikan-Polizei erschien in der Tür. »Verzeihen Sie die Störung. Aber Herr Kline und Frau Fuchs, denen die Audienz tatsächlich gewährt worden war, sind gefesselt in einem Hotelzimmer in der Via Gollia aufgefunden worden.«

Die Hektik und der Druck, die am Abend im TERA-Hauptquartier in Brüssel geherrscht hatten, nahmen zu, je weiter die Nacht vorrückte.

»Und Sergej? Ist Sergej Iwanowitsch noch im Haus?«, sagte Timo in den Hörer und schaute dabei auf die Liste, die er inzwischen erstellt hatte. Zwischen den Unterlagen auf dem Schreibtisch stand ein längst abgekühlter Kaffee.

»Sergej Iwanowitsch ist im Frühjahr zu einer privaten Sicherheitsfirma gegangen«, sagte die Stimme am anderen Ende der rauschenden Leitung. Dort sprach der Verbindungsoffizier, der zwischen Miliz und FSB vermittelte. Timo hatte ihn in Sankt Petersburg einige Male getroffen.

»Warum fragen Sie? Wieso interessiert sich die finnische Polizei...«

»Ich bin in Brüssel bei einer Ermittlungseinheit der EU, Pawel Wiktorowitsch. Wir haben hier eine Situation, über die ich auf einer normalen Leitung nicht sprechen kann.«

»Ich ahne, was Sie meinen. Aber wir in Sankt Petersburg können in dieser Sache nicht behilflich sein. Auf Befehl von GUMO hat das Hauptquartier in Moskau die Führung übernommen.«

»Können Sie mir bitte eine Kontaktperson in Moskau nennen?«

»Versuchen Sie es bei Mihail Aleksejewitsch. Aber machen Sie sich auf knappe Auskünfte gefasst. Das ist eine heiße Sache.«

»Danke, Pawel Wiktorowitsch.«

Timo legte auf und schlug mit der Faust so heftig auf seine

Liste, dass sie riss. Das Hauptquartier des russischen Geheimdienstes in Moskau war mal wieder äußerst abweisend und bürokratisch. Noch schlimmer war nur das zur Armee gehörige GUMO, das für Atomwaffen zuständig war. Nach dem 11. September hatte es auf Druck des Kreml eine Kampagne in Angriff genommen, mit dem Ziel, den Westen von der Sicherheit der russischen Atomwaffen zu überzeugen. Doch in den Schlüsselpositionen befanden sich Menschen, an deren Gesinnung der Westen ernsthafte Zweifel haben konnte. Darum hatte GUMO detaillierte Informationen über das Personal, das für die Beaufsichtigung des Atommaterials zuständig war, geliefert. In dem Zusammenhang waren auch psychologische Tests, Drogen- und Alkoholkontrollen sowie Versuche mit dem Lügendetektor vorgenommen worden.

Grund zur Skepsis bestand durchaus, denn in Russland wurden noch immer an die 20000 taktische Atomwaffen gelagert, von den strategischen ganz zu schweigen. Wegen der Gefahr durch tschetschenische Terroristen hatte Putin die Bewachung bereits intensiviert. Ein Aspekt war besonders besorgniserregend: Bei den meisten Atomwaffen waren die elektromechanischen Auslösesperren entfernt worden, denn diese waren teuer und kompliziert in Betrieb zu halten. Trotzdem wurden täglich Hunderte von Waffen transportiert – entweder zu neuen Lagerplätzen oder zur Vernichtung.

Das Beunruhigendste aber war, dass man nicht einmal eine Atomwaffe brauchte, um verheerende Zerstörungen zu verursachen. Es genügte bereits eine gewisse Menge radioaktiven Mülls, der um einen konventionellen Sprengsatz drapiert wurde. Für die Herstellung einer solchen »schmutzigen Bombe« waren nicht einmal Kenntnisse in Kernphysik nötig.

Die Bedrohung war konkret. Tschetschenen hatten einmal eine Stange Dynamit an einem Kanister mit radioaktivem Cäsium 137 befestigt und die Bombe im Moskauer Izmailovo-Park abgestellt, um zu zeigen, was sie hätten hochgehen lassen können, wenn sie gewollt hätten. Die Strahlung von 10-50 Millicurie war für die

Moskauer nicht gefährlich gewesen, doch bei einer Explosion wären weite Gebiete der Stadt unbewohnbar geworden.

An radioaktivem Rohstoff herrschte in Russland kein Mangel. Allein in Tscheljabinsk-65, einem der größten russischen Komplexe zur Herstellung von Atomwaffen, wurden dreißig Tonnen angereichertes Uran aufbewahrt – ohne Kameras mit Bewegungsmeldern, ohne Augenhintergrunderkennung, einfach hinter Schloss und Riegel. Zuletzt wären im Jahr 2002 fast zwanzig Kilo der dreißig Tonnen abhanden gekommen. Nur durch Zufall war der Plan von drei Mitarbeitern der Institution aufgedeckt worden. Damals war auch TERA informiert worden. Im Vergleich zu früheren Jahren gab es also zumindest Fortschritte in der Kommunikation.

Eine Ahnung von der Wirkung einer schmutzigen Bombe vermittelte ein Unglück, zu dem es 1986 im brasilianischen Goiânia gekommen war und mit dem sich Timo bei seiner Schulung beschäftigt hatte. Diebe waren in eine verlassene Klinik für Strahlenbehandlung eingedrungen und hatten eine Cäsium-137-Quelle gestohlen, ohne zu wissen, wie gefährlich sie war. Auf einem Schrottplatz hatten Arbeiter später den Schutzmantel des Geräts geöffnet, die Kapsel herausgenommen und die darin enthaltenen 20 Gramm radioaktives Material verstreut. Daraufhin wanderte das verstrahlte Material mit ihnen und ihren Angehörigen durch die ganze Stadt. 110 000 Menschen mussten wegen Verstrahlung untersucht werden, 249 hatten eine Überdosis abbekommen, vier Menschen starben später. Bei der Reinigungsoperation wurden 85 Häuser vernichtet und 125 000 Fässer und Kisten vergraben, in die man verstrahltes Material – Kleider, Möbel, Erde – gepackt hatte.

Timo rief bei der Sicherheitspolizei in Helsinki an, wo eine Koordinationsgruppe zusammengetrommelt worden war. Dazu gehörten außer Leuten von der SiPo auch Vertreter vom Grenzschutz, vom Zoll und von der Zentralkripo. Seit Jahren war es auch in Finnland eine der wichtigsten Aufgaben der Sicherheitsorganisationen, den Schmuggel von Kernmaterial zu verhindern.

Da die SADM noch in Russland sein konnte, war die Kontrolle an der finnischen Ostgrenze auf das Maximum erhöht worden.

»Könnte ein Zusammenhang mit dem Überfall auf den Werttransporter bestehen?«, fragte Välimäki aus Helsinki.

»Ich weiß es nicht. Ich habe hin und her überlegt. Haben die Gangster deswegen das Fahrzeug in Russland benutzt, obwohl es für den Raub eigentlich sinnlos war? Haben sie das Fahrzeug nur deshalb in ihre Gewalt gebracht, um die Kernladung über die Grenze zu bringen?«

»Das würde manches erklären. Zum Beispiel, wie professionell diese Leute vorgegangen sind. Was denkt man denn bei euch über diese Möglichkeit?«

»Das sind vorerst reine Spekulationen. Hier geht man ganz klar davon aus, dass sich die Kernladung im Besitz einer islamistischen Gruppierung befindet. Und zu dieser Hypothese passt die G1 nicht.«

»Möglicherweise ist der Sprengsatz noch in Finnland. Wir müssen den Premierminister und die Präsidentin informieren.«

»Theoretisch könnte der Sprengsatz tatsächlich noch in Finnland sein, aber das glaube ich nicht«, sagte Timo. »Sie wissen, dass sie gegen die Zeit spielen. Wenn sie ihn aus Russland herausgeschafft haben, wollen sie ihn auch so schnell wie möglich ans Ziel bringen.«

»An welches Ziel? New York? London?«

»Wir haben keine Zeit für weitere Spekulationen. Seht zu, dass ihr Gas gebt!«

Timo legte auf. Er nahm eine Tüte Studentenfutter vom Tisch, schüttete sie in die hohle Hand und beförderte den Inhalt in den Mund. Dann verließ er sein Büro und ging in die Einsatzzentrale von TERA im Kellergeschoss.

Der Raum erinnerte an ein Großraumbüro und war erfüllt von hektischem Treiben. An der Wand hingen Bildschirme, auf denen CNN und BBC World liefen, daneben Uhren, die die Zeit in unterschiedlichen Zonen anzeigten: Peking, Washington, Moskau, MEZ. Beamte tippten mit ernsten Gesichtern auf ihren

Computern, telefonierten oder diskutierten. Drucker spuckten Papier aus. Hier und da standen halb volle Kaffeebecher.

Die einzelnen Tischgruppen waren mit großformatigen Schildern gekennzeichnet: INFORMATIONSBESCHAFFUNG, ANALYSE, OPERATIONEN. Das waren die operativen Hauptabteilungen von TERA, die sich in die Abteilung für Antiterrorismus, radikale Bewegungen und andere Unterabteilungen gliederten. Außerdem waren die hauptsächlichen Kooperationspartner hier vertreten, deren Schilder schon von weitem zu lesen waren: Interpol, Europol, Trevi, CIA/FBI, MI5/SIS, BfV/BND... Nur die Nachrichten-, Sicherheits- und Polizeiorganisationen der größten Länder hatten einen eigenen Tisch. Timo drehte eine kurze Runde, um sich die neuesten Informationen zu beschaffen.

TERA verfügte nicht über Festnahmebefugnis, auch bei anderen Dingen musste sie sich auf die Hilfe der nationalen Organisationen in den Mitgliedsstaaten verlassen. Bei den anspruchsvollsten Operationen bediente sie sich der britischen SAS oder der deutschen GSG-9. Bei den geheimsten Sonderoperationen verließ sie sich auf die einzige wirklich geheime Spezialeinheit, auf die *Action commando* des französischen Auslandsgeheimdienstes DGSE, die unter anderem das Greenpeace-Schiff *Rainbow Warrior* versenkt hatte.

Wesentlich Neues gab es nicht, darum fuhr Timo mit dem Aufzug in den zweiten Stock zurück und klopfte an die Tür von Heidi Klötz.

»Hast du einen Augenblick Zeit?«, fragte Timo, während er ungebeten eintrat.

»Kommt darauf an, in welcher Angelegenheit du kommst«, sagte Heidi Klötz, ohne vom Computer aufzublicken. Sie wirkte müde und konzentriert. Nichts verriet, dass sie am selben Tag um ein Haar ihr Leben verloren hätte.

»Ein schwerer Tag«, sagte Timo.

Heidi Klötz blickte noch immer nicht auf. »Ich schreibe an einem Bericht. Was gibt's? Etwas Neues aus Sankt Petersburg, hoffe ich.«

»Noch nicht. War Theo Denk in einer Verfassung, die ihm erlaubt hätte, bei Aktionen der G1 mitzumachen?«

Jetzt sah Heidi Klötz auf – mit einem traurigen und beklommenen Blick. »Er war krank. Aber es sah aus, als würde sein Leben eher vom Glauben als vom Kampf gegen die Globalisierung beherrscht. Er hatte sein Zimmer mit Bildern von Heiligen tapeziert. Und sein Verhältnis zur Religion war vermutlich nicht ganz unproblematisch: In der Ecke lag eine durchbohrte Voodoo-Puppe, die den Papst darstellte.«

»Wie komme ich am schnellsten an Informationen über die G1 und Ralf Denk?«

»An deiner Stelle würde ich erst mal auf der russischen Seite Druck machen. Hast du schon mit Van Dijck gesprochen?«

Timo schüttelte den Kopf. Van Dijck war von der holländischen Zentralkriminalpolizei gekommen und gehörte zu den al-Qaida-Experten der TERA. Verständlicherweise war er besorgt, denn Bin Laden versuchte bereits seit Anfang der 90er Jahre, an eine Atomwaffe heranzukommen. Im Zuge der Taliban-Operation in Afghanistan hatten Amerikaner und Briten Material gefunden, das auf den Plan von al-Qaida hinwies, eine schmutzige Bombe in einem großen amerikanischen Ballungszentrum hochgehen zu lassen. Diese Leute würden nicht einmal davor zurückschrecken, einen Kernsprengsatz zu zünden.

»Van Dijck hält um Mitternacht ein Briefing. O'Brien kommt auch... Und morgen früh die ersten Vertreter vom NSWG. Die Amerikaner scharren schon mit den Hufen. Auch die anderen werden ungeduldig, wir dürfen das hier nicht vergeigen.«

»Danke für den Tipp.« Timo versuchte sich so gut zu beherrschen, wie es die Müdigkeit zuließ. »Ich weiß, dass eine Gruppierung wie die G1 nicht...«

»Der Angriff auf dich und deinen Sohn auf dem Schiff ist bedauerlich.« Ihr Ton war eisig. »Aber sieh zu, dass deine persönlichen Gefühle keine Auswirkungen auf deine Arbeit haben. So halte ich es auch.«

Wieder so eine unnötige Bemerkung, dachte Timo beim Blick ins Gesicht der kühlen Deutschen.

Heidi Klötz schrieb etwas auf einen Zettel und reichte ihn Timo.

Er warf einen Blick darauf und las eine Archivnummer. »Danke«, brummte er und verschwand.

In seinem Zimmer angelangt, versuchte er, Mitarbeiter des FSB in Moskau zu erreichen, obwohl er wusste, dass es um diese Zeit sinnlos war. Anschließend schrieb er sein Passwort in den Computer: IKARUS.

›Der Sturz des Ikarus‹ war Timos Lieblingsbild aus Bruegels Werk. Es zeigte perfekt, was Gemütsruhe und gesunder Zynismus waren: Auf dem Gemälde pflügte ein Landmann in aller Ruhe seinen Acker, und ein Schafhirte passte auf seine Lämmer auf, während im Hintergrund Ikarus – nachdem er zu dicht an die Sonne herangeflogen war und sich die Flügel verbrannt hatte – ins Meer stürzte, ohne dass jemand dem Vorfall Beachtung schenkte. Das Leben ging weiter.

Timo gab die Standortchiffre, die er von Heidi Klötz bekommen hatte, in die Archivdatenbank von TERA ein. Auf dem Bildschirm erschien ein kurzer, stichwortartiger Text mit der Überschrift *Denk, Ralf*. Darunter stand: *geboren in West-Berlin am 14.9.1959; Vater Edmund Wilhelm Denk, Universitätsprofessor, geboren in Regensburg am 24.3.1919, gestorben in Kapstadt am 16.5.1971; Mutter Renata Isabel Denk, geborene Kohler, Journalistin, geboren in Gütersloh am 16.7.1940, gestorben in West-Berlin am 14.5.1970; Bruder Theo Benjamin Denk, geboren am 16.9.1962.*

Ralf Denk studierte in Kapstadt und promovierte dort zum Doktor der Molekularbiologie; arbeitete in den USA (Universität Virginia, Charlottesville); lebt in Göttingen; war hauptsächlich im Rahmen universitärer Forschungsprojekte tätig; schloss sich ökologischen Alternativbewegungen an; agierte in den letzten Jahren in der Führungsspitze einer militanten Gruppe namens G1.

Am unteren Rand der Seite standen Verweisziffern, die unter anderem zu den Archivinformationen über die G1-Gruppe führten. Den jüngsten Datumsangaben folgten kurze Hinweise auf eine mögliche Beteiligung an Überfällen auf Werttransporter.

Ganz unten war eine Zeile desselben Tages zu lesen: *Hausdurchsuchung Jägerstraße, Göttingen, 12.16–12.40 Uhr – BKA: keine Bewohner, normale Wohnungseinrichtung, kein Computer, keine Hinweise auf derzeitigen Aufenthalt.*

Timo schnaubte laut. Eine halbstündige Visite konnte man wohl kaum als Hausdurchsuchung bezeichnen, falls in der Wohnung mehr als zwei Möbelstücke standen.

Es klopfte scharf an der Tür, und Heidi Klötz spähte herein. »O'Brien ist da. Was Neues von deinen Kontakten aus Moskau?«

»Ich habe keinen erreicht.«

Heidi Klötz schaute ihn einen Moment mit ihren kalten Schlangenaugen an und sagte leise: »Versuch es noch einmal.«

Tobias wusste nicht, warum Ralf ihm den Auftrag gegeben hatte, die Adresse des Finnen ausfindig zu machen, aber er hatte getan, was ihm befohlen worden war. Den ganzen Nachmittag hatte er dafür gebraucht, weshalb er sich mit einem guten Abendessen im Châtelain belohnte.

Er legte die Serviette auf den Tisch und holte den Notizzettel und den Stadtplan hervor. Tobias war von seinem Äußeren her nur schwer einzuschätzen. Er hatte den Körper eines Bodybuilders, die Glatze eines Neonazis und die feinen Züge eines Akademikers.

Im Telefonbuch war die Adresse des Finnen nicht zu finden gewesen, auch nicht im Internet, weshalb Tobias sich zur Feldforschung entschlossen hatte. Brüssel setzte sich aus 19 eigenständigen Kommunen zusammen, von denen jede ihr eigenes Gemeindehaus mit eigenem Meldeamt hatte. Die Angaben aus dem Melderegister waren theoretisch nicht öffentlich zugänglich, aber in der Praxis gab es keine größeren Probleme, an Adressen zu gelangen. Tobias hatte gesagt, er komme von einem

Anwaltsbüro und suche eine Person, der die Benachrichtigung über eine Erbschaft zuzustellen sei.

Der größte Teil der weißen Ausländer wohnte im Süden oder im Osten, weshalb er sich als Erstes auf Etterbeek, Woluwe und Auderghem konzentriert hatte. Dann war er nach Ixelle gefahren – und gleich fündig geworden: NORTAMO TIMO, RUE WASHINGTON 81, 1050 BRUXELLES.

Die Straße lag nur wenige Kilometer von dem Restaurant entfernt, in dem Tobias jetzt saß. Er rief den Ober, um die Rechnung zu begleichen.

In der Rue Washington herrschte ungestörte Stille. Der Nebel um die Straßenlaternen war dichter geworden. In einem einzigen Fenster der Hausnummer 81 brannte Licht. Dort, im ersten Stock, hielt sich ein Junge im Pyjama auf.

Aaro Nortamo wühlte in den Taschen, die er aus Finnland mitgebracht hatte. Unter den Kleidern waren die Bücher und darunter die geschmuggelten Schätze: ›Mad Max‹, den er von Niko bekommen hatte, und ein Ausdruck der mit Excel angelegten Spielstatistik, in der er jede seiner Wetten eintrug, wenn einmal der seltene Fall eintrat, dass er über zu viel Geld verfügte. Er hatte schon vor langer Zeit gelernt, dass man beim Wetten nur gewinnen konnte, wenn man bei zu hoch veranschlagten Quoten spielte. Die bestimmten auch, an welche Wettanbieter er seine kleine Spielkasse aufteilte.

Seine Mutter verstand vom Wetten nichts, dafür aber umso mehr von Mathematik. Sie hatte Aaro erklärt, wie man bei der Festlegung des Einsatzes das Kelly-Criterion anwandte. Nach der Kelly/4-Taktik war Aaros durchschnittlicher Einsatz pro Spiel mit 1,56 Prozent der Spielkasse festgesetzt.

Aaros Zimmer war klein, aber hoch. Die Einrichtung unterschied sich zu seinem Verdruss nicht von den Vorgaben der übrigen Wohnung: alte Möbel und Tapeten wie aus den 30er Jahren.

Immerhin: An der Wand hatte er eine Sternenkarte befestigt, dazu ein Harry-Potter-Poster, eine auf dem Flohmarkt erstandene Europakarte aus dem Jahr 1942 sowie ein Poster von Jan van Eycks ›Arnolfini-Hochzeit‹ – nicht um seinem Vater zu gefallen, sondern wegen des kleinen Clous auf dem Bild, den er gern anderen zeigte: Hinter dem dargestellten Paar hing ein gewölbter Spiegel an der Wand, in dem man bei genauem Hinsehen vieles erkennen konnte, was auf dem Bild sonst nicht zu erkennen war. Sogar den Künstler selbst.

Aaro ging ins Internet und klickte sich durch die finnischen Nachrichtenseiten. Über den Überfall auf das Geldauto wurde viel berichtet. Als Nächstes schrieb er bei Google den Namen der Person ins Suchfeld, deren Namen er per SMS von der Zulassungsstelle bekommen hatte. Er hatte noch immer nicht die blasseste Ahnung, warum er die Information angefordert haben sollte. JCG 897, Eigentümer Markku Soljander.

Auf dem Bildschirm erschienen reihenweise Suchergebnisse, und Aaro fing an, sie durchzugehen. Es schien zwei Markku Soljander zu geben – einer von ihnen war offensichtlich ein begeisterter Orientierungsläufer. Der andere tauchte als Verfasser megalangweilig klingender Artikel auf: ›Der Einfluss der Freihandelsverträge auf die Situation bedrohter Tierarten‹, ›Biodiversität und Globalisation‹, ›Der Bau von Vogelbeobachtungstürmen als Teil des regionalen Entwicklungsprogramms der EU‹.

Aaro gähnte und sah auf die Uhr. Er hätte gern Niko angerufen und mit ihm die Lage besprochen, begnügte sich aber mit einer kurzen E-Mail.

Er stand vom Tisch auf und ging ans Fenster. Unten auf der Straße war im Nebel eine männliche Gestalt zu erkennen. Sie schien direkt zu ihm heraufzuschauen.

26

In den frühen Morgenstunden hatte sich der Verkehr südlich von Rom beruhigt. Von oben betrachtet sah das Fahrzeug auf der Autobahn wegen seiner Größe aus wie ein Bus. Von der Straße aus offenbarte es sich als eines von den Motor homes, wie man sie vom Boxenbereich der Formel-1-Ställe, von Drehorten von Filmen und vom Backstage-Bereich der Rock-Arenen kannte: senkrechte Front, riesige, getönte Windschutzscheibe, moderne kleine Xenon-Lampen auf Höhe der Stoßstange, mattierte Aluminiumflächen, Doppelachse hinten, auf dem Dach eine elektrisch einklappbare Satellitenschüssel.

Das größte Modell der US-amerikanischen Monaco Coach Corporation fuhr gerade an einer Agip-Tankstelle vorbei. Vor ihm fuhren ein Range Rover und ein Lancia-Van, hinter ihm zwei Fiat-Lieferwagen.

Im Innern des Luxusliners herrschte alles andere als Luxus, denn das Fahrzeug war als mobile Klinik ausgestattet, als Intensivstation mit allen Instrumenten, die zur Aufrechterhaltung der Körperfunktionen nötig waren. Im Moment wurden sie allerdings nicht gebraucht – noch nicht.

Das Nummernschild des Wagens hätte GOD-1 lauten können, aber es hatte nicht einmal die Kennzeichen des Vatikans, sondern war, um keine Aufmerksamkeit zu erregen, in Rom zugelassen. Im Innern lag Papst Clemens XV. festgeschnallt auf dem Bett. Der untere Teil seines Gesichts war von einem weißen Atemschutz verdeckt, und das goldene Kruzifix, das er normalerweise um den Hals trug, hatte man neben ihm auf das Kissen gelegt.

Er war nicht, wie es üblich gewesen wäre, ins Policlinico Agostino Gemelli gebracht worden, denn es handelte sich hier nicht um eine normale Erkrankung.

Das Bett schaukelte leicht. Trotz der Luftdruckfederung übertrugen sich die Bewegungen des Fahrzeugs. Neben dem Patienten saß der Arzt Gianluca Montanello, der nachdenklich vor sich hinblickte. Auch er trug einen Mundschutz, sicherheitshalber. Der Zustand des Papstes verschlechterte sich rasant.

Man konnte aus dem Innern des Fahrzeugs nicht nach draußen sehen, denn anstelle der Fenster waren Attrappen aus dunklem Plexiglas eingebaut worden. Ein Jahr zuvor war der Wagen speziell isoliert und mit einer Luftreinigungsanlage ausgerüstet worden, die vor den Folgen chemischer und biologischer Waffen schützte.

Plötzlich blieb Montanellos Blick an dem Mundschutz des Patienten haften.

Ein winziger roter Fleck hatte sich auf dem Weiß gebildet.

Als ahnte er die Aufmerksamkeit des Arztes, fuhr der Patient zusammen und betastete seine Nase. Seine Fingerspitze war rot.

Montanello erschrak, verbarg aber seine Erregung. »Wartet, ich gebe Euch Papier«, sagte er mit betont ruhiger Stimme.

Dennoch schien der Patient zu ahnen, dass der Arzt beunruhigt war, denn er schloss die Augen und faltete die Hände auf der Brust. Seine Fingerspitze hinterließ einen hellroten Fleck auf dem Laken.

Timo stand auf und überlegte, ob er Reija wecken sollte. Es war halb sieben und noch dunkel.

Sollte sie weiterschlafen. Er würde sie später anrufen und ihr Anweisungen für den Einkauf geben.

Timo hatte Soile gegenüber kein Wort über Reijas denkwürdigen Zustand bei der Ankunft und ihren Kleidungsstil verloren. Am Wochenende würde sie kommen, dann durfte sie selbst mit Reija die Haushaltsfragen und die Spielregeln bei der Ernährung abstimmen, damit Aaro sie nicht nur sein Lieblingsessen einkaufen ließ.

Gähnend schlurfte Timo in den Flur und drückte auf den Lichtschalter. An der Wand waren Kartons und Taschen aufgestapelt, die er spät in der Nacht, als er nach Hause kam, aus dem Auto ausgeladen hatte.

Die Tür zu Aaros Zimmer stand einen Spalt weit offen. Er warf einen Blick hinein. Aaros Bett war leer.

Timo fuhr herum.

»AARO!«

Die Tür des kleinen Zimmers ging auf, Reija kam zum Vorschein und rieb sich die Augen. Sie trug einen geschmacklosen, engen Pyjama, auf dessen Vorderseite Brüste in einem knappen Bikinioberteil gedruckt waren. »Was ist denn los?«

»Wo ist Aaro?«

»Was brüllst du so?«, fragte jemand hinter Timo.

Blinzelnd schloss Aaro die Toilettentür hinter sich und versuchte, seine Haare zu bändigen.

»Tschuldigung«, brummte Timo. »Ich bin selbst noch verpennt ... Ich muss zur Arbeit.«

»Jetzt schon?«, fragte Aaro. »Wann bist du denn nach Hause gekommen?«

»Ich lasse euch Geld da, damit ihr einkaufen könnt. Aber bitte nur in den Delhaize gehen, okay? Nirgends sonst.«

»Da kriegt man doch nichts. Und ich müsste mir einen neuen Rucksack kaufen.«

»Nimm noch für ein paar Tage den alten. Zu einem besseren Zeitpunkt gehen wir zu Wolushopping.«

»Zu einem ›besseren Zeitpunkt‹? Wann soll das denn sein?«

Aaros bitterer Unterton saß. Timo schaltete die Kaffeemaschine ein und ging ins Schlafzimmer, um sich anzuziehen. Er war froh, dass die Schule bald anfing. Dort war Aaro wenigstens einigermaßen in Sicherheit. Bei aller Müdigkeit stellte Timo fest, dass er sich fragte, wie Soile wohl auf Reijas idiotischen Schlafanzug reagieren würde.

Aaro erschien in der Tür. »Gibt's was Neues?«

»Worüber?«, fragte Timo knapp, obwohl er sehr wohl verstand, dass der Junge vor Neugier brannte.

»Schon gut«, sagte Aaro und wandte sich ab.

Noora atmete die frische Morgenluft ein und versuchte sich zu beruhigen. Sie hatte zu wenig geschlafen und zu viel nachgedacht – doch solange Ralf schwieg, konnte sie nachdenken, so viel sie wollte. Es brachte nichts.

Sie gingen vom Haupteingang des Hotels auf die Gartenpforte zu. Die Villa Cannero, ein kleines neoklassizistisches Hotel aus dem 19. Jahrhundert, stand auf einem Gartengrundstück, das zum Seeufer hin abfiel. Zur Straße hin war ein asphaltierter Parkplatz angelegt worden.

Die Berge auf der anderen Seite des Comer Sees lagen noch im Dunkeln, in den Häusern am Hang brannten Lichter.

»Was war das für ein Brief, mit dem du den Papst erpresst hast?«, fragte Noora leise.

Das Hupen eines Autos an der Kreuzung brach die samtene Stille.

»Ich verstehe schon, wenn du nicht darüber sprechen willst ... Hat es mit deinem Onkel zu tun?«

Ralf nickte kaum merklich. »Ich will nicht über Eugen reden. Er ... er hat uns gequält. Vor allem Theo.«

Ralf schob die Hand in die Brusttasche und hielt Noora ein zusammengefaltetes Blatt Papier hin.

Noora blieb stehen und öffnete es: ein alter Brief, geschrieben in der Handschrift eines Kindes.

»Eine Kopie des Originals«, flüsterte Ralf mit Blick auf den stillen See. »Ich habe ihn mit 14 Jahren an den Stellvertreter Gottes auf Erden geschrieben und ihn um Hilfe gebeten ...«

Noora versuchte, den Brief zu lesen, aber es war mehr, als sie verkraften konnte. Sie faltete ihn wieder zusammen.

»Der Papst war damals Bischof in Lüderitz. Er gab Eugen den Brief ... Danach wurde alles nur noch schlimmer.«

Ralf ging weiter, und Noora reichte ihm erschüttert den Brief zurück. Von dem gepflasterten Weg traten sie auf den Rasen und gingen in Richtung Ortsmitte. Noora begriff langsam, woher Theos Probleme rührten. Welche Spuren hatten sie bei Ralf hinterlassen? Vielleicht hatten sie ihn hart gemacht. Aber wenn man Stahl zu sehr härtete, wurde er brüchig. Noora war aufgefallen, zuletzt in Wetzlar, dass Ralf in letzter Zeit viel früher an seine Grenzen stieß, als sie geglaubt hatte.

Im Gehen sah sie ihn an und konnte ihr Mitleid nicht verbergen. Der Tod des Bruders setzte ihm ungeheuer zu: Er hatte Theo schon als Kind nicht beschützen können – und nun das.

Die Atmosphäre im Dorf unterstützte ihre Stimmung noch.

Die namhaftesten Architekten der Jahrhundertwende hatten die Villen entlang der Straße entworfen, und die besten Gärtner hatten in dem warmen Klima blühende botanische Oasen geschaffen, aber über allem lag die Patina des Vergangenen.

Ralf zog sein Telefon aus der Tasche. Im Hotelzimmer hatte er erneut die SIM-Karte gewechselt, in dieser Hinsicht war er übervorsichtig, er telefonierte auch nie in geschlossenen Räumen. In seiner Jackentasche steckte ein Aluminiumstift, der genauso aussah wie der, mit dem er dem Papst die Injektion verpasst hatte. Das beunruhigte Noora.

»Ist das nicht gefährlich?«, fragte sie.

»Nur zur Selbstverteidigung. Und dazu muss es gefährlich sein, sonst würde es mich nicht schützen...«

Die Telefonverbindung kam zustande. »Olow, alles in Ordnung?«, fragte Ralf mit gesenkter Stimme.

Ein alter Herr mit Filzhut und Lodenjacke kam ihnen entgegen, um den Hals trug er ein Fernglas, unter dessen abgenutzter Gummiarmierung Messing durchschimmerte.

»*Buon giorno*«, grüßte der Mann, und Noora erwiderte den Gruß.

Ralf setzte das Gespräch erst fort, als der Mann außer Hörweite war. »Na klar kommen sie auch nach Grodenfeld. Das ist nur eine Frage der Zeit. Du musst alle Spuren beseitigen... Lass das Haus abbrennen, bis auf die Grundmauern. Das hätte man ohnehin längst tun sollen«, sagte Ralf bitter. »Macht nichts, wenn sie merken, dass es Brandstiftung war. Hauptsache, es bleibt nichts von der Einrichtung übrig.«

Ralf blieb stehen und wandte Noora den Rücken zu. »Du fährst sofort hin, in ein paar Stunden bist du dort«, sagte er zu Olow und beendete das Gespräch. Seine Stimme duldete keinen Widerspruch.

Noora hatte den Befehl gehört. Vielleicht bekam Ralf die Dinge allmählich wieder in den Griff. Spät am Abend hatte Tobias aus Brüssel gemeldet, er habe die Wohnung von Nortamo gefunden und gesehen, dass der Junge dort sei. Ralf hatte ihm aufgetragen, sich in der Stadt bereitzuhalten. Noora gefiel der Gedanke nicht, sich wieder an dem Jungen zu vergreifen, aber sie verstand, dass es gut war, Daumenschrauben zu haben, für den Fall, dass der Vater mit seinen Ermittlungen zu gut vorankam.

Die Baumreihe am Straßenrand endete. Es folgten Häuser, kleine Läden, Cafés und Restaurants, deren Fensterläden noch geschlossen waren.

»Es ist nur eine Frage der Zeit, wann die Polizei uns erwischt«, sagte Noora ruhig.

Ralf machte sich nicht die Mühe zu antworten. Sie gingen zwischen den Häusern nach rechts und kamen an einem unbebauten Grundstück vorbei, hinter dem die Straße zum Hang hinaufstieg.

»Werden wir uns hier versteckt halten?«, wollte Noora wissen.

»Nein. Wir fahren weiter.«

»Wohin?«

»Nach Hause.«

»Nach Göttingen?«, fragte Noora verdutzt.

Ralf lächelte beinahe triumphierend. »Nein. In die wahre Heimat.«

In einem Zimmer im Hauptquartier des italienischen Geheimdienstes SISD in der Via Lanza klingelte das Telefon. Der stellvertretende Direktor der Behörde, Paolo Giraudo, nahm selbst den Hörer ab.

»Ich habe versprochen, Sie auf dem Laufenden zu halten«, sagte Doktor Valpreda von der mikrobiologischen Abteilung des Italienischen Gesundheitsamtes am anderen Ende der Leitung. »Leider habe ich unangenehme Nachrichten. Wir haben ein Virus isoliert, das nach einem Ebola-typischen Filovirus aussieht. Aber die Form unterscheidet sich von allen Ebola-Arten, die wir kennen.«

Giraudo spielte mit dem dicken Filzstift, den er in der Hand hielt. »Was bedeutet das? Ist es – tödlich?«

»Sieben von zehn Ebola-Patienten sterben. Es gibt keine

Therapie. Aber wie gesagt, das Virus, das wir isoliert haben, ist wahrscheinlich nur mit Ebola verwandt. Das ist sehr seltsam... Wir untersuchen gerade, ob dem Labor womöglich ein Fehler unterlaufen ist. Falls nicht, nehmen wir Kontakt zu den CDC in Atlanta auf.«

»Nein. Keine Kontaktaufnahme, bevor wir nicht die Erlaubnis gegeben haben!«

»Bei allem Respekt, Herr Giraudo, aber Sie scheinen nicht zu begreifen: Wir brauchen sofort detaillierte Informationen über den infizierten Patienten.«

»Sie werden so viele Informationen erhalten, wie Sie benötigen. Zu diesem Zeitpunkt genügt es, wenn ich Ihnen sage, dass es sich bei dem Erkrankten um eine etwa siebzigjährige männliche Person handelt, die in der Region Rom lebt.«

27

Die Stimmung war angespannt in dem abhörsicheren Konferenzraum der TERA. Die Kommission machte Druck, ebenso der Ministerrat. Man hatte in die TERA investiert, jetzt wollte man Erfolge sehen.

»Der NEST-Gruppe ist ein kleines Düsenflugzeug der Streitkräfte zur Verfügung gestellt worden«, sagte der österreichische Chef der Nuklearabteilung. Das amerikanische *Nuclear Emergency Search Team* war für das Aufspüren von Kernmaterial gegründet worden und auf seinem Gebiet das beste der Welt.

»In Washington steht NSWG in voller Bereitschaft«, sagte der Amerikaner Ted O'Brien. »Sie sind bereit, bei Bedarf auch mehrere NEST-Gruppen nach Europa zu schicken.«

Timo rieb sich die müden Augen. Allmählich gerieten ihm die Abkürzungen durcheinander. Zu allem Überfluss redete O'Brien so schnell und undeutlich, dass er alle Mühe hatte, ihn zu verstehen. Der Belgier Picard saß ihm gegenüber und wirkte genauso frustriert.

»Mr Nortamo«, sagte O'Brien plötzlich mit Blick auf Timo. »Hat Moskau versprochen, einen Vertreter zu schicken?«
»Nein.«
Die Zuhörer schienen auf eine Fortsetzung zu warten, aber dieses eine Wort enthielt bereits sämtliche Informationen, die Timo zu geben hatte.
»Und sie beabsichtigen auch nicht, jemanden zu schicken?«
Wenn ich es wüsste, würde ich es sagen, hätte Timo am liebsten gesagt. »Sie haben dazu nicht Stellung genommen. Aber wie ich vor einer halben Stunde der TERA-Datenbank berichtet habe, haben sie bestätigt, dass sich der Sicherheitscode, der zum Auslösen der SADM nötig ist, im Besitz der Personen befindet, die den Sprengsatz in ihrer Gewalt haben.«
Timo wusste, wie nachlässig das Informationssystem der TERA gepflegt wurde, obwohl es als zeitgemäße Methode geschaffen worden war, um dort permanent die aktuellen Informationen zusammenzutragen und bereitzustellen.
»Unklar ist weiterhin, wem die Ladung ausgehändigt worden ist, wohin man sie gebracht hat und was man damit plant«, fuhr Timo fort. »Ich finde, wir...«
»Gehen wir von der schlimmsten Variante aus«, fuhr O'Brien dazwischen. »Wir haben es mit islamistischen Fundamentalisten zu tun, die die Bombe in einer europäischen oder amerikanischen Stadt zünden wollen.«
»Ich habe von dem Überfall auf einen Werttransporter in Finnland berichtet, in dessen Zusammenhang die Täter mit dem für die Grenzbehörden unzugänglichen Fahrzeug ohne erkennbaren operativen Grund auf die russische Seite fuhren. Es ist durchaus möglich, dass diese Dinge miteinander zu tun haben.«
»Timo«, sagte der Amerikaner und sah ihm kaum in die Augen. »Deine Theorie ist interessant, aber soviel ich weiß, steckt hinter der Welle von Überfällen eine deutsche, ökomilitante Aktivistengruppe. Bei allem Respekt gegenüber den Deutschen« – O'Brien warf einen Blick auf Heidi Klötz –, »aber nicht einmal in

Deutschland wird man gegen die Globalisierung und die Zerstörung des Regenwalds mit so schwerem Geschütz ankämpfen.«

Heidi Klötz verzog keine Miene. Zum ersten Mal spürte Timo eine seltsame Geistesverwandtschaft mit ihr.

»Geh der Sache nach«, sagte Wilson versöhnlich zu Timo. »Wir schließen keine Möglichkeit aus.«

Die Sitzung zog sich. Sämtliche Sicherheitsbehörden der Mitgliedsstaaten der Union und der USA arbeiteten inzwischen fieberhaft mit TERA zusammen und reagierten auf die Lage jeweils auf ihre Weise. In Großbritannien war schon am frühen Morgen das JIC zusammengekommen, das dem Premierminister unterstellte gemeinsame Komitee der Sicherheitsorgane; und in den USA kümmerte sich das Ministerium für Internationale Sicherheit um die Angelegenheit. Jacques Chirac und Gerhard Schröder hatten bereits in den frühen Morgenstunden telefoniert, ebenso Tony Blair und Wladimir Putin, der versprochen hatte, »alle notwendigen Ressourcen für die Suche der Kernladung bereitzustellen«. Über die konkrete und akute Gefahr wurden jedoch nur die unmittelbar an den Ermittlungen Beteiligten informiert.

»Was ist mit den Medien?«, fragte Wilson. »Wegen der flächendeckenden Ermittlungen wird unweigerlich etwas durchsickern.«

»Die Chefredakteure der Fernsehanstalten und der Zeitungen werden angesprochen und in die Verantwortung genommen. Vorläufig *muss* über die Sache Stillschweigen gewahrt werden. Wenn eine Panik ausbricht, ist die Situation nicht mehr zu kontrollieren.«

Timo wäre am liebsten wieder an seine Arbeit gegangen, die Diskussion führte doch zu nichts.

»Entschuldigung, aber ich muss ein paar dringende Dinge erledigen«, sagte er und stand auf.

»Das gilt auch für mich«, sagte Heidi Klötz und folgte ihm, der italienische und der belgische Vertreter schlossen sich an.

Von seinem Zimmer aus rief Timo in Helsinki an.

»In der Nähe von Hamina ist ein Teil des Wertguts gefunden worden, das die Täter nach dem Überfall weggeworfen haben«, sagte Välimäki. »Aber eben nur ein Teil. Die Firmen, die den Werttransport beauftragt hatten, und ihre Versicherungen sind aus dem Häuschen über die verschwundene Fracht. Patentdokumente und so etwas.«

Timo war plötzlich wieder hellwach. In Finnland galten nach wie vor verschärfte Grenzkontrollen, und der Ostverkehr der letzten Woche wurde mit Hilfe von Videoaufzeichnungen und systematischer Befragung von Grenzbeamten detailliert ausgewertet.

»Grabt alles über Noora Uusitalo aus, was ihr kriegen könnt. Das ist keine gewöhnliche Aktivistin.«

Timo legte auf. Seine Gedanken schweiften zu Aaro ab, und er beschloss, dessen Nummer zu wählen.

»Was ist?«, fragte der nahezu ängstlich.

»Nichts. Was machst du so? Bist du im Internet?«

»Nein...«

Timo hörte an der Stimme, dass Aaro log. Er sagte nichts.

»Das heißt, ein bisschen.«

»Was macht Reija?«

»Sieht fern und isst Chips. Haben wir bei Delhaize gekauft. Cola auch. Und Eis«, sagte Aaron, um seinen Vater zu ärgern.

Timo hatte beschlossen, Reijas Einarbeitung Soile zu überlassen. Aber tanzte sie vielleicht schon nach Aaros Pfeife? Andererseits machte sie ja auch eher einen dickköpfigen Eindruck. Aaro war als ganz kleiner Junge genau so eine akustische Neutronenbombe gewesen wie alle Kolikkinder – er ließ Gegenstände unversehrt, ruinierte aber die Nerven und den Familienfrieden. Später dann hatte er nicht mehr versucht, seinen Willen durch Schreien durchzusetzen, sondern durch seine angeborene Fähigkeit, Erwachsene zu manipulieren. Er hatte ein gutes Gespür für die jeweilige Situation und verfügte über die Gabe, an die schwachen Eigenschaften der Gegenpartei zu appellieren – an Eitelkeit, Schuldgefühle, Faulheit oder den Wunsch zu gefallen.

»Wir haben im GB in Bascule einen Rucksack gekauft«, sagte Aaro vorsichtig.

Timo wollte schon zu einer strengen Antwort ansetzen, beherrschte sich aber. Es lohnte sich nicht, eine große Nummer daraus zu machen. »Hast du schon Johannes wegen des Schulbusses angerufen?«

»Bin noch nicht dazu gekommen. Wieso? Kannst du mich morgen früh nicht bringen?«

»Weiß ich noch nicht. Ich versuch's. Aber kümmere dich sicherheitshalber um den Bus. Ruf im Verkehrsbüro an.«

»Ruf du an.«

»Ich habe...«

»Keine Zeit.«

»Richtig.«

Aaro seufzte. »Sobald ich dazu komme. Ich hab auch keine Zeit. Muss da was im Internet erledigen.«

»Und was?«

»LA Lakers gegen Minnesota. Quote...«

»Finde ich nicht lustig.«

»Dann eben nicht. Ciao.«

Timo lehnte sich zurück und verschränkte die Hände im Nacken. Er musste sich jetzt auf Ralf Denk konzentrieren. Je mehr er über die Situation nachdachte, umso merkwürdiger stellte sie sich ihm dar.

Er schaute nach Ralf Denks Adresse und gab sie ein. Auf dem Bildschirm öffnete sich der Stadtplan der Universitätsstadt Göttingen, ein roter Punkt markierte die Wohnung in der Jägerstraße.

Dann ging er die sonderbare Liste der Gegenstände durch, die in Theo Denks Zimmer im Pflegeheim gefunden worden waren: religiöse Literatur, Bilder und Krimskrams sowie primitive Gegenstände von Naturvölkern. Schließlich setzte er die Suche in der TERA-Datenbank fort, in die Berichte aus den Verbrechenskarteien der Mitgliedsstaaten weitergeleitet wurden, die Berührungspunkte mit den Ermittlungen der TERA aufwiesen.

Es gab eine Verbindung zwischen Atomterrorismus und ökomilitanten Gruppen. Bereits 1973 hatte ein Kommando der linksgerichteten argentinischen ERP die Atommeilerbaustelle Atucha nördlich von Buenos Aires angegriffen. 1976 waren in der Bretagne Bomben über einem Atomkraftwerk abgeworfen worden, aber der Reaktor war nicht beschädigt worden.

Plötzlich fiel es Timo wieder ein: Kurz nach dem Tod von Ulrike Meinhof hatte ein zwölfköpfiges Kommando versucht, in einen amerikanischen Stützpunkt in Gießen einzudringen, an dem heimlich Atomwaffen gelagert wurden.

Die ETA hatte mehrere Angriffe auf das Atomkraftwerk Lemoniz bei Bilbao unternommen und war dabei von radikalen ökologischen Gruppierungen unterstützt worden, die die Stilllegung der Meiler verlangten. Ursprünglich war die ETA eine rein antikolonialistische, antikapitalistische und antiimperialistische Bewegung gewesen. Sie hatte sich erst später in eine nationalistische Organisation verwandelt. Ähnliche Anschläge auf Atomkraftwerke hatten in San Sebastian, Pamplona, Beriz und Tafalla stattgefunden. Schließlich hatten die Terroristen den Chef des Kraftwerks Lemoniz ermordet und den Chefingenieur gekidnappt.

Timo ging die Liste weiter durch. Nach dem Zerfall der Sowjetunion schien sich die Zahl der Atomunfälle vervielfacht zu haben.

Er begrenzte die Suche, indem er probehalber das Suchwort »Kernladung« mit »Ralf Denk« kombinierte.

Der Balken, der den Suchvorgang abbildete, wurde länger, und Timo machte sich darauf gefasst, eine Null angezeigt zu bekommen. Stattdessen erschien auf dem Bildschirm die Zeile: *Es wurde 1 Dokument mit Ihrer Suchanfrage gefunden.*

Timo machte es auf. Es war in italienischer Sprache verfasst und stammte vom SISD, aus der Zeit des Gipfeltreffens in Genua. Timo ließ das englische Übersetzungsprogramm darüber laufen. Die englische Version war plump, aber ausreichend:

Von unbekannter Seite war versucht worden, die G8 während

des letzten Gipfels zu erpressen, aber das sonderbare Vorhaben war zerschlagen worden, bevor es Probleme gegeben hatte. Ein Mann war zu Tode gekommen, als er beim Zugriff der Polizei aus dem Fenster gesprungen war. Timo las gebannt die Schilderung der Ereignisse. Plötzlich richtete er sich auf.

Vor und während des Gipfeltreffens hatte es hunderte mehr oder weniger ernst zu nehmende Drohungen gegeben. Den Vorfall, über den auf dem Bildschirm berichtet wurde, hatte man als weniger ernst zu nehmenden eingestuft, dann aber doch mehrere Hausdurchsuchungen veranlasst und seitenweise Berichte von Geheimdienst und Polizei erstellen lassen.

Der dazugehörige Erpresserbrief war so unfassbar, dass Timo ihn zweimal las:

An die Staatsmänner der G8

Ihr seid acht. Wir sind sechs Milliarden.

In meinem Besitz befindet sich ein gentechnisch manipulierter Virenstamm, der ein hämorrhagisches Fieber auslöst und innerhalb von fünf Tagen tötet. Ein Gegenmittel gibt es nicht. Ihr könnt das an der Probe überprüfen, die sich im Schließfach Nummer 268 im Hauptbahnhof Genua befindet.

Das Virus wird unter der Bevölkerung einer europäischen Großstadt verbreitet werden, wenn ihr nicht bereit seid, in der kommenden Nacht um 24 Uhr GMT eine mindestens vier Kilotonnen schwere Kernladung im Höhlensystem von Mwanga am Punkt 07'15" S, 27°25'12 E zu zünden. Ein schwarzes Kreuz in der Höhle markiert die genaue Stelle.

Die Medien werden von euch mit Fehlinformationen bedient: Zu der Explosion sei es beim Schlag der Sicherheitskräfte gegen Rebellen gekommen, die sich im Besitz einer russischen Kernladung befunden hatten.

BBC World Service und CNN haben innerhalb einer Stunde nach 24 Uhr GMT von der Explosion zu berichten. Andernfalls entlassen wir das Virus in die Atmosphäre.

Timo druckte den Text aus und ging damit zu Heidi Klötz. Er klopfte an die Tür, trat aber wie gewohnt ein, ohne die Aufforderung abzuwarten.

Die Kollegin telefonierte. Betont ruhig wiederholte sie etwas auf Deutsch. »Wenn das Kanzleramt es will, kann es gern direkt Kontakt mit dem Kreml aufnehmen. Aber ich halte das auf keinen Fall für vernünftig...«

Timo blickte auf den Wasserkocher auf dem Beistelltisch und auf die Packung deutscher Kräuterteebeutel, auf die mit Filzstift Klötz geschrieben worden war. Dieselbe Aufschrift trug die Wasserflasche, die unbedingt Gerolsteiner enthalten musste, das hatte Timo gelernt, nicht Spa, nicht Vittel und schon gar nicht Evian.

Heidi Klötz beendete das Gespräch und sah Timo verärgert an. »Hoffentlich hast du etwas Neues aus Moskau?«

»Wie genau kennst du diesen Erpressungsversuch vom Gipfeltreffen in Genua?« Timo legte ihr die Papiere auf den Tisch.

Die Klötz gönnte ihnen nicht einen Blick. »Vergiss Genua, und konzentrier dich...«

»Es ist wichtig, Heidi.«

Timos Ton sorgte dafür, dass sich ihre leicht geschminkten Augen hinter der altmodischen Brille verengten, dann aber auf die Unterlagen richteten.

»Eine nach wie vor unbekannte ökoterroristische Gruppe hat versucht, die G8 zu zwingen, eine Kernladung im afrikanischen Busch zu zünden«, sagte Timo leise.

Klötz blätterte in den Papieren. »Warum?«

»Das hat die SISD nicht herausgefunden. Die Erpresser sind auch nie geschnappt worden. Waren aber ziemliche Fanatiker. Einer zog es vor, aus dem Fenster zu springen, statt sich verhaften zu lassen.«

Heidi Klötz warf die Blätter auf den Tisch zurück. »Okay. Eine durchgeknallte Gruppe wollte eine Kernladung hochgehen lassen. Es gibt viele solcher Gruppen.«

»Die Forderung der Erpresser mag seltsam sein, aber ihre Art vorzugehen war zielstrebig und ernst zu nehmend.« Während er sprach, zog Timo unter den Blättern eine Seite hervor.

»Nicht so zielstrebig, als dass sie Erfolg gehabt hätten«, lächelte Klötz.

Timo legte ihr das Blatt hin. »*Aufgrund der Hausdurchsuchung kann davon ausgegangen werden, dass mindestens einer der Erpresser Deutscher ist. SISD hat den BfV um Amtshilfe gebeten, damit folgende Personen vernommen werden: Mark Baumann, Hanne Korthals, Ralf Denk.*«

Hellhörig geworden nahm Heidi Klötz das Blatt in die Hand und las den Text noch einmal genau.

»Ich werde Ralf Denk in Göttingen besuchen«, sagte Timo.

»Die deutsche Polizei hat sich die Wohnung schon angesehen.«

»Jetzt sehe ich sie mir an.«

Diesmal lächelte Heidi Klötz nicht. Und sie verzichtete auf einen ironischen Kommentar.

28

Die meisten Passagiere, die sich um Noora geschart hatten, waren Schwarze. Sie wirkten wie knallharte Geschäftsleute. Ihre goldenen Ringe und Uhren blinkten, während sie in winzige Telefone sprachen.

Noora hatte ihr Leben lang die Sorgen der Armen in Afrika im Herzen getragen, aber wenn sie diese Männer sah, wurde sie unsicher – sie waren für sie die lebendige Mahnung, dass die Grenzen der Ungleichheit nicht den Grenzen der Hautfarben folgten.

»*Die Fluggäste für den Lufthansa-Flug nach Lusaka werden gebeten, sich zum Ausgang B 56 zu begeben*«, hieß es aus den Lautsprechern.

Die bunt gemischte Gruppe von Reisenden bewegte sich auf das Abfertigungspersonal am Gate zu. Für Noora war es aufregend, nach Afrika zu fliegen: Sie hatte die Bücher von Leakey und Dawkins über Genetik und Evolution gelesen. Afrika war für sie einerseits die Wiege der Menschheit – andererseits sah man an diesem Kontinent die verheerenden Folgen der globalen Marktwirtschaft.

Ralf stand neben Noora und telefonierte.

»Bist du immer noch nicht unterwegs?«, fragte er schroff in den Hörer. Ohne eine Antwort abzuwarten, fuhr er fort: »Ich habe dir befohlen, sofort nach Grodenfeld zu fahren. Sieh zu, dass du loskommst!«

Noora sah Ralf das Telefon heftiger als sonst zuklappen.

Die dünnen Finger des Jungen tanzten über die Computertastatur.

»Ich müsste mal meine Mails angucken«, sagte Reija an der Tür zu Aaros Zimmer. Sie suchte in Brüssel nach einem passenden Französischkurs.

»Kleinen Moment.« Aaro warf einen Blick auf die Eilmeldungen der Nachrichtenagentur STT. Dort hieß es, laut KRP habe sich bei den Ermittlungen im Überfall auf den Werttransporter ein Link nach Deutschland ergeben. Man hatte dort um Amtshilfe gebeten und sie auch bekommen. Sonst hatte die Polizei nichts mitzuteilen.

Aaro klickte wieder das Dokument an, in dem er die Informationen über den Eigentümer des Dethleffs-Wohnmobils mit der Nummer JCG 897 gesammelt hatte. Er hatte gehofft, in seinen Nachforschungen irgendwie weiterzukommen, aber das war schwierig. Er hatte noch immer keine Ahnung, was es mit dem Fahrzeug auf sich hatte, aber das Nachforschen selbst machte ihm Spaß. Das war doch etwas anderes als dieses bloße Rumsurfen im Web.

Er starrte auf die Telefonnummer von Markku Soljander. Wenn er ihn unter einem Vorwand anriefe, würde er unter Umständen etwas Interessantes erfahren. Etwas, das interessant genug war, um seinen Vater damit zu beeindrucken.

Oder sollte er seinem Vater jetzt einfach das Kennzeichen und die anderen Informationen mitteilen und ihn entscheiden lassen, ob sie von Bedeutung waren?

Das wäre wohl das Vernünftigste. Aber es war auch so, als gäbe er auf.

»Der Computer ist frei«, rief er Reija zu, die wieder vor den Fernseher zurückgekehrt war. »Hast du Yahoo oder Hotmail?«

»Yahoo. Eine Bekannte müsste auch als Au-pair hier sein, ich will versuchen, ihre Adresse herauszukriegen. Weißt du übrigens, ob die sich irgendwo treffen?«

»Ich glaube, im Pfarrhaus.«

»Im Pfarrhaus?«

»In der finnischen Gemeinde in Brüssel. Ich habe auf einer finnischen E-Mail-Liste Nachrichten über solche Au-pair-Treffen gesehen. Und in Woluwe gibt es ein Fitness-Studio, wo ihr Ermäßigung bekommt.«

»Warum?«

Aaro zuckte mit den Schultern. »Wahrscheinlich ziehen die finnischen Mädchen andere Kunden an.«

Reija schnaubte. »Diese sexistische Kultur kotzt mich vielleicht an. Aber das mit der Ermäßigung ist natürlich klasse. Du weißt doch, was Au-pair eigentlich bedeutet? Moderner Sklavenhandel. Unser Verdienst liegt unter sämtlichen Mindestgrenzen.«

»Die afrikanischen Sklaven hätten das vielleicht anders gesehen. Wir haben ein Buch mit Bildern von Sklaven im Kongo. Sie haben...«

»Ich hab das im übertragenen Sinn gemeint.«

Aaro wollte zur Tarifpolitik nicht weiter Stellung nehmen, das war Mutters und Vaters Bier.

Auf beiden Seiten der Autobahn dehnten sich flache Felder aus. Das Telefon klingelte, und Timo wechselte auf die rechte Spur. Er schaltete die Freisprechanlage ein, ohne den Blick auch nur für den Bruchteil einer Sekunde von der Straße zu nehmen.

»Hier ist Heidi Klötz.«

Timo hörte sofort an ihrer Stimme, dass etwas vorgefallen war.

»Schau mal in deinen Briefkasten«, sagte Heidi. Damit meinte sie das kodierte Nachrichtensystem der TERA, in das man mit Hilfe des Palmbooks hineinkam.

»Keine Zeit. Lass uns reden. Lowe macht sich unnötig verrückt.«

Peter Lowe war der für die Sicherheit der Informations- und Nachrichtensysteme der TERA verantwortliche Däne, der nicht mal GSM-Algorithmen vertraute.

»Der Papst ist mit einem tödlichen Virus infiziert worden. Dieses Virus verursacht ein Ebola-typisches, hämorrhagisches Fieber.«

Timo erschrak, auch wenn es wahrscheinlich eher Zufall war, dass von genau dieser Infektion in dem Erpresserbrief von Genua die Rede war.

»Ebola-typisches, hämorrhagisches Fieber – das kann alles Mögliche sein«, fuhr Heidi Klötz mit rauer Stimme fort. »Aber vielleicht ist es wirklich gut, wenn du selbst einen Blick auf Denks Spuren wirfst.«

»In welchem Zustand ist der Papst?«

»Der Vatikan hat Washington um Hilfe gebeten. Der Papst wird in das Krankenhaus der US-Marine in Neapel transportiert. Man geht von einem Mordversuch aus.«

Timo trat aufs Gas. »Wer hat ihn infiziert?«

»Ein Mann und eine Frau. Sie traten als Paar auf, das eine Audienz hatte. Über ihre wahre Identität weiß man nichts, aber es gibt Aufnahmen von der Sicherheitskamera. Ich warte gerade auf die Bilder vom SISD. Die tatsächlichen Besucher wurden gefesselt in einem römischen Hotelzimmer aufgefunden.

»Ist die Virusprobe, die in dem Erpresserschreiben von Genua erwähnt wird, je untersucht worden?«

»Ich gehe der Sache gerade nach«, sagte Heidi. »Erinnerst du dich an die Voodoo-Puppe in Theos Zimmer, von der ich dir erzählt habe?«

»Das kann wohl kaum ein Zufall sein.«

»Nein. Ich muss gehen, wir haben eine Besprechung.«

Timo unterbrach die Verbindung per Knopfdruck. Genua war für ihn schon als Kind eine seiner Lieblingsstädte gewesen: Kolumbus war dort geboren und Marco Polo dort gefangen gehalten worden. Timo hatte Geschichten von Entdeckern und Abenteurern verschlungen und immer selbst einer werden wollen. Aber schon als Jugendlicher hatte er gemerkt, dass es – wie ein paar hundert Jahre zuvor – noch immer eines vermögenden Elternhauses bedurfte, wenn man frei in der Welt umherreisen wollte. Daher hatte er mit dem Gedanken gespielt, zur See zu gehen. Aber da ihm oft schon auf der nur leicht schaukelnden Fähre nach Schweden schlecht geworden war, musste er sich etwas anderes einfallen lassen.

Am Ende war ihm die Berufswahl von den Umständen diktiert worden. Er hatte alles Mögliche gelesen, bloß keine Schulbücher. Seit den Kinderjahren hatte sein Abenteuerdrang unter der Realität des Alltags gelitten, aber es war immerhin noch genug davon übrig geblieben, um Polizist werden zu wollen.

Bislang war es mit seiner Karriere immer weiter nach oben gegangen, wenn auch mit gelegentlichen Rückschritten. In Sankt Petersburg hatte er das Gefühl gehabt, erfolgreich gewesen zu sein, doch in seinem Heimatland fand man seine Einschätzung der Gefahr, die durch die Ostkriminalität drohe, übertrieben. In Finnland war man zunächst nicht in der Lage gewesen, das feinmaschige Netz zu erkennen, das sich allmählich über die finnische Gesellschaft legte. Man verstand nicht, dass Prostitution, Drogenhandel und andere offene Kriminalität nur die Spitze des Eisbergs waren. Denn die schwerste Bedrohung ging von der schleichenden Legalisierung der Kriminalität aus: Kriminelle Vereinigungen rückten mit ihren Aktivitäten immer näher an die freie Wirtschaft heran und versuchten, Verbindungen zum Beamtenapparat und zu politischen Entscheidungsträgern herzustellen. Mit dem Eintritt Estlands in die EU waren auch die letzten Grenzzäune verschwunden, die Finnland bislang vor der internationalen Kriminalität geschützt hatten.

Zwei Jahre zuvor hatte Timo mit Soile und Aaro beim Besuch im Holiday Club in Vuokatti einen Mann gesehen, der ihm bekannt vorgekommen war. Eine der wichtigsten Führungsfiguren der Petersburger Unterwelt hatte dort mit seiner Tochter im Gegenstrombecken geplanscht. Und er war nicht der Einzige seiner Art. In Russland bekannte Verbrecher machten gern im friedlichen Finnland Urlaub. Warum und wie bekamen sie ihr Visum aus Finnland, dem »Land der unbescholtenen und unbestechlichen Beamten«?

Nördlich von Köln fuhr Timo auf die Autobahn nach Essen ab. Er wusste, dass er den Job hatte, von dem er einmal geträumt hatte, aber jetzt fühlte er sich müde und niedergeschlagen.

Der kleine rundliche Mann und die Frau mit der Windhundgestalt saßen in einem asketischen, nach Desinfektionsmittel riechenden Raum im Krankenhaus der US-Marine in der Nähe von Neapel.

Der stellvertretende Direktor des italienischen Geheimdienstes, Paolo Giraudo, schaute auf das Foto in seiner Hand, das die Frau aus Washington kurz zuvor aus ihrer Aktentasche geholt hatte. Das Schwarzweißbild zeigte eine faserige Masse, die einem Bündel Seilstücken glich. Am Ende jedes Stücks befand sich eine runde Verdickung.

»Das ist eine 42000fache Vergrößerung des Viruspartikels, das wir aus dem Blutserum des Patienten isoliert haben«, sagte Doktor Linda Campbell. Sie kannte die Identität des Patienten, der auf der Isolationsstation des Militärkrankenhauses wartete, nicht.

»Ich habe so etwas noch nie zuvor gesehen«, fuhr Campbell fort. Sie gehörte zu den weltweit führenden Ebola-Experten und hatte das Virus sowohl in seinem natürlichen Verbreitungsgebiet in Zentralafrika als auch im Labor untersucht und zahllose Ebola-Patienten behandelt.

»Die meisten Viren sind kugelförmig und haben eine raue Oberfläche. Diese hier sind längliche Fasern. Das deutet auf Ebola oder auf ein Filovirus wie das Marburg hin. Aber es unterscheidet sich von den anderen durch den runden Kopf. Ebola und die Marburg-Viren haben einen gebogenen Haken am Ende, wie der Stab eines Hirten. Das hier könnte eine Variante sein... Oberflächlich betrachtet, würde ich sagen, es könnte ein Cousin von Ebola-Zaire sein. Darf ich fragen, woher...«

»Könnte dieses Virus gentechnisch verändert worden sein?«

Campbells Augen verengten sich. »Das schnelle Fortschreiten der Symptome kann auf ein Kombivirus hinweisen. Das würde auch die Form erklären.«

»Und wo könnte man so eine Veränderung durchführen?« Giraudo sprach Englisch mit starkem italienischem Akzent.

»Dafür braucht man Fachkenntnis und Ressourcen – de facto eine staatliche Institution. Falls das hier als Biowaffe geplant worden ist, würde ich am ehesten auf China oder Russland tippen, wo man bei der Erforschung der militärischen Anwendbarkeit von Ebola besonders aktiv ist.«

»Und dagegen gibt es keine Behandlung?«

»Nicht gegen Ebola. Und wohl kaum gegen das hier. Ich müsste wissen...«

»Wie ansteckend ist das Virus?« Giraudo starrte auf das Foto.

»Die Ansteckung mit Ebola-Zaire erfolgt über Körperflüssigkeiten. Als ich in Kiwit, Jambuku, Gabun und Uganda Feldforschung machte, trugen wir nur Mundschutz, Brille und Handschuhe. Aber im vorliegenden Fall ist die Isolierung des Patienten unabdingbar. Es kann sich um ein Kombivirus handeln, über dessen Charakter keine Informationen vorliegen.«

Giraudo sah die Amerikanerin an, hinter die leise Kardinal Ruggiero getreten war, schwarz gekleidet und mit seinem Kruzifix um den Hals.

»Ebola zerstört den lebenden Organismus mit unglaublicher Energie«, sagte Campbell, ohne den Kardinal zu beachten, und reichte Giraudo weitere Fotos. »Hier sehen Sie ein typisches Ebola-Opfer.«

Auf dem ersten Bild waren die Augäpfel des Patienten hellrot. Das Gesicht war gelblich, und jeder Quadratzentimeter der Haut war von kleinen roten Punkten bedeckt. Auf dem nächsten Bild waren die Punkte zu großen Hämatomen angewachsen. Der Patient war aufgedunsen, die violette Zunge quoll ihm aus dem Mund. Die Nierenschale neben dem Kissen war voller dunkler Flüssigkeit.

Giraudo wechselte rasch das Bild, aber das nächste war noch schlimmer.

»Langsam sickert das Blut in die Lunge des Patienten, und kurz darauf in Magen und Darm«, sagte Campbell sehr nüchtern. »Das Blut dringt ins Herz und in den Brustkorb ein. In der letzten Phase bluten die Haut und das Gewebe darunter, in gewisser Weise wird die Haut abgeschält.«

Giraudo gab rasch die Bilder zurück und stand auf, in dem Versuch, die Aufmerksamkeit auf den hinter Campbell stehenden schockierten Kardinal zu richten.

»Das Virus lässt die Hoden auf die Größe von Tennisbällen anschwellen, die Augäpfel füllen sich mit Blut, der Patient erblindet. Die Milz wird groß wie eine Orange. Die Leber löst sich auf. In der letzten Phase verkrampft sich der Patient so stark, dass ...«

»Doktor Campbell«, unterbrach Giraudo hustend. »Sind Sie katholisch?«

»Nein ... Was hat das damit zu tun?«

29

Am Ende einer kleinen Waldstraße in Grodenfeld bei Göttingen schloss Timo die Wagentür so geräuschlos wie möglich. Rechts von der Straße stieg ein bewaldeter Hang an. Vor sich hatte Timo einen kleinen, von Bäumen eingefassten Garten, hinter dem sich ein altes Haus mit steilem Dach erhob. Die moosbewachsene Ziegelabdeckung war mit Blechstücken ausgebessert worden.

Mit dem Schlüssel in der Hand ging er auf das Haus zu. Die Schlüssel hatte er in Ralf Denks Wohnung in Göttingen gefunden, und er vermutete, dass sie zu dem Gebäude gehörten, dessen Wasserrechnung in der Schreibtischschublade gelegen hatte. Das war die einzige konkrete Ausbeute. Die Wohnung war spärlich möbliert, sie hatte eher an einen Schlafplatz als an ein Zuhause erinnert. Wahrscheinlich waren alle persönlichen Gegenstände beseitigt worden.

Timo hielt den Schlüssel fest umklammert. In der windstillen, feuchten Luft war nur das Krächzen einer Krähe zu hören. Er wusste, dass er illegal handelte. Er hatte keinen Durchsuchungsbefehl, als TERA-Mitarbeiter hätte er den auch gar nicht bekommen. Darum mussten sich die nationalen Polizeibehörden kümmern.

Aber ein kurzer Blick in das Haus würde niemanden stören. Die Fensterläden an der efeubewachsenen Wand waren geschlossen, nichts deutete darauf hin, dass in dem Haus jemand wohnte.

Plötzlich knackte es. Timo fuhr zusammen und blickte sich um. Aber es war nichts zu sehen. Vielleicht ein Vogel im Gebüsch.

Olow erstarrte hinter der Hausecke. Er war gerade angekommen, so wie Ralf es ihm befohlen hatte.

Er hörte, wie dieser ungebetene Gast an die Haustür klopfte, und schlich in den hinteren Teil des Gartens zurück. Was sollte er tun? War der Typ ein Polizist in Zivil?

Ralfs Auftrag war eindeutig gewesen: Das Haus sollte angesteckt werden. Olow schaute auf den Benzinkanister, den er neben der Hintertür abgestellt hatte. Es machte nichts, wenn man herausfand, dass es Brandstiftung war, hatte Ralf gesagt. Hauptsache, niemand erhielte die Gelegenheit, die Einrichtung zu durchsuchen.

Und jetzt war jemand dabei, in das Haus einzudringen.

Olow tastete nach dem Telefon in seiner Tasche und verzog sich hinter die dichte Hecke.

Timo klopfte noch einmal. Keine Reaktion.

An der Tür stand kein Name, auch nicht an dem Briefkasten. Zögernd schob er den Schlüssel ins Schloss und trat ein. Muffiger Geruch schlug ihm aus der Dunkelheit entgegen. Er machte die Tür hinter sich zu und tastete nach dem Lichtschalter.

In dem Haus herrschte eine vollkommen andere Atmosphäre als kurz zuvor in der Stadtwohnung in Göttingen. Die kleinen Zimmer waren gemütlich und reich möbliert: alte Teppiche, Möbel und Ziergegenstände, viele Bilder an den Wänden, prallvolle Bücherregale vom Boden bis zur Decke.

Eine Gemeinsamkeit war in der Fülle zu erkennen: Die meisten Ziergegenstände stammten aus Afrika. Timo hatte ähnliche Masken, Skulpturen und Textilien zuletzt im Afrikanischen Museum Tervuren am Rand von Brüssel gesehen, wo er gern Besucher aus Finnland hinführte, vor allem wegen des großen Parkgeländes. Das Museum selbst, ein Palast im Ludwig-XV.-Stil, den Leopold II. zum Königlichen Zentral-Afrika-Museum umfunktioniert hatte, war für Geschichtskenner ein Ort der Qual. Dort fand man Fischfanggeräte, Instrumente, Stanleys Mütze, Leopolds Spazierstock und ein Plakat mit den Namen von zweihundert weißen Männern, die ihr Leben verloren hatten, aber nicht einen einzigen Hinweis auf Fesseln, Maschinengewehre, Peitschen oder eine Million ermordeter Kongolesen.

Timo zog Latexhandschuhe an und ging durch die Zimmer,

um sich zu versichern, dass niemand im Haus war. Anschließend begann er, sich die Einrichtung genauer anzusehen. Sie schien nicht Ralf, sondern einer älteren Person zu gehören.

Vor dem dunkel gewordenen Kruzifix an der Wand blieb Timo stehen. Die Blutstropfen, die aus den Händen des gekreuzigten Christus rannen, waren mit roter Farbe aufgemalt. Auch andere Gegenstände hatten einen religiösen Touch. In dem Dämmerlicht wirkte das Unheil verkündend. Er musste an den Voodoo-Papst in Theos Zimmer denken, von dem Heidi Klötz gesprochen hatte. Das kirchliche Element an beiden Orten konnte wohl kaum Zufall sein.

Timo betrachtete ein kostbar gerahmtes Ölgemälde: Adam und Eva nebeneinander, beide nur mit einem Eichenblatt bedeckt, Eva mit dem Apfel in der Hand. Im Hintergrund sah man die Schlange.

Olow stand mit dem Telefon am Ohr zwischen den Bäumen hinter dem Haus und wartete, was Sakombi sagen würde. Er hatte ihm die Situation und den Mann beschrieben. Ralf war nicht erreichbar gewesen, er saß im Flugzeug auf dem Weg nach Afrika.

»Eliminieren«, sagte Sakombi ohne Zögern. »Hast du etwas dabei?«

»Ein Stilett«, flüsterte Olow.

»Lass die Leiche im Haus liegen und zünde alles an. Aber von innen.«

Olow schluckte.

»Verstanden?«

»Verstanden.«

Timo fuhr zusammen. Auf dem Regal lag ein Totenschädel. Er war allerdings uralt und erinnerte an einen paläontologischen Fund. Richtig, Ralf hatte ja in Kapstadt Molekularbiologie studiert.

Timo warf einen Blick auf die Bände im Regal: eine uralte ledergebundene Bibel und andere religiöse Literatur. Thomas

Mann und Hans Fallada. Interessanter waren die neueren Werke auf dem zweiten Regal: ›World Bank‹. ›Population Growth and Policies in Sub-Saharan Africa, UNFPA‹. ›Inventory of Population Projects in Developing Countries‹.

An der Wand über der Kommode hing ein sonderbares, beängstigendes Poster. Im Hintergrund der klassischen Zeichnung der menschlichen Proportionen von Leonardo da Vinci war ein Kreuz mit angenagelter menschlicher Gestalt hinzugefügt worden. Das Kreuz selbst ragte aus einem Globus aus Müll heraus. Man brauchte kein besonderes Verständnis für Symbolik, um die Botschaft zu verstehen: Der Mensch zerstörte seinen Planeten und schließlich sich selbst.

Timo zog die oberste Schublade der Kommode auf. Dort lagen kleine Videokassetten mit Klebestreifen, auf denen Jahreszahlen und unverständliche Aufschriften zu lesen waren. Timo schaltete den Fernseher ein, legte eine Kassette in den Adapter und schob das Ganze in den Rekorder.

Auf dem Bildschirm erschien in Nahaufnahme und in bester Qualität das tränenüberströmte Gesicht eines afrikanischen Kindes. Dann wurde der Bildausschnitt größer. Das Kind kroch neben seine Mutter, versuchte, sie vorsichtig zu wecken, doch die Mutter war tot. Die Kamera schwenkte herum. Der Mitarbeiter einer Hilfsorganisation in Jeans und mit Mundschutz flößte einem Jugendlichen Flüssigkeit aus einer Plastikflasche ein. Ein höchstens vier Jahre alter Junge in einem bis zu den knochigen Knien reichenden lila Strickhemdchen schleppte sich zu dem Helfer. Er konnte kaum das Bündel auf seinem Rücken tragen. Aus diesem Stoffbündel holte der Helfer einen wenige Monate alten Säugling heraus. Menschen wurden auf Bahren oder auf dem Rücken durchs Bild getragen, viele wurden auf Karren transportiert.

Der Kameramann kletterte auf die Ladefläche eines LKW. Rund um das Fahrzeug standen, saßen und lagen Menschen, einer neben dem anderen, dicht an dicht, Dutzende, Hunderte, Tausende, Zehntausende. Timo erstarrte vor dem unglaublichen

Anblick. Das Gelände war abschüssig, und das Menschenmeer hörte nicht auf, es reichte bis zum Horizont. Nirgendwo war ein Fleckchen Erde zu sehen.

Da klingelte Timos Telefon.

»Bist du noch in Göttingen?«, fragte Heidi Klötz mit gespannter Stimme.

Auf dem Bildschirm schaufelten Französisch sprechende Soldaten weißes Pulver auf Leichen, die in Strohmatten und Decken gewickelt waren.

»Ja.« Timo wollte die Sache nicht kompliziert machen, indem er Einzelheiten seines Aufenthaltsortes verriet.

»Schau dich sorgfältig um. Ralf Denk ist auf den Bildern der Überwachungskameras im Vatikan identifiziert worden.«

Timos Griff um das Telefon wurde fester. Der Mann, der ihn und Aaro auf dem Schiff angegriffen hatte, hatte Papst Clemens XV. ein unbekanntes Virus eingeimpft. Der Gedanke war entsetzlich.

Timo starrte auf den Bildschirm, wo sich die Kamera auf das Gesicht eines Kindes richtete, das aus einem kleinen Bündel herausschaute. Die gestochen scharfe Nahaufnahme zeigte, wie jemand weißes Pulver in das Auge des Kindes rieseln ließ.

»Und die Frau?«

»Wir haben kein aktuelles Bild von der Finnin, mit dem wir sie vergleichen könnten.«

»Ich komme bald.«

Timo schob das Telefon in die Tasche. Auf dem Bildschirm gab der Helfer einer schwangeren Frau Flüssigkeit mit einem Löffel. Weiter hinten unterhielt sich ein Mann mit seinem Kollegen, der Timo bekannt vorkam. Er beugte sich nach vorn. Der Mann war Ralf Denk, unzweifelhaft.

Die Worte waren ebenfalls deutlich zu hören. Sie unterhielten sich über den Aufbau eines Zeltes. Ralf gestikulierte und unterbrach den anderen immer wieder, weil er mit seinen Gedanken schneller war. Er schien nicht genügend Geduld für weniger intelligente Menschen aufzubringen.

Mit einer raschen Geste schaltete Timo den Rekorder aus und ging dazu über, sich den Inhalt der zweiten Schublade anzusehen, in der Stapel mit Fotos lagen. Er nahm einen heraus und entfernte das Gummiband, das die Bilder zusammenhielt.

Olow sah durch den Spalt der Küchentür auf den Mann, der Fotos betrachtete. Er überlegte sich fieberhaft eine Taktik, mit der er am sichersten Erfolg hätte.

Er hielt das Stilett umklammert. Der Mann war groß und breitschultrig, aber er, Olow, hatte den Überraschungseffekt auf seiner Seite.

Und er hatte das Messer.

Mit energischen, zielstrebigen Gebärden blätterte der Mann die Bilder durch. Olow wartete auf den passenden Moment.

Timo betrachtete ein Bild, auf dem der junge Ralf und ein anderer weißer Junge – offenbar Theo – auf einer roten Sandstraße standen, umringt von schwarzen Kindern mit fröhlichen Augen. Sie alle lachten aus vollem Hals, außer Theo, der vollkommen ernst blickte. Im Hintergrund tranken bucklige Kühe braunes Wasser.

Auf einer anderen Aufnahme standen zwei katholische Kirchenmänner vor einem primitiven Gebäude. Der eine hatte etwas Bekanntes an sich, aber Timo kam nicht darauf, was es war. Auf dem nächsten Bild nahm Ralf als ungefähr 20-Jähriger einer schwarzen Frau Blut ab, auf seinem T-Shirt stand »University of Cape Town«. Auf dem folgenden Bild war Ralf hinter Mikroskop, Computer und anderen Geräten kaum zu erkennen.

Neben den Bildern lag ein großer brauner Umschlag mit Zeitungsausschnitten. Timo nahm sie heraus und erschrak. Von einem Bild aus der Zeitschrift ›Time‹ blickte ihn das Gesicht von Papst Clemens XV. an.

Erneut nahm er den Fotostapel in die Hand und suchte die Aufnahme mit den beiden Kirchenmännern heraus: Er hatte sich vorhin nicht getäuscht. Einer der beiden Männer war der Papst, nur zwanzig bis dreißig Jahre jünger. Timo hielt sich das Bild dichter vor die Augen. Oder irrte er sich? Er überflog den Artikel, in dem es um den zunehmenden Einfluss der katholischen Kirche in Afrika ging.

Plötzlich registrierte Timo eine Bewegung hinter sich. Er fuhr herum und sah nur noch, wie etwas Blitzendes auf ihn zuschnellte. Er griff nach der Hand mit dem Messer, verlor das Gleichgewicht und fiel auf den Rücken. Die Hand mit dem Messer näherte sich ihm, obwohl er mit aller Kraft Widerstand leistete. Er stöhnte leise auf. Der Killer setzte sich rittlings auf ihn und versuchte, die Klinge in Richtung Hals zu drücken.

Timos Muskeln brannten. Das Messer war noch zehn Zentimeter von seinem Hals entfernt und kam Stück für Stück näher. Mit aller Macht versuchte er, die Hand des Angreifers wegzudrücken. Sein Arm zitterte vor Anstrengung. Für einen Augenblick dachte er an die unzähligen Male, die er mit allen möglichen Ausreden nicht in den Kraftraum gegangen war. Mehr als je zuvor bereute er jetzt seinen Mangel an Selbstdisziplin.

Dann spuckte er dem anderen ins Gesicht und wusste sofort, dass das ein Fehler war: In seiner Wut steigerte sich die Kraft des Gegners nur noch.

»Man weiß, dass ich hier bin...«, presste Timo mit erstickter Stimme hervor.

Das Messer war jetzt zwei Zentimeter von seiner Kehle entfernt. Er konnte seinen Muskeln keine weitere Kraft mehr abringen. Er wusste, dass er keine Chance hatte. Er ahnte, dass er sterben würde.

In seiner Verzweiflung setzte er seinen einzigen verbliebenen Trumpf ein: seine Körpermasse. Er machte eine heftige Bewegung nach rechts, in dem Versuch, den Killer von sich zu wälzen. Das Stilett sauste nur wenige Millimeter an seinem Hals vorbei. Dann trat er dem Mann das Knie in den Leib und rollte sich fort. Für einen Moment gewann er die Oberhand, das nutzte er aus, um dem Angreifer das Knie auf die Brust zu drücken, doch der andere streifte ihn mit seinem Stilett an der Seite. Timo spürte, wie blinde Wut ihn ergriff. Er packte das Handgelenk des Mannes und entwand ihm das Messer mit letzter Kraft.

Keuchend warf er es in die Ecke und drückte sein Knie auf den Hals des anderen.

»Wer bist du?«, zischte er.

Der Mann antwortete nicht.

Timo drückte fester, aber der Mann sagte kein Wort.

Da spürte Timo, wie ihm etwas Warmes an seiner Seite hinunterrann. Er blutete. Erst jetzt nahm er den Schmerz wahr. Der Mann unter ihm versuchte sich zu bewegen. Wilder Zorn überkam Timo. Er packte den Mann an den Haaren und schlug seinen Hinterkopf auf den Fußboden. Im selben Augenblick bereute er, was er tat – er hatte nie werden wollen wie sein Vater, er wollte in allen Situationen die Kontrolle über sich bewahren, obwohl er wusste, dass er den Charakter seines Vaters geerbt hatte.

Er packte den Mann am Kinn und bewegte es leicht. Er war nur bewusstlos. Timo spürte das Blut aus seiner Seite sickern. Er tastete nach dem Telefon in seiner Tasche und glaubte ohnmächtig zu werden.

30

Ein böiger Wind schüttelte die Thujen auf dem unbemannten Kleinflugplatz südwestlich von Ulm. Das rostige Wellblechdach einer Lagerhalle schepperte, und die rotweiße Windhose am Mast zeigte nach Süden. Eine Cessna des Segelflugclubs lag schräg auf den Betonplatten, mit Drahtseilen am Boden befestigt.

Knapp einen Kilometer weiter weg blockierte ein LKW mit offener Motorhaube die unbefestigte Straße, die zum Flugplatz führte. Daneben stand ein Mann mit Funkgerät, das er ab und zu unauffällig benutzte. Die Heimlichtuerei war eine reine Vorsichtsmaßnahme, denn auf dem Platz war kein Mensch. Trotzdem durfte man nicht das geringste Risiko eingehen, von einem Besucher überrascht zu werden.

Auf der Landebahn stand neben einem Learjet ein Dethleffs-Wohnmobil. Die Tür der Flugzeugs wurde gerade von innen geschlossen, die Fracht war verladen, es galt, keine Sekunde länger als nötig am Boden zu verweilen. Der Co-Pilot erhöhte die Drehzahlen des Motors, und die Maschine rollte auf das Ende der Landebahn zu.

Der Start war der Flugleitung in Stuttgart mitgeteilt worden. Als Ziel war Kairo angegeben worden, aber das war nicht das endgültige Ziel. Die vier Kilotonnen schwere Kernladung würde nach dem Auftanken von dort weiterfliegen: in die Demokratische Republik Kongo.

Timos schmutziger Mercedes raste in Richtung Brüssel. Am Steuer saß ein deutscher Polizist in Zivil. In zweihundert Metern Abstand fuhr ein ungekennzeichneter Passat Kombi der Polizei, auf dessen Rückbank Timo ein Bild betrachtete, das auf dem Monitor seines TERA-Palmbooks zu sehen war. Heidi Klötz hatte die Aufnahme geschickt, sie stammte von einer Sicherheitskamera im Vatikan, und trotz der groben Rasterung konnte man die Gesichtszüge von Ralf Denk und Noora Uusitalo erkennen.

Ralf und Noora gingen einen Gang entlang. In dem Raum, in dem sie der Papst empfangen hatte, gab es keine Überwachungskameras.

Timo war nicht einmal mehr sonderlich überrascht. Bei diesem Fall konnte ihn gar nichts mehr überraschen. Denk hatte ihnen gezeigt, dass alles möglich war.

Timo hatte seine Jacke zusammengeknüllt und sich in den Rücken geschoben, um etwas bequemer sitzen zu können. Die Seite tat ihm kaum noch weh, die Wunde war nicht sehr tief, sie war gereinigt und mit einem Pflaster aus dem Erste-Hilfe-Schrank des Göttinger Polizeireviers zugeklebt worden. Trotzdem war es ihm lieber, seinen Wagen auf der Autobahn nicht selbst lenken zu müssen.

Der Fahrer telefonierte, dann warf er einen Blick in den

Spiegel. »Oberinspektor Blum will mit Ihnen sprechen, Herr Nortamo.«

Timo streckte die Hand aus und nahm das Telefon entgegen.

»Sie wollten weitere Informationen über das Haus«, sagte der Oberinspektor. »Laut Grundbuch kaufte es Eugen Denk, ein Mitarbeiter der katholischen Missionsgesellschaft aus Göttingen-Ruhrbach, nach seiner Rückkehr aus Südafrika. Pater Eugen. Er starb vor drei Jahren, und das Haus sollte laut Testament seinen Neffen Ralf und Theo zukommen. Die weigerten sich jedoch, das Erbe anzunehmen, und versuchten, es als Schenkung einer Umweltorganisation zu übergeben. Das gelang aber nicht, weshalb die Brüder nach wie vor die offiziellen Eigentümer sind.«

Timo schrieb die Informationen auf. »Und der Mann mit dem Stilett?«

»Bewusstlos.«

Timo kniff die Augen zusammen. Warum sorgte er sich um das Wohlergehen eines Menschen, der versucht hatte, ihn umzubringen?

Er gab dem Fahrer das Telefon zurück, zog sein eigenes hervor und rief Aaro zu Hause an.

»Ich bin's«, sagte er mit belegter Stimme. »Wie geht's?«

»Okay. Und dir?«

»Gut. Hast du ...«

»Wo bist du?«

»Im Auto. Wundere dich nicht, wenn plötzlich die Verbindung abbricht.«

»Wo im Auto?«

»Auf dem Rückweg nach Brüssel. Hast du das mit dem Schulbus geklärt?«

»Ich hab in der Schule angerufen. Der Bus müsste dieselbe Strecke fahren wir letztes Jahr. Aber du hast versprochen, mich zu bringen.«

»Ich versuch's. Wir haben ein bisschen Stress bei der Arbeit. Wir sehen uns heute Abend.«

»Eins noch ...«

»Wir reden später. Ich muss gerade noch einen dringenden Anruf erledigen.«

Timo legte das Handy zur Seite und blickte aus dem Fenster in die Abenddämmerung. Er rief den Luxemburger an, der für den Informationsdienst der TERA zuständig war.

»Könntest du bitte herausfinden, ob Clemens XV. früher in Afrika tätig war oder spezielle Reisen dorthin unternommen hat?«, fragte Timo.

Warum hatte die G1 den Papst ermorden wollen? Hatte der Anschlag in irgendeiner Weise mit dem Überfall auf den Werttransporter in Finnland zu tun? Steckten dieselben Leute dahinter wie bei dem Erpressungsversuch in Genua? Und vor allem: Hatte das Verschwinden der Kernladung in Russland irgendetwas mit der G1 zu tun, wie das Erpresserschreiben von Genua vermuten ließ?

Timo entnahm seiner Aktentasche die Kopie einer Karte, auf der Mittel- und Ostafrika zu sehen waren. Warum sollte ein Mann, der in Afrika aufgewachsen war und der sich voller Idealismus für Afrika einsetzte, eine Kernladung auf dem Kontinent zünden, den er liebte?

Er suchte das Memorandum heraus, das der italienische Geheimdienst während des Erpressungsversuchs von Genua erstellt hatte. Demzufolge befand sich die Stelle für die Detonation im Südosten des Kongo, an der Grenze zu Tansania: Die Höhlen des Mwanga-Bergs waren den Einheimischen heilig – sie galten ihnen als Urheimat des Menschen und Stätte der Fruchtbarkeit. Ihre Vorstellung wich nicht weit von der wissenschaftlichen These ab, nach der die ersten Menschen die Gegend um die Olduvai-Schlucht und den Lake Turkana bewohnt hatten.

Timo fielen wieder das Kruzifix und die anderen religiösen Bilder in dem Haus ein, in dem er wenige Stunden zuvor beinahe sein Leben verloren hätte. Erst in diesem Moment drang der Gedanke mit seinem ganzen Gewicht in sein Bewusstsein ein. Er musste ihn verdrängen. Er hatte jetzt keine Zeit, sentimental zu werden.

Auf dem Polizeipräsidium hatte er Kopien von den Zeitungsausschnitten machen lassen, die er in dem Haus gefunden hatte. Beim Durchblättern stieß er auf einen Artikel aus einer alten Nummer von ›Newsweek‹: AUF DER SUCHE NACH ADAM UND EVA. Das dazugehörige Foto zeigte den jungen Ralf in einem Labor, milchgesichtig und in weißem Kittel.

Neugierig las Timo die Bildunterschrift: »*Dem Human Origins Team zufolge lässt sich die DNA, die im Mitochondrium aller Menschen enthalten ist, auf ein einziges weibliches Wesen zurückführen, das vor 100000 Jahren in Afrika lebte. Die Gruppe unter der Leitung von Professor Allan Wilson hat DNA-Proben von Frauen auf der ganzen Welt gesammelt und miteinander verglichen...*«

Wenn also alle Menschen als Nachfahren eines einzigen Menschenpaares gelten konnten, war das Adam-und-Eva-Gemälde an der Wand gar nicht so weit entfernt von dem wissenschaftlichen Material, das Ralf in seinen Schubladen aufbewahrte.

Dieser Gedanke faszinierte Timo auf düstere Weise immer mehr. Der Mordanschlag auf den Papst war ein unfassbar dreistes Verbrechen, die Art der Durchführung suchte ihresgleichen.

Timos Telefon klingelte. Ein Beamter vom TERA-Informationsdienst war dran.

»Der Papst war in Missionsangelegenheiten in Afrika. Zwei Jahre lang war er Bischof in Lüderitz, das damals noch zu Südafrika gehörte.«

»Danke«, sagte Timo nachdenklich.

Während der gesamten Fahrt sah er sich das Material an, telefonierte und stand über sein Palmbook mit dem TERA-Informationssystem in Verbindung. Sein Kopf kam ihm vor wie ein Druckkessel, in dem sich immer mehr Dampf aufstaute. Nachdem er die Zeitungsausschnitte durchgesehen hatte, war es keine Überraschung mehr für ihn, dass aus Kapstadt Material über Ralf gekommen war. Es war ursprünglich vom *Bureau of State Security*, dem berüchtigten Geheimdienst des Apartheidsregimes, zusammengetragen worden. Darin wurde Ralf Denks

Tätigkeit in der Anti-Apartheids-Bewegung geschildert. Er war damals mehrfach verhaftet worden.

Einer der sonderbarsten Aspekte der ganzen Sache aber war der Kongo. Warum wollte jemand eine Kernladung in einem der elendsten Winkel der Welt hochgehen lassen?

Das Land und sein »Entdecker« Leopold II. hatten Timo interessiert, seit er nach Brüssel gezogen war und die düsteren, blutigen und durch und durch neurotischen Kolonialbeziehungen zwischen Belgien und dem Kongo kennen gelernt hatte. Auf Märkten und in Trödelläden war er auf Gegenstände gestoßen, die von Elfenbeinhändlern, Offizieren der *Force Publique*, von Missionaren oder Dampfschiffkapitänen stammten. Einmal hatte er auf dem Flohmarkt Jeu de Balle einen alten, aber rüstigen Mann gesehen, der versonnen eine *Chicotte*-Peitsche befühlte, als hätte er sie in jungen Jahren eigenhändig im Kongo benutzt.

Timo besaß selbst einige Gegenstände aus dem Kongo: eine rote Ritualmaske und eine 1902 in Brüssel erschienene Jubiläumsnummer von ›Le Congo Illustré‹, auf dessen Titel Leopold II. zu sehen war. Der große Mann hatte ernste, braune Augen, eine gerade Nase und einen gewaltigen, mit dem Alter weiß gewordenen, schaufelförmigen Bart. Kein Wunder, dass sein Äußeres für die Karikaturisten der europäischen Presse eine unversiegbare Quelle dargestellt hatte.

Es war eigenartig, wie aus dem König eines kleinen, schnell demokratisch werdenden europäischen Staates der totalitäre und blutbefleckte Eigentümer eines riesigen afrikanischen Imperiums hatte werden können. Leopold II. war die Verkörperung von Habgier, Intelligenz und menschlicher Schwäche.

Andererseits erschloss sich Timo manches, wenn man Leopolds Vater betrachtete oder Leopolds Kindheit. Dort entstanden – das wusste Timo nur zu gut – die Probleme des Erwachsenen. Nicht, dass Timos Kindheit mit der Leopolds im Schloss von Laeken vergleichbar gewesen wäre. Leopolds Vater war der erste König des unabhängig gewordenen Belgien gewesen, und wenn der kleine Leopold ihn sehen wollte, musste er um eine Audienz bitten. Hatte der Vater seinem Sohn etwas zu sagen, ließ er es ihm durch seinen Sekretär übermitteln.

Timo hatte sich stets für die Briten interessiert, weil sie auch nicht vor den exzentrischsten Hobbys und ausgefallensten Objekten der Leidenschaft zurückscheuten. Es überraschte ihn folglich auch nicht, als er erfuhr, dass Leopold ein Cousin der Königin Viktoria war. Nachdem Leopold mit dreißig Jahren den Königsthron eingenommen hatte, widmete er sich fortan mit verzweifelter Leidenschaft seinem liebsten Hobby: den Kolonien. Er machte sich mit den Besitzungen Englands in Indien, Ceylon und Burma vertraut. Er besuchte die Westindischen Inseln, die zu seinem großen Bedauern dem benachbarten Holland gehörten, das sich – so klein es war – nicht daran hindern ließ, sich ergiebige Kolonien zu beschaffen. Mit den Erträgen der Kaffee-, Zucker- und Baumwollanpflanzungen von Java wurden die Eisenbahnlinien und Kanäle des Mutterlandes gebaut. Leopold interessierte sich auch deshalb besonders für das holländische System, weil es einer privaten Firma das Handelsmonopol einräumte. Zufällig war der größte Aktienbesitzer dieser Firma der holländische König ...

Der zweite Aspekt, der Leopolds II. Geschäftsinstinkt weckte, war, dass die javanischen Vorarbeiter von den holländischen Plantagenbesitzern Bonuszahlungen je nach Ernteerträgen erhielten. Und der dritte interessante Punkt war der Einsatz von Zwangsarbeit. Das war wirtschaftlich enorm lukrativ, und gleichzeitig erklärte man, man bringe das Licht der Zivilisation in die Finsternis des wilden Mannes.

Sie parkten in der Adolphe Buy und Timo ging zu seinem Arbeitsplatz. In den Gesichtern seiner Kollegen stand die blanke Anspannung. Die Stimmung auf den Fluren von TERA erinnerte ihn sofort wieder an die anderen Situationen, in denen Geheimdienstinformationen über konkrete Bedrohungen eingetroffen waren: Rizin-Anschlag in der Londoner U-Bahn, Bombenattentat auf den Weihnachtsmarkt in Straßburg, Abschuss eines Marschflugkörpers auf den Flughafen Heathrow. Doch das, was sie jetzt gerade erlebten, war mit nichts zu vergleichen: Auf ihnen allen lag eine Verantwortung von unfassbaren Dimensionen.

Die Köpfe der Beamten, die im Besprechungsraum im zweiten Stock zusammengekommen waren, drehten sich zu Timo um, als er den Raum betrat. Alle wussten von seiner Verletzung in Göttingen, aber Timo vermochte anhand ihrer Mienen nicht zu entscheiden, ob man ihn wegen des Vorfalls für einen Helden oder für einen Trottel hielt. Eines war allerdings klar: Sein Ruf als seltsamer Finne würde dadurch nur noch weiter gefestigt werden.

»Timo, schön dich zu sehen«, sagte Wilson.

Timo setzte sich ohne ein Wort an den Tisch und nahm die Unterlagen aus seiner Aktentasche. Die Wunde an der Seite pulsierte etwas, außerdem war er ohnehin nicht in Redelaune.

»Und?«, sah sich Wilson gezwungen zu fragen.

Timo hörte die Verärgerung in der Stimme seines Vorgesetzten. Auch Wilson musste enorm unter Druck stehen, denn sonst war dessen Verhalten stets tadellos. Gleichzeitig registrierte Timo, dass man ihm plötzlich respektvoller zu begegnen schien. In der unsichtbaren Hierarchie der Organisation war er nun offenbar auf dem Weg vom äußeren Ring zum inneren Kern.

»Ralf Denk ist eine merkwürdige und interessante Person«, sagte er. »Er gibt allen Anlass zur Besorgnis.«

»Darüber sind wir alle einer Meinung«, warf CIA-Verbindungsmann O'Brien ungeduldig ein. »Ein Durchschnittsaktivist würde nicht versuchen, den Papst umzubringen, auch wenn er etwas gegen dessen globale Machtbestrebungen hätte.«

Timo störte sich nicht an dem trockenen Unterton des Amerikaners, sondern fuhr langsam fort: »Wenn es die G1 für klug befindet, den Papst mit einem Ebola-Virus zu töten, was würde sie dann mit einer Kernladung machen?«

»Hoffentlich jedenfalls nicht das, was die verzweifelten Überreste der al-Qaida...«

»Ich gebe die Antwort selbst«, sagte Timo, ohne von dem Hinweis des Franzosen Victor Girault auf die Bedeutungslosigkeit der G1 im Vergleich zu al-Qaida Notiz zu nehmen. Girault war vom französischen Inneren Geheimdienst *Direction de la Surveillance du Territoire* gekommen, einer der effektivsten und gefürchtetsten Anti-Terror-Organisationen. Timo schätzte Girault, aber der Franzose war auf al-Qaida fixiert, seit sie Kontakte zu einigen der vielen in Frankreich tätigen radikalen nordafrikanischen Gruppen aufgenommen hatte. Frankreich hatte mehr als jedes andere Land in Europa unter Anschlägen radikalmuslimischer Einwanderer zu leiden gehabt. Mitte der 90er Jahre hatten radikale französische und algerische Moslems Banken ausgeraubt, Bomben in Metrostationen deponiert und fast einen TGV zwischen Paris und Lyon entgleisen lassen.

»Wenn sich die G1 im Besitz der Kernladung befindet, zündet sie sie in Afrika«, sagte Timo. »Genauer gesagt im Kongo.«

Seine Kollegen am Tisch sahen ihn fragend an.

»Falls du auf den Erpressungsversuch von Genua anspielst: Wir haben keine Garantie dafür, dass das Verschwinden der SADM damit in Verbindung steht«, sagte Wilson. »Warum sollten sie die Ladung mitten im finstersten Afrika hochgehen lassen?«

»Ich weiß es nicht mit Sicherheit. Aber es gibt gute Gründe, der Sache auf den Grund zu gehen. Der Mordversuch am Papst steht damit in unmittelbarem Zusammenhang. Wir müssen aus Rom und von der CIA sämtliche relevanten Informationen bekommen, und zwar sofort.«

Wilson reichte Timo einen Stoß Papier. »Die Informationen fließen, solange sie jemand entgegennimmt.«

Timo schob Wilsons Einwurf auf das Konto der Müdigkeit, aber er war über die schlecht verborgene Spitze überrascht.

»Es gibt Informationen, die man sich selbst beschaffen muss«, erwiderte Timo. Er merkte, dass seine Reizschwelle extrem niedrig lag. Die anderen schienen das ebenfalls zu bemerken, das sah er ihren verlegenen Mienen an. »Wir brauchen mehr Informationen. Aus erster Hand, wenn nötig.«

»Was hast du vor?«

»Ich will möglichst bald mit zwei Personen sprechen. Mit einem Experten für Atomexplosionen. Und mit einem Betroffenen.«

»Mit einem Betroffenen?«

»Mit dem Papst.«

Timos Kollegen sahen sich an. *Der verrückte Finne.*

31

Mit blutunterlaufenen Augen, die Hände über der Brust gefaltet, starrte Papst Clemens XV. auf der Intensivstation des amerikanischen Militärkrankenhauses an die Decke. Seine Haut war über und über mit roten, scharfrandigen Punkten bedeckt, in beiden Armbeugen steckten Kanülen und Schläuche. Elektrodenkabel verschwanden im großen V-Ausschnitt des Krankenhauspyjamas. Auf dem rostfreien Stahltisch neben dem Bett lag eine ledergebundene, abgegriffene Bibel.

Das einzige Licht im fensterlosen Raum kam von der Leselampe auf dem Tisch. In die Wand war eine Glasscheibe eingelassen, hinter der sich der Überwachungsraum befand. Das dunkle Glas spiegelte die Kontrolllampen der Apparate.

Plötzlich ertönte der Summer. Über der Tür, die an die Durchgangsschleuse eines U-Boots erinnerte, blinkte eine orangefarbene Lampe, an der Decke sprangen die Leuchtröhren an.

Der Papst reagierte nicht. Eine Frau im Bio-Schutzanzug trat ein. Hinter dem Plexiglas des astronautenähnlichen Helmes war das Gesicht von Doktor Campbell zu erkennen. Sie näherte sich vorsichtig dem Patienten.

»Wie geht es Ihnen?« Der Helm dämpfte ihre Stimme. Sie ließ bewusst alle üblichen Zusätze wie »Heiliger Vater« weg. Hier begegneten sich Arzt und Patient, da war jeder hierarchische Rang irrelevant.

Ohne zu antworten, drehte der Papst langsam den Kopf.

Campbell schaute den Patienten eine Weile an. »Wir haben beschlossen, in einer Stunde eine weitere Bluttransfusion vorzunehmen.«

»Wird das helfen?«

»Gewiss. Mit Ihrer Zustimmung möchten wir Ihnen außerdem ein neues Breitband-Anti-Virus-Medikament geben, das sich in einem britischen Forschungszentrum gerade in der Testphase befindet. Was sagen Sie?«

Der Patient nickte mühsam.

Campbell beugte sich über ihn, nahm seine Hand und prüfte die Armbeuge, wo die Kanüle in die Vene ging. Allein die Berührung seiner Hand verursachte eine kleine Blutung, die sich kaum stillen ließ. Campbell nahm sterilisierte Watte und drückte sie auf die Haut.

Die Karte des südöstlichen Kongo war auf der Stahlplatte des Tisches mit herzförmigen rosa Magneten fixiert. Wie wenig die zum nüchternen Stil des NATO-Hauptquartiers passen, dachte Timo, aber vielleicht waren die seriöseren Magneten einfach ausgegangen.

William D. Fitzroy räusperte sich. Der Amerikaner mit der eckigen Brille war zu einer kurzen Dienstreise in Europa. Eigentlich arbeitete er als Wissenschaftler in einer Abteilung namens ANWEP im Pentagon. Timo verstand nicht, wie die Amerikaner es schafften, sich nicht im Dschungel ihrer Abkürzungen zu verirren. ANWEP, das *Atmospheric Nuclear Weapon Effects Program*, erforschte die Auswirkungen von Atomexplosionen in der Atmosphäre.

Die Karte wurde von einer starken Lampe angestrahlt. Um den Punkt auf dem Mwanga-Berg waren mit Filzstift konzentrische Kreise gezeichnet worden, wie auf einer Wetterkarte.

»Würde man eine SADM von vier Kilotonnen in diesem Gebiet explodieren lassen, wären die Probleme minimal«, sagte Fitzroy, wobei er den Teleskopstock über die Karte schwenkte. »Die Bevölkerungsdichte dort liegt praktisch bei null.«

»Aber breitete sich der Fallout nicht über ein größeres Gebiet aus?«

»Im Prinzip über den ganzen Erdball. Der Niederschlag setzt sich aus unterschiedlichen radioaktiven Isotopen zusammen, die sich mit der Zeit verändern.«

»Und wie gefährlich sind diese Isotopen?«

»Ein Teil ist problematisch. Jod-131, Strontium-90 und -89, Cäsium-137. Befindet sich der Explosionsort in einer Höhle, ist der Fallout geringer als bei einem Atomversuch in der Atmosphäre. Aber die Höhle ist nicht tief, weshalb der Fallout beträchtlicher ist als bei einem unterirdischen Versuch. Trotzdem wird die Explosion der Ladung keine globale Strahlung verursachen. Der afrikanische Kontinent und ein Teil der südlichen Erdhalbkugel bekommen eine kleine Dosis zusätzlicher Strahlung ab, aber die geht in der normalen Hintergrundstrahlung unter. Weltweit sind bislang über 2000 Atomversuche durchgeführt worden, davon 500 in der Atmosphäre. Und ein Teil davon mit großen Ladungen. Darf ich meine persönliche Meinung äußern?«

»Genau die will ich hören.«

Fitzroy blickte auf die Infrarotaufnahme neben der Karte, auf der kein Pflanzenbewuchs die Landschaftsformationen überzog. Deutlich sah man die uterushafte, ovale Form. »Die Höhlen des Mwanga befinden sich in porösem, vulkanischem Gestein, unter einem uralten Krater. In diesem Krater gibt es heute eine reiche Vegetation, Wald und Feuchtgebiete. Stellenweise sogar zwei bis drei Meter tiefes sumpfiges Gelände, was selten in dieser Gegend ist.«

Timo wartete, dass Fitzroy weitersprach, aber dieser starrte nur auf das Bild.

»Und?«

»Würde man die Explosion dort stattfinden lassen, würde ihre Energie eine riesige Menge Erde, Wasser und Vegetation in die Luft schleudern.«

Wieder machte Fitzroy eine lange Pause.

»Das heißt?«

»Nichts. Ich frage mich bloß, warum sich jemand genau diesen Ort ausgesucht hat.«

»In den Mythen jener Gegend gilt der Mwanga als heiliger Ort, an dem der Mensch erschaffen wurde. Und diese Geschichte weicht gar nicht so sehr von der Tatsache ab, dass Paläontologen nur wenige hundert Kilometer entfernt, in Tansania und Kenia, die ältesten Hinweise auf die Existenz von Menschen gefunden haben.«

Die Männer sahen sich für einen Moment in die Augen.

Fitzroy leckte sich über die Lippen. »Ganz egal, wer hinter dem Plan steckt – ein Spinner ist es auf jeden Fall«, sagte er. »Andererseits muss ich sagen, dass die Wahl eines solchen Ortes auch wieder zu sonderbar ist, um die Idee eines Irren zu sein ... Verstehen Sie, was ich meine?«

Timo nickte. Er bedankte sich und fuhr mit seinem Wagen in Richtung TERA im Stadtzentrum. Immer mystischer spukten der Kongo und der Mwanga in seinem Kopf herum. Die Bilder auf dem Puzzle nahmen eine zusehends dunklere Tönung an.

Je näher er dem Montgomery-Kreisel kam, umso dichter wurde der Verkehr. Timo schaute auf den Triumphbogen Cinquantenaire, eines der Monumente, die Leopold II. von den Kongo-Erträgen hatte bauen lassen und das gut seinen Größenwahn illustrierte. Der Cinquantenaire war eine Mischung aus Arc de Triomphe und Brandenburger Tor, nur dass er nirgendwo hinführte, sondern sinnlos und aus reinem Selbstzweck an seinem Platz stand. Schon damals, als Leopold II. all die protzigen Bauten errichten ließ, wurde Kritik laut. Der Sozialistenführer hielt im Belgischen Parlament eine flammende Rede, in der er davor warnte, dass man eines Tages die Bauwerke als »Monumente der verstümmelten Hände« bezeichnen würde.

Der Mann hatte sich schwer getäuscht, dachte Timo mitten im Stau. Weder Einheimische noch Touristen interessierten sich dafür oder wussten, wie das Geld für den Bau der Monumente zusammengekommen war. Ursprünglich hatte es in Belgien keine große Unterstützung für die Idee gegeben, sich eine Kolonie zu beschaffen. Das Land verfügte nicht einmal über eine Handelsflotte, von einer Kriegsflotte ganz zu schweigen. Aber Leopold war auf das Thema fixiert gewesen. Er versuchte, an die Fidschi-Inseln heranzukommen, Land auf Formosa zu pachten und Spanien die Philippinen abzukaufen. Aber niemand wollte verkaufen. In Amerika gab es kein freies Land mehr, auch nicht in Asien. Blieb nur Afrika. Auch das war zum Teil bereits erobert, aber dorthin richtete Leopold II. den Blick.

Er begann seine geheime Operation, indem er sich mit den Berichten von Forschungsreisenden und geografischer Literatur vertraut machte. Schließlich fand er ein passendes Gebiet und einen Mann, der fähig war, seinen Traum wahr werden zu lassen: Henry Morton Stanley. Den engagierte Leopold als »Entwickler« des Kongo.

Er schloss mit ihm einen Fünfjahresvertrag ab. In dieser Zeit gründete Stanley Stützpunkte entlang des Kongo-River, einen nach dem anderen, immer tiefer ins unkartierte Land hinein. Stanley wollte sein Geld im Voraus, denn trotz der peniblen und großzügigen Verträge blieb ihm unklar, ob sein Vertragspartner der König persönlich, die von ihm organisierte »Internationale Afrika-Vereinigung« oder das neue und noch geheimnisvollere Kongo-Komitee war, dessen Anteile sich im Besitz einer Gruppe belgischer Geschäftsleute befanden.

Der Grund für diese undurchsichtige Konstruktion war Leopolds Bemühung, von seiner Kongo-Operation nach außen ein rein humanitäres Bild zu vermitteln. Außerdem wollte er nicht das Interesse eines potenziellen Konkurrenten für den Kongo und dessen Elfenbeinreichtümer wecken. Am meisten Sorgen bereitete ihm Frankreich, das die Gegend bereits erkundet hatte. Aber schon bald erschienen auf der Landkarte die Bezeichnungen Leopoldville, Leopold-Höhe, Leopold-See und Leopold-Fluss.

Die von Stanley gegründeten Stationen waren Militärstützpunkte und Elfenbeinsammelstellen zugleich. Schon als Junge hatte Timo viel von Stanley und dessen rücksichtslosem Vorgehen gehört, aber erst in Belgien waren ihm ein paar fundierte

Bücher in die Hände geraten. Darin hieß es, dass vermutlich über die Hälfte aller Kongolesen, die gezwungen worden waren, als Träger zu arbeiten, ihr Leben gelassen hat. Erschöpft von Hunger, Krankheiten und Peitschenhieben, schleppten sie, aneinander gefesselt, gewaltige Lasten auf ihrem Rücken. Selbst Kinder wurden zur Arbeit gezwungen. Wegen der Wasserfälle des Kongo-River mussten die Träger zum Beispiel drei in ihre Einzelteile zerlegte Dampfschiffe ins Innere des Landes transportieren.

Nahrungsmittel beschaffte sich Stanley bei den Einheimischen. Wenn sie sie nicht freiwillig hergaben, erschoss er sie oder nahm Frauen aus den Dörfern als Geiseln. In seinen Büchern bezeichnete Stanley dieses Vorgehen als Jagd. Ein Mitglied seiner Expedition packte den abgeschnittenen Kopf eines Kongolesen in eine Kiste mit Salz und schickte ihn zum Ausstopfen nach London, wo die Trophäe anschließend auf einer Halterung befestigt und ausgestellt wurde.

Man begegnete den Einheimischen aber nicht nur mit Waffengewalt, sondern auch mit Heimtücke. Stanleys weiße Helfer versteckten Batterien, die sie aus London mitgebracht hatten, unter ihren Kleidern und verbanden sie über Kabel mit ihren Händen. Wenn sie einen Afrikaner begrüßten, bekam der einen Stromschlag und staunte über die Energie des weißen Mannes.

Leopolds lange gehegter Traum ging 1885 in Erfüllung, als er sich zum 50. Geburtstag mit einer eigenen Kolonie beschenken durfte. Und mit was für einer! Sie war größer als Frankreich, England, Deutschland, Spanien und Italien zusammen und entschädigte ihn mehrfach für die Winzigkeit Belgiens. Leopold riss sich dort alles unter den Nagel, was das Land hergab, von den Stoßzähnen der Elefanten bis zu den Rüben, die von den Einheimischen angebaut wurden und nun den Söldnern als Nahrung dienten.

Dem neuen Staat in seinem Privatbesitz gab Leopold den Namen *État Indépendant du Congo,* Freistaat Kongo. Das war grotesk, denn eine kleine Gruppe Weißer herrschte über fast 20

Millionen Afrikaner. Zu den effektivsten Verbündeten Leopolds zählte die katholische Kirche mit ihren Missionaren: Bei der Übernahme des Kongo stützte man sich auf die Macht der Gewehre und der Bibel. Leopold unterstützte die Missionare finanziell und setzte Pfarrer wie Soldaten ein, indem er sie in jene Gebiete entsandte, in denen er seine Macht festigen wollte. Seine Söldner-Armee *Force Publique* und die Missionsstationen bildeten zusammen ein anwachsendes, blutiges Perpetuum mobile: Von den Opfern der Soldaten blieb eine enorme Anzahl Waisenkinder zurück, aus denen die Missionare in ihren Waisenhäusern neue Soldaten für die *Force Publique* machten.

Timo musste wieder an den Papst und an Theo Denks Voodoo-Puppe denken. Auch der Zufall hatte seine Grenzen.

Er parkte den Wagen in der Nähe der TERA. Der Abend war warm, geradezu schwül. Timo beeilte sich, zu seinem Arbeitsplatz zu kommen, versuchte, mit Wilson zu sprechen, aber der war beschäftigt.

»Nur zwei Minuten«, sagte Timo zu Wilsons Sekretärin, die ihn schließlich doch ins Büro seines Vorgesetzten ließ.

»Was ist mit diesem Mwanga?«, fragte Wilson.

»Ich bin mir noch nicht sicher«, antwortete Timo leise, den Blick fest auf Wilson gerichtet. »Aber ich werde es mir anschauen.«

»Du fährst in den Kongo?«

»Dort liegt der Schlüssel zu allem.«

Wilson knipste mit seinem Kugelschreiber. »Wir könnten jemanden auftreiben, der näher dran ist. MI16 hat Leute da unten, die Franzosen auch ...«

Timo schüttelte den Kopf. »Sie kennen den Fall nicht. Kann mir TERA ein Schnellvisum beschaffen?«

»Sprich mit Picard. Du brauchst ein Impfzeugnis. Und mit der Malariaprophylaxe muss man zwei Wochen im Voraus anfangen.«

Nach der Unterredung rief Timo Doktor Leclerq an, einen der Ärzte, die der Einheit zur Verfügung standen, und suchte nach

Léon Picard, der vom belgischen Geheimdienst SE zur TERA gekommen war. Dieser *Sûreté de l'État* hatte reichlich Erfahrung mit dem Kongo und seinen Einwohnern. Das galt auch für den kleinen Wallonen, der Timo immer an einen Terrier mit dem Naturell eines Deutschen Schäferhundes erinnerte. Diese Asymmetrie sorgte für eine Spannung, die Timo stets auf der Hut sein ließ.

»Du kapierst nicht, was du da tust«, sagte Picard in seinem verrauchten Büro, in dem eine noch größere Unordnung herrschte als bei Timo. Picard gestikulierte beim Sprechen, er hatte dunkle Augenringe und die Haut eines Kettenrauchers.

»Weißt du, was man im Kongo vor den Kerzen zur Beleuchtung benutzt hat?«, fragte Picard, zog an seiner Zigarette und fuhr trocken fort: »Strom. Seit wir nicht mehr da sind, herrscht im Kongo Chaos. Seit 1960.«

Timo wusste, dass jetzt nicht der richtige Zeitpunkt war, unterschiedliche Ansichten über das Verhältnis zwischen Belgiern und Kongolesen auszutauschen. Doch offenbar verriet sein Gesichtsausdruck etwas, denn Picard fügte hinzu:

»Ich weiß noch, was du einmal über den Kongo gesagt hast. Aber vergiss nicht, dass die Kongolesen schon Sklaverei und Kannibalismus praktiziert hatten, bevor wir dort hingekommen sind. Und du weißt doch, wo die Weißen in Afrika ihre Sklaven gekauft haben? Von den Stammeshäuptlingen.«

»Könnten wir zur Sache kommen? Wie gehe ich am besten vor?«

Nach ein paar Telefonaten fuhren Timo und Picard in dessen kleinem, verbeultem Renault an den Modeboutiquen in der Avenue Louise vorbei nach Matonge, ins kongolesische Viertel von Brüssel, wo Picard einen Mann kannte, den er Jagger nannte. Im Lauf der Jahrzehnte hatten dort 15 000 Leute aus dem Kongo mitten in der Stadt ihr Heimatland nachgebaut, genauer gesagt die Hauptstadt Kinshasa, deren lebhaftester Teil Matonge den Namen gegeben hatte. Die ehemalige Elite des Kongo hingegen, die Helfershelfer Mobutus, wohnten in Häusern mit Marmorboden in Rhode-Saint-Genèse und Uccle, wenige Kilometer entfernt.

»Jagger lernte ich kennen, als ich bei der Kongo-Gruppe der Polizei arbeitete«, sagte Picard, während er sich ins absolute Halteverbot vor einer Einfahrt stellte. Nur der Stil der Gebäude ringsum verriet, dass man sich noch in Brüssel befand. »Es sagt doch viel über den Charakter der Kongolesen, dass wir nur für sie eine Sonderkommission bilden mussten, obwohl es in der Stadt wesentlich mehr Marokkaner und Türken gibt.«

Und was hat dafür gesorgt, dass sich der Charakter der Kongolesen in diese Richtung entwickelt hat?, hätte Timo am liebsten gefragt. Vielleicht die *Chicotte* – jene aus Streifen von sonnengetrocknetem Flusspferdleder gemachte Peitsche. Ein einziger Hieb damit war bereits äußerst schmerzvoll, zehn waren die Hölle, und ab zwanzig verlor man das Bewusstsein. Sieben- bis achtjährigen Kindern, die in Anwesenheit eines weißen Mannes lachten, wurden fünfzig Schläge verabreicht – in zwei Raten, denn sonst wäre das Opfer gestorben und die Strafe wirkungslos gewesen.

Timo versuchte, dem flinken Picard zu folgen. Alle anderen Menschen in dem Stadtviertel, das sich auf die Nacht vorbereitete, schienen Kongolesen zu sein. Jedes zweite Lädchen war ein Friseurgeschäft mit Perücken und Haarteilen und Preislisten in der Lingala-Sprache im Schaufenster.

Timo war ein paar Mal in der Gegend gewesen und hatte in einem voll gestopften Kellerladen eine kleine Holzskulptur gekauft. Die Afrikaner verzerrten auf faszinierende Weise die Körperproportionen. Solche Skulpturen hatten Matisse und Picasso als Quelle der Inspiration gedient. Picasso hatte sie in seinem Atelier stehen. Nur für die Europäer war der Kubismus etwas Neues gewesen. Ebenso wie die Skulptur selbst bewunderte Timo das Geschick der Afrikaner, Gegenstände so zu bearbeiten, dass sie echt antik aussahen. Was in den Galerien von Brüssel und Paris als teure *objets d'art* verkauft wurde, war in Wirklichkeit Serienproduktion.

»Hier kann man alles kaufen«, sagte Picard. »Gefälschte Schecks, gestohlene Autos, Jungfrauen, Drogen, Luxusklamotten, die in der Louise geklaut worden sind, gefälschte Visa. Und echte Visa. Angeblich sehen ja alle Schwarzen in den Augen weißer Beamter gleich aus. Wenn einer Papiere hat, leiht er sie seinen Freunden, die hierher kommen wollen. Wenn man knapp bei Kasse ist, verkauft man die Papiere weiter.«

»Ich möchte am liebsten ein echtes Visum.« Timo hielt sich nicht für einen Abenteurer, und die Vorstellung, in den Kongo zu reisen, gefiel ihm ohnehin nicht sonderlich.

»Schauen wir mal, was Jagger tun kann.«

Während sie sprachen, wichen sie entgegenkommenden Passanten aus und machten einen Bogen um die Kisten der Gemüsehändler mit Süßkartoffeln, Stücken von Zuckerrohr, ungewöhnlich hellen Auberginen, leuchtenden Chilis. In den Fenstern der Cafés hingen die Titelseiten von Zeitungen aus dem Kongo aus: ›Le Palmarès‹, ›Le Phare‹, ›Le Soft‹. Auf den grobkörnigen Bildern sah man schwarze Soldaten in Kampfanzügen und mit Patronengürteln, die Ärmel hochgekrempelt. Aus dem Innern der Cafés drang lebhaftes, exotisches Stimmengewirr.

»Hier wird unermüdlich über Politik geredet, aber niemand ist bereit, etwas zu tun, damit sich die Lage bessert, egal ob Mobutu oder irgendeine andere Militärclique an der Macht ist«, sagte Picard mit verächtlichem Unterton. »Die Kongolesen besitzen kein kollektives Nationalgefühl.«

Timo lag die Bemerkung auf der Zunge, dass die Belgier Ende des 19. Jahrhunderts die fehlende Initiative der Kongolesen nicht vermisst hatten, als sie das Land systematisch um seine Naturschätze erleichterten.

»Kennst du den Witz von Bush, Chirac und Kabila im Flugzeug, das sich im Nebel verirrt hat?«, fragte Picard und redete gleich weiter, nachdem er einmal in Fahrt gekommen war. »Bush hält die Hand aus dem Fenster und sagt: ›Ich fühle den Kopf der Freiheitsstatue, wir sind in Amerika.‹ Das Flugzeug macht einen Bogen, und Chirac streckt die Hand hinaus. ›Ich fühle den Eiffelturm, wir sind in Frankreich.‹ Nach einer Weile hält Kabila die Hand in den Nebel. ›Jetzt sind wir im Kongo‹, sagte er. ›Woher weißt du das?‹, wollen die anderen beiden wissen. ›Jemand hat mir gerade die Rolex geklaut‹, antwortete Kabila.«

Zwei Männer, jeder so groß wie ein Kleinwagen, kamen ihnen entgegen und warfen ihnen misstrauische Blicke zu.

»Weißt du, wie sie uns in ihrer Sprache nennen?«, fragte Picard leise. »Der Weiße ist *mwana Maria*, ein Kind der Jungfrau Maria. Belgien ist *lola*, das Paradies. Und Europa heißt *mikili*, das gelobte Land. Um hierher zu kommen, sind sie zu allem bereit. Das Ziel eines jeden Kongolesen besteht darin, aus dem Kongo herauszukommen. Und du willst ausgerechnet dorthin.«

»Eigentlich müsste man die Einreise für Kongolesen nach Belgien erleichtern, wenn man bedenkt, was dort seinerzeit geschehen ist.«

»Was willst du damit sagen?«

Timo bereute seine Bemerkung, er war ja auf Picard angewiesen. »Nichts. Wer ist dieser Jagger?«

»Er besitzt eine Pension, kennt jeden und weiß alles über den Kongo. Und das ist viel, wenn man bedenkt, wie schnell sich dort alles ändert.«

Vor ihnen ragte eine heruntergekommene Immobilie auf, an der ein nachgedunkeltes Schild mit der Aufschrift MAISON AFRICAINE angebracht war.

»Von Zaventem kommen die Leute direkt aus der Kinshasa-Maschine hierher. Bei kürzeren Besuchen nutzen sie sein Haus als Stützpunkt, und wenn sie länger bleiben, suchen sie sich von hier aus eine Wohnung.«

Timo stieg die Treppe zu der Herberge hinauf, die wenig Komfort, aber viel Leben bot. Auf einer abgenutzten Polstergarnitur saß eine Gruppe junger lebhaft diskutierender und lachender Kongolesen, das Treppenhaus war erfüllt von melodischen Lingala-Rhythmen. Diese Musik lief sogar in den Nachtclubs von London und Paris, sie war derzeit das erfolgreichste Exportprodukt des Kongo. Im Speisesaal ließen sich einige ältere Menschen ihr Essen schmecken: »Huhn in Erdnusssoße und Nilbarsch in Palmblättern« stand mit Kreide auf einer Tafel.

Ein Kongolese in T-Shirt und Jeans kam ihnen entgegen. Als Timo seinen Mund sah, wunderte er sich nicht mehr, warum Picard den Mann Jagger nannte.

»*Salut*«, sagte Jagger und gab ihnen lächelnd die Hand.

Picard stellte Timo als finnischen Freund vor, und alle drei gingen in ein Hinterzimmer. Dort hingen Konzertplakate an der Wand, unter anderem von Papa Wemba und Pépé Kallè. An einer anderen Wand hing eine Weltkarte der belgischen Fluggesellschaft *Sabena*, auf der die Flugrouten eingezeichnet waren.

Picard plauderte mit Jagger, und Timo blickte nervös auf die Fuji-Reklameuhr.

»Mein finnischer Freund will in den Kongo und bräuchte dringend ein Visum«, sagte Picard.

»Wie dringend?«

»Bis morgen.«

»Das ist nicht leicht.«

»Er hat Geld.«

Jagger griff zum Telefon. »Könnt ihr es in der Botschaft in der Rue Marie de Bourgogne abholen?«, fragte er, während er die Nummer wählte.

»Ja.«

Eine Stunde später saß Timo bei Doktor Leclerq in Etterbeek. In der Hand hielt er Gammaglobulin- und andere Impfampullen, die er aus der Dienst habenden Apotheke besorgt hatte. Leclerq war einer der Ärzte, die für TERA arbeiteten, seine Praxis war direkt an seine Wohnung angeschlossen.

»Der Kongo ist streng in diesen Dingen«, sagte der Arzt ohne ein Lächeln hinter seinem Schreibtisch. Er hatte sich einen Kittel über die Freizeitkleidung gezogen.

Timo las das französische Formular, auf dem er Kreuzchen machen sollte. »Wegen einer kleinen Wunde an der Seite habe ich heute eine Tetanusspritze bekommen.«

»Das Problem ist die Gelbfieberimpfung. Die hätten wir vor zwei Wochen veranlassen müssen.«

»Ich muss einen dringenden dienstlichen Auftrag erfüllen.«

Sie schwiegen, während der Arzt Timo die Impfungen verpasste.

»Ich werde das kein zweites Mal für Sie tun«, sagte Leclerq und trug auf dem Formular ein drei Wochen zurückliegendes Datum ein. »Sie reisen auf eigene Verantwortung.«

»Danke«, sagte Timo leise, obwohl er nicht wusste, weshalb er für eine Reise in den Kongo dankbar sein sollte.

32

Aaro kam mit seinem neuen Rucksack und einem Filzstift aus seinem Zimmer, als das Telefon klingelte.

»Aaro«, meldete er sich, aber niemand antwortete. »Hallo?«, fragte er nach.

Am anderen Ende der Leitung wurde aufgelegt. Es tutete nur noch.

Aaro legte den Hörer auf die Gabel. Hatte sich jemand verwählt? Wahrscheinlich, dachte er, wunderte sich aber, dass der Anrufer gar nichts gesagt hatte.

Reija verließ ihren Platz vor dem Fernseher und kam mit einem leeren Schälchen in der Hand in die Küche. »Wer war das?«

»Niemand.«

»Was macht dein Vater eigentlich? Hat ziemlich unregelmäßige Arbeitszeiten.« Sie stellte das Schüsselchen zu dem anderen schmutzigen Geschirr auf die Spüle.

»Hab ich doch schon gesagt. Das ist geheim.«

»Warum das denn?«

»Darum halt. Geheim eben.«

»Weißt du es auch nicht?«

»Natürlich weiß ich es. Aber ich darf nicht drüber reden.« Aaro schrieb mit dem Filzstift seinen Namen auf den Rucksack.

»Er ist gar kein normaler EU-Bürokrat?«

»Alles andere als das.«

»Was hat er denn in Finnland gemacht?«

»War bei der SiPo und bei der KRP.«

»Verarsch mich nicht.«

»Guck doch im Web nach. Kannst ja seinen Namen mal mit ›Petersburg‹ kombiniert eingeben.«

»Wieso Petersburg?«

»Mein Vater war da vier Jahre als Sonderexperte. Kann man das lesen?« Aaro zeigte, was er auf den Rucksack geschrieben hatte: Aaro Nortamo.

»Kann man. Warum ist die Abkürzung für deine Klasse eigentlich so kompliziert?«

»In jeder der sechs Sprachabteilungen gibt es mindestens eine a-Klasse, und bei einigen außerdem b und c.«

»Und in welcher Sprache unterrichten die Lehrer?«

»Unterrichtet wird in der jeweiligen Muttersprache, aber jeden Tag hat man seine erste Fremdsprache. In der Oberstufe findet ein Teil des Unterrichts dann auf Französisch oder Englisch statt.«

»Und du hast Französisch?«

Aaro schüttelte den Kopf. »Ich hab Englisch genommen, weil ich es schon konnte. Die ersten beiden Schuljahre war ich auf der internationalen Schule in Genf, weil meine Mutter dort beim CERN arbeitet.«

»Und was macht sie da so?«

»Erforscht Elementarteilchen. Und baut Grid auf, ein riesiges Computernetzwerk. Rate mal, was für eine Datenmenge damit verarbeitet werden kann? Eine Million Gigabytes.«

Aaro wartete umsonst, dass Rejia sich beeindruckt zeigte. »Kapierst du? Das entspricht der Information von anderthalb Millionen CD-Roms...«, legte Aaro nach.

Dann hörte er das Schloss an der Wohnungstür. Er sprang auf und rannte in den Flur. Sein Vater zog schwerfällig die Jacke aus, er war blass und wirkte entsetzlich müde.

»Wie läuft's bei euch?«, fragte Timo mit aufgesetzter Munterkeit.

»Besser als bei dir«, sagte Aaro und schaute seinen Vater forschend an.

»Ich hab mich ein bisschen an der Seite verletzt.«

Reija hatte eilig angefangen, das schmutzige Geschirr in die Spülmaschine zu räumen, unterbrach ihre Tätigkeit aber, als Timo in der Tür erschien.

»Wie ist das denn passiert?«, wollte Aaro wissen.

»Ich bin gestürzt... Hat Aaro nicht gesagt, dass man die nicht in die Maschine tun darf? Die Griffe sind aus Elfenbein.« Timo nahm zwei alte Messer und eine Gabel, die er auf dem Flohmarkt im Marolles-Viertel gekauft hatte, aus dem Besteckkorb.

»Wo gestürzt? Auf der Straße?«

»Die hätte ich vielleicht gar nicht kaufen sollen«, sagte Timo mehr zu sich selbst und nahm sich einen Teller aus dem Schrank. »Elfenbein hat so viel Unheil auf der Welt angerichtet. Ende des 19. Jahrhunderts war es ein Spitzenrohstoff. Das Plastik der damaligen Zeit...«

Er setzte sich an den Tisch und schüttete sich etwas von den gezuckerten Schokoknusperflocken, die wie von selbst aus dem Supermarkt aufgetaucht waren, in den Teller. Er bemerkte Aaros durchdringenden Blick, der immer wieder die Stelle mit der Verletzung suchte. »Aus Elfenbein wurden künstliche Zähne hergestellt, Klaviertasten, Kämme, Billardkugeln, Schnupftabakdosen...«

Aaro verschwand in sein Zimmer und Reija vor den Fernseher. Timo löffelte seinen Teller leer und ging zu Aaro.

»Ich würde mir gern deine Lampe ausleihen«, sagte er. »Die du zu Weihnachten bekommen hast.«

»Wozu?«

»Ist der Schulrucksack gepackt?«

Aaro antwortete nicht.

Timo nahm die kleine, starke Maglite-Lampe vom Regal und überprüfte, ob sie funktionierte. Da fiel sein Blick auf ein Comic-Heft: ›Tintin au Congo‹. Das hatte Timo damals den Geschmack an ›Tim und Struppi‹ verdorben, obwohl man den Inhalt eigentlich aus der Perspektive der 30er Jahre sehen musste. Das Brüssel jener Zeit faszinierte Timo nämlich durchaus. Faschistische Gruppen sorgten für Unruhe, es gärte die soziale Unzufriedenheit, und die Menschen flohen vor der Wirklichkeit in die surrealistische Kunst von Magritte und Delvaux und in die fantastischen ›Tim-und-Struppi‹-Welten von Hergé.

»Kannst du mich morgen früh zur Schule bringen?«, fragte Aaro.

»Wie es aussieht, ja. Ich fahre dann direkt zum Flughafen weiter.«

»Wohin fliegst du?«

Timo seufzte. »Frag nicht.«

»Wie lange bist du weg?«

»Ein paar Tage. Deine Mutter kommt übers Wochenende aus Genf. Ich hab Geld aufs Küchenregal gelegt. Schmeißt es nicht zum Fenster raus.«

Timo kramte in der Hosentasche und zog einen Zettel heraus. »Hier ist eine Telefonnummer, unter der ich erreichbar bin. Aber bitte nur wählen, wenn wirklich etwas anliegt.«

Aaro sah sich die Nummer an. »Was ist denn das für eine Nummer?«

»Die gehört zu einem Satellitentelefon.«

»Hast du das hier? Zeig doch mal ...«

»Es ist im Büro. Schreib dir die Nummer auf.«

Aaro musterte ihn skeptisch. »Wohin fährst du?«

»Ich erzähl es dir später.«

Timo zog sich ins Schlafzimmer zurück und machte die Tür zu. Dann packte er das GPS-Navigationsgerät aus, das er sich bei TERA geliehen hatte. Es war nicht größer als ein Handy und zeigte die genauen Standortkoordinaten an. Anschließend rief er über die Leitung seines Diensttelefons seinen italienischen TERA-Kollegen de Gasperi an, der bei den Vatikan-Ermittlungen als Verbindungsmann fungierte.

»Wenn sich herausstellt, dass hinter dem Virus, mit dem der Papst infiziert worden ist, das russische Biowaffen-Programm steckt, finden wir nur dort ein Gegenmittel«, sagte de Gasperi.

»Der Vatikan und Rom stehen jetzt in direktem Kontakt mit dem Kreml.«

»Aus Moskau ist keine Hilfe zu erwarten«, sagte Timo mit gesenkter Stimme und schaute aus dem Schlafzimmerfenster in den kleinen Garten hinter dem Haus. »Es ist doch nicht ernsthaft anzunehmen, dass die russische Armee zugibt, über ein Biowaffenprogramm zu verfügen!«

»Man wird für den Papst alles tun, was man kann. Die CIA redet derzeit mit abtrünnigen russischen Biowaffenexperten, in der Hoffnung, dass sie etwas über das Vatikan-Ebola wissen.«

»Wie ist der Zustand des Papstes?«

»Verschlechtert sich rapide. Du wirst aus mehreren Gründen keine Erlaubnis bekommen, ihn zu besuchen, sein Gesundheitszustand ist einer davon.«

»Ich habe die Erlaubnis schon. Dank Wilson. Es geht um das Prestige der TERA. Nichts ist so effektiv wie das Ausnutzen von Kompetenzgerangel.«

Nach dem Telefonat zog Timo seinen Schlafanzug an, dann nahm er die ausgedruckte Kongo-Datei aus seiner Aktentasche. Die finstere gemeinsame Vergangenheit von Belgien und dem Kongo kannte er gut, aber über die aktuelle Situation des Landes wusste er nur, dass die Krise zwischen Lendu und Hema im Itur-Gebiet an der Grenze zu Uganda das Eingreifen von Friedenstruppen der UN erforderlich gemacht hatte. Timos Reiseziel lag weit im Südosten, wo es keine Unruhen gegeben hatte. Trotzdem hatte der Blick auf die Papiere nichts Beruhigendes. Die Demokratische Rebublik Kongo war nach allen Maßstäben einer der erbärmlichsten Winkel der Welt.

»*Vermeiden Sie es, nachts am Flughafen von Kinshasa anzukommen. Eine Taxifahrt in die Stadt ist dann praktisch unmöglich, denn bewaffnete Gruppen halten Autos an, rauben die Insassen aus oder bringen sie um ... In der Stadt ist es auch tagsüber riskant, besonders für Ausländer ... Die Sicherheitslage in einigen Provinzen entspricht der in Kriegsgebieten ...*«

Die eigentlichen Arbeitsunterlagen hatte Timo nicht mitnehmen können, aber er hätte es auch nicht gewollt. Stärker als je zuvor wollte er eine Mauer zwischen Arbeitsplatz und Zuhause errichten.

Nur zwei Landkarten hatte er in seine Aktentasche geschoben. Die eine war eine belgische Karte des Kongo, auf der bei einigen Orten stand: POSITION APPROXIMATIVE. Selbst wenn man im Kongo eine Karte bei sich hatte, konnte man sich letztlich nicht über seinen Standort sicher sein. Aus westlicher Sicht war der Kongo eines der letzten unerforschten Gebiete auf dem Planeten gewesen, eine Terra incognita, bis Stanley angefangen hatte, das Land zu kartieren.

Die andere Karte stammte aus der Datenbank der amerikanischen *Defence Mapping Agency*, und die TERA hatte nur dank O'Briens Hartnäckigkeit das Nutzungsrecht dafür erhalten. Die Karte zeigte das Mwanga-Gebiet, war aber ebenfalls nicht sonderlich exakt.

Timo packte die Karten und die übrigen Sachen, die er brauchte, in seinen Flugkoffer. Anschließend suchte er im Regal nach dem Buch ›Schatten über dem Kongo‹, das er sich zwei Jahre zuvor gekauft hatte. Dabei fiel sein Blick auf eine VHS-Hülle mit der sorgfältigen Beschriftung ›Casablanca‹. Gern hätte er sich Ingrid Bergman angeschaut und die Welt um sich herum für neunzig Minuten ausgeschlossen, aber er musste schlafen.

Doch der Schlaf wollte nicht kommen. Ein Knäuel dunkler Gedanken kreiste in seinem Kopf. Immer wieder sah er das Stilett vor sich aufblitzen. Die Klinge näherte sich seiner Kehle, auf einmal konnte er nicht mehr dagegenhalten, und die Klinge färbte sich rot. Mit aller Kraft packte Timo die Hand mit dem Messer.

»Au ... Lass mich los!«, drang es in sein Bewusstsein.

Timo fuhr aus dem Schlaf hoch.

»Das tut weh«, stöhnte Aaro, bevor Timo dessen Handgelenk endlich losließ.

»Was schleichst du dich hier rein?« Timo sprach atemlos, seine Stimme war vom Alptraum ganz belegt.

»Ich wollte mir deine Wunde ansehen... Wenn man hinfällt, wird man normalerweise nicht so verpflastert. Falls man nicht zufällig auf ein Messer fällt.«

Timo zog Aaro zu sich unter die Decke und flüsterte ihm ins Ohr: »Versuch nicht, zu clever zu sein... Komm, und jetzt lass uns schlafen.«

Aaro schwieg. Als er auf die Welt kam, hatte Timo es für selbstverständlich gehalten, dem Jungen zu geben, was ihm selbst durch die Abwesenheit seines Vaters gefehlt hatte. Aber das war nicht einfach. Timo konnte sichere Entscheidungen treffen, wenn es um Fragen ging wie Diesel oder Benzin, Wintergrip oder Spikes. Als Experten für Kindererziehung hätte er sich jedoch nie bezeichnet.

Wie es ihrer Forschernatur entsprach, hatte Soile nach Aaros Geburt regalmeterweise Ratgeber über Kinderpflege und -erziehung angeschafft. Timo hatte einen Blick hineingeworfen und festgestellt, dass sie auch bloß mit gesundem Menschenverstand geschrieben worden waren. Im Lauf der Jahre hatte er am eigenen Leib erfahren, dass nichts leichter war, als in Erziehungsfragen Ratschläge zu erteilen, aber nichts schwerer, als sie zu befolgen.

Plötzlich machte Aaro eine abrupte Bewegung. »Ich hab den Wecker in meinem Zimmer gestellt...«

»Ich auch. Wir werden schon wach, mach dir keine Sorgen.«

Timo drückte Aaro an sich und schlief sofort ein.

33

Die afrikanische Nacht pulsierte vor Wärme und fremden Gerüchen. Der Flug mit der alten *DC-9* der *Hewa Bora Airways* von Lusaka in Sambia nach Manono auf der kongolesischen Seite hatte Nooras Sinne betäubt, aber jetzt wurden sie umso mehr angeregt.

Noora war noch nie in Afrika gewesen, sie kam nicht umhin zu denken, wie wenig Nahrung das Leben im Norden den menschlichen Sinnen bot. Karen Blixen hatte auf ihrer Plantage geschrieben, die Liebe zum Süden sei typisch für Menschen aus dem Norden. Zu jeder anderen Stunde hätte Noora die neue Umgebung in vollen Zügen genossen, aber jetzt erhöhte sie nur ihre Anspannung. Sie hielt Ralfs Hand fest umklammert, während sie zum Auto gingen.

»Alles in Ordnung?«, fragte Ralf den Mann, der sich als Ilgar vorgestellt hatte und jetzt vor ihnen herging.

»Im Prinzip ja.« Dem überschlanken Ilgar hing seine Lederjacke am Leib wie an einem Garderobenhaken, und die gebräunte Haut folgte den Schädelformen wie bei einem indischen Yogi. Mit seinen dunklen Augen, den hohen Wangenknochen und dem kleinen Schnurrbart wirkte er deutlich asiatisch. Er schien gelassen und selbstsicher.

Noora und Ralf stiegen in einen alten, eckigen Peugeot-Kleinbus, hinter dessen Steuer ein schwarzer Mann im Tarnanzug saß. Er wurde Noora als Nzanga vorgestellt. Ilgar setzte sich auf den Beifahrersitz.

Sie fuhren in die Nacht hinein, die von keiner einzigen Straßenlaterne erhellt wurde. Dafür leuchtete der Mond.

»Im Prinzip?«, hakte Ralf von der Rückbank aus nach, um noch mal auf seine Eingangsfrage zurückzukommen.

»Bisschen Ärger mit den Einheimischen.«

Der Wagen beschleunigte auf der löchrigen Straße. »Sehr abergläubisch.«

Rechts und links der Straße tauchten Wellblechbaracken auf, zuerst wenige, dann immer mehr und schließlich eine unendliche Zahl. Auf Bildern hatte Noora schon viele Slums gesehen, aber einen Eindruck von dieser hier vor ihr liegenden Armut hatte keines der Bilder vermitteln können.

Ralf schien ihre Erschütterung zu bemerken. »Bakutu. Zigtausend Einwohner. Die genaue Zahl kennt niemand.«

Zwei schwarze Gestalten gingen an der Straße entlang, Kinder. Eines von ihnen trug einen Säugling auf dem Rücken, obwohl es selbst kaum zehn war.

»Die meisten Kinder von Bakutu sind AIDS-Waisen. Mindestens jeder dritte Bewohner ist HIV-positiv.«

Nooras Blick folgte den endlosen Reihen von Baracken. In den schmalen Durchgängen häufte sich der Müll. Ein bestialischer Gestank drang bis ins Auto und drehte einem den Magen um.

»In jeder Baracke hausen fünf oder sechs Menschen. In der gesamten Umgebung hier gibt es keinen Strom, keine Wasserstelle, keine Kanalisation. Von Abfallentsorgung ganz zu schweigen.«

Irgendetwas huschte durch die Dunkelheit. Jemand warf eine Plastiktüte aus seiner Hütte.

»Eine fliegende Toilette«, sagte Ralf. »Es ist zu gefährlich, nachts allein zur nächsten Toilette zu gehen, deshalb verrichten viele ihre Notdurft in eine Plastiktüte. Die wird dann einfach nach draußen geworfen.«

Noora gab sich Mühe, ihren Brechreiz zu unterdrücken.

»90 Prozent des Bevölkerungswachstums findet schon bald in den Städten statt«, fuhr Ralf fort, während Noora aus dem Fenster starrte. »Jeden Tag nimmt weltweit die Zahl der Menschen an solchen Orten um 180 000 zu, durch Zuzug und Geburt.«

Erst jetzt begriff Noora, warum Ralf in seinen Vorträgen immer wieder auf das Thema Bevölkerungsexplosion zu sprechen kam: Das Bevölkerungswachstum als Ursache aller globalen Probleme wie Armut, Hunger, Flüchtlingsströme, Verwüstung, Treibhauseffekt, die ökologische Zerstörung der Erde. Immer wieder wies er darauf hin, dass die Grenzen nicht in der Belastbarkeit des Menschen, sondern der des Planeten lägen. Die Natur würde zurückschlagen, aber dann wäre es bereits zu spät. Das Einzige, was den Kollaps des Planeten aufhalten könne, sei die Begrenzung des Bevölkerungswachstums.

»Warum ziehen sie in die Städte?« Noora versuchte, durch den Mund zu atmen. Das Auto schaukelte auf der unebenen Straße. »Hätten sie es auf dem Land denn nicht besser?«

»Die Leute glauben, dass sie in der Stadt Arbeit finden und

ein paar Dollar am Tag verdienen können. Aber die Miete beträgt ja schon zehn bis zwölf Dollar im Monat. Und auch alles andere ist teuer. Diese Menschen hier zahlen für Wasser fünfmal mehr als wir in Göttingen. Dabei verbrauchen wir bei einer Klospülung mehr Wasser, als ein Mensch hier den ganzen Tag benötigt... zum Trinken, um sich zu waschen, zum Kochen. Sakombi kann dir das alles noch genauer darlegen, wenn er kommt.«

Die Barackenreihen rechts und links der Straße wollten nicht enden.

»Offiziell gibt es solche Orte wie den hier gar nicht. Hierher werden keine Wasser- und keine Stromleitungen verlegt, nichts. Das würde ja ihre Existenz offiziell machen.«

Es wurde still im Wagen. Ilgar hatte sich eine Zigarette angezündet. Jetzt war Noora der Rauch ausnahmsweise recht, denn er überlagerte die Gerüche von draußen wenigstens ein bisschen.

»Am schlimmsten ist es für die Kinder«, sagte Ralf. »Dabei kommen die Leute eigentlich wegen ihrer Kinder her... Um ihnen eine bessere Zukunft zu bieten.«

Ralfs Stimme wurde hart. »Ich habe eifrige, lernwillige Kinder gesehen, die auf eine bessere Zukunft hofften... Sie verstehen die Wahrheit nicht. Und Gott bewahre sie davor...« – jetzt war Ralfs Stimme nur noch ein Flüstern –, »... zu verstehen, dass es keine Zukunft für sie gibt. In Bakutu leben 20-Jährige, die hier geboren wurden. Und die hier sterben werden.«

Noora drückte Ralfs Knie. »Könntest du das Fenster zumachen?«

Ralf drehte an der Kurbel. »Innerhalb von zwei Wochen werden auf der Erde so viele Menschen geboren, wie Kanada Einwohner hat.«

Noora hielt sich ein Papiertaschentuch vor Nase und Mund, an dem der Pfefferminzgeruch von Kaugummis haften geblieben war. Die Straße stieg leicht an, und der Blick auf die Barackenstadt im Mondschein weitete sich.

»Die Bevölkerung wächst exponentiell«, fuhr Ralf fort. »Aber nur in der Mathematik können exponentielle Kurven unendlich ansteigen.«

Das Papiertaschentuch half nicht, und Noora spürte, wie ihr die Galle hochstieg.

»Die Bevölkerungsexplosion ist ein Faktum, buchstäblich. Und Explosionen folgen dem Gesetz der Exponentialfunktion ... von der Granate bis zur Atombombe.«

Wieder machte sich Stille im Wagen breit, bis Noora sich heftig auf die Fußmatte erbrach.

Ralf sah sie voller Mitgefühl an und gab ihr eine Plastiktüte. Vorne warf Nzanga Ilgar einen fragenden Blick zu.

»Nicht anhalten«, sagte Ralf. »Wir fahren weiter.«

Noora spuckte noch ein paar Mal in die Tüte, Ralf starrte aus dem Fenster. Das Ziel rückte unausweichlich näher. Ralf überlegte, welche Anweisungen er Tobias in Brüssel geben sollte. Am klügsten wäre es, ihm zu sagen, er solle zunächst weiter abwarten.

Es beruhigte Ralf, zu wissen, dass sie bald ankamen. Es hatte ihm immer viel bedeutet, dass die Wurzeln der menschlichen Spezies in Afrika lagen. Er hatte die unbestreitbaren Beweise dafür mit eigenen Augen gesehen: in der Clusteranalyse auf einem Computerausdruck. Während des Studiums hatte er bei einem Projekt mitgearbeitet, bei dem Proben aus den Mitochondrien von Zellen verschiedener ethnischer Gruppen entnommen worden waren. Diese wurden kartiert, um etwas über den Ursprung des Menschen zu erfahren. Und tatsächlich: Der Garten Eden lag in Afrika. Von dort aus hatten sich die neuen Generationen in alle Richtungen vermehrt. Inzwischen war die Menschheit zu einer Flut geworden, die den Planeten zu überschwemmen drohte. Der Mensch selbst hatte das Paradies zur Hölle gemacht.

Ralf wusste das, denn er war in der Hölle gewesen. In Burundi hatte er versucht, eine außergewöhnlich heftige Cholera-Epidemie zu bändigen, indem er die Bakterien isolierte und mit den Hilfsorganisationen die Gegenmaßnahmen koordinierte. Damals war ihm klar geworden, dass die weltweite kapitalistische

Privatisierung bis in die Hilfsorganisationen reichte. Oxfam, CARE, Ärzte ohne Grenzen und zahllose andere Organisationen betrieben Hilfsprogramme, die früher einmal Regierungssache gewesen waren. Dafür erhielten sie den größten Teil ihrer Gelder von den Staaten, von der UNO und von der EU, anders als viele private Spender glaubten. Und daher verkniffen sie sich jede Form der Kritik an den Regierungen der Staaten. Man mied alle Fragen der Politik und der internationalen Beziehungen, um sicherzustellen, dass der Geldfluss nicht versiegte.

Die weißen Mitarbeiter der Hilfsorganisationen verdienten immerhin 2500-4000 Euro im Monat, was in manchen Gegenden der Welt einem Jahreseinkommen der Einheimischen entsprach. Die meisten beschäftigten Einheimische als Bedienstete und hielten sie für faul, dumm und abergläubisch. Viele waren von der Korruption und der totalen Wirkungslosigkeit ihrer Arbeit frustriert und darüber zynisch geworden. Früher hatte Ralf den ›New Internationalist‹ als Müll verurteilt, weil ehemalige Helfer darin die Mängel der Entwicklungshilfeprogramme offen legten – bis er mit eigenen Augen die Wahrheit gesehen hatte:

Noch immer hatte er den Geruch von Tausenden in der Sonne aufgedunsener toter Leiber in Burundi in der Nase. Auf der harten Erde war nicht einmal Raum für einen Schlafplatz gewesen. Die Helfer hatten den sterbenden Patienten eine Zucker-Salz-Lösung eingeflößt und den stärkeren mit dem Löffel Proteinpulver gegeben. Dennoch waren innerhalb weniger Tage mehr als 50000 Menschen gestorben. Angesichts dieses unbeschreiblichen Leids waren selbst erfahrene Entwicklungshelfer zusammengebrochen.

Ralf war nicht zusammengebrochen, aber etwas war mit ihm geschehen. Nachdem der Genfer Geschäftsmann Henry Dunant im Jahr 1859 gesehen hatte, wie bei der Schlacht von Solferino im Laufe eines einzigen Tages 40000 Männer starben oder verwundet wurden, hatte ihn das dazu veranlasst, international verbindliche Regeln zum Schutz von Verwundeten vorzuschlagen. Das war der Anfang des Roten Kreuzes gewesen.

Auch beim Völkermord in Ruanda hatte man das Rote Kreuz eingesetzt – allerdings erst, als Hunderttausende bereits in einem unfassbaren Blutrausch zwischen Hutu und Tutsi ermordet worden waren.

Mit einer Kühltasche voller Laborproben war Ralf in seine Baracke gegangen. Im einzigen Fernseher des Lagers hatte CNN berichtet, die Staatsoberhäupter der G8 hätten sich in Nizza versammelt, um über internationale Handelsprobleme zu reden.

Warum sprachen sie nicht über das einzige *wirkliche* Problem: das Bevölkerungswachstum? Ralf hatte gekocht vor Wut. Jene Männer hatten die Macht ehemaliger Kolonialherren geerbt. Sie müssten die heutigen Probleme der alten Beutegebiete lösen. Sie müssten verhindern, dass sich eine Katastrophe wie in Ruanda nicht wiederholte, weder in Afrika noch in Asien oder Südamerika. Jene Männer hatten die Macht und die Verantwortung, für den Planeten und die Menschen Sorge zu tragen, aber sie ließen die Erde an dem Dreck ersticken, den die immer bevölkerungsreicheren neuen Konsumgesellschaften produzierten.

Der einzige Mann, der außer den politischen Führern etwas tun konnte, war der Papst.

Aus der Tüte, die Noora auf dem Schoß hielt, drang ein süßlicher Geruch.

Ralf schloss die Augen und lehnte sich ans Fenster. Jetzt war der Papst selbst auf dem Weg dorthin, wohin er durch seine Untätigkeit die Menschen aus den Flüchtlingslagern geführt hatte: in die Hölle.

Seid fruchtbar und mehret euch.

Ralf hatte nun dafür gesorgt, dass das Pendel zurückschlug. Er hatte Hochachtung vor dem Ebola-Virus, dessen genetischer Code – ein einfacher DNA-Strang – in seiner Einfachheit vollkommen war. Sein Molekül war einer der primitivsten Codes des Lebens, und einer der ältesten. Als Molekularanthropologe hätte Ralf in seinen Kern eindringen und Hunderttausende Jahre zurückgehen können, in die Anfangsdämmerung der Spezies Mensch, und noch weiter, in die Morgenröte des ganzen Planeten, denn das Ebola-Virus war über Millionen von Jahren hinweg nahezu unverändert geblieben.

Dieser Gedanke bereitete Ralf große Genugtuung, trotz des Drucks, unter dem er stand.

Müdigkeit, Übelkeit und Aufregung hatten Noora in einen quälenden Halbschlaf versetzt. Sie wäre am liebsten umgekehrt, nach Deutschland oder noch lieber nach Finnland zurückgeflogen. Sie schämte sich für den Gedanken, dass es vielleicht doch das Beste war, wenn man von Ferne für den Kontinent kämpfte.

Plötzlich tauchten im Scheinwerferkegel des Autos bis an die Zähne bewaffnete schwarze Soldaten an einem Schlagbaum auf. Die Atmosphäre im Wagen war wie elektrisiert.

»Willkommen im Kongo«, murmelte Ralf mit einer Stimme, aus der Anspannung und Verachtung herauszuhören waren.

Nzanga kurbelte das Fenster herunter, reichte einem Soldaten einen abgegriffenen Umschlag und sagte zu Noora etwas in einer Sprache, die sie nicht verstand. Erst jetzt begriff sie, dass der Fahrer Kongolese war.

Die angespannte Stimmung im Wagen blieb auch nach der Grenze bestehen. Ralf reckte sich über die Rückenlehne und holte nacheinander zwei Maschinenpistolen hervor. Eine davon reichte er nach vorn.

»Ihr scheint den Kongolesen nicht sonderlich zu trauen«, bemerkte Noora trocken.

»Es geht nicht um die Kongolesen«, sagte Ralf. »Es geht um Menschen, die über Generationen hinweg unter dem Kolonialismus und seinen Folgen gelitten haben. Unter der Vorstufe der heutigen Globalisierung. Der Staat Kongo basiert auf dem systematischen und kalkulierten Einsatz von Sklavenarbeit. Was für Menschen wachsen in einem Land des Terrors und der rücksichtslosen Gewalt denn heran?«

Noora starrte in die Dunkelheit. Sie war müde, doch sie konnte im Auto nicht schlafen. Die Straße wurde immer unwegsamer, und die harte Federung vermochte es nicht, die Unebenheiten abzudämpfen.

»Die Belgier haben im Kongo dasselbe getan, was die Großkonzerne heute überall auf der Welt tun«, sagte Ralf. »Zu Leopolds Zeit stieg der Preis für Rohgummi auf dem Weg von den Sammelstellen im Kongo bis zum Hafen von Antwerpen um 700 Prozent. Und wie reich wurden die Einheimischen durch die märchenhaften Gewinne? Als der Kongo 1960 selbstständig wurde, hatten von fünfzehn Millionen Einwohnern genau siebzehn studiert.«

Noora hatte nicht die Kraft, über die Globalisierung als Form des Spätkolonialismus zu diskutieren, und Ralf setzte seinen Monolog nicht weiter fort. Ilgar saß still auf seinem Platz. Der konsequent, aber verletzlich wirkende Mann war Noora ein Rätsel.

Irgendwann fiel sie in einen unruhigen Halbschlaf. Es ging unendlich weiter geradeaus, mal auf besseren Straßen, dann wieder auf schlechteren. Schließlich fuhren sie auf einer löchrigen Piste, die mitten in die üppige Vegetation hineingeschlagen worden war. Sträucher und Obeche-Bäume kratzten am Blech, während sie immer weiter ins vom Vollmond erleuchtete Grün vordrangen.

Dann tat sich eine große Lichtung auf, an deren Rändern Lagerhallen, Behälter mit Pflanzenschutzmitteln sowie Hütten aus Lehm, Stroh und Wellblech standen. Hier und da flackerte ein Feuer.

Nzanga hielt vor einem Drahtzaun, und Ilgar stieg aus. Hinter dem Zaun standen zwei weiß gekalkte Gebäude, die von einer einsamen Straßenlaterne erleuchtet wurden. Noora folgte ihm. Sie standen auf einem unebenen Gelände voller Pfützen. Die heiße, feuchte Luft legte sich wie eine dampfende, schwarze Wolldecke um den Leib. Aus der Ferne klang dumpfes, rhythmisches Trommeln.

Noora atmete tief ein und hatte das Gefühl, wieder etwas zu sich zu kommen. Nzanga in seinem Tarnanzug lehnte sich an die Kühlerhaube und steckte sich eine Zigarette an. Von den Hütten wehte der Geruch von Kokosfett und gegorenem Maniuk heran. An einem Feuer in zwanzig Metern Entfernung saßen Männer in einem dichten Kreis. Ilgar öffnete gerade das Tor, als am Feuer ein Schrei ertönte, der einem das Blut in den Adern gefrieren ließ.

Noora drehte sich um. Im Schein des Feuers tauchte ein halb nackter Mann auf, der in die Höhe sprang, als hätte er Sprungfedern unter den Fußsohlen.

»*Nkogoschiii... nkogoschiii...*«, schrie er mit scharfer Stimme, die bis ins Mark drang. Noora schauderte. Im Takt seiner Schreie schlug der Mann die Hände über dem Kopf zusammen. Der Rhythmus wurde stärker und dichter, und die Männer rund um das Feuer standen auf. Hinter dem Schreienden erschien ein weiterer Mann. Er trug etwas auf dem Kopf.

Ilgar machte das Tor auf, wobei er Ralf etwas zuraunte. Noora blickte zurück und sah, dass der zweite Mann ein neugeborenes Baby auf dem Kopf trug, dessen Nabelschnur im Gehen wippte. Erst jetzt hörte Noora auch das Schreien des Säuglings.

An der Tür drückte Ilgar auf den Knopf der Gegensprechanlage und sagte etwas. Noora sah, wie sich ein Afrikaner mit einer triefenden Masse in der Hand dem Feuer näherte. Rhythmus und Rufe wurden lauter. Noora kniff die Augen zusammen. Die Masse sah aus wie ein Fleischklumpen. Nun trennte sie der Mann mit einem Messer in der Mitte durch. Die Plazenta, dachte Noora. Die eine Hälfte legte der Mann in eine Holzschale, die andere warf er ins Feuer, das zischend aufloderte.

Innen wurde aufgeschlossen, und eine kleine, fast zwergenhafte jüngere Frau machte die Tür auf. Ihre rötlichen Haare waren zu einem festen Dutt zusammengebunden. Noora und Ralf folgten Ilgar in das bescheiden eingerichtete Gebäude, dessen Boden aus grauem Vinyl war. Die Wände bestanden aus Spanplatten, die bereits Blasen hatten. Im Flur führten Türen in Zimmer mit Tischen, auf denen Computer, Drucker und Kopierer standen wie in jedem gewöhnlichen Büro. Die kleinen Fenster waren durch stabile Gitter geschützt.

Durch die Belüftungsöffnungen drangen das rhythmische

Schreien von draußen und ein stechender Geruch, der Noora den Schweiß auf die Stirn trieb und erneut Übelkeit hervorrief. An den Wänden hingen Regale mit Ordnern sowie große Karten und Diagramme. In einem Raum saß ein Mann mittleren Alters, zum dem Ilgar etwas sagte.

Sie gingen in Ilgars Zimmer, wo dieser Ralf einige Computerausdrucke zeigte. Hier war das Fenster zum Glück geschlossen, und der Geruch drang nicht herein.

Auf Ilgars Tisch stand ein Foto. Noora sah, wie Ralf darauf aufmerksam wurde. Das Bild zeigte ein Hochzeitspaar, Gäste in ihren besten Kleidern und einen gelben Moskwitsch, der mit großen Ringen aus Pappe und einem silbernen Band geschmückt war.

»Tanja?«, fragte Ralf.

Ilgar nickte.

Noora spürte die starke emotionale Aufladung, die in Ilgars Blick lag.

»Warte hier«, sagte Ralf zu Noora. »Wir müssen eine Sache erledigen.«

Die Männer verließen den Raum durch eine andere Tür. Noora sah sich um und entdeckte den Computer. Sie hätte gern ihre E-Mails gelesen, ohne die sie sich wie in einem Vakuum fühlte. Sie war mit dem Internet verwachsen, es war für die Aktivisten lebenswichtig: zum Informationsaustausch, zur schnellen Ankündigung von Protestaktionen, zur Abstimmung von Taktiken und zur Koordination von Kontaktpersonen vor Ort. Für Außenstehende bedeuteten Codes wie S11 oder A48 nichts, aber ein Aktivist las in dem Kürzel EGJ1 »Evian-Geneve June 1«. Die Internetseiten erschienen nach Bedarf und verschwanden wieder im Cyberspace, sobald sie ihren Zweck erfüllt hatten.

Von draußen drangen noch immer das rhythmische Geschrei und dumpfes Trommeln herein.

34

Timo atmete tief die feuchte Morgenluft unter dem wolkenverhangenen Himmel in der Rue Washington ein. Er verstaute sein Gepäck im Kofferraum, dann machte er Aaro die Tür auf. Ihm gingen wirre Gedanken durch den Kopf, aber er war zufrieden, sein Versprechen halten und Aaro in die Schule bringen zu können.

Aaro warf seinen neuen Rucksack auf die Rückbank und kroch verschlafen und schlecht gelaunt hinterher. »Jetzt geht's wieder los«, seufzte er.

»Soll ich fahren?«, fragte Reija. Sie war mindestens ebenso blass und müde wie Aaro, dafür aber noch eine Spur schriller angezogen als sonst. Ihr weiter Kapuzenpulli im Army-Stil, der kurze Latexrock in Pink und die schwarzen Chinapantoffeln ließen das Mädchen mit den orangefarbenen Haaren aussehen wie ein wandelnder Regenbogen. In einer anderen Situation hätte Timo sie zurückgeschickt, um die Klamotten zu wechseln. Jetzt hatte er nicht einmal Lust, sich aufzuregen.

»Nein. Du kannst ein andermal üben.« Timo steckte den Schlüssel ins Zündschloss, und Reija ließ sich auf den Beifahrersitz fallen, wo sie sogleich ihren Rock nach unten zog.

»*Wir haben's eilig*«, imitierte Aaro von hinten genervt seinen Vater.

Timo schaltete kurz den Scheibenwischer ein, um klare Sicht zu haben. Er hoffte, in der nächsten halben Stunde würde sich weder sein Piepser melden noch das Telefon klingeln. Sie bogen in die Chaussée de Waterloo ein, wo sich der Berufsverkehr bereits verdichtete.

»Ich muss dich an der Bushaltestelle bei der Schule absetzen«, sagte Timo zu Reija. »Von da kommst du leicht nach Hause. Ich fahre zum Flughafen weiter.«

»Wo fliegen Sie hin?«, fragte Reija.

Ihre Neugier gefiel Timo nicht. »Ich mache ein kurze Dienstreise.«

»Wie lange bleiben Sie weg?«

»Das brauchst du gar nicht erst zu fragen«, kommentierte Aaro mit bitterem Unterton. Dann fragte er selbst: »Bist du am Montag wieder da?«

»Ich verspreche lieber nichts.«

»Also nein. Warum sagst du es nicht direkt?«

Im Brugmann-Park führte eine türkische Frau ihren Hund aus. Die Autoschlange kam zum Stehen, und Timo musste heftig bremsen. Wenn es mit dem Verkehr so weiterginge, würden sie zu spät kommen.

»Wir kommen zu spät«, sagte Aaro.

»Nein.«

Aaro schnaubte.

Der Stau löste sich etwas auf, und Timo wechselte auf die schnellere Spur.

»Der Schulbus ist definitiv am praktischsten«, sagte Timo zu Reija. Über den Spiegel warf er einen Blick auf Aaro. »Hast du Reija die Haltestelle gezeigt?«

»Ja. Aber sie braucht mich nicht von der Haltestelle abzuholen. Im Frühjahr bin ich ja auch allein gegangen.«

»Jetzt gehst du nicht allein. Reija holt dich in den nächsten Tagen ab.«

Zu Timos Überraschung versuchte Aaro erst gar nicht zu widersprechen.

»Spätestens um 15.40 Uhr musst du an der Haltestelle sein.«

Die geschlossenen Fassaden entlang der Straße wurden von frei stehenden Häusern abgelöst, von großen, alten Bauten, in denen Botschaften und Firmen untergebracht waren. Je weiter man kam, umso größer wurden die Parkflächen und kleinen Waldstücke zwischen den Häusern. Gerade, hohe Buchen reckten sich im schwachen Nebel zum Himmel.

»Na bitte. Wir kommen wieder mal zu spät.«

Timo reagierte nicht auf Aaros Quengeln. Sie waren tatsächlich ungefähr zehn Minuten zu spät dran. Rechts ragte die Ruine einer großen Villa auf, ihr Turm war eingestürzt, und die zerbrochenen Rundbogenfenster waren nur noch eine traurige Erinnerung an bessere Zeiten.

»Wie kann man so ein tolles Haus nur so verfallen lassen?«, fragte Reija.

»Vielleicht ist hier eine Sippe erloschen, die sich früher aus den Gummibäumen im Kongo ein Riesenvermögen abgezapft hat.«

»Ich dachte, Gummi wird in Fabriken hergestellt.«

»Rohgummi stammt aus Bäumen. Die Belgier hatten Glück, denn im Kongo wächst eine unendliche Menge an Gummibäumen. Und kaum hatten die Herren John Dunlop und Charles Goodyear das Rezept für die Herstellung von Gummi entwickelt, brauchte man auch schon riesige Mengen davon, zur Isolierung von Telegrafen- und Stromleitungen, für Autoreifen, für alles Mögliche.«

Timo setzte den Blinker und bremste. »Aber für die Kongolesen wurde der Gummi zur Tragödie...«

»Bitte keinen Vortrag heute Morgen«, sagte Aaro trocken.

Timo verstummte. Im Frühling hatte er Aaro im Afrika-Museum von Tervuren die wahre Geschichte des Kongo erzählt, über die kein einziges Exponat die Museumsbesucher aufklärte, keine Eisenfessel und kein Gummisammelgefäß. Hauptsächlich dank seiner Gummibäume war der Kongo mit Abstand die ertragreichste aller afrikanischen Kolonien gewesen. Profit kam schnell zusammen, denn man hatte lediglich die Transportkosten. Allerdings brauchte man Arbeitskräfte, und die waren nicht so leicht zu bekommen. Träger konnte man in Ketten legen und zur Arbeit zwingen, Gummisammler nicht. Um genug Gummi aus Baumstämmen in ein Gefäß zapfen zu können, musste sich der Gummisammler in einem weitläufigen Gebiet bewegen und auf Bäume klettern. Die Arbeit war schwer und langwierig, und niemand wollte sie freiwillig machen.

Die Belgier erkannten, dass es am einfachsten war, den Leuten Angst zu machen und sie dann zu erpressen. Sie nahmen Frauen aus den Dörfern als Geiseln und ließen sie erst wieder frei, wenn die Männer die geforderte Menge an Gummimasse geliefert hatten. Diese sirupartige Milch musste außerdem noch zum Erstarren gebracht werden, und so begann man, die Masse auf der Haut der Einheimischen zu verteilen, auf Armen, Brust, Bauch und Schenkeln, sie trocknen zu lassen und dann abzuschälen. Die ersten Male war das wegen der Hautbehaarung eine äußerst schmerzhafte Prozedur.

Die Söldner der *Force Publique* und die lokalen Chefs der Gummigesellschaft bedienten sich grausamer Disziplinierungsmaßnahmen. Hatte jemand 50 Körbe Gummi gesammelt, von denen einer nicht ganz voll war, konnte er mit dem Tod bestraft werden. Die Soldaten mussten die Anzahl der Kongolesen, die sie getötet hatten, belegen, indem sie zum Beweis die rechte Hand des Toten abtrennten und vorlegten. Die Hände wurden geräuchert, damit sie sich in dem heißen, feuchten Klima so lange hielten, bis ein Kontrolleur da gewesen war und sie gezählt hatte. In einigen Camps gab es einen speziellen Fachmann, einen Hand-Verarbeiter, zu dessen Aufgaben das Räuchern gehörte.

Die Patronen aus dem Mutterland kosteten Geld, und für jede benutzte Patrone mussten die Soldaten eine abgetrennte rechte Hand vorweisen können. Allerdings war es weit verbreitet, dass die Soldaten die Patronen zum Wildern benutzten und dann lebendigen Menschen die Hand abschnitten, oft Kindern und Frauen, die am leichtesten zu erwischen waren. Eine andere Methode bestand darin, Kinder durch einen Schlag mit dem Gewehrkolben auf den Kopf zu töten. So sparte man sich eine Patrone für die Jagd. Es war kein Wunder, dass man im Afrika-Museum auf diese Details verzichtete, wenn die belgische Kolonialgeschichte erzählt wurde.

Timo bog in eine Straße ab, die durch ein Waldstück führte und auf der ihnen zahlreiche Autos entgegenkamen. Am Steuer saßen entweder Väter oder Mütter, die ihre Kinder zur Schule gebracht und es nun eilig hatten, in ihre Behörden zu kommen, oder aber Hausfrauen und Au-pair-Mädchen.

»Du hattest Recht, Aaro«, sagte Reija. »Ziemlich speziell hier.«
Die Straße führte in einem weiten Halbkreis auf einen sechs-

stöckigen Gebäudekoloss aus dem 19. Jahrhundert zu. Timo hielt zwischen kreuz und quer durcheinander stehenden Autos an. Vor ihnen half ein etwas älterer Vater einer Bella Bimba aus einem verbeulten Alfa Romeo mit Mailänder Kennzeichen. Das Mädchen schien so viel eigenen Willen zu besitzen wie eine Porzellanpuppe.

»Soll ich mit zum Eingang kommen?«, fragte Timo, als Aaro bereits ausstieg.

»Fahr ruhig weiter. Du hast's ja eilig«, sagte Aaro und machte die Tür zu.

Timo hörte die Spitze deutlich heraus. Er bekam, was er verdiente, das war ihm klar. Reija tat so, als hätte sie von der ganzen Anspannung an diesem Morgen nichts mitbekommen. Timo setzte sie an der Bushaltestelle ab und fuhr nach Zaventem weiter.

Der Voodoo-Papst spukte hartnäckig in Timos Gedanken herum. Er ging im morgendlichen Gedränge des Flughafens zu den Gates, da meldete das Palmbook in seiner Brusttasche eine neue Mitteilung. Er blieb neben einem Zeitungskiosk stehen und blickte aufs Display: geheime Nachricht.

Im Gehen loggte er sich in das TERA-Nachrichtensystem ein. Als er merkte, dass die Passagiere sich noch vor dem Ausgang zu seiner Maschine drängten, blieb er stehen und las die Mitteilung.

»*Die S-afrikanische Wahrheitskommission hat ehemalige Mitarbeiter von BOSS und Uni Kapstadt wg. eines Vorfalls im Herbst 1988 vernommen, darunter Ralf Denk. Denk hatte an einer Exkursion sowjetischer Wissenschaftler nach Zentralafrika teilgenommen, obwohl man ihn gewarnt hatte, der sowjetische Militärgeheimdienst stecke hinter der Reise...*«

Timo las weiter. Ralfs Link nach Moskau war damit bestätigt, aber das machte die Sache noch nicht bedeutsam. Im Gegensatz zu dem Wort, an dem Timos Blick hängen blieb.

Ebola.

35

Ein Zittern durchlief Timos Körper. Das Virus hatte seinen Namen von dem Fluss Ebola in Zaire, dem heutigen Kongo, bekommen. Dort hatte 1976 eine unbekannte Epidemie hämorrhagischen Fiebers gewütet.

Timo verschlang den Text. Doktor Thomas Ontje, der Leiter des Nationalen Virologischen Instituts im südafrikanischen Sandgringham, war damals, als die Russen ihre Reise unternahmen, der Leiter der molekularbiologischen Abteilung der Universität Kapstadt, also Ralfs Vorgesetzter, gewesen. Die Vernehmungsbeamten hatten ihn gefragt, warum die Russen 1988 eine solche wissenschaftliche Exkursion unternahmen.

»Damals hatten die BOSS-Mitarbeiter behauptet, zu der russischen Reisegruppe gehörten Wissenschaftler der Armee, die Krankheitserreger für das sowjetische Biowaffenprogramm suchten. Die Reise fand kurz nach der Ebola-Epidemie statt, die im September 1988 in Bumba gewütet hatte... Es ist nicht sicher, ob sie sich genau in Bumba aufgehalten hatten, aber auf jeden Fall im südlichen Sudan und nordöstlich des Berges Elgon und in der Nähe der Quellgewässer des Ebola-Flusses...«

Timo blickte zum Gate. Dort war niemand mehr zu sehen. Er lief noch ein paar Meter und stieg als Letzter ins Flugzeug. Nachdem er in der halb vollen Kabine Platz genommen hatte, las er schnell die Nachricht zu Ende. Die sowjetischen Wissenschaftler, die offiziell zu der Reisegruppe gehört hatten, waren vom Institut für Tropenmedizin der Universität Moskau gekommen und hatten botanische Präparate für pharmakologische Untersuchungen gesammelt.

Timo schaltete das Palmbook aus und schnallte sich an. Er hatte bei TERA mehrere Biowaffen-Kurse besucht und wusste, dass man für die Herstellung einer Biowaffe ein Originalbakterium oder -virus brauchte, das man aus dem Blut eines erkrankten Menschen isolieren konnte.

Der Gedanke, dass der junge Ralf Denk Wissenschaftlern der

Sowjetarmee geholfen hatte, das Blut eines Ebola-Patienten aus dem Dschungel Afrikas in ein Labor nach Moskau zu schmuggeln, bereitete Timo ernsthafte Sorgen.

Den Amerikanern zufolge war der Papst nicht mit dem normalen Ebola-Virus, sondern womöglich mit einer gentechnisch veränderten Variante davon infiziert worden. Steckte das russische Biowaffenprogramm hinter dieser Veränderung? Und hatte Ralf weitere Verbindungen nach Russland – Verbindungen, die es ihm vielleicht sogar möglich gemacht hatten, sich eine Kernladung zu beschaffen?

Das kleine Mädchen saß mit einer Taschenlampe in der Hand im Bug des Ruderbootes. Die Ruder knirschten gleichmäßig, während ihr Vater auf das Ufer zuruderte.

Der Michigan-See, auf dem normalerweise immer Wind herrschte, war außergewöhnlich ruhig. Über dem Wasser schwebte Morgennebel, den das Licht der Taschenlampe nur schwach durchdrang. Zwei Männer und eine Frau im Anorak warteten am Steg des *Picnic*-Platzes im Wilderness State Park auf das Boot. Weit weg im Nebel leuchteten die bunten Lichter der Mackinaw-Brücke. Am Waldrand waren ein Ford Bronco und ein Jeep geparkt.

»*Hi there!*«, rief die Frau und winkte, als das Boot aus dem Nebel glitt.

»Mama, nicht rufen! Das Wasser trägt die Stimme meilenweit«, sagte das zehnjährige Mädchen im Boot.

»George, hier sind zwei Männer, die mit dir reden wollen«, sagte die Frau.

»Wer sind sie?«, fragte die tiefe, ruhige Männerstimme von der Ruderbank.

Das Boot stieß leicht am Steg an, und das Mädchen sprang an Land. Sie fing an, mit ihrer Mutter Schlafsäcke und Angelruten zum Jeep zu tragen.

»Entschuldigen Sie, dass wir Sie in Ihrem Urlaub stören«, sagte einer der Männer.

Der Ruderer hob die Ruder aus den Dollen, legte sie schräg ins Boot und kletterte auf den Steg, der unter seinem Gewicht schaukelte.

»Was kann ich für Sie tun?«

»Ich bin Sonderagent Jenkins vom FBI«, sagte der Mann mit dem schmalen Gesicht und zeigte seinen Ausweis. »Das ist Ned Twain von der CIA.«

George Rauber gab den Männern neugierig die Hand. »Worum geht es?«

»Könnten wir uns kurz ungestört unterhalten?«

»Kate, bleib bei deiner Mutter«, sagte Rauber und folgte den Männern in den *Picnic*-Unterstand aus kräftigen Holzbalken. Der FBI-Agent legte seine Taschenlampe auf den Boden.

»Also, worum geht es?«, fragte Rauber erneut. In seinem karierten Baumwollhemd sah er aus wie ein Wildhüter.

Alle drei standen, und das Licht aus der Taschenlampe am Boden warf die Schatten der Männer an die Balkendecke. Der schmalgesichtige Agent mit dem festen Blick öffnete seine dünne Aktenmappe und zog ein Foto heraus. Ohne es herzuzeigen, sagte er: »Ich komme gleich zur Sache, Doktor Rauber. Sie arbeiten an der Universität Virginia in Charlottesville?«

Rauber nickte. Draußen hörte man eine Autotür zufallen.

»Arbeitete unter Ihnen im CONRAD-Programm ein Forscher namens Ralf Denk?«

»Ja. Und?«

»Wir sind hier, weil wir von unseren europäischen Kollegen um Amtshilfe gebeten worden sind. Wir können nicht über Hintergründe sprechen, aber wir möchten Sie bitten, uns etwas über Doktor Denk zu erzählen.«

Raubers Blick wurde schärfer. »Ralf war ... ein außerordentlicher Wissenschaftler.« Rauber nieste und zog ein Taschentuch hervor. »Entschuldigung ... Aber als Mensch war er nicht ganz einfach. Warum fragen Sie?«

»Könnten Sie uns kurz sagen, woran Ralf Denk genau arbeitete?«

»Er hatte sich bei uns auf immunologische Verhütungsforschung spezialisiert.«

»Ist es möglich, dass Ralf Denk Ihr Labor zu eigenen Zwecken benutzt hat?«

Rauber sah die Männer noch verwunderter an als zuvor. »Wie meinen Sie das?«

»So, wie ich es gefragt habe. Hätte er das Labor zum Beispiel nachts auf eigene Faust benutzen können?«

»Bei uns wird oft nachts und am Wochenende gearbeitet. Unsere Leute sind äußerst motiviert. Aber ich glaube nicht, dass man bei uns heimlich etwas tun könnte ...«

Der Agent zeigte Rauber das Schwarzweißfoto, das er aus seiner Aktenmappe genommen hatte. »Sagt Ihnen dieses Bild etwas?«

Der CIA-Beamte schaltete seine Taschenlampe an und leuchtete auf das Foto.

Rauber sah sich die 42000-fach vergrößerte Elektronenmikroskopaufnahme von bandartigen Viren an.

»Ich kenne solche Viren nicht. Ist das eine Trickaufnahme? Das heißt, etwas Bekanntes haben sie ... Sind das Filoviren?«

Der Agent steckte die Aufnahme weg. »Warum hat Denk bei Ihnen aufgehört?«

Rauber schnäuzte sich die rote Nase. »Wenn ich sage, er ist ein schwieriger Mensch, meine ich das wörtlich. Es war unmöglich, mit ihm auszukommen. Er war ein einsamer Wolf. Forschung ist aber Teamarbeit, und dazu ist er nicht fähig.«

»War Denk auf irgendeine Art ... fanatisch?«

»Allerdings. Ein guter Wissenschaftler ist fanatisch. Warum interessieren Sie sich für ihn?«

»Das kann ich Ihnen nicht sagen. Noch ein paar Fragen.«

36

Im Militärkrankenhaus der US-Marine in Neapel ging Timo neben einem hochgewachsenen amerikanischen Offizier einen Gang entlang. Er trug ein Schild mit der Aufschrift BESUCHER um den Hals, das mit einer Digitalaufnahme seines Gesichts versehen war.

Sie blieben vor einer Tür stehen. Der Offizier öffnete sie mittels Iris-Erkennung. Die schwere, abgedichtete Stahltür drehte sich zur Seite, und sie betraten einen kleinen Raum mit Stahlwänden. Die Tür schloss sich wieder. Die bevorstehende Begegnung machte Timo nervös, außerdem mochte er diesen Ort überhaupt nicht.

»Das hier ist die Druckkammer«, sagte der Offizier. »Wir gehen jetzt in den Unterdruckbereich weiter. Dort gibt es aus Sicherheitsgründen keinen Luftstrom nach draußen.«

Timo hatte bisher nicht gewusst, was Isolierstation bedeutete. Er spürte einen leichte Lufthauch auf dem Gesicht. Sie traten in einen Gang am anderen Ende der Kammer. Er war mit blauem Licht erleuchtet.

»Das UV-Licht verhindert die Vermehrung der meisten Viren.«

An der Wand hingen ein gelb-schwarzes Symbol aus drei spitz zulaufenden Formen und ein Schild mit der Aufschrift BIOSAFETY LEVEL 2.

Im Umkleideraum setzten sich die Männer auf gegenüberstehende Bänke, legten ihre Kleider ab und zogen sich grüne Einweghosen und -hemden, Papierhauben, Latexhandschuhe und einen Atemschutz an.

Timo kam sich vor wie eine übergewichtige Papierpuppe. Musste das wirklich sein?

Sie gingen weiter, einen immer schmaler werdenden Gang entlang, bis sie wieder vor einer Stahltür standen. Dort hing ein Schild mit der Aufschrift BIOSAFETY LEVEL 3.

Der Offizier öffnete auch diese Tür per Iris-Erkennung. Sie

betraten einen Kontrollraum voller medizinischer Geräte mit Monitoren und Fernsteuerungen, mit denen die Flüssigkeitsversorgung des Patienten geregelt wurde. Durch die Isolation hindurch verliefen Kabel und Schläuche in das Quarantänezimmer, das durch eine dicke Panzerglasscheibe abgetrennt war. Der Vorhang war zugezogen. Dahinter befand sich das derzeit am besten gehütete Geheimnis der Welt.

Inmitten der Apparate standen drei Männer und eine Frau in Einweganzügen.

»Das ist Mr Nortamo aus Brüssel. Er hat die Erlaubnis aus Washington, mit dem Patienten zu sprechen ... Doktor Campbell gehört zu den weltweit führenden Filovirus-Experten und ist mit ihren Assistenten für die Behandlung des Patienten zuständig. Mr Levinson ist von der CIA, die Kardinäle Ruggiero und D'Azeglio vertreten den Vatikan.«

Auffallend war die Anwesenheit eines CIA-Beamten im engsten Umkreis des Papstes. Der Vatikan und die USA standen traditionell in engem Kontakt, besonders in den 70er und 80er Jahren, während des Kalten Krieges, hatten sie sich einander angenähert.

Die CIA hatte dem Vatikan damals regelmäßig Geheimdienstinformationen zukommen lassen, und CIA-Vertreter waren regelmäßig beim Papst gewesen. Besonders die Unterstützung des Papstes für Solidarność in Polen hatte dazu geführt, dass osteuropäische Geheimdienste versuchten, katholische Pfarrer anzuwerben, damit sie ihnen Informationen aus dem Vatikan lieferten. Gleichzeitig wurden osteuropäische Botschaften und Büros osteuropäischer Fluggesellschaften in Rom als Abhörstationen gegen den Vatikan benutzt.

Einer der Männer wollte Timo die Hand geben, aber Campbell sagte hinter ihrem Mundschutz: »Keinen Kontakt.«

Der Italiener zog die Hand zurück und nickte Timo reserviert zu. »Worüber wollen Sie mit ihm reden, Signor Nortamo?«

»Darüber, was genau im Amtszimmer des Papstes vorgefallen ist.«

»Das ist schon mehrfach zur Sprache gebracht worden ...«
»Es wird so lange zur Sprache gebracht, bis wir weiterkommen.«
»Wir haben ein Gespräch per Telefon vorgeschlagen ...«
»Das kann die persönliche Begegnung nicht ersetzen. Ich bin auch Ralf Denk begegnet«, sagte Timo mit leichter Übertreibung der Wahrheit. »Jetzt müssen wir wieder an ihn herankommen. Dafür brauchen wir dringend die Hilfe von Clemens XV.«

Die Kardinäle tauschten Blicke und schwiegen.

»Wie ist sein Zustand?«, wollte Timo von Campbell wissen.

»Nicht gut. Weiße Blutkörperchen 1,5, Thrombozyten 90, Hämoglobin 104, Atemschwierigkeiten wegen starker Schleimabsonderung.«

»Ich verstehe nichts von Medizin. Funktioniert sein Kopf?«

Die Vertreter des Vatikans warfen sich entrüstete Blicke zu.

»Vorläufig ja. Aber in dem Maße, in dem das Gehirn geschädigt wird, kann der Patient aggressiver und abweisender werden. Auch tiefe Depressionen sind möglich.«

Einer der Kardinäle sagte: »Kann man nichts dagegen tun?«

»Wir stärken seine Immunabwehr, indem wir ihm alle vier Stunden zwei Millionen Einheiten Interferon verabreichen. Haben Sie einen besseren Vorschlag?«

Der Kardinal schwieg missmutig.

Campbell wandte sich Timo zu. »Sie haben fünf Minuten, Mr Nortamo. Der Patient ist äußerst müde. Gehen Sie in den Umkleideraum weiter. Dave hilft Ihnen bei der Ausrüstung.«

Ausrüstung? Ein jüngerer Mann führte Timo in den nächsten Raum, wo an der Wand drei Overalls hingen, die an Raumfahrtanzüge erinnerten. Timo hörte verdutzt zu, als der Amerikaner ihm Anweisungen gab.

Zehn Minuten später betrat Timo durch eine Luftschleuse allein den Isolationsraum. Der Anzug war schwer, und das Plexiglas vor dem Gesicht beeinträchtigte die Sicht. Er bereute sein Kommen und fragte sich zum ersten Mal, was passierte, wenn er sich ansteckte. Er dachte dabei weniger an sich als vielmehr an Aaro und Soile.

Der Anblick vor ihm war schockierend. Auf dem elektronisch verstellbaren Bett lag inmitten modernster Krankenhaustechnik ein menschliches Wrack. Gesicht, Hals und Arme, alle sichtbare Haut war von scharfen roten Punkten übersät. Ein Teil davon hatte sich zu blauen Hämatomen ausgeweitet. In den Armbeugen steckten Kanülen mit Schläuchen, und Brustkorb und Kopf waren mit Kabeln an ein Schaltpult angeschlossen.

Der Voodoo-Papst.

Langsam trat Timo ans Bett. Er fürchtete, in Ohnmacht zu fallen. Durch einen Schlauch aus der Decke wurde Atemluft in seinen Helm geleitet, aber je heftiger er atmete, umso bedrängter fühlte er sich. Er schloss einen Moment die Augen und versuchte sich zu beruhigen.

Der Greis auf dem Bett schlug die Augen auf. Das Weiß darin war blutrot.

Der Stellvertreter Gottes auf Erden.

»Was wollen Sie?«, fragte der Papst. Seine Stimme hatte überraschend viel Kraft. Timo erschrak.

»Ich bin ...«

»Ich weiß, wer Sie sind. Was wollen Sie? Ich habe schon alles erzählt.«

Timo wusste, dass er auf Risiko spielte. Er hatte nur ein paar Namen und eine vage Vorstellung davon, dass Ralfs Besuch beim Papst auch mit persönlichen Dingen zu tun gehabt haben könnte. Außer Theos religiösen Requisiten kannte er nur ein Verbindungsstück zwischen Ralf und der katholischen Kirche: den Onkel. Pater Eugen hatte Ralf und Theo sein Haus vermacht, und die beiden hatten sich geweigert, das Erbe anzunehmen. Warum?

Timo räusperte sich und sah den Patienten durch das Plexiglas an. »Erzählen Sie mir von Pater Eugen.«

Der Greis schloss die Augen.

Diese Reaktion ließ Timo aufmerksam werden. Er wartete eine Weile ab, aber es kam keine Antwort.

»Ohne Ihre Hilfe werden wir den Schuldigen nicht fassen.«

Im Gesicht des Papstes war noch immer keine Reaktion zu erkennen, aber Timo war sicher, dass er verstanden worden war. Irgendetwas an dem alten Mann störte ihn.

»Der Mörder wird mit diesem Virus weitere Menschen attackieren, wenn wir ihn nicht daran hindern.«

Timo sprach langsam und ließ jedes Wort im leisen Rauschen der Kompressoren versinken, das plötzlich durch ein Knacken im Lautsprecher und Doktor Campbells Stimme unterbrochen wurde. »*Es reicht. Sein Puls steigt zu sehr. Lassen Sie ihn ausruhen.*«

Timo überhörte die Anweisung und sagte dem Patienten mit ruhiger, fester Stimme: »Das Leben zahlreicher Menschen steht schon bald auf dem Spiel, wenn Sie uns nicht helfen.«

Die Lippen des Papstes bewegten sich. Timo beugte sich zu ihm herab.

»Pater Eugen war ein verfaulter Apfel... Das habe ich damals nicht begriffen...«

Timos Herz hämmerte. Er war auf der richtigen Spur. Er atmete tief durch, hatte aber das Gefühl, nicht mehr genügend Sauerstoff zu bekommen.

»*Hören Sie, Mr Nortamo? Entfernen Sie sich sofort, sein Blutdruck steigt...*«

Das soll er auch, knurrte Timo innerlich. »Warum? Was hat Pater Eugen getan?«

Die Augen des Papstes öffneten sich, und Timo hätte bei dem Anblick am liebsten weggesehen. Aus den Augenwinkeln des Patienten rann eine Mischung aus Tränen und Blut. Aber seine Stimme war alles andere als bewegt.

»Gehen Sie. Sie versuchen, mich zum Sprechen zu bringen, indem Sie meine Schwäche ausnutzen...«

Der Nagel war auf den Kopf getroffen.

Der Brustkorb des Papstes hob und senkte sich heftig. Timo spürte, wie sich unfassbare Übelkeit in seinem Innern breit machte. Als spräche er mit einem Tatverdächtigen und nicht mit einem Opfer.

Der Summer ertönte, und über der Tür fing ein orangefarbenes Licht an zu blinken.

Timo fixierte die unnatürlichen Augen des Papstes, die nicht zu einem lebenden Menschen zu gehören schienen. »Macht es Ihnen nichts aus, dass auch andere mit diesem Virus infiziert werden können, wenn es uns nicht gelingt, den Täter zu fassen?«

Der Papst starrte stur an die Decke, die Hände auf der Brust gefaltet.

Timo beugte sich noch näher zu ihm herab, aber da wurde er energisch an den Schultern gepackt.

»Raus!«, sagte Doktor Campbell mit wütendem Gesichtsausdruck hinter dem Plexiglas ihres Bioschutzanzugs.

Sie führte Timo in die Schleuse und schloss die Tür. Nach der desinfizierenden Dusche und dem Kleiderwechsel ging Timo in den Kontrollraum, wo er sogleich seinen Weg in den Gang und hinaus fortsetzen wollte, doch die Kardinäle aus dem Vatikan versperrten ihm den Weg.

»Wie können Sie es wagen, die Anweisungen zu missachten?«, fragte der ältere der beiden. Er schäumte vor Wut, und Timos Schweigen reizte den Kardinal noch mehr.

»Wir werden mit Ihrem Vorgesetzten reden. Ihr Vorgehen wird Konsequenzen haben«, zischte er.

»Reden Sie von mir aus mit dem Weihnachtsmann«, entgegnete Timo gelassen. »Sie scheinen ja kein besonderes Interesse daran zu haben, dass man Ihrem Vorgesetzten hilft ... War das auch Ihre Einstellung zu Johannes Paul I.?«

Der Vertreter des Vatikans machte einen empörten Schritt auf Timo zu. Der mysteriöse Tod von Papst Johannes Paul I. im Jahr 1978 hatte zahlreiche Verschwörungstheorien ausgelöst, die nicht gerade durch die Tatsache zerstreut wurden, dass vier Jahre später unter einer Brücke und mit einem Strick um den Hals die Leiche des P2-Geheimlogenmitglieds und Bankiers Roberto Calvi gefunden wurde, der mit der Vatikanbank fragwürdige Geschäfte gemacht hatte.

Timo wandte sich dem CIA-Beamten zu. »Könnten wir ein paar Worte unter vier Augen wechseln?«

Zuerst sah es aus, als wollte der Amerikaner ablehnen, aber Timos Tonfall veranlasste ihn dazu, seine Meinung zu ändern.

»Gehen wir in den Abstellraum«, sagte der Amerikaner und öffnete Timo die Tür.

Sie standen in einer engen, hell erleuchteten Kammer mit geschlossenen Spinden und offenen Regalen voller Klinikbedarf.

»Sie haben einen Fehler gemacht, als Sie sich über die Anweisungen hinweggesetzt haben...«

»Ist Ebola ein speziell afrikanisches Virus?«, fragte Timo, ohne auf die Bemerkung seines Gegenübers einzugehen.

»So könnte man es sagen.«

»Aber der Stamm, der die Erkrankung des Papstes herbeigeführt hat, ist verändert worden. Kann es sein, dass man ihn gentechnisch manipuliert hat?«

»Vermutlich.«

»Haben Sie eine Vorstellung davon, worauf sein Ursprung hindeuten könnte?«

»Wir wissen es nicht mit Sicherheit, aber die Russen haben ein äußerst umfangreiches Biowaffenprogramm. Auch Ebola erforschen sie intensiv. Zwar werden die Amerikaner für die führenden Ebola-Experten gehalten, aber die wirklichen Kenner sitzen in Russland.«

»Und wo genau?«

»Vor allem an zwei Stellen. Bei Wektor, dem molekularbiologischen Institut in Koltsowo bei Nowosibirsk. Und in Obolensk in der Nähe von Moskau. Eine Gruppe amerikanischer und englischer Waffenkontrolleure hat 1991 beide Orte besucht.«

»Sagt Ihnen der Mount Mwanga im Kongo etwas? Oder das Mwanga-Höhlensystem?«

Der Amerikaner schüttelte den Kopf. »Ich weiß nur, dass Ebola in den Höhlen bei den Quellgewässern des Ebola-Flusses von einer Art zur anderen übergesprungen ist. Warum fragen Sie?«

»Ich muss zurück zum Flughafen«, sagte Timo und ging zur Tür.

Die Kardinäle waren verschwunden. Wahrscheinlich organisierten sie bereits seinen Rauswurf.

Die Amerikaner begleiteten ihn über die langen Gänge wieder hinaus. Auf einmal glaubte er, eine gewisse Logik in Ralfs Plan zu erkennen. In dessen Augen repräsentierte Afrika die unbefleckte, reine Natur, die vom Westen bedroht wurde. Die Kirche und der Kapitalismus hatten Afrika zu ihrer Kolonie gemacht und die Natur und die Menschen auf diesem Kontinent zerstört.

Im Vatikan hatte Ralf einen Schlag gegen den Papst durchgeführt, in Genua hatte er es gegen die Führer der westlichen Welt tun wollen. Aber warum hatte er dabei das Zünden einer Kernladung in Afrika gefordert? Das schien nicht den geringsten Sinn zu haben: Es wäre ein Schlag gegen jenes Afrika, für das Ralf immer gekämpft hatte. Je mehr Timo darüber nachdachte, umso unheimlicher kam ihm alles vor – besonders da Ralfs Vorgehen bislang meist einer finsteren Logik zu folgen schien.

Selbst der Einsatz von Ebola hatte etwas Symbolisches: Ein tödlicher Organismus, eingefangen im Innern des gepeinigten Kontinents, zerstörte den Körper des Feindes auf möglichst grausame Art, indem er sich in dessen Zellen und Gewebe vermehrte. Die ursprüngliche Natur Afrikas bekämpfte ihre Eroberer mit ihren ureigenen Waffen.

In der Eingangshalle händigte Timo dem amerikanischen Soldaten hinter dem Schalter seine Zutrittsberechtigung aus und ging rasch auf den Ausgang zu. Kurz vor dem Tor aus rostfreiem Stahl und den Schranken, die die Fußgänger portionierten, trat ihm ein kräftiger amerikanischer Oberst in den Weg. In dessen gebräuntem Gesicht war keine Spur eines Lächelns zu erkennen.

»Mr Nortamo?«

Timo nickte. Ihre Gesichter befanden sich auf einer Höhe, einen halben Meter voneinander entfernt.

»Die Vertreter des Vatikans beabsichtigen, offiziell Beschwerde gegen Sie einzulegen.«

»Das ist wohl ihr Recht und ihre Pflicht.«

Nach einer kurzen Unterredung fuhr Timo zum Flughafen, von wo aus er zurück nach Frankfurt und dann weiter nach Kinshasa fliegen würde.

37

»Papst Clemens XV. ist erkrankt und muss in den nächsten Tagen alle Termine absagen«, tönte die rauschende Stimme des Nachrichtensprechers aus dem kleinen Kurzwellenradio.

Ralf sprang aus dem Bett. Durch die dünne Wand hörte man das Zirpen der nächtlichen Grillen.

»Was ist los?« Noora stützte sich auf den Ellbogen.

»Nichts. Ruh dich nur aus.«

Ralf ging nach draußen. Er konnte seine Begeisterung nicht verbergen. Jetzt hatte er die Bestätigung für seinen Erfolg. Es bedrückte ihn nur, dass Theo dieses Ereignis nicht mehr mit ihm teilen konnte.

Er ging über den Hof zum Waldrand und sah auf die Uhr. Die Ladung müsste jeden Moment kommen.

Die Nachricht über den Papst sorgte dafür, dass er sich sicherer und stärker fühlte. Während seiner Studienzeit in Kapstadt hatte er sich gegen drei Feinde erhoben: gegen den Kapitalismus, den Kolonialismus und die Kirche. Sie beuteten die Menschen und die Natur aus und entfremdeten die Naturvölker von ihren Wurzeln und ihrer Kultur.

Die Sowjetunion war das einzige Gegengewicht gegen die westliche Hegemonie und damit Ralfs natürlicher Verbündeter gewesen, dem er geholfen hatte, wann immer es nur möglich war. Außerdem war Moskau aufrichtig an Afrika interessiert gewesen. Afrikas geopolitische Lage war während des Kalten Krieges bedeutsam, und schon Lenin hatte vorausgesagt, der Kommunismus würde den Westen über Afrika erobern. Leider hatten das auch die kapitalistischen Imperialisten begriffen. Als der Kongo 1960 selbstständig wurde, hatte die Sowjetunion ernsthaft versucht, dort ein Bein auf die Erde zu bekommen. Sie hatte Patrice Lumumba unterstützt, der bei den ersten demokratischen Wahlen zum Präsidenten gewählt worden war. Aber die CIA hatte Lumumba ermorden lassen und den Wirrkopf Mobutu an die Spitze des Landes gebracht.

Die Wissenschaft hatte Ralf trotzdem stets mehr interessiert als die Politik. Während der Arbeit an seiner Dissertation hatte er an einem Feldlager der Universität in Nord-Kenia teilgenommen, um DNA-Proben zu sammeln. Er war in seinen molekularanthropologischen Studien rasch vorangekommen und von seinem Fach begeistert. Es hatte ihn fasziniert, immer tiefer in die Geheimnisse der Chromosomen, Mitochondrien und Gene einzudringen – und damit gleichzeitig zum Ursprung der Menschheit vorzudringen.

Er hatte von den Angehörigen mehrerer Stämme DNA-Proben genommen, überzeugt von seiner wissenschaftlichen Berufung und stolz. Eines Tages war er auf die andere Seite der Grenze gefahren, nach Äthiopien, in das Flüchtlingslager Nyeroro. Dort war er einem anderen Afrika begegnet: dem absoluten Elend, dem Gestank von Leichen, tiefster menschlicher Not.

Die Rückkehr ins Camp der Universität war ein Schock gewesen. Sein DNA-Projekt war ihm auf einmal vorgekommen wie eine nichtige, unwesentliche Spielerei.

Ralf hatte sich gefragt, auf welchem Gebiet der Wissenschaft er die Selbstachtung und die Herausforderung finden könnte, die er suchte. Es gab nur eine Alternative, denn nur ein Aspekt war der Kern von allem, wenn man in Dimensionen des Planeten und der Menschheit dachte. Also hatte er sich von der molekularen Anthropolgie verabschiedet und sich auf Forschungen zur Geburtenkontrolle spezialisiert.

Damals hatte die Firma *Roodeplaats Research Laboratories*

in der Nähe von Pretoria Wissenschaftler vom molekularbiologischen Institut der Universität Kapstadt engagiert, dessen Verhütungsforschung auch nach internationalem Maßstab hohes Niveau besaß. Gerüchten zufolge war RRL nur eine Kulissenorganisation gewesen, finanziert vom Südafrikanischen Militärgeheimdienst, mit dem Ziel, eine »Pigmentwaffe« zu entwickeln, die sich ausschließlich gegen »pigmentierte« – schwarze – Menschen richtete, sowie eine heimlich zu verabreichende, Infertilität verursachende Impfung, die ebenfalls nur auf diese Gruppe von Menschen wirkte.

Solche Gerüchte zeigten die Verzweiflung und die Grausamkeit der Apartheidsregierung. Andererseits war Ralf von dem Gedanken einer Geburtenkontrolle durch Impfung fasziniert, denn das bot eine realistische Chance – vielleicht die einzige –, die Bevölkerungsexplosion irgendwann einmal unter Kontrolle zu bekommen.

Er hatte sich der Gruppe von Professor Meissen am molekularbiologischen Institut angeschlossen und sich der neuen Herausforderung gewidmet. Bald war man in Fachkreisen auf seine Arbeit aufmerksam geworden, und man hatte ihn am molekularbiologischen Institut der John Hopkins Universität in Baltimore willkommen geheißen, von wo er einige Jahre später zum CONRAD-Projekt nach Charlottesville gewechselt war.

Ralf hörte ein tiefes Grollen. Mit schnellen Schritten ging er zur Straße, auf der sich ein kleiner Lastwagen mit geschlossener Ladefläche dem Dorf näherte. Ralf winkte, und der Wagen hielt an. Im Fahrerhaus saßen zwei bewaffnete Männer und Ilgar, der sogleich ausstieg.

Ralf und Ilgar schauten sich in die Augen. Nach Jahren der Mühe, der Arbeit, der Risiken und Opfer standen sie endlich hier. An der Schwelle zur Erfüllung ihres Traums.

Timo versuchte, auf dem schmalen Sitz der Boeing eine bessere Position zu finden, aber das war unmöglich. Er hasste das Fliegen und fragte sich, ob bei TERA auch andere außer Wilson die

Business Class nutzten, wo es wenigstens ein paar Zentimeter mehr Beinfreiheit gab. Das entscheidende Kriterium für die Reiseklasse hätte seiner Meinung nach nicht der Dienstrang, sondern die Körpergröße sein müssen. Und das Gewicht.

Auf dem Flug nach Kinshasa war die Business Class von schwarzen Männern im Anzug besetzt, an deren Handgelenken Golduhren blitzten, die garantiert nicht Marke Strand-Rolex waren. Die wohlhabend und gelassen wirkenden Männer trugen Seidenkrawatten, große Ringe und ein Verhalten zur Schau, das grenzenloses Selbstvertrauen signalisierte. Keine Typen, mit denen Timo gern am Verhandlungstisch gesessen hätte.

In der Touristenklasse saß das gewöhnliche Volk – Kongolesen oder Leute, die beruflich zur Reise in das Land gezwungen waren. Touristen gab es keine, denn selbst die gewieftesten Weltreisenden mieden Kinshasa, wo die Fluggesellschaften es nicht wagten, ihre Maschinen über Nacht auf dem Flughafen stehen zu lassen.

Die Passagiere bewegten sich unruhig und sahen auf ihre Armbanduhren. Timo bekam das Bild der blutenden Augen des Papstes nicht mehr aus dem Kopf. Bei TERA bemühte man sich gerade, alles über Pater Eugen und seine Verbindungen zum Papst zu beleuchten.

Endlich verlor die Maschine an Höhe, und die Landung wurde angekündigt. Timo blickte aus dem Fenster, sah aber nicht die Lichter einer Stadt, sondern helle Sterne über pechschwarzer Erde. Im Mittelalter hatte man geglaubt, hinter den Kanarischen Inseln begänne das *mare tenebrosum*, das Meer der Finsternis. Aber seine wörtliche Bedeutung hatte der Name erst bekommen, nachdem britische, französische und holländische Schiffe die Ufer Afrikas angesteuert hatten, um nach den damals wertvollsten Ressourcen zu jagen: nach Menschen.

Timo konnte sich nichts Widerlicheres als den Sklavenhandel vorstellen. Als die Portugiesen Ende des 15. Jahrhunderts den Kongo »entdeckten«, hatte das Königreich Kongo schon mindestens hundert Jahre Bestand gehabt. Die Kongolesen hatten ein

Verwaltungssystem entwickelt, sie bauten Obst und Gemüse an, betrieben Viehzucht, maßen Entfernungen in Tagesreisen und die Zeit nach dem Mondumlauf. Doch mit dem Sklavenhandel begann der gesellschaftliche Zerfall. Der Tiefpunkt war 400 Jahre später mit der Schreckensherrschaft Leopolds II. erreicht, während der sich die Bevölkerungszahl des Kongo halbierte.

Den Belgiern hatten zwei neue Erfindungen zur Verfügung gestanden, mit deren Hilfe sie das Land, das fast achtzigmal so groß war wie Belgien, beherrschten: das Maschinengewehr und das Chinin gegen Malaria. Auch gelang es durch Prophylaxen, das Gelbfieber in den Griff zu bekommen, worauf die Sterblichkeitsrate der in Afrika lebenden Europäer zurückging. Der dritte wesentliche technische Schritt nach vorn war die Entwicklung von Dampfschiffen. Fortan wurden Elfenbein und Rohgummi nach Antwerpen verschifft, und von Antwerpen wurden regelmäßig Waffen und Munition mit Schiffen in den Kongo transportiert, nach Fahrplan. Es begannen ein straff organisierter Terror unter Einsatz von Uhr, Kalender und strengen Vorschriften sowie eine systematische Plünderung der Reichtümer der Natur.

Obwohl Leopold II. im Kongo unkontrolliert seine Macht ausübte, hat er seine Besitzung nie persönlich besucht. Mehr als jede andere Kolonie wurde der Kongo von Europa aus regiert. Der Generalgouverneur lebte in der neuen Hauptstadt des afrikanischen Landes, aber die Geschicke des Freistaats Kongo wurden von der Rue Bréderode in Brüssel aus gelenkt, von Büroräumen unmittelbar neben dem Königspalast.

Die Boeing schwankte beträchtlich beim Landeanflug. Timo kam ein Unglück in den Sinn, das im Kongo passiert war: Bei einer Transportmaschine hatte sich im Flug die Tür geöffnet, worauf – inoffiziellen Angaben zufolge – mehr als hundert Passagiere in den Himmel hinausgesogen worden waren. Ein seltsamer Fall, der aber zum Kongo passte. Die Maschine war auf dem Weg nach Lubumbashi gewesen, einer abgelegenen Bergwerksstadt, die einst von den Belgiern erbaut worden war und wohin auch Timos Anschlussflug ging. Etwas später war auf mysteriöse Weise eine Boeing 727 vom Flughafen Luanda im Nachbarland Angola verschwunden. Man vermutete, sie sei in die Hände von Terroristen geraten.

Es hatte den Anschein, als würde die Maschine in der Finsternis landen, aber im letzten Augenblick tauchten doch noch die Lichter einer Landebahn auf. Noch nie hatte Timo einen Flughafen gesehen, auf dem mindestens jede vierte Lampe defekt war. Die Maschine wurde heftig durchgeschüttelt, und das anschließende Ruckeln beim Ausrollen verriet einiges über den Zustand der Landebahn.

Vor einem schwach erleuchteten Terminal blieb das Flugzeug stehen. Erst die feuchte, nach Kerosin riechende Luft, die ihm an der Tür entgegenschlug, versetzte Timo nach Afrika. Mit jedem Schritt die Gangway hinunter entfernte er sich von der Vertrautheit und Sicherheit des europäischen Flugzeuges. Der Mann mit der Maschinenpistole unten an der Gangway signalisierte Timo endgültig, dass er in einer Welt angekommen war, die sich komplett von der unterschied, in der er gestartet war.

Im Terminal war es heiß, die Moskitos summten, und zum ersten Mal begriff Timo, welches Risiko er eingegangen war, hierher zu kommen ohne hinreichende Malariaprophylaxe. In den halbdunklen Gängen gingen bewaffnete junge Männer unruhig umher. Ihre Kleidung verriet nicht, ob sie im Dienst der Polizei, der Armee, einer Wachfirma oder einer anderen Institution standen. Alle Menschen ringsum waren Schwarze, die wenigen Weißen aus dem Flugzeug waren nicht mehr zu sehen. Hinter dem am hellsten erleuchteten Schalter kontrollierte eine Frau mit Kopftuch die gelben Impfzeugnisse.

Am nächsten Schalter stempelte ein dicker, mürrischer Mann die Visa ab. Während er anstand, fragte sich Timo, ob das Blitzvisum von Jaggers Kontaktmann in der Botschaft etwas taugte.

Ohne ihm weitere Beachtung zu schenken, hieb der Beamte seinen Stempel darauf. Der alte Mann mit den gelben Zähnen, der die Passkontrolle vornahm, wirkte weniger gelassen, während er seine Routinefragen stellte.

Danach fing eine Zollbeamtin an, in Timos Koffer zu graben. Hinter ihr standen Männer mit Pistolen am Gürtel, die offenbar nichts zu tun hatten. Die Frau nahm das GPS-Navigationsgerät, den Schrittmesser, Kleidungsstücke, das Moskitospray, die Digitalkamera und das Satellitentelefon heraus. Letzteres unterschied sich lediglich durch die etwas größere Antenne von einem normalen Mobiltelefon.

Timo machte sich auf Fragen gefasst, aber die Frau legte alles wieder zurück. Erleichtert ging er weiter.

»*Attendez, Monsieur...*«, sagte plötzlich jemand hinter ihm.

Timo drehte sich um. Einer der Männer neben der Zollbeamtin war ihm gefolgt und führte ihn nun mit festem Griff in einen dunklen Nebenraum, dessen Mobiliar allein aus einer niedrigen Bank bestand. Dort musste Timo seinen Koffer ablegen.

»Aufmachen!«

Timo öffnete das Schloss. Seine schweißnassen Finger waren die einzigen hellen Flecken im Raum. Der Mann klappte den Deckel auf und wühlte aggressiv im Koffer, bis er das Navigationsgerät fand.

»Gibt es dafür eine Einfuhrgenehmigung?«

»Dafür braucht man keine Genehmigung.« Timo überlegte, welche Summe er anbieten sollte. Zehn Dollar? Oder zwanzig?

Der Mann wühlte weiter. »Diesmal kann ich wegen der fehlenden Genehmigung ein Auge zudrücken«, sagte er und pickte sich Timos Digitalkamera heraus, eine neue Minolta für 550 Euro. Ohne mit der Wimper zu zucken, ließ er sie in seiner Tasche verschwinden.

Das war der Augenblick, in dem der weiße Westeuropäer begriff, dass die gewohnten Sicherheitsnetze nicht mehr vorhanden waren. Hier waren Moralkodex, Pässe, Nationalität und Versicherungen ohne Bedeutung. Der Staat befand sich im freien Fall, und seine Bürger benahmen sich entsprechend.

Timo schloss den Koffer, ohne auf den Diebstahl zu reagieren. In Brüssel waren ihm Picards Warnungen noch übertrieben vorgekommen. Jetzt begriff er.

Er nahm den Koffer in die Hand und verließ den Raum, ohne sich umzublicken. Er fühlte sich gedemütigt und schämte sich, keinen Widerstand geleistet zu haben, aber das wäre sinnlos gewesen und hätte nur zu Schwierigkeiten geführt.

Auf dem Gang wischte er sich den Schweiß von der Stirn. Wenn er sich schon auf dem Flughafen so unsicher fühlte, wie würde es dann erst draußen sein? Wenn das hier der zivilisierteste Teil des Kongo war, was hatte er dann in den abgelegeneren Gegenden zu erwarten?

Sein unruhiger Blick suchte nach Hinweisen auf die Maschine nach Lubumbashi. Zwei Monitore für abgehende Flüge waren kaputt, der dritte flimmerte. Gate zwölf.

Ein Mann in grauem, italienischem Anzug und abgenutzten Krokodillederschuhen strich um den Geldwechselschalter. Timo machte kehrt und verzog sich in eine Telefonnische, wo er einigermaßen vor Blicken geschützt war. Der Fernsprecher war kaputt, aber das interessierte ihn nicht. Er holte sein Satellitentelefon heraus und rief Heidi Klötz in Brüssel an.

»Wie ist der Kongo?«, fragte die Deutsche.

»Lässig. Irgendwelche Fortschritte?«

»Der Mann, der mit dem Stilett auf dich losgegangen ist, ist wieder bei Bewusstsein.«

Timo spürte eine Woge der Erleichterung in sich.

»Er ist verhört worden, aber er redet nicht.«

Das wird er auch nicht tun, dachte Timo. Der Mann war sicher kein Kleinkrimineller, der auf Geld aus war.

»Interessant ist, dass auf einer alten Liste mit Telefonverbindungen von Denks Haus eine Person steht, die im Herbst 1988 eine russische wissenschaftliche Exkursion anführte. Ilgar Azneft, heute wohnhaft in Cambridge, England.«

»Seltsamer Name. Aus Zentralasien?«

»Weiß ich nicht. Aber das MI5 hat eine Akte über ihn.«

»Warum das?«, fragte Timo. Der britische Inlandsnachrichtendienst MI5 war für Terrorismus und andere extremistische Elemente der Gesellschaft zuständig.

Zwei junge Männer, die ganz und gar nicht wie Reisende aussahen, kamen mit den Händen in den Hosentaschen auf Timo zugeschlendert.

»Azneft studierte Biochemie an der Universität Moskau und hat fünfzehn Jahre in Russland gearbeitet. Laut MI5 bei *Biopreparat*.«

Timo entwich ein spontaner Laut. *Biopreparat* war zu Sowjetzeiten das Aushängeschild des russischen Biowaffenprogramms gewesen. Auch nach dem Zerfall der Sowjetunion hatte die Organisation ihre Arbeit fortgesetzt, trotz allen Drucks aus den USA und aus Großbritannien. Sämtliche Geheimdienste des Westens hatten seit Jahren den Alptraum, al-Qaida oder eine andere Terrororganisation könnte Wissenschaftler von *Biopreparat* anheuern. Timo hatte im Frühjahr gemeinsam mit sechs TERA-Kollegen in Virginia einen zweiwöchigen Biowaffen-Kurs der CIA besucht.

»Azneft ging vor zehn Jahren nach England. Die letzten fünf Jahre war er bei einem Biotechnikunternehmen namens *Neozyme*. Genau genommen bei einer Handelsgenossenschaft, die Produkte entwickelt, die für die Entwicklungsländer wesentlich sind, für die aber bei den großen Pharmakonzernen das Interesse nicht ausreicht. Ilgar Azneft und seine Lebensgefährtin sind bereits in militanten, radikalökologischen Kreisen aufgetaucht, die vom MI5 observiert werden.«

Die jungen Männer blieben unweit von Timo stehen. Timo änderte seine Haltung und versuchte, das Telefon versteckt zu halten. »Und *Neozyme* hat Labors?«

»Natürlich.«

»Wie alt war die Liste der Verbindungen?«

»Zwei Jahre.«

»Wir brauchen aus Russland mehr Informationen über Azneft.« Timo sah auf die Uhr. »Was hat er bei *Biopreparat* untersucht?«

»Wir werden in Moskau niemanden finden, der irgendetwas über *Biopreparat* erzählt.«

»Wo ist Azneft jetzt?«

»Den Mitarbeitern von *Neozyme* zufolge verreist. Sie wissen nicht, wohin. Wir versuchen weiter, in Denks Unterlagen eine Verbindung zu Ilgar Azneft oder *Neozyme* zu finden.«

»Ich muss aufhören, meine Anschlussflug geht.«

»Ich hätte auch nichts gegen einen Urlaub im Süden.«

»Dann empfehle ich dir den Kongo. Die lokale Kultur ist stark ausgeprägt und noch nicht vom Massentourismus verdorben.«

38

Ralf blickte auf die mit einer Plane bedeckte Kiste im Scheinwerferkegel des Geländewagens. Der unerträgliche Druck in seinem Innern ließ langsam nach. Er drehte sich zu Ilgar um, der nah bei ihm stand, und legte ihm die Hand auf die Schulter.

»Bist du bereit?«, flüsterte Ralf.

Ilgar nickte.

Sie entfernten die Plane. Darunter kam eine stabile Kiste aus rohen Brettern zum Vorschein. Vorsichtig löste Ralf die Bretter. Gelbliche Chips, die als Polsterung gedient hatten, quollen heraus. Ilgar sammelte sie gewissenhaft ein und warf sie in einen Plastiksack.

Sie stießen auf eine zweite, kleinere Kiste, die aus gehobelten Brettern und dicken Sperrholzplatten gezimmert war. Ralf starrte sie an wie eine Reliquie. »Wer hätte im Herbst '88 geglaubt, dass wir in weniger als einem Vierteljahrhundert Geschichte schreiben«, sagte er leise.

Ilgar antwortete nicht. Äußerlich hatte er sich kaum verändert: er war genauso dünn und zäh wie damals, in seinen dunklen Augen brannte noch immer ein unnachgiebiger Blick. Ralf war ein junger Student der Molekularbiologie an der Universität Kapstadt gewesen, und Ilgar hatte eine sowjetische Exkursion angeführt. So hatten sie sich damals kennen gelernt.

Ralfs Sympathien für die Sowjetunion und seine heftige Kritik an der südafrikanischen Apartheidsregierung waren weithin bekannt gewesen. Den Kontakt zu den russischen Wissenschaftlern hatte eine radikal gesinnte Institutssekretärin hergestellt.

Ilgar Azneft hatte erklärt, er habe sich an der Universität Moskau auf Tropenkrankheiten spezialisiert. Die westliche Pharmaindustrie konzentriere sich nur noch auf die Erforschung von Wohlstandskrankheiten, da dort Geld zu holen sei, und missachte die Basiserkrankungen, von denen die Entwicklungsländer heimgesucht wurden. Eines der Ziele der Exkursion bestand darin, ein Ebola-Opfer zu finden und ihm eine Blutprobe zu entnehmen. Aus diesem Grund war der Bumba-Gürtel eines der Reiseziele gewesen: das Zentrum der Epidemie. Seltsam, hatte Ralf damals gedacht, Ebola ist ja eher eine seltene Tropenkrankheit. Warum nahm Azneft sich nicht die viel stärker verbreiteten Krankheiten vor, um hiergegen Medikamente zu entwickeln? Ralf hatte jedoch bald einen Verdacht über die wahren Absichten der Exkursion, obwohl damals in der Öffentlichkeit noch nicht groß von Biowaffen die Rede gewesen war.

Man hatte Ralf zu der Zeit absolutes Stillschweigen abverlangt, da »sich mit Ebola ein gewaltiger Aberglaube« verbinde und die Russen keine Aufmerksamkeit erregen wollten. Ralf hatte sein Bestes getan, um den Befreiern Afrikas, die er so bewunderte, gerecht zu werden. Die Exkursion wurde ein Erfolg, und Ilgars Gruppe hatte mit mehreren Präparaten nach Moskau zurückkehren können, darunter auch die Blutprobe eines Ebola-Patienten.

Jahre vergingen, ehe Ralf erneut auf Ilgar stieß. Das war im Pariser Sheraton Hotel, während einer internationalen Konferenz. Ralf hatte dort über die Resultate des CONRAD-Verhütungsprojektes berichtet. Ilgar wiederum hatte Russland nach dem Zusammenbruch der Sowjetunion verlassen, war nach England gegangen und schließlich in Cambridge Anteilseigner von *Neozyme* geworden. Die genossenschaftlich organisierte Einrichtung arbeitete nach ethischen Prinzipien und hatte sich auf jene Teilgebiete der Pharmaindustrie spezialisiert, um die sich die Großkonzerne und die mit ihnen verbundenen Forschungsprojekte der Universitäten nicht sonderlich kümmerten.

Ralf und Ilgar hatten sich lange über ihre Zeit in Afrika unterhalten, ohne dass Ralf seinen Verdacht über Ilgars Biowaffen-Hintergrund geäußert hätte. Ilgar selbst hielt nämlich an seiner alten Version von der Universität Moskau und den tropischen Krankheiten fest. Es war auch nicht von Bedeutung, ob Ilgar log oder nicht, das Wichtigste war, dass er aufgrund seiner jetzigen Tätigkeit Enzyme kannte, die Ralf dringend bei CONRAD brauchte.

Bald nach ihrem Gespräch hatte sich jedoch herausgestellt, dass Ilgar sich auf einem noch interessanteren Sektor auskannte: in der Aerosoltechnik.

In verschiedenen Ländern der Welt waren umfassende Forschungen über Impfungen mittels Aerosol im Gange. Mittels eines Nasensprays zum Beispiel konnte man schnell, schmerzlos und steril impfen, was bei Massenimpfungen in Entwicklungsländern äußerst wichtig war. Zu den meisten HIV-Infektionen in Afrika, vor allem bei Kindern, kam es durch schmutzige Nadeln. Ralf interessierte sich für die Aerosoltechnik, weil man sie auch beim Einsatz von Verhütungsimpfungen einsetzen konnte.

»*Die Aerosolvakzination ist ein klassisches Beispiel für eine Methode, bei der sich militärische und zivile Forschung noch nicht begegnet sind*«, sagte Ilgar im Restaurant des Kongresshotels. »*Es ist erstaunlich, dass Aerosol in der Zivilanwendung individuell verabreicht wird, genau wie bei traditionellen Vakzinationsmethoden. Es wäre wesentlich effektiver, zehn oder hundert Patienten gleichzeitig eine Impfung zu verabreichen.*«

»*Man könnte die Leute, die geimpft werden sollen, in einem großen Zelt zusammenkommen lassen*«, sagte Ralf begeistert. *Er wusste aus Erfahrung, wie schwierig es war, ordentliche Voraussetzungen für Impfungen zu schaffen.* »*Im Nu könnte man Dutzende von Menschen steril vakzinieren.*«

»*Ein Zelt ist nicht nötig. Man kann das Impfaerosol über einem beliebigen Dorf versprühen.*«

»*Wie bei einem Biowaffenangriff?*«, konnte sich Ralf nicht verkneifen zu fragen.

Ilgars Blick wurde schärfer. »Exakt.«

Stille machte sich zwischen ihnen breit, die Ilgar mit kühler, nüchterner Stimme durchbrach. »*Du weißt bestimmt schon, dass ich dich während der Exkursion angelogen habe. Ich hatte nichts mit tropischer Medizin und auch nichts mit der Universität Moskau zu tun. Die ersten fünfzehn Jahre meiner Laufbahn habe ich in der Nähe von Nowosibirsk an der Entwicklung biologischer Waffen mitgearbeitet.*«

»Was ist mit den Ebola-Proben passiert, die ihr aus Afrika mitgebracht habt?«

»Du willst das doch nicht hören. Du hast dich verändert. Wo ist deine Kritik am Westen geblieben? Ich hätte nicht geglaubt, dass du aus Afrika weggehst. Du schienst dort dauerhaft verwurzelt zu sein.«

»Ich bin nach wie vor Afrikaner. Aber am besten kann ich Afrika und dem ganzen Planeten dort helfen, wo ich jetzt bin.«

Ilgar lächelte melancholisch mit seinen dunklen Augen. »Ich dachte auch als junger Wissenschaftler, zu allem fähig zu sein. Aber aus deiner damaligen Einstellung ließ sich nicht vermuten, dass du ausgerechnet in Amerika landest.«

»Das sagt der Richtige«, *lachte Ralf.* »Vom anständigen Kommunisten zum Mitbesitzer einer Biotechnikfirma.«

Ilgar wurde ernst. »Ich war kein Kommunist«, *sagte er mit eisiger Stimme.* »Die Kommunisten haben mein Volk vernichtet.«

»Entschuldige. Ich weiß nichts über die Tataren.«

»Stalin hat uns 1944 von der Krim nach Zentralasien vertrieben. Fast die Hälfte der mehr als 200 000 Vertriebenen verlor während des Transports oder am Ziel das Leben. Die Kommunisten gaben Russen und Ukrainern unser Land. Als Stalin starb, ließ man die Tschetschenen und Inguscheten aus Kasachstan zurückkehren, nur uns nicht.«

»Ich verstehe deine Verbitterung.«

»Das kann niemand verstehen.«

Ilgar zündete sich eine Zigarette an. Dann kamen sie auf die Aerosoltechnik zurück.

»Im Prinzip ist es möglich, die ganze Erdbevölkerung auf einmal zu impfen. Die gesamte Population.«

Der Satz traf Ralf wie ein Speer. »Die gesamte Population? Was meinst du damit?«

»Nichts. Vergiss es.«

»Das ist wichtig! Denk nur an Aids oder Tbc! Oder an eine mögliche Pockenepidemie. Oder die Vogelgrippe. Es ist nur eine Frage der Zeit, bis eine weltumfassende Epidemie ausbricht. Weißt du, was das Impfen für Zeit, Geld und Ressourcen in Anspruch nimmt? Besonders in Afrika, Asien oder Südamerika.«

»Ich kenne die Probleme der Dritten Welt«, sagte Ilgar. »Ich habe die letzten sechs Jahre dagegen gekämpft. Zuletzt hatte Neozyme ein Malariaprojekt in Äthiopien.«

»Ich habe davon gehört. Wenn du Informationen hast, die man bei der Entwicklung der Aerosolvakzination nutzen könnte, warum gibst du sie dann nicht weiter?«

»Ich kann und will nicht über Dinge reden, die mit der Arbeit in meinem früheren Leben zu tun haben. Ich versuche, alles zu vergessen.«

»Was ist wichtiger: deine persönlichen Gefühle oder das Wohlergehen ganzer Völker in der Dritten Welt?«

»Du weißt nicht, worüber du sprichst.« Ilgar stand auf und ging davon, ohne sich umzublicken.

Ralf war verdutzt sitzen geblieben. Erst später hatte er Ilgars Verhalten verstanden. Der Grund war das Schicksal seiner Frau Tanja.

Ralf fuhr aus der Erinnerung auf und sammelte die Bretter der äußeren Kiste ein, trug sie in den Wald und kehrte zu der inneren Kiste zurück. Er fasste sie an zwei Ecken an und verrückte sie.

»Ist ein bisschen leichter geworden.«

Ilgar steckte sich nervös eine Zigarette an. Beim Ziehen sog er die Wangen ein und kniff die Augen zusammen. »Wo bleibt der Hubschrauber?«

»Er kommt, sobald er kann.«

Ralf sah Ilgar besorgt an. Der nahm alles noch viel schwerer als er selbst. Nach dem Kongress in Paris hatten sie sich angefreundet. Als Ralf dann die Idee für die Operation gekommen war, hatte er zielstrebig versucht, Ilgar zu erweichen. Das war nicht schwer gewesen, denn Ilgars Ansichten über den Zustand des Planeten waren nicht weit weg von seinen eigenen. Ilgar war besonnener, aber sie hatten eine gemeinsame Richtung.

Ralf hatte gesagt, er brauche Informationen über die Herstellung von Bioaerosolen für Untersuchungen zu neuen Formen von Massenimpfungen. Ilgar war ihm behilflich gewesen, und Ralfs Plan hatte Gestalt angenommen. In der Sowjetunion hatte Ilgar bei einem Projekt zur Entwicklung einer strategischen Biowaffe namens Grib – ›Pilz‹ – mitgearbeitet. Damit war nach dem Unglück in der Biowaffenfabrik Swerdlowsk im Jahr 1979 begonnen worden. Man hatte damals nämlich festgestellt, wie effektiv ein Krankheitserreger in Aerosolform, der in der Luft verteilt wird, Menschen infizieren konnte: Hundert Einwohner der Stadt starben, und mehrere Hundert erkrankten durch Milzbranderreger, die mit dem Luftstrom weit von der Produktionsstätte fortgetragen worden waren.

Bei einer normalen biologischen Waffe wurde das Aerosol, das den Krankheitserreger enthielt, durch Explosion freigesetzt. Die Viren- oder Bakterienfracht befand sich im Projektil, und die Mikroben wurden im Umkreis von einigen Kilometern oder, je nach Luftströmung, zehn oder hundert Kilometer weit verteilt. Je stärker der Sprengstoff, den man benutzte, umso größer das Gebiet, in dem sich das Bioaerosol mit den Mikroben ausbreitete.

Benutzte man eine Kernladung, verbreitete sich das Aerosol in der Atmosphäre. Anders als bei radioaktivem Niederschlag blieben die Mikroben in der Luft, die alle Menschen atmen. Und das war in Ralfs Augen die eigentliche revolutionäre Vorstellung. Einem alten Spruch zufolge atmeten wir alle irgendwann im Leben ein Sauerstoffmolekül ein, das auch schon durch

Napoleons Lunge gewandert war. Die Atmosphäre der Erde war extrem dünn, nicht dicker als die doppelte Lackschicht eines von innen beleuchteten Globus auf dem Schreibtisch.

Das Gelingen von Grib war Ilgar zufolge von der Sprenganordnung abhängig. Das pathogene Material musste weit genug vom Sprengkern entfernt sein, allerdings nicht zu weit, damit es in die Atmosphäre geschleudert werden konnte. Möglichst viel von der Viren- und Bakterienfracht musste durch das Aerosol verteilt werden, indem die Bewegungsenergie maximiert und die Auswirkungen von Hitze und Strahlung minimiert wurden.

Ralf hatte Ilgar gegenüber die Vision ausgesponnen, wie das schreckliche Potenzial der Grib-Resultate positiv genutzt werden konnte: für die Aerosolvakzination. Es sei nur eine Frage der Zeit, wann wegen weltweiter Epidemien Millionenstädte, ja ganze Länder oder Landesteile massengeimpft werden müssten.

Grib war zunächst eine völlig ungelenkte Waffe gewesen, und die Entwicklungsarbeit war parallel zu der ethnospezifischen Virusforschung in Koltsowo gelaufen: Dort ging es um eine Krankheit, die nur eine bestimmte Menschenrasse infizierte. Ilgars Gruppe hatte ein Ebola-Virus entwickelt, mit dem sich nur Chinesen anstecken konnten.

Über die Details des Ethno-Virus hatte sich Ilgar lange ausgeschwiegen. Offenbar wollte er weder über die Entstehung des Virus sprechen noch über die Gründe seines Ausstiegs aus dem russischen Biowaffenprogramm.

Erst als Ralf ihm sagte, er benötige für seine Arbeit bei CONRAD ein Virus, das sich schnell genug vermehre, hatte Ilgar sein Schweigen gebrochen. Womöglich witterte er die Gelegenheit, etwas aus seiner Vergangenheit wieder gutzumachen, sein Wissen vielleicht doch noch für einen guten Zweck einsetzen zu können.

Ralf erinnerte sich lebhaft an jene Nacht in dem Hotelzimmer im Londoner Stadtteil Bloomsbury: Ilgar hatte ihm einen kleinen Stahlzylinder ausgehändigt, den er bei seiner Flucht aus der

Sowjetunion mitgenommen hatte und seither in einem Bankschließfach aufbewahrte.

»Diese Variante A hat mich all diese Jahre belastet«, hatte Ilgar zu ihm gesagt.

»Ebola Variante E266A+«, las Ralf. Das war der Name des Virenstamms. »A wie Azneft?«

Ilgar nickte. »Aber nicht wie *Ilgar* Azneft.«

Erst da hatte Ilgar ihm die ganze Geschichte erzählt. Ralf war zutiefst erschüttert gewesen.

Der gut zehn Zentimeter lange, kalte Gegenstand mit einem Durchmesser von zwei Zentimetern hatte so schwer gewogen, als wäre er aus Volleisen gewesen. Das entsprach auch fast den Tatsachen, wie sich einen Monat später im Labor von CONRAD herausgestellt hatte, als Ralf den Zylinder geöffnet hatte. Er hatte lediglich eine winzige Ausbuchtung enthalten, in die eine luftdicht verschlossene, mit einem Schraubenzieher herausdrehbare Stahlkapsel eingelassen war.

Jene Ampulle mit dem veränderten Ebola-Stamm war der wichtigste Nachweis für Ilgars wissenschaftliche Laufbahn und zugleich das Grauen erregende Zeugnis seiner persönlichen Tragödie. Nie zuvor in seiner Karriere war Ralf so aufgeregt und vorsichtig gewesen wie beim Öffnen der Ampulle mit dem lyophilisierten Viruspulver im Hochsicherheitslabor von CONRAD, wo die Präparate im luftdichten Raum behandelt wurden, indem man die Hände in fest an der Schutzhülle installierte Handschuhe schob.

Die damalige Aufregung war allerdings kein Vergleich zu dem, was er jetzt empfand, da er die Kiste vor sich sah, die quer durch Europa und Afrika transportiert worden war. Sie war fast am Ziel. Bald würde sie ihre Aufgabe erfüllen.

Aber würde es auch funktionieren? Wie zuverlässig war eine russische Kernladung? Darüber hatten sie sich oft Gedanken gemacht. Andererseits: Wenn man in der Sowjetunion etwas beherrscht hatte, dann die Kerntechnologie.

Noora kam zwischen den dichten Mangobäumen hervor. Sie

trug abgeschnittene Jeans und Adidas-Turnschuhe. In der warmen, windstillen Dunkelheit roch es leicht nach Rauch.

»Hol die Funkgeräte!«

Noora sah kurz auf die Kiste und ging, ohne ein Wort zu sagen, wieder davon.

»Wann erzählst du es ihr?«, fragte Ilgar leise.

»Im letzten Augenblick. Es wird ihr nicht gefallen.«

Noora wusste von der Kernladung, aber sie kannte nicht den wahren Grund für deren Zündung.

Man hatte ihr erzählt, beim Mwanga sei ein äußerst seltenes Edelmetall gefunden worden, das von der Rüstungsindustrie der USA für die Fertigung des Gyroskopmechanismus von Flugkörpern gebraucht wurde. Die Ausbeutung der Entwicklungsländer ginge also weiter, aber diesmal schlüge die G1 rechtzeitig zu, indem sie das gesamte Vorkommen durch eine unterirdische Atomexplosion zerstörte. Das wäre der größtmögliche Schlag, mit dem ein neues Zeitalter in der Aktivistenbewegung anbräche.

Ralf log Noora nicht gern an, aber in diesem Fall war es unumgänglich.

39

Timo saß auf der Rückbank eines mit Isolierband, Schnur und selbst zurechtgebogenen Blechteilen geflickten Peugeot-Taxis und sah auf die dunklen Straßen hinaus. Anfang der 60er Jahre hatte man Lubumbashi das Paris Afrikas genannt. Jetzt verkauften hier bettelarme Menschen vor den Fassaden verlassener, geplünderter Villen aus der Kolonialzeit Stofffetzen und Kohle.

Das Taxi hielt vor dem Hotel de Suez. Timo gab dem schweigsamen, misstrauisch wirkenden Fahrer, einem jungen Mann ohne einen einzigen Zahn im Mund, das Geld für die Fahrt. Träge setzte sich das Auto wieder in Bewegung, die Abgase, die aus dem Auspuff quollen, vermischten sich mit dem süßlichen Duft, der in der Nachtluft lag.

Timo sah sich verstohlen um. In dieser Stadt war jede Sekunde auf der Straße ein Risiko. Vor einem Nachtclub mit dem Namen *L'Atmosphère* stand ein schwarzer Jeep mit getönten Scheiben. Die Beifahrertür öffnete sich, und ein Mann mit Sonnenbrille stieg aus. Ein Diamantenhändler, tippte Timo, während der Mann mit dem Koffer in der Hand auf den Hoteleingang zuging. Der Polarstern war am Himmel nicht zu sehen, er hatte also tatsächlich den Äquator überschritten. Eine Handfeuerwaffe unter der Jacke hätte nicht geschadet, aber der bürokratische Aufwand für eine entsprechende Genehmigung hätte zu viel Zeit gekostet.

»*Monsieur!*«, sagte ein kleiner Junge mit ausgestreckter Hand zu Timo. »*Monsieur!*«

Wie aus dem Nichts tauchten immer mehr Kinder auf. Sie starrten ihn an wie einen *vumbi*, einen Geist ihrer Vorfahren. Die Afrikaner glaubten, dass der Mensch kalkweiß wurde, wenn er ins Reich der Toten überging.

Obwohl es auf Mitternacht zuging, standen noch Leute vor einem Verkaufsstand auf der Straße. Das Angebot war breit gefächert: Zigaretten, Kaugummi, Kolanüsse, Plastiksandalen, Nylonkrawatten, hart gekochte Eier.

In Timos Eingeweiden machte sich der Hunger lautstark bemerkbar, aber er beschloss, auf den Lebensmitteleinkauf zu verzichten. Am nächsten Tag musste er so schnell wie möglich herausfinden, was es mit dem Koordinatenpunkt Mwanga auf sich hatte, da durfte er seine Zeit nicht mit Toilettenbesuchen verschwenden. Eine Straßenbeleuchtung im eigentlichen Sinn gab es nicht, aber hier und da standen vereinzelte Straßenlaternen. Dennoch fühlte Timo sich hier nicht annähernd so bedroht wie auf dem Flughafen von Kinshasa.

Auf der anderen Seite der Straße ragte hinter Palmen eine alte Villa im Kolonialstil auf. Das Gebäude stand kurz vor dem Einsturz, aber aus seinem Innern drangen die metallischen Klänge eines E-Pianos und der salsaähnliche Rhythmus eines Schlagzeugs. Im Garten brannte ein Feuer, um das junge Leute herumstanden, die sich lebhaft unterhielten und sich immer wieder scherzhaft anstießen.

Doch kurz vor dem Hoteleingang kam Timo ein Mann im Tarnanzug entgegen, der eine diffuse Aggressivität ausstrahlte. Im schwachen Licht sah Timo, dass sich der junge Mann die Lippen mit rosa Lippenstift angemalt hatte.

Er sagte etwas zu Timo auf Lingala. Timo vermied es wohlweislich, ihm in die Augen zu schauen, und versuchte, an ihm vorbeizugehen, denn das Letzte, womit er es im Moment zu tun haben wollte, war ein bewaffneter kongolesischer Drogensüchtiger. Aber der Mann versperrte ihm den Weg und wiederholte seinen Satz, fordernder als zuvor.

Da schwang die Hoteltür auf, und ein zweiter junger Mann kam heraus. Er trug ein blütenweißes Hemd, dessen Kragen bis zu den Schultern reichte. Ehe sich's Timo versah, schlug der Mann im Tarnanzug dem anderen die Faust ins Gesicht und lachte schrill. Entschlossen sprang Timo auf den Hoteleingang zu. Dies war nicht der Zeitpunkt, den Helden zu spielen. Aus dem Augenwinkel sah er das Opfer mit blutüberströmtem Gesicht und Hemd davonrennen.

Mit pochendem Herzen riss Timo die Tür auf, schlüpfte hinein und verriegelte den Eingang von innen. Nirgendwo sonst war er sich so nackt und hilflos vorgekommen, nicht einmal in der Sankt Petersburger Unterwelt in der Gesellschaft von übergeschnappten Afghanistan-Veteranen, Mafiakillern, Aids-Prostituierten und Drogenabhängigen. Er wusste, dass man ihn für einen harten Burschen hielt, aber er hasste Gewalt in jeder Form. Als er einmal mit einer Polizeieinheit im Einsatz gegen die Mafia unterwegs gewesen war, hatte er gesehen, was Kalaschnikows, Stilette und Beile mit dem menschlichen Körper anrichten können. Er vermied es, blutige Tatorte aufzusuchen, denn er reagierte physisch auf den Anblick von Leichen. Manche seiner Kollegen waren fähig, die schrecklichen Anblicke dann im

Privatleben aus ihren Köpfen zu verbannen, aber Timo gelang das nicht.

Die mollige Frau an der Rezeption war sehr freundlich. Was die Bezeichnung »Hotel« trug, war eine Herberge, die in den 50er Jahren von den Belgiern gebaut worden war. Seitdem war nichts mehr daran gemacht worden. Als Wandschmuck dienten Furcht erregende Ritualmasken und Skulpturen, wie sie auch in den Antiquitätenläden und auf den Flohmärkten von Brüssel verkauft wurden. Gesichter mit riesigen Augäpfeln starrten ihn an.

Er ging in sein Zimmer im ersten Stock. Verstärkt durch die Müdigkeit und diese feindliche Umgebung überkam ihn plötzlich ein Gefühl totaler Einsamkeit. Am liebsten hätte er Soile und Heidi Klötz angerufen, aber auch in Europa war jetzt Nacht. An den Wänden prangten Feuchtigkeitsflecken und verblasste Bilder von afrikanischen Tieren. Fernseher oder Radio gab es nicht. Timo sperrte die Tür ab und legte die Sicherheitskette vor.

Da kein warmes Wasser aus dem Hahn kam, wusch er sich das Gesicht mit kaltem, wobei er darauf achtete, dass es nicht in die Nähe der Lippen kam. Er wollte das Satellitentelefon aufladen, aber die Steckdose hatte keinen Strom. Dann versteckte er das Telefon, das Navigationsgerät und die übrigen Wertsachen unter der Matratze und hielt schließlich nur noch die Lampe in der Hand, die er Aaro gekauft hatte. Die Maglite mit dem Titangehäuse fühlte sich massiv und leicht zugleich an. Als Junge wäre er bereit gewesen, für so ein Ding wochenlang zu arbeiten – Aaro hatte die Lampe gewissermaßen nebenbei bekommen, als eines von vielen Weihnachtsgeschenken.

Timo war sich nicht sicher: Sollte man Kinder kurz halten, damit sie die Dinge wertschätzen lernten? Oder musste man akzeptieren, dass die Kids heute in einer völlig anderen Welt lebten? Es ging vielen Eltern so. Oft war es schwierig, Aaro zu erklären, warum er irgendeinen Firlefanz nicht bekam, den alle anderen in seinem Alter am Tag nach der ersten Fernsehwerbung längst hatten. Aber lieber ertrug Timo Aaros Quengeln und fieberhaftes Betteln, als dem ersten Aufschrei nachzugeben. Wer als Kind nicht lernte, Enttäuschungen auszuhalten, auf den warteten später bittere Stunden. Bei seiner Arbeit hatte er genug junge Erwachsene gesehen, die es gewohnt waren, als Kind alles zu bekommen. Und zwar sofort.

Das Bett war uneben, und der Rasierwassergeruch eines früheren Gastes war beim Waschen nicht aus dem Laken rausgegangen. Trotz aller Müdigkeit wollte der Schlaf nicht kommen. Die Atmosphäre des Kongo ließ Timo unruhig werden. Er hatte hier das Gefühl, ein vollkommen anderer Mensch zu sein als der kleine Junge, der von einem Leben als Forschungsreisender und Abenteurer geträumt hatte.

Der Kongo hätte eigentlich die Erfüllung all seiner Träume sein müssen. Er fragte sich, was in den Belgiern vorgegangen sein mochte, die während der Kolonialzeit hierher gekommen waren. Das Land hatte abenteuerlustigen Männern unbegrenzte Möglichkeiten geboten. Ein kleiner Beamter, der vor seinen Eheproblemen fliehen wollte, ein Geschäftsmann, der Konkurs gegangen war, oder ein Fabrikarbeiter mit Alkoholproblemen konnte hier zum totalitären Herrscher über tausend Untergebene werden, zum Herr über Leben und Tod.

Die meisten Ankömmlinge waren ruhelose, unglückliche Menschen gewesen, die auf der Flucht vor ihrer Vergangenheit oder vor sich selbst waren. Im Kongo fanden sie einen guten Nährboden vor, auf dem ihre psychischen oder Suchtprobleme und ihr Hang zur Gewalt bestens gedeihen konnten.

Timo wälzte sich unruhig im Bett. Ihm spukten die Schwarzweißfotos durch den Kopf, die er in zahlreichen Büchern über den Kongo gesehen hatte. Beweise für Grausamkeiten waren schon zu Leopolds Zeiten an die Öffentlichkeit gebracht worden: Bilder von abgeschnittenen Körperteilen und niedergebrannten Dörfern sowie immer kritischere Zeitungsberichte dokumentierten in den letzten Jahren des 19. Jahrhunderts die brutale Herrschaft des belgischen Königs.

Das hartnäckige Bemühen der ersten Menschenrechtsaktivisten führte dazu, dass man in Europa allmählich verstand, was im Kongo vor sich ging. Die »humanitäre Arbeit«, die Leopold II. angekündigt hatte, fand ganz und gar nicht statt, er sorgte auch keineswegs für die Ausbreitung der Zivilisation – stattdessen gingen der systematische Völkermord und die Plünderung der Bodenschätze allein auf sein Konto.

Wenn sich aber einer der größten und gewalttätigsten Raubzüge der Geschichte nicht im Geheimen vollzog, wenn sogar die Presse detailliert schilderte, was im Kongo passierte, warum war man dann nicht eingeschritten? Waren den Belgiern die von ihren Landsleuten verübten Grausamkeiten gleichgültig, weil die Opfer Schwarze waren?

Der Gedanke war zynisch, aber warum wurde in belgischen Schulen noch immer nicht ehrlich über die Kolonialzeit gesprochen? Weil der selektive Erinnerungsverlust manchmal das einzige Mittel ist, als Einzelner wie als Volk über die Runden zu kommen? Oder weil noch Anfang der 60er Jahre, ein knappes Jahr vor der Selbstständigkeit des Kongo, Belgier ihre kongolesischen Arbeiter mit der *Chicotte* bestraften, wenn die vom belgischen Staat festgesetzten Baumwollquoten nicht erreicht wurden?

Timo hatte ein Bild vor Augen, das er in Adam Hochschilds ›Schatten über dem Kongo‹ gesehen hatte: Ein kongolesischer Vater blickte nachdenklich und bekümmert auf die Hand, die man seiner fünfjährigen Tochter abgeschnitten hatte. In der vollkommen resignierten, duldsamen Gestalt des Mannes, in seinem Gesicht voller Niedergeschlagenheit und Irritation verdichtete sich das ganze Unrecht, das seinem Volk angetan worden war.

Noch kurz bevor Timo endlich einschlief, drängten sich ihm alptraumhafte Bilder aus dem Kongo in den Sinn: eine zwei Meter lange Boa, die ein Pockenopfer verspeiste, Aasvögel, die sich so fett gefressen hatten, dass sie zu schwer zum Fliegen waren.

Aus der Tiefe des dunklen Waldes hallten die Stimmen des nächtlichen Dschungels. Hinter den Bäumen blitzte im Mondschein die massive, abgeflachte Gestalt des Mount Mwanga hervor.

Ilgar Azneft blickte in Richtung der Straße, aus der sich das Geräusch eines Autos näherte. Er griff zu seiner Maschinenpistole, trat näher an die Kiste heran und behielt aus dem Dunkel hinter den Bäumen die Scheinwerfer im Auge, bis der Landrover am Rand der Lichtung zum Stehen kam.

Noora stieg aus und schlug die Tür zu. Nzanga verließ seinen Platz hinter dem Steuer, nahm seine Maschinenpistole aus dem Wagen und lehnte sie gegen das Vorderrad.

»Wo ist Ralf?«, fragte Noora.

»Holt den Hubschrauber«, antwortete Ilgar und zündete sich eine Zigarette an. Der Fahrer begann unter Ilgars Beobachtung, Tragegurte aus dem Kofferraum zu laden.

Ilgar war überaus misstrauisch. Nicht nur in Russland, auch hier in Afrika gehörte er zu einer Minderheit, die man argwöhnisch beobachtete, und so war auch Ilgar umgekehrt stets auf der Hut. Er hatte gelernt, seinen Hass zu verbergen, aber all das Leid und die Demütigungen, die seinem Volk von den Eroberern aus Moskau aufgezwungen worden waren, all der Schmerz, den Tanjas Schicksal verursacht hatte, war unwiderruflich in ihm zu Stein geworden.

»Wofür werden die großen Plastiktanks gebraucht?«

Ilgar zog an seiner Zigarette. Der Rauch stieg in der windstillen Luft auf und tanzte im Scheinwerferlicht. Er mochte Noora. Vom Aussehen her erinnerte sie ihn an Tanja: der Pferdeschwanz, der drahtige Körper, die ruhigen Augen. Ilgar spürte die beruhigende Wirkung des Nikotins.

Seine Gedanken schweiften zurück zu Tanja. Er hatte sich in die Biochemikerin von der Universität Leningrad buchstäblich auf den ersten Blick verliebt, an ihrem ersten Arbeitstag in Koltsowo. Ein halbes Jahr später hatten sie geheiratet, gleich nachdem Ilgar mit seinen Kollegen von der Afrika-Reise zurückgekehrt war, während der er Ralf kennen gelernt hatte.

»Hast du gehört?«, fragte Noora freundlich, aber bestimmt.

»Frag nicht.«

Noora lachte gezwungen. »Natürlich frage ich. So lange, bis ich Antworten bekomme.«

Ilgar lächelte. »Du bist hartnäckig. Wie meine Frau.«

»Tanja?«

Ilgar nickte.

»Du redest nicht über sie«, sagte Noora vorsichtig.

»Tanjas Leben endete ... in einer Tragödie.«

»Das habe ich aus der Art geschlossen, mit der du ihr Bild in Kapula angeschaut hast.«

Ein helles Klimpern drang in die Nacht, als Nzanga neben einem drei Meter hohen Termitenbau die Tragegurte prüfte.

»Man hätte die Maus für die Injektion auf einer speziellen Bank festbinden müssen«, sagte Ilgar und nahm einen tiefen Zug aus seiner Zigarette. »Aber da dreißig Mäusen Spritzen gegeben werden mussten, ging es schneller, jedes Tier einfach in der Hand zu halten. So habe ich es auch oft gemacht. Aber Tanja war müde an jenem Tag ... In der Spritze war das Ebola, das ich selbst aus Afrika mitgebracht hatte. Die Maus bewegte sich, und die Nadel ging durch das Tier hindurch in Tanjas Handfläche. Und durch den dreifachen Handschuh.«

Ilgar merkte, dass seine Stimme zitterte.

Noora hörte schweigend zu.

»Im Isolationslabor hing für solche Fälle ein Fleischerbeil. Sie hätte sich innerhalb weniger Sekunden die Hand abhacken müssen. So wie es hier früher üblich war«, sagte Ilgar lakonisch.

»Wer ist schon fähig, sich selbst die Hand abzuhacken?«, sagte Noora leise.

»Tanja wurde desinfiziert und auf eine Isolierstation gebracht. Dann haben wir abgewartet, ob sie Kopfschmerzen und Fieber bekam. Sie bekam beides.«

Ilgar spielte nervös mit dem Feuerzeug. »Wenn ich sie besuchte, musste ich einen Schutzanzug tragen. Am fünften Tag erbrach sie Blut. Mit der Genauigkeit einer Wissenschaftlerin führte sie ein Tagebuch, in dem sie alles notierte, was in ihrem Organismus geschah. Mein ganzes Leben lang werde ich ihre blutigen Fingerabdrücke auf dem dicht beschriebenen Karopapier nicht vergessen.«

Noora trat näher an Ilgar heran und berührte vorsichtig seine Hand.

»Bei der Obduktion wurde ihr die Milz entfernt, und man machte eine Blutprobe. Trotz meines Einspruchs isolierte man daraus die Ebola-Variante A. A wie Azneft. Sie war deutlich virulenter als der ursprüngliche Stamm. Vielleicht war daran etwas von Tanjas Zähigkeit zurückgeblieben«, sagte Ilgar und lachte gezwungen.

Eines erzählte er Noora nicht: Trotz seines Widerstands wurde die Variante A mit großem Aufwand an Ressourcen für das Grib-Projekt untersucht. Der Plan der Institutsleitung, das Blut seiner Frau zu benutzen, um das Virus für militärische Zwecke nutzbar zu machen, war der Tropfen, der das Fass seines Russenhasses zum Überlaufen gebracht hatte. In einem der teuersten und ehrgeizigsten Vorhaben von *Biopreparat* versuchte man, aus der Variante A ein ethnospezifisches, nur Chinesen infizierendes Ebola zu kreieren, das den Namen Variante E266A+ erhielt.

Mit einem Kollegen, ebenfalls Tatar, hatte Ilgar jedoch als Ausdruck seiner Trauer und seines Hasses einen anderen Virusstamm modifiziert, bei dem der Zielrezeptor nicht das Kollagen von Chinesen war, sondern das von Weißen beziehungsweise Kaukasiern: von Russen. Aber das war eher eine symbolische Geste als die Vorbereitung einer terroristischen Maßnahme, denn sie hatten nicht die Absicht, Schaden unter der russischen Bevölkerung anzurichten. Die beiden flogen auf, und Ilgar floh unter Lebensgefahr aus Koltsowo. Den Virenstamm trug er in einem Stahlzylinder bei sich. Nachdem er England erreicht hatte, plante er zunächst, die Pläne von Koltsowo zu verraten, gab den Gedanken aber auf, denn die Russen hätten ihre Arbeit trotzdem fortgesetzt, und er hätte sich im Westen seinen Ruf verdorben. Es war besser, reinen Tisch zu machen und ein neues Leben anzufangen.

Ilgar wusste, dass er dem Kriegsgericht und der Todesstrafe in der Sowjetunion nicht nur durch seine Flucht in den Westen entging, sondern auch dadurch, dass Moskau ihn nicht ins Visier nehmen konnte, ohne selbst unangenehmen Fragen ausgesetzt zu werden. Die UdSSR leugnete ihr Biowaffenprogramm nämlich kategorisch.

Ilgar betrachtete Noora und deren aufrichtig wohlwollende Miene. Die engagierte Finnin tat ihm leid. Es würde für die junge Frau nicht leicht sein, wenn sie die Wahrheit erführe.

Aus dem Dunkel über den Jakarandabäumen näherte sich das hackende Geräusch eines Helikopters. Ilgar trat seine Zigarette aus.

Der Landescheinwerfer des Hubschraubers strich über die Lichtung, dann landete der MD 500 neben den Autos und wirbelte so viel Staub und Pflanzenteile auf, dass Ilgar die Augen zukniff und den Atem anhielt. Noora hielt sich die Ohren zu.

Im Moment der Bodenberührung schob Ralf sich bereits aus dem Hubschrauber. Ohne ein Wort, mit routinierten Griffen, legten die Männer Gurte um die Kiste und befestigten sie an dem Transporthaken des Hubschraubers. Sie arbeiteten mit äußerster Sorgfalt und Genauigkeit.

Ilgar prüfte die Gurte und den Haken samt Stahlseil noch einmal. Dann stieg Ralf wieder ein.

»Wir testen die Verbindungen«, sagte Ralfs Stimme in Ilgars Funkgerät.

Ilgar entfernte sich vom Helikopter und hielt das Funkgerät vor den Mund. »Okay. Fangen wir an.«

Langsam ließ Ralf den Helikopter aufsteigen. Das Stahlseil spannte sich. Ilgars, Nzangas und Nooras Haare flatterten im Wind der Rotoren. Meter für Meter hob sich die Last. Der Lärm stach in Ilgars Ohren.

Ralf legte an Höhe zu. Er war Hunderte von Stunden mit den

Kleinmaschinen von Hilfsorganisationen geflogen – mit Hubschraubern aber hatte er weniger Erfahrung. Dennoch vertraute Ilgar diesen Transport lieber Ralf an als einem angeheuerten Piloten. Immerhin hatte Ralf noch einige Flugstunden genommen; das Versetzen von Ladungen hatte er bei seinem letzten Aufenthalt in Afrika geübt.

Nzanga blieb mit der Waffe in der Hand auf der Lichtung zurück. Er bewachte den einzigen Pfad, der zum Mwanga hinaufführte. Diesem Pfad folgten nun Ilgar und Noora. Er war schon ohne Last beschwerlich – die Kernladung mit Muskelkraft auf diesem Weg zu transportieren wäre ausgeschlossen gewesen.

»Ich weiß nicht, was ich sagen soll«, schnaufte Noora hinter Ilgar.

»Du musst nichts sagen.«

Der Lärm des Helikopters peitschte die beiden den steilen Anstieg hinauf.

Nach einiger Zeit sah Ilgar den Eingang einer Höhle, kurz darauf einen zweiten. Wenige hundert Meter vor ihnen stand der Helikopter mit der hängenden Last in der Luft, der Scheinwerferkegel strich über die grüne Vegetation.

Als sie mit schmerzenden Muskeln ankamen, setzte Ralf gerade die Last auf einer weichen Unterlage aus lianenartigen Schlangenwurzblättern ab. Daneben wartete ein Karren mit Gummirädern, den sie bereits vorher hergeflogen hatten.

Die Holzkiste berührte die Unterlage, es gab einen Ruck, Ilgar winkte und begann die Gurte um die Kiste zu lösen. In der schrägen Wand hinter den dichten Pflanzen klaffte der Eingang einer Höhle. Als Nächstes galt es, die Kernladung in die Höhle zu bringen.

40

In seinem Zimmer in der Rue Washington starrte Aaro auf die Zeilen, die vor ihm auf dem Bildschirm standen.

»*Die Gesuchten flohen am 4.9. mit dem Schiff* Finnhansa *von Helsinki nach Travemünde. Die Polizei hat Passagiere des betreffenden Schiffes befragt, um Hinweise auf die verschwundene Fracht zu kommen.*«

Mich aber nicht, dachte Aaro verwundert.

»*Die Polizei führt die Ermittlungen in Zusammenarbeit mit den deutschen Behörden durch. Besonders ist die Polizei an Hinweisen über Kombis, Lieferwagen und Wohnmobile auf der Fähre interessiert...*«

Warum hatte sein Vater ihm nichts von der intensiven Suche gesagt? Weil er nicht mehr auf die Ereignisse an Bord zurückkommen wollte und hoffte, Aaro würde sie möglichst gründlich vergessen.

Wie konnte ein robuster Polizist so ein Sensibelchen sein? Der Schein trog. An Größe und Schulterbreite fehlte es seinem Vater nicht, auch nicht an Leibesumfang. Neuerdings. Aaro hatte Fotos gesehen, auf denen sein Vater noch knackig und fit war, wie seine Mutter sagen würde. Aber Belgien war ein Schokoladenland – das war einfach zu viel für seine Selbstdisziplin. Und wenn ein erwachsener Mann nicht in der Lage war, auf Fett und Zucker zu verzichten, dann musste er eben leiden.

Aaro nahm den kleinen Zettel aus der Schublade, auf dem er die Autonummer des Wohnmobils notiert hatte.

Timo kniff die Augen zusammen. Unter dem Flugzeug breitete sich ein grüner, gewellter Teppich aus wie Samt. Die trockenen Savannen von Katanga gingen in eine flache, üppig bewachsene Hügellandschaft über.

Am Morgen war er in Lubumbashi in eine viersitzige Cessna gestiegen, deren Pilot eigenen Aussagen zufolge ein ehemaliger Testpilot der französischen Luftwaffe war. Dabei wirkte der kleine, untersetzte Mann gar nicht wie ein Flieger, vor allem wenn man seine Brille mit den Flaschenbodengläsern sah. Auf die hatte er ein Plastikgestell montiert, das als Sonnenbrille diente und an Kiosken verkauft wurde. Ein Hawaii-Hemd und eine goldene Halskette vervollständigten das Bild.

Die Maschine schaukelte, und Timo hielt sich am Haltegriff fest. Vor dem Abflug hatte er bei TERA angerufen, aber bemerkenswerte Fortschritte hatte es dort nicht gegeben. De Gasperi war bei seinem Versuch, an Informationen über Pater Eugen heranzukommen, auf eine unüberwindbare Mauer gestoßen. Kein Wunder, wenn sogar der Papst von einem »verfaulten Apfel« gesprochen hatte. Es gab die üblichen biografischen Angaben, aber nichts, was darüber hinausging. Jetzt versuchte man, über die Vatikan-Kontakte der CIA an Informationen zu gelangen.

Die Trockenzeit war im August zu Ende gegangen, und die grüne Landschaft mit ihren dunstverhangenen Tälern sah atemberaubend schön aus. Auch Spuren ehemaliger Krater waren zu erkennen. Die rote, fruchtbare Erde hätte drei Ernten im Jahr gebracht, wäre sie urbar gemacht worden.

Joseph Conrad war vor gut hundert Jahren aufgebrochen, um in Afrika nach den Träumen seiner Kindheit zu suchen. Stattdessen hatte er eine Welt vorgefunden, die gezeichnet war von den Spuren eines der erbärmlichsten Kapitel in der Geschichte der Menschheit. Timo wiederum war aufgebrochen, um einem Verbrechen unfassbaren Ausmaßes auf die Spur zu kommen, und fand nun eine der schönsten Landschaften vor, die er je gesehen hatte.

Was hatte er eigentlich zu finden geglaubt? Den urzeitlichen Vogel Roc, von dem die Europäer im 15. Jahrhundert behauptet hatten, er lebe in Afrika und sei fähig, im Flug einen Elefanten zu tragen? Einäugige Menschen, von denen ein kartenzeichnender Benediktinermönch um 1350 behauptet hatte, sie bevölkerten Afrika?

Ein majestätischer, sanft mäandernder Fluss teilte das satte Grün des Waldes. Es war nicht schwer, sich vorzustellen, dass diese großartige Natur unendliche Reichtümer barg: Wolfram, Beryllium, Nickel und Zink. Zur Grenze nach Uganda hin war Gold der wichtigste Bodenschatz; die dunkelroten Hänge am Kanshi-Fluss nordwestlich von Lubumbashi bargen das weltweit zweitgrößte Vorkommen an Industriediamanten. Nicht weit entfernt lag außerdem das Uranvorkommen von Shinkolobwe, das mittlerweile das weltweit wichtigste war.

Wonach auch immer man im Laufe der raschen technischen Entwicklung suchen konnte – in der Erde des Kongo fand man es, selbst das seltene Tantal, das die Mobiltelefonindustrie benötigte. Wie konnte ein so reiches und schönes Land gleichzeitig so feindselig, chaotisch und erbärmlich sein? Warum hatten die Staaten, die sich aus den Klauen des Kolonialismus befreien konnten, so schnell die Hoffnung und jeden Ehrgeiz verloren und erstickten nun in Kriegen, Tyrannei und Armut? Warum kamen die Menschen nicht zur Ruhe?

Bilder der dunklen Seite Afrikas schwirrten Timo durch den Kopf: Hutu-Mütter in Ruanda, die ihre Kinder töteten, weil ihr Vater Tutsi war. Bokassa, der seinem Koch Anweisungen zur Zubereitung seiner Opfer gab. Liberianische Rebellen, die ihren früheren Präsidenten folterten. Aids hatte hier seinen Anfang genommen, ebenso das Ebola-Virus. In gewisser Weise war es bezeichnend, dass die Atombombe, die auf Hiroshima abgeworfen wurde, aus kongolesischem Uran gemacht worden war.

Dieser Gedanke kreiste in Timos Kopf. Er versuchte sich an das zu erinnern, was er über die Herstellung von Atomwaffen gelesen hatte. Wo hatte die Sowjetunion sich das Uran für ihr Waffenprogramm besorgt? Im Kongo? Möglicherweise. War es von Bedeutung, dass die in Russland gestohlene Kernladung aus kongolesischem Uran hergestellt worden war, das jetzt vielleicht als fertige Bombe in den Kongo zurückkehrte?

Die Maschine überquerte den Fluss, und auf einmal war eine Wunde im üppigen Grün der Hügellandschaft zu erkennen: eine offene Grube, an deren Rändern verfallene und eingestürzte Gebäude standen. Ein Teil der Fabriken und Bergwerke, die die Belgier errichtet hatten, war bereits zerstört worden, als der Kongo selbstständig wurde, ein Teil erst zwanzig bis dreißig Jahre später, zu Mobutus Zeiten.

Es war die Ironie des Schicksals, dass der Raubzug, den Leopold II. begonnen hatte, gut hundert Jahre später ausgerechnet von einem Kongolesen namens Joseph-Désiré Mobutu zu Ende geführt wurde. Beide hatten die Bevölkerung und den Staat, den sie »regierten«, betrogen. Im Jahr 1908 hatte Leopold noch das Letzte aus dem Kongo herausgepresst, als er das Land in einem komplizierten Handel an den belgischen Staat verkaufte.

Anschließend hatte er sämtliche Dokumente über den Kongo aus den Archiven entfernen und vernichten lassen. Das Verbrennen der Unterlagen in den Öfen des Laekener Schlosses hatte acht Tage gedauert. Unter der Herrschaft des belgischen Staates wurden die Bodenschätze des Kongo mit dem rücksichtslosen Einsatz der Einheimischen noch umfassender ausgebeutet, das Leben eines Kongolesen hatte den Wert eines Produktionsmittels. Allein in den Kupferminen und Gießereien der Provinz Katanga starben jährlich an die tausend Arbeiter bei der Kupferverhüttung, die fieberhaft betrieben wurde, um die Nachfrage für die Herstellung von Stromkabeln und Telegrafenleitungen zu befriedigen.

Belgien war ein junger Staat, und seine Interessen im Kongo zielten, anders als bei einigen anderen alten Kolonialmächten, allein auf wirtschaftlichen Gewinn. Aber das Geld floss nicht ohne Investitionen, weshalb nach und nach auch Straßen, Kraftwerke, Schulen, Krankenhäuser und Fabriken gebaut wurden.

Unvermutet wurde der Kongo 1960 unabhängig. Guerillas jagten die Belgier davon, und nach einer chaotischen Zwischenphase übernahm Mobutu die Macht. Sein Markenzeichen waren die Leopardenfellmütze und eine Buddy-Holly-Brille. Er änderte den Namen des Landes in Zaire, ließ seinen Konkurrenten ermorden, gab sich selbst einen gottähnlichen Rang und tat es Leopold II. nach: Zugunsten seines eigenen Kontos fuhr er fort, sein Volk systematisch auszubeuten.

Als das Land selbstständig wurde, gehörte es zu den wirtschaftlich viel versprechenden Regionen Afrikas. Doch als Mobutu 1997 gestürzt wurde, lag der Staat in Trümmern, auf denen zahllose um die Macht konkurrierende Freischärler kämpften.

Timo rechnete damit, auch in dem unter ihm auftauchenden Kapulo auf Spuren des Bürgerkrieges zu treffen, aber die kleine Stadt wirkte unberührt. Der Pilot landete auf einem bescheidenen Flugfeld. Das Rumpeln auf der Landebahn, die an einen Kartoffelacker erinnerte, hatte nichts mit fehlendem Fluggeschick zu tun.

Auf dem Flugplatz wartete bereits ein Geländewagen mit Fahrer, der im Namen einer belgischen Deckorganisation von TERA gemietet worden war. Am Steuer saß ein hoch aufgeschossener junger Schwarzer, der Timo per Handschlag willkommen hieß. Timo war mit einer denkbar pessimistischen Grundhaltung in den Kongo gereist und auf endlose Probleme gefasst gewesen – insofern überraschte ihn die Freundlichkeit der Menschen hier umso mehr.

In seiner Tasche klingelte das Satellitentelefon. Er ging ein Stück zur Seite und meldete sich.

»Hi«, sagte Aaro. »Wo bist du?«

»Unterwegs. Wie geht's?«, fragte Timo, wobei er versuchte zu verbergen, dass er es eilig hatte. Der Balken, der die Ladung des Akkus anzeigte, war beunruhigend klein.

»In den finnischen Zeitungen wird berichtet, im Zusammenhang mit der Suche nach den Gangstern und der beim Überfall geraubten Fracht würden alle Passagiere von unserem Schiff befragt werden. Was für eine Fracht ist das?«

»Mach dir darüber keine Gedanken. Du weißt, dass ich nicht...«

»Ich habe die Autonummer von einem Wohnmobil.«

Timo seufzte. »Gut. Heb sie auf. Ich muss jetzt gehen. Wir telefonieren...«

»Ich kann mich nicht erinnern, warum ich sie mir per SMS

von der Zulassungsstelle schicken ließ. Aber bestimmt nicht ohne Grund. Ist nämlich ein teurer Service.«

Timo wurde aufmerksam. »Warum hast du mir das nicht früher erzählt?«

»Du hast mir verboten, meine Nase ...«

»Ich werde es einer Kollegin von mir sagen. Sie heißt Heidi. Sie wird dich anrufen und dich dazu befragen. Okay?«

»Okay.«

»Gut. Erzähl ihr alles. Ich muss jetzt aufhören. Tschüs.«

Timo rief sofort bei TERA an und berichtete Heidi Klötz von Aaros Anruf. Eigentlich war es ihm überhaupt nicht recht, dass eine Kollegin von ihm mit Aaro sprach, aber es gab keine Alternative. Die Sache musste überprüft werden.

»Hör dir an, was er zu sagen hat, aber erzähl ihm nichts!«

»Darüber mach dir keine Sorgen«, sagte Heidi Klötz ernst. »Ich wollte dich übrigens gerade anrufen. Wir haben weitere Informationen über Ilgar Azneft. Das FBI hat einen der Wissenschaftler erreicht, die aus der Sowjetunion geflohen sind ...«

»Wen?«

»Wladimir Peschkow.«

Timo kannte den Namen. Peschkow war im Biowaffeninstitut von Semipalatinsk für Forschung und Produktion verantwortlich gewesen, bevor er sich 1989 in die USA abgesetzt hatte.

»Peschkow kennt Ilgar Azneft«, fuhr Heidi Klötz aufgeregt fort. »Er sagt, Azneft habe in einer Gruppe gearbeitet, die eine strategische Biowaffe entwickelte. Das Projekt hieß Grib.«

»Grib?«

»Das ist russisch und bedeutet ›Pilz‹. Der Grundgedanke war, eine Kernladung einzusetzen, um damit Krankheitserreger in der Atmosphäre zu verteilen.«

Timo wurde schwindlig, und trotz der Hitze bekam er kalte Hände.

»Ein globaler Biowaffenschlag, bei dem ein gentechnisch veränderter Krankheitserreger nur eine bestimmte ethnische

Gruppe infiziert«, sagte Heidi Klötz mit belegter Stimme weiter. »Im Fall Grib die Chinesen.«

»Ist es möglich, dass sich ein solches Virus in Aznefts Besitz befindet?«, fragte Timo leise und schaute zugleich auf die ältere Frau, die auf ihn zukam.

»Das kann niemand mit Sicherheit sagen. Aber als Stammvirus im Grib-Programm wurde Ebola benutzt.«

Instinktiv umklammerte Timo das Telefon fester. »Ich rufe dich gleich noch einmal an«, sagte er knapp, als die Schwarze direkt neben ihm stand.

»*Bienvenu à Kapulo*«, sagte sie lächelnd. »Oder sprechen Sie lieber Englisch?«

Das war Timo sehr recht. Der Pilot hatte die Frau auf Timos Bitte hin als Führerin besorgt. Sie war relativ alt, hatte ein extrem faltiges und knochiges Gesicht, aber wachsame und scharfe Augen. Aus irgendeinem Grund trug sie eine alte Stewardessen-Uniform der Fluggesellschaft Sabena, der Rock war staubig und ausgefranst, der Blazer voller Schweißflecke.

Sie stellte sich mit einem Namen vor, den Timo nicht verstand, dann wechselten sie ein paar Sätze über den Flug und das Wetter. Timo fiel es schwer, sich zu konzentrieren, in seinem Kopf schwirrten die Informationen herum, die Heidi Klötz ihm gegeben hatte. Eilig holte er die Landkarte heraus, auf der er den Koordinatenpunkt mit einem Kreuz markiert hatte. Er wusste, er bewegte sich auf dünnem Eis, aber für raffinierte Tricks war jetzt keine Zeit.

»Ich möchte hier hin. Zum Mount Mwanga.«

Die Führerin sah ihn überrascht an. »Warum?« Ihre Stimme klang besorgt, fast ein wenig aggressiv.

Timo bereute seine geradlinige Taktik. Vielleicht hätte er ein anderes Ziel nennen und dann die Route nach und nach in Richtung Mwanga verlegen sollen.

»Dort ist einer unserer Messpunkte. Wir arbeiten an einer umfassenden geologischen Untersuchung.«

Denselben Grund hatte er auch dem Piloten genannt, der

ebenso interessiert reagiert hatte. Auch jetzt wich er Timo nicht von der Seite, obwohl er sein Geld bereits bekommen hatte.

»Ich gehe nicht zum Mwanga«, sage die Frau. »Das ist ein heiliger Ort. Dort hat niemand etwas verloren.«

»Ich zahle das doppelte Honorar. Fünfzig Dollar.«

Die Frau schüttelte zornig den Kopf. »Bei uns sagt man: *Hujavuka mutoni, usimtukane mamba.*«

»Und was bedeutet das?«

»Beleidige nicht das Krododil, wenn du den Fluss noch nicht durchquert hast.«

Interessiert verfolgte der Pilot das Gespräch.

»Es ist meine Aufgabe, dorthin zu gehen«, sagte Timo ruhig. »Siebzig Dollar.«

»Es geht nicht um Geld.«

Timo senkte die Stimme. »Achtzig. Das ist mein letztes Angebot.«

Die Frau sah ihm kurz in die Augen. Timo wusste, dass es idiotisch war, so deutliche Hinweise auf seine Geldvorräte zu geben, aber er hatte keine Zeit für behutsamere Formen des Handelns.

»Hundert Dollar«, sagte die Frau.

Timo tat so, als überlegte er. »Wie lange dauert es bis dorthin?«

»Nicht lange. Es ist nicht weit.«

»Fahren wir.«

Sie stiegen in den verbeulten Landrover, und der junge Fahrer fuhr los.

Bevor der Wagen im dichten Grün eintauchte, sah Timo noch kurz, wie ihnen der Pilot hinterherschaute.

Nachdem der Geländewagen auf der Straße zum Dorf verschwunden war, kehrte der Pilot zu seiner Maschine zurück. Er machte die Tür auf, stieg ein und griff zum Funkgerät.

Nach einigen vergeblichen Versuchen kam endlich eine Verbindung zustande.

»Unser Besucher aus Lubumbashi will zum Mwanga.«
»Warum?«, fragte eine Stimme durch das Rauschen.
»Sie machen geologische Untersuchungen. Er hat die genauen Koordinaten auf einer Karte eingetragen.«
»Von welcher Firma kommt er?«
Der Pilot suchte nach der Kohlepapier-Kopie der Quittung, die er ausgestellt hatte. »GDA. Brüssel.«
»Name?«
»Timo Nortamo.«
Für einen Moment beherrschte das Rauschen die Verbindung.
»Mist. Wir müssen Kontakt zu der Führerin aufnehmen, bevor sie zu Fuß losgehen.«

41

Timo saß auf der Rückbank des Landrover. In Anbetracht des Straßenzustandes fuhr der Fahrer viel zu schnell.

Die Führerin auf dem Beifahrersitz drehte sich zu Timo um. »Geologische Forschungen am Mwanga können Sie vergessen. Das ist ein heiliger Ort, dessen Frieden man nicht stört, ohne dafür bestraft zu werden.«

Timo nickte nur. Sein Gehirn arbeitete fieberhaft. Es gab also eine Verbindung zwischen Ilgar und Ralf. Das Grib-Programm konnte einen Hinweis auf den Zweck der Kernladung geben, aber das veränderte Ebola-Virus, mit dem nur Chinesen infiziert werden konnten, passte überhaupt nicht ins Bild. Allerdings hatte die G1 beim Papst gerade ebenfalls ein verändertes Ebola-Virus eingesetzt.

Die Straße führte duch leicht hügeliges Gelände, das von einem dichten, grünen Baumbestand überzogen war. Timo verspürte eine merkwürdige Übelkeit. Er veränderte seine Sitzposition, um den Luftstrom des offenen Vorderfensters abzubekommen.

»Entschuldigung, können Sie einen Moment anhalten«, sagte er zum Fahrer und befeuchtete die Lippen.

Der Fahrer blickte in den Spiegel und bremste. Timo kletterte hinaus und atmete tief die warme Luft ein, die schwer nach exotischen Pflanzen und tierischem Dung roch. Er sah den Fahrer in sein Funkgerät sprechen.

Noora stand auf dem flachen, kraterartigen Gipfel des Mwanga über den Höhlen und bestaunte die Vielfalt der Natur um sie herum. Es war wie aus dem Lehrbuch: ein perfektes Ökosystem.

Aber aus größerer Distanz betrachtet war es alles andere als das. Die Erde war seit ihrer Entstehung fünfmal von einem Massensterben betroffen gewesen, bei dem jeweils in katastrophaler Weise Arten ausgerottet worden waren: im Ordovizium vor 435 Millionen Jahren, im Devon vor 350 Millionen Jahren, im Perm vor 225 Millionen Jahren, im Trias vor 250 Millionen Jahren und im Paläogen vor 66 Millionen Jahren.

Das sechste Massensterben war gerade im Gange. Diesmal jedoch waren nicht Vulkanausbrüche oder Asteroide der Grund, sondern der Mensch selbst.

Jeden Tag starben fünfzig Tier- oder Pflanzenarten aus. In den Regenwäldern Afrikas, Südamerikas und Südostasiens wurden 20 000 Arten im Jahr infolge von Abholzungen ausradiert.

Die tropischen Regenwälder waren über 100 Millionen Jahre alt. Motorsägen, Planierraupen und Flammen zerstörten davon jährlich ein Gebiet von der Größe Deutschlands, vor allem in Südamerika. Und mit der Zerstörung des Waldes wurde auch die Photosynthese zerstört, mit der das Sauerstoff- und Kohlendioxydgleichgewicht, das Klima auf der Erde, geregelt wurde.

In den nächsten dreißig Jahren würde die Hälfte aller Arten auf dem Planeten aussterben. Nahm man die früheren Artensterben zum Maßstab, würde die Biodiversität 35 Millionen Jahre benötigen, um sich davon wieder zu erholen.

Noora schaute auf den mehrere tausend Liter fassenden Kunststofftank, der zwischen den Ästen eines Sipo-Mahagoni-Baums hervorschimmerte. Für den Transport mit dem Hubschrauber waren an der Oberseite Karabinerhaken befestigt. Ein armdicker Schlauch schlängelte sich von dem Behälter aus durch das feuchte, sumpfige Gelände zu einer großen Pfütze, die an ein finnisches Morastloch erinnerte. Dreißig, vierzig Meter weiter stand ein zweiter Behälter, und hinter diesem folgten weitere.

»Was sind das für Tanks?«, fragte sie Ilgar, der gerade das Ventil am Schlauch aufdrehte.

Bevor Ilgar antworten konnte, kam Ralf aufgeregt angelaufen. »In Kapulo ist ein Besucher für uns angekommen.«

»Wer?«

Erst als Ralf unmittelbar vor ihr stand, bemerkte Noora an dessen Blick, wie erschrocken er war. Unverhüllte Panik glühte in den übernächtigten, geschwollenen Augen.

»Ein Landsmann von dir«, sagte er leise. »Monsieur Nortamo aus Brüssel.«

Noora stöhnte auf. »Das darf nicht wahr sein. Wie...«

»Wenn sie etwas wüssten, hätten sie mehr als nur einen Mann geschickt.« Ralf wandte sich an Ilgar, der sich aufgerichtet hatte.

»Nortamo will zum Mwanga«, sagte Ralf. »Er hat die Koordinaten.«

Ilgar starrte ihn an. »Was?«

»Ja.« Ralfs linkes Auge zuckte. »Er hat gründlich recherchiert. Sie überprüfen die Stelle.«

»Und was machen wir dann?«

»Ich habe der Führerin Anweisungen gegeben. Wir erledigen den Fall auf die einzig mögliche Art.«

»Wenn Nortamo etwas zustößt, werden bald sehr viele Männer hier sein.«

»Ihm wird nichts zustoßen, was Verdacht erregen könnte.«

»Ihr wollt ihn umbringen«, sagte Noora kühl. »Ist das klug?«

»Hat dich jemand nach deiner Meinung gefragt?«, entgegnete Ralf leise und frostig.

Er trat einige Schritte zur Seite, holte das Telefon aus der Tasche und rief Tobias in Brüssel an.

»Es ist Zeit, zu überlegen, wie du an den Jungen herankommst.«

Timo stand mit dem Satellitentelefon am Ohr im Schatten des dichten Laubes. Die Führerin hatte etwas zu erledigen und wollte in fünf Minuten zurück sein.

Der Landrover war in der Fahrspur geparkt, buchstäblich am Ende der Straße. Durch die Blätter drang Licht in den dschungelartigen Wald, in dem das Konzert unbekannter Vögel und anderer Tiere so laut war, dass Timo sich das andere Ohr zuhalten musste, um die Stimme seines italienischen Kollegen aus Brüssel hören zu können.

»Der Papst ist tot«, sagte de Gasperi.

Diese Mitteilung überraschte Timo nicht, aber sie steigerte seine Beklemmung. Der Plan der G1 war aufgegangen. Auch in diesem Fall. »Was wird der Vatikan als Todesursache angeben?«

»Das weiß man noch nicht. Sie können weder die Wahrheit sagen noch lügen. Die Vatikan-Experten von der CIA sagen, um die Nachfolge des Papstes herrsche Krieg.«

»Weißt du, ob Heidi schon mit meinem Sohn über das Kennzeichen eines Wohnmobils gesprochen hat?«

»Glaube ich nicht. Hier ist ziemlich viel los. Gibt es bei dir was Neues?«

»Ich gehe jetzt mit einer Führerin zum Mwanga.« Timo verstaute das Telefon in seiner Umhängetasche. Ihm fiel auf, dass sich sein Puls während des Telefonats beschleunigt hatte.

Die Führerin kam lächelnd auf ihn zu. »Gehen wir?«

Timo nickte.

Das Granitgebäude, das neben dem Weißen Haus in Washington D.C. stand, trug den Namen OEOB, *Old Executive Office Building*. Hinter der dekorativen Fassade arbeiteten die Redenschreiber des Präsidenten, seine politischen Ratgeber, der Pressedienst sowie die Beamten des Nationalen Sicherheitsrates unter der Leitung von Condoleezza Rice.

Der nach dem Bürgerkrieg erbaute Koloss hatte zahlreiche Renovierungen erfahren, aber die Büros im administrativen Kern der Supermacht-Führungsetage waren schmucklos. Zu den ersten Maßnahmen, die George W. Bush nach dem 11. September ergriffen hatte, gehörte der Einbau eines neuen, abhörsicheren Konferenzraums. Dort trat nun eine Gruppe der höchsten Sicherheits- und Geheimdienstbeamten der Vereinigten Staaten zusammen.

»Eine USAMRIID-Gruppe und eine NEST-Einheit sind auf dem Weg in den Kongo«, sagte ein Beamter des Nationalen Sicherheitsrats. Sie sind darauf vorbereitet, eventuell eine SADM zu entschärfen und den Boden in der unmittelbaren Umgebung zu neutralisieren. Wenn die Absicht der Terroristen darin besteht, die strategische Konstellation des russischen Grib-Projekts zu kopieren, erwarten wir eine große Menge gefriergetrockneter oder kristallisierter Virusmasse.«

»Hoffentlich kommen sie noch rechtzeitig«, sagte ein CIA-Bemater. »Ein Mitarbeiter von TERA ist schon vor Ort, aber wir haben keinen Kontakt zu ihm.«

»Moment mal«, unterbrach der Beamte des Sicherheitsrats gereizt. »Wie wahrscheinlich ist denn dieses Horrorszenario überhaupt?«

»Wir sind nicht hier, um uns darüber den Kopf zu zerbrechen«, entgegnete der CIA-Beamte.

Der Vertreter des Pentagons hob die Hand. »Ohne ins Detail gehen zu wollen, stelle ich fest, dass die Freisetzung von viralem Aeorosol mittels einer Kernladung im Prinzip nicht von den traditionellen Explosionen abweicht, mit denen wir Erfahrung haben. Dies hier ist natürlich keine neue Technik für uns, auch wenn wir das nicht öffentlich zugeben können. In den 80er Jahren haben wir umfassende Computersimulationen einer strategischen Biowaffe erstellt.«

»Ach ja? Haben wir das?«, fragte der Beamte des Nationalen Sicherheitsrats giftig.

»Nachdem Informationen durchgesickert waren, denen zufolge die Sowjetunion etwas Vergleichbares entwickelte. Wir mussten verstehen, wozu der Feind in der Lage war. Wir stellten fest, dass die Freisetzung von Aerosol durch eine Kernladung sorgfältiger Vorbereitungen bedurfte. Die Zahl der relevanten Variablen war unglaublich groß. Das Gleiche galt für die Toleranzen: Selbst wenn nur ein Teil des Experiments funktionierte, entstand Bioaerosol. Lediglich ein kleiner Prozentsatz der Krankheitserreger musste am Leben bleiben.«

»Sieht so aus, als würde es bei der G1 mit mehr als ein paar Prozent klappen, wenn man bedenkt, dass es ihnen gelungen ist, eine SADM zu beschaffen. Plus ein Virus, das Ebola ähnelt. Und damit auch noch den Papst zu infizieren.«

»Die Leute, die das geplant haben, scheinen zu wissen, was sie tun. Der Mount Mwanga ist nicht zufällig als Ort für die Zündung der Ladung ausgewählt worden. Die geophysische Struktur des Kraters und das poröse Gestein eignen sich hervorragend für diesen Zweck. Laut Peschkow hatte man in der Sowjetunion geplant, als Explosionsort einen vulkanischen Komplex in der Nähe von Buturlinowka zu nehmen. Die beiden Orte ähneln sich tatsächlich in mehrfacher Hinsicht.«

»Und die Pathogene?«, fragte der CIA-Beamte. »Was für Krankheitserreger könnten da in die Luft gejagt werden?«

»Eine strategische Biowaffe funktioniert nur dann wie geplant, wenn der Krankheitserreger lediglich eine bestimmte Gruppe von Menschen infiziert. Ich halte es für unwahrscheinlich, wenn auch für möglich, dass es gelungen sein sollte, ein ethnisches Ebola-typisches Virus zu kreieren. Ich gehörte 1991 zu den amerikanisch-britischen Waffenkontrolleuren. Wir besuchten mehrere russische Forschungseinrichtungen. Dabei wurde deutlich, dass sie unter anderem intensiv an der Herstellung eines Ebola-Aerosols arbeiteten. Wir haben zum Beispiel Messgeräte für Aerosolpartikel und große Versuchskammern für Tierversuche gesehen. Steht alles in den Kontrollberichten.«

Der Vertreter des Militärgeheimdienstes DIA machte zum ersten Mal den Mund auf. »Die Russen – oder besser gesagt *auch* die Russen – setzten auf die Herstellung von biologischen Waffen, die nur bei bestimmten ethnischen Gruppen wirksam werden. Nachdem in China SARS ausgebrochen war, spekulierte man im Westen über die Möglichkeit, es könnte eventuell eine Biowaffe dahinterstecken. Als Stammvirus für eine solche Waffe Ebola zu nehmen klingt jedoch außergewöhnlich. Andererseits hätte es vor ein paar Tagen auch noch außergewöhnlich geklungen, wenn jemand behauptet hätte, ein Filovirus entwickelt zu haben, das innerhalb weniger Tage tödlich wirke und dessen Opfer der Papst sein würde.«

»Der Papst war kein Chinese.«

»Man kann sich auch andere Objekte vorstellen und das Virus entsprechend verändern.«

»Müssen wir also ernsthaft die Möglichkeit in Betracht ziehen, dass Millionen von Menschen vom selben Virus bedroht sind, mit dem der Papst infiziert worden ist?«

»Genau das ist zu befürchten.«

42

Etwas störte Timo an der Führerin. Aber er wusste, er war von ihr abhängig. Das Lächeln der Frau hatte etwas Gezwungenes.

Auf einer Anhöhe blieben sie stehen, um Atem zu schöpfen. Timo wäre gern schneller vorangekommen. Doch die Luft war dünn und feucht. Er musste sich eingestehen, dass die alte Frau wesentlich besser in Form war als er.

Die Luft war erfüllt von den Geräuschen der Vögel und Säugetiere. Wasser tropfte von den Spitzen der großen Blätter, die Erde roch feucht und fruchtbar. Der Blick über die Landschaft war beeindruckend. Im Westen sah man das Grabenbruchtal von Talengoro; im Osten, nach Tansania hin, die Marungu-Berge; im Norden die Doppelhöhe von Nyezungu und davor den sanft ansteigenden, majestätischen Mwanga. Die Bäume und Sträucher folgten dicht an dicht den weichen Landschaftsformationen. Nur die Ränder des Kraters auf dem Mwanga zeichneten sich unnatürlich scharf ab.

Aus dem Augenwinkel heraus beobachtete Timo die Führerin, die mit amüsiertem Funkeln im Blick merkte, wie er schwitzte und wie schwer er atmete. Instinktiv richtete sich Timo auf.

»Wissen Sie, wie sich die Nyezungus und der Mwanga gebildet haben?«, fragte die Führerin, aber Timo hatte keine Lust zu reden. Es genügte, dass sie ihn möglichst bald ans Ziel führte. Obwohl sie ein bisschen heruntergekommen aussah, hatte er rasch gemerkt, dass sie keineswegs ungebildet war.

Stolz sah sie in die Ferne. »Eine im Süden wohnende Riesin ging zum Gebären zu Verwandten in den Norden. Unterwegs stolperte sie über die Marungu-Berge, stürzte und starb. Die Ameisen begruben sie. Nur ein Teil des Leibes blieb sichtbar: ihre Brüste und der Bauch – die Nyezungu-Hügel und der Mwanga. Die Aasvögel kamen und rissen den Fötus aus der Gebärmutter, darum ist im Mwanga ein Loch zurückgeblieben.«

So wie sie erzählte, hätte man nicht vermutet, dass die Frau im Laufe der Jahre schon zahlreiche Wissenschaftler durch die Gegend geführt hatte. Es war kein Zufall, dass es so viele Forscher hierhin zog: Man hatte hier Hominidfossile aus den dunklen Anfängen der Menscheit gefunden. Die Funde in der Olduvai-Schlucht, am Turkana-See und zwischen den Samburu-Höhen hatten gezeigt, dass es sich bei diesem Gebiet um eine paläontologische Schatzkammer handelte.

»Gehen wir weiter«, sagte Timo ungeduldig. Was würde er am Koordinatenpunkt vorfinden? Wahrscheinlich nichts. Und plötzlich merkte er, wie dieser Gedanke ihn erleichterte, auch wenn er sich im Falle eines blinden Alarms vor all seinen Kollegen lächerlich machen würde.

Obwohl sie einen Korb auf dem Rücken trug, ging die Führerin schnellen Schrittes. Timo wischte sich mit dem Ärmel den Schweiß von der Stirn. Das Sonnenlicht durchdrang die Nebelwolken an den Hängen wie auf einer Darstellung der Erschaffung der Welt in dem Moment, in dem Gott sagte: Es werde Licht.

Ein unwirkliches Gefühl überkam Timo. Man hatte den Papst ermordet. Der Stellvertreter Gottes auf Erden war durch ein Virus ums Leben gekommen, das aus dieser Gegend hier stammte.

Noch immer jagte Timo der Gedanke an die blutigen Augen des Kranken einen Schauer über den Rücken. Oder war es eher die Härte seines Blicks, die ihn noch im Nachhinein frösteln ließ? Was hatte der Papst verheimlicht? Und warum?

Timo war gegenüber der katholischen Kirche immer skeptisch gewesen. Sie hatte sich im Laufe der Jahrhunderte unermessliche soziale und ökonomische Macht erworben, was unweigerlich irdische Probleme entstehen ließ – aber auch Möglichkeiten.

Er ging weiter, um nicht den Anschluss zu verlieren. Die Kraft und die Ausdauer dieser alten Frau waren unfassbar. Sie war mindestens so alt wie der Papst, hatte aber nicht das Geringste von jener Zerbrechlichkeit, die sein Leben am Schreibtisch verursachte.

Auf einmal kam Timo ein Gedanke, der ihn innehalten ließ. Er erinnerte sich an Ralfs Zeitungsausschnitte aus der Zeit in Südafrika. Darin war auch die Rede von Krankheitserregern gewesen, die nur Schwarze infizierten.

Er spürte eine eisige Umklammerung, wenn er sich ein bestimmtes Szenario vorstellte.

Der Gedanke war so schockierend, dass er wünschte, er wäre ihm nie gekommen.

»Warten Sie«, rief er der Führerin atemlos zu. »Ich muss kurz telefonieren.«

Die Frau blickte sich um und blieb stehen.

Timo suchte in der Umhängetasche nach dem Satellitentelefon und rief TERA-Chef Tony Wilson in Brüssel an. Sein Akku hielt zum Glück noch durch.

»Tony... Frag die Amerikaner, ob man aus dem Grib-Ethno-Virus, das bei Chinesen anschlägt, eine Variante herstellen kann, die nur Weiße infiziert.«

In Timos Ohr rauschte es, obwohl die Leitung digital war.

»Willst du damit sagen, die G1 könnte einen Schlag gegen die gesamte weiße Rasse planen?«

»Diese Fanatiker sind Bevölkerungspessimisten. Sie wollen um jeden Preis den Planeten schützen ...«

»Und warum haben sie dann den Papst gesondert infiziert, wenn sie ohnehin vorhaben, das Virus in die Atmosphäre zu jagen?«

»Sie wollten ein Beispiel dafür geben, was das Virus mit seinen Opfern macht.«

Timo rasten Bilder durch den Kopf: Massen von Menschen mit Atemschutzmasken, Millionen, die erkrankt waren wie der Papst, Aaro einer von ihnen. Gegen eine solche weltweite Epidemie wäre selbst das schlimmste SARS nur ein mittelschwerer Schnupfen.

»Beeilt euch«, sagte Timo ins Telefon und schloss die Augen.

Ist es im Alptraum möglich, einen anderen Alptraum zu träumen?

Im Konferenzraum in Washington legte der CIA-Beamte den Hörer auf. »Das war Wilson aus Brüssel«, sagte er mit Blick auf den USAMRIID-Experten. »Wenn es den Russen gelungen ist, eine ethnische Ebola-Variante herzustellen, die nur Chinesen ansteckt, kann man das Gleiche dann auch gegen Weiße gerichtet machen?«

Die Beamten sahen sich an.

»Die Ebola-Proteine wirken auf das Immunsystem«, sagte der USAMRIID-Experte. »Sie schwächen die Immunabwehr, worauf nichts mehr die Vemehrung des Virus in den Zellen verhindern kann. Das Ebola-Virus bildet sich aus sieben verschiedenen Proteinen. Drei davon sind ziemlich gut bekannt, aber die vier anderen geben noch immer Rätsel auf, was die Struktur und die Funktion angeht. Ob die Russen in dieser Frage weiter sind, weiß ich nicht.«

»Spekulier mal. Welche Chancen gibt es, eine Variante zu entwickeln, die sich gegen Weiße richtet?«

»Das Filo-Virus mag besonders Kollagen, es vermehrt sich im Hautgewebe. Kollagen hält die Haut zusammen, und seine Struktur variiert, zum Beispiel je nach Pigmentierung. Asiaten, Afrikaner oder Kaukasier haben unterschiedliche Pigmentstrukturen.«

Der Vertreter des Militärgeheimdienstes räusperte sich. »Das ist keine Spekulation. Rassenunterschiede sind an verschiedenen Orten der Welt ausführlich untersucht worden. In bestimmten Kreisen ist der Begriff ›pigmentspezifisch‹ schon immer relevant gewesen. Das Interesse Pretorias ist bekannt: Südafrika hat ernsthaft versucht, einen Krankheitserreger zu schaffen, der nur Schwarze ansteckt. Und für ihre Forschungen wollten sie unsere Unterstützung haben.«

»Wie lautet also die Antwort auf meine Frage?«, sagte der CIA-Beamte. »Ich will eine Einschätzung, wie schwierig es ist, durch Modifizierung ein nur auf Weiße wirkendes Ebola-Virus herzustellen.«

»Sollte irgendwo ein Mechanismus entdeckt worden sein, mit dem man ethnische Selektivität in den Filo-Virus bekommen kann, dann, würde ich sagen, lässt sich die Manipulation am leichtesten gegen die weiße Rasse durchführen, wegen unserer Kollagenstruktur.«

»Das Szenario sieht also folgendermaßen aus: Die G1 beabsichtigt, eine Kernladung einzusetzen, um ein Virus zu verbreiten, das den größten Teil der weißen Rasse vernichtet.«

Rund um den Konferenztisch tauschte man ungläubige und entsetzte Blicke.

DRITTER TEIL

43

In ihrem Büro im TERA-Hauptquartier nahm Heidi Klötz den Telefonhörer ab.

»Hier ist Mihail Semenow aus Moskau«, sagte ein Mann in russisch gefärbtem Englisch am anderen Ende der Leitung. »Ich suche Timo Nortamo, aber das Gespräch ist zur Zentrale umgeleitet worden, und dort kann man nicht sagen, wie ich ihn erreiche.«

»Nortamo ist ... auf Reisen. Ich bin Heidi Klötz, seine Kollegin.«

»Können wir auf eine gesicherte Leitung wechseln?«

Heidi horchte auf. »Selbstverständlich.«

Sie vereinbarten, dass Semenow in wenigen Minuten noch einmal anrufen sollte, und Heidi Klötz ging gespannt eine Etage tiefer in eine abhörsichere Telefonkabine.

»Im Rahmen des Abkommens über Informationsaustausch habe ich von meinem Vorgesetzten die Vollmacht erhalten, über das Urteil bezüglich Ilgar Azneft zu berichten«, sagte der Mitarbeiter des russischen Geheimdienstes in Moskau. »Wir stellen darüber keine schriftlichen Dokumente aus und geben auch keine öffentliche Bestätigung. Bei einem möglichen Prozess sind die Informationen nicht verwendbar ...«

Heidi Klötz spielte ungeduldig mit ihrem Stift, während sie sich die Litanei anhörte.

»Ich lese direkt aus dem Gerichtsbeschluss vor. *Die Angeklagten: Ilgar Ismet Azneft, Doktor der Molekularbiologie, Seniorforscher, und Jewlan Artikjan Kurabekow, Doktor der Virologie, Abteilungsleiter, beide vom molekularbiologischen Institut Koltsowo, Ilim Fahri Azneft ...*«

Heidi Klötz machte sich Notizen, obwohl das Gespräch sowohl auf einer Festplatte als auch mit einem analogen Band aufgezeichnet wurde.

»Die Angeklagten waren nachweislich an einem Vorhaben beteiligt, bei dem die so genannte Variante E266A+ modifiziert wurde, um dem sowjetischen Volk Schaden zuzufügen...«

Heidis Handflächen wurden feucht. Die Verbindung war gut, die Stimme aus Moskau klang wie aus dem Zimmer nebenan.

»Festgestellt wurde ferner, dass Ilgar Azneft geheimes Material an seinen Bruder Ilim Azneft weitergegeben hat, der sich der Aufhetzung von aus ihren Wohngebieten vertriebenen Krimtataren und deren Nachkommen schuldig gemacht hatte. Die Angeklagten Azneft, Azneft und Kurabekow werden wegen schweren Landesverrats schuldig gesprochen und zum Tode verurteilt. Das Urteil tritt sofort in Kraft, außer im Falle Ilgar Aznefts, der in Abwesenheit verurteilt wird.«

In der Leitung wurde es still.

»Aufhetzung gegen die Sowjetunion?«, fragte Heidi Klötz.

»Die Krimtataren waren eine Minderheit, eine Randgruppe wie die Tschetschenen. Abergläubisch und ungehorsam. Stalin hat sie vertrieben, und viele sind in Lagern ums Leben gekommen.«

»Sind die Tataren... Weiße?«

»Nein. Asiaten. Was hat das für eine Bedeutung?«

Heidi Klötz schwieg.

Timo hätte die letzten wenigen hundert Meter gern sofort zurückgelegt, musste sich aber kurz ausruhen. Die Führerin hatte sich entfernt, um ihre Notdurft zu verrichten.

Schweißnass setzte sich Timo auf den Stamm eines Jakarandabaumes, den ein Sturm vor langer Zeit umgeworfen hatte, und starrte auf eine der Öffnungen des Höhlensystems. Das teilweise zugewachsene, mannshohe Loch zog ihn an, aber er beherrschte sich. Zum Nachmittag hin hatte sich der Himmel zugezogen, die Luft war drückend feucht.

Er drückte einige Tasten auf dem Navigationsgerät, und auf dem Display erschien ein Schema, auf dem in konzentrischen

Bahnen die Symbole der Satelliten kreisten. Eine Säule zeigte an, dass eine Verbindung hergestellt wurde.

Sie waren durch schweres Gelände gegangen. Bisweilen war es Timo vorgekommen, als hätte die Führerin nicht die direkte Route genommen, sondern einen verschlungenen Umweg, um sich wichtig zu machen. Aber vielleicht war das auch nur Einbildung gewesen, denn der direkte Weg war nicht unbedingt der schnellste.

Das Navigationsgerät piepste schwach. Bis zum Koordinatenpunkt unterhalb des Kraters waren es noch 360 Meter. Wahrscheinlich der beschwerlichste Abschnitt des Weges.

Ungeduldig stand Timo auf. Sie befanden sich inmitten eines üppigen Paradieses. Die verletzte, gewalttätige Seite des Kongo schien hier in weiter Ferne zu sein. Aus dem feuchten Wald stieg Dunst auf und hüllte die Bäume ein, aber über den Baumkronen öffnete sich der Himmel. Timo fand es schade, diese Bilder von Afrika nicht mit Soile und Aaro teilen zu können.

Er stellte sich vor, wie Soile dem Jungen die Geschichte der vulkanischen Formation erklären würde, die zugleich die Geschichte des gesamten Planeten war. Er hörte förmlich, wie Soile auf Aaros endlose Fragen über den Urknall und die Erweiterung des Universums antwortete. Alle Kinder stellten gern Fragen, aber Aaro war darin schon immer eine Klasse für sich gewesen. Timo überließ die Antworten gern seiner Frau, die unermüdlich und voller Begeisterung von den Rätseln der Physik, der Chemie, der Bautechnik, der Zellbiologie und unzähligen anderen naturwissenschaftlichen Themen erzählen konnte. Timos Spezialgebiet war die Geschichte, aber dafür interessierte sich Aaro so gut wie nicht.

Er steckte das Navigationsgerät ein und machte sich bereit, den Weg fortzusetzen. Aus einer kleinen Spraydose sprühte er sich ein Mittel auf die Haut, das die Malaria übertragenden Anopheles-Mücken fern halten sollte.

Durch die Feuchtigkeit dufteten die Erde und die Pflanzen des Bergwaldes. Timo sah auf die Uhr. An einem solche Ort verlor man das Zeitgefühl. Die Zeit selbst schien hier keine Bedeutung zu haben, nirgendwo war zu erkennen, in welchem Zeitalter man sich befand, mühelos konnte man sich donnernde Vulkanausbrüche vorstellen, oder Urahnen, die gleich nebenan vor ihrer heimischen Höhle kauerten.

Timo trat vor den Höhleneingang wenige Meter vor ihm. Weiter konnte er ohne Begleitung nicht gehen, obwohl die Neugier in ihm brannte. Er lockerte seinen Gürtel und wunderte sich, wo die Führerin blieb.

Dann suchte er in seinem Rucksack nach dem Telefon. Es war weg.

Plötzlich erschrak er. Die Führerin war unbemerkt hinter ihm aufgetaucht. »Ich frage mich, wo ich mein Telefon hingetan habe.« Er wühlte weiter im Rucksack, immer hektischer, aber vergebens. Das Telefon war zwischen den Kleidungsstücken nicht zu finden. Zwangsläufig fiel sein Blick auf den Korb, den die Führerin auf dem Rücken trug.

»Wozu brauchen Sie es?«, fragte sie.

Die einzige Erklärung für das Verschwinden des Telefons war, dass es jemand aus dem Rucksack genommen hatte. Und die einzige Person, die das außer ihm hätte tun können, war die Frau. Gelegenheit dazu hatte es während des Tages genug gegeben, denn er hatte den Rucksack keinen einzigen Moment zu lange aufbehalten. Warum aber hätte sie das Handy an sich nehmen sollen? Diese Frau war keine gemeine Diebin. Oder folgte ihnen jemand?

Timo überlegte, ob er das Gepäck der Führerin durchsuchen sollte. Noch nicht, erst am Ende. *Beleidige nicht das Krokodil, wenn du den Fluss noch nicht durchquert hast.* Jetzt wollte er so schnell wie möglich in die Höhle, alles hinter sich bringen – und dann zurück nach Brüssel. Er mochte weder den Kongo noch den Mwanga, und die Führerin mochte er auch nicht.

Er nahm das Navigationsgerät und einen gewöhnlichen Kompass zur Hand und sah sich genau Richtung und Entfernung des Ziels an. In der Höhle würde der Navigator nicht funktionieren, da unter der Erde keine Satellitenverbindung zustande kam. Timo befestigte den kleinen digitalen Schrittzähler am Gürtel, der relativ genau die zurückgelegte Strecke anzeigte.

Dann fiel sein Blick auf einen Baum, der ihm bekannt vorkam.
»Ist das ein Gummibaum?«
Die Führerin blieb stehen. »Was wissen Sie über Gummibäume?«
»Ich habe Bilder gesehen«, sagte Timo vorsichtig. Der Tonfall der Führerin gefiel ihm nicht.
»Ich habe Gummi gesammelt.«
Dieser eine Satz ließ die Frau für Timo in völlig neuem Licht erscheinen. Er machte eine schnelle Rechnung: Sie mochte gut über 70 sein, war also in den 20er Jahren geboren worden. In ihrer Jugend war unter belgischem Kommando noch mit vollem Einsatz Gummi gesammelt worden, obwohl kultivierter Gummi nach und nach den Naturgummi verdrängte.
»Das scheint Sie zu überraschen«, sagte die Frau. Sie zog ein Trinkgefäß aus dem Gürtel und nahm einen Schluck von ihrem Kraft spendenden Getränk, einer Mischung aus Milch und Rinderblut. »Ein paar Monate lang war ich noch beim Gummisammeln, dann wurde ich schwanger, und wir zogen nach Kinshasa… Oder nach Leopoldville, wie es damals genannt wurde.«
Sie hielt Timo die Flasche hin, aber der schüttelte rasch den Kopf. Allein der Gedanke an das warme, abgestandene Getränk bereitete ihm Übelkeit.
Die Führerin ging weiter, und Timo hielt es nicht für angebracht, weitere Fragen zu stellen. Die widersprüchliche Persönlichkeit der Frau irritierte ihn, diese Mischung aus primitiver Stammesweisen und vernunftbegabter älterer Frau, der nichts zu entgehen schien.
Sie blieben vor einem Höhleneingang stehen, der von herabhängenden Pflanzen verdeckt war. Ungefähr einen Kilometer schräg über ihnen ging der Hang in die steile Wand des Kraters über. Genau genommen war es kein Krater, sondern eine Kal-

dera, ein Muldental, das in Folge eines langen Erosionsprozesses entstanden war. Es wurde von den bewaldeten Überresten des ehemaligen Kraterrandes eingefasst. Dort oben gab es Feuchtbiotope, Teiche und Sümpfe, Flora und Fauna waren äußerst reich und vielfältig.

Die Führerin machte ein paar Schritte auf die Höhle zu, hielt dann aber abrupt inne. »Das ist nicht klug. Ich habe das schon gesagt.«

Timo ging weiter und trat durch den drei Meter hohen Höhleneingang, der in dem üppig bewachsenen Südhang des Mwanga kaum zu erkennen war. Er hatte plötzlich das Gefühl, sich tatsächlich in den Schoß der Erdmutter zu begeben. Es war ein heiliger Ort, zu dem er vordrang, das wusste er. Es war die Urheimat der Fruchtbarkeit, deren Frieden er nun störte. Der harte vulkanische Boden führte leicht nach unten. Er war von glitschigem, grünem Schlick überzogen.

Timo blieb stehen, nahm Aaros Maglite aus dem Rucksack und wartete ab, bis ihn die Führerin eingeholt hatte. Durch das Verschwinden des Telefons und die Finsternis in der Höhle waren seine Nerven aufs Äußerste gespannt.

»Was ist das?«, fragte er, wobei er den Lichtkegel über den Boden bewegte.

»Exkremente von Fledermäusen. Guter Dünger.«

Timo blickte nach oben. Die Decke war schwarz von Fledermäusen. Ihn schauderte. Er erinnerte sich, in einer Zeitung gelesen zu haben, der erste an Tollwut gestorbene Mensch habe sich ausgerechnet bei einer Fledermaus angesteckt. Noch mehr Sorgen bereitete ihm allerdings die Tatsache, dass Höhlen als Verbreitungsorte von Ebola dienten. Sie waren unterirdische Schmelztiegel: Hier begegneten sich verschiedene Tierarten in einem geschlossenen Raum, wo das Virus leicht von einer Art auf die andere überspringen konnte.

Fledermäuse huschten über Timos Kopf hinweg durch die Dunkelheit. Wenn sie vom Lichtstrahl getroffen wurden, wichen sie abrupt aus und stießen ihre Hochfrequenzrufe aus.

»Stören Sie sich nicht an den Fledermäusen«, sagte die Führerin. »Die sind empfindlich. Und sie kommen nicht weit in die Höhle hinein.«

»Warum nicht?«

»Dies ist ein heiliger Ort. Kein Tier wagt sich tiefer hinein.«

Immer mehr Fledermäuse gerieten in Bewegung. Timo duckte sich und atmete flach durch die Nase. Er wäre am liebsten umgekehrt, aber das war ausgeschlossen.

Ein Blick auf den Kompass und den Schrittzähler zeigte ihm, dass die Richtung ungefähr stimmte. Sie nahmen die rechte Verzweigung der Höhle. An der Decke leuchteten Hunderte von roten Fledermausaugen. Die Laute dieser gewaltigen Population erfüllten den Raum, es klang, als öffnete man gleichzeitig zahllose Türen mit ungeölten Scharnieren. Wäre ihm in Kinshasa nicht die Kamera abgenommen worden, hätte Timo ein Foto für Aaro gemacht. Der interessierte sich für Fledermäuse, besonders für deren unfassbar hoch entwickelte Fähigkeit zum Radarflug.

»Ich glaube, ich weiß, wohin dieser Weg führt«, flüsterte die Führerin.

Timo blieb stehen. »Wohin?«

»In die Kirche.«

»Was bedeutet das?«

»Irgendwo hier gibt es eine Höhle, deren Decke spitz zuläuft. Wie ein Kirchengewölbe.«

Timo ging weiter. Die Führerin hatte Recht. Es wurden immer weniger Fledermäuse, und schließlich verschwanden sie ganz.

Plötzlich hielt Timo inne.

Ihm war, als hätte er hinter den weit tragenden, gespenstischen Lauten der Fledermäuse ein fernes Dröhnen gehört, das gleich wieder verschwand.

Ein Helikopter.

War das möglich? Oder hatte er sich verhört?

44

»Hallo. Hier ist Heidi Klötz, eine Kollegin deines Vaters...«

Aaros Augen leuchteten. Er drückte den Hörer ans Ohr.

»Dein Vater hat mich gebeten, mich mit dir in Verbindung zu setzen.«

»Genau. Ich hab da eine Autonummer...«

»Nicht am Telefon. Ich oder jemand von uns kommt und holt dich hierher. Ist dir das recht?«

»Na klar. Die Adresse ist Rue...«

»Wir haben die Adresse«, beeilte sich die Frau zu sagen.

In Aaros Bauch kribbelte es vor Spannung. Natürlich: Telefone und Wohnungen konnten abgehört werden!

Noora stieg den steilen Hang vom Hochplateau des Mwanga zu der Höhe hinab, wo sich die Höhleneingänge befanden. In der Ferne hörte man einen Helikopter. Ralf brachte den Hubschrauber vom Berg weg, er würde bald zurückkommen.

Noora wich einem umgestürzten Mangobaum aus. Auf ihrem vor Müdigkeit blassen Gesicht perlte der Schweiß. Vor ihr ging Ilgar, die Maschinenpistole in der Hand.

»Was habt ihr mit Nortamo vor?«, fragte Noora außer Atem.

Sie musste sich an einem Ast festhalten, um eine schmale Stelle zu überwinden, bei der es mehrere Meter senkrecht in die Tiefe ging. Auf der anderen Seite war die Vegetation so dicht, dass sie eine grüne Wand zu bilden schien, hinter der sich die Labyrinthe der Höhlen befanden.

»Warum sagst du nichts?«

Ilgar schwieg. Seine schmalen Wangen waren noch eingefallener als sonst.

»Ihr wollt ihn umbringen«, fuhr Noora mit belegter Stimme fort. »Aber dann wird es hier von seinen Kollegen nur so wimmeln... Sag doch was!«

»Die Führerin wird mit ihm tun, was sie für richtig hält«, erwiderte Ilgar. »Ich weiß nicht, was Ralf mit ihr besprochen hat.«

»Ach, du weißt wohl auch von nichts? Du lügst doch! Ihr lügt mich alle an! Warum...« Noora versagte die Stimme. »Aber auch bei mir gibt es eine Grenze, und die ist jetzt erreicht«, keuchte sie, wobei sie sich zwang, ruhiger zu werden. »Ihr seid blind geworden... Wenn Nortamo verschwindet, werden hier bald zahllose Beamte auftauchen. Es ist sinnlos, ihn umzubringen... *sinnlos*, verstehst du?«

Ilgar schaute sie mit seinen dunklen Augen an. »Es macht nichts, wenn hier später Polizisten auftauchen. Das wird uns dann nicht mehr interessieren.«

Noora starrte Ilgar an.

Plötzlich machte sie auf dem Absatz kehrt und lief in ihrer Wut geradewegs in den Wald hinein. Der Bewuchs wurde dichter, aber sie lief immer schneller.

»Warte«, rief Ilgar.

Mit den Händen schob Noora das Blattwerk zur Seite. Sie beschleunigte ihre Schritte, als sie begriff, dass sie vor Ilgar floh.

»Bleib stehen, verdammt«, rief er hinter ihr her.

Das heftige Atmen tat ihr in den Lungen weh, und die Milchsäure brannte in den Beinen. Sie war an einem Wendepunkt angelangt, ähnlich wie vor ewigen Zeiten auf der Pelztierfarm. In der Nacht hatten sie die Käfige geöffnet, und ihr Vater war hinter ihnen hergerannt und hatte mit der Schrotflinte auf sie geschossen. Da sie Masken trugen, wusste er nicht, dass seine Tochter eine von ihnen war. Noora war am Oberschenkel getroffen worden und gestürzt. Ganz genau erinnerte sie sich an den Gesichtsausdruck ihres Vaters, als er mit dem Gewehr in der Hand auf sie zukam, ohne die auf dem Boden liegende Frau hinter der Maske zu erkennen. Seine Selbstbeherrschung war verschwunden. Noora rechnete damit, von ihrem eigenen Vater erschossen zu werden.

Da riss sie sich die Maske vom Gesicht. Dieser Augenblick war der entsetzlichste in Nooras Leben gewesen. Das Gesicht des Vaters glühte vor Zorn, als er das Gewehr auf das Gesicht seiner Tochter richtete. Nie würde sie den Blick ihres Vaters in jener hellen Juninacht vergessen, diese Mischung aus Hass, Schmerz und Enttäuschung.

Der Vater hatte den Lauf zur Seite gerichtet, abgedrückt und war davongegangen.

Die Schrotkugeln in ihrem Oberschenkel waren im Krankenhaus von Seinäjoki entfernt worden. Ihr Vater hatte sie dort nicht besuchen wollen, und sie hätte ihn auch nicht sehen mögen. Sie hatte das Gymnasium abgebrochen und war nach Helsinki gegangen, wo sie im Stadtteil Alppila in einer WG mit Gleichgesinnten gewohnt hatte. Dort hatte sie Hanna kennen gelernt. Ein Jahr später war sie nach Italien gegangen. Ihren Vater hatte sie seit der schicksalhaften Nacht nicht mehr gesehen. Von ihrer Mutter wusste sie, dass ihr Vater nicht über sie sprach, aber unendlich unter der Situation litt. Aber dann sollte er eben um Verzeihung bitten! Doch dazu war er nicht bereit.

Noora blieb vor einem umgestürzten Sapele-Baum stehen und blickte sich um. Sie war außer Atem. Von Ilgar war nichts zu hören und zu sehen. Sie hatte ihn abgeschüttelt. Sie merkte, dass sie zitterte, und versuchte sich zu beruhigen, aber es gelang ihr nicht. Sie hatte sich soeben von Ilgar und Ralf und diesem schwarzen, gewaltigen Geheimnis losgesagt. Der Grund dafür war weniger die Uneinigkeit über das Schicksal des Finnen; vielmehr konnte sie es nicht mehr akzeptieren, dass man ihr nach alldem noch immer nicht die Wahrheit sagte.

Sie ging langsam weiter, fand aber keinen Höhleneingang. Sie stieg den Hang hinauf und versuchte, gleichmäßig zu atmen.

Unweit des Mwanga stieg Ralf aus dem Geländewagen. Ilgar hatte am Funkgerät besorgt geklungen, weil Noora nach einem heftigen Wortwechsel davongelaufen war.

Ralf konnte sich nicht vorstellen, dass Noora »Ärger machte« oder »abgehauen« war, wie Ilgar gesagt hatte. Natürlich war ihm Ilgars Interesse an Noora aufgefallen. War der Tatare womöglich aufdringlich geworden und sie hatte ihn zurückgewiesen? Oder machte sie nun doch einen Rückzieher?

Ralf schlug den Pfad ein, der zum Mwanga führte, als ihm Ilgar bereits entgegenkam. Müde und besorgt sah er aus.

»Sie ist weg«, sagte er und blieb außer Atem stehen.

»Ach was. Noora wird alles verstehen, wenn ich mit ihr rede...«

»Kapierst du nicht, was ich dir sage? Sie ist in den Wald abgehauen. Sie akzeptiert nicht, was wir mit Nortamo vorhaben.«

Ralf horchte auf. Hatte er es zu weit getrieben? War Noora an ihre Grenzen gestoßen?

Wenn er an ihr Verhalten in der letzten Zeit dachte, schien ihm das plötzlich möglich.

Was aber würde das für ihre Aktion bedeuten?

Unter Umständen eine Katastrophe. Unwahrscheinlich, aber möglich. Man musste sich darauf einstellen.

Ralf öffnete den Reißverschluss des Etuis an seinem Gürtel, nahm das Satellitentelefon heraus und rief Tobias in Brüssel an.

»Mach dich bereit, dir den Jungen zu schnappen. Der nächste Anruf ist ein Einsatzbefehl.«

Timo saß auf dem Boden der Höhle. In der Hand hielt er den Kompass und ein Stück Papier, neben ihm lag die brennende Taschenlampe.

Nach einem Blick auf den Schrittzähler zeichnete er eine Karte von seinem Standort. Der labyrinthische Weg hatte immer tiefer ins Innere des Mwanga hineingeführt. Stellenweise hatten sie auf allen vieren kriechen müssen. Immer mal wieder war es Timo so vorgekommen, als würde ihn die Führerin absichtlich in die Irre leiten.

Nach allen rationalen Überlegungen müsste er sich jetzt exakt am Koordinatenpunkt befinden.

Plötzlich wurde er aus seinen Gedanken gerissen. Ein Rascheln drang aus dem Korb der Führerin. Es war, als hätte sich der Korb bewegt. Die Frau hatte ihn abgestellt und zu Timo gesagt, sie werfe einen Blick in den linken Höhlenarm.

Vielleicht hatte er sich verhört.

»Gehen wir weiter, oder sollen wir etwas essen?«, klang ihre Stimme aus der Dunkelheit.

Timo fuhr zusammen. »Wir gehen weiter«, antwortete er leise. Er wusste selbst nicht, warum er in der Höhle flüsterte.

Er zog einen Müsliriegel aus der Tasche und bot der Führerin davon an. Aber die lehnte ab, trank von ihrer Milch und setzte den Korb auf. Timo begriff nicht, wie die Frau gesund bleiben konnte, obwohl sich die Zahl der Bakterien in ihrer Flasche minütlich vermehren musste.

Timos Beine waren schwer geworden, und sein Rücken schmerzte vom vielen Bücken. Der tunnelartige Höhlenarm verzweigte sich erneut. Mit jedem Meter machte sich Timo mehr Sorgen. Kannte die Führerin die Höhlen gut genug?

Im Schein der Lampe war ein mineralisierter Baumstamm zu sehen, der aus der Wand ragte, dann ein zweiter, ein dritter, eine ganze Gruppe. Die Höhle war früher sicher Regenwald gewesen – zu Stein gewordenes Holz.

»Die Kirche, die Sie erwähnt haben«, sagte Timo weiterhin flüsternd. »Wo ist die?«

Langsam drehte sich die Führerin zu ihm um. »Sind Sie katholisch?«

Timo schüttelte den Kopf. »Nein.«

»Haben Sie Angst?« Der Atem der Führerin roch nach ihrer Energiemilch. »Sind Kirchen nicht Zufluchtsorte? Wo leidende Menschen hingehen können, wenn sie keinen anderen Ort haben?«

Ihr Gerede gefiel Timo nicht.

»Wir sind doch richtig hier?«, fragte er betont ungezwungen.

»Wir mussten einen Bogen machen.« Die Stimme der Führerin wurde schärfer. »Die Geister werden böse, wenn wir uns ihnen zu direkt nähern.«

Sie ging weiter. Ihr Schatten schwankte im Schein der Lampe über die Höhlenwände. Dieses Gerede von der Kirche und den Geistern machte Timo nervös. Von allen Seiten ragten jetzt messerscharfe Mineralspitzen aus dem Stein.

Timo blieb stehen und bedachte fieberhaft seine Lage. Er wollte plötzlich keinen Meter mehr gehen.

»Warten Sie«, sagte er zur Führerin, die immer weiterging. »Hören Sie!«

Der Schein ihrer Lampe war bereits hinter der nächsten Kurve verschwunden.

Als Timo um die Kurve bog, herrschte dort Finsternis. Er leuchtete mit der Lampe nach vorn. Die Höhle wurde niedriger und machte eine Biegung nach rechts.

»Hallo«, sagte er laut. In seine Stimme hatte sich bereits Angst eingeschlichen.

Er musste höllisch aufpassen, um sich nicht an den Kristallspitzen zu verletzen.

Von der Führerin war keine Spur zu sehen. Nach der Verengung öffnete sich der Tunnel zu einem großen Raum, dessen Wände die gleichen Pflanzenformationen zeigten wie zuvor schon. Dazwischen standen versteinerte Knochen heraus, Überreste von Flusspferden und Krokodilen.

»Wo sind Sie?« Timo schrie fast und leuchtete mit der Lampe in alle Richtungen, aber sein Ruf verhallte ungehört.

Er spürte, wie sich in seinem Innern alles verkrampfte. Wohin war die Führerin verschwunden? Und warum war sie weg? Er war nicht sicher, ob er jemals allein wieder aus diesem Labyrinth herausfände.

»Was ist los?«, hörte er ihre Stimme und schämte sich.

»Ich habe genug gesehen. Wir können wieder zurück«, sagte Timo.

»Sie wollen gar nicht...«

»Nein.«

Timo ging auf die niedrige Verengung zu und kroch auf den Knien hinein. Mit dem Lichtkegel suchte er die Führerin, aber sie war noch immer nicht zu sehen.

»Wo sind Sie? Wir gehen zurück.«

»Nein, das tun wir nicht«, hallte es aus der Dunkelheit.

Die Führerin stand an der Stelle, an der die Höhle sich verjüngte. Ihr sonderbarer Tonfall brachte Timos Herz noch heftiger zum Pochen. Er kroch weiter, und sein Lichtkegel fiel auf die Füße der Führerin.

»Bleiben Sie, wo Sie sind!«, sagte sie kalt und kippte etwas aus dem Korb auf den Höhlenboden: Ein lebendiges Knäuel aus Schlangenleibern.

Timo erstarrte. Mit den Schlangen war auch sein Satellitentelefon aus dem Korb gefallen.

Er stöhnte vor Entsetzen auf und wich zurück. Dabei schlug er sich den Kopf an. Wenige Meter vor ihm lösten sich die Schlangen voneinander.

Langsam entfernten sich die Füße der Führerin.

»Bleiben Sie, wo Sie sind, dann passiert Ihnen nichts«, sagte die Führerin.

Timo hielt die Lampe auf die Schlangen gerichtet. Die Frau musste die Tiere von Anfang an dabeigehabt haben. Alles war geplant gewesen. Das Exemplar, das ihm am nächsten war, hob den Kopf und entblößte dabei eine glänzende, blaugrüne Unterseite. War das eine Grüne Mamba?

Die Augen des Reptils glichen Mondsteinen, in deren Mitte ein goldener Fleck leuchtete. Langsam und vorsichtig zog Timo sich zurück. Er zitterte am ganzen Leib und lehnte sich an die Wand.

»Sie werden Ihnen nichts tun«, sagte die Führerin. »Solange Sie nicht versuchen, durch die Verengung zu kriechen.«

45

Tobias parkte seinen Wagen in der Rue Washington, zwanzig Meter von dem Haus mit der Nummer 81 entfernt. Es war gegen Abend, die Dämmerung setzte ein.

Er blieb hinter dem Steuer sitzen und legte sich einen Plan zurecht. Die Straße war nicht belebt, aber immer mal wieder kam ein Fußgänger oder ein Auto vorbei. Er musste den Jungen dazu bringen, die Tür aufzumachen, denn ansonsten müsste er einbrechen, und das erhöhte das Risiko. Und er musste den Jungen unbemerkt in den Wagen bekommen.

Bei seinen früheren Besuchen hatte er sich versichert, dass die Wohnung im ersten Stock lag. Die zweite Etage schien unbewohnt zu sein.

Tobias mochte seinen Auftrag nicht besonders. Ein Kind war ein Kind, und der Junge konnte nichts für seinen Vater. Aber Ralf wusste, was er tat, deshalb würde er, Tobias, sich an Ralfs Anweisungen halten. In dem Hotel hatte er alles vorbereitet: An der Rezeption hatte er von seinem »Sohn« gesprochen und Essen aufs Zimmer bestellt.

Er sah zum Fenster im ersten Stock hinauf und erkannte dort das Gesicht des Jungen.

»Ich weiß nicht«, sagte Aaro beim Blick auf die Straße. Wo blieben sie? Er brannte vor Neugier auf die Kollegen seines Vaters und war sich sicher, ihnen Informationen entreißen zu können, die ihm sein Vater nicht mal unter Androhung von Gewalt gegeben hätte.

»Er wird überall gelobt«, sagte Reija hartnäckig. »Brad Pitt soll echt klasse sein. Was glotzt du da?«

Ohne zu antworten, ging Aaro vom Fenster weg. Er hatte Reija nichts erzählt. Und wenn sie kamen, um mit ihm zu sprechen, würde er die Tür schließen, damit sie nichts hörte. Oder wäre es am klügsten, wenn sie gar nicht erst hier wäre? Sie hatte sich in den Kopf gesetzt, ins Kino zu gehen, konnte aber nicht alleine los, weil sie seinem Vater versprochen hatte, in der ersten Zeit zu Hause zu bleiben.

»Der interessiert mich nicht«, sagte Aaro. »Da geht's um Beziehungen.«

»Na klar geht's da um Beziehungen! Das ganze Leben besteht aus Beziehungen. Gott sei Dank.«

Beinahe erschrocken sah Aaro zu Reija hinüber, deren Stimme einen merkwürdig vollen und warmen, schnurrenden Klang angenommen hatte. Wenn sie an zwischenmenschlichen Beziehungen interessiert war, sollte sie dann nicht lieber Leute treffen, statt ins Kino zu gehen?

Aaro würde nicht mitkommen, denn die Kollegen seines Vaters konnten jeden Moment kommen. Außerdem war der Film erst ab sechzehn. Doch das Argument könnte sich bei nächster Gelegenheit sehr zu seinen Ungunsten auswirken, also verkniff er es sich jetzt wohl besser.

»Die Karten sind mir zu teuer. Ich spare das Geld lieber für ein Handy.«

Das stimmte in jeder Hinsicht. Geld war immer ein Problem. Wenn man es nicht hatte, sowieso, und wenn man es hatte, musste man entscheiden, was man kaufte oder ob man es besser sparen sollte. Sein Vater gab Aaro gern gute Ratschläge, obwohl man bei dessen Umgang mit Geld auch nicht so recht wusste, ob man lachen oder weinen sollte. Eigentlich müsste der Mann entmündigt werden. Ohne mit der Wimper zu zucken, konnte er – nach ausgiebigem Feilschen – bei einem marokkanischen Verkäufer auf dem Marolles-Markt für dreißig Euro einen alten, stinkenden Stuhl kaufen, wenn es aber darum ging, mehr Speicherkapazität für den Computer anzuschaffen, wurde das mit einem Klagelied über sinkende Gehälter und steigende Lebenshaltungskosten abgelehnt.

Und das, obwohl sein Vater, soweit Aaro das verstanden hatte, in Brüssel so viel verdiente wie nie zuvor. Andererseits musste er zugeben, dass sie ziemlich oft teure Sachen unternahmen: Zum Beispiel fuhren sie am Wochenende mit dem Eurostar nach London und besuchten zwei Tage das Naturhistorische oder das Wissenschaftsmuseum. Das machte Spaß, und dafür hatte sein Vater auch Zeit – im Gegensatz zu Spielen an der Playstation.

Der andere Ort, an dem sich der Geldbeutel seines Vaters mühelos öffnete, war die Buchhandlung. Aaro wollte sich gar nicht erst vorstellen, wie viele Konsolenspiele er für den Inhalt seines Bücherregals bekommen hätte. Exakt denselben Gedanken kultivierte sein Vater in die andere Richtung... Zum Glück hatte

Aaros Mutter wegen ihrer Arbeit ein schlechtes Gewissen, weshalb sie ihm hin und wieder etwas kaufte, wozu sein Vater auch nicht nach monatelangem Betteln bereit war.

»Das hört sich an, als hätten deine Eltern eine Gehirnwäsche bei dir vorgenommen, damit du sparst«, sagte Reija. »Ältere Leute leben mit der Illusion, Sparen würde einen irgendwann glücklich machen. Das ist Käse, glaub mir.«

Aaro sah unten auf der Straße einen Mann am Steuer eines Wagens sitzen. War das wieder derselbe? Worauf wartete er?

Das Einfamilienhaus im Charlottesviller Vorort Waynesboro lag im Schlummer. In der Einfahrt stand ein Bronco-Geländewagen, am Treppengeländer lehnte ein Mädchenfahrrad. Doktor George Rauber saß in seinem Arbeitszimmer im ersten Stock und wählte nachdenklich die Nummer eines CIA-Beamten. Der nahm selbst ab.

Rauber stellte sich vor und sagte: »Sie haben mir vor einiger Zeit am Michigan-See ein Foto von Viruspartikeln gezeigt. Seitdem beschäftigt mich das. Diese fadenartigen Viren mit den seltsam runden Enden... Ich bin der Sache nachgegangen.«

»Sprechen Sie, Doktor Rauber.«

»Ich erinnere mich, wo ich diese Form schon einmal gesehen habe. Es gab da ein Projekt unter der Leitung von Ralf Denk, das vor drei Jahren abgebrochen wurde. Sein Team benutzte einen gentechnisch veränderten Virenstamm, dessen Virionen etwas mit denen auf dem Foto gemeinsam hatten.«

»Ist es Ihnen recht, wenn wir uns gleich an Ihrem Arbeitsplatz treffen?«

»Selbstverständlich. Aber ich weiß nicht, ob es...«

»Beeilen Sie sich.«

Wieder spähte Timo durch den knapp einen Meter hohen Spalt und sah im Schein der Lampe vier Grüne Mambas, die sich unruhig bewegten, sobald das Licht auf sie fiel. Sie hielten sich noch immer an der Stelle der Verengung auf, an der man nur kriechen konnte. Nach draußen konnten sie nicht, denn die Führerin hatte dort eine Flüssigkeit verschüttet, vor der sie zurückschreckten.

Auch in Timos Richtung kamen sie offenbar nicht, solange in seiner Lampe Licht brannte. Aber das Licht wurde schwächer. Er machte sich Vorwürfe, weil er sich wie ein Idiot in die Falle hatte führen lassen. Er hätte sofort nach dem Verschwinden des Telefons reagieren müssen. Aber arbeitete die Frau wirklich mit der G1 zusammen? Oder war sie einfach wahnsinnig?

Die Lampe gab nur noch einen schwachen, gelblichen Schein ab. Zentimeter für Zentimeter bewegte sich Timo rückwärts. Er musste irgendwie aus der Höhle herauskommen, sonst würde Aaro weder seine Lampe noch seinen Vater wiedersehen. Bitterer als je zuvor bereute er, sich so wenig Zeit für seinen Sohn genommen zu haben.

Das Licht war jetzt nur noch ein Punkt von der Stärke einer Kerzenflamme. Plötzlich erlosch es ganz. Im selben Moment entstand Bewegung auf dem Boden. Timo schüttelte die Lampe, bis sie wieder einen schwachen Schein abgab. Etwas kalt Glänzendes huschte davon.

Sobald das Licht erlosch, kamen sie. Timo wurde von Panik erfasst. Wer war diese Frau? Warum tat sie das? Unmöglich zu glauben, dass sie etwas mit der G1 zu tun hatte.

Timo zwang sich zur Ruhe, setzte die Wasserflasche an und befeuchtete seine Lippen. Es waren höchstens noch 100 Milliliter übrig. Die Lampe flackerte. Irgendwie musste er an den Schlangen vorbeikommen.

Ratlos holte er das Feuerzeug aus der Hosentasche. Würde das Licht ausreichen? Es half nichts, er musste radikalere Maßnahmen ergreifen. Er tastete nach einem Stein, aber es war unmöglich, damit alle Schlangen zu töten.

Plötzlich hatte er eine Idee. Er zog das Insektenspray heraus, nahm das Feuerzeug in die andere Hand und machte einen Test, indem er zwei Sekunden lang Spray in die Flamme sprühte. Sie loderte hell auf.

Er nahm all seinen Mut zusammen. Das war nicht schwer, denn er hatten keine Alternative. Er schob die Lampe in die Tasche, setzte den Rucksack auf und kroch mit dem primitiven Flammenwerfer in der Hand auf die schmale Stelle zu. Er drückte fest mit dem Finger auf den Knopf der Spraydose, mit der anderen Hand hielt er das brennende Feuerzeug umklammert. Die Schlangen schossen zur Seite. Timo musste aufpassen, dass die Dose nicht in seiner Hand explodierte.

Einen Meter vor sich sah er sein Telefon auf dem Boden liegen, hatte aber keine Hand frei, es aufzuheben. Er ließ die Flamme kurz erlöschen, schnappte sich den Apparat und versuchte sogleich, das Spray erneut zu entzünden, aber die Dose war leer. Finsternis umgab ihn. Er warf die Spraydose in die Richtung, wo er die Schlangen vermutete, zog verzweifelt die Lampe aus der Tasche, aber sie flackerte nicht einmal mehr. So schnell er konnte, bewegte er sich vorsichtig im Dunkeln voran, immer mit dem Telefon vor sich tastend. Erst an der nächsten Gabelung des Tunnels verschnaufte er. Seine Hände zitterten.

Plötzlich fuhr er zusammen. In der Ferne war eine Stimme zu hören. Sie klang gedämpft, aber er konnte verstehen, was sie rief.

»Hallo... Bist du hier...«

Eine finnische Frauenstimme.

Timo blieb, wo er war, und verhielt sich still. War das tatsächlich Noora? War sie geschickt worden, um zu kontrollieren, ob die Schlangen ihr Werk verrichtet hatten?

»Hörst du mich? Sie wollen dich umbringen... Ich helfe dir...«

Timo überlegte schnell. Konnte sie so gut schauspielern? »Was willst du von mir?«, rief er und bewegte sich vorsichtig der Stimme entgegen.

Die Decke des Tunnels wurde höher, er konnte wieder stehen. »Seit wann machst du dir über mein Wohlergehen Sorgen?«

»Red keinen Scheiß, dafür ist keine Zeit.«

Wenige Minuten später sah Timo den Lichtkegel einer Lampe.

Sie trafen sich in dem Teil der Höhle, wo der Boden von Fledermausexkrementen überzogen war.

»Wo sind deine Freunde?«, fragte Timo leise. Seine Sinne liefen auf Hochtouren.

»Meine Freunde?« Nooras Stimme klang sarkastisch. »Komm hier raus.«

Timo folgte ihr. Etwas musste passiert sein.

»Du bist eine von ihnen, oder?«, fragte Timo nüchtern. »Und du willst tatsächlich, dass mit Hilfe dieser Atombombe tödliche Viren in die Atmosphäre gejagt werden?«

»Was – was redest du da?« In ihre Stimme hatte sich Angst eingeschlichen.

Timo kam ein Gedanke, der eigentlich unwahrscheinlich war. »Du weißt wirklich nicht, was sie vorhaben?«

Noora antwortete nicht.

Sie weiß es nicht, begriff Timo. Er trat näher an sie heran. »Ist dir hier irgendetwas aufgefallen, das auf die Züchtung von Viren hindeutet? Tanks, Rohre, Labortechnik?«

»Und wenn schon?« Noora wirkte sehr angespannt.

»Gehen wir. Schnell. Ich erzähl es dir unterwegs.«

So schnell wie möglich entfernten sie sich. »Der Papst ist nach der Infektion mit einem Ebola-Virus gestorben. Die Russen hatten das Virus entwickelt. Derselbe Stamm soll vom Mwanga aus in die Atmosphäre gesprengt werden. Wo ist die Bombe?«

»Du bist verrückt ...«

»Jemand anders ist verrückt. Wo ist die Ladung?«

Timo sah in Nooras kalkweißes Gesicht. Sie schien ihm zu glauben. »In einer Höhle«, flüsterte sie. »Woher weißt du, dass ...«

»Wie viele sind sie?«

»Zwei.«

»Waffen?«

»Maschinenpistolen.«

»Wann wollen sie die Explosion auslösen?«

»Ich weiß es nicht. Aber es wird nicht mehr lange dauern.«

Timo nahm das Satellitentelefon, hoffte, dass es noch funktionierte, und rief Heidi Klötz bei TERA an.

»Wo bist du gewesen?«, fragte sie erleichtert.

»Gib die Koordinaten an das nächste amerikanische Sonderkommando und das NEST-Team weiter. Die Ladung ist ganz in der Nähe, Einzelheiten folgen. Schnell.« Timo schaltete das Telefon auf lautlos, steckte es ein und sagte zu Noora: »Bring mich hin.«

»Was willst du...«

»Los.«

Noora machte sich auf den Weg. Timo folgte ihr durch den dichten Pflanzenbewuchs den Hang hinauf. Noora hatte eine wesentlich bessere Kondition, er fiel rasch zurück, obwohl er alle Kraft zusammennahm.

Nach zehn Minuten schweißtreibendem Aufstieg erreichten sie das Hochplateau des Mwanga. Dort war die Vegetation niedrig, und es gab viele feuchte Stellen.

Noora blieb stehen und machte eine Kopfbewegung in Richtung eines Gebüschs, hinter dem etwas hell durchschimmerte.

Timo erkannte es nicht gleich. Er war schweißnass und völlig außer Atem. Mitten im Laubwerk stand ein mannshoher Kunststofftank. Er musste ein Fassungsvermögen von mehreren tausend Litern haben.

Timo tastete nach dem Telefon und fragte Noora flüsternd: »Ist es noch weit?«

»Wir kürzen über die Hochfläche ab. Am leichtesten kommt man von der gegenüberliegenden Seite in die Höhle.«

Timo fragte sich, ob sie ihn anlog, aber irgendetwas sagte ihm, dass sie das nicht tat. Er nahm das Satellitentelefon zur Hand, prüfte, ob er angerufen worden war, und stellte erneut eine Verbindung zur TERA her.

»Wann wird die Einheit hier sein?«, fragte er Heidi Klötz.

»Sie wird gerade in Nairobi zusammengestellt. Sobald wie möglich kommen sie mit dem Helikopter.«

Enttäuscht steckte Timo das Telefon weg. Er musste Noora im Laufschritt folgen, um sie nicht zu verlieren.

Anstrengung und Angst hinderten ihn daran, seine Gedanken zu ordnen. Es gab keinen Zweifel mehr daran, was Ralf Denk und seine Leute vorhatten. Aber was sollte er tun? Auf die Verstärkung würde er noch eine ganze Zeit warten müssen – die Zeit war lang für einen unbewaffneten Mann in Gesellschaft der G1.

46

Luke Shapiro von der Abteilung für Wissenschaft und Technologie bei der CIA versuchte, nicht auf den Geruch zu achten, der in dem kleinen unterirdischen Auditorium in der Luft lag: eine Mischung aus Desinfektionsmittel und Fußschweiß. Boden und Wände waren mit braunem Teppichboden verkleidet, offenbar wegen der Akustik. Womöglich waren auch die Öffnungen der Klimaanlage hinter dem Teppich verschwunden.

Shapiro nahm neben Doktor George Rauber in der ersten Reihe Platz. Außer ihnen war niemand im Raum.

»Ich möchte betonen, dass dies hier streng vertraulich ist«, sagte Rauber und schnäuzte sich.

»Machen Sie sich über Diskretion keine Gedanken«, sagte Shapiro. »Auch wir behalten das ein oder andere für uns.«

»Unsere Geldgeber sind empfindlich, vor allem der UNFPA, weil die UNO zwischen vielen verschiedenen Interessen die Balance halten muss. Die Bevölkerungsexplosion ist nicht nur eine traurige Tatsache, sondern vor allem eine heikle politische Angelegenheit. Fast die Hälfte der afrikanischen Bevölkerung südlich der Sahara hungert, und was ist der offizielle Grund? Armut. Das ist so, als würde man sagen, der Grund für Hunger ist der Mangel an Nahrung. Die Diskussion um unsere Arbeiten zur Geburtenkontrolle und besonders das CGV bergen äußerst delikate Aspekte, über die wir besser nichts in der Presse lesen wollen.«

»Was ist dieses CGV, auf das sich Ralf Denk spezialisiert hat?«

Rauber machte ein Handzeichen zu dem Projektionsfenster in der Rückwand. Die Lichter gingen aus. »CGV, oder laienhaft gesagt: eine Impfung zur Sterilisation, ist ein immunologisches Verfahren der Geburtenregelung.«

Auf der Leinwand blinkten Zahlen und Kratzer auf.

»Wie alle Impfungen, so funktioniert auch der immunologische Verhütungsmechanismus, indem er im Organismus eine völlig natürliche Reaktion auslöst. Die Randzellen des Embryos sondern Protein spaltende Enzyme und das Hormon Choriongonadotropin ab, die für die Verbindung mit der Gebärmutterschleimhaut sorgen. Ein spezifisches Antigen unterdrückt die Wirkung dieses Hormons, wodurch die Einnistung des Embryos in der Gebärmutter verhindert wird.«

»Funktioniert das in der Praxis?«

»Es wurde drei Jahre lang bei einem Feldversuch in Neu Delhi getestet und erwies sich als die effektivste Massenverhütungsmethode, die jemals in die Testphase gelangt ist. Außerdem ist sie billig.«

»Warum wird sie dann nicht eingesetzt?«

Rauber schnäuzte sich erneut. Die Leinwand erstrahlte in blendendem Weiß, und aus dem Projektionsraum hörte man ein scharfes Klicken. Der Film war gerissen.

»Entschuldigung. Samantha wird das schnell reparieren. Die Archivkopien werden normalerweise nicht angeschaut, sie sind nicht für die Projektion gedacht...«

»Wir haben nicht viel Zeit, Doktor Rauber. Fahren Sie bitte fort.«

Rauber nahm das Blatt Papier, das er auf einen der leeren Sitze gelegt hatte, und faltete es. »Wie Sie sehen, verdoppelt sich die Dicke des Papiers, wenn ich es falte.«

Er faltete das Blatt erneut und dann noch einmal und drehte es in den Händen. »Jetzt ist es die vierfache Stärke. Wenige Millimeter dick. Wenn ich es noch fünfzigmal falten könnte, wie dick wäre es dann?«

Der verdutzte Shapiro konnte seine Ungeduld nur schwer verbergen.

»Wenige Zentimeter?«, fragte Rauber. »Einen Meter? Vergessen Sie nicht, es handelt sich um eine Exponentialfunktion. Ein fünfzigfach gefaltetes Blatt Papier reicht über die Atmosphäre, über den Mond und die Umlaufbahn des Mars hinaus.«

»Ich weiß nicht, ob wir die Zeit haben...«

»Auch die Erdbevölkerung wächst exponentiell. Vor hundert Jahren gab es weniger als zwei Milliarden Menschen. Vor dreißig Jahren drei Milliarden. Jetzt sind es sechseinhalb Milliarden. Wie soll man mit dieser Tatsache umgehen? Ralf Denk war pessimistisch, ebenso wie viele andere Wissenschaftler, die wir Populationspessimisten nennen. Ralf Denk sieht durch das Bevölkerungswachstum den Planeten bedroht. Unter einigen seiner Geistesverwandten hat er den Gedanken durchgesetzt, man müsse zu radikalen Methoden der Bevölkerungskontrolle greifen, für den Fall, dass sich die Lage weiter zuspitzt.«

»Radikale Methoden?«

Rauber nickte. »Ralf war ein Visionär, wenn man so sagen darf. Einer seiner aggressivsten Pläne bestand darin, in der Phase, in der die Situation außer Kontrolle zu geraten droht, in den trostlosesten Gegenden der Dritten Welt eine Verhütungsimpfung mittels eines Virus, das die Zielgruppe ansteckt, vorzunehmen. Eine Art Massenverhütungsimpfung, die – anders als die immunologische – über ein Virus funktioniert.«

»Das klingt ja menschenverachtend!«

»Ja. Gegen die unkontrollierte Verbreitung bestimmter Tierbestände ist das Verfahren bereits erfolgreich eingesetzt worden. Ein ansteckendes Virus, das Infertilität bewirkt, wird mit einem Spermizid kombiniert: Sobald es mit dem Impfstoff gefüttert worden ist, fängt das Tier an, das Unfruchtbarkeitsvirus zu verbreiten. In Indien ist das Verfahren angewandt worden, um die Rattenpopulationen zu reduzieren, in Berlin ist man damit gegen Tauben vorgegangen. Auch die Tollwutimpfung ist schon an ein Virus gekoppelt worden. Das rein medizinische Problem beim

Menschen hat immer darin bestanden, dass sein Immunsystem anfängt, das Virus zu zerstören, bevor es sich vermehren kann.«

Rauber spielte mit seinem Taschentuch. »Ralf fand die Lösung. Sein Team fügte dem CGV ein Gen aus einem anderen Virus hinzu, das zwischenzeitlich das Immunsystem schwächt. In dieser Zeit konnte sich das CGV-Virus dann bis zum nötigen Schwellenwert im Blutkreislauf vermehren.«

»Und dieses Gen stammt eventuell von dem Virus, dessen Bild man Ihnen vor einiger Zeit gezeigt hat?«, fragte Shapiro.

»Ich kenne die Einzelheiten nicht, aber ich erkannte auf dem Bild Gemeinsamkeiten mit dem CGV-Virion.«

Aus dem Projektionsraum hörte man das Geräusch eines Summers, und die Leinwand wurde wieder dunkel.

»Was passiert, wenn das Virus, das dieser Denk entwickelt hat, einen Menschen ansteckt?«

»Es würde sich unter der Bevölkerung verbreiten und seinen jeweiligen Träger zwei bis drei Jahre unfruchtbar machen.«

»Wirkt das Virus bei allen Menschen gleich?«

Rauber nickte. »Ein vollkommen irrer Plan. Aber Denk ist davon überzeugt, dass man etwas Radikales in der Hinterhand haben muss, für den Fall, dass die Bevölkerungsentwicklung völlig außer Kontrolle gerät.«

»Ich dachte, das sei längst der Fall.«

»Dazu nehme ich persönlich keine Stellung. Das sind sehr sensible Angelegenheiten. Wie gesagt, der Dritten Welt kann man keine Vorwürfe machen...«

»Aber CGV hat man in Reserve?«

»Nein.«

Wieder blinkten die Zahlen auf der Leinwand auf.

»Was meinen Sie damit?«, fragte Shapiro ungeduldig.

Rauber war unbehaglich zumute, er rutschte nervös auf seinem Sitz hin und her. »Nach den Tierversuchen musste CGV vernichtet werden. Komplett.«

»Warum?«

Rauber schwenkte die Hand in Richtung Leinwand. »Das geht aus dem Film hervor.«

Das Bild zwar zweigeteilt. Auf beiden Seiten waren von oben gefilmte Ratten zu sehen. Am unteren Rand der linken Hälfte stand: Vergleichspopulation. Der Text am unteren Rand der rechten Hälfte lautete: Viraler Impfstoff CGV/x/P66.

Im Zeitraffer zeigte der Film innerhalb einer Minute Entwicklungen, die in Echtzeit mehrere Monate gedauert hatten. Die Zahl der Ratten auf der linken Seite nahm zu, bis die hellroten Wesen die ganze linke Bildhälfte ausfüllten.

Bei den mit CGV geimpften Ratten kam kein einziger Nachkomme hinzu. Alle starben nach und nach eines natürlichen Todes, und die Kadaver wurden beseitigt. Schließlich war die rechte Bildhälfte leer. Nur Ausscheidungen und Haare waren von der ausgestorbenen Population übrig geblieben.

»Aus dem Serum zur temporären Verhütung war ein Mittel zur dauerhaften Sterilisierung geworden.«

»O Gott«, sagte Shapiro leise. »Und ist diese Wirkung auf den Menschen übertragbar?«

»Es sieht so aus. Die immunologische Verhütung wirkt auf ein extrem empfindliches Gleichgewicht ein...«

»Was ist mit dem Virus geschehen?«

»Das sagte ich bereits. Es ist vernichtet worden.«

»Ist es möglich, dass Ralf Denk einen Teil der Viruskultur vor der Vernichtung an sich genommen hat?«

»Das glaube ich nicht. Solche Forschungen werden unter strengen Sicherheitsmaßnahmen durchgeführt. Und nachdem das...äh...Problem erkannt war, wurde der Virenstamm umgehend vernichtet.«

»Sie haben gesagt, Sie glauben nicht, dass Denk es hat. Sie sind sich aber nicht absolut sicher?«

»Warum hätte er ein Sterilisationsvirus an sich nehmen sollen?«

»Es ist also möglich?«

»Alles ist möglich, jedenfalls in der Theorie. Warum fragen Sie?«

»Gehen wir, Doktor Rauber. Ein Hubschrauber wird uns nach Washington bringen.«

47

Der Lichtkegel des starken Handscheinwerfers tanzte über die Höhlenwände. Mit forschem Schritt ging Ralf auf die Kirche zu. Er war besorgt und verärgert. Warum war Noora verschwunden? Und wohin? Die Höhlendecke wurde jäh höher, und der Raum weitete sich.

»Wer ist da?«, brüllte Ilgar, der die Ladung bewachte.

»Bleib ruhig. Kein Grund zur Panik.«

»Wo ist Noora?«

»Ich habe keine Ahnung. Sie hat wohl gerade ihre Moral entdeckt. Wir machen ganz normal weiter.«

Ilgar stand neben der Kiste. Er lehnte die Maschinenpistole an die Wand. »Lass uns den Schutzmantel öffnen und verschwinden«, sagte er.

Ralf nahm den Werkzeugkasten aus dem Karren mit den Gummirädern und ging vor der Kiste in Stellung. In schwarzen Schablonenbuchstaben und -ziffern stand auf dem Holz: ОСТОРОЖНО–ТАКТ 1200 AKH/16. Daneben war das runde, dreiteilige Zeichen zu sehen, das vor Radioaktivität warnte.

Ohne einen Moment zu zögern, nahm Ralf den Hammer.

In dem Höhlenabschnitt, der zur Kirche führte, hörte Timo das Geräusch von Schlägen und blieb stehen. Er hatte Nooras Lampe mit der Hand abgedeckt, aber jetzt löschte er sie ganz. Noora trat neben ihn.

»Was machen die da?«, flüsterte Timo ihr atemlos ins Ohr.

»Ich weiß es nicht. Vielleicht öffnen sie die Kiste.«

Timo wurde kalt. Es war keine Zeit, um auf Hilfe zu warten. Ohne die Lampe wieder anzumachen, ging er langsam weiter.

Nach zwanzig Metern hörte er gedämpfte Stimmen. Die Worte konnte er nicht verstehen. Vorsichtig ging er noch ein Stück weiter, bis die Höhle langsam wieder höher wurde. Hinter einer leichten Biegung brannte Licht. Das Klopfen hörte auf. Zwei Männer unterhielten sich leise im Schein von Taschenlampen.

Timo schlich so dicht heran, dass er in den saalartigen Höhlenraum blicken konnte, der nach oben so spitz zulief wie eine gotische Kathedrale. Im vorderen Teil befand sich ein großer Stein mit platter Oberseite, wie ein Altar, daneben stand eine Holzkiste. Zwei Männer hantierten mit der Kiste, einer von ihnen war Ralf Denk. An der Wand lehnte eine Maschinenpistole.

Auf die Oberseite des flachen Steins war ein schwarzes Kreuz gemalt worden. Dort also war der Schnittpunkt der Koordinaten.

Und die Holzkiste enthielt das, wonach die Sicherheitsbehörden der Welt derzeit am dringendsten suchten.

Timo zog sich zurück und flüsterte Noora ins Ohr: »Geh zu ihnen. Nimm die Maschinenpistole, die an der Wand lehnt, und bring sie hierher.«

»Du spinnst. Ich...«

»Es gibt keine andere Möglichkeit. Wir haben keine. Haben sie weitere Waffen?«

»Ja. Eine zweite Maschinenpistole. Aber ich weiß nicht, wo sie ist.«

»Geh!«

Noora ging los, nicht mehr schleichend, sondern absichtlich geräuschvoll, damit sie von den Männern bemerkt wurde.

»Ich bin's«, sagte sie zu Ralf und Ilgar.

Ilgar richtete sich abrupt auf. »Wo warst du?«, fragte er wütend.

»Ich habe nachgedacht«, sagte Noora.

Ralf kam mit forschender Miene auf sie zu. »Worüber?«

»Über das alles.«

»Was willst du damit sagen?«

»Nichts. Ich werde ja wohl auch mal nervös sein dürfen. Ihr seid es schließlich auch.«

Die Männer sahen sich an und setzten mit dem Rücken zu Noora ihre Arbeit an der Kiste fort.

Timo sah, wie Noora sich der Maschinenpistole näherte. Er knirschte mit den Zähnen vor Angst, die Männer könnten merken, was sie vorhatte.

Ralf bog das letzte Brett der Schutzkiste zur Seite. Vor ihm stand ein schwarzes Gehäuse aus Metall.

»Ich habe Angst«, sagte Ilgar leise, während er auf die Ladung starrte.

Ralf legte den Hammer aus der Hand und wischte sich den Schweiß vom Gesicht.

»Das ist gesund«, flüsterte er.

Die Nähe der Ladung sorgte dafür, dass sich unendliche Ruhe und Zufriedenheit in ihm ausbreiteten. Die letzten Reste von Angst und Ungewissheit waren verflogen. Ralf wusste, das er richtig handelte. Vor langer Zeit schon hatte er begriffen, dass das Wohlergehen des Menschen und der Umwelt in direkter Relation zur Größe der Erdbevölkerung stand. Seine früheren Kollegen bei CONRAD und andere Leute, die sich um das Schicksal der Erde Sorgen machten, sahen in der Zahl der Erdenbewohner ebenfalls den Kern der Sache. Aber das stimmte nicht.

Die wichtigste Frage lautete nicht mehr, was man tun konnte, um den Planeten für die folgenden Generationen zu retten. Die entscheidende Frage war, warum es überhaupt eine folgende Generation geben sollte.

Warum dachte niemand über diese Frage nach? Weil sich der Mensch wie das primitivste Bakterium verhielt. Seid fruchtbar und mehret euch. Das Fabrizieren von Nachkommen war ein genetisch einprogrammierter Befehl und keine Frage des Verstandes. Die Menschen waren so lange Sklaven der chemischen Reaktionen von Zellmembranen, bis sie die Entscheidung darüber aus dem Urschlamm der Proteine und Enzyme herausholten und auf die Ebene des Bewusstseins brachten. Erst dann, unabhängig von der fleischlichen Hülle, würde sich unweigerlich die Frage auftun: Wie lange sollte es Menschen auf der Erde geben?

Ralf legte den Hammer auf die Steinplatte. Da hörte er ein Geräusch. Er blickte sich um und sah Noora außerhalb des Lichtkreises der Lampen. Sie stand an dem Eingang zum Höhlensaal – und reichte einer großen Gestalt die Maschinenpistole.

Ralf stand da wie paralysiert. Das erste Mal während der gesamten Operation verspürte er Angst und Enttäuschung. Noora hatte ihn verraten. Und hatte die Führerin ihre Aufgabe nicht erfüllt? Was hatte Noora von Nortamo erfahren?

»Keine Bewegung!«, brüllte Timo. Seine Stimme hallte kurz von den Wänden wider, erstarb aber sogleich. »Hände in den Nacken! Näher zusammen!«

Ralfs Waffe lehnte zwei Meter entfernt an dem Stein mit der flachen Oberseite. Noora und Timo konnten sie nicht sehen. Ralf blickte auf und bewegte sich langsam auf die Maschinenpistole zu. Ilgar hob die Hände.

»Näher zusammen!«

»Wir haben deinen Sohn in Brüssel in unserer Gewalt«, sagte Ralf.

»Du lügst«, zischte Timo.

»Rue Washington 81. Wenn du uns aufhältst, stirbt er sofort.«

Ralf war sicher, der Finne würde schießen, aber das war ihm egal, er bewegte sich immer weiter auf seine Waffe zu. Wieder herrschte in seinem Innern tiefster Friede. Die Ladung war am Ziel und würde explodieren, das war die Hauptsache. Sein eigenes Schicksal hatte keine Bedeutung mehr. Die Fossilien in den Höhlenwänden bewiesen, dass jede Spezies eine bestimmte Lebensdauer hatte, und für die Individuen jeder Spezies galt das Gleiche. Auch die Zeit des Homo sapiens war irgendwann abgelaufen, das war eine evolutionäre Unumgänglichkeit.

»Bleib, wo du bist!«, brüllte Timo und hielt die Maschinenpistole noch fester umklammert. »Haben sie Aaro?«, fragte er Noora.

»Ich weiß es nicht.«

Ralf wusste, dass seine Waffe nur einen halben Meter hinter ihm stand. Die letzten Zentimeter bewegte er sich wie im Traum, mit Hilfe seiner Willenskraft, im Bewusstsein seiner Überzeugung. Wenn man es der Natur überlässt, die Lebensdauer der menschlichen Spezies zu bestimmen, wird das Ende bitter und trostlos ausfallen: genetischer Verfall, weltweite Epidemien, ein Meteorid, Klimaveränderung. Nur eine einzige Spezies war fähig, durch ihren Willen auf ihr Schicksal Einfluss zu nehmen. Alle anderen begegneten ihrem Ende wie Vermehrungsapparate ohne Bewusstsein. Ein würdiges Ende herbeizuführen, aufgrund eigener Entscheidung und nicht durch Unausweichlichkeit, das war der endgültige Sieg des menschlichen Geistes über das Wesen des Tieres, die absolute Befreiung von der Macht der Gene. Keine andere Art von Organismus war bereit, sich freiwillig selbst auszurotten.

Das Geräusch eines Schusses betäubte Ralfs Ohren. Die Kugel prallte in zwei Metern Entfernung von der Wand ab. Ein Warnschuss.

»Legt euch auf den Bauch, die Hände in den Nacken!«, rief der Finne.

Doch Ralf ging weiter auf seine Waffe zu. In seinem Bewusstsein entsprach ein Wimpernschlag einer Ewigkeit, Millionen Jahren, in denen die Erde ihre Gestalt geändert und schließlich den Menschen hervorgebracht hatte. Nur der Mensch konnte Verantwortung dafür empfinden, dass er den einzigen bekannten Ort des Universums genießen durfte, an dem die physikalischen Voraussetzungen für die Entwicklung intelligenten Lebens gegeben waren. Würde der Mensch den Planeten noch rechtzeitig verlassen, damit dieser sich von seinem Peiniger erholen konnte, entwickelte sich womöglich erneut intelligentes Leben.

Wie schon Giordano Bruno in ›De la causa, principio et uno‹ schrieb: »Der gesamte Erdball, dieser Himmelskörper, meidet Tod und Untergang, wenn er sich von Zeit zu Zeit erneuert, indem er all seine Bestandteile verändert und austauscht.«

Wenn die Individuen einer neuen Spezies irgendwann die vom Menschen geschaffene Kultur ausgrüben, begriffen sie, dass der Homo sapiens seiner Ära auf dem Planeten selbst ein Ende gesetzt hatte, damit ein neues Zeitalter beginnen konnte. Sie würden das als die erhabenste und edelste aller Taten begreifen: als göttliches Werk.

»Bleib, wo du bist!«, rief Timo wütend und ging auf Ralf zu.

Endlich spürte Ralf, wie sein Fuß die Maschinenpistole, die an dem Stein lehnte, berührte.

»Ralf, tu, was er sagt!«, sagte Noora mit zitternder Stimme.

Mit vorgehaltener Waffe ging Timo immer weiter auf den Deutschen zu und sah ihm dabei in die Augen. Ralf kam das alles völlig unwirklich vor. Er war bekümmert und entschlossen zugleich. Wenn der Mensch für immer verschwände, ließe er vieles unvollkommen. Vielleicht wäre er irgendwann seinem eigenen Ursprung auf die Spur gekommen, vielleicht hätte er irgendwann im Weltall Leben entdeckt. Es war schade, die menschliche Spezies vorher auszulöschen. Aber auch wenn es eine faszinierende Vorstellung war, Kontakt zu fremdem, intelligentem Leben aufzunehmen, würde die Menschheit nach ihrem Tod einen besseren Eindruck machen. Dann würden die fremden Wesen nämlich den Menschen als legendäre Spezies kennen lernen, die in der Lage gewesen war, alles zu beenden, weil es für die Erde das Beste war.

Ralf spannte die Muskeln an. Er machte sich bereit, nach der Waffe zu greifen. Er hätte gern teilgehabt an der unfassbar traurigen und großartigen Stimmung, an der moralischen Verzückung, die unter den letzten Menschen in der Abenddämmerung der letzten Jahre herrschen würde. Alle wären dann alt, hätten ihr Leben gelebt, es gäbe keine Kinder und keine Jugendlichen mehr, keine Bitterkeit über eine verlorene Zukunft. Niemand würde sich mehr an irgendetwas bereichern. Es würden die edelsten Stunden der Menschheit sein, wenn die Lichter der Städte eines nach dem anderen friedlich erloschen, wenn die Kraftwerke still stünden, wenn die Dunkelheit sich herabsenkte.

Ewige Nacht für den Menschen, aber nicht für die Erde. Sie würde wieder erwachen, an einem neuen Morgen, wenn Licht auf unsere von frischem Grün überwucherten Monumente fiele. Die Sinfonien, Gedichte und Fresken der letzten Generationen würden als ewige Denkmäler auf ihre Entdecker warten.

»Vorsicht, er hat eine Waffe!«, rief Noora plötzlich, sprang auf Ralf zu und griff nach der Maschinenpistole.

Doch auch Ralf griff danach und packte Noora.

»Lass los!«, rief Timo.

Noora rang mit Ralf, und wie durch ein Wunder gelang es ihr, ihm die Waffe zu entwenden.

Timo atmete kurz auf. Jetzt war er wieder am Zug. Noora hielt die Waffe auf Ralf gerichtet. »Habt ihr meinen Jungen?«, fragte er.

»Unser Mann wartet in Brüssel nur noch auf mein Kommando.«

Timo wusste nicht, ob er ihm glauben sollte. »Es ist vorbei«, sagte er. »Euer Ebola wird keinem Menschen etwas zuleide tun.«

»Ach nein?«

»NICHT!«, schrie plötzlich Ilgar.

Timos Blick ging von Ilgar zu Ralf. Der hatte einen Füller aus seiner Brusttasche gerissen und warf ihn blitzschnell in Timos Richtung. Instinktiv schützte Timo das Gesicht mit dem linken Arm und spürte im selben Moment einen Stich in seinem kleinen Finger, bevor der Füller zu Boden fiel.

Timo sah Nooras angstgeweitete Augen. Dann schaute er auf seinen Finger, an dem sich eine kleine Blutperle bildete.

Die vollkommene Stille wurde von einem animalischen Schrei zerrissen. Erst als er Nooras kreidebleiches Gesicht vor sich sah, begriff er, dass dieser Schrei über ihre blassen Lippen gekommen war.

»Dein Finger...«, rief sie panisch, packte Timos Hand und drückte sie auf die Steinplatte. Im selben Augenblick sah Timo in Nooras Hand eine Messerklinge aufblitzen.

Er kam nicht dazu, Schmerz zu verspüren, dann sah er seinen kleinen Finger auf der Steinplatte liegen. Er kniff die Augen zusammen und glaubte, in Ohnmacht zu fallen. Seit dem Stich waren keine drei Sekunden vergangen.

Noora war mindestens ebenso bleich wie er.

»Ebola«, flüsterte sie.

»Los, abbinden«, befahl Ralf, schnappte sich die Maschinenpistole und richtete sie auf Timo und Noora.

»Atme tief durch.« Noora zog einen Strumpf aus und band ihn fest um Timos Fingerstumpf.

»War ich schnell genug?«, fragte Noora.

»Es hätte geholfen, wenn in der Spritze ein Virus gewesen wäre«, antwortete Ralf und lachte bitter. »Du glaubst doch nicht, dass ich zum Spaß ein tödliches Virus in meiner Brusttasche durch die Gegend trage? Ilgar, fessle die beiden!«

Timo sah Nooras Entsetzen.

»Schon gut«, stammelte er. »Du konntest ja nicht wissen...«

Ralfs Anschlag war nur ein Ablenkungsmanöver gewesen – jetzt hatte er wieder die Oberhand.

»Geh raus und ruf Tobias an. Sag ihm, er soll sich den Jungen schnappen«, sagte Ralf zu Ilgar.

Timo schloss ächzend die Augen. Er versuchte, sich zu sammeln, versuchte, nicht an Aaro zu denken und nicht an den kleinen Finger auf dem Stein und an den blutigen Verband. »Unsere Leute werden bald hier sein«, sagte er heiser. »Wir wissen Bescheid über euer Ethno-Virus. Es hat keinen Sinn mehr...«

»Ethno-Virus?« Ralf klang ehrlich überrascht. »Wovon redest du?«

»Wir wissen Bescheid über Grib und eure Ebola-Variante«, Timo gab sich so sicher wie möglich. Ein scharfer Schmerz pulsierte in seinem Fingerstumpf.

»Was wir vorhaben, hat nichts mit Ilgars Ethno-Virus zu tun.«

»Ach nein?«, zischte Timo durch die zusammengebissenen Zähne. »Was wollt ihr sonst mit eurer Bombe?«

Ralf wirkte beleidigt und irritiert. »Ihr haltet uns tatsächlich für fanatische Idioten, die bereit sind, unschuldige Menschen abzuschlachten... Welchen Sinn hätte es denn, Ebola zu verbreiten?«, sagte er so leise, dass ihn Timo kaum noch verstand. »Man muss zu konsequenteren Maßnahmen greifen.«

Der Verband um Timos Fingerstumpf fühlte sich feucht an. Sie hatten ihm und Noora, die neben ihm auf dem Boden der Kirche saß, die Hände auf dem Rücken gefesselt. Der Schmerz in seinem Finger ging in einem noch größeren Schmerz unter: Was hatten diese Wahnsinnigen mit Aaro vor?

Timo starrte auf das Gehäuse, an dem Ralf nun begann die Muttern zu lösen.

»Was hat er gemeint?«, fragte Timo Noora flüsternd auf Finnisch. »Was haben sie...«

»Ruhe!«, schnauzte ihn Ralf an und legte die erste Mutter auf den Boden. »Jahr eins«, sagte er jetzt mit ruhigerer Stimme und löste die zweite Mutter. »Wissenschaftler stellen einen unerklärlichen Geburtenrückgang in Afrika, Asien, Europa und andernorts fest. In einigen Regionen liegt die Geburtenrate bei null. Die Experten sind verwirrt. Wegen des Besorgnis erregenden Phänomens werden wissenschaftliche Konferenzen veranstaltet und umfassende Untersuchungen in die Wege geleitet.

Ralf legte die zweite Mutter auf den Boden und setzte den Schraubenschlüssel an der nächsten an. »Jahr zwei. Der Einbruch der Natalität dominiert weltweit die Medien und den Alltag der Menschen. Panik macht sich breit. In manchen Gegenden ist seit einem Jahr kein Kind mehr auf die Welt gekommen. Auf den Finanzmärkten wächst weltweit die Unruhe. Die Kurse fallen.«

Er legte die dritte Mutter auf den Boden und beschleunigte das Arbeitstempo. »Fünf Jahre später befindet sich die Weltwirtschaft in der schlimmsten Rezession ihrer Geschichte. Neuinvestitionen werden nicht mehr vorgenommen. Riesige internationale Forschungsprojekte zur Heilung der Unfruchtbarkeit werden geschaffen. Den Wissenschaftlern werden alle Ressourcen zur Verfügung gestellt, die sie brauchen. Die Militäretats werden gesenkt. Aber das Unfruchtbarkeitsvirus hat sich auf die gesamte Population ausgebreitet. Neugeborenenstationen werden in geriatrische Abteilungen umfunktioniert.«

Ralfs Stimme wurde weicher, während er zur nächsten Mutter überging. »Zehn Jahre später befindet sich die Menschheit in einer irreparablen Krise. Die Rezession hat die Weltwirtschaft zum Erliegen gebracht. Nur die Lebensmittelindustrie funktioniert noch. Alternde Wissenschaftler bilden eine Generation der begabtesten Studenten aus, in der Hoffnung, diese könnten die Ursache für das Problem finden.«

Ralf richtete sich auf und sah Timo und Noora mit starrem Blick an. »Aber sie werden scheitern«, flüsterte er. »Die Natur hat den Menschen besiegt. Der Mensch geht zugrunde, die Erde lebt.«

48

Tobias steckte das Telefon ein und ließ den Wagen an. Ilgar hatte ihn mit dem Satellitentelefon aus dem Kongo angerufen. Er war aufgeregt gewesen. Der Junge sollte unverzüglich geschnappt werden.

In der Rue Washington war es mit Anbruch des Abends still geworden. Tobias ließ den Wagen vor das Haus mit der Nummer 81 rollen und hielt an.

Er musste schnell und geschickt handeln.

Zum zehnten Mal überprüfte Aaro, ob der Zettel mit der Autonummer des Dethleff-Wohnmobils und den Angaben zum Besitzer noch in seiner Hosentasche steckte. Wo blieben sie denn?

Reija sah auf die Uhr und stand vom Sofa auf. »He, wir müssen uns beeilen. Zieh dir schnell was anderes an.«

Aaro seufzte. »Jetzt hör doch mal auf. Ich will heute Abend nirgendwo hingehen. Außerdem muss man sich fürs Kino nicht umziehen.«

»Du vielleicht nicht, aber ich schon.«

Für Klamotten interessierte Aaro sich ebenso wenig wie sein Vater. Sie waren ein notwendiges Übel, und Neuanschaffungen mussten mit allen Tricks verhindert werden. Aaro ersetzte seine Hosen erst dann, wenn die alten zu kurz waren; sein Vater besorgte sich neue, wenn die Bundweiten nicht mehr mitspielten.

»Wie lange brauchen wir bis zum Toison d'Or?«, fragte Reija.

»Eine halbe Stunde. Kommt auf die Straßenbahn an.«

»Warum nehmen wir nicht das Auto?«

»Das Auto?«

»Was ist daran so erstaunlich? Du kennst den Weg, und ich kann fahren.«

Es läutete an der Tür. Endlich!

»Ich mach auf«, sagte Aaro schnell und rannte zum Türöffner.

»Wer ist das?«

»Ein Kollege von meinem Vater«, sagte Aaro stolz. »Wir haben was unter vier Augen zu besprechen.«

»Was laberst du da? Wir kommen zu spät ins Kino...«

»Gehen wir eben in die spätere Vorstellung. Es ist wichtig.«

Es klopfte an der Wohnungstür. Aaro beeilte sich, aufzumachen. »Guten Abend«, sagte er höflich und streckte die Hand aus. »Aaro Nortamo.«

Der Mann wirkte irritiert und gab Aaro unsicher die Hand. Er machte den Mund auf, um etwas zu sagen, aber Aaro grinste ihn wie einen Komplizen an und gab ihm ein Zeichen mit der Hand, still zu sein.

Aaro schnappte sich seinen Anorak vom Kleiderhaken. »Reija, ich fahre mit Papas Kollegen ins Büro«, rief er auf Finnisch.

Der Mann blickte erschrocken zur Tür, in der Reija erschienen war.

»Das ist unser Au-pair-Mädchen. Gehen wir.« Aaro fand,

dass der Mann einen merkwürdig nervösen Eindruck machte. Aber wenn die Lage nun einmal so ernst war, dann war das wohl ganz natürlich.

Schließlich schien sich der Mann trotz aller Verwirrung zusammenzunehmen. Er machte die Tür auf und führte Aaro mit überraschend festem Griff in den Flur. Sie waren erst wenige Stufen die Treppe hinuntergegangen, Aaro voran, der Mann hinter ihm, als unten die Haustür aufging und jemand die Treppe heraufkam. Aaro fragte sich, wer das sein mochte, denn die Leute aus dem Erdgeschoss hatten im ersten Stock nichts zu suchen, und die oberste Etage stand leer.

Ein dunkelhaariger Mann kam ihnen entgegen. »Aaro? Ich bin Léon Picard, ein Kollege deines Vaters...«

Im Nu erfasste Aaro die Situation – ebenso der Fremde hinter ihm.

Aaro packte Picard am Arm und machte einen Satz hinter dessen Rücken. »Der Typ da ist gerade gekommen, um mich abzuholen, ich weiß nicht – kennen Sie den?«

Im selben Moment versuchte der Fremde an Picard vorbei nach unten zu rennen, aber Picard brachte ihn zu Fall und zog eine Waffe unter der Jacke hervor.

»Der Gedanke ist absurd«, flüsterte Doktor George Rauber schwitzend und blass am Konferenztisch in einem abhörsicheren Raum des Pentagons. *Was war, wenn sie nicht Ebola einsetzen wollten, sondern das CGV-Virus?*

»Die Hitze und die Druckwelle der Atombombe würden das Virus zerstören...«

»Das kommt auf den Zündmechanismus an«, sagte der moderierende Oberst. »Machen Sie sich über diesen Teil der Prognose keine Gedanken. Konzentrieren Sie sich auf unsere Fragen.«

Um den ovalen Tisch saßen Aerobiologen, Virologen, Kernphysiker und Biochemiker aus verschiedenen Abteilungen der Armee sowie Beamte der CIA und anderer Regierungsbehörden. »Das CGV-Virus bleibt ohne Wirt oder geregelte Wachstumsverhältnisse nicht lange am Leben. Das gilt für jedes andere Virus auch.«

»Außer in granulierter Form«, ergänzte ein Virologe von USAMRIID.

»Außer in granulierter Form«, bestätigte Rauber.

»Verfügt Ralf Denk über die Fähigkeiten und Voraussetzungen zur Granulierung von CGV-Viren?«, fragte der Oberst.

Rauber starrte niedergeschlagen vor sich hin. »Es würde ihm fachlich wohl kaum Probleme bereiten.«

»Und die praktische Seite? Man bräuchte eine riesige Anzahl von Viren ...«

»Starke Bioreaktoren kann man problemlos überall kaufen. Darin können Hunderte Trillionen von Viren gezüchtet werden. Man braucht nur ein paar größere Kunststofftanks und entsprechende Zellverbände.«

»Wie sieht das Szenario aus, wenn das CGV-Virus als Bioaerosol in die Atmosphäre gelangt?«

Rauber schwieg eine Weile, bevor er antwortete: »Eine Krankheit, vergleichbar mit Aids oder SARS, die man nicht von außen erkennt, die seinen Träger aber unfruchtbar macht, verbreitet sich zeitgleich auf der ganzen Welt.« Raubers Stimme wurde leiser. »Falls kein Mittel dagegen gefunden wird, wäre das das Ende der Menschheit.«

Mit seinen zitternden, schmutzigen Fingern löste Ralf die letzte Mutter an dem Metallgehäuse. Er konnte sich nicht vorstellen, dass Nortamos Kollegen über exakte Informationen verfügten. Denn sonst wäre Nortamo nicht allein gekommen. Früher oder später würden sie allerdings nach ihm suchen.

»Warum ausgerechnet hier?«, fragte der gefesselte Finne.

»Wegen des Gesteins und der geologischen Formation?«

»Ruhe!«, zischte Ralf. Er legte die Mutter auf die Steinplatte, neben einen kleinen weißen Finger inmitten eines dunklen Flecks.

Ilgar beugte sich neben Ralf zu der Ladung hinab.

»Geh aus dem Licht!«, schnauzte Ralf ihn an.

Ilgar ging auf die andere Seite des Metallkastens. Ralf schraubte den schweren Deckel auf und öffnete das Gehäuse.

Für einen Moment stand die Zeit still. Ralf und Ilgar schauten einander schockiert und ungläubig an.

Ralf nahm eine Bleiplatte aus dem Gehäuse, dann eine zweite. Mit Hilfe von braunem Packpapier war dafür gesorgt worden, dass sie nicht ins Rutschen gerieten.

Gewichte. Nichts als Gewichte. Von der Kernladung keine Spur.

»Scheiße«, stieß Ralf mit erstickter Stimme hervor.

Timo begriff sofort, dass etwas Unvorhergesehenes passiert war.

»Sakombi«, zischte Ralf und fixierte einen Moment lang einen Punkt vor sich. Dann schnappte er sich die Lampe und die Machete und ging zielstrebig auf Timo zu.

»Was ist los?«, fragte der.

Ralf schnitt die Nylonschnüre durch, mit denen Timos Hände und Füße gefesselt waren. »Steh auf!«

Timo versuchte sich aufzurichten. Im Stumpf des kleinen Fingers pulsierte der Schmerz, seine Fußsohlen waren gefühllos. Die halbdunkle Höhle bot dem Blick keinen Fixpunkt, ihm wurde schwindlig, und er sackte zusammen.

Ralf griff ihm unter die Arme. »Steh auf! Setz dich auf den Karren, wenn du nicht gehen kannst. Sobald wir draußen sind, nimmst du Verbindung auf zu deinen Vorgesetzten.«

»Was ist passiert?«, wollte Noora wissen. Ilgar befreite auch sie von ihren Fesseln.

»Sakombi hat die Ladung gestohlen...« Ralfs Stimme versagte. Er zerrte den Karren dicht an Timo heran.

Timos Herz hämmerte so heftig, dass er kaum fähig war zu sprechen. »Wer ist Sakombi?« Er stand auf und ließ sich kraftlos auf den Karren fallen. »Wo ist die Ladung?«

Ralf und Ilgar zogen den Karren zum Tunnel. Noora ging mit der Lampe voraus.

»Er hat sie jemandem gegeben«, sagte Ralf. »Oder sie selbst

behalten. Und er wird etwas gänzlich anderes damit tun, als wir besprochen haben. O Gott!«

Der Karren holperte über den unebenen Boden.

»Wohin kann er sie gebracht haben? Ist er in der Lage, sie zu zünden?«, fragte Timo. »Es gibt Sperrcodes, er kann sie ja nicht so ohne weiteres auslösen ...«

»Nein, das kann er nicht«, keuchte Ralf. »Und das braucht er auch nicht. Die Zeitsteuerung des Auslösers ist bereits in Russland eingestellt worden. Die Ladung explodiert nach Mitternacht kongolesischer Zeit, wo immer sie sich auch befindet.«

Timo holte tief Luft und versuchte, eine aufsteigende Panik zu unterdrücken. Krampfhaft hielt er die Ränder des Karrens umklammert, obwohl ein schneidender Schmerz in seinem Fingerstumpf brannte.

49

In den Räumen einer Spezialeinheit der Brüsseler Polizei in der Rue Baron Lambert schaute Léon Picard den Mann an, den er in der Rue Washington festgenommen hatte.

Der antwortete nicht auf Fragen und zeigte keinerlei Kooperationsbereitschaft. Seine Komplizen würden vermutlich nicht noch einmal versuchen, den Jungen in die Finger zu bekommen. Aaro Nortamo und das Au-pair-Mädchen standen jetzt unter dem Schutz eines TERA-Mitarbeiters. Der Junge war nicht einmal dazu gekommen, richtig Angst zu haben, denn Picard hatte umgehend versucht, den Eindringling wegzuschaffen. Aaro hatte ihm das Kennzeichen des Wohnmobils genannt, das dann ins TERA-Informationssystem eingegeben wurde.

Jetzt musste der Junge möglichst normal weitermachen. Die Wohnung wurde so unauffällig wie möglich observiert, damit das Gefühl der permanenten Bedrohung nicht übermächtig wurde. Diese Angst würde er nicht so schnell loswerden. Derzeit wurde in der Wohnung ein leichtes Alarmsystem installiert, vor allem um zu zeigen, dass etwas getan wurde. Um mit der Normalisierung des Alltags sofort anzufangen, hatte Picard Aaro und das finnische Au-pair-Mädchen sogar ins Kino gehen lassen, so wie sie es ursprünglich vorgehabt hatten. Der Mann, der für die Sicherheit der beiden abgestellt worden war, behielt sie im Auge.

Üppig bewachsene Hügel breiteten sich in der Abenddämmerung unter dem Sikorsky-Hubschrauber der US-Luftwaffe aus, der sich von Nordosten her Katanga näherte. Leroy Thompson aus Orlando, der Chef des Teams *Falcon*, kaute Kaugummi und wunderte sich über die Aufgabe, die ihm zugeteilt worden war. Der Kongo war ein chaotischer Hexenkessel, sein Team war dort bislang noch nicht eingesetzt worden.

Thompson wusste, dass seine Vorfahren irgendwann im 18. Jahrhundert aus Afrika gekommen waren, vermutlich aus Nigeria oder Ghana, aber auf dem Kontinent seiner Urahnen kannte er sich so gut aus wie auf dem Mars.

Thompsons Leute saßen in Kommandoausrüstung um ihn herum, neun Männer aus der operativen Anti-Terror-Einheit des Pentagons. Diese wurde in jenen Gegenden eingesetzt, in denen al-Qaida noch immer aktiv war – Thompsons Team *Falcon* war die zurückliegenden Monate in Nairobi stationiert gewesen.

»Sir, mit wem werden wir es zu tun haben?«, wollte einer der Männer von Thompson wissen.

»Ich habe keine Ahnung.«

Vom Rücksitz aus beobachtete Aaro besorgt Reijas Fahrstil am Steuer des Mercedes. Sie klebte in merkwürdiger Haltung am Lenkrad, als würde sie so die Straße besser sehen. Sie waren auf dem Weg zur Spätvorstellung im Toison d'Or.

Aaro hatte zunächst gezögert, hinzufahren, aber Reija hatte es gewollt, und Picard hatte versichert, es bestehe keine Gefahr mehr, da der Mann in Polizeigewahrsam sei. Mit seiner Gelassenheit hatte der Belgier Aaro beruhigen können.

»Die Nächste links«, sagte er mit dem Brüsseler Stadtplan in der Hand. Vielleicht war es doch nicht so klug gewesen, das Auto zu nehmen. Reija wirkte als Fahrerin nicht besonders routiniert.

Sie setzte den Blinker, blickte rasch hinter sich und bremste wegen der Autoschlange, die auf der Spur nebenan vorankroch.

»Du fährst wie meine Mutter«, sagte Aaro nervös. »Die Spur wechselt man nicht, indem man bremst, sondern indem man Gas gibt...«

»Danke für den Tipp, Papi.« Reija blickte kurz zur Seite, traute sich aber nicht, sich zwischen die anderen Autos zu drängen. Darum musste sie anhalten, worauf prompt hinter ihnen gehupt wurde.

Aaro holte tief Luft. Was, wenn sie den Wagen demolierten? Er hatte noch nie Angst vor seinem Vater gehabt, obwohl der gelegentlich schon richtig wütend werden konnte. Aber wenn sie das Auto zu Schrott fahren würden, wäre eine Abreibung fällig, oder – noch schlimmer – lebenslängliches Internet-Verbot.

Ein Autofahrer hatte Erbarmen und gab ihnen ein Zeichen mit der Lichthupe.

»Fahr!«, sagte Aaro.

Reija machte eine schnelle Lenkbewegung und schaffte es gerade so auf die linke Spur. Das war doch schon mal ganz gut. Sollte er Reija vielleicht zu seiner Fahrerin ausbilden? Dann könnten sie zum Beispiel in den Six-Flag-Vergnügungspark fahren, wenn seine Eltern nicht da waren. Oder warum nicht gleich ins Euro-Disney? Das Auto war groß genug, er könnte Freunde mitnehmen und vielleicht sogar ein bisschen Benzingeld kassieren.

Eine eigene Fahrerin würde eines der schlimmsten Probleme des Lebens hier in Brüssel lösen: das Problem, sich selbstständig in der Stadt zu bewegen. In Belgien verschwanden immer wieder Kinder, und die Eltern einiger Klassenkameraden hatten den anderen Angst gemacht, man dürfe die Kinder nicht allein aus dem Haus lassen. Aaros Vater war da anderer Meinung, seiner Ansicht nach waren die meisten der Verschwundenen, die auf Plakaten gesucht wurden, Opfer von Sorgerechtsstreitigkeiten oder Kinder, die freiwillig von zu Hause abgehauen waren. Opfer von Verbrechen wurden sie den Statistiken zufolge nicht häufiger als anderswo, aber wenn der traurige Fall eintrat, erfuhr das immer eine enorme Medienpräsenz. Die viel größere Gefahr war der Verkehr – und den gab es nicht nur in Brüssel. Wenn es um Kriminalität ging, glaubte Aaro seinem Vater, denn wenn der sich damit nicht auskannte, wer dann?

Reija beschleunigte zwischen den anderen Autos auf der kurzen Geraden der Avenue Louise.

»Geht doch ganz gut«, ermunterte Aaro sie. Er musste sie – schon im eigenen Interesse – gut unterstützen und sollte sich Kritik an ihrer Fahrweise besser verkneifen.

Instinktiv blickt er sich ab und zu um, aber es schien ihnen niemand zu folgen.

Schweißnass, mit zitternden Beinen, näherte sich Timo der Lichtung. Gleich nach dem Höhlenausgang war er vom Karren gestiegen, nachdem das Gefühl in seine Füße zurückgekehrt war. Ralf ging vor ihm, Ilgar hinter ihm. Noora war bereits vorausmarschiert.

»Sakombi...«, keuchte Timo. »Wer ist das?«

»Sakombi Ladawa ist Halb-Kongolese«, sagte Ralf. »Ein uneheliches Kind. Sein Vater ist Belgier... Du hast seine Mutter kennen gelernt, sie war deine Führerin und stammt aus der Gegend hier. Sie war 16, als sie Sakombi bekam. Jetzt ist sie 74.«

Timo wäre am liebsten stehen geblieben, um die Information zu verdauen. Das erklärte manches, was in den Gesprächen mit der Führerin zutage getreten war. »Hat Sakombi Verbindungen zu anderen extremen Organisationen?«

»Soweit ich weiß, nur zu den üblichen Protestbewegungen. Er selbst ist Hydrologe, arbeitet in London in einer Organisation gegen die Privatisierung der Wasservorräte.«

Timo zwang seine Beine, sich durch das Dickicht vorwärts zu bewegen. »Wem hätte er die Bombe verkaufen können?«

»Sakombi tut nichts für Geld.«

Gern hätte Timo weitere Fragen gestellt, Informationen gesammelt, jetzt, da die Situation auf dem Kopf stand, aber seine Kräfte reichten kaum zum Gehen.

Hinter ihnen ragte der Mwanga auf, vor ihnen auf einer Lichtung stand ein Geländewagen. Im Laubwerk bewegte sich etwas. Noora kam ihnen mit dem Satellitentelefon in der Hand entgegengerannt, ihr rotes Gesicht glänzte vor Schweiß, aber sie wirkte entschlossen.

Timo nahm das Telefon. Das Konzert der Vögel ringsum dröhnte unnatürlich laut in seinen Ohren. Am Telefon blinkte das rote Licht, das anzeigte, dass der Akku bald leer war. Er wählte die Notrufnummer von TERA. Ralf und Ilgar sprachen in einiger Entfernung aufgeregt miteinander. Hatten sie nun doch vor zu fliehen?

Der Diensthabende bei TERA meldete sich.

»Wilson«, sagte Timo. »Rot.«

»Es hallt so. Hast du rot gesagt?«

»Ja.«

Tony Wilson saß in einer Besprechung im Konferenzraum von TERA. Auf dem Tisch klingelte das Telefon, obwohl es verboten war, in den Raum Telefonate durchzustellen.

Wilson warf einen besorgten Blick auf die Anwesenden und nahm ab. »Wilson.«

»Nortamo.« Die vertraute Stimme war außer Atem. »Die Ladung sollte im Kongo sein, aber stattdessen waren Bleigewichte im Gehäuse. Die Bombe befindet sich im Besitz eines Mannes namens Sakombi Ladawa. Sie ist so eingestellt, dass sie um 7.00 Uhr UCT explodiert.«

Wilson schloss die Augen. Man glaubte nie, dass der schlimmste Fall eintreten konnte – bis er eintrat.

»Mein Sohn ... Weißt du etwas über meinen Sohn?«

»Alles in Ordnung. Ihm fehlt nichts. Wir waren rechtzeitig da.«

Im Hintergrund war das Geräusch eines Helikopters zu hören.

»Das Sonderkommando...« Timos Stimme hatte einen erregten, beinahe panischen Klang. »Sag ihnen, dass sich die Lage geändert hat. Denk und Azneft darf nichts passieren... Wir brauchen sie jetzt dringend. Ich hoffe, sie kooperieren.«

Der Lärm des Helikopters überlagerte Nortamos Stimme. Wilson legte auf und wählte eine andere Nummer. »Ich brauche eine Verbindung zum Team *Falcon*. Schnell.«

Timo hob die Hand, um auf sich aufmerksam zu machen. Durch die Bewegung nahm der Schmerz im Fingerstumpf zu, also nahm er den anderen Arm und winkte in weitem, ruhigem Bogen. In der offenen Tür des Hubschraubers sah er eine Gestalt in Kommandoausrüstung und mit Maschinenpistole. Mit irrsinnigem Tempo setzte der Helikopter zur Landung auf der Lichtung an.

Timo winkte schneller. Er blickte zur Seite und sah Ralf und Ilgar im Laubwerk in Deckung gehen.

Wenn Wilson keine Verbindung zu der Gruppe bekommen hatte, feuerten sie womöglich auf die Männer im Versteck, weil sie sie für Feinde hielten. Das musste er verhindern.

Leroy Thompson, der Chef des Teams *Falcon*, sah durch das Visier seines Kommandohelms den winkenden Mann und hielt seine Maschinenpistole fest umklammert. In der Nähe des Mannes stand eine Frau, die nach oben sah.

»Ist das eine Falle?«, sagte Thompson in sein Kopfmikrofon. »Lassen sie ihn winken, damit sie dann zuschlagen können?«

Thompson kniff die Augen zusammen und suchte die dicht bewachsenen Ränder der Lichtung ab. »*Wärmekamera zeigt zwei Personen auf halb fünf*«, hörte er aus seinem Kopfhörer.

»Landung stopp«, sagte Thompson und zog sich von der Tür zurück. Sie konnten jeden Augenblick unter Feuer genommen werden. »Abdrehen.«

Der Helikopter schaukelte heftig und stieg auf.
»Nachricht aus Brüssel«, hieß es im Kopfhörer. »*Nortamo hat mitgeteilt, dass er okay ist, bittet, dass wir zu ihm kommen.*«
»Sie können ihn gezwungen haben, alles Mögliche mitzuteilen. Wir gehen auf Distanz.«

Timo hörte auf zu winken, als der Hubschrauber in der Dämmerung hinter den Bäumen verschwand.
»Verdammte Idioten!«, schrie er auf Finnisch. Er biss die Zähne zusammen und merkte, wie ihm die Enttäuschung die Tränen in die Augen trieb. »Scheiße, Scheiße, Scheiße«, schluchzte er.
Das Piepsen des Telefons ließ Timo wieder zu sich kommen: Der Akku war leer.
Noora kam zu ihm. »Was machen die für einen Scheiß?«
»Du hast es gerade nötig, du...« Timo biss sich auf die Zunge.
Ralf ging mit seinem Telefon in der Hand zum Landrover und öffnete die Beifahrertür. Ilgar setzte sich ans Steuer. Timo sah rot. »Ihr haut nicht ab! Ihr werdet uns gefälligst helfen, wieder gutzumachen, was ihr angerichtet habt!«
Ilgar ließ den Motor an. Timo lief hinter Noora her, aber der Geländewagen setzte sich bereits in Bewegung. Ilgar kurbelte am Lenkrad und trat aufs Gaspedal. Die Reifen mit dem groben Profil wühlten Erde auf und schleuderten sie zu Timo und Noora.
Noora blieb stehen. Sie atmete unregelmäßig.
»Zuverlässige Freunde«, sagte Timo, ohne auch nur den Versuch zu machen, den Hohn in seiner Stimme zu verbergen.
»Halt's Maul.«
Sie standen am Rand der Lichtung und fixierten sich wütend und stumm. Um sie herum tönte das Konzert der Vögel. Timo hätte nicht gedacht, dass er Mitleid für Noora empfinden könnte, aber in diesem Moment tat sie ihm tatsächlich leid.
»Kennst du Sakombi?«, fragte er leise. »Hast du eine Vorstellung, wohin er die Ladung bringen könnte?«

Noora starrte vor sich hin und schüttelte den Kopf. »Einmal hat er einen blöden Witz gemacht.«

»Was hat er gesagt?«

»Dummes Zeug. Frag nicht.«

»Was oder wen hasst er?«

Nooras Miene wurde lebendig. Sie überlegte einen Moment. »Vielleicht war das gar kein Scherz. Er hasste sie wirklich...«

»Wen? Wovon redest du?«

»Sakombi hat einmal gesagt, der richtige Ort für die Detonation sei nicht der Kongo, dort sei schon genügend Unheil geschehen. Der richtige Ort sei Brüssel – die Stadt, deren Monumente mit kongolesischem Blut gebaut worden seien.«

Ein eisiger Schauer durchlief Timo.

»Aber das war sicher nicht ernst gemeint«, fügte Noora etwas unsicher hinzu.

»Wo gibt es hier das nächste Telefon? Oder Strom?«, flüsterte Timo.

»Im Lager, etwa einen Kilometer entfernt, gibt es einen Generator.«

Noora zeigte mit der Hand in die Richtung, und Timo bewegte sich im Laufschritt auf den dichten Wald zu. Falls auch nur die theoretische Möglichkeit bestand, dass ein Wahnsinniger die Kernladung nach Brüssel gebracht hatte, musste sofort die Stadt evakuiert werden. Den Gedanken an Aaro versuchte Timo, so gut es ging, zu verdrängen.

Das Geräusch des Helikopters war hinter dem Vogelkonzert nicht mehr zu hören. Wohin war das Team *Falcon* verschwunden? Hätten sie besser doch auf der Lichtung warten sollen? Dort konnte man sie sehen, anders als mitten im Wald.

50

Eine riesige Menge von Journalisten und Fotografen drängte sich in den Presseräumen des Vatikans. Draußen standen Übertragungswagen, von deren Dächern ein Wald von Satellitenantennen aufragte.

Der Kardinalspräfekt hatte die Welt schockiert, indem er den Tod von Papst Clemens XV. bekannt gab.

Auf diese Nachricht hin hatten sich überall auf der Welt Katholiken in Kirchen und auf Plätzen versammelt. Dass der Tod des Papstes so plötzlich gekommen war, löste Gerüchte aus, die von den Mitteilungen des Vatikans eher genährt als eingedämmt wurden. Als Todesursache wurde genannt, der Stellvertreter Gottes auf Erden sei einer seltenen »Blutkrankheit« erlegen. Nähere Angaben wurden nicht gemacht.

Für tiefe Bestürzung sorgte das Gerücht, dass der Leichnam des Heiligen Vaters nicht aufgebahrt werden sollte.

Mitten im hohen Gras standen Tanks aus Metall, zwischen denen armdicke Rohre verliefen. Timo kniff in der Abenddämmerung die Augen zusammen. Seine Aufmerksamkeit richtete sich auf das Rohr, das dem äußeren Tank entsprang und in einen Behälter aus Kunststoff führte. Dieser Behälter war mit Tragegurten zum Transport mit einem Hubschrauber versehen.

Noora machte die Tür einer Blechbaracke auf. In dem fensterlosen Verschlag war es so dunkel, dass Timo lieber draußen blieb. Er versuchte, seinen Atem zu beruhigen, aber der Schmerz im Finger machte das unmöglich. Der Fußmarsch von nur einem Kilometer hatte an seinen Kräften gezehrt, obwohl es leicht bergab gegangen war. Auf halbem Weg hatte er den amerikanischen Hubschrauber Kurs auf die Lichtung nehmen sehen, aber mitten im Wald war es aussichtslos gewesen, ihn auf sich aufmerksam zu machen.

Noora warf ein Aggregat an. Im schwachen Schein der 20-

Watt-Birne, die von der Wellblechdecke hing, sah man, dass es Marke Honda und ganz neu war.

»Bitte sehr.« Noora deutete auf eine Mehrfachsteckdose am Ende eines Verlängerungskabels.

Timo kniete auf der Erde, entfernte den Gummiverschluss vom Satellitentelefon und steckte das Gerät in die Dose. Seine verletzte Hand hielt er nach unten, und ein brennender Schmerz durchfuhr ihn. Er erstarrte und wartete kurz, bis die schlimmste Schmerzwelle vorüber war.

Die Displaybeleuchtung des Telefons ging an, ebenso das blinkende Symbol für den Ladevorgang. Timo tippte Aaros Nummer ein und hielt unweigerlich den Atem an.

Am anderen Ende der Leitung klingelte es, aber niemand meldete sich.

Schließlich erklang die vertraute Stimme: »*Hi, hier ist Aaro automatisch. Schwätz keine Opern, es kostet nämlich Geld, die Mailbox abzuhören.*«

Piiiep...

»Papa hier... Ruf mich möglichst bald zurück... Sobald du diese...« Timo hörte seine Stimme zittern und unterbrach die Verbindung.

»Wo ist dein Sohn?«, fragte Noora.

Timo antwortete nicht, sondern wählte die TERA-Nummer.

Ein maskierter Mann fuhr im Cabrio über den Strand, eine Maschinenpistole im Arm. Kreischend ergriffen Frauen in Bikinis die Flucht.

Die Bilder, die von der riesigen Leinwand reflektiert wurden, erleuchteten Aaros Gesicht. Er saß in einem weichen Sessel und schob sich Popcorn in den Mund.

»Das brauchst du deinen Eltern ja nicht zu erzählen«, sagte Reija, die neben ihm saß.

Aaro verstand, dass sie nicht den Film meinte, sondern Jean-Luc neben ihr, mit dem sie sogleich weitertuschelte. Sie hatten sich in der ULB kennen gelernt, wo sich Reija für einen Französischkurs angemeldet hatte. Jean-Luc trug fast ebenso seltsame Klamotten wie sie, und Aaro konnte beim besten Willen nicht sagen, dass er sympathisch aussah. Aber wie Reija schon meinte: Der beste Französischunterricht bestand in der Konversation mit Muttersprachlern.

»*Le garçon, on était forcé de l'emmener aussi?*«, fragte Jean-Luc.

»Diesmal ja. Ich bin im Dienst.« Reija nahm Jean-Lucs Hand. »Aber ich muss nicht jeden Abend arbeiten. Und nachts nie.«

Der Landrover raste so schnell über die unebene Straße, dass es aussah, als würde er jeden Moment in den Dschungel geschleudert werden. Die Dämmerung war rasch in Dunkelheit übergegangen, aber am Horizont hing eine Wolke, die noch einen schwachen Schein von Sonnenlicht reflektierte. In extrem niedriger Höhe folgte der amerikanische Helikopter dem Auto. Das helle Dach des Geländewagens leuchtete im Licht des Suchscheinwerfers. Ilgar lenkte mit heftigen Bewegungen.

»Hoffnungslos«, rief Ralf auf dem Beifahrersitz unter dem Lärm des Hubschraubers.

Ilgar antwortete nicht, sondern schaltete wegen eines steilen Anstiegs in einen niedrigeren Gang.

»Wir müssen ihnen helfen«, rief Ralf.

»Redet so ein Mann, der bereit war, ein Sterilisationsvirus über der ganzen ...«

»Dadurch wären keine Menschen getötet worden. Die Idee war eine andere. Mit dem, was Sakombi plant, will ich nichts zu tun haben!«

»Wie sollen wir ihnen schon helfen? Weißt du vielleicht, wo Sakombi die Ladung hingebracht hat?«

Das Auto schaukelte so heftig, dass Ilgar fast mit dem Kopf gegen den Türholm geschlagen wäre.

»Hättest du Sakombi so etwas zugetraut?«, fragte Ralf.

»Ich habe Verständnis für seine Verbitterung.« Nach der Kuppe schaltete Ilgar wieder hoch. Es hörte sich an, als wollte der Hubschrauber auf dem Dach des Geländewagens landen. Ilgars Stimme drang kaum durch den Lärm hindurch. Er räusperte sich. »Aber mir war nicht klar, dass Sakombi durchgeknallt ist.«

Plötzlich packte Ralf Ilgar an der Schulter. »Vielleicht liegt in seiner Verbitterung die Antwort auf die Frage, wo die Ladung ist!« Ralfs Miene versteinerte. »Halt an.«

»Du kannst doch nicht...«

»*Halt an!*«

»Wir haben noch Chancen, zu entkommen!« Ilgar steuerte konzentriert den Wagen. »Sie können hier nicht landen...«

»Halt das Auto an!«

Ilgar beschleunigte.

Ralf griff nach dem Lenkrad, schob das linke Bein auf die Fahrerseite und trat heftig auf die Bremse.

»Du bringst uns um!«, schrie Ilgar, als der Wagen ins Schlingern kam.

Ralf ließ das Steuer nicht los. Er trat so lange auf das Bremspedal, bis das Auto stand. Der grelle Scheinwerferkegel des Helikopters bewegte sich weiter, die Autoscheinwerfer beleuchteten das Grün ringsum mit dem matten Licht zweier Kerzen.

»Du spinnst«, keuchte Ilgar.

»Die Bombe ist in Brüssel«, sagte Ralf mit flackerndem Blick. »Weißt du nicht mehr, was Sakombi einmal über Brüssel gesagt hat? ›Man müsste die Stadt genauso gründlich zerstören wie die Dörfer, die von den Belgiern im Kongo zerstört wurden.‹«

Mit einer abrupten Bewegung riss Ralf die Tür auf und sprang aus dem Wagen. Der Hubschrauber hatte bereits gewendet und kam auf sie zu. Der Suchscheinwerfer näherte sich, und Ralf begann zu winken. Er blickte zur Seite und sah Ilgar wieder losfahren.

»Halt an!«, brüllte Ralf, aber Ilgar trat aufs Gaspedal.

Leroy Thompson, der Kommandant des Team *Falcon* sah unter sich den davonbrausenden Geländewagen und einen Mann, der am Straßenrand stand und winkte. Er überlegte kurz.

»Craig, wir folgen dem Wagen«, sagte er dem Piloten über Funk.

Der Geländewagen raste in irrsinnigem Tempo die kurvenreiche Straße entlang. Der Wald wurde lichter, die Straße führte an einem steilen Hang entlang in ein tiefes Tal. Mit Müh und Not blieb das Fahrzeug auf der Hangstraße in der Spur.

Thompson kniff die Augen zusammen. Auf eine leichte Biegung folgte unvermittelt eine Kurve von fast 90 Grad.

Ilgar konzentrierte sich auf die holperige Straße und bemühte sich um exakte Lenkbewegungen. Die Straße machte eine leichte Biegung. Er musste an seine Flucht von Kolzowo in den Westen denken. Damals hatte ihn das Bewusstsein angetrieben, dass er das Leben noch vor sich hatte.

Jetzt wusste er, dass er das Leben hinter sich und das Gefängnis vor sich hatte, wenn er erwischt wurde. Er konnte bei der Suche nach Sakombi und der Bombe nicht helfen.

Ralf hatte seine Entscheidung getroffen, und Ilgar respektierte das.

Plötzlich sah er die scharfe Kurve vor sich. Blitzschnell trat er auf die Bremse. Er riss das Lenkrad herum, das Auto geriet ins Schleudern, schlitterte von der Straße und stürzte den steilen Felshang hinab.

51

Die Nadelspitze drang neben dem blutigen Fingerstumpf in Timos Hand ein. Eine erste Betäubungsspritze war ihm kurz zuvor in die Handfläche gegeben worden.

»Wir haben keine Zeit für so etwas«, sagte Timo zu dem Amerikaner, der einen Mundschutz trug und ein Plexiglasvisier vor den Augen. Sie saßen in einer Wellblechbaracke in Kapulo. TERA hatte Verbindung mit dem Team *Falcon* aufgenommen, daraufhin hatte sie der Hubschrauber aufgelesen.

»Du musst wegen des Virus in Quarantäne«, sagte der Amerikaner.

Erst da begriff Timo, dass dessen Schutzausrüstung samt mehrschichtigen Latexhandschuhen nicht dem Schutz der Wunde galt, sondern den Amerikaner vor einer möglichen Infektion schützen sollte.

»Nein«, sagte Timo gepresst. »In der Spritze war kein Virus. Ich muss meine Arbeit machen...«

»Das stimmt«, versicherte Noora, die daneben saß. »Ein Molekularbiologe, der den Sachverhalt garantiert kennt, hat das bestätigt«, fügte sie trocken hinzu.

»Wir können bei so etwas kein Risiko eingehen, es ist zu gefährlich«, entgegnete der Amerikaner hinter seiner Maske.

Timo griff mit der gesunden Hand nach dem Satellitentelefon und drückte eine Kurzwahltaste. Bei Aaro klingelte es, aber er meldete sich noch immer nicht.

Timo knirschte mit den Zähnen, vor Enttäuschung, vor Schmerzen, vor Angst.

»Die Betäubung wird gleich einsetzen«, sagte der Amerikaner und betastete prüfend die Hand unter dem Fingerstumpf. Draußen hörte man das Geräusch eines Helikopters.

Timo rief Reijas Nummer an und betete innerlich, sie möge sich melden. Vergeblich. Schließlich sagte eine Frauenstimme: *»Dies ist die Mailbox des gewünschten Teilnehmers. Bitte hinterlassen Sie eine Nachricht nach dem Signalton.«*

Timo holte Atem und riss sich zusammen. »Reija... und Aaro. Ruft mich sofort unter dieser Nummer an...«

Das Geräusch des landenden Helikopters wurde so laut, dass Timo schreien musste. »Sofort. Es ist wichtig und dringend. Ruft mich an...« Seine Stimme brach, während der Schmerz in seinem Finger heftig pochte.

»Beeilen Sie sich«, sagte er zu dem Amerikaner, der sich über seine Hand beugte.

Der Luftstrom des landenden Hubschraubers brachte die Baracke ins Schwanken und drohte sie davonzuwehen. Der Amerikaner nähte routiniert die Wunde zu und verband sie. Sobald er fertig war, wählte Timo Soiles Nummer, aber auch sie meldete sich nicht.

Daraufhin fasste er einen Plan und beschloss, daran festzuhalten, egal was geschah.

Endlich streifte der Amerikaner ein enges Netz über den weißen Verband. Der Helikopter stand draußen im Leerlauf. »Ich gebe dir Antibiotika. Die nimmst du eine Woche lang dreimal am Tag.«

Mit der gesunden Hand schob Timo die Packung in die Tasche und stand auf. Er taumelte vor Schwäche.

»Leg dich einen Moment hin«, brüllte ihm der Amerikaner ins Ohr. »Ich werde inzwischen die Quarantäne organisieren...«

Timo schob den Mann zur Seite, stützte sich am Türrahmen ab und schob sich hinaus.

Der Amerikaner folgte ihm. »Hast du gehört? Du kannst nicht gehen, bevor ich nicht die Quarantäne veranlasst habe!«

»Nicht nötig, wie ich schon sagte. In der Spritze waren keine Viren.«

Die Seitentür des Hubschraubers wurde aufgerissen, und ein bewaffneter CIA-Beamter stieg aus. Hinter ihm saß Ralf in Handschellen.

Timo bückte sich unter den Rotorblättern und brüllte dem Beamten zu: »Timo Nortamo, TERA Brüssel.«

»Tim Davis, CIA Brazzaville«, entgegnete der Mann in den Khakihosen.

»Wir fliegen sofort nach Lubumbashi! Ich habe mit Brüssel vereinbart, dass dort eine Maschine der US Air Force auf uns wartet.«

In Genf wählte Soile vergeblich Aaros Nummer. Sofort versuchte sie es bei Timo. Keine Antwort, noch immer nicht.

Sie ging nervös auf und ab. Als sie am Spiegel im Flur vorbeikam, warf sie einen Blick auf ihre Haare, die sie sich gerade hatte schneiden lassen.

Jacques, ihr Friseur, hatte ihr schon lange einen neuen, jugendlichen Look empfohlen, und heute hatte Soile ihm die Erlaubnis gegeben. Sie war mit dem Resultat zufrieden. Timo mochte zwar lange Haare, aber warum sollte sie auf einen Mann hören, der sich manchmal mehrere Tage lang nicht die Mühe machte, mit ihr zu reden?

»Das Denkmal von Leopold II., das Königsschloss in Laeken, der Justizpalast«, zählte Ralf im Hubschrauber über der grünen, hügeligen Landschaft auf.

Timo wusste, worauf Ralf hinauswollte. Die prächtigsten, maßlos protzigen Bauwerke von Brüssel waren die steingewordenen Symbole für die Ausbeutung des Landes unter ihnen. Falls Sakombi, wer immer das auch sein mochte, die Bombe hatte und auch nur über einen Hauch von Gespür für Symbolik und Spektakel im Stile Bin Ladens verfügte, gab es keinen Zweifel, auf welche Weise er den Tod von Millionen seiner Vorfahren und den deprimierendsten Absturz eines Staates auf diesem Kontinent rächen würde.

Dennoch: Selbst wenn dieser Sakombi die Kernladung in einem der Überbleibsel des kolonialen Brüssel versteckt hatte – es würde nicht leicht sein, sie zu finden. Allein das Laekener Königsschloss war ein riesiger Koloss. Dazu kamen noch die angeschlossenen Gewächshäuser, wo Leopold die größte private botanische Sammlung der Welt angelegt hatte. Der Justizpalast wiederum war seinerzeit das weltweit größte Gebäude. Es zu durchkämmen würde seine Zeit brauchen.

»Und natürlich das Afrika-Museum«, fügte Ralf hinzu, eine Spur aufgeregter. »Sakombi ist einmal dort gewesen, ich weiß noch, wie er davon erzählte.«

»Und sonst? Gibt es noch andere Orte in Brüssel, die er erwähnt hat?«

Ralf überlegte. Die Betäubung in Timos Finger hatte nachgelassen, der Schmerz war zurückgekehrt, aber er achtete nicht darauf. Der Gedanke an eine Kernladung von vier Kilotonnen in einer

Millionenstadt überstieg seine Vorstellungskraft, und es quälte ihn, dass er Aaro und Reija noch immer nicht erreicht hatte.

»Hat Sakombi Kontakte in Brüssel?«, fragte Timo, ohne die Anspannung in seiner Stimme verbergen zu können.

»Er sprach sehr negativ über seinen alten belgischen Vater, der natürlich nie zugegeben hat, den halb schwarzen Sakombi gezeugt zu haben. Aber mir ist nicht klar geworden, ob der Vater in Brüssel lebt. Ich würde mich bei der Suche vor allem auf das Afrika-Museum und das Königsschloss konzentrieren.«

»Könnte er in eines von beiden eindringen?«

»Das weiß ich nicht.«

Timo spürte, dass Ralf die Wahrheit sagte. »Und die EU-Gebäude?«

»Sakombi ist mit Leib und Seele gegen das Bündnis der ehemaligen Kolonialstaaten, die zum Kern der neo-kolonialistischen Globalisierung gehören.«

»Setzt die wichtigsten EU-Einrichtungen auf die Liste«, sagte Timo in die offene Leitung nach Brüssel. Am anderen Ende saß der TERA-Krisenstab.

»Und den Cinquantenaire-Triumphbogen«, fügte Timo hinzu. Aber etwas an der Liste störte ihn. Sie enthielt nur die bekanntesten Orte und Gebäude.

Er sah Ralf an. »Es ist doch genauso gut möglich, dass er die Ladung irgendwo anders in Brüssel versteckt hat.«

»Damit würde sich Sakombi nicht zufrieden geben. Er sucht logische Zusammenhänge und meidet Zufälle.«

»Setzt auch Objekte, die nur entfernt etwas mit dem Kongo zu tun haben, auf die Liste.«

Timo dachte fieberhaft nach. Dann teilte er TERA mit: »Macht in der Universität jemanden ausfindig, der sich mit der Kolonial-Geschichte des Kongo auskennt. Der Kreis der Leute, die am Anfang vom Geldstrom aus dem Kongo profitierten, war sehr klein. Leopold besaß den größten Teil der Handelsgesellschaften, weshalb praktisch alles Geld ihm persönlich zukam. Aber dazwischen musste es verschiedene Vermittler und Geschäftsleute gegeben haben, die den Rohstoffhandel besorgten ... Van Eetvelde. Setzt das Hôtel Van Eetvelde auf die Liste!«

Das war ein Privatpalais, das Leopolds Kongo-Diplomat, der Geschäftsmann Edmond van Eetvelde, hatte bauen lassen. Der Architekt Victor Horta hatte ein Riesenbudget bekommen, um ein perfektes Art-nouveau-Stadthaus zu errichten.

»Und versucht, in Moskau zu erfahren, wie präzise der Zeitzünder der Ladung zu programmieren ist. Ob der Spielraum Sekunden, Minuten oder Stunden beträgt.«

Timo wusste: Ganz gleich wie die Antwort aus Moskau ausfiele, sie mussten sich auf eine mögliche Abweichung von Stunden einstellen – in die eine wie in die andere Richtung.

»Besitzt Sakombi andere Identitäten?« Timo schaute Ralf in die Augen. »Gefälschte Papiere, mit denen er unterwegs sein könnte?«

Ralf hielt Timos Blick stand. »Soweit ich weiß, nein. Aber wie es aussieht, kenne ich ihn nicht so gut, wie ich dachte.«

Timo wollte die Verbindung nach Brüssel unterbrechen, aber Wilson hinderte ihn daran. Er sprach zu den Beamten im Konferenzraum, aber seine Stimme drang auch in Timos Telefon.

»Die Nachrichtenagentur Belga hat gerade eine Mitteilung erhalten«, sagte Wilson. Sein Ton ließ das Schlimmste vermuten. Sie war zu ruhig, zu deutlich. »Wortwörtlich: *In Brüssel ist eine Kernladung versteckt, die morgen früh um 8.00 Uhr Ortszeit detoniert. Diese Mitteilung dient der Rettung von Menschenleben. Es genügt, wenn die Gebäude zerstört werden. Als Bestätigungscode gebe ich die Seriennummer der Ladung an: 1200...*«

Eine Weile war in der Leitung nur Rauschen zu hören.

»Christus!«, sagte einer der Beamten.

Timo atmete schwer und versuchte, ein Schluchzen zu unterdrücken. Er presste den Knopf an dem Kabel, das von seinem Helm ausging, und brüllte den Piloten an: »Kann diese Klapperkiste nicht schneller fliegen?«

52

Die Blaulichter blinkten in der Brüsseler Nacht, als ein Verband von Mannschaftswagen der Polizei lautlos den Platz vor dem Cinquantenaire erreichte.

Der bombastische Triumphbogen stand am östlichen Ende eines Parks. Es führte keine Straße durch ihn hindurch, und er stellte auch nicht das Tor zu irgendetwas dar. Ein Teil der Polizeifahrzeuge fuhr zum Kriegsmuseum, das sich an der Ostseite des Bogens anschloss, der andere zum Automuseum am Westflügel.

Unter der halbkreisförmigen Gebäudegruppe verliefen zwei Autotunnels, die bereits gesperrt waren und mit Gammastrahlen- und Metalldetektoren durchsucht wurden. Das Gleiche wurde an mehreren andere Stellen in der Stadt gemacht.

Alle Maßnahmen wurden von einem unauffälligen Gebäude in der Rue Ducale aus koordiniert, wo sich das Koordinations- und Krisenzentrum DGCC des Innenministeriums befand. Dieses *Centre Gouvernemental de Coordination et des Crises* wachte rund um die Uhr über die Sicherheitslage des Landes.

Die Notstandssitzung hatte diesmal ihren Namen wirklich verdient. Das schlimmste Szenario war eingetreten.

»Wir müssen uns entscheiden, ob wir die Drohung ernst nehmen. Wenn ja, müssen wir sofort mit der Evakuierung der Stadt beginnen«, sagte der Kanzleichef des Innenministeriums.

»Wie ist die Faktenlage?«, fragte der Brüsseler Bürgermeister.

»Wir wissen, dass die Ladung mit der angegebenen Seriennummer tatsächlich abhanden gekommen ist. Ob sich die Bombe in Brüssel befindet, werden wir nicht vor morgen früh, acht Uhr, wissen«, sagte der Vizechef des Geheimdienstes trocken.

»Brüssel zu evakuieren ist unmöglich«, fiel ihm der Bürgermeister ins Wort.

»Man kann jede Stadt evakuieren«, entgegnete der Bundes-Polizeichef unwirsch. »Sie müssen sich um die Vorbereitungen kümmern...«

»Es ist bereits alles vorbereitet, aber der Zeitplan ist unmöglich einzuhalten. Jedes Kind versteht, dass ...«

»Wir haben keine Zeit zu streiten«, sagte der Kanzleichef. »Meine Herren, ich glaube nicht, dass es eine Alternative gibt. Wir müssen umgehend die Evakuierung veranlassen. Falls sich das Ganze als blinder Alarm entpuppt, wird man uns zwar vorwerfen, unnötige Panik ausgelöst zu haben. Für mich ist jedoch eindeutig, worin in diesem Fall das geringere Übel liegt.«

In einem tibetischen Restaurant am Marché aux Charbons schnitt sich Aaro ein Stück von seiner Pizza ab. Reija und Jean-Luc redeten und lachten und tranken Wein. Aaro mochte den Typen nicht, er hatte rötliche Wimpern und Augenbrauen und erinnerte ihn an den Mann, der versucht hatte, ihn zu entführen.

In dem Lokal saßen ausschließlich Studenten, darunter viele Schwarze und einige Asiaten. Aus schlechten Lautsprechern tönte fernöstliche Musik. Aaro erkannte nicht einmal die Instrumente. Der Ton war derart rauschend und leiernd, dass er von einer Kassette kommen musste. Gab es die tatsächlich noch? Außer im Museum und bei seinem Vater?

Die Luft war dick vom Zigarrenrauch. Aaro musste husten. Er wäre gern nach Hause gegangen, aber Reija schien es überhaupt nicht eilig zu haben. Er ärgerte sich, dass er auf sie gehört und sein Handy im Auto gelassen hatte. Im Kino kannst du sowieso nichts damit anfangen, es wird dir bloß noch geklaut, hatte sie gesagt. Sie hatten auf dem Streifen zwischen den Fahrspuren an der Porte de Namur einen Parkplatz gefunden. Und jetzt trank Reija Wein, weshalb ihnen ohnehin eine Straßenbahnfahrt bevorstand. Oder sollte er vom Restauranttelefon aus Picard anrufen? Natürlich nicht, der Arbeitgeber seines Vaters war schließlich kein Taxiunternehmen. Das Auto mussten sie allerdings morgen früh holen, bevor sein Vater nach Hause kam.

Endlich sah Reija auf die Uhr. »Oho, wir sollten vielleicht langsam gehen. Morgen ist Schule«, sagte sie, als hätte Aaro etwas dagegen aufzubrechen.

»Sollen wir Jean-Luc bitten, dass er uns fährt?«, fragte Reija. »Er hat mehr Erfahrung als ich... Außerdem hab ich wahrscheinlich ein bisschen zu viel Wein getrunken.«

»Nein«, sagte Aaro rasch. »Besser, wir nehmen ein Taxi und holen das Auto morgen.«

»Ein Taxi? Ich hab für so was kein Geld.«

»Kann sein, dass ich genug dabeihabe.« Nervös machte Aaro sein Portemonnaie auf und überlegte, wie viel ein Taxi kosten würde. Einmal hatte sein Vater ihn morgens mit dem Taxi in die Schule geschickt, weil sie zu spät aufgestanden waren und sein Vater zu einer wichtigen Besprechung musste. Damals hatte es 11,60 Euro gekostet. Jetzt war die Strecke ungefähr genauso lang, es ging bloß in die andere Richtung, also müssten 20 Euro eigentlich locker reichen.

»Das ist unnötig kompliziert«, sagte Reija mit unangenehm schwerer Zunge. »Jean-Luc bringt uns mit unserem Auto nach Hause und fährt dann mit der Metro.«

»Hat er nicht auch ziemlich viel getrunken?«, fragte Aaro. Draußen hörte man eine Sirene heulen.

»Er ist ein großer Kerl, er kann noch fahren. *N'est-ce pas, Jean-Luc?*«

Jean-Luc trank sein Glas aus und nickte. »*Pas d'problem.*«

Plötzlich hörte man von draußen eine merkwürdige Stimme. Jemand sprach durch ein Megaphon. Die Gäste wurden still.

Aaro hörte das Wort »Radio« heraus. Die Gäste wirkten irritiert. Langsam fuhr der Lautsprecherwagen weiter.

Der Kellner machte die Musik aus, drehte am Radio und fand den richtigen Sender. Eine Männerstimme sprach so schnell, dass Aaro nichts verstand.

Die anderen Gäste aber schienen zu verstehen, und auf ihren Gesichtern machte sich Entsetzen breit.

»Was ist los?«, wollte Aaro von Reija wissen.

»Schhh...«, machte Jean-Luc. Er wirkte plötzlich seltsam wach.

Alle lauschten mucksmäuschenstill. Aus der Wortflut hörte

Aaro unfassbare Sätze heraus: »... *die Stadt zu verlassen... alle Fahrzeuge müssen voll besetzt sein... es darf kein Eigentum mitgenommen werden...*«

Am Nebentisch stand jemand auf, dann noch jemand und noch einer, dann auch Jean-Luc. In die Stille mischten sich die Geräusche der Gäste, die planlos hin und her liefen.

Aaro sah die Angst in ihren Gesichtern und packte Reijas Arm. »Was ist los?«

»Eine Bombendrohung.« Reija hatte ein blödsinniges Lächeln im Gesicht, ein ungläubiges Grinsen, unter dem die Angst durchschien. »Jean-Luc kennt die Stadt, er hilft uns...«

Plötzlich begannen die Gäste, einer nach dem anderen, in Panik das Lokal zu verlassen. Ein paar Stühle fielen um. Die Stimme des Besitzers drang kaum zu ihnen durch: »*L'addition! Votre addition!*«

Niemand schenkte dem Mann Beachtung. Aaro blickte sich nach Jean-Luc um. »Wo ist dein Freund?«

Plötzlich begriff er, dass er nicht einmal Reija finden würde. Er huschte zwischen zwei Gästen hindurch zur Tür und auf die Straße, wo hilflos zwei junge Amerikaner standen. In der Ferne hallte die Stimme des Lautsprecherwagens.

»Was haben sie gesagt?«, fragten die Amerikaner die anderen Leute auf Englisch, aber niemand machte sich die Mühe, ihnen zu antworten.

»Reija!«, rief Aaro und sah sich ängstlich um. »REIJA!«

Er war das einzige Kind unter lauter Erwachsenen und konnte im Gedränge nicht über die Köpfe der anderen hinwegsehen. Er ging zu einem Auto, das am Straßenrand geparkt war, kletterte auf die Motorhaube und sah von oben auf die Menschenmenge.

»Reija!«

»Komm da runter!«, rief Reija. »Hast du Jean-Luc gesehen?«

Halb beschämt und halb erleichtert sprang Aaro von der Motorhaube. »Nein. Komm, gehen wir.«

»Hat sich der Kerl einfach so verpisst?«, lallte Reija.

»Wir gehen zum Auto.«

Sie bogen links in eine belebtere Straße ein, im Laufschritt, wichen den Kastanien aus und all den anderen Leuten, deren Zahl ständig zuzunehmen schien. Sie quollen aus den Restaurants und Wohnhäusern, und auf allen Gesichtern sah man denselben besorgten Gesichtsausdruck.

»Ich glaube nicht, dass wir mit dem Auto irgendwo hinkommen«, sagte Reija, als sie sich der Kreuzung näherten. Die Straßen waren vollkommen verstopft. Einige Autofahrer drückten auf die Hupe, als nützte das etwas.

»Wir gehen trotzdem zum Wagen«, keuchte Aaro, »und holen das Handy... Wir brauchen ein Telefon. Auch wenn das Netz garantiert dicht ist.«

Sie bogen in die Chaussée de Wavrelle ein und gingen auf die Porte de Namur zu, wo sie den Wagen geparkt hatten. An der Kreuzung der Chaussée d'Ixelle regelte eine Polizist mit gelborangefarbener Weste, leuchtendem Stab und Trillerpfeife mit aggressiven Gesten den Verkehr. Die Fußgänger wurden zur Metrostation Trone geleitet.

Aus nördlicher Richtung kamen dunkelblaue Mannschaftswagen der Polizei angebraust, wie Aaro sie bei Demonstrationen schon öfter gesehen hatte. Die blauen Lichter auf ihren Dächern stachen in die Dunkelheit. Bei diesem Anblick spürte Aaro die Angst in sich hochsteigen. Er schluckte.

»Guck mal«, sagte er an der Rue du Luxembourg, die zum Europaparlament führte, und blieb stehen: Zwischen den Bäumen drückte ein Mann die Scheibe einer akkubetriebenen Schleifmaschine gegen das Schloss am Kofferraum eines Volvo-Kombis, ein anderer riss das Schloss heraus.

»Die nutzen wirklich jede Situation aus«, sagte Reija.

»Nein. Das sind Polizisten.«

Aaro sah ein zweites Duo an der Wagenreihe auf der anderen Straßenseite entlanggehen. Es klirrte heftig, als einer der Männer mit dem Hammer das Heckfenster eines Lieferwagens einschlug. Anschließend leuchtete er mit einer Taschenlampe in den Wagen hinein. An der Straßenecke standen zwei Kastenwagen der Polizei sowie ein Fahrzeug der Armee mit Kabinenaufbau, aus dem ein voluminöses technisches Gerät ausgeladen wurde, eine Art Messgerät mit einem großen Trichter.

Instinktiv ergriff Aaro Reijas Hand.

Der Stadtplan von Brüssel nahm die gesamte Wand ein. Die Männer davor diskutierten heftig: die Polizeichefs des Bundesstaates und von Brüssel, der Abteilungsleiter des Innenministeriums, Vertreter der Armee sowie Beamte der Brüsseler Verkehrsbetriebe STIB. Auf dem Plan leuchteten an verschiedenen Stellen rote und orangefarbene LED-Lämpchen.

Bei der operativen Abteilung des Krisenzentrums DGCC in der Rue Ducale liefen alle Informationen zusammen: auch die Daten von den Überwachungskameras auf den Straßen, von Verkehrszählern und anderen Kontrolleinrichtungen. Von dort gab es eine direkte Verbindung zum Verkehrsüberwachungszentrum der Stadt, dessen Computer unter anderem die Ampelschaltungen regelten.

»Das Metronetz läuft auf voller Kapazität, der Straßenbahnverkehr auf 70 Prozent«, sagte ein Vertreter der Verkehrsbetriebe.

Nach dem 11. September war der Evakuationsplan der Stadt aus den 60er Jahren aktualisiert worden. Als Behördensitz zahlreicher internationaler Institutionen wie der NATO oder der EU galt Brüssel seither als besonders gefährdet für einen Anschlag der al-Qaida. Es gab schon seit einiger Zeit Hinweise auf einen Angriff mit einer »schmutzigen Bombe«.

Doch Schutzbunker gab es in Brüssel nicht. Der Evakuierungsplan beruhte darauf, dass jeder Stadtteil und jede der Kommunen, aus denen sich die Stadt zusammensetzte, einen Zielort hatte, an den die Einwohner gelenkt wurden. Metros, Straßenbahnen und Busse beförderten die Einwohner aus der Stadt, und Nahverkehrszüge transportierten sie so zügig wie möglich in die umliegenden Orte.

Eines der größten Probleme dabei war die natürliche Neigung des Menschen, sich auf das eigene Auto zu verlassen. Das galt es zu verhindern – sonst käme binnen weniger Minuten auch ein Teil des öffentlichen Verkehrs zum Erliegen. Jetzt musste der neue Evakuierungsplan zeigen, ob er sich bewährte.

Währenddessen lief im Einsatzraum des TERA-Hauptquartiers die Koordination der Bombenfahndung.

Die vordringliche Aufgabe bestand darin, die Zusammenarbeit der belgischen Behörden auf der Basis der Informationen, die man von Ralf Denk bekommen hatte, aufeinander abzustimmen. Denk war mit Timo Nortamo und Noora Uusitalo auf dem Weg von Lubumbashi nach Brüssel, sie flogen mit einem kleinen Düsenflugzeug der US-Luftwaffe. Ilgar Azneft war beim Absturz seines Wagens ums Leben gekommen.

Es gab zwei Fahndungslinien: Man versuchte einerseits, die SADM direkt aufzuspüren, sah aber von vornherein, wie gering diese Chance war. Daher suchte man parallel nach einem Dethleffs-Wohnmobil und nach Sakombi Ladawa, in der Hoffnung, ihn zum Reden zu bringen.

Am fieberhaftesten wurde an den Orten gesucht, von denen man annahm, dass Sakombi sie ins Auge gefasst haben könnte. Bei deren Durchsuchung gab es ebenfalls zwei Hauptdirektiven: Einerseits durchkämmten Hundertschaften Außenbereiche, Straßenabschnitte und Grünanlagen, andererseits durchsuchte man akribisch die Innenräume. Den Einsatzteams standen Messgeräte zur Verfügung, die von der Internationalen Atomenergiebehörde IAEA für den Ermittlungseinsatz entwickelt worden waren. Mit Aerosol-Saugern wurden Teilchen aus Plutonium und angereichertem Uran gesammelt, die Aufschluss über die Gammastrahlung gaben.

53

Die Maschine der US Air-Force mit dem Namen *Gulfstream III* landete auf Brüssels internationalem Flughafen Zaventem, wo es gespenstisch still war: Man hatte den zivilen Luftverkehr unterbrochen.

Dem Flugzeug aus dem Kongo entstiegen im Licht einer ganzen Batterie von Scheinwerfern sechs Passagiere, die von Vertretern des belgischen Geheimdienstes, der Polizei und von TERA in Empfang genommen wurden.

»Kann ich nicht irgendetwas tun?«, fragte Noora Timo neben dem wartenden Polizeiauto.

»Ich glaube nicht, dass es noch etwas gibt, das du tun könntest«, sagte Timo und eilte auf den Helikopter der Armee zu.

Ralf blieb stehen und sah Noora an. »Noora, ich möchte...«

»Es gibt nichts mehr zu sagen«, sagte Noora kalt. »Du bist mein Vertrauen nicht wert gewesen.«

Ralf verzog keine Miene, aber seine Mundwinkel zuckten. Ein belgischer Polizist packte Noora hart am Arm und führte sie zum Wagen. Ralf starrte ihr hinterher.

»Los!«, drängte Timo. »Wie geht es mit der Evakuierung voran?«, fragte er den TERA-Kollegen, der neben ihm aufgetaucht war.

»Geht so.«

»Also beschissen«, sagte Timo heiser.

»Ungefähr 85 Prozent der Menschen sind jetzt außerhalb der innersten Gefahrenzone.«

Timo war entsetzt. Erst 85 Prozent? Was, wenn Aaro und Reija zu den 15 Prozent gehörten... Er hatte sie noch immer nicht erreicht.

Picard hatte ihm am Telefon erzählt, was passiert war, und gesagt, er habe Aaro mit dem Au-pair-Mädchen ins Kino gehen lassen. Der Mann, der zu ihrem Schutz abgestellt worden war, hatte während der Vorstellung abgezogen werden müssen, nachdem Timos Informationen bei der TERA eingegangen waren.

Timo konnte es kaum erwarten, den Entführer zu verhören, der bislang nicht bereit gewesen war, etwas zu sagen, obwohl man ihn außergewöhnlich hart drangenommen hatte. Nachdem er erfahren hatte, dass man Aaro als Geisel nehmen wollte, war Timos Haltung gegenüber Ralf noch feindseliger geworden.

»Wir können nicht davon ausgehen, dass die Explosion auf die Minute genau stattfindet«, sagte Timo zu seinem Kollegen. »Sie kann eine halbe Stunde früher passieren. Oder eine Stunde später. Was hat die Suche bis jetzt ergeben?«

»Der größte Teil der aufgelisteten Objekte ist durchsucht. Nach wie vor werden das Afrika-Museum und Laeken durchgekämmt, wo die Bedingungen am problematischsten sind.«

Ralf, der hinter den beiden ging, mischte sich ein. »Wie gesagt: Das Afrika-Museum ist der einzige Ort in Brüssel, von dem ich Sakombi je habe reden hören.«

Der Hubschrauberpilot empfing sie in der Tür. »Wohin?«

»Zum Afrika-Museum«, sagte Timo.

Aaro versuchte in der voll gestopften Metro auf den Beinen zu bleiben. Der Zug stand im Tunnel zwischen den Stationen Schuman und Mérode, die Luft im Wagen war schlecht, auf den Gesichtern der unruhig von einem Fuß auf den anderen tretenden Menschen glänzte der Schweiß.

»Mir ist schwindlig«, sagte Reija.

Aaro reckte sich zum Klappfenster, aber das war natürlich schon offen. »Leg dich hin und nimm die Beine hoch.«

»Verdammt gute Idee«, sagte Reija mit geschlossenen Augen. In dem Wagen konnte man mit Müh und Not stehen.

»Weißt du, welcher Mensch am längsten auf einem Bein gestanden hat? Der Inder Rajiv... den Nachnamen weiß ich nicht mehr. 116 Stunden...«

Ein alter Mann neben ihm seufzte schwer. Die Fahrgäste

wirkten nervös, man spürte, es fehlte nicht viel, und im Waggon würde Panik ausbrechen. Warum stand die Metro? Warum waren sie in den Zug nach Südosten geleitet worden, obwohl sie nach Hause wollten?

In der Station Trone hatte das totale Chaos geherrscht, und die Polizei hatte hart durchgreifen müssen, um die Leute in die Züge zu bekommen. Vorn im Wagen weinte ein Mädchen. Es war sicherlich schon fünfzehn.

Aaro hatte einen Kloß im Hals. Sein Vater würde sich Sorgen machen, so viel war sicher. Echte Sorgen. Aus gutem Grund. Aaro kämpfte gegen die aufsteigenden Tränen an. Was war passiert? Eine Stadt wie Brüssel wurde nicht grundlos geräumt.

Er fixierte einen Reklameaufkleber und versuchte, seine Gedanken im Zaum zu halten. Die Werbung für eine Sprachschule zeigte ein Gesicht ohne Mund.

Aaro betete innerlich, die Metro möge sich in Bewegung setzen, aber sie stand auf der Stelle wie in Beton gegossen.

Als sie sich dem Königlichen Museum für Zentralafrika näherten, schaute Timo aus dem Fenster des Helikopters. Den mittleren Teil des aus hellem Stein erbauten Palastes dominierte eine Kuppel, eine breite Treppe führte in einen symmetrischen Garten. In den altmodischen gusseisernen Laternen rings um das Gebäude brannte schwaches Licht.

»Kein Wunder, dass Sakombi diesen Ort nicht mochte«, sagte Ralf.

Timo antwortete nicht. Er sprach mit dem Deutschen nur so viel, wie die Situation erforderte. Handschellen hatte man ihm keine angelegt, das wäre sinnlos gewesen.

Vor dem Hauptgebäude des Museums war ein großer, runder Teich angelegt worden, den geometrisch geschnittene Büsche säumten. Falls Sakombi die Ladung hier versteckt hatte, fehlte es ihm tatsächlich nicht an Gespür für Geschichte, dachte Timo. Die ersten Kongolesen – es hätten die Großeltern von

Sakombi sein können – waren zur Weltausstellung von 1897 hier gewesen. Leopold II. hatte damals 267 Männer, Frauen und Kinder aus dem Kongo als Attraktion heranschaffen lassen. Tagsüber wohnten sie in Hütten, die rings um den Teich errichtet worden waren, die Nächte verbrachten sie im königlichen Pferdestall.

Leopold persönlich suchte einen der Häuptlinge auf und sah bei der Gelegenheit zum ersten Mal einen Angehörigen des Volkes, das ihm gehörte. Leopold sorgte sich durchaus um seine Untertanen. Als ihm zu Ohren kam, die Kongolesen hätten Magenschmerzen von den Süßigkeiten, die ihnen von den Besuchern gegeben worden seien, ließ er ein Schild aufstellen: Für die Fütterung der Schwarzen sorgt das Veranstaltungskomitee.

Als die Kongolesen wieder in ihre Heimat verschifft worden waren, schwelgte die Brüsseler Presse in sentimentalen Gefühlen: »Die Seele Belgiens folgt ihnen und schützt sie wie Jupiters Schild. Mögen wir stets der Welt als Beispiel an Menschlichkeit gelten!«

Der von Teichen und Kanälen gegliederte Park setzte sich einige hundert Meter als breiter, gerader Streifen fort und weitete sich schließlich zu einem mehrere Quadratkilometer umfassenden Gebiet, zum Teil bewaldet und mit natürlichen Teichen.

Timo schnürte es die Kehle zusammen. Wenn am Wochenende schönes Wetter war, füllten spazieren gehende, Rad fahrende, Rollschuh laufende und reitende Menschen den Park. Jetzt sah man nur Fahrzeuge von Polizei und Armee und hier und dort einige Beamte. Ein Teil der Autos bewegte sich bereits auf den Ausgang zu.

Timo sah auf die Uhr. Bis zum angekündigten Zeitpunkt waren es noch 96 Minuten. Aber niemand wusste, wie exakt der Zeitzünder funktionierte. Jede Sekunde vergrößerte das Risiko.

Der Hubschrauber landete auf dem Rasen vor dem Hauptgebäude, neben dem runden Teich. Timo und Ralf kletterten rasch hinaus. Wilson kam ihnen entgegen. Mit skeptischem Interesse musterte er Ralf. Timo stellte ihn kurz vor.

»Doktor Denk versucht, uns zu helfen«, begnügte er sich zu sagen.

»Ob dafür noch genügend Zeit ist, werden wir sehen«, sagte Wilson müde und bitter.

»Neuigkeiten von der Evakuierung?«

»Auf 100 Prozent werden wir nicht kommen, aber immerhin auf über 90.«

»Das bedeutet: noch 100 000 Menschen in der Gefahrenzone.« *Was ist mit Aaro?*, hätte er am liebsten hinzugefügt.

»Ich weiß, was das bedeutet«, fuhr ihn Wilson an.

»Die Gebäude?«

»Bis zum letzten Quadratzentimeter abgesucht. Der Park ist aussichtslos.«

»Kann ich eine Karte von dem Gebiet haben?«

Wilson reichte sie ihm. »Wenn du unbedingt willst ... Hier ist ein Gammadetektor.«

Timo nahm das Gerät in die Hand. Es erinnerte an die länglichen Apparate, die Zugschaffner über der Schulter hängen hatten. Ein Beamter erklärte in wenigen Sätzen den Gebrauch des Endgeräts.

Timo ging auf den Teich zu, Ralf an seiner Seite. Heimlich in das Gebäude einzudringen wäre schwierig gewesen. Garten und Wald waren die wahrscheinlicheren Orte. Aus dem schwarzen Wasser des Teichs stiegen zwei Taucher mit hellen Lampen in den Händen.

»Das Wasser ist zu trüb«, sagte einer von ihnen und begann, seine Ausrüstung abzulegen.

»*Attention*«, schallte es aus einem Megafon. »*Das Gelände wird geräumt. Begeben Sie sich zu Ihren Fahrzeugen und anschließend sofort zu den angewiesenen Evakuierungsorten.*«

Beklommen beobachtete Timo, wie die Männer zu den Fahrzeugen eilten.

»Scheiße«, sagte Ralf kaum hörbar.

Die Verzweiflung, die dabei mitschwang, ließ Timo Panik empfinden. Sein Satellitentelefon klingelte. Es war das einzige funktionierende Telefon, die anderen drahtlosen Netze waren schon in der Nacht wegen Überlastung zusammengebrochen.

»Bist du noch in Tervuren?«, fragte Picards aufgeregte Stimme.

»Wir wollen gerade weg.«

»Ein Museumsmitarbeiter hat gesagt, er habe einen Mann beobachtet, der sich die Wasserbecken verdächtig genau angesehen habe. Willst du mit ihm sprechen?«

»Ja.«

»Warte kurz.«

»Warum nimmt man keine Freiwilligen, um die Suche fortzusetzen?«, fragte Ralf.

»Alle, die hierher gekommen sind, haben sich schon freiwillig gemeldet.«

»Hallo?«, kam es aus dem Telefon.

»Erzählen Sie mir möglichst genau, was Sie gesehen haben, wo und wann«, sagte Timo.

»Ah, ich erinnere mich nicht genau«, sagte ein Mann in holprigem Französisch. »Letzte Woche hatte ich Spätschicht, da habe ich einen Mann gesehen...«

»Welches Alter?«

»Jung. Fast ein Bub.«

»Weiter«, sagte Timo enttäuscht. Sakombi selbst kam also nicht infrage, aber vielleicht hatte er Helfer.

»Er hat mit der Lampe herumgeleuchtet und mit einem Stock gestochert.«

»An welchem Teich?«

»An mehreren.«

»Danke für die Information.« Timo unterbrach die Verbindung.

»Was hat er gesagt?«, wollte Ralf wissen.

»Aufgrund solcher diffuser Mitteilungen können wir nicht mit dem Absuchen der Teiche weitermachen.«

Wilson winkte ihm vom TERA-Auto aus zu, der Pilot vom Hubschrauber. Es war Zeit, Brüssel zu verlassen.

Timo kämpfte gegen das Entsetzen an. Er durfte der Panik keinen Raum geben, er musste sie bis zum Schluss im Zaum halten.

Wieder klingelte sein Telefon. Er riss es ans Ohr und beobachtete gleichzeitig, wie Wilson mit dem Hubschrauberpiloten sprach.

»Hier ist Picard. Wir haben jetzt genauere Informationen zu Sakombi Ladawa. Sein Vater ist ein Belgier namens Eugène Doneux. Er war in jungen Jahren bei der *Société Anversoise du Commerce au Congo* angestellt und leitete eine Gummi-Sammel-Station in Kasai, bis er sich als Zwischenhändler selbstständig machte. Er verdiente ein Riesenvermögen im Handel mit Elfenbein und Rohgummi.«

»Warte...« Timo sah Ralf an. »Sagt dir der Name Doneux etwas? Eugène Doneux? Hat Sakombi ihn einmal erwähnt?«

Ralf schüttelte den Kopf. Der Pilot kam im Laufschritt auf sie zu.

»Wo wohnt er?«, fragte Timo.

»Das klären wir gerade.«

»Warte«, sagte Ralf. »ED... Eugène Doneux... In Sakombis Füller war ED eingraviert. Er war aus Elfenbein. Andererseits hat er irgendwann gesagt, er habe seinen Vater nie gesehen...«

»Hier kommt die Adresse«, sagte Picard.

Timo zog Stift und Papier aus der Tasche. Der Pilot stand bereits mit nervösem Blick neben ihm.

»Villa Eden... Rue des Montagnes... Boitsfort«, wiederholte Timo. »Schickt sofort eine Streife mit Gammadetektor hin«, sagte er und lief zu Wilsons Auto, das bereits im Rückwärtsgang auf das Tor zufuhr.

Der Pilot lief ihm hinterher. »Ich habe die Genehmigung von Wilson, das Gebiet sofort zu verlassen«, keuchte er.

Wilson hatte Timo bemerkt, denn er hielt an und stieg aus. »Was ist?«

»Sakombi Ladawas Vater wohnt in Boitsfort. Ich muss da hin.«

»Ich verstehe deinen Wunsch«, sagte Wilson mit Blick auf die Uhr, »aber man kann jetzt niemanden zwingen...«

»Ich zwinge niemanden«, sagte Timo gereizt. »Ich habe gerade gesagt, dass *ich* da hinmuss.«

Wilson schaute den Piloten an. »Du entscheidest. Kannst du noch nach Boitsfort fliegen?«

Der Pilot machte den Eindruck, als wäre er am liebsten auf der Stelle so weit aus Brüssel hinausgeflogen, wie der Treibstoff reichte, aber er zwang sich zu sagen: »Wenn es für notwendig gehalten wird. Und wenn es nicht lange dauert.«

Timo rannte zum Helikopter, Ralf hinterher.

54

Die Villa Eden lag im Schatten von Buchen, Platanen und Kastanien inmitten eines Gartens. Timo sah sich das Gebäude unter ihm im Scheinwerferkegel des Hubschraubers genau an. An der Südecke ragte ein Turm mit einem Kupferdach auf. Angesichts des Bauherrn handelte es sich wahrscheinlich um Kupfer aus dem kongolesischen Katanga.

»Die Bäume stehen zu dicht«, rief der Pilot. »Wir können hier nicht landen.«

»Dann suchen wir in der Nähe eine andere Stelle«, entgegnete Timo.

Der Helikopter flog weiter. Eine Rabenkrähe flatterte von einem Magnolienbaum auf und verschwand in der Dunkelheit. Der Luftstrom der Rotoren wirbelte einzelne Blätter über den Rasen.

Das parkartige Grundstück der Villa Eden war von Nachbargrundstücken umgeben, in deren Mitte, ebenfalls im Schutz von Bäumen, großzügige Villen standen. Man sah Tennisplätze und Swimmingpools, aber keine Menschen.

»Das da reicht«, rief Ralf und zeigte auf eine offene Fläche neben einem Spielplatz.

»Zu klein«, erwiderte der Pilot.

»Wenn du es nicht kannst, lande ich!«

Der Pilot warf Ralf einen kurzen Blick zu und bereitete die Landung vor. Timo sah auf die Uhr. Zwölf nach sechs. Aber der Blick auf die Uhr hatte eher symbolischen Wert, denn es konnte jeden Moment zur Explosion kommen.

»Ich warte fünfzehn Minuten«, rief der Pilot. »Ob ihr zurück seid oder nicht!«

»Zwanzig«, rief Timo.

»Aber keine Sekunde länger.«

Noch bevor die Kufen den Rasen berührten, riss Timo die Tür auf und kletterte hinaus. Ralf folgte ihm. Sie rannten zwischen Klettergerüsten und Schaukeln hindurch zu der beleuchteten, stillen Straße, die von dichten Eiben und Thujen gesäumt war. Auf den Grundstücken war die Vegetation beinahe so dicht wie im Kongo. Timo hielt den Riemen des Gammadetektors umklammert.

Das Tor war etwa dreihundert Meter entfernt. VILLA EDEN stand auf einer schwarzen Steinplatte, die an einen Grabstein erinnerte und an einem Pfosten neben dem verzierten, schmiedeeisernen Tor angebracht war. Timo fasste an den Torgriff in der Form eines Löwen, aber natürlich war das Tor verschlossen. Der Zaun war zwei Meter hoch.

Ohne ein Wort zu sagen, suchte Ralf an den Querstreben des Tors Halt und begann hinaufzuklettern. Die Metallteile waren alt und hätten einen neuen Anstrich vertragen können. Timo versuchte zu folgen, aber er hatte Schwierigkeiten hinaufzukommen.

»Ich empfehle ein bisschen Training am Sperrzaun bei der nächsten Demonstration«, sagte Ralf, während er auf der anderen Seite leichtfüßig hinuntersprang.

Timo schwang sein rechtes Bein über die Eisenspitzen des Tors. Im Fingerstumpf glühte der Schmerz auf, aber er musste sich mit aller Kraft festhalten. Schließlich landete er unsanft auf der Erde. Ralf rannte bereits zwischen Bambus- und Rhododendronpflanzungen auf die Villa zu.

Timo rappelte sich auf und eilte hinterher. Mitten auf dem

sorgfältig gepflegten Rasen stand eine Laterne aus Gusseisen. Nie zuvor war Timo in Brüssel auf einem so großen Privatgrundstück gewesen. Zwischen den Sträuchern war ein mit hellen, glatten Steinen eingefasster Teich angelegt worden, aus dem sich ein Springbrunnen in Flusspferdform erhob.

»Wie kommen wir hinein?«, rief Ralf von der Tür aus.

Unter Timos Füßen ging der Rasen in Kies über, der beim Laufen knirschte. Die Art-nouveau-Villa erinnerte an ein Schmuckstück. Die Bogenfenster waren mit buntem Bleiglas verziert, die Konsolen liefen spitz zu und wirkten luftig.

Timo ging die Steintreppe hinauf zu der mit schmiedeeisernen Schnörkeln verzierten Tür. Sein Blick verweilte kurz auf den fließenden Tierformen, bei rennenden Löwen und galoppierenden Antilopen.

»Zu stark«, sagte Ralf außer Atem und trat zwischen den Verzierungen mit dem Absatz gegen das Türglas.

Timo nahm den Gammadetektor von der Schulter und schaltete ihn ein. In der runden, an ein Radargerät erinnernden Anzeige leuchtete gelbes Licht auf, und ein Strahl setzte sich gegen den Uhrzeigersinn in Bewegung. Der Apparat würde nur in unmittelbarer Nähe der Kernladung reagieren, wenn überhaupt. Das hing vom Schutzmantel der Bombe ab.

»Versuch es an den anderen Türen!«, kommandierte Ralf.

Timo rannte die Treppe hinunter und an mannshohen Rosenhecken vorbei um die Hausecke. Im hohen Sockel aus Naturstein schimmerten hinter Efeuranken vergitterte Fenster.

Ein Fahrweg führte durch den Garten zu einer Rampe, die zu einer Garage abfiel. Timo lief zu der massiven Doppeltür, aber dort gab es nicht einmal ein Schlüsselloch. Sie ging von innen elektrisch auf. Er bereute es, hergekommen zu sein. Wilson hatte Recht gehabt, das war nur der letzte Strohhalm, an den er sich klammerte.

Vom Haupteingang her hörte er ein Klirren. »Komm her!«, rief Ralf.

Im selben Moment setzte der Schrei der Alarmanlage ein.

Timo rannte zur Tür. Ralf zerschlug das Glas mit einem beindicken Ast, den er aus dem Garten geholt hatte. Die Scherben fielen klirrend auf den Marmorboden im Entree. Ralf schob die Hand durch die Öffnung.

»Doppelt verriegelt«, sagte er, als er versuchte, die Klinke zu bewegen.

Das Sirenenheulen schmerzte in den Ohren. Wahrscheinlich ging der Alarm auch zu einer Wachfirma oder zur Polizei, aber von dort war jetzt keine Hilfe mehr zu erwarten.

»Zur Seite«, keuchte Timo und griff nach dem Ast. Er zertrümmerte noch mehr Glas, schob das Holz zwischen die schmiedeeisernen Verzierungen und stemmte sich dagegen. Das hundert Jahre alte Eisen bog sich zur Seite. Er schlug immer mehr Glas auf und bog weitere Eisenverzierungen zur Seite, bis Ralf durch die Öffnung passte. Die massiveren Mittelstreben verhinderten, dass Timo selbst hindurchgepasst hätte.

»Geh von innen zur Garage«, sagte er. »Die Tür lässt sich elektrisch öffnen.«

Wieder lief er die Treppe hinunter. Dabei bemerkte er die Kobra, die das Ende des Geländers verzierte. Jede Anspielung an Afrika bestärkte ihn jetzt in seiner Hoffnung, hier doch noch fündig zu werden. Er rannte zur Garage und wartete. Dann hörte er ein Poltern, und das Tor öffnete sich elektrisch.

In der geräumigen Garage stand ein silberner Rolls-Royce aus den siebziger Jahren. Daneben lag viel Zeug herum, das größtenteils nach Schrott aussah. Timo ging um das Auto herum und bemerkte dahinter zu seinem Erstaunen ein mindestens fünf Meter langes, kaum einen halben Meter breites afrikanisches Kanu. Es war aus einem Baum geschnitzt, die glatte, dunkle Oberfläche war im Halbdunkel kaum zu erkennen. Das Boot brachte ihm den Angelausflug in Erinnerung, den er irgendwann vor langer, langer Zeit Aaro versprochen hatte. Das Versprechen war in einer anderen Wirklichkeit gegeben worden. Und diese Wirklichkeit wollte er mit aller Macht zurückhaben.

Noch entschlossener als zuvor ging Timo zu der schmalen Treppe, auf deren Stufen weißer Staub lag, der von den Wänden gerieselt war. Es folgte ein Gang mit schön gemusterten Keramikfliesen vom Anfang des zwanzigsten Jahrhunderts. Nach wenigen Metern tat sich eine zwei Stockwerke hohe Halle auf. Dort führten auf zwei Seiten leicht gewundene Marmortreppen nach oben, über die ein weinroter Teppich lief. Timos schnellem Blick entgingen nicht die Elfenbeinknäufe am Geländer. In der Decke war eine Bleiglas-Kuppel eingelassen, deren Bildmotiv gegen den dunklen Himmel nicht zu erkennen war.

Die Alarmanlage verstummte. Timo ging um eine riesige Palme herum. Fast wäre er gegen eine afrikanische Holzskulptur gestoßen, und er erschrak, als er die weibliche Figur mit den unnatürlich großen Lippen, Brüsten, Beckenknochen und Schamlippen erblickte. Das Amulett, das sie um ihren Hals trug, schaukelte. War Ralf gerade hier vorbeigelaufen?

Im Laufschritt setzte Timo seinen Weg in einen Saal mit mindestens vier Meter hohen Wänden fort. Ein dekoratives Gipsmuster lief über die Decke, der knarrende Parkettboden zeigte ein kompassähnliches Motiv, das sich in den Ziermustern des Marmorkamins wiederholte.

Die Möbel schienen größtenteils Originale zu sein, ursprünglich für dieses Haus entworfen und angefertigt. Das Gesamtbild war mindestens ebenso einheitlich wie im Haus des Architekten Victor Hortan, das als Museum diente und das Timo oft besucht hatte.

Fast alle Materialien stammten mit großer Wahrscheinlichkeit aus dem Kongo: Holz, Marmor, Onyx, Kupfer. Am frappierendsten waren allerdings die Ziergegenstände: Ritualmasken in verschiedenen Größen, Leopardenfelle, ausgestopfte Papageien, alte afrikanische Kunstwerke und Handarbeiten – aus Flusspferdleder, Ebenholz, Zinn, Kupfer, Elfenbein, Gold. Ein Teil der Stücke wurde in Vitrinen aufbewahrt, die eigens dafür eingebaut worden waren. Die Gegenstände hatte der Besitzer des Hauses aus Afrika mitgebracht, sie waren alles andere als billige Souvenirs.

Timo sah auf die Uhr. Die Hälfte der Zeit, die ihnen der Pilot gegeben hatte, war um. Bald mussten sie zum Hubschrauber zurück und die Stadt verlassen.

Durch eine hohe Flügeltür eilte Timo in die Bibliothek, deren Regale bis zur Decke reichten. Er roch das Leder der Möbel und den Zigarrenrauch und Parfümduft, die seit Jahrzehnten an den Wänden hafteten. Wo keine Regale standen, hingen an den Wänden Karten von Zentralafrika und alte gerahmte Fotografien von Menschen an einem Fluss, im Urwald oder in der Savanne. In einer Vitrine lag ein Grand-Croix-Orden, auf dem als Relief Leopolds II. bärtiges Gesicht mit der geraden Nase zu erkennen war sowie das Sternwappen des Kongo und der Text: *Für Treue.*

Auf einmal erstarrte Timo. Sein Blick blieb an einer Schwarzweißaufnahme hängen, auf der eine junge afrikanische Frau vor der Kamera kokettierte.

Er erkannte seine Führerin vom Mwanga sofort wieder, obwohl sie auf dem Bild mindestens fünfzig Jahre jünger war. Diese Entdeckung elektrisierte ihn.

Sakombis Mutter.

Auf einer anderen Aufnahme posierte ein aufrechter Mann mit weißem Tropenhelm, weißem Hemd und Leinenhose, mit stolzgeschwellter Brust, die Hände energisch in die Seiten gestemmt. Das Gesicht strahlte eine unglaublich blasierte Überheblichkeit aus.

»Komm hierher!«, rief Ralf mit einer Stimme, die Timo sofort loslaufen ließ.

»Wo bist du?« Timo kam in die Halle.

»Neben der Küchentür die Treppe hinunter!«

Timo rannte zu dem kurzen Gang. Bevor er die Treppe hinunterlief, warf er einen Blick in die Küche. Noch nie hatte er eine alte Küche gesehen, die in so gutem Zustand war. Sie war Anfang des zwanzigsten Jahrhunderts für den Gebrauch durch Dienstmädchen geplant worden.

Die Treppe nach unten war breit und sauber, der Keller hoch

und geräumig, die Wände waren gekalkt, der Boden mit den gleichen Keramikkacheln gefliest wie oben.

»Wo bist du?«, fragte Timo erneut, während sich seine Augen an das Halbdunkel unter der schwachen Deckenlampe gewöhnten.

»Hier«, sagte Ralf.

Instinktiv verlangsamte Timo seinen Schritt, als er auf die Tür zum nächsten Raum zuging. Ralf stand unmittelbar dahinter, und Timo sah zunächst nur seinen Rücken. Erst als Ralf zur Seite trat, konnte Timo den gesamten Raum mit den Backsteinwänden überblicken.

Der Anblick schockierte ihn: In Regalen aus ungehobelten Brettern lagen Gegenstände aus Afrika, allerdings völlig andere als oben im Haus: ein ganzer, vergilbter Stoßzahn eines Elefanten, ein ausgestopfter Affe von der Größe eines Hundes, alte Waffen, rostige Fesseln, eine *Chicotte*-Peitsche und etwas, das Timos Blick magnetisch anzog.

Er schluckte. In einem Korb lagen mumifizierte Hände.

»Was ist das für ein Mensch, der so etwas aufbewahrt?«, flüsterte er.

Hinter ihnen fiel die Tür zu. Timo erschrak und schnellte herum.

Vor ihm stand Sakombi Ladawa, mit roten Augen und mit einer Maschinenpistole in der Hand. »Das wirst du bald sehen, was das für ein Mensch ist.«

55

In der Metro, die im Tunnel zwischen den Stationen Schuman und Mérode stand, hatte die Menschenmasse allen Sauerstoff aufgebraucht. Durch die kleinen Fenster kam nicht ausreichend Luft hinein. Die Temperatur lag bei mindestens dreißig Grad.

Aaro stand in der Mitte des Wagens, feuerrot und schweißnass. Warum half ihnen niemand?

»Mir ist schwindlig«, sagte Reija wieder. Sie hielt die Haltestange so fest umklammert, dass ihre Finger weiß waren.

»Halt durch«, sagte Aaro mit schwacher Stimme. Er ließ seinen Blick durch den Waggon wandern.

»*Excusez-moi*...«, sagte er auf einmal laut und drängte sich zu einem der Fenster vor.

»Pardon«, murmelte er, als er hinter einem älteren Paar auf die Sitzbank stieg. Er streckte sich nach dem Hammer, der neben dem Aufkleber, der den Notausstieg markierte, in einer Halterung angebracht war, und schlug die Scheibe ein. Er hatte einmal eine Meldung über einen Fahrgast des Eurostar-Tunnelzugs gelesen. Der hatte es genauso gemacht, als der Zug wegen einer technischen Störung bei verschlossenen Türen und mit ausgefallener Klimaanlage stehen geblieben war.

Aaros Tat löste ein Raunen unter den Fahrgästen aus, aber man spürte deutlich die Erleichterung.

Sakombi Ladawa stieß Timo den Lauf der Maschinenpistole in den Rücken und dirigierte ihn hinter Ralf her zur Tür gegenüber.

Timo wäre fast über die Schwelle gestolpert, als er in den etwas tiefer liegenden Keller trat. Sein Herz schlug so heftig wie nie zuvor in seinem Leben.

In dem Raum saß ein grauhaariger Greis, aufrecht und den wachen Blick auf Timo geheftet, die Hände hinter dem Rücken gefesselt, auf dem Gesicht derselbe blasierte Hochmut wie auf dem fünfzig Jahre zuvor aufgenommenen Foto im Erdgeschoss. Kinn und Wangen verrieten ihn sofort als Sakombis Vater. Sein Gesicht war von Falten übersät, aber man spürte noch immer, welche Härte und Energie von ihm ausging. Er saß auf einer alten Kiste, und seine Füße waren mit afrikanischen Fußeisen gefesselt, die durch eine Kette miteinander verbunden waren.

Plötzlich hörte man ein scharfes elektronisches Jaulen.

Zuerst dachte Timo, die Alarmanlage sei wieder angesprungen, doch dann begriff er, dass der Ton von seinem Gammadetektor ausging.

Rasende Panik durchlief seinen Körper.

Der kreisende Strahl des Apparates brachte helle Punkte im oberen Teil der Anzeige wie Goldkörner zum Leuchten.

Die Ladung war ganz in der Nähe, und er musste nicht lange nachdenken, wo Sakombi sie platziert hatte.

»Du hast beschlossen, deinem Vater das Pulver unter den Hintern zu schieben?«, fragte er betont lässig und blickte auf die Kiste unter Eugène Doneux. Zugleich bemerkte er, wie sich Ralf Zentimeter für Zentimeter auf das Regal an der Wand zubewegte.

»Wenn es jemand auf dieser Welt verdient hat, dann er.« Sakombis Stimme war leise und fest. Zu fest.

»Das bezweifle ich nicht...« Timos Blick wanderte zurück zur Anzeige des Gammadetektors. Dort war ein roter Balken aufgetaucht. »Aber müssen deswegen auch andere leiden?«

»Ich habe genug Zeit zur Evakuierung gegeben.«

»Nein. Mindestens 100 000 Menschen befinden sich noch in der Gefahrenzone. Darunter wahrscheinlich auch mein Sohn.«

»Rührend, dass sich jemand um seinen Sohn Sorgen macht.« Sakombi warf einen Blick auf seinen Vater. »Mein Vater kümmerte sich mehr um das Auspeitschen von Menschen. Und um seine Sammlung abgehackter Hände. 128 Stück«, flüsterte Sakombi, machte eine Pause und brüllte dann: »128 STÜCK!«

Das Jaulen des Indikators schnitt seinen Schrei ab. Auf der Anzeige war ein zweiter Balken erschienen. Timo merkte, wie Ralf die Hand zum Regal ausstreckte.

»Schau dir das an«, sagte Timo und klopfte auf die Anzeige des Geräts. »*Hast du gehört?*«, rief er, um Sakombis Aufmerksamkeit zu fesseln.

Sakombi blickte auf den Gammadetektor. Im selben Augenblick schnappte sich Ralf eine *Chicotte*-Peitsche vom Regal und schlug mit aller Kraft nach Sakombi, gleichzeitig schmiss er sich zur Seite. Ohrenbetäubendes Trommelfeuer erfüllte den Keller. Timo warf sich auf den Boden und griff nach Sakombis Beinen, um ihn zu Fall zu bringen.

»*Tuez-le*«, schrie der Alte. »Tötet den schwarzen Bastard!«

Mit einer Holzskulptur schlug Ralf so heftig auf Sakombi ein, dass dieser zusammensackte und noch im Fall Timo mitriss. Von Sakombis Blut befleckt, stand Timo wieder auf. Mit zitternden Fingern drückte er den Kalibrierungsknopf, um die Möglichkeit einer technischen Störung auszuschließen, so wie es ihm der Beamte erklärt hatte. Die Anzeige wurde einen Moment dunkel, dann wieder hell und die Balken sichtbar.

Ralf riss den Alten wie eine Flickenpuppe von der afrikanischen Kiste.

»Bindet mich los, dann zeige ich euch, wie man die *Chicotte* benutzt«, schrie der Alte mit greller Stimme.

Timo fasste nach dem Griff am Deckel der Kiste, aber der war mit einem kunstvoll geschmiedeten, uralten Haken versperrt. Mit aller Kraft trat er gegen den Haken, bis der sich aufbog. Dann riss er den Deckel auf.

»Habt ihr nicht gehört?«, kreischte der Alte. »Bindet mich los und gebt mir die Chicotte...«

Die Kiste enthielt einen schwarz gestrichenen Metallbehälter, an dem ein Griff angeschweißt war. Den nahm Timo mit beiden Händen. Ralf fasste den Behälter an einer anderen Stelle an, und gemeinsam hievten sie ihn heraus und stellten ihn neben Sakombis leblosen Körper, unter dem das Blut hervorsickerte.

»Lasst mich frei!«, schrie der Alte mit zitternder Stimme.

Der Deckel des Metallgehäuses war mit einem einfachen Mechanismus verschlossen. Das Gehäuse war stabil, sah aber nicht gerade nach Spitzentechnologie aus.

Das Geschrei des Alten ging im Jaulen des Gammadetektors unter.

Timo öffnete den Federmechanismus, drehte den schweren Deckel auf und schluckte. Das Gehäuse enthielt einen matt glänzenden Metallzylinder. Er war in eine Decke aus Kewlarfaser gewickelt und bestand aus zwei Teilen, die von starken Schrauben zusammengehalten wurden. An der rechten Hälfte war ein gesonderter rechteckiger Teil angesetzt. Er war direkt ins Gehäuse gegossen und trug eine mit Schrauben befestigte Klappe.

»Überlasst ihn mir«, schrie der Alte immer fordernder.

»H ALT'S M AUL, ODER ICH SCHIESSE DICH ÜBER DEN H AUFEN!«, brüllte Timo.

Der Greis verstummte.

»Wo ist das Entschärfungsteam?«, fragte Ralf. Grenzenlose Panik glühte in seinen Augen, das Jaulen des Gammadetektors machte sie alle verrückt.

Timo tastete nach dem Telefon in seiner Tasche und nahm Kontakt mit Wilson auf. »Die SADM ist in der Villa Eden, Rue des Montagnes, Boitsfort. Wir brauchen sofort das Entschärfungsteam... Stellt sicher, dass Boitsfort komplett evakuiert ist.«

Während Timo noch sprach, fragte ihn Ralf: »Hast du irgendwas, das man als Schraubenzieher benutzen kann?«

Timo reichte Ralf sein Leatherman Multitool, während er hörte, wie Wilson das Entschärfungsteam anforderte. Dann bekam Timo die Satellitentelefonnummer des NEST-Teams.

Der Gammadetektor jaulte. Mit dem Schraubenzieher des Leatherman schraubte Ralf die Klappe an der Seite der Kernladung auf.

»Setzt die Evakuierung von Boitsfort aus strahlenförmig fort«, sagte Timo ins Telefon, wobei er auf Ralfs Finger starrte, die gerade die Schutzklappe von der Größe einer Handfläche zur Seite schoben.

Darunter kam ein Text zum Vorschein: ПРИ РЕГУЛИ-РОВКЕ СИСТЕМЫ УПРАВЛЕНИЯ НЕОБХОДИМО УЧЕСТЬ СЛЕДУЮЩЕЕ...

Neben der Aufschrift war eine Flüssigkristallanzeige mit einer Zeitangabe, die von Sekunde zu Sekunde abnahm: 41:26... 41:25...

Timo wischte sich den Schweiß vom Gesicht.

Aus der Luft sah man in Boitsfort und in Auderghem Busse, die vor den Auffahrten zur Autobahn in Richtung Namur und zum Autobahnring im Stau standen. An den größeren Kreuzungen regelten Polizisten in orangefarbenen Westen den Verkehr, so dass die voll beladenen Fahrzeuge möglichst zügig vorankamen.

Von Everen im Nordwesten her raste ein Chrysler-Van in Richtung Boitsfort, auf dessen Dach ein Blaulicht befestigt war. Unter der Motorhaube heulte die Sirene. Das Auto fuhr gegen den heftigsten Verkehrsstrom und wich Engpässen auf der Straßenbahntrasse aus. Auf der Geraden von Auderghem beschleunigte der Wagen auf 150 Stundenkilometer.

Aus einer Querstraße schoss ein Bus. Der Chrysler konnte nicht mehr bremsen, deshalb trat der Fahrer noch fester aufs Gaspedal. Sie verfehlten sich nur um Haaresbreite.

Auf dem Beifahrersitz sagte der Chef des NEST-Teams in sein Satellitentelefon: »Die Zeit reicht nicht.«

Timo presste im Keller der Villa Eden das Telefon ans Ohr. »Was sagst du?«

»*Die Zeit reicht nicht*«, wiederholte der Chef des Entschärfungsteams. Im Hintergrund hörte man die Sirene des Autos heulen. »*40 Minuten reichen nicht aus, um eine SADM zu entschärfen. Dafür braucht man mindestens anderthalb Stunden, das ist absolutes Minimum. Wir müssten die Ladung an einen Steuerungsprozessor anschließen.*«

Timo holte tief Luft und versuchte, ruhig zu bleiben: »Ihr könnt die Ladung nicht mehr entschärfen?«

Ralf stand neben ihm, die Augen starr vor Entsetzen. Der Alte hatte endlich aufgehört zu reden.

»*Sie fliegt einem um die Ohren, wenn man ohne sachgerechten Prozessor daran herumfummelt.*«

»Das wird sie ohnehin bald«, sagte Timo mit rauer Stimme. »Was sollen wir denn tun, verdammt noch mal?«

»*Tut, was ich sage. Jede Sekunde ist wichtig. Ihr bringt jetzt die SADM zum Helikopter.*«

Timo stellte die Freisprechfunktion ein und sah auf die Uhr. »Der Pilot ist schon weg.«

»*Nein. Wir haben Kontakt zu ihm aufgenommen und ihm befohlen, auf euch zu warten.*«

»Wo sind die Autoschlüssel?«, fragte Timo den Alten.

Der reagierte nicht.

Timo packte ihn am Kragen und kam mit seinem wütenden Gesicht ganz dicht an das Gesicht des Greises heran. »Die Autoschlüssel.«

Der Alte sah Timo herausfordernd an. »In der Nachttischschublade.«

»Hol sie!«, befahl Timo Ralf. »Wir bringen das Ding zum Wagen.«

Ralf verschwand durch die Tür, und Timo packte das Gehäuse an den Griffen. Mit Mühe gelang es ihm, einen Teppich darunter zu schieben, auf dem er es durch den Raum zog, ohne noch auf den Schmerz in seinem Fingerstumpf zu achten.

»*Diables d'idiots! Wollt ihr mich hier sitzen lassen?*«

»Was hast du denn gedacht?«, zischte Timo.

Der Chef des Entschärfungsteams sprach weiter: »*Der Helikopter wird mit der Ladung an Bord in vollem Tempo zur Küste fliegen.*«

Timo nahm alle Kraft zusammen, um den Kasten über die Schwelle zu heben. »Wir könnten sie in Zaventem in den Jet umladen«, keuchte er und zog die Ladung weiter durch den Keller.

»*Wir haben keine Zeit für einen Flugzeugwechsel. Jede Sekunde muss darauf verwendet werden, die SADM möglichst weit weg von bewohntem Gebiet zu bringen. Im letzten Moment wird sie über dem Meer abgeworfen.*«

Ralf kam mit den Schlüsseln in der Hand die Treppe herunter und packte die Kiste an einem Ende an. Die Zahlen auf der Flüssigkristallanzeige zuckten: 39:02 … 39:01 … 39:00 … 38:59 …

»*Der Helikopter ist startklar, hoffentlich auch der Pilot. Er wird der Held dieser Tragödie sein.*«

Erst da begriff Timo, was das bedeutete …

Inzwischen hatte er mit Ralf und der Ladung den schmalen Gang durchquert und die Garage erreicht.

»*Es fällt mir schwer, das zu sagen, aber wir brauchen außer dem Piloten einen weiteren Freiwilligen. Einer muss den Abwurf vornehmen. Der Pilot kann nicht zwei Dinge gleichzeitig tun. Falls der Helikopter ins Meer stürzt, kommt die Ladung nicht in den freien Fall und kann nicht tief genug sinken.*«

»Der Helikopter hat eine Autopilot-Funktion«, sagte Ralf. Sie stellten die Ladung ab und machten den Kofferraum des Rolls-Royce auf. »Der Pilot kann das Ganze bis zum Schluss alleine durchziehen.«

»*Zwei ist sicherer. In jeder Hinsicht.*«

Timo verstand, was der Chef des Entschärfungsteams meinte. Eine SADM, die bald explodierte, durfte nicht den Entscheidungen und dem Handeln eines einzigen Menschen überlassen werden.

Timo und Ralf hoben die Bombe in den Kofferraum, dessen cremefarbene Veloursauskleidung aussah wie in einem Neuwagen.

»Ich fliege mit«, sagte Ralf.

Timo setzte sich ans Steuer und ließ den Motor an. Das Armaturenbrett war altmodisch und vornehm. Ralf sprang auf der anderen Seite in den Wagen, der schon losfuhr, kaum dass Ralf die Tür zugezogen hatte.

»Hast du gehört?«, fragte Ralf. »Im Notfall kann ich fliegen.«

Timo fuhr mit Vollgas rückwärts aus der Garage. Er verstand Ralfs Angebot. Er hatte diese Katastrophe verursacht, sollte er dafür zahlen. Einer von ihnen beiden musste in den Hubschrauber. Aber konnte man diesem Irren vertrauen?

Timo bremste etwas, da sich das Garagentor als schmaler erwies, als er es in der Eile eingeschätzt hatte. Die rechte Seite des Wagens geriet zu dicht an den Rahmen, aber der Fehler war jetzt nicht mehr zu korrigieren, weshalb Timo weiter aufs Gas trat. Der Seitenspiegel wurde abgerissen, aber der schwere Wagen fuhr ungehindert rückwärts die steile Rampe hinauf in den Garten.

»Bist du einverstanden, dass ich mitfliege?«, fragte Ralf.
Timo fuhr über den Rasen auf das geschlossene Tor zu. Der starke Motor gehorchte seinem Gasfuß nur zu gut, das Heck des Wagens scherte aus und traf auf eine Löwenstatue.

»Wenn du so weitermachst, sprengst du die Ladung selbst in die Luft«, sagte Ralf und hielt sich an dem Griff über dem Fenster fest.

»*Bis zur Küste sind es 90 Kilometer*«, sagte die Stimme aus dem Telefon in Timos Tasche. Er wich der Bambuspflanzung aus, und die Vorderräder pflügten durch die Rosenrabatten.

»*Ihr müsst die Ladung so weit wie möglich wegbringen. Mit jeder Sekunde vergrößert ihr den Abstand zu bewohntem Gebiet. Erst kurz vor der Explosion dürft ihr sie abwerfen. Dann sinkt sie immer noch einige hundert Meter in die Tiefe...*«

»Und der Schiffsverkehr?«

»*Die Lage wird gerade geklärt. Lasst das unsere Sorge sein. Die Schiffe in der Gegend werden bereits umgeleitet.*«

Vor dem schmiedeeisernen Tor reduzierte Timo das Tempo auf Schrittgeschwindigkeit. Der Bug des Wagens stieß gegen das Tor, und die Scheinwerfer zerbrachen klirrend. Aber auch das Schloss, das die beiden Torhälften zusammenhielt, barst, und die Torflügel schwangen auf. Eine schwarz gestrichene Kette hielt sie jedoch nach wie vor zusammen.

»*Der EMP-Puls stellt den Helikoptermotor aus*«, tönte es aus dem Telefon.

Timo schaltete das Automatikgetriebe auf R und stieß mit Vollgas zurück.

»*Und spätestens die Druckwelle oder die Strahlung wird die Insassen töten...*«

Timo schaltete wieder auf Dauerfahrt, trat aufs Gas und rammte das Tor auf. Er drehte heftig am Steuer, um das schlingernde Auto auf der Straße zu halten. Ein Vorderlicht hing an den Kabeln heraus und schleifte über den Asphalt.

»*Auf dem Festland wird die Strahlung aufgrund der Entfernung und der Wassermasse keine gravierenden Probleme er-*

zeugen. *Die Dosis entspricht einigen überflüssigen Röntgenaufnahmen. In der Atmosphäre sind schon Hunderte von Atomversuchen vorgenommen worden...«*

Timo beschleunigte auf der kurzen Geraden, die an einem kleinen Kreisel endete. Dort drang das Geräusch der Hubschrauberrotoren in den lautlos fahrenden Wagen. Der angeschlagene Rolls-Royce sprang so heftig und schwer über die Verkehrsinsel, dass die eine Vorderfelge auf das Pflaster schlug. Der Wagen schoss über die Fahrbahn hinaus und prallte gegen einen Briefkasten, der eine tiefe Narbe in die Seite des Fahrzeugs zog.

»Kannst du nicht fahren?«, stöhnte Ralf auf.

56

Die Metro setzte sich in Bewegung. Mit beiden Händen hielt Aaro die Haltestange umklammert. Durch das eingeschlagene Fenster strömte etwas Luft in die erleichterten Gesichter der Fahrgäste.

Aber im selben Moment blieb der Zug auch schon wieder stehen. Enttäuschtes Stimmengewirr umgab Aaro.

»O nein«, seufzte Reija.

Aaro fand, dass sie schrecklich blass und bemitleidenswert aussah in ihren komischen Kleidern und mit ihrem gewagten Make-up.

»Bestimmt...«, setzte Aaro gerade an, als sich der Wagen wieder in Bewegung setzte, »... fährt er gleich weiter.«

Schwerfällig kroch die Metro unter der Erde vorwärts. Aaro betete innerlich, es möge keine Unterbrechung mehr kommen.

An der Station Herman Debroux kam der Zug auf einmal unter der Erde heraus und blieb stehen.

Die Fahrgäste drängten alle gleichzeitig hinaus.

»Wo gehen wir hin?«, fragte Aaro inmitten des chaotischen Gewimmels.

»Wir warten die Durchsage ab«, antwortete Reija.

Der verbeulte silberne Rolls-Royce bog auf den Platz neben dem Spielplatz ein, wo der Helikopter mit träge kreisenden Rotorblättern wartete. Timo fuhr so dicht wie möglich heran und sprang gleichzeitig mit Ralf aus dem Wagen. Im Osten war bereits ein erster schwacher Lichtschimmer am Himmel zu erkennen.

Sie hoben die Kernladung aus dem Kofferraum und trugen sie gebückt zur Türöffnung, wo der Pilot sie erwartete. Der Belgier wirkte äußerst nervös.

»Weißt du Bescheid?«, rief Timo ihm über den Lärm hinweg zu, während er den Kasten auf dem Boden der Hubschrauberkabine abstellte.

»Es muss doch auch andere Wege geben«, stotterte der Pilot.

In Timo schäumte Wut auf. »Du weigerst dich zu fliegen?«

Der Pilot wirkte entsetzt. »Ich habe drei Kinder...«

»Ich habe dich gefragt, ob du dich weigerst zu fliegen.«

Timo spürte Ralfs Griff am Arm. »Ich fliege«, sagte Ralf. »Und ich schaffe es allein.«

Scham und Panik zeichneten sich auf dem Gesicht des Piloten ab. »Ich kann zeigen...«

»Raus!«, schrie Timo ihn an. Der Belgier trat unsicher auf die Türöffnung zu.

»RAUS!«, wiederholte Timo, stieß den Mann hinaus und zog die Tür zu.

»Du auch«, rief Ralf Timo zu, als dieser ins Cockpit kam. »Ich krieg die Bombe auch allein ins Meer...«

Timo kauerte erstarrt auf seinem Platz, die Hand am Türgriff. Er schloss die Augen. Er konnte einen Menschen wie Ralf nicht allein mit dieser Bombe losschicken. Aber er konnte auch nicht zu einem Todesflug aufbrechen und Aaro und Soile zurücklassen.

»Hau ab!«, rief Ralf. »Du hast jemand, der auf dich wartet...«

»Halt's Maul!«

Timo wunderte sich selbst, dass er bei einer so selbstverständlichen Entscheidung zögerte. Er nahm die Hand vom Türgriff.

»Flieg jetzt! Sofort!«

Ralf erhöhte die Drehzahlen des Motors. Der Hubschrauber schaukelte, und Timo sank auf seinem Sitz zusammen. Er kam sich nicht vor wie ein Held, sondern wie ein armseliger Angsthase, der nur nach Hause wollte.

Aaro und Reija standen vor der Metrostation Herman Debroux in der Schlange vor einem knallvollen Bus. Es war durchgesagt worden, die Metro würde nicht mehr weiterfahren.

Aaro hörte das Geräusch eines Hubschraubers und schaute in die Richtung, aus der es kam. Weit weg hinter den Bäumen stieg ein Helikopter mit außergewöhnlich hoher Geschwindigkeit in den Morgenhimmel auf. Aaro kam eine Anschaffung in den Sinn, von der er schon lange geträumt hatte: ein ferngesteuerter Hubschrauber. Aber sein Vater war der Meinung, das sei erstens wahnsinnig teuer, zweitens schwer zu steuern und drittens etwas für Erwachsene.

Mit zusammengekniffenen Augen sah Aaro zu, wie der Helikopter über sie hinwegflog. Ein paar Mal schwankte er seltsam. Aus irgendeinem Grund winkte Aaro ihm zu.

Die abrupte Bewegung machte Timo Angst.

»Vorsichtig!«, brüllte er Ralf an, während er den Sicherheitsgurt anlegte und das Headset aufsetzte. Der Erdboden rückte schnell weit weg. Vor der Metrostation Herman Debroux standen einige Busse, vor denen eine dichte Menschenmenge wartete. Über den Boulevard du Souverain raste ein Auto mit Blaulicht. Waren das die Bombenentschärfer?

Ob sie es waren oder nicht, es war zu spät. Mit zitternden Fingern steckte Timo das Kabel seines Kopfhörers ein. Im selben Moment fingen die Wörter an zu strömen, mit ständigem Rauschen im Hintergrund.

»*Euch ist ein Korridor bis Oostende frei geräumt worden...*«

Der Helikopter neigte sich stark nach vorn, das Tempo nahm rasch zu. »Da unten ist der westliche Ring, von dem zweigt eine

Autobahn ab...«, sagte Ralf mit Blick nach unten. »Führt die zur Küste?«

»Ja«, sagte Timo. »Das ist die Autobahn nach Oostende.«

Aus dem Kopfhörer kam jetzt eine neue, ruhige Männerstimme: »*Die Windrichtung, die wir haben, wird dazu führen, dass der radioaktive Niederschlag nicht an die Küste getrieben wird, sondern auf den Atlantik hinaus. Dort wird er sich gleichmäßig verteilen und sich mit der Hintergrundstrahlung vermischen. Wir werden die Explosion nicht vorab ankündigen. Das ist überflüssig.*«

Je weiter sie Brüssel und das Chaos in der Villa Eden hinter sich ließen, umso mehr schoben sich entsetzliche Bilder aus dem Kongo in Timos Bewusstsein, aber auch Bilder von Aaro und Soile, Erinnerungen und Zukunftsträume überlagerten sich in seinem Kopf. Er konnte den Gedanken an den Tod nicht akzeptieren, aber er konnte auch den Gedanken an eine andere Entscheidung nicht billigen. Selbst wenn Aaro in Sicherheit war, befanden sich doch immer noch zahlreiche Menschen in der Gefahrenzone.

Hinter ihnen ging die Sonne über dem Horizont auf, und die ersten Morgenstrahlen fielen auf die Erde. In Timos Innerem rangen Selbsterhaltungstrieb und Selbstachtung, Gefühl und Verstand miteinander, und er konnte nichts gegen den Tränenfilm tun, der sich vor seinen Augen bildete und durch den er auf die gewölbte Erdoberfläche sah, auf Felder in der Form exakter Rechtecke, auf dunkelgrüne Wälder, auf Siedlungen, auf Dörfer, in deren Antiquitätenläden er nie mehr zusammen mit Aaro stöbern würde, auf Straßen, über die er nie mehr an den Wochenenden mit Soile und Aaro fahren würde.

Ralf drückte den Kippschalter und stellte dadurch die Funkverbindung zwischen sich und Timo her.

»Es ist sinnlos, dass du dich umbringst«, sagte Ralf. »Sinnlos, begreifst du das nicht...«

»Halt's Maul, du verfluchter Irrer...« Timos Stimme brach. »Warum hast du die Fronten gewechselt? Warum...«

»Ich hatte nie vor, Menschen zu töten. Niemand wäre gestorben... Es wären keine Menschen mehr geboren worden, aber niemand wäre gestorben.« Die über Funk vermittelte Stimme wurde härter. »Da unten leben unschuldige Menschen, die vom Großkapital ferngesteuert werden. Ich will ihnen nicht...«

»Spar dir deine Predigt für den Höllenpförtner auf!« Timo wischte sich mit dem Handrücken über die Augen. »Das hier hast du allein zu verantworten.«

»Nein. Das hier geht auf Sakombis Konto. Aber ich hätte erkennen müssen, dass etwas nicht stimmt... Ich weiß nicht, ab wann er seinen eigenen Plan verfolgt hat. Er kannte Swetlana Orlowa, er schlug den Kongo als Explosionsort vor, er plante die Transportroute der Kernladung...«

»Die Idee, eine Bombe zur Verbreitung eines Verhütungsvirus einzusetzen, stammt von dir. Ein kranker, ein verrückter Gedanke«, sagte Timo und verstummte. Es war sinnlos, zu streiten, alles war sinnlos.

Sie überflogen das von Kanälen durchzogene Gent und kürzten den weiten Bogen ab, den die Autobahn unten beschrieb.

Timo sah auf die Uhr. Noch 19 Minuten. Er versuchte, Soile anzurufen, erreichte sie aber noch immer nicht. Vielleicht war es besser so.

Ralf besprach irgendetwas mit der Flugleitung in Zaventem, Timo interessierte es überhaupt nicht. Was, wenn die SADM überhaupt nicht explodierte? Wenn die russische Ladung ein Blindgänger war...

Am Horizont schimmerte das Meer. Timo wusste, dass er das Richtige tat, er tat, was er tun musste. Aaro würde das verstehen, zumindest in späteren Jahren, und ihm den Schmerz verzeihen, den er ihm jetzt bereitete.

Das blaugraue Meer jenseits der Uferlinie nahm immer mehr Raum in dem Panorama vor ihnen ein. Die Sonnenstrahlen glitzerten auf den Wellen. Timo schloss die Augen und faltete die Hände, obwohl er nicht sonderlich religiös war. Der Anblick dieser grenzenlosen Weite erfüllte ihn mit einem Frieden, der ihm wenige Augenblicke zuvor noch unvorstellbar gewesen war.

Plötzlich veränderte sich die Flugbahn. Timo öffnete die Augen. Hatten sie an Höhe verloren?

Timo drückte auf den Kippschalter. »Was ist los?«

»Nichts. Wir ändern die Flughöhe.«

Sie verloren rasch an Höhe. Timo richtete sich auf seinem Sitz auf. Unten sah man noch ein paar Felder, Waldstücke, Industrieanlagen und Wohnsiedlungen, die zum Ufer hin dichter wurden.

»Warum gehst du so tief hinunter?«

Auf einmal schien sich die Vorwärtsbewegung in freien Fall zu verwandeln. Timo krallte sich fest. »Was machst du denn?«, brüllte er und reckte sich zu Ralf hinüber.

»Bleib auf deinem Platz, wenn du nicht willst, dass wir runterkrachen.«

Die Abwärtsbewegung war so stark, dass Timo sich vorkam wie in einer Achterbahn. Mit irrsinnigem Tempo kam ihnen das grüne Feld entgegen. »Scheiße, was ...«

»Mach deinen Gurt auf und bereite dich auf den Absprung vor!«

»Flieg weiter! Jede Sekunde ...«

»Dann halt mich nicht auf. Für jede Sekunde, die wir verlieren, bist du verantwortlich. Ich werde Brüssel mitteilen, ich hätte dich zum Aussteigen gezwungen.«

Timo schob sein Gesicht unmittelbar an Ralf heran. »Ich traue dir nicht! Ich lasse dich mit dieser Fracht nicht allein!«

Der Erdboden war nur noch wenige Meter entfernt. »Mach die Tür auf und spring, wenn ich es dir sage! Um Zeit zu sparen, nehmen wir keinen Bodenkontakt auf ...«

In einem wilden Sturm wirbelten die Gedanken durch Timos Kopf. Ja, am liebsten würde er springen, aber was, wenn Ralf kehrtmachte und ins Landesinnere zurückflog? Oder über den Kanal nach London? Konnte man ihm nach alldem noch trauen?

»Wenn du dir die Beine brichst, kannst du dich damit trösten, dass wir wertvolle Sekunden gespart haben! Spring jetzt, du sturer finnischer Idiot!«

Sollte er auf Ralf losgehen und ihn zwingen weiterzufliegen? Timo riss den Gurt los, legte die Hand auf den Griff und öffnete die Tür. Zwei Meter unter ihm war Gras.

»RAUS!«

Timo setzte sich auf den Rand der Türöffnung, stellte einen Fuß auf die Landekufe und sprang. Im selben Moment, in dem er aufkam, nahm der Helikopter in steiler Vorlage Höhe auf. Timo hasste sich. Er hatte nachgegeben. Er hatte versagt.

Plötzlich fuhr er zusammen. *Der Hubschrauber drehte in Richtung Land!*

Timos Herz setzte für einen Schlag aus. Im letzten Moment hatte Ralf ihn ausgetrickst. Was hatte er vor? Ein vernichtendes Gefühl des Scheiterns befiel Timo. Er rappelte sich hoch – und dann begriff er, dass er bei dem Sprung die Orientierung verloren hatte. Der Helikopter flog zum Meer! Erst da nahm Timo den Schmerz in seinem rechten Fußgelenk wahr. Dieser Schmerz, der Schock und die Hoffnung, dass Ralf es schaffte, ließen Timo im feuchten Gras zusammensinken. Er schluchzte laut.

57

Ralf schaute zum Horizont und hielt bei voller Geschwindigkeit den Steuerknüppel des Helikopters umklammert. Die schräg einfallende Sonne tanzte auf den Wellen. Immer weiter blieb die belgische Küste hinter ihm zurück.

Er dachte nichts, er fühlte nichts. Er war einzig und allein darauf konzentriert, den Hubschrauber zu beherrschen und vorwärts zu lotsen, vorwärts, immer nur vorwärts...

»Zählt die Minuten für mich«, sagte er ins Funkgerät. Er hatte Brüssel mitgeteilt, er sei allein im Helikopter, nachdem er den Finnen in Duinhoek zum Absprung gezwungen habe.

»*Vier Minuten*«, sagte eine ruhige Stimme. »*Bereit machen zum Senken der Geschwindigkeit.*«

Ralf blickte sich um. Der schwarze Kasten hinter ihm war buchstäblich das Tor zu den Vorhöfen der Hölle.

Vollkommen durcheinander und erschöpft schleppte Timo sich über die Wiese. Sein linkes Bein zog er nach. Er wusste, er hatte es nicht tun dürfen, er hatte seine Pflicht vernachlässigt, doch er war erleichtert. Er sog die kühle Morgenluft ein und spürte die Erde unter sich.

Sein Knöchel schmerzte und er achtete nicht darauf. Ein schmaler Feldweg führte auf ein Haus zu, vor dem ein Traktor stand. Es roch nach Dung, aber dahinter konnte man den Geruch des Meeres ahnen.

Timo sah auf die Uhr. Noch drei Minuten bis zur Explosion. Würde die Bombe detonieren?

Erleichtert registrierte er, dass sich die Zweige der Hofbäume im Wind zum Meer hin neigten.

Ralf saß in der Kabine des Hubschraubers auf dem Boden. Der Luftstrom durch die offene Tür riss an seinen Haaren, der Lärm peitschte seinen ganzen Körper. Trotzdem hörte er das Hämmern seines Herzens in den Ohren. Der Helikopter stand in hundert Metern Höhe über dem Wasser.

Ralf hielt die Hand vor die Augen, um bei der hereinscheinenden Morgensonne die Zahlen der Flüssigkristallanzeige sehen zu können: 1:02 ... 1:01 ... 1:00 ... 0:59 ...

Eine Windböe ließ den Helikopter schwanken. Ralf hielt sich mit einer Hand an einem Haltegriff fest, die andere Hand legte er auf den Metallkasten. Der kam ihm schwerer vor als je zuvor. Er wollte die Kernladung bis zur Türöffnung schieben, aber auf dem Bodengummi bewegte sie sich nicht von der Stelle.

Er ließ den Griff los, kniete sich hin und drückte mit beiden Händen und aller Kraft gegen den Kasten, bis er ihn an die Schwelle der Türöffnung geschoben hatte. Wieder geriet der

Helikopter ins Schlingern. Ralf setzte sich hinter den Kasten auf den Boden und zog die Knie an – dann schob er die Ladung mit den Füßen über den Rand.

Der schwarze Punkt kippte und sank den Wellen entgegen, bis er im Wasser verschwand. Die Bombe hätte im Innern des Mwanga ihren Platz haben sollen, doch jetzt war sie direkt unter ihm.

Ralf sprang auf, schob sich wieder auf seinen Sitz, löste die Steuerung und flog in einem jähen Bogen zum Festland zurück. Er hielt den Steuerknüppel umklammert und sah vor seinem inneren Auge das Stahlgehäuse in die Tiefe sinken. Und wenn das Wasser die Elektronik beschädigte? Aber nein – das Gehäuse war ja wasserdicht. Ralf verachtete sich für seinen Wunsch zu überleben.

Er beschleunigte, so gut es ging, und zählte die Sekunden. Ein Teil in ihm hätte sich die Rettungsweste anziehen und zur Notlandung im Meer ansetzen wollen, bevor der EMP-Puls den Motor ausschaltete. Aber es war nicht sicher, ob der Motor ausging, und wenn er flog, würde er weiter wegkommen, jede Sekunde brachte ihn weiter weg. Die Kraft der Explosion verringerte sich im Quadrat zur Entfernung, darum war jeder Meter wichtig.

Plötzlich erzitterte der Helikopter heftig und wurde wie von einer unsichtbaren Hand nach vorn geschleudert. Eine unermessliche Kraft drückte Ralf in den Sitz. Er hörte ein Geräusch, das abbrach, als ihm mit gellendem Schmerz das Trommelfell platzte. Er sah die Meeresoberfläche mit irrsinniger Geschwindigkeit auf den Hubschrauber zuschießen, er sah sie neben sich, über sich und vor sich. Dann kam der Aufschlag.

Timo spürte die Explosion eher, als dass er sie hörte. Er ballte die Fäuste, kehrte dem Geräusch den Rücken zu und fiel schluchzend wieder auf die Knie. Erschöpfung, Entsetzen und ein ungeheures Gefühl der Erleichterung stritten in ihm.

Er mochte nicht daran denken, was passiert wäre, wenn die Bombe in Brüssel oder in einer anderen Millionenstadt explodiert wäre. Er wollte auch nicht daran denken, was mit Ralf geschehen war.

Timo versuchte aufzustehen, doch seine zitternden Knie versagten ihm den Dienst. Er konnte nicht aufhören zu weinen. Schließlich schaffte er es auf die Füße und humpelte auf das Bauernhaus zu. Er atmete tief ein. Noch nie hatte er den kräftigen, erdigen Geruch von Kuhmist so sehr genossen wie in diesem Moment.

Sein Fußgelenk schmerzte, aber das störte ihn nicht. Er dachte an Aaro. Er wollte so schnell wie möglich seinen Sohn in die Arme nehmen. Und er wollte nach Hause.